ONDER DE VULKAAN

Malcolm Lowry

Onder de vulkaan

Met een brief van de schrijver aan Jonathan Cape

Vertaling Peter Bergsma

ULYSSES
2007
DE BEZIGE BIJ
AMSTERDAM

De vertaler ontving voor deze vertaling werkbeurzen van de Stichting Fonds voor de Letteren.

Copyright © 1967 Malcolm Lowry/Jonathan Cape Ltd
Copyright Nederlandse vertaling © 1998 Peter Bergsma
Eerste druk in een vertaling van John Vandenbergh © 1966
Veertiende druk april 2007
Oorspronkelijke titel *Under the Vulcano*
Oorspronkelijke uitgever Reynal and Hitchcock, New York
Omslagontwerp Esther van Gameren
Omslagillustratie Getty Images/David Sacks
Vormgeving binnenwerk Peter Verwey, Heemstede
Druk Thieme Boekentuin, Apeldoorn
ISBN 978 90 234 2519 9
NUR 302

www.debezigebij.nl

Voor Margerie, mijn vrouw

Wonderen zijn talrijk, maar geen groter wonder dan de mens; die macht die, gedreven door de zuiderstorm, de witte zee oversteekt en zich een weg baant onder hoge golven die hem dreigen te verzwelgen; en de Aarde, de oudste der goden, de onsterfelijke, de onvermoeibare, vermoeit hij door de grond om te woelen met het nageslacht van paarden, terwijl de ploegen jaar in, jaar uit heen en weer gaan.

En het vrolijke volk der vogels, en de stammen der wilde beesten, en het zeegebroed der diepten, verstrikt hij in de mazen van zijn gevlochten valstrikken, leidt hij in gevangenschap, de mens die uitblinkt in vernuft. En hij overmeestert met zijn kunsten het beest waarvan het leger zich in de wildernis bevindt, dat over de heuvelen zwerft; hij temt het paard met ruige manen, hij legt het juk om zijn hals, hij temt de onvermoeibare bergstier.

En de taal, en de gedachte zo vlug als de wind, en alle gemoedsstemmingen die een staat vormen, heeft hij zichzelf aangeleerd; en hoe te ontkomen aan de pijlen van de vorst, als het zwaar toeven is onder de heldere hemel, en aan de pijlen van de stromende regen; ja, hij weet op alles raad, zonder raad treedt hij niets tegemoet dat onafwendbaar komt; slechts tegen de Dood zal hij vergeefs om hulp roepen; maar wel heeft hij manieren bedacht om aan verbijsterende ziekten te ontsnappen.

SOPHOCLES – *Antigone*

Nu zegende ik de staat van de hond en de pad, ja, zou ik gaarne in de staat van de hond of het paard hebben willen verkeren, want ik wist dat zij geen ziel bezaten die onder de eeuwige last van hel of zonde zou bezwijken, zoals de mijne. Ja, en hoewel ik dit zag, dit voelde en erdoor in stukken werd gescheurd, was desondanks mijn smart nog groter omdat ik niet in staat was met heel mijn ziel verlossing te begeren.

JOHN BUNYAN – *Grace Abounding for the Chief of Sinners*

Wie altijd naar het hogere streeft, die kunnen wij verlossen.

GOETHE

I

Twee bergketens lopen ruwweg van noord naar zuid door de republiek en vormen samen een aantal dalen en hoogvlakten. Uitziende over een van deze dalen, dat wordt gedomineerd door twee vulkanen, ligt op achttienhonderd meter boven de zeespiegel Quauhnahuac. Deze stad is een flink eind ten zuiden van de Kreeftskeerkring gelegen, op de negentiende breedtegraad om precies te zijn, ongeveer op dezelfde hoogte als de Revillagigedo Eilanden in het westen, in de Stille Oceaan, of, nog veel verder naar het westen, het zuidelijkste puntje van Hawaii – en als de havenstad Tzucox in het oosten, op de Atlantische kust van Yucatán bij de grens met Brits Honduras, of, nog veel verder naar het oosten, de stad Puri Jagannath in India, aan de Golf van Bengalen.

De muren van de stad, die op een heuvel is gebouwd, zijn hoog, de straten en laantjes kronkelig en vol gaten, de doorgaande wegen bochtig. Een fraaie, op Amerikaanse leest geschoeide autoweg komt vanuit het noorden de stad binnen, maar verdwaalt in de smalle straatjes en komt er als een geitenpad weer uit. Quauhnahuac telt achttien kerken en zevenenvijftig cantina's. Ook kan de stad bogen op een golfbaan en maar liefst vierhonderd zwembaden, openbaar en particulier en gevuld met het water dat onophoudelijk van de bergen omlaagstroomt, en vele magnifieke hotels.

Hotel Casino de la Selva staat op een iets hogere heuvel even buiten de stad, nabij het station. Het is op flinke afstand van de autoweg gebouwd en omringd door tuinen en terrassen die naar alle kanten een weids uitzicht bieden. Het is als een paleis, waarin een sfeer hangt van troosteloze pracht. Want het is geen casino meer. Je mag er niet eens meer dobbelen om een drankje aan de bar. De geesten van geruïneerde gokkers spoken er rond. Niemand schijnt ooit in het schitterende olympische bad te zwemmen. De duikplanken staan er treurig en verlaten bij. De pelotebanen worden niet meer gebruikt en zijn met gras begroeid. Twee tennisbanen worden alleen in het seizoen bijgehouden.

Op de Dag van de Doden in november 1939 zaten tegen zonsondergang twee in witflanellen broek gestoken mannen anís te drinken op het grote terras van het Casino. Zij hadden getennist, vervolgens gebiljart en hun rackets, regenbestendig en in hun pers geschroefd – die van de dokter driehoekig, die van de ander vierhoekig – lagen voor hen op het muurtje. De processies die van de begraafplaats kwamen, daalden de slingerende weg af langs de flank van de heuvel achter het hotel en naarmate ze naderden, drong het klaaglijke geluid van hun eentonige gezang steeds duidelijker tot beide mannen door; ze draaiden zich om en keken naar de rouwenden, die even later alleen nog maar zichtbaar waren als de droefgeestige lichtjes van hun kaarsen terwijl ze in de verte rondgingen tussen de tot garven gebonden korenhalmen. Dr. Arturo Díaz Vigil schoof de fles Anís del Mono in de richting van Jacques Laruelle, die zich nu aandachtig vooroverboog.

Iets rechts van hen en een klein stukje lager, onder de reusachtige rode avond waarvan het spiegelbeeld verbloedde in de verlaten zwembaden die als evenzovele luchtspiegelingen her en der verspreid lagen, bevond zich de weldadige vredigheid van de stad. Het leek er inderdaad best vredig vanwaar zij zaten. Alleen als je aandachtig luisterde, zoals Laruelle nu, kon je in de verte een verward geluid horen – duidelijk anders dan maar op de een of andere manier onlosmakelijk verbonden met het gedempte gemurmel, het belgetinkel van de rouwenden – als van zingen, aanzwellend en weer afnemend, en een aanhoudend gestamp – de knallen en kreten van de fiësta die al de hele dag aan de gang was.

Laruelle schonk zich nog een anís in. Hij dronk anís omdat

het hem aan absint deed denken. Een diepe blos had zich verspreid over zijn gezicht en zijn hand beefde licht boven de fles met het etiket waarop een vuurrode duivel met een hooivork dreigend naar hem zwaaide.

'– Ik wilde hem overhalen om weg te gaan en dealcoholisé te worden,' zei dr. Vigil. Hij struikelde over het Franse woord en ging verder in het Engels. 'Maar ik was zelf zo ziek die dag na het bal dat ik echt lijd, lichamelijk. Dat is heel erg, want wij dokters moeten ons als apostelen gedragen. Je weet het nog wel, we hebben die dag ook getennist. Nou, nadat ik de Consul in zijn tuin had gekeken, ik stuurde een jongen naar beneden om te zien of hij een paar minuten wilde komen en op mijn deur kloppen, ik het van hem op prijs zou stellen, en zo niet, of hij mij alsjeblieft een briefje wilde schrijven, als hij zich al niet had doodgedronken.'

Laruelle glimlachte.

'Maar ze zijn weg,' vervolgde de ander, 'en ja, ik geloof dat ik jou die dag ook heb gevraagd of je hem bij hem thuis had gekeken.'

'Hij was bij mij toen je belde, Arturo.'

'O, dat weet ik, maar wij zijn de avond tevoren zo verschrikkelijk bedronken geworden, zo *perfectamente* borracho, dat de Consul volgens mij even ziek is als ik.' Dr. Vigil schudde zijn hoofd. 'Ziekte is niet alleen in lichaam, maar ook in dat deel dat vroeger werd genoem: ziel. Arme jouw vriend, hij besteedt zijn geld op aarde aan zulke onafgebroken tragedies.'

Laruelle dronk zijn glas leeg. Hij stond op en liep naar het muurtje; met beide handen op een tennisracket leunend staarde hij omlaag en om zich heen: de verlaten pelotebanen, hun met gras begroeide bastions, de doodse tennisbanen, de fontein, vlakbij midden op de laan van het hotel, waar een cactuskweker zijn paard had ingehouden om het te laten drinken. Twee jonge Amerikanen, een jongen en een meisje, waren aan een verlaat spelletje pingpong begonnen op de veranda van het bijgebouw. Wat vandaag precies een jaar geleden was gebeurd, scheen al tot een ander tijdperk te behoren. Je zou hebben gedacht dat het door de verschrikkingen van het heden als een druppel water was opgeslorpt. Dat was niet het geval. Hoewel de tragedie bezig was onwerkelijk en zonder betekenis te worden, leek het alsof je je nog steeds de dagen mocht herinneren waarin het leven van de enkeling enige waarde bezat en niet alleen maar een drukfout in een persbericht was. Hij stak een sigaret op. Een heel eind links van hem, in het noordoosten, voorbij het dal en de terrasvormige heuvels aan de voet van de Sierra Madre Oriental, verrezen de twee vulkanen, de Popocatepetl en de Ixtaccihuatl, duidelijk en indrukwekkend in de zonsondergang. Dichterbij, op misschien vijftien kilometer afstand en lager dan het grote dal, werd hij het dorp Tomalín gewaar, dat achter het oerwoud genesteld was en vanwaar een dunne blauwe sjerp van verboden rook opsteeg, iemand die hout verbrandde om houtskool te maken. Voor hem, aan de overkant van de Amerikaanse autoweg, strekten zich velden en bosjes uit, waar een rivier doorheen meanderde, en de weg naar Alcapancingo. De wachttoren van een gevangenis stak uit boven een bos tussen de rivier en de weg die verderop teloorging op de plaats waar de paarse heuvels van een paradijs à la Doré geleidelijk afliepen en in de verte verdwenen. In de stad begonnen de lichtjes van Quauhnahuacs enige bioscoop, die op een helling was gebouwd en zich scherp aftekende, plotseling te branden, flikkerden uit, gingen weer aan. 'No se puede vivir sin amar,' zei Laruelle... 'Zoals die estúpido op mijn huis schreef.'

'Kom, amigo, doe je gedachten weg,' zei dr. Vigil achter hem.

'– Maar hombre, Yvonne kwam terug! Dat zal ik nooit begrijpen. Ze kwam terug bij die man!' Laruelle liep weer naar de tafel en schonk zich een glas Tehuacan-bronwater in dat hij leegdronk. Hij zei:

'Salud y pesetas.'

'Y tiempo para gastarlas,' antwoordde zijn vriend peinzend.

Laruelle keek hoe de dokter geeuwend achteroverleunde in de dekstoel, het knappe, onmogelijk knappe, donkere, onverstoorbare Mexicaanse gezicht, de vriendelijke donkerbruine ogen, onschuldig ook, als de ogen van die droefgeestige mooie kinderen uit Oaxaca die je in Tehuantepec zag (die ideale plek waar de vrouwen al het werk deden terwijl de mannen de hele dag in de rivier poedelden), de slanke kleine handen en tere polsen, die je bijna deden schrikken bij de ontdekking dat er op de rug her en der ruwe zwarte haartjes groeiden. 'Mijn gedachten heb ik al lang geleden weggedaan, Arturo,' zei hij in het Engels, terwijl hij zijn sigaret uit zijn mond nam met verfijnde nerveuze vingers waaraan hij, zoals hij zelf wel wist, te veel ringen droeg. 'Maar ik vind het des te –' Laruelle merkte dat zijn sigaret uit was en schonk zich nog een anís in.

'Con permiso.' Dr. Vigil toverde zo snel een opvlammende aansteker uit zijn zak dat het leek of die daarbinnen al ontstoken was geweest, of hij een vlam uit zichzelf had getrokken, of het gebaar en het ontsteken één en dezelfde beweging waren; hij hield Laruelle het vlammetje voor. 'Ben je hier nooit naar de kerk voor de eenzame nabestaandén geweest,' vroeg hij plotseling, 'waar de Maagd is voor wie niemand hebben voor zich?'

Laruelle schudde zijn hoofd.

'Niemand gaat daarheen. Alleen wie niemand hebben voor zich,' zei de dokter langzaam. Hij borg de aansteker in zijn zak en keek op zijn horloge door zijn pols met een elegant beweginkje omhoog te draaien. 'Allons-nous-en,' vervolgde hij, 'vámonos,' en hij lachte geeuwend met een reeks knikjes die zijn lichaam voorover leken te doen hellen tot zijn gezicht tussen zijn handen rustte. Toen stond hij op en ging naast Laruelle bij het muurtje staan, terwijl hij diep ademhaalde. 'Ah, maar dit is de tijd waarvan ik houd, als de zon ondergaat, als al de mens beginnen te zingen en al de honden haaien worden –'

Laruelle lachte. Terwijl zij praatten, was de lucht in het zuiden woest en onweersachtig geworden; de rouwenden hadden de heuvelflank verlaten. Slaperige gieren, hoog boven hun hoofd, schaarden zich benedenwinds in slagorde. 'Rond half negen dan, ik ga misschien nog een uurtje naar de film.'

'Bueno. Dan zie ik je vanavond, je weet wel waar. Denk eraan, ik geloof nog steeds niet dat je morgen vertrekt.' Hij stak zijn hand uit die Laruelle stevig vastgreep, omdat hij van hem hield. 'Probeer vanavond te komen; zo niet, begrijp dan alsjeblieft dat ik altijd belangstel in je gezondheid.'

'Hasta la vista.'

'Hasta la vista.'

– Terwijl hij alleen langs de kant van de autoweg stond waarover hij vier jaar eerder de laatste kilometer van die lange, krankzinnige, mooie reis vanaf Los Angeles had afgelegd, kon Laruelle zelf ook maar moeilijk geloven dat hij echt wegging. Toen leek de gedachte aan morgen welhaast overweldigend. Hij was blijven staan, weifelend welke kant hij op zou lopen om thuis te komen, toen het afgeladen busje, Tomalín-Zócalo, hem heuvelafwaarts voorbijhotste in de richting van het ravijn alvorens naar Quauhnahuac te klimmen. Hij had geen zin om vanavond diezelfde kant op te gaan. Hij stak de straat over, in de richting van het station. Hoewel hij niet per trein zou reizen, drukte het gevoel van vertrek, van het ophanden zijn daarvan, opnieuw zwaar op hem terwijl hij zich een weg zocht over het smalspoor en daarbij als een kind de vergrendelde wisseltongen meed. Licht van de ondergaande zon werd weerkaatst door de olietanks op de met gras begroeide spoordijk daarachter. Het perron sliep. De rails waren leeg, de seinen stonden omhoog. Maar weinig deed vermoeden dat er ooit een trein op dit station arriveerde, laat staan het verliet:

> QUAUHNAHUAC

Toch was het iets minder dan een jaar geleden het toneel geweest van een afscheid dat hij nooit zou vergeten. Hij had de halfbroer van de Consul niet gemogen tijdens hun eerste ontmoeting, toen de man samen met Yvonne en de Consul zelf een bezoek bracht aan het huis van Laruelle aan de Calle Nicaragua, net zomin als, zo besefte hij nu, Hugh hem gemogen had. Hughs excentrieke verschijning – hoewel hij zo overweldigd werd door de nieuwe ontmoeting met Yvonne dat die excentriciteit onvoldoende indruk op hem had gemaakt om hem later in Parián onmiddellijk te kunnen herkennen – had alleen maar een karikatuur geleken van de beminnelijke, half verbitterde beschrijving die de Consul van hem had gegeven. Dus dit was het kind waarvan Laruelle zich vagelijk herinnerde al jaren geleden gehoord te hebben! Binnen een halfuur had hij voor hem afgedaan als een onverantwoordelijke zeurkous, een gediplomeerd salonmarxist die zich, hoewel hij in wezen ijdel en verlegen was, het air gaf van een extraverte romanticus. Terwijl Hugh, die om verschillende redenen duidelijk niet door de Consul was 'voorbereid' op een ontmoeting met Laruelle, hem ongetwijfeld als een nog aanstelleriger soort zeurkous beschouwde, de estheet op leeftijd, een verstokt promiscue vrijgezel met een nogal zalvende, bezitterige houding tegenover vrouwen. Maar drie slapeloze nachten later was er een eeuwigheid doorleefd: verdriet en verbijstering als gevolg van een onverwerkbare ramp hadden hen nader tot elkaar gebracht. In de uren die volgden op zijn reactie op Hughs telefoontje vanuit Parián was Laruelle veel over Hugh te weten gekomen: over zijn hoop, zijn vrees, zijn zelfbedrog, zijn wanhoop. Toen Hugh vertrok, was het alsof hij een zoon had verloren.

Zonder zich om zijn tenniskleding te bekommeren klom Laruelle tegen de spoordijk op. Toch had hij gelijk gehad, hield hij zichzelf voor toen hij boven gekomen was en bleef staan om op adem te komen, gelijk gehad toen de Consul 'gesnapt' was (hoewel intussen de even potsierlijke als jammerlijke situatie was ontstaan dat er geen Britse Consul in Quauhnahuac was om een beroep op te doen toen er waarschijnlijk voor het eerst zo dringend behoefte aan zo iemand was), gelijk gehad om erop te staan dat Hugh alle gebruikelijke scrupules opzij zou zetten en zoveel mogelijk zou profiteren van de merkwaardige aarzeling van de 'politie' om hem gevangen te houden – van hun verlangen, zo leek het haast, om van hem af te komen juist op het moment dat het volkomen vanzelfsprekend leek dat ze hem zouden vasthouden als getuige in althans één onderdeel van wat men nu van een afstand welhaast als de 'zaak' zou kunnen aanduiden – om zo snel mogelijk aan boord van het schip te komen dat, als door de voorzienigheid gezonden, in Veracruz op hem wachtte. Laruelle keek achterom naar het station; Hugh had een leegte achtergelaten. In zekere zin was hij ervandoor gegaan met zijn laatste illusie. Want Hugh droomde er op zijn negenentwintigste nog steeds van, zelfs toen nog, om door zijn daden de wereld te veranderen (anders kon je het niet onder woorden brengen) – net zoals Laruelle, op zijn tweeënveertigste, nog steeds niet geheel de hoop had opgegeven haar te veranderen door de grote films die hij van plan was op de een of andere manier te maken. Maar nu leken die dromen absurd en aanmatigend. Hij had tenslotte grote films gemaakt, althans films die vroeger voor groot doorgingen. En voorzover hij wist, hadden die de wereld absoluut niet veranderd. – Maar hij was in zekere zin gelijkenis met Hugh gaan vertonen. Net als Hugh ging hij naar Veracruz; en net als Hugh wist hij niet of zijn schip de haven ooit zou bereiken...

Laruelles weg voerde hem door half bebouwde velden met smalle graspaadjes erlangs, platgetreden door cactuskwekers die van hun werk naar huis terugkeerden. Het was tot dusver een favoriete wandeling, al was ze sinds het begin van de regentijd niet meer gemaakt. De bladeren van cactussen lokten met hun frisheid; met avondlijk zonlicht doorschoten groene bomen hadden treurwilgen kunnen zijn die heen en weer zwaaiden in de bij vlagen opstekende wind; in de verte zag je een meer van geel zonlicht onder fraaie, op broden lijkende heuvels. Maar de avond had nu iets onheilspellends. In het zuiden kwamen zwarte wolken aanstormen. De zon goot gesmolten glas over de velden. De vulkanen deden angstaanjagend aan in de woeste zonsondergang. Laruelle liep snel, op de degelijke, zware tennisschoenen die hij al had moeten inpakken, zwaaiend met zijn tennisracket. Een angstig gevoel had opnieuw bezit van hem genomen, het gevoel dat hij, na al die jaren, en op deze laatste dag hier, nog steeds een vreemde was. Vier jaar, bijna vijf, en hij voelde zich nog steeds een dolende op een andere planeet. Niet dat dat het minder moeilijk maakte om te vertrekken, ook al zou hij spoedig, als God het wilde, Parijs terugzien. Nou ja! De oorlog maakte weinig bij hem los, behalve het idee dat het erg was. De ene kant of de andere zou winnen. En in beide gevallen zou het leven moeilijk zijn. Al zou het nog moeilijker worden als de Geallieerden verloren. En in beide gevallen zou je eigen strijd verdergaan.

Hoe onafgebroken, hoe onthutsend veranderde het landschap! Nu lagen de velden vol stenen; er stond een rij dode bomen. Een achtergelaten ploeg, waarvan het silhouet zich aftekende tegen de lucht, hief zijn armen in een zwijgende smeekbede ten hemel; een andere planeet, bedacht hij weer, een vreemde planeet waar als je iets verder keek, voorbij de Tres Marías, je alle soorten landschappen tegelijk zou zien, de Cotswolds, Windermere, New Hampshire, de weiden van de Eure-et-Loire, zelfs de grijze duinen van Cheshire, zelfs de Sahara, een planeet waarop je in een oogwenk van klimaat kon veranderen en, als je er zo over wilde denken, door het oversteken van een autoweg driemaal van beschaving; maar mooi, van een schoonheid die niet viel te ontkennen, of ze nu noodlottig was of louterend, de schoonheid van het aardse paradijs zelf.

Maar wat had hij in dat aardse paradijs gedaan? Hij had er een paar vrienden gemaakt. Hij had zich er van een Mexicaanse maîtresse voorzien met wie hij ruziemaakte, en van een groot aantal prachtige Mayabeelden die hij niet mee het land uit zou kunnen nemen, en hij had –

Laruelle vroeg zich af of het zou gaan regenen: dat deed het soms, hoewel zelden, in deze tijd van het jaar, zoals het vorig jaar bijvoorbeeld regende toen dat niet had gemoeten. En dat daar in het zuiden waren onweerswolken. Hij verbeeldde zich dat hij de regen kon ruiken en het maalde door zijn hoofd dat hij niets prettiger zou vinden dan nat te worden, doorweekt tot op zijn huid, en aldoor maar verder te lopen door dit woeste landschap in zijn plakkende flanellen broek en steeds maar natter en natter en natter te worden. Hij keek naar de wolken: donkere snelle paarden die door de lucht joegen. Een zwart onweer dat losbrak uit zijn jaargetijde! Zo was de liefde, bedacht hij; de liefde die te laat kwam. Alleen werd ze niet gevolgd door een verstandige kalmte, als van de geur van de avond of traag zonlicht en warmte die terugkeerden naar het verraste land! Laruelle versnelde zijn pas nog meer. En al sloeg zulke liefde je met stomheid, blindheid, gekte of dood – je lot zou door je beeldspraak niet veranderd worden. Tonnerre de dieu... Zeggen hoe de liefde was die te laat kwam, daarmee kon je je dorst niet lessen.

De stad lag nu bijna precies rechts boven hem, want Laruelle was geleidelijk heuvelafwaarts gelopen sinds hij Hotel Casino de la Selva verlaten had. Vanaf het veld dat hij overstak kon hij, boven de bomen op de heuvelflank en achter de donkere kasteelvorm van het Cortez-paleis, het al verlichte, traag draaiende reuzenrad zien op het plein van Quauhnahuac; hij meende het gelach van mensen te horen dat opsteeg uit die kleurige gondels en, opnieuw, die vage roes van stemmen die zingen, zwakker worden, wegsterven in de wind en ten slotte onhoorbaar zijn. Een weemoedig Amerikaans liedje, de St. Louis Blues of iets dergelijks, drong over de velden tot hem door, soms een zachte, door de wind meegevoerde flard muziek waaruit een nevel van gekakel over de grond scheerde, die niet zozeer door de muren en torens van de buitenwijken werd gebroken als wel ertegenaan beukte; en die dan weer kreunend door de verte werd opgezogen. Hij bevond zich op het weggetje dat via de brouwerij de weg naar Tomalín bereikte. Hij kwam uit op de weg naar Alcapancingo. Er passeerde een auto en terwijl hij met afgewend gezicht wachtte tot het stof was neergedaald, herinnerde hij zich de keer dat hij met Yvonne en de Consul langs de Mexicaanse meerbedding was gereden, die zelf eens de krater van een reusachtige vulkaan was geweest, en tegen de door stof vervaagde horizon de bussen door het opwarrelende stof had zien suizen, de heen en weer schuddende jongens achter op de vrachtwagens had zien staan die zich vastklampten alsof hun dood ervan afhing, hun gezicht omzwachteld tegen het stof (en hij had altijd het gevoel dat daar iets prachtigs in school, een symboliek voor de toekomst, waarvoor zulke waarlijk grootse voorbereidingen waren getroffen door een heroïsch volk, want overal in Mexico kon je die voortdenderende vrachtwagens zien met van die jonge bouwvakkers erop, die kaarsrecht stonden met verwoed wapperende broek en ferm en wijd uiteengeplante benen) en in het zonlicht, op de ronde heuvel, dat eenzame, oprukkende stoftraject, de door stof verduisterde heuvels bij het meer als eilanden in stromende regen. De Consul, wiens oude huis Laruelle nu ontwaarde op de helling achter het ravijn, had toen redelijk in zijn schik geleken terwijl hij door Cholula dwaalde met zijn driehonderd zes kerken en zijn twee kapperszaken, 'Toilet' en 'Harem' genaamd, en later de ruïne van de piramide beklom, die naar hij trots verklaarde de oorspronkelijke toren van Babel was. Hoe bewonderenswaardig had hij het vermoedelijke Babel van zijn gedachten toen weten te verbergen!

Twee haveloze indianen kwamen door het stof op Laruelle af; zij liepen te betogen, maar met de diepe concentratie van hoogleraren die in de zomerse schemering over het terrein van de Sorbonne kuieren. Hun stemmen, de gebaren van hun sierlijke, groezelige handen, waren onvoorstelbaar hoofs, verfijnd. Hun houding deed denken aan de majesteit van Azteekse prinsen, hun gezicht aan vage sculpturen op ruïnes in Yucatán:

'– perfectamente borracho –'

'– completamente fantástico –'
'Sí, hombre, la vida impersonal –'
'Claro, hombre –'
'Positivamente!'
'Buenas noches.'
'Buenas noches.'

Zij verdwenen in de schemering. Het reuzenrad zonk uit het zicht: de geluiden van de kermis, de muziek, waren tijdelijk verstomd in plaats van naderbij te komen. Laruelle keek naar het westen; als een ridder uit vroeger tijden, met een tennisracket als schild en een zaklantaarn als knapzak, droomde hij een moment van veldslagen die de ziel overleefde om daar te kunnen dolen. Hij was van plan geweest een ander weggetje aan zijn rechterhand in te slaan, dat langs de modelboerderij leidde waar Hotel Casino de la Selva zijn paarden liet grazen, en zo regelrecht in zijn straat uit te komen, de Calle Nicaragua. Maar een plotselinge ingeving deed hem linksaf slaan, de weg die langs de gevangenis liep. Hij voelde op zijn laatste avond een duister verlangen om afscheid te nemen van de ruïne van het paleis van Maximiliaan.

In het zuiden kwam een reusachtige aartsengel, zwart als een donderwolk, aanwieken vanaf de Stille Oceaan. En toch bewaarde het onweer zijn eigen geheimzinnige kalmte... Zijn hartstocht voor Yvonne (of ze als actrice zoveel voorstelde deed er niet toe, hij had geen woord gelogen toen hij haar had gezegd dat ze meer dan goed zou zijn geweest in elke film die hij had gemaakt) had, op een voor hem onverklaarbare manier, zijn hart weer herinnerd aan die eerste keer dat hij, terwijl hij alleen door de weiden van Saint-Près liep, dat slaperige Franse dorpje van binnenwateren en sluizen en grijze, in onbruik geraakte watermolens waar hij een kamer had gehuurd, langzaam en schitterend en met grenzeloze schoonheid boven de met deinende wilde bloemen begroeide stoppelvelden uitstijgend, langzaam verrijzend in het zonlicht, de twee torenspitsen van de kathedraal van Chartres had gezien, zoals eeuwen tevoren de pelgrims die over diezelfde velden dwaalden. Zijn liefde had een vredige kalmte teweeggebracht, zij het veel te kort, die vreemd genoeg op de bekoring, de betovering van Chartres zelf leek, langgeleden, met al die zijstraatjes waarvan hij was gaan houden en het café waar hij naar de kathedraal kon zitten kijken die eeuwig langs de wolken ijlde, de betovering die zelfs niet verbroken kon worden door het feit dat hij er schandalig diep in het krijt stond. Laruelle liep haastig naar het paleis. Net zomin had enige wroeging vanwege de treurige toestand van de Consul vijftien jaar later hier in Quauhnahuac die andere betovering verbroken! Trouwens, bedacht Laruelle, datgene wat de Consul en hem weer enige tijd tot elkaar had gebracht, zelfs nadat Yvonne was weggegaan, was van geen van beide kanten wroeging geweest. Het was ten dele misschien eerder het verlangen naar die denkbeeldige troost, ongeveer even bevredigend als het bijten op een zere kies, die kon worden geput uit het wederzijdse, onuitgesproken doen alsof Yvonne er nog was.

– Ach, maar al die dingen hadden voldoende reden kunnen zijn om de hele aarde als afstand tussen henzelf en Quauhnahuac te bewaren! Maar geen van beiden had dat gedaan. En nu voelde Laruelle de last ervan van buitenaf op hem drukken, alsof die op de een of andere manier was overgebracht naar die paarse heuvels overal om hem heen, zo mysterieus, met hun geheime zilvermijnen, zo teruggetrokken en toch zo dichtbij, zo stil, en van die bergen straalde een vreemde weemoedige kracht af die hem hier lijfelijk probeerde vast te houden en die bestond uit het gewicht ervan, het gewicht van vele dingen, maar voornamelijk dat van het verdriet.

Hij kwam langs een veld waar een vaalblauwe Ford, een compleet wrak, onder een heg op een helling was geduwd: twee bakstenen waren onder de voorwielen gelegd om een onvrijwillig vertrek te voorkomen. Waar wacht je op, wilde hij vragen, want hij voelde een soort verwantschap, een soort medeleven met die deinende flarden stokoude motorkap... *Liefste, waarom ben ik weggegaan? Waarom heb je me laten gaan?* Het was niet Laruelle tot wie deze woorden op die veel te laat aangekomen ansichtkaart van Yvonne gericht waren geweest, de ansichtkaart die de Consul op een gegeven moment tijdens die laatste ochtend boosaardig onder zijn kussen moest hebben gestopt – maar hoe zou je ooit te weten kunnen komen wanneer precies? – alsof de Consul alles had uitgekiend, alsof hij wist dat Laruelle hem zou ontdekken juist op het moment dat Hugh radeloos uit Parián belde. Parián! Aan zijn rechterhand torenden de gevangenismuren op. Op de wachttoren, die er net boven uitstak, tuurden twee politiemannen door hun verrekijker naar het oosten en het westen. Laruelle passeerde een brug over de rivier en sneed vervolgens een stuk af via een grote open plek in het bos waar kennelijk een botanische tuin werd aangelegd. Vogels kwamen aanzwermen vanuit het zuidoosten; kleine, zwarte, lelijke vogels, en toch te lang, zoiets als monsterlijke insecten, zoiets als kraaien, met een onhandige lange staart en een golvende, springerige, moeizame vlucht. Als vernietigers van het schemeruur klapwiekten ze koortsig naar huis, zoals ze elke avond deden, om neer te strijken in de fresno-bomen op de zócalo, die tot het vallen van de avond zou weergalmen van hun onophoudelijke borende werktuiglijke gekrijs. Her en der verspreid verstomde de weerzinwekkende massa en peddelde voorbij. Tegen de tijd dat hij het paleis bereikte, was de zon ondergegaan.

Ondanks zijn *amour propre* had hij er onmiddellijk spijt van dat hij was gegaan. Het was alsof de kapotte roze zuilen in het halflicht hadden gewacht om boven op hem te vallen: en de vijver, die was overdekt met groen schuim en waarvan het trapje was losgerukt en nog aan één rottende kram hing, om zich boven zijn hoofd te sluiten. De deerlijk gehavende, kwalijk riekende kapel, door onkruid overwoekerd, de afbrokkelende muren, bespat met urine, waar zich schorpioenen schuilhielden – vernield entablement, treurige archivolt, glibberige, met uitwerpselen bedekte stenen – deze plek, waar ooit de liefde had gebroed, leek een onderdeel van een nachtmerrie. En Laruelle had genoeg van nachtmerries. Frankrijk zou zich niet naar Mexico moeten overplaatsen, bedacht hij, zelfs niet in Oostenrijkse vermomming. Ook Maximiliaan was ongelukkig geweest in zijn paleizen, de arme drommel. Waarom moesten ze dat andere noodlottige paleis in Triëst ook het Miramar noemen, waar Carlotta krankzinnig geworden was en iedereen die er ooit had gewoond, van keizerin Elisabeth van Oostenrijk tot aartshertog Ferdinand, op gewelddadige wijze aan zijn eind was gekomen? En toch, wat moesten ze van dit land hebben gehouden, die twee eenzame, tot het paars geroepen ballingen, eindelijk echte mensen, uit hun element gerukte geliefden – hun Eden begon, zonder dat een van beiden precies wist waarom, onder hun ogen in een gevangenis te veranderen en te stinken als een brouwerij, zodat hun enige majesteit ten slotte die van een treurspel was. Geesten. Net als in het Casino huisden hier zonder twijfel geesten. En een geest die nog steeds zei: 'Het is ons lot dat we hier zijn, Carlotta. Kijk naar dat golvende, prachtige land, zijn heuvels, zijn dalen, zijn onvoorstelbaar mooie vulkanen. En dan te bedenken dat het van ons is! Laten we ons van onze goede, opbouwende kant laten zien en tonen dat we het waard zijn!' Of er waren ruziënde geesten: 'Nee, jij hield van jezelf, jij hield meer van je ellende dan ik. Jij hebt ons dit opzettelijk aangedaan.' 'Ik?' 'Jij had altijd mensen die voor je zorgden, die van je hielden, die je gebruikten, die je leidden. Je luisterde naar iedereen behalve mij, terwijl ik echt van je hield.' 'Nee, jij bent de enige van wie ik ooit gehouden heb.' 'Ooit? Jij hield alleen van jezelf.' 'Nee, van jou, altijd van jou, je moet me geloven, alsjeblieft: je weet vast nog wel hoe we altijd plannen maakten om naar Mexico te gaan. Weet je dat nog...? Ja, je hebt gelijk. Ik heb mijn kans met jou gehad. Nooit meer zo'n kans!' En plotseling begonnen ze, terwijl ze daar stonden, samen hartstochtelijk te huilen.

Maar het was de stem van de Consul, niet die van Maximiliaan, die Laruelle bijna in het paleis had kunnen horen: en terwijl hij verderliep, herinnerde hij zich, dankbaar dat hij eindelijk de Calle Nicaragua had bereikt, al was het dan aan het andere eind, de dag dat hij daar op de Consul en Yvonne was gestuit die elkaar omhelsden; dat was niet lang na hun aankomst in Mexico en hoe anders had het paleis hem toen toegeschenen! Laruelle hield zijn pas in. De wind was gaan liggen. Hij knoopte zijn Engelse tweedjasje open (maar gekocht bij High Life, uitgesproken als Ietsjlief, in Mexico-Stad) en maakte zijn blauwe sjaal met witte stippen los. De avond was ongewoon drukkend. En zo stil. Geen geluid, geen kreet bereikte nu zijn oren. Niets dan het onbeholpen zuigen van zijn voetstappen... Geen levende ziel te bekennen. Laruelle voelde zich ook enigszins geïrriteerd, zijn broek knelde. Hij werd te dik, was al te dik geworden in Mexico, wat op nog een andere merkwaardige reden duidde waarom sommige mensen misschien de wapens opnamen, een reden die nooit de kranten zou halen. Dwaas zwaaide hij zijn tennisracket door de lucht, alsof hij serveerde, retourneerde: maar het ging te zwaar, hij was de pers vergeten. Hij passeerde de modelboerderij aan zijn rechterhand, de gebouwen, de velden, de nu schemerige heuvels in de snel toenemende duisternis. Het reuzenrad kwam weer in zicht, alleen de top, zwijgend brandend hoog op de heuvel, bijna recht voor hem, en toen rezen de bomen erbovenuit. De weg, die erbarmelijk was en vol kuilen, liep nu steil naar beneden; hij naderde het bruggetje over de barranca, het diepe ravijn. Halverwege het bruggetje bleef hij staan; hij stak een nieuwe sigaret aan met de oude, opgerookte en leunde over de reling, omlaagkijkend. Het was te donker om de bodem te zien, maar: hier kon je met recht van eindigheid spreken, en van een kloof! Quauhnahuac was in dit opzicht net als de tijd: welke kant je ook op ging, om elke hoek wachtte je de afgrond. Een slaapzaal voor gieren en de moloch van de stad! Toen Christus werd gekruisigd, zo wilde de over zee aangewaaide priesterlegende, had overal in dit land de aarde zich geopend, hoewel toen nauwelijks iemand onder de indruk zal zijn geweest van deze samenloop van omstandigheden! Het was op deze brug dat de Consul hem eens had voorgesteld een film over Atlantis te maken. Ja, net zo leunend als nu, dronken maar bij zijn positieven, coherent, een beetje gek, een beetje ongeduldig – het was een van die keren dat de Consul zich nuchter had gedronken – had hij met hem over de geest van de afgrond gesproken, de god van de storm, 'huracán', die 'op zo suggestieve wijze getuigde van het contact tussen de tegenovergestelde kanten van de Atlantische Oceaan'. Wat hij daarmee ook bedoeld mocht hebben.

Maar het was niet de eerste keer dat de Consul en hij in een afgrond hadden staan kijken. Want er was altijd, eeuwen geleden – en hoe zou je dat nu kunnen vergeten? – de 'Hellebunker' geweest: en die andere ontmoeting daar die vaag verband leek te houden met die latere in het paleis van Maximiliaan... Was zijn ontdekking van de Consul hier in Quauhnahuac echt zo bijzonder geweest, de ontdekking dat zijn vroegere Engelse speelmakker – hij kon hem moeilijk 'schoolmakker' noemen – die hij bijna een kwart eeuw niet had gezien, nota bene in zijn straat woonde en daar al zes weken had gewoond zonder dat hij het wist? Waarschijnlijk niet; waarschijnlijk was het alleen maar zo'n onbeduidende samenloop van omstandigheden geweest die zich laat vangen onder de noemer: 'lievelingsstreken van de goden'. Maar hoe levendig kwam hem die vroegere Engelse vakantie aan zee weer voor de geest!

– Laruelle, die was geboren in Languion, in de Moezelstreek, maar wiens vader, een rijke filatelist met een neiging tot afwezigheid, naar Parijs was verhuisd, bracht als jongen zijn zomervakanties gewoonlijk samen met zijn ouders in Normandië door. Courseulles, in de Calvados, aan het Kanaal, was geen mondaine badplaats. Verre van dat. Er waren een paar winderige, vervallen pensions, kilometers desolaat duingebied, en de zee was er koud. Toch was het Courseulles geweest, in de snikhete zomer van 1911, waar het gezin van de beroemde Engelse dichter Abraham Taskerson naartoe gekomen was, in het gezelschap van die vreemde kleine Engels-Indische wees, een sombere knaap van vijftien, zo verlegen maar tegelijk zo merkwaardig onafhankelijk, die poëzie schreef, daartoe kennelijk aangemoedigd door de oude Taskerson (die thuis was gebleven), en die soms in huilen uitbarstte als je in zijn bijzijn het woord 'vader' of 'moeder' gebruikte. Jacques, die ongeveer even oud was, had zich op een zonderlinge manier tot hem aangetrokken gevoeld: en aangezien de andere jongens van Taskerson – minstens zes, voor het merendeel ouder en naar het scheen allemaal van een stoerder slag, hoewel ze achterneven waren van de jonge Geoffrey Firmin – de neiging hadden samen op te trekken en de jongen aan zijn lot over te laten, ging hij veelvuldig met hem om. Samen zwierven ze langs het strand met een tweetal oude, uit Engeland meegenomen 'cleeks' en een paar aftandse hardrubberen golfballen, die tijdens hun laatste middag glorieus de zee in werden gemept. 'Joffrey' werd 'De Ouwe Pik'. Laruelle mère, voor wie hij echter 'die knappe jonge Engelse dichter' was, mocht hem ook graag, terwijl Taskerson mère op de Franse jongen gesteld was geraakt: het resultaat was dat Jacques werd uitgenodigd om de maand september bij de Taskersons in Engeland door te brengen, waar Geoffrey zou blijven tot zijn school weer begon. Jacques' vader, die van plan was hem tot zijn achttiende naar een Engelse school te sturen, vond het goed. Hij had met name bewondering voor de kaarsrechte, mannelijke houding van de Taskersons... En zo kwam Laruelle in Leasowe terecht.

Het was een soort volwassen, beschaafde versie van Courseulles aan de Engelse noordwestkust. De familie Taskerson woonde in een comfortabel huis waarvan de achtertuin aan een prachtige, glooiende golfbaan raakte die aan de andere kant begrensd werd door de zee. Het leek op de zee; in werkelijkheid was het de tien kilometer brede monding van een rivier: witgekuifde golven in het westen gaven aan waar de echte zee begon. De bergen van Wales, naargeestig en zwart en in wolken gehuld, met hier en daar een besneeuwde top die Geoff aan India deed denken, lagen aan de overkant van de rivier. Doordeweeks, als ze er mochten spelen, lag de golfbaan er verlaten bij: rafelige gele hoornpapavers wapperden tussen het stekelige strandkruid. Op het strand waren nog lelijke zwarte stronken van een antediluviaans bos te zien en verderop stond gedrongen een oude verlaten vuurtoren. Er lag een eilandje in de monding, met een molen erop als een merkwaardige zwarte bloem, waar je bij laag water naartoe kon rijden op een ezel. De rook van vrachtschepen die vanuit Liverpool het zeegat kozen, hing laag boven de horizon. Je kreeg er een gevoel van ruimte en leegte. Alleen in de weekends kleefde er een zeker nadeel aan hun locatie: hoewel het seizoen ten einde liep en de grijze hydrotherapeutische hotels langs de boulevards leeg raakten, was de golfbaan de hele dag vergeven van de makelaars uit Londen die er hun foursomes kwamen spelen. Van zaterdagmorgen tot zondagavond werd het dak bestookt door een voortdurende hagel van uit de koers vliegende golfballen. Dan was het een genoegen om met Geoffrey naar de stad te gaan, waar nog volop mooie lachende meisjes waren, en door de zonnige winderige straten te lopen of naar een van de komische Pierrot-voorstellingen op het strand te kijken. Of, het leukste van alles, op het door de zee gevormde meer te varen met het geleende twaalfvoets-jacht dat vakkundig bestuurd werd door Geoffrey.

Want Geoffrey en hij werden – net als in Courseulles – veel aan hun lot overgelaten. En Jacques begreep nu beter waarom hij de Taskersons in Normandië maar zo weinig had gezien. Die jongens waren weergaloze, ontzagwekkend goede lopers. Ze zagen er geen been in om veertig tot vijftig kilometer per dag te lopen. Maar wat nog vreemder leek, als je bedacht dat nog geen van hen de leeftijd van scholier achter zich had, was dat ze ook weergaloze, ontzagwekkend goede drinkers waren. Tijdens een wandelingetje van niet meer dan vijf kilometer deden ze evenveel pubs aan en dronken in elk daarvan twee grote glazen zwaar bier. Zelfs de jongste, die nog geen vijftien was, sloeg in één middag zijn zes glazen achterover. En als er een misselijk werd, had hij geluk. Dan kwam er plaats voor nog meer. Noch Jacques, die een zwakke maag had – al was hij thuis aan een zekere hoeveelheid wijn gewend –, noch Geoffrey, die niet van de smaak van bier hield en bovendien op een strenge methodistische school zat, kon dit middeleeuwse tempo bijbenen. En de hele familie dronk zo buitensporig. De oude Taskerson, een vriendelijke, scherpzinnige man, had de enige van zijn zoons verloren die iets van zijn literaire talent had geërfd; elke avond zat hij peinzend in zijn studeerkamer met de deur open, uur in, uur uit drinkend met zijn poezen op schoot en ritselend met zijn avondblad om van verre te laten blijken hoezeer hij het gedrag van zijn andere zoons, die op hun beurt uur in, uur uit zaten te drinken in de eetkamer, afkeurde. Mevrouw Taskerson, thuis een andere vrouw omdat ze het daar misschien minder nodig vond om een goede indruk te maken, zat bij haar zoons, met een blos op haar knappe gezicht, waarop ook iets van afkeuring te lezen stond, maar desondanks dronk ze alle anderen vrolijk onder tafel. Het was waar dat de jongens gewoonlijk een voorsprong hadden. Niet dat ze van het soort waren dat je ooit dronken over straat zag waggelen. Ze stelden er een eer in om steeds nuchterder te lijken naarmate ze dronkener werden. Ze liepen in de regel fantastisch rechtop, de schouders naar achter, de blik vooruit, als paleissoldaten op wacht, zij het tegen het eind van de dag heel, heel traag, maar nog steeds in diezelfde 'kaarsrechte mannelijke houding' die zo'n indruk had gemaakt op Laruelles vader. Toch was het allerminst ongebruikelijk dat je het hele huishouden de volgende morgen slapend op de vloer van de eetkamer aantrof. Overigens leek niemand daar enige last van te hebben. En de provisiekamer puilde altijd uit van de vaten bier waaruit iedereen naar hartelust kon tappen. De gezonde en sterke jongens aten als leeuwen. Ze werkten onvoorstelbare hoeveelheden gebakken schapenmaag naar binnen en zogenaamde zwarte pastei of bloedbeuling, een soort in havermeel gerolde klonters slachtafval waarvan Jacques vreesde dat ze althans ten dele voor hem waren bedoeld – *boudin* toch zeker, Jacques? – terwijl Ouwe Pik, die nu vaak werd aangeduid als 'die Firmin', er schuchter en slecht op zijn gemak bij zat, zijn glas pale bitter onaangeroerd, en verlegen een gesprek met de heer Taskerson probeerde aan te knopen.

Aanvankelijk was het moeilijk te begrijpen wat 'die Firmin' eigenlijk bij zo'n onwaarschijnlijk gezin te zoeken had. Hij schepte in heel andere dingen genoegen dan de jongens van Taskerson en hij zat zelfs niet eens op dezelfde school. Toch was het makkelijk te zien dat de familieleden die hem hierheen hadden gestuurd dat met de beste bedoelingen hadden gedaan. Geoffrey zat altijd 'met zijn neus in de boeken', zodat 'neef Abraham', wiens werk een religieuze inslag had, de 'aangewezen man' was om hem te helpen. Terwijl ze over de jongens zelf waarschijnlijk even weinig wisten als Jacques' eigen familie: ze sleepten op school alle taalprijzen in de wacht, en alle sportprijzen: deze voortreffelijke, flinke knapen zouden 'geknipt' zijn om die arme Geoffrey over zijn verlegenheid heen te helpen en hem te laten ophouden met zijn 'gedagdroom' over zijn vader en India. Jacques had met die arme Ouwe Pik te doen. Zijn moeder was gestorven toen hij nog een kind was, in Kasjmir, en zijn hertrouwde vader was ergens in het afgelopen jaar doodeenvoudig maar hoogst scandaleus verdwenen. Niemand in Kasjmir of elders wist precies wat er gebeurd was. Hij was op een dag de Himalaya in gelopen en in rook opgegaan, Geoffrey in Srinagar achterlatend, samen met zijn halfbroer Hugh, die toen nog maar een baby was, en zijn stiefmoeder. Vervolgens was, alsof het nog niet erg genoeg was, ook de stiefmoeder doodgegaan, zodat de twee kinderen alleen in India achterbleven. Arme Ouwe Pik! Ondanks zijn vreemdheid was hij werkelijk geroerd als iemand aardig tegen hem deed. Hij was zelfs geroerd dat hij 'die Firmin' werd genoemd. En hij droeg de oude Taskerson op handen. Laruelle had het gevoel dat hij op zijn manier alle Taskersons op handen droeg en ze met zijn leven verdedigd zou hebben. Hij was zo ontwapenend hulpeloos en tegelijkertijd zo trouw. En de jongens van Taskerson hadden tenslotte, op hun monsterlijk botte Engelse manier, hun best gedaan om hem niet buiten te sluiten en hem genegenheid te tonen tijdens zijn eerste zomervakantie in Engeland. Zij konden er ook niets aan doen dat hij geen zeven glazen bier kon drinken in veertien minuten of tachtig kilometer kon lopen zonder erbij neer te vallen. Het was gedeeltelijk aan hen te danken dat Jacques hier was om hem gezelschap te houden. En misschien wás het ze gedeeltelijk gelukt om hem zijn verlegenheid te laten overwinnen. Want van de Taskersons had Ouwe Pik in elk geval de Engelse manier geleerd om 'meiden te versieren', en Jacques met hem. Ze hadden een absurd Pierrot-lied, dat bij voorkeur met het Franse accent van Jacques werd gezongen.

Jacques en hij liepen over de boulevard onder het zingen van:

Ach we LOPEN *allemaal over de wiggeldewaggelde* STRAAT
En we PRATEN *allemaal van die wiggeldewaggelde* PRAAT
En we DRAGEN *allemaal zo'n wiggeldewaggelde* DAS
En-lopen-de-meisjes-na-met-een-wiggeldewaggelde pas. Ach
En we ZINGEN *allemaal ons wiggeldewaggelde* GEZANG
En we drinken tot de ochtendstond geen waaater,
En-morgen-hebben-we-de-wiggeldewaggelde-hele-dag-lang
Allemaal-een-wiggeldewaggelde-kaaater.

Daarna moest je volgens het ritueel 'Hoi' schreeuwen en achter een meisje aan lopen wier bewondering je, als ze zich toevallig omdraaide, meende te hebben afgedwongen. Als je dat echt was gelukt en het was na zonsondergang, dan nam je haar mee uit wandelen over de golfbaan waar het wemelde, om met de Taskersons te spreken, van de goede 'buitenzitplekjes'. Deze bevonden zich in de hoofdbunkers ofwel geulen tussen twee duinen. De bunkers zaten gewoonlijk vol zand, maar ze waren windvrij, en diep; niet een was er dieper dan de 'Hellebunker'.

De Hellebunker vormde een gevreesde uitdaging, niet al te ver van huize Taskerson, midden in de lange glooiende achtste fairway. Hij bewaakte de green in zekere zin, hoewel hij daar ver vanaf lag, en een heel stuk lager, en iets meer naar links. De afgrond gaapte op een zodanige positie dat hij de derde slag van een golfer als Geoffrey, een speler met een aangeboren gratie en élégance, kon opslokken, en ongeveer de vijftiende van een kruk als Jacques. Jacques en Ouwe Pik hadden al menigmaal besloten dat de Hellebunker een goede plek zou zijn om een meisje mee naartoe te nemen, hoewel er nooit vanuit werd gegaan dat er iets serieus gebeurde, waar je ze ook mee naartoe nam. Dat hele 'versieren' had over het algemeen iets onschuldigs. Na verloop van tijd kregen Ouwe Pik, die zacht gezegd nog knaap was, en Jacques, die deed alsof hij dat niet meer was, de gewoonte om meisjes op te pikken op de boulevard, naar de golfbaan te lopen en daar uiteen te gaan, om elkaar later weer te ontmoeten. In huize Taskerson golden vreemd genoeg tamelijk stipte tijden. Laruelle wist tot op de dag van vandaag niet waarom er geen afspraken over de Hellebunker bestonden. Het lag allerminst in zijn bedoeling om Geoffrey te gaan begluren. Hij was toevallig samen met zijn meisje, dat hem verveelde, de achtste fairway overgestoken, in de richting van Leasowe Drive, toen beiden werden opgeschrikt door stemmen vanuit de bunker. Toen onthulde het maanlicht het bizarre schouwspel waarvan hij noch het meisje de ogen kon afwenden. Laruelle had haastig weg willen lopen maar geen van tweeën – zich geen van tweeën geheel bewust van het effect dat hetgeen er zich in de Hellebunker afspeelde op hun zintuigen had – kon zijn lachen bedwingen. Merkwaardigerwijze had Laruelle zich nooit meer kunnen herinneren wat er door wie was gezegd, maar wel de uitdrukking op Geoffreys gezicht in het maanlicht en de schutterige, potsierlijke manier waarop het meisje overeind was gekrabbeld, en vervolgens hoe Geoffrey en hij met een opmerkelijk aplomb waren opgetreden. Ze waren allemaal naar een taveerne gegaan met een zonderlinge naam als 'The Case is Altered'. Het was duidelijk de eerste keer dat de Consul op eigen initiatief een café betrad; hij bestelde op luide toon een rondje Johnny Walker, maar de kelner, die oog in oog stond met de eigenaar, weigerde hen te bedienen en ze werden eruit gezet omdat ze minderjarig waren. Helaas was hun vriendschap niet tegen deze twee treurige, zij het ongetwijfeld door de voorzienigheid gezonden teleurstellinkjes bestand. Laruelles vader had het idee om hem naar een school in Engeland te sturen inmiddels laten varen. De vakantie liep sputterend ten einde in troosteloosheid en midzomerstormen. Het afscheid in Liverpool was droefgeestig en somber geweest en zijn reis naar Dover en naar huis verliep al even droefgeestig en somber, eenzaam als een uienventer op de door de zee geteisterde Kanaalboot naar Calais –

Laruelle richtte zich op, zich er ineens van bewust dat er iets gaande was, en kon nog net op tijd uitwijken voor een ruiter die zijn paard dwars over de brug had ingehouden. De duisternis was gevallen gelijk Huize Usher. Het paard stond met zijn ogen te knipperen tegen de tevoorschijn springende koplampen van een auto, een zeldzaam verschijnsel zo ver op de Calle Nicaragua, die naderde vanuit de stad en zich deinend over de vreselijke weg bewoog als een schip. De ruiter was zo dronken dat hij helemaal over zijn paard heen hing, zijn voeten uit de stijgbeugels, wat op zichzelf een prestatie was gezien het formaat daarvan, en maar nauwelijks in staat om zich vast te klampen aan de teugels, hoewel hij niet eenmaal naar de zadelknop greep om zijn evenwicht te bewaren. Het paard steigerde wild, opstandig – half uit angst en wellicht half uit minachting voor zijn berijder – en schoot vervolgens als vanuit een katapult in de richting van de auto: de man, die aanvankelijk recht achterover leek te vallen, wist zich op wonderbaarlijke wijze te redden en gleed alleen maar naar één kant, als een circusruiter, werkte zich weer in het zadel, gleed er weer af, zakte omlaag, viel achterover – zich elke keer op het nippertje reddend, maar altijd met de teugels en nooit met de zadelknop, en nu hield hij ze in één hand, zonder dat hij de stijgbeugels weer bemachtigd had, en sloeg verwoed op de flanken van het paard met de machete die hij uit een lange gebogen schede had getrokken. Intussen hadden de koplampen een gezin in het vizier gekregen dat verspreid de heuvel afliep, een man en een vrouw in de rouw en twee keurig geklede kinderen, die door de vrouw naar de kant van de weg werden getrokken voor de voort jachtende ruiter, terwijl de man aan de rand van de greppel bleef staan. De auto stopte, dimde zijn lichten voor de ruiter, reed vervolgens in de richting van Laruelle en stak de brug achter hem over. Het was een krachtige geruisloze auto, van Amerikaanse makelij, diep doorzakkend op zijn veren en met een nauwelijks hoorbare motor, en het geluid van de paardenhoeven klonk duidelijk en stierf weg op de flauwe helling van de slecht verlichte Calle Nicaragua, langs het huis van de Consul, waar in het raam een licht zou branden dat Laruelle niet wilde zien – want lang nadat Adam de hof verlaten had bleef het licht in Adams huis branden – en waar het hek gerepareerd was, langs de school aan de linkerkant, en de plek waar hij die dag Yvonne had ontmoet met Hugh en Geoffrey – en hij stelde zich voor dat de ruiter niet eens zou stilhouden bij zijn, Laruelles, eigen huis, waar zijn pas half gepakte koffers als een berg waren opgestapeld, maar roekeloos de hoek naar de Calle Tierra del Fuego omsloeg en verder de stad door stormde, met woeste ogen als van hen die spoedig de dood zullen ontmoeten – en ook dit, bedacht hij plotseling, dit maniakale visioen van redeloze razernij, zij het beheerst, niet geheel onbeheerst, ook dit had vagelijk met de Consul te maken...

Laruelle liep verder de heuvel op: in de stad, onder het plein, bleef hij vermoeid staan. Hij was echter niet de Calle Nicaragua op gelopen. Om zijn eigen huis te mijden had hij een kortere weg genomen, door even voorbij de school linksaf te slaan, via een steil en kuilig kronkelpad dat achter de zócalo zijn lussen beschreef. De mensen staarden hem nieuwsgierig aan toen hij, nog altijd zijn tennisracket torsend, over de Avenida de la Revolución kuierde. Deze straat zou, als je hem maar lang genoeg bleef volgen, weer naar de Amerikaanse autoweg en Hotel Casino de la Selva leiden. Laruelle glimlachte: in dit tempo kon hij eeuwig in een excentrische baan om zijn huis blijven lopen. Achter hem wervelde de kermis, die hij maar nauwelijks een blik waardig had gekeurd, verder. De zelfs bij avond kleurrijke stad was stralend verlicht, zij het sporadisch, zoals een haven. Winderige schaduwen zwiepten over de trottoirs. En de enkele bomen in de schaduw leken te zijn verdronken in kolengruis, hun takken gebogen onder een last van roet. De kleine bus kwam hem opnieuw voorbij rammelen, ditmaal de andere kant op, hard remmend op de steile heuvel en zonder achterlicht. De laatste bus naar Tomalín. Hij passeerde de ramen van dr. Vigil aan de overkant: *Dr. Arturo Díaz Vigil, Médico Cirujano y Partero, Facultad de México, de la Escuela Médico Militar, Enfermedades de Niños, Indisposiciones nerviosas* – en hoeveel beleefder klonk dit alles dan de mededelingen die je in de openbare toiletten aantrof! – *Consultas de 12 a 2 y 4 a 7*. Lichtelijk overdreven, dacht hij. Krantenjongens renden voorbij die de *Quauhnahuac Nuevo* verkochten, het blad dat pro-Almazán en pro-Axis was en dat naar men zei werd uitgegeven door die vervelende Unión Militar. *Un avión de combate Francés derribado por un caza Alemán. Los trabajadores de Australia abogan por la paz. ¿Quere Vd.* – vroeg een raambiljet in een etalage hem – *vestirse con elegancia y a la última moda de Europa y los Estados Unidos?* Laruelle ging verder de heuvel af. Voor de kazerne liepen twee soldaten, beiden met een Franse legerhelm en een met groene lasso's afgezet en doorvlochten grauw verschoten paars uniform, hun wacht. Hij stak de straat over. Bij zijn nadering van de bioscoop werd hij zich ervan bewust dat alles niet was zoals het zou moeten zijn, dat er een vreemde onnatuurlijke opwinding in de lucht hing, een soort koorts. Het was in een mum van tijd veel koeler geworden. En de bioscoop was donker, alsof er vanavond geen film werd vertoond. Aan de andere kant stond een grote groep mensen, geen rij, maar duidelijk een aantal bezoekers van de bioscoop zelf die voortijdig naar buiten waren gestroomd om op het trottoir en onder de sierarcade naar een op een bestelwagen gemonteerde luidspreker te luisteren waaruit de Washington Post March schalde. Plotseling klonk er een donderslag en de straatlantaarns gingen uit. Dus de lichten van de bioscoop waren al eerder uitgegaan. Regen, dacht Laruelle. Maar zijn verlangen om nat te worden had hem verlaten. Hij borg zijn tennisracket onder zijn jasje en begon te rennen. Een als door een sleuf geleide wind overspoelde plotseling de straat, zodat de kranten alle kanten op waaiden en de naftafakkels op de tortillastalletjes plat werden geblazen: boven het hotel tegenover de bioscoop werden woeste tekens gekrabbeld door de bliksem, gevolgd door weer een daverende donderslag. De wind jammerde, overal renden mensen, de meesten lachend, naar een veilig heenkomen. Laruelle hoorde de donderslagen neerdenderen op de bergen achter hem. Hij wist de bioscoop net op tijd te bereiken. De regen kwam met bakken uit de lucht.

Buiten adem stond hij onder de beschutting van de bioscoopingang, die echter meer weg had van de ingang van een schemerige bazaar of markt. Boeren dromden met manden naar binnen. Een uitzinnige kip probeerde zich toegang te verschaffen tot het tijdelijk verlaten lokethokje, waarvan de deur half openstond. Overal waren mensen die met zaklantaarns schenen of lucifers afstreken. De bestelwagen met de luidspreker glibberde weg in de regen en de donder. *Las Manos de Orlac,* vermeldde een affiche: *6 y 8:30. Las Manos de Orlac, con Peter Lorre.*

De straatlantaarns gingen weer aan, maar de bioscoop bleef donker. Laruelle tastte naar een sigaret. De handen van Orlac... Hoe had dit hem in een flits weer aan de begindagen van de film herinnerd, bedacht hij, zelfs aan zijn eigen langdurige studententijd, de dagen van de Praagse Student, van Wiene en Werner Krauss en Karl Grüne, de Ufa-dagen toen een verslagen

Duitsland het respect van de culturele wereld afdwong met de films die er werden gemaakt. Alleen was het toen Conrad Veidt die in *Orlac* speelde. Vreemd genoeg was die film nauwelijks beter geweest dan de huidige versie, een zwak Hollywoodproduct dat hij een paar jaar terug in Mexico-Stad had gezien of misschien wel – Laruelle keek om zich heen – misschien wel in deze zelfde bioscoop. Dat was niet onmogelijk. Maar voorzover hij zich kon herinneren, had zelfs Peter Lorre de film niet kunnen redden en hij wilde hem niet nog eens zien... En toch, wat een ingewikkeld en eindeloos verhaal leek het te vertellen, van tirannie en toevluchtsoorden, dat affiche dat nu dreigend boven hem hing, met de moordenaar Orlac erop! Een kunstenaar met moordenaarshanden; dat was het symbool, de hiëroglief van die tijd. Want het was eigenlijk Duitsland zelf dat, in de gruwelijke vernedering van een slechte spotprent, boven hem opdoemde. – Of sloeg deze, wanneer hij zijn verbeelding minder plezierige paden liet bewandelen, op Laruelle zelf?

De directeur van de bioscoop stond voor hem en hield in de kom van zijn hand, met diezelfde bliksemsnelle en gezoek verijdelende hoffelijkheid waarvan ook dr. Vigil blijk gaf, alle Zuid-Amerikanen, een lucifer voor zijn sigaret: zijn haar, dat van geen regendruppels wist en bijna gevernist leek, en de zwaar geparfumeerde geur die hij verspreidde, verrieden zijn dagelijkse bezoek aan de peluquería; hij was onberispelijk gekleed in een gestreepte broek en een zwart jasje, halsstarrig *muy correcto*, zoals de meeste Mexicanen van zijn slag, ondanks aardbeving en donderstraal. Nu wierp hij de lucifer weg met een gebaar dat niet verspild was, want het kwam neer op een groet. 'Kom, laten we wat gaan drinken,' zei hij.

'De regentijd wil maar niet wijken,' glimlachte Laruelle terwijl ze zich een weg baanden tot in een kleine cantina die aan de bioscoop grensde zonder het afdak aan de voorkant daarvan te delen. De cantina, die bekendstond als de Cervecería xx en die tevens Vigils 'plek waar je weet wel' was, werd verlicht door kaarsen die in flessen op de toog en op de paar tafeltjes langs de muur waren gestoken. De tafeltjes waren allemaal bezet.

'Chingar,' zei de directeur binnensmonds, in gedachten verzonken, alert, en hij keek om zich heen: ze gingen aan het uiteinde van de korte toog staan waar plaats was voor twee. 'Het spijt me zeer dat het functioneren moet worden gestaakt. Maar de draden zijn gedecomponeerd. Chingado. Elke week gaat er verdomme wel wat mis met het licht. Vorige week was het veel erger, echt verschrikkelijk. U weet dat we een troep uit Panama-Stad hadden die hier een try-out kwam doen voor een voorstelling in Mexico.'

'Vindt u het erg dat ik –'

'Nee, hombre,' lachte de ander – Laruelle had Sr. Bustamente, die er inmiddels in geslaagd was de aandacht van de barman te trekken, gevraagd of hij de Orlac-film hier al niet eerder had gezien en zo ja, of hij hem weer van stal had gehaald vanwege het succes. '– uno –?'

Laruelle aarzelde: 'Tequila,' en vervolgens, zichzelf verbeterend: 'Nee, anís – anís, por favor, señor.'

'Y una – ah – gaseosa,' zei Sr. Bustamente tegen de barman. 'Nee, señor.' Hij bevoelde waarderend, nog altijd in gedachten verzonken, de stof van Laruelles nauwelijks natte tweedjasje. 'Companero, we hebben hem niet weer van stal gehaald. Hij is alleen maar teruggekomen. Laatst heb ik hier ook mijn laatste nieuws vertoond: geloof me, de eerste journaals over de Spaanse oorlog, die weer terug zijn.'

'Maar ik zie dat u toch ook wel wat moderne films krijgt,' zei Laruelle (hij had zojuist een plaats in de autoridades-loge afgeslagen voor de tweede voorstelling, als die er al kwam) met een wat ironische blik op een opzichtig driedubbel affiche van een Duitse filmster, al leken de gelaatstrekken zorgvuldig Spaans, dat achter de toog hing: *La simpatiquísima y encantadora María Landrock, notable artista alemana que pronto habremos de ver en sensacional Film.*

'– un momentito, señor. Con permiso...'

Sr. Bustamente liep naar buiten, niet via de deur waardoor ze waren binnengekomen, maar via een zijingang onmiddellijk rechts van hen achter de toog, waarvan een gordijn opzij was geschoven, de bioscoop zelf in. Laruelle kon het interieur daarvan goed zien. Er steeg een prachtig kabaal uit op, net alsof de voorstelling nog aan de gang was, van schreeuwende kinderen en venters die gefrituurde aardappels en frijoles verkochten. Het viel maar moeilijk te geloven dat zovelen hun plaats hadden verlaten. Donkere gedaanten van pariahonden slopen de stalles in en uit. De lichten waren niet geheel gedoofd: ze brandden zwakjes, vaag oranjerood, flikkerend. Op het doek, waarover een eindeloze stoet door zaklantaarns beschenen schaduwen klauterde, hing, op magische wijze ondersteboven geprojecteerd, een zwakke verontschuldiging voor het 'gestaakte functioneren'; in de autoridades-loge werden met één lucifer drie sigaretten aangestoken. Achterin, waar het weerkaatste licht op de letters SALIDA van de uitgang viel, kon hij juist de bezorgde gestalte van Sr. Bustamente ontwaren die zich naar zijn kantoor begaf. Buiten onweerde en regende het. Laruelle nam een slokje van zijn door water vertroebelde anís die eerst groen verfrissend was en daarna nogal misselijkmakend. Eigenlijk leek het helemaal niet op absint. Maar zijn vermoeidheid had hem verlaten en hij begon honger te krijgen. Het was al zeven uur. Maar Vigil en hij zouden waarschijnlijk later wel bij de Gambrinus of Charley's Place gaan eten. Hij koos een kwart citroen van een schoteltje en zoog er peinzend op, terwijl hij een kalender las waarop, naast de raadselachtige Maria Landrock, achter de toog de ontmoeting stond afgebeeld tussen Cortez en Moctezuma in Tenochtitlán: *El ultimo Emperador Azteca*, stond eronder, *Moctezuma y Hernán Cortés representativo de la raza hispana, quedan frente a frente: dos razas y dos civilizaciones que habían llegado a un alto grado de perfección se mezclan para integrar el núcleo de nuestra nacionalidad actual.* Maar Sr. Bustamente verscheen weer met, in zijn opgeheven hand boven een drom mensen bij het gordijn, een boek...

Zich bewust van een grote verbazing draaide Laruelle het boek om en om in zijn handen. Toen legde hij het op de toog en nam een slokje anís. 'Bueno, muchas gracias, señor,' zei hij.

'De nada,' antwoordde Sr. Bustamante op gedempte toon; met een breed, op de een of andere manier veelomvattend gebaar wimpelde hij een sombere pilaar af die met een blad chocoladeschedels op hen toekwam. 'Ik weet niet hoe lang, misschien twee, misschien drie jaar aquí.'

Laruelle wierp opnieuw een blik op het schutblad en sloeg het boek op de toog dicht. Boven hen kletterde de regen op het bioscoopdak. Het was achttien maanden geleden dat de Consul hem de beduimelde kastanjebruine bundel Elizabethaanse toneelstukken had geleend. Omstreeks die tijd waren Geoffrey en Yvonne misschien vijf maanden uit elkaar. Er zouden er nog zes verstrijken voordat ze terugkwam. In de tuin van de Consul slenterden ze somber op en neer tussen de rozen en het loodkruid en de wasplanten 'net verkommerde préservatifs', had de Consul opgemerkt met een duivelse blik naar hem, een blik die tegelijkertijd bijna vormelijk was en die nu leek te hebben betekend: 'Ik weet, Jacques, dat je het boek misschien nooit zult teruggeven, maar wie weet heb ik het je juist om die reden geleend, dat je er op een dag spijt van krijgt dat je dat niet hebt gedaan. O, ik zal het je dan vergeven, maar zul je het jezelf kunnen vergeven? Niet alleen dat je het niet hebt teruggegeven, maar ook omdat het boek tegen die tijd een symbool zal zijn geworden van wat je zelfs nu al niet meer terug kunt geven.' Laruelle had het boek aangenomen. Hij kon het gebruiken omdat hij in zijn achterhoofd al enige tijd met het idee speelde om in Frankrijk een moderne filmversie van het Faustverhaal te maken met een soort Trotski als hoofdpersoon: maar om de waarheid te zeggen had hij het tot op de dag van vandaag nog niet geopend. De Consul had hem er later diverse malen naar gevraagd, maar hij had het al diezelfde dag gemist nadat hij het kennelijk in de bioscoop had laten liggen. Laruelle luisterde naar het water dat door de goten kletterde onder de enige jaloeziedeur, in de verste linkerhoek van de Cervecería xx, die toegang gaf tot een zijstraat. Een plotselinge donderslag deed het hele gebouw schudden en het geluid echode weg als kolen in een stortkoker.

'U weet, señor,' zei hij opeens, 'dat dit boek niet van mij is.'

'Dat weet ik,' antwoordde Sr. Bustamente, maar zachtjes, bijna fluisterend: 'Ik denk uw amigo, dat het van hem was.' Hij kuchte even verward, een appoggiatura. 'Uw amigo, de *bicho* –' Zich kennelijk bewust van Laruelles glimlach onderbrak hij zichzelf kalm. 'Ik bedoelde niet *bitch;* ik bedoel *bicho*, degene met de blauwe ogen.' Vervolgens, alsof het nog steeds twijfelachtig was over wie hij het had, kneep hij in zijn kin en trok er een denkbeeldige baard uit. 'Uw amigo – ah – Señor Firmin. El Cónsul. De Americano.'

'Nee. Hij was geen Amerikaan.' Laruelle probeerde zijn stem enigszins te verheffen. Dat was lastig, want iedereen in de cantina was opgehouden met praten en Laruelle merkte dat er ook over de bioscoop een merkwaardige stilte was neergedaald. Het licht was nu volledig gedoofd en hij staarde over de schouder van Sr. Bustamente in de kerkhofachtige duisternis achter het gordijn, doorschoten door flitsen zaklantaarn als hitteschichten, maar de venters hadden hun stem gedempt en de kinderen waren opgehouden met lachen en gillen, terwijl het geslonken publiek slap en verveeld maar geduldig voor het donkere doek zat, dat plotseling verlicht werd doordat er stomme bespottelijke schaduwen van reuzen en speren en vogels overheen schoten, en toen weer donker was, de mannen op het rechter balkon, die niet de moeite hadden genomen zich te verroeren of naar beneden te komen, als een massieve donkere fries in de muur uitgehouwen, ernstige, besnorde mannen, krijgers die wachtten op het begin van de voorstelling, op een glimp van de met bloed besmeurde handen van de moordenaar.

'Nee?' zei Sr. Bustamente zacht. Hij nam een slokje van zijn gaseosa terwijl ook hij naar de donkere bioscoop keek en vervolgens, opnieuw in gedachten verzonken, de cantina rond.

'Maar was het waar, was hij een Consul? Want ik herinner me heel wat keren dat hij hier zat te drinken: en vaak, de arme kerel, hij had geen sokken aan.'

Laruelle lachte kort. 'Ja, hij was de Britse consul hier.' Ze spraken op gedempte toon nu, in het Spaans, en Sr. Bustamente, die eraan wanhoopte dat er de eerste tien minuten licht zou zijn, liet zich tot een glas bier verleiden terwijl Laruelle zelf frisdrank nam.

Maar hij was er niet in geslaagd de hoffelijke Mexicaan uit te leggen wat voor iemand de Consul was. Het licht was zowel in de bioscoop als de cantina weer zwak gaan branden, al was de voorstelling nog niet begonnen, en Laruelle zat alleen aan een vrij gekomen hoektafeltje van de Cervecería xx met een nieuwe anís voor zich. Zijn maag zou het moeten bezuren: hij was pas het afgelopen jaar zo zwaar gaan drinken. Hij zat er stram bij, de bundel Elizabethaanse toneelstukken dichtgeslagen op het tafeltje, en staarde naar zijn tennisracket dat leunde tegen de rug van de stoel tegenover hem die hij vrij hield voor dr. Vigil. Hij voelde zich een beetje als iemand die in een bad ligt waar al het water uit is gelopen, verdwaasd, bijna dood. Was hij maar naar huis gegaan, dan was hij nu misschien al klaar met pakken. Maar hij had zelfs niet kunnen besluiten om afscheid te nemen van Sr. Bustamente. Het regende nog steeds boven Mexico, buiten het seizoen, het donkere water buiten rees en zou zijn eigen zacuali aan de Calle Nicaragua overspoelen, zijn nutteloze toren tegen de komst van de tweede zondvloed. Nacht van de Culminatie van de Plejaden! Wat was per slot van rekening een consul, dat men aan zo iemand aandacht zou schenken? Sr. Bustamente, die ouder was dan hij eruitzag, had zich de dagen van Porfirio Díaz nog herinnerd, de dagen dat, in Amerika, elk stadje langs de Mexicaanse grens een 'consul' herbergde. Sterker nog, zelfs in dorpen op honderden kilometers van die grens waren nog Mexicaanse consuls te vinden. Consuls werden geacht de belangen van landen te behartigen bij hun onderlinge handel – nietwaar? Maar stadjes in Arizona die voor nog geen tien dollar per jaar handel met Amerika dreven, hadden een consul die door Díaz werd betaald. Natuurlijk waren dat geen consuls maar spionnen. Sr. Bustamente wist dat, omdat voor de revolutie zijn eigen vader, een progressief man die lid was van de Ponciano Arriaga, drie maanden in de gevangenis had gezeten in Douglas in Arizona (wat Sr. Bustamente zelf er niet van zou weerhouden om op Almazán te gaan stemmen) op bevel van een door Díaz betaalde consul. Was het dan niet redelijk om te veronderstellen, zo had hij zonder beledigende bedoelingen te kennen gegeven, dat Señor Firmin ook zo'n consul was, weliswaar geen Mexicaanse consul, noch geheel van hetzelfde slag als die andere, maar een Engelse consul die moeilijk kon beweren de Engelse handelsbelangen te behartigen in een oord waar geen Britse belangen en geen Engelsen waren, des te meer wanneer men bedacht dat Engeland de diplomatieke betrekkingen met Mexico verbroken had?

Sr. Bustamente leek er zelfs half van overtuigd dat Laruelle zich in de luren had laten leggen, dat Señor Firmin eigenlijk een soort spion was geweest, of, zoals hij het uitdrukte, een spin. Maar nergens ter wereld waren er mensen te vinden die humaner waren of sneller tot medeleven bereid dan de Mexicanen, ook al stemden ze op Almazán. Sr. Bustamente was genegen medelijden met de Consul te hebben, zelfs als spin, een diep doorvoeld medelijden met de arme eenzame van alles beroofde bevende ziel die hier avond aan avond had zitten drinken, verlaten door zijn vrouw (maar die kwam terug, riep Laruelle bijna luidkeels uit, dat was juist het bijzondere, ze kwam terug!) en mogelijkerwijze, als hij terugdacht aan de sokken, zelfs verlaten door zijn land, en die zonder hoed en desconsolado en geheel uit zijn doen door de stad zwierf, achtervolgd door andere spinnen die zonder dat hij er ooit geheel zeker van was – nu eens een man met een zonnebril die hij voor een straatslijper hield, dan weer een aan de overkant van de weg rondhangende man die hij voor een dagloner aanzag, of een kale jongen met oorbellen die als een bezetene heen en weer zwaaide in een knerpende hangmat – de ingang van elke straat of steeg bewaakten, wat zelfs een Mexicaan niet meer wilde geloven (omdat het niet waar was, volgens Laruelle), maar wat desondanks zeer wel mogelijk was, zoals Sr. Bustamentes vader hem zou hebben verzekerd; hij moest maar ergens beginnen en er zelf achter komen, net zoals zijn vader hem zou hebben verzekerd dat hij, Laruelle, bijvoorbeeld de grens niet per veewagen zou kunnen oversteken zonder dat 'zij' in Mexico-Stad het wisten voor hij daar aankwam en al hadden besloten wat 'zij' daaraan zouden doen. Natuurlijk kende Sr. Bustamente de Consul niet goed, al had hij de gewoonte om zijn ogen open te houden, maar de hele stad kende hem van gezicht en de indruk die hij wekte, althans dat laatste jaar, behalve dat hij natuurlijk altijd *muy borracho* was, was er een van iemand die voortdurend voor zijn leven vreesde. Eenmaal was hij de cantina El Bosque ingerend, gedreven door de oude vrouw Gregorio, nu weduwe, terwijl hij iets schreeuwde als 'Sanctuario!', dat ze achter hem aan zaten, en de weduwe, nog banger dan hij, had hem de halve middag in de achterkamer verstopt. Het was niet de weduwe die hem dat verteld had maar, voordat hij stierf, Señor Gregorio zelf, wiens broer zijn, Sr. Bustamentes, tuinman was, want Señora Gregorio was half Engels of Amerikaans en had enige moeite om een en ander aan zowel Señor Gregorio als diens broer Bernardino uit te leggen. En toch, als de Consul een 'spin' was, dan was hij dat nu niet meer en kon het hem vergeven worden. Per slot van rekening was hij in wezen *simpático*. Had hij hem niet ooit in ditzelfde café al zijn geld aan een bedelaar zien geven die werd ingerekend door de politie?

– Maar de Consul was ook geen lafaard, zo was Laruelle hem, wellicht niet ter zake, in de rede gevallen, althans niet van het soort dat in de rats zat voor zijn leven. Integendeel, hij was een buitengewoon moedig man, een held zelfs, die met een veelbegeerde medaille was onderscheiden vanwege zijn opmerkelijke huzarenstukjes in dienst van zijn land gedurende de laatste oorlog. Ook was hij ondanks al zijn fouten in de grond geen slecht mens. Zonder precies te weten waarom had Laruelle het idee dat hij misschien wel een sterke invloed ten goede was gebleken. Maar Sr. Bustamente had nooit gezegd dat hij een lafaard was. Bijna eerbiedig wees Sr. Bustamente erop dat een lafaard zijn en vrezen voor je leven twee verschillende dingen waren in Mexico. En natuurlijk was de Consul niet slecht maar een *hombre noble*. Maar zouden het karakter en de voortreffelijke staat van dienst die Laruelle hem toeschreef hem niet juist bij uitstek geschikt hebben gemaakt voor de uitzonderlijk gevaarlijke activiteiten van een spin? Het leek zinloos om te proberen Sr. Bustamente aan het verstand te brengen dat het baantje van de arme Consul niet meer was dan een toevlucht, dat hij oorspronkelijk had geprobeerd om ambtenaar bij het binnenlands bestuur in India te worden maar uiteindelijk in de diplomatieke dienst terecht was gekomen waar hij om allerlei redenen steeds verder naar beneden was geschopt, naar steeds uitheemser consulaten, om ten slotte in de sinecure in Quauhnahuac te belanden waar hij de minste kans had om een blok aan het been te blijken van het Britse rijk waarin hij, zo vermoedde Laruelle, althans met een deel van zijn verstand zo hartstochtelijk geloofde.

Maar waarom was dat allemaal gebeurd? vroeg hij zich nu af. Quién sabe? Hij waagde zich aan nog een anís en de eerste slok riep een tafereel op in zijn gedachten, waarschijnlijk nogal onnauwkeurig (Laruelle had bij de artillerie gediend gedurende de laatste oorlog en had die overleefd ondanks het feit dat hij enige tijd onder direct bevel had gestaan van Guillaume Apollinaire). Doodse stilte op de linie, maar de ss *Samaritan* voer, als ze zich al in de linie had moeten bevinden, in werkelijkheid ver ten noorden daarvan. Voor een stoomschip dat met een lading antimoon en kwikzilver en wolfram van Shanghai op weg was naar Newcastle in New South Wales hield het schip inderdaad al enige tijd een nogal merkwaardige koers aan. Waarom was het bijvoorbeeld vanuit de Japanse Boengo Straat ten zuiden van Sjikokoe de Stille Oceaan op gevaren en niet vanuit de Oost-Chinese Zee? Een beetje als een afgedwaald schaap bleef het al dagenlang op de onmetelijke groene waterweiden, op volle zee en ter hoogte van verscheidene belangwekkende eilanden die ver uit haar koers lagen. De Vrouw van Lot en Arzobispo. Rosario en Zwaveleiland. Vulkaaneiland en San Augustino. Ergens tussen Farallón de Pájaros en het Euphrosynerif kreeg ze de periscoop voor het eerst in de gaten en zette haar motoren op volle kracht achteruit. Maar toen de U-boot boven water kwam, draaide ze bij. Als onbewapend koopvaardijschip bood de *Samaritan* geen weerstand. Maar voordat de manschappen van de U-boot die aan boord zouden komen haar bereikt hadden, sloeg haar stemming om. Als bij toverslag werd het schaap een vuurspuwende draak. De U-boot had niet eens tijd om onder te duiken. De volledige bemanning werd gevangengenomen. De *Samaritan*, die bij het treffen haar kapitein had verloren, voer verder en liet de onderzeeër hulpeloos brandend achter, als een rokende sigaar die gloeide op het onmetelijke oppervlak van de Stille Oceaan.

En in een hoedanigheid die Laruelle onduidelijk was – want Geoffrey had niet bij de koopvaardij gediend, maar was daar terechtgekomen via de jachtclub en iets bij de bergingsdienst, luitenant-ter-zee derde klasse of, God mocht het weten, tegen die tijd misschien inmiddels tweede klasse – had de Consul de voornaamste hand gehad in deze escapade. En daarvoor, of voor de heldenmoed die ermee gepaard ging, had hij de Britse Distinguished Service Order of het gelijknamige Cross ontvangen.

Maar toch kleefde aan dit alles kennelijk een schoonheidsfoutje. Want hoewel de bemanning van de onderzeeër krijgsgevangen was gemaakt toen de *Samaritan* (maar één van de namen van het schip, zij het die welke de Consul het best beviel) de haven bereikte, was er om geheimzinnige redenen niet een van de officieren bij. Er was iets met die Duitse officieren gebeurd en wat er met hen was gebeurd, was niet fraai. Naar men zei, hadden de stokers van de *Samaritan* zich van hen meester gemaakt en hen levend in de ovens verbrand.

Laruelle dacht hierover na. De Consul hield van Engeland en had wellicht als jongeman – maar dit leek twijfelachtig, want zoiets was in die dagen eerder het prerogatief van niet-strijders – de volkshaat jegens de vijand gedeeld. Maar hij was een man van eer en niemand verdacht hem er waarschijnlijk ook maar een ogenblik van dat hij de stokers van de *Samaritan* bevel zou hebben gegeven om de Duitsers in de oven te stoppen. Niemand kon zich voorstellen dat zo'n bevel ooit zou zijn uitgevoerd. Maar het feit bleef dat de Duitsers erin waren gegooid en het had geen zin om te zeggen dat ze daar het best op hun plaats waren. Iemand moest de schuld op zich nemen.

Zodoende had de Consul zijn onderscheiding pas ontvangen nadat hij voor de krijgsraad was gedaagd. Hij werd vrijgesproken. Het was Laruelle volstrekt onduidelijk waarom hij en niemand anders was vervolgd. Toch was het gemakkelijk om je de Consul als een larmoyante pseudo-'Lord Jim' voor te stellen die in zelfgekozen ballingschap leefde en ondanks zijn onderscheiding over zijn verloren eer piekerde, zijn geheim, en zich inbeeldde dat hem om die reden zijn leven lang een smet zou aankleven. Maar dat was absoluut niet het geval. Er kleefde hem duidelijk geen smet aan. En hij had niet de geringste aarzeling getoond om het voorval door te nemen met Laruelle, die er jaren geleden een behoedzaam artikel over had gelezen in de *Paris-Soir*. Daarbij was hij zelfs bijzonder geestig geweest. 'De mensen hadden simpelweg niet de gewoonte,' had hij gezegd, 'om Duitsers in de oven te stoppen.' Maar in die laatste maanden was hij, tot verbazing van Laruelle, in zijn dronkenschap plotseling een paar keer gaan verkondigen dat hij niet alleen schuldig was aan het gebeurde, maar dat hij er bovendien altijd vreselijk onder geleden had.

Hij ging nog veel verder. De stokers trof geen blaam. Er was geen sprake van dat hun enig bevel was gegeven. Terwijl hij zijn spierballen liet opzwellen, verkondigde hij sardonisch dat hij de daad geheel eigenhandig had volbracht. Maar tegen die tijd was de arme Consul al vrijwel niet meer bij machte om de waarheid te vertellen en was zijn leven een orale fictie à la Don Quichot geworden. In tegenstelling tot 'Jim' maakte hij zich niet erg druk meer om zijn eer en de Duitse officieren waren alleen maar een excuus om nog een fles mescal te kopen. Dat zei Laruelle dan ook tegen de Consul en ze kregen een absurde ruzie, waardoor ze weer van elkaar waren vervreemd – waar bitterder zaken hen niet van elkaar vervreemd hadden – en dat tot het laatst bleven – op het allerlaatst was het zelfs boosaardiger, treuriger geweest dan ooit – zoals jaren geleden in Leasowe:

Dan vlieg ik overijld de aarde in:
Gaap, aarde! zij biedt mij geen toevlucht meer!

Laruelle had de bundel Elizabethaanse toneelstukken op een willekeurige plaats opengeslagen en hij zat gedurende een ogenblik, zijn omgeving vergetend, naar de woorden te staren die in staat leken zijn eigen gedachten mee een afgrond in te sleuren, alsof ze in zijn eigen geest het dreigement ten uitvoer brachten dat Marlowes Faust aan het adres van zijn vertwijfeling had gericht. Alleen had Faust het niet precies zo gezegd. Hij keek nauwkeuriger naar de passage. Faust had gezegd: 'Dan ren ik overijld de aarde in,' en: 'O nee, zij biedt mij geen –' Dat was minder erg. Onder de gegeven omstandigheden was rennen minder erg dan vliegen. Op de kastanjebruine leren band van het boek prijkte in diepdruk een gouden figuurtje zonder gezicht dat ook rende en een fakkel droeg als de uitgerekte nek en kop en open snavel van de heilige ibis. Laruelle zuchtte, beschaamd over zichzelf. Wat had die illusie teweeggebracht, dat ongrijpbare flakkerende kaarslicht, tegelijk met dat flauwe, zij het nu minder flauwe, elektrische schijnsel, of misschien een of andere overeenkomst, zoals Geoff het graag uitdrukte, tussen de subnormale wereld en de abnormaal achterdochtige? Wat had ook de Consul genoten van dat absurde spelletje: sortes Shakespeareanae... *En de wonderen die ik heb verricht, daarvan kan heel Duitsland getuigen. Wagner komt op, solus... Ik sal jou wat suggen, Hans. Dis skip, dat komen van Kandija, is als vol, door Gods sacrament, van suiker, amandelen, batist, end alle dingen, tousand, tousand ding.* Laruelle sloeg het boek bij Dekkers blijspel dicht en sloot vervolgens, voor de neus van de barman die hem met stille verwondering en een bevlekte theedoek over zijn arm stond te bekijken, zijn ogen, sloeg het boek weer open, liet een vinger door de lucht kringelen en plantte hem stevig bij een passage die hij nu in het licht hield:

Gesnoeid de twijg eer zei tot wasdom kwam,
Apollo's lauwertak is al verteerd,
Die in deze geleerde man ooit gegroeid was,
Faustus is weg: aanschouw zijn helse val...

Geschokt legde Laruelle het boek weer op het tafeltje en sloot het met de vingers en duim van zijn ene hand, terwijl hij met de andere naar een opgevouwen blad papier op de grond reikte dat eruit was gedwarreld. Hij raapte het met twee vingers op, vouwde het open en draaide het om. *Hotel Bella Vista*, las hij. Het waren in werkelijkheid twee velletjes uitzonderlijk dun hotelbriefpapier die platgedrukt in het boek hadden gezeten, lang maar smal en aan beide zijden zonder marge barstensvol geschreven met potlood. Op het eerste gezicht leek het geen brief. Maar zelfs in het onzekere licht was het handschrift, half kriebelig, half zwierig en volledig dronken, onmiskenbaar dat van de Consul zelf, de Griekse e's, luchtbogen van d's, de t's als eenzame kruisen langs de kant van de weg behalve waar ze een heel woord kruisigden, de woorden zelf steil bergafwaarts hellend, hoewel de afzonderlijke letters voor de afdaling leken terug te schrikken, zich schrap zetten en de andere kant op klommen. Laruelle kreeg een onbehaaglijk gevoel. Want hij zag nu dat het inderdaad een soort brief was, zij het van een schrijver die ongetwijfeld nauwelijks de bedoeling had gehad, en wellicht ook niet meer de handvaardigheid, om haar te posten:

... Nacht: en opnieuw die nachtelijke worsteling met de dood, de kamer die schudt van de duivelse orkesten, de flarden angstige slaap, de stemmen buiten het raam, mijn naam die voortdurend honend wordt herhaald door denkbeeldige aankomende figuren, de spinetten van de duisternis. Alsof er nog niet genoeg echte geluiden zijn in deze nachten met de kleur van grijs haar. Niet zoals het verscheurende tumult van Amerikaanse steden, het lawaai van het ontzwachtelen van gigantische reuzen in doodsnood. Maar de huilende pariahonden, de hanen die de godganse nacht de dageraad aankondigen, het geroffel, het gejammer dat later van wit gevederte afkomstig zal blijken te zijn dat ineengedoken op telegraafdraden in achtertuinen zit of van gevogelte dat in appelbomen op stok is gegaan, het eeuwige, nimmer slapende verdriet van het grote Mexico. Zelf begeef ik mij graag met mijn verdriet in de schaduw van oude kloosters, en met mijn schuld in kruisgangen en onder wandtapijten, en in de genadige gelagkamers van onvoorstelbare cantina's waar sip kijkende pottenbakkers en beenloze bedelaars zitten te drinken in de dageraad, waarvan je de koele narcisachtige schoonheid pas in de dood weer ontdekt. Dus toen jij wegging, Yvonne, ben ik naar Oaxaca gegaan. Een treuriger woord bestaat er niet. Moet ik je vertellen, Yvonne, over de vreselijke reis daarheen door de woestenij over het smalspoor, op de pijnbank van een derdeklasrijtuig, over het kind dat de moeder en ik het leven hebben gered door zijn buik met tequila uit mijn fles in te wrijven, of over hoe, toen ik naar mijn kamer ging in het hotel waar we eens gelukkig waren, de slachtgeluiden in de keuken beneden mij de felle gloed van de straat weer in dreven en er later, die nacht, een gier in de wasbak zat? Gruwelen die zijn berekend op het zenuwgestel van een reus! Nee, mijn geheimen behoren het graf toe en dienen bewaard te blijven. En zo zie ik mijzelf soms, als een groot ontdekkingsreiziger die een bijzonder land heeft ontdekt waaruit hij nooit kan terugkeren om zijn kennis aan de wereld over te dragen: maar de naam van dit land is de hel.

Het zit hem natuurlijk niet in Mexico maar in het hart. En vandaag was ik zoals gewoonlijk in Quauhnahuac toen ik van mijn advocaat het bericht van onze scheiding kreeg. Ik had er zelf om gevraagd. Ik kreeg ook nog een ander bericht: Engeland verbreekt de diplomatieke betrekkingen met Mexico en al zijn consuls – dat wil zeggen, degenen met de Engelse nationaliteit – worden teruggeroepen. Het zijn voor het merendeel vriendelijke en brave kerels wier goede naam ik, naar ik aanneem, te schande maak. Ik zal niet met hen mee naar huis gaan. Ik ga misschien wel naar huis maar niet naar Engeland, niet naar dat thuis. Zodoende reed ik rond middernacht met de Plymouth naar Tomalín om mijn Tlaxcaltecaanse vriend Cervantes de hanenvechter te zien in de Salón Ofélia. En vandaar kwam ik in de Farolito in Parián terecht waar ik nu om half vijf in de ochtend in een kamertje naast de bar ocha's zit te drinken gevolgd door mescal en dit schrijf op briefpapier van het Bella Vista dat ik laatst op een avond achterover heb gedrukt, misschien wel omdat het briefpapier van het consulaat, die graftombe, me pijn doet als ik ernaar kijk. Ik denk dat ik heel wat van lichamelijk lijden afweet. Maar dit is het ergste van alles, om te voelen hoe je ziel sterft. Ik vraag me af of het komt omdat mijn ziel vannacht echt gestorven is dat ik op dit moment iets van vredigheid voel.

Of komt het omdat er dwars door de hel een pad loopt, zoals Blake heel goed wist, dat ik, hoewel ik het misschien niet zal volgen, de laatste tijd soms in dromen heb kunnen zien? En het bericht van mijn advocaat heeft het volgende merkwaardige effect op mij gehad. Het is net of ik nu, tussen de mescals door, dat pad zie, en daarachter vreemde vergezichten, als visioenen van een nieuw leven dat we samen ergens zouden kunnen leiden. Het is net of ik ons in een of ander land in het noorden zie wonen, met bergen en heuvels en blauw water; ons huis is aan een kreek gebouwd en op een avond staan we, gelukkig met elkaar, op het balkon van dat huis over het water uit te kijken. Daarachter liggen houtzagerijen, half verscholen door bomen, en aan de voet van de heuvels aan de andere kant van de kreek iets wat op een olieraffinaderij lijkt, zij het verzacht en verfraaid door de afstand.

Het is een lichtblauwe maanloze zomeravond, maar laat, tien uur misschien, met Venus die fel in het daglicht straalt, zodat we ons ongetwijfeld ergens in het verre noorden bevinden, en terwijl we op dat balkon staan, zwelt van verderop langs de kust het gerommel van een lange door veel locomotieven getrokken goederentrein aan, gerommel omdat we er weliswaar door die brede strook water van gescheiden zijn, maar de trein naar het oosten rijdt en de veranderlijke wind op dat moment opeens vanuit oostelijke richting komt, en we naar het oosten kijken, zoals de engelen van Swedenborg, onder een hemel die helder is behalve waar helemaal in het noordoosten, boven verafgelegen bergen waarvan het paars is verschoten, een massa bijna spierwitte wolken hangt, plotseling, als door een licht in een albasten lamp, van binnenuit beschenen door gouden bliksem, en toch kun je geen donder horen, alleen het gerommel van de reusachtige trein met zijn locomotieven die zijn echo's via zijsporen wijd en zijd verbreidt terwijl hij vanuit de heuvels de bergen in rijdt: en dan opeens komt een hoog getuigde vissersboot als een witte giraffe om de punt gevaren, heel snel en statig, met vlak erachter een lange zilveren geschulpte rand van zog, die zich niet zichtbaar naar de kust begeeft maar nu steels en log op het strand en ons afkomt, terwijl die gekrulde zilveren zogrand eerst in de verte de kust treft en zich vervolgens langs de hele boog van het strand verspreidt, en het aanzwellende gerommel en tumult ervan zich nu eens bij het afnemende gerommel van de trein voegen en dan weer luid weerkaatsend stukslaan op ons strand en de vlotten, want er zijn houten duikvlotten, tegen elkaar aan deinen, alles opzij geduwd en prachtig gerimpeld en getormenteerd in dit voortrollende glanzende zilver, en dan de stukje bij beetje weerkerende kalmte, en je ziet de weerspiegeling van de verre witte donderkoppen in het water, en nu de bliksem binnen de witte wolken in het diepe water, terwijl de vissersboot zelf met een gouden krul van zich voortplantend licht in het zilveren zog naast haar dat vanuit de kajuit wordt teruggekaatst om de landtong verdwijnt, stilte, en dan opnieuw, binnen de witte witte verre albasten donderkoppen achter de bergen, die donderloze gouden bliksem in de blauwe avond, onaards...

En terwijl we staan te kijken komt er plotseling de deining van een ander onzichtbaar schip, als een reusachtig rad, de onmetelijke spaken van het rad die over de baai wervelen –

(Enkele mescals later.) Sinds december 1937, toen jij wegging, en ik hoor dat het nu lente 1938 is, vecht ik doelbewust tegen mijn liefde voor jou. Ik durfde er niet aan toe te geven. Ik heb me aan elke wortel en tak vastgeklampt die me op eigen kracht over deze kloof in mijn leven heen zouden helpen maar ik kan mezelf niet langer voor de gek houden. Als ik wil blijven leven, heb ik jouw hulp nodig. Anders ga ik vroeg of laat ten onder. Ach, had je mijn herinnering maar iets gegeven waarom ik je kon haten zodat er in dit verschrikkelijke oord waar ik me bevind eindelijk geen prettige gedachte aan jou zou zijn die me ooit nog zou beroeren! Maar in plaats daarvan stuurde je me die brieven. Waarom heb je die eerste brieven trouwens naar Wells Fargo in Mexico-Stad gestuurd? Realiseerde je je soms niet dat ik nog steeds hier was? Of – als ik in Oaxaca was – dat Quauhnahuac nog steeds mijn standplaats was? Dat is heel merkwaardig. Je had er ook makkelijk achter kunnen komen. En als je me bovendien metéén geschreven had, had het anders kunnen lopen – al had je me maar een ansichtkaart gestuurd, doodgewoon omdat je inzat over onze scheiding, en eenvoudig een beroep op óns gedaan om onmiddellijk een eind te maken aan die idioterie – en gezegd dat we van elkaar hielden, of zoiets, of een telegram, doodeenvoudig. Maar je wachtte te lang – zo lijkt het nu tenminste, tot na Kerstmis – Kerstmis! – en nieuwjaar, en wat je toen stuurde, kon ik niet lezen. Nee: ik ben nauwelijks één keer voldoende vrij van kwellingen of nuchter genoeg geweest om meer dan de algehele strekking van een van die brieven te kunnen begrijpen. Maar ik kon, ik kan ze voelen. Ik geloof dat ik er een paar bij me heb. Maar het doet me te veel pijn om ze te lezen, alsof ze te lang zijn bezonken. Ik zal het nu niet proberen. Ik kan ze niet lezen. Ze breken mijn hart. En ze kwamen toch te laat. En nu zullen er wel geen meer komen.

Helaas, maar waarom heb ik niet tenminste gedaan alsof ik ze had gelezen, het feit dat ze werden gestuurd niet willen zien als een weldadig soort desavouering? En waarom heb ik niet onmiddellijk een telegram of een briefje gestuurd? Ach, waarom niet, waarom niet, waarom niet? Want ik denk dat je na verloop van tijd wel zou zijn teruggekomen als ik het je had gevraagd. Maar zo is het leven in de hel nu eenmaal. Ik kon en kan het je niet vragen. Ik kon en kan geen telegram sturen. Ik heb hier, en in Mexico-Stad, in de Compañía Telegráfica Mexicana gestaan, en ook in Oaxaca, ik heb trillend en badend in het zweet in het postkantoor gestaan en de hele middag telegrammen geschreven als ik genoeg gedronken had om dat met vaste hand te kunnen doen, maar er nooit een verstuurd. En eenmaal had ik een of ander nummer van je en heb ik je interlokaal in Los Angeles gebeld, maar zonder succes. En een andere keer deed de telefoon het niet. Waarom kom ik dan niet zelf naar Amerika? Ik ben te ziek om de kaartjes te regelen, om het trillende delirium van de eindeloze eentonige cactusvlakten te verduren. En waarom zou ik naar Amerika gaan om dood te gaan? Misschien zou ik het niet erg vinden om in de Verenigde Staten begraven te worden. Maar ik denk dat ik liever in Mexico zou doodgaan.

Denk jij intussen dat ik nog altijd aan het boek werk, nog altijd het antwoord probeer te vinden op vragen als: Bestaat er een ultieme werkelijkheid, uiterlijk, bewust en altijd aanwezig, etc. etc., die verwezenlijkt kan worden met middelen die aanvaardbaar zijn voor alle overtuigingen en godsdiensten en geschikt voor alle klimaten en landen? Of waan je me tussen Genade en Begrip, tussen Chésed en Binah (maar nog steeds in Chésed) – mijn evenwicht, en evenwicht is alles, wankel – balancerend, wiebelend boven de afschuwelijke onoverbrugbare leegte, het vrijwel onvindbare pad van Gods bliksem terug naar God? Alsof ik ooit in Chésed ben geweest! De Qliphoth lijkt er meer op. Terwijl ik duistere gedichtenbundels had moeten produceren getiteld De triomf van Humpty Dumpty of de Tamp met de lichtgevende neus! Of in het gunstigste geval, net als Clare, 'een schrikwekkend visioen' had moeten weven... In elke mens een gemankeerde dichter. Hoewel het onder de gegeven omstandigheden misschien een goed idee is om in ieder geval te doen alsof er wordt voortgebouwd aan het grote werk over 'Geheime Kennis', zodat als het nooit uitkomt je altijd kunt zeggen dat dit feilen al door de titel wordt verklaard.

– Maar helaas voor de Ridder met het droevige gelaat! Want o, Yvonne, ik word zo onophoudelijk achtervolgd door je liederen, door je warmte en vrolijkheid, door je eenvoud en kameraadschap, door het honderdtal dingen waar jij goed in bent, je door en door gezonde verstand, je slordigheid, je al even buitensporige netheid – het heerlijke begin van ons huwelijk. Weet je nog dat lied van Strauss dat we altijd zongen? Eenmaal per jaar leven de doden één dag. O, kom weer tot mij als eens in mei. De tuinen van het Generalife en het Alhambra. En schaduwen van ons lot tijdens onze ontmoeting in Spanje. Café Hollywood in Granada. Waarom Hollywood? En het nonnenklooster daar: waarom Los Angeles? En in Malaga Pensión México. En toch kan niets ooit de plaats innemen van de eenheid die we eens vormden en die Christus mag weten waar nog ergens moet bestaan. Die we zelfs in Parijs nog vormden – voordat Hugh kwam. Is dat ook een illusie? Ik ben natuurlijk helemaal sentimenteel door de drank. Maar niemand kan jouw plaats innemen; ik zou inmiddels moeten weten, ik lach terwijl ik dit schrijf, of ik van je houd of niet... Soms word ik overweldigd door een uiterst krachtig gevoel, een radeloze verbijsterde jaloezie die, als ze door drank verergerd wordt, omslaat in een verlangen om mezelf met mijn eigen fantasie te vernietigen – om tenminste niet ten prooi te vallen aan – spoken –

(Enkele mescalitos later en dageraad in de Farolito)... De Tijd is in elk geval een kwakzalver. Hoe kan iemand pretenderen dat hij me over jou kan vertellen? Jij kunt de treurigheid van mijn leven niet kennen. Omdat ik eindeloos, als ik wakker ben maar ook als ik slaap, word achtervolgd door de gedachte dat jij misschien mijn hulp nodig hebt, die ik niet kan bieden, zoals ik de jouwe nodig heb, die jij niet kunt bieden, en je in visioenen en in elke schaduw heb gezien, zie ik me gedwongen om dit te schrijven, wat ik nooit zal versturen, en je te vragen wat we eraan kunnen doen. Is dat niet buitengewoon? En toch – zijn we het niet aan onszelf verplicht, aan dat zelf dat we buiten ons om hebben geschapen, om het opnieuw te proberen? Ach, wat is er toch gebeurd met de liefde en het begrip die we eens kenden! Wat zal ervan worden – wat zal er van ons hart worden? Liefde is het enige dat ons armzalige doen en laten op aarde betekenis geeft: niet bepaald een ontdekking, ben ik bang. Je zult wel denken dat ik gek ben, maar zo drink ik ook, alsof ik een eeuwig sacrament tot mij neem. O Yvonne, we mogen niet toestaan dat wat wij geschapen hebben op zo'n armetierige manier in vergetelheid raakt –

Heft uw ogen op naar de bergen, lijk ik een stem te horen zeggen. Soms, als ik om zeven uur 's ochtends het rode postvliegtuigje uit Acapulco aan zie komen vliegen over de vreemde heuvels, of waarschijnlijker, aan hoor komen vliegen, terwijl ik trillend, bevend en stervend in bed lig (als ik om die tijd in bed lig) – alleen maar een heel zwak geronk en weg – en brabbelend mijn hand uitsteek naar het glas mescal, waarvan ik zelfs als ik het aan mijn lippen zet nooit kan geloven dat het echt is, dat ik het de avond tevoren met wonderbaarlijk vooruitziende blik binnen handbereik heb gezet, dan denk ik dat jij daarin zult zitten, in dat vliegtuigje dat elke morgen langskomt, en dat je gekomen bent om me te redden. Dan gaat de ochtend voorbij en je bent niet gekomen. Maar o, ik bid er nu om, dat je zult komen. Al is het me bij nader inzien niet duidelijk waarom vanuit Acapulco. Maar in Godsnaam, Yvonne, luister naar me, ik heb geen verweer meer, op dit moment niet – en daar gaat het vliegtuigje, ik hoorde het in de verte, heel even maar, voorbij Tomalín – kom terug, kom terug. Ik zal ophouden met drinken, wat je maar wilt. Ik ga dood zonder jou. In Jezus Christusnaam, Yvonne kom bij me terug, luister naar me, dit is een hartenkreet, kom bij me terug, Yvonne, al is het maar voor een dag...

Laruelle begon de brief heel langzaam weer op te vouwen, de vouwen zorgvuldig gladstrijkend tussen duim en wijsvinger, en vervolgens had hij hem haast zonder erbij na te denken verfrommeld. Met het verfrommelde papier in zijn ene vuist op het tafeltje zat hij, diep in gedachten verzonken, om zich heen te staren. De afgelopen vijf minuten had er zich een totale verandering in de cantina voltrokken. Het onweer buiten leek voorbij maar de Cervecería xx had zich intussen geheel gevuld met boeren, die er kennelijk voor gevlucht waren. Ze zaten niet aan de tafeltjes, die leeg waren – want hoewel de voorstelling nog steeds niet was hervat, was het grootste deel van het publiek weer in ganzenmars naar de zaal gestroomd, vrij rustig nu alsof ze verwachtten dat het elk moment kon beginnen – maar dromden samen bij de toog. En dit schouwspel had iets moois, iets vrooms haast. In de cantina brandden zowel de kaarsen als de zwakke elektrische verlichting nog. Een boer hield twee kleine meisjes bij de hand terwijl de vloer bezaaid was met manden, de meeste leeg en tegen elkaar leunend, en nu gaf de barman de jongste van de twee kinderen een sinaasappel; iemand ging naar buiten, het kleinste meisje ging op de sinaasappel zitten, de jaloeziedeur zwaaide en zwaaide en zwaaide. Laruelle keek op zijn horloge – Vigil zou het eerste halfuur nog niet komen – en opnieuw naar de verfrommelde velletjes in zijn hand. De frisse koelte van door regen schoongespoelde lucht drong via de jaloeziedeur de cantina binnen en hij kon horen hoe de regen van de daken droop en het water nog steeds door de goten in de straat stroomde en hoe in de verte weer de geluiden van de kermis klonken. Hij wilde de verfrommelde brief net weer in het boek stoppen toen hij hem, half afwezig, maar duidelijk na een plotselinge ingeving, bij de kaars hield. De oplaaiende vlam zette de hele cantina in een uitbarsting van stralend licht waarin de figuren aan de toog – onder wie zich, zo zag hij nu, behalve de kleine kinderen en de boeren die kwee- of cactuskwekers waren met wijde witte kleren en brede hoeden, enkele rouwende vrouwen van de begraafplaatsen bevonden en mannen met een donker gezicht in een donker pak met open boord en losgemaakte das – een ogenblik versteend leken, als een muurschildering: ze waren allemaal opgehouden met praten en keken nieuwsgierig naar hem om, allemaal behalve de barkeeper die even bezwaar leek te willen maken, maar vervolgens zijn belangstelling verloor toen Laruelle de kronkelende massa in de asbak deponeerde, waaraan ze zich prachtig aanpaste door zich op te vouwen, een brandend kasteel, ineengestort, bezweken tot een zachtjes knetterende bijenkorf waardoor vonken kropen en vlogen als nietige rode wormpjes, terwijl erboven een paar grijze vlokjes as in de dunne rook zweefden, een dood omhulsel nu, zwakjes knisperend...

Boven de stad, in de donkere stormachtige nacht, draaide het lichtgevende rad achteruit.

II

'Er zal een lijk worden vervoerd met de sneltrein!'

De onvermoeibare veerkrachtige stem die deze zonderlinge opmerking zojuist over de vensterbank van de bar van het Bella Vista op het pleintje had geslingerd was, hoewel de eigenaar ervan onzichtbaar bleef, onmiskenbaar en pijnlijk vertrouwd als het ruim bemeten, van balkons met bloembakken voorziene hotel zelf, en even onwerkelijk, bedacht Yvonne.

'Maar waarom, Fernando, waarom zou er een lijk met de sneltrein worden vervoerd, denk je?'

De Mexicaanse taxichauffeur, ook vertrouwd, die net haar koffers had opgepakt – al was er geen taxi op het piepkleine vliegveldje van Quauhnahuac geweest, alleen de patserige stationcar die haar met alle geweld naar het Bella Vista had willen brengen – zette die weer op de stoep als om haar te verzekeren: ik weet waarom u hier bent, maar niemand heeft u herkend behalve ik, en ik zal u niet verraden. 'Sí, señora,' grinnikte hij. 'Señora – El Cónsul.' Zuchtend boog hij zijn hoofd met een zekere bewondering in de richting van het raam van de bar. 'Qué hombre!'

'– maar aan de andere kant, verdomme, Fernando, waarom ook eigenlijk niet? Waarom zou een lijk niet met de sneltrein vervoerd worden?'

'Absolutamente necesario.'

'– *gewoon een zootje bezopen hoeren uit Alagodsambama!*'

De laatste was weer een andere stem. Dus de bar, die voor de gelegenheid de hele nacht open was, was kennelijk vol. Beschaamd, door heimwee en ongerustheid verdoofd, niet van zins om de drukke bar binnen te gaan, maar evenmin om de taxichauffeur voor haar naar binnen te laten gaan, keek

Yvonne, wier bewustzijn zo werd opgezweept door wind en lucht en zeereis dat het leek alsof ze nog steeds op de boot zat, nog steeds gisteravond de haven van Acapulco binnen voer in een orkaan van reusachtige en schitterende vlinders die zich zeewaarts spoedden om de *Pennsylvania* te begroeten – eerst was het alsof er fonteinen van veelkleurig postpapier uit de eersteklas-salon werden gezwiept – met een afwerende blik het plein rond, volkomen rustig te midden van deze opschudding, de vlinders die nog steeds boven haar hoofd of langs de dikke geopende patrijspoorten zigzagden, eindeloos verdwijnend richting achtersteven, hún plein, roerloos en stralend in het zonlicht van zeven uur 's morgens, zwijgend maar op de een of andere manier gereed, afwachtend, met één oog al halfopen, de draaimolens, het reuzenrad, licht dromend, uitkijkend naar de fiësta later – ook de in een rij geparkeerde verweerde taxi's die naar iets anders uitkeken, een taxi-staking die middag, zo was haar in vertrouwen verteld. De zócalo was nog precies eender, ook al leek hij op een sluimerende Harlekijn. Het oude paviljoen stond er leeg bij, het ruiterstandbeeld van de onstuimige Huerta reed voor altijd met woeste ogen onder de overhangende bomen, starend over het dal waarachter, alsof er niets was gebeurd en het november 1936 was, niet november 1938, eeuwig haar vulkanen verrezen, haar mooie mooie vulkanen. Ach, hoe vertrouwd was het allemaal: Quauhnahuac, haar stad van snelstromend koud bergwater. Waar de adelaar stilhoudt! Of betekende het eigenlijk, zoals Louis zei, nabij het bos? De bomen, de kolossale glanzende diepten van deze oeroude fresno-bomen, hoe had ze het ooit zonder kunnen stellen? Ze haalde diep adem, de lucht had nog een zweem van de dageraad, de dageraad vanmorgen in Acapulco – groen en dieppaars hoog erboven en met gouden krullen erachter die een rivier van lapis lazuli onthulden op de plek waar de hoorn van Venus zo fel brandde dat ze zich haar vage schaduw kon voorstellen die het licht ervan op het vliegveld wierp, de gieren die daar loom boven de steenrode horizon zweefden in de vreedzame voorbode waarvan het vliegtuigje van de Compañía Mexicana de Aviación was opgestegen, als een minuscuul rood duiveltje, gevleugelde gezant van Lucifer, terwijl de windzak beneden gestaag vaarwel wapperde.

Ze nam de zócalo met een lange laatste blik in zich op – de onbemande ambulance die misschien niet meer gereden had sinds ze hier voor het laatst was geweest, geparkeerd voor de Servicio de Ambulancia in het Cortez-paleis, het reusachtige papieren affiche dat tussen twee bomen gespannen was met het opschrift: *Hotel Bella Vista Gran Baile Noviembre 1938 a Beneficio de la Cruz Roja. Los Mejores Artistas del radio en acción. No falte Vd.,* waaronder enkele gasten naar huis terugkeerden, bleek en even uitgeput als de muziek die op dat moment weer begon en haar eraan herinnerde dat het bal nog aan de gang was – en ging vervolgens stilletjes de bar binnen, knipperend met haar ogen, bijziend in de plotselinge lederachtig geparfumeerde alcoholische schemering, en de zee van die morgen ging met haar mee naar binnen, ruw en zuiver, de lange rollers van de dageraad die oprukten, rezen en zich omlaag stortten om verder te glijden en in kleurloze ellipsen in het zand te verzinken, terwijl pelikanen draaiden en doken tijdens hun vroege jacht, doken en draaiden en opnieuw in het schuim doken, zich bewegend met de precisie van planeten, en de uitgeraasde brekers zich terug spoedden naar hun luwte; aangespoelde voorwerpen lagen her en der over het strand verspreid: ze had gehoord hoe in de kleine bootjes die heen en weer werden geslingerd door de Caribische Zee de jongens al als jonge Tritons op hun klaaglijke trompetschelpen begonnen te blazen...

Maar de bar was leeg.

Of liever gezegd, er was nog één bezoeker. Nog steeds in zijn avondkleding, die er niet bijzonder wanordelijk uitzag, zat de Consul, bij wie een lok blond haar voor de ogen hing terwijl hij met zijn ene hand zijn korte puntbaardje omklemde, zijdelings met een voet op de sport van een belendende kruk aan de kleine rechthoekige toog, zich daar half overheen buigend en kennelijk tegen zichzelf pratend, want de barman, een gesoigneerde donkere knaap van een jaar of achttien, stond op enige afstand tegen een glazen wand die het vertrek afscheidde (van nog een andere bar, herinnerde ze zich nu, die uitkwam op een zijstraat) en leek niet te luisteren. Yvonne bleef zwijgend bij de deur staan, niet in staat zich te bewegen, kijkend, het geronk van het vliegtuig nog altijd bij haar, het gebeuk van wind en lucht toen ze de zee achterlieten, de wegen beneden die nog altijd stegen en daalden, de stadjes met hun bochelige kerken die gestaag voorbij bleven komen, Quauhnahuac met al zijn kobaltblauwe zwembaden dat zich weer schuins verhief om haar te ontmoeten. Maar de uitgelatenheid van haar vlucht, van de ene berg die op de andere was gestapeld, de overweldigende aanval van de zon terwijl de aarde nog in de schaduw draaide, een glinsterende rivier, een zich donker kronkelend ravijn beneden, de vulkanen die zich plotseling in het zicht wentelden vanuit het gloeiende oosten, de uitgelatenheid en het verlangen hadden haar verlaten. Yvonne had het gevoel of haar geest die naar die van deze man was uitgevlogen al aan het leer bleef kleven. Ze zag dat ze zich wat de barman betrof had vergist: hij luisterde toch. Dat wil zeggen, hoewel hij misschien niet begreep waar Geoffrey (die, zo merkte ze op, geen sokken droeg) het over had, wachtte hij, terwijl zijn handen met de doek steeds langzamer over de glazen gingen, op een opening om iets te zeggen of te doen. Hij zette het glas dat hij afdroogde neer. Daarna pakte hij de sigaret van de Consul, die lag op te branden in een asbak op de rand van de toog, inhaleerde diep, sloot zijn ogen met een uitdrukking van gespeelde extase, deed ze weer open en wees, terwijl hij de traag golvende rook maar nauwelijks uit zijn neusgaten en mond liet ontsnappen, op een reclame voor *Cafeaspirina*, een vrouw in een vuurrode bh die op een krullerige divan lag, achter de bovenste rij flessen *tequila añejo*. 'Absolutamente necesario,' zei hij, en Yvonne realiseerde zich dat hij bedoelde (zonder twijfel de woorden van de Consul) dat de vrouw absoluut noodzakelijk was, niet de *Cafeaspirina*. Maar hij had de aandacht van de Consul niet getrokken, dus sloot hij zijn ogen weer met dezelfde uitdrukking, deed ze weer open, legde de sigaret van de Consul terug en wees, nog altijd rook uitademend, opnieuw op de reclame – ernaast zag ze er een voor de plaatselijke bioscoop, alleen maar *Las Manos de Orlac, con – Peter Lorre –* en herhaalde: 'Absolutamente necesario.'

'Een lijk, van een volwassene of een kind,' was de Consul verdergegaan, na even te hebben gepauzeerd om te lachen om deze pantomime en, in een soort vertwijfeling, te beamen: 'Sí, Fernando, absolutamente necesario' – en het is een ritueel, dacht ze, een ritueel van hen beiden, zoals wij ooit gemeenschappelijke rituelen hadden, alleen heeft Geoffrey er eindelijk een beetje genoeg van – was hij verdergegaan met zijn bestudering van een blauwrood spoorboekje van de Nationale Mexicaanse Spoorwegen. Toen keek hij plotseling op en zag haar, bijziend om zich heen turend voordat hij haar herkende, zoals ze daar stond, een beetje onscherp waarschijnlijk omdat het zonlicht achter haar was, met één door het hengsel van haar vuurrode tas gestoken hand in haar zij, daar stond zoals ze wist dat hij haar moest zien, half zwierig, een beetje verlegen.

Met het spoorboekje nog in zijn hand hees de Consul zich bij stukjes en beetjes overeind terwijl ze op hem toeliep. '– *Goeie* God.'

Yvonne aarzelde maar hij maakte geen beweging in haar richting; ze liet zich zachtjes op een kruk naast hem glijden; ze kusten elkaar niet.

'Verrassing. Ik ben terug... Mijn vliegtuig is een uur geleden geland.'

'– als Alabama ermee wegkomt vragen we niemand iets,' klonk het plotseling vanuit de bar aan de andere kant van de glazen scheidingswand. 'We komen er in vliegende vaart mee weg!'

'– Uit Acapulco, Hornos... Ik ben met de boot gekomen, Geoff, vanuit San Pedro – Panama Pacific. De *Pennsylvania*, Geoff –'

'– stijfkoppige Hollanders! De zon droogt de lippen uit en dan barsten ze. Christus nog an toe, het is een schandaal! De paarden gaan er allemaal vandoor, trappelend in het stof! Ik wou het niet hebben. Ze pompten ze ook vol. Daar kan je vergif op innemen. Ze schieten eerst en dan gaan ze vragen stellen. Je hebt godverdomme gelijk. En dat is nog aardig gezegd. Ik neem een zootje godvergeten boeren, en dan vraag ik hun ook niks. Doen we! – rook een koele sigaret –'

'Heerlijk, vind je niet, die vroege morgens.' De stem van de Consul, maar niet zijn hand, was volkomen vast terwijl hij het spoorboekje neerlegde. 'Neem, zoals onze vriend van hiernaast voorstelt,' hij boog zijn hoofd in de richting van de scheidingswand, 'een –' de naam op het trillende, aangeboden en afgeslagen pakje sigaretten trof haar: Alas! '–'

De Consul zei op ernstige toon: 'Aha, Hornos. – Maar waarom via Kaap Hoorn? Die heeft de slechte gewoonte om met zijn staart te kwispelen, hoor ik van zeelui. Of betekent het ovens?'

'– Calle Nicaragua, cincuenta dos.' – Yvonne stopte een donkere god die zich inmiddels over haar koffers had ontfermd een tostón toe en hij boog en verdween ongemerkt.

'En als ik daar niet meer woon?' De Consul, die weer was gaan zitten, trilde zo hevig dat hij de fles whisky waaruit hij zichzelf inschonk met beide handen moest vasthouden. 'Wat drinken?'

'–'

Of moest ze dat wel doen? Dat moest ze inderdaad: ook al had ze er een hekel aan om 's ochtends vroeg te drinken, toch moest ze dat ongetwijfeld doen: ze had zich voorgenomen om dat zo nodig te doen, niet om één glas in haar eentje te drinken maar een heleboel glazen met de Consul. Maar in plaats daarvan voelde ze hoe de glimlach haar gezicht verliet dat vocht om de tranen terug te dringen die ze zichzelf onder alle omstandigheden verboden had, denkend en wetend dat Geoffrey wist dat ze dacht: 'Ik was hierop voorbereid, ik was erop voorbereid.' 'Neem jij er maar een, dan proost ik wel,' hoorde ze zichzelf zeggen. (Ze was trouwens op bijna alles voorbereid geweest. Wat kon je tenslotte anders verwachten? Ze had het zichzelf de hele reis voorgehouden op het schip, een schip omdat ze aan boord de tijd zou hebben om zichzelf ervan te overtuigen dat haar reis onbezonnen noch overhaast was, en in het vliegtuig toen ze wist dat het dat allebei wel was, dat ze hem had moeten waarschuwen, dat het verschrikkelijk oneerlijk was om hem zo te overvallen.) 'Geoffrey,' ging ze verder, zich afvragend of ze niet zielig leek zoals ze daar zat, al haar zorgvuldig overdachte toespraken, haar plannen en tact zo duidelijk verdwijnend in de schemering, of alleen maar weerzinwekkend – ze voelde zich lichtelijk weerzinwekkend – omdat ze niets wilde drinken. 'Wat heb je gedaan? Ik heb je geschreven en geschreven. Ik heb geschreven tot mijn hart brak. Wat heb je gedaan met je –'

'– leven,' klonk het vanaf de andere kant van de glazen scheidingswand. 'Wat een leven! Christus nog an toe, het is een schandaal! Waar ik vandaan kom, rennen ze niet weg. We gaan gewoon bikkelhard door –'

'– Nee. Ik dacht natuurlijk dat je was teruggegaan naar Engeland, toen je niet antwoordde. Wat heb je gedaan? O Geoff – heb je ontslag genomen uit de dienst?'

'– zijn naar Fort Sale gegaan. Hebben je Shurshot meegenomen. En je Brownings. – Hop, hop, hop, hop, hop – snap je het nou? –'

'Ik kwam Louis tegen in Santa Barbara. Hij zei dat je nog hier was.'

'– en vergeet het maar, dat kan je niet doen, en dat doe je in Alabama!'

'Nou, ik ben eigenlijk maar één keer weg geweest.' De Consul nam een lange trillende slok en ging toen weer naast haar zitten. 'Naar Oaxaca. Herinner je je Oaxaca?'

'– Oaxaca? –'
'– Oaxaca. –'
Het woord klonk als een brekend hart, een plotseling gebeier van gesmoorde klokken tijdens een storm, de laatste lettergrepen van iemand die sterft van de dorst in de woestijn. Of ze zich Oaxaca herinnerde! De rozen en de reusachtige boom, was het dat, het stof en de bussen naar Etla en Nochitlán? en: *'damas acompañadas de un caballero, gratis!'* Of 's nachts hun liefdeskreten, opstijgend in de eeroude geurige Maya-lucht, alleen maar gehoord door geesten? In Oaxaca hadden ze elkaar eens gevonden. Ze keek naar de Consul, die niet zozeer in het defensief leek als wel bezig was, terwijl hij de pamfletten op de toog rechtlegde, om geestelijk over te schakelen van de voor Fernando gespeelde rol op de rol die hij voor haar zou spelen, en sloeg hem haast met verbazing gade: 'Dit kunnen wij onmogelijk zijn,' riep ze plotseling uit in haar hart. 'Dit kunnen wij niet zijn – laat iemand zeggen dat het niet zo is, dit kunnen wíj hier niet zijn!' – Scheiden. Wat betekende dat woord eigenlijk? Ze had het opgezocht in het woordenboek, op het schip: losmaken, ontbinden. En gescheiden betekende: losgemaakt, ontbonden. Oaxaca betekende scheiden. Ze waren daar niet gescheiden maar daar was de Consul naartoe gegaan toen ze was vertrokken, als naar het hart van de losmaking, de ontbinding. Toch hadden ze van elkaar gehouden! Maar het was alsof hun liefde over een troosteloze cactusvlakte doolde, hier ver vandaan, verloren, struikelend en vallend, aangevallen door wilde beesten, roepend om hulp – stervend om ten slotte, met een soort vermoeide vredigheid, te verzuchten: Oaxaca –
'– Het vreemde aan dit lijkje, Yvonne,' zei de Consul, 'is dat het vergezeld moet worden door iemand die zijn hand vasthoudt: nee, sorry. Kennelijk niet zijn hand, alleen een eersteklaskaartje.' Hij stak glimlachend zijn eigen rechterhand omhoog die beefde alsof hij krijt van een denkbeeldig schoolbord wiste. 'Het is gewoon dat getril dat dit soort leven ondraaglijk maakt. Maar het houdt wel op: ik was alleen maar genoeg aan het

drinken om daarvoor te zorgen. Alleen maar de noodzakelijke, de therapeutische hoeveelheid drank.' Yvonne keek naar hem. '– maar dat getril is natuurlijk het ergste,' ging hij verder. 'Het andere begint je na een tijdje best te bevallen, en het gaat echt heel goed met me, het gaat veel beter met me dan zes maanden geleden, een heel stuk beter dan bijvoorbeeld in Oaxaca' en zag een merkwaardige vertrouwde schittering in zijn ogen die haar altijd bang maakte, een naar binnen gekeerde schittering nu als van die somber stralende clusterlampen bij de luiken van de *Pennsylvania* tijdens het lossen, alleen was dit roverswerk: en ze voelde een plotselinge angst dat deze schittering zich, als vanouds, naar buiten zou keren, zich op haar zou richten.

'God weet dat ik je zo al eerder heb gezien,' zeiden haar gedachten, zei haar liefde, door het halfduister van de bar, 'te vaak om me er nog over te verbazen. Je verloochent me weer. Maar ditmaal is er een groot verschil. Dit is een ultieme verloochening – o Geoffrey, waarom kan je niet omkeren? Moet je dan altijd en eeuwig verdergaan in deze stompzinnige duisternis, die zelfs nu opzoeken zodat ik je niet kan aanraken, steeds maar verder in de duisternis van het losmaken, het ontbinden! – O Geoffrey, waarom doe je dat toch!'

'Maar kijk nou eens, verdomme nog aan toe, het is niet een en al duisternis,' leek de Consul haar te antwoorden, op vriendelijke toon, terwijl hij een half gestopte pijp voor de dag haalde en die met de grootste moeite aanstak, en terwijl haar ogen de zijne volgden die door de bar dwaalden, zonder de blik van de barman te ontmoeten, die zich ernstig, bedrijvig, onzichtbaar had gemaakt op de achtergrond, 'je begrijpt me verkeerd als je denkt dat het een en al duisternis is wat ik zie, en als je dat met alle geweld wilt blijven denken, hoe kan ik je dan vertellen waarom ik het doe? Maar als je naar dat zonlicht daar kijkt, ach, dan krijg je misschien het antwoord, snap je, kijk eens hoe het door het raam naar binnen valt: welke schoonheid laat zich vergelijken met die van een cantina in de vroege morgen?

Die vulkanen buiten? Die sterren – Ras Algethi? Antares die in het zuid-zuidoosten laait? Vergeef me, nee. Niet per se de schoonheid van deze cantina die, een zwakheid mijnerzijds, misschien niet eens een echte cantina is, maar denk aan al die andere afschuwelijke tenten waar de mensen gek worden en die weldra hun luiken zullen wegnemen, want zelfs de hemelpoorten die zich wijd zouden openen om mij te ontvangen zouden me niet met zoveel hemelse, gecompliceerde en wanhopige vreugde kunnen vervullen als het ratelend oprollen van het ijzeren luik, als het ontsluiten van de terugdringende jaloeziedeuren die degenen toelaten wier ziel trilt van de drank die ze onvast naar hun lippen brengen. Alle mysterie, alle hoop, alle teleurstelling, ja, alle rampspoed is hier, achter die zwaaideuren. En trouwens, zie je die oude vrouw uit Tarasco daar in de hoek zitten, eerst zag je haar niet, maar nu wel?' vroegen zijn ogen haar, om zich heen kijkend met de verdwaasde onscherpe schittering van die van een minnaar, vroeg zijn liefde haar, 'hoe kun je, tenzij je drinkt zoals ik, hopen dat je ooit de schoonheid zult begrijpen van een oude vrouw uit Tarasco die om zeven uur 's ochtends domino speelt?'

Het was waar, het was bijna griezelig, er wás iemand anders in de cantina die ze pas had opgemerkt toen de Consul, zonder een woord te zeggen, een blik achter hen had geworpen: nu bleven Yvonnes ogen rusten op de oude vrouw, die in de schaduw aan de enige tafel van de cantina zat. Aan de rand van de tafel hing haar stok, gemaakt van staal en met de klauw van een dier bij wijze van handvat, als iets dat leefde. Onder haar jurk had ze een kuikentje aan een touw boven haar hart. Het kuikentje keek met brutale, schokkerige, zijdelingse blikken naar buiten. Ze zette het kuikentje vlak bij haar op de tafel en het begon zachtjes piepend tussen de dominostenen te pikken. Toen borg ze het weer op en trok haar jurk er teder overheen. Maar Yvonne keek de andere kant op. De oude vrouw met haar kuiken en de dominostenen beklemden haar hart. Het was als een slecht voorteken.

– 'Over lijken gesproken,' – de Consul schonk zich nog een whisky in en tekende met wat vastere hand een reçu terwijl Yvonne naar de deur kuierde – 'persoonlijk zou ik graag naast William Blackstone begraven willen worden –' Hij schoof het boekje weer naar Fernando, aan wie hij goddank niet had geprobeerd haar voor te stellen. 'Die man die bij de indianen ging wonen. Je weet toch zeker wel wie hij was?' De Consul stond half naar haar toe gekeerd en keek twijfelend naar zijn nieuwe glas dat hij niet had opgepakt.

'– Christus, als je het hebben wil, Alabama, neem het dan... Ik hoef het niet. Maar als jij het wil, neem het dan.'

'Absolutamente necesario –'

De Consul liet de helft ervan staan.

Buiten, in het zonlicht, in de nasleep van krachteloze muziek van het nog altijd aan de gang zijnde bal, wachtte Yvonne opnieuw, nerveuze blikken over haar schouder werpend naar de hoofdingang van het hotel waaruit om de haverklap verlate feestgangers kwamen als half verdwaasde wespen uit een verborgen nest terwijl, ogenblikkelijk, correct, abrupt, militairement, consulair, de Consul nu nauwelijks meer bevend een zonnebril pakte en die opzette.

'Hé,' zei hij, 'de taxi's lijken allemaal verdwenen. Zullen we lopen?'

'Wat is er dan met de auto gebeurd?' Yvonne was zo verward door de angst een kennis tegen het lijf te lopen, dat ze bijna de arm van een andere man met zonnebril had gepakt, een haveloze jonge Mexicaan die tegen de hotelmuur leunde en tegen wie de Consul, terwijl hij zijn stok met een klap aan zijn pols haakte, met iets raadselachtigs in zijn stem opmerkte: 'Buenas tardes, señor.' Yvonne ging haastig verder. 'Ja, laten we gaan lopen.'

De Consul nam hoffelijk haar arm (de haveloze Mexicaan met de zonnebril had gezelschap gekregen, zag ze, van een andere man met een lap over zijn ene oog en blote voeten die een eindje verderop tegen de muur had staan leunen en tegen wie de Consul ook een 'Buenas tardes' ten beste gaf, maar er waren geen gasten meer die uit het hotel kwamen, alleen de twee mannen die hen beleefd 'Buenas' hadden nageroepen terwijl ze elkaar daar stonden aan te stoten alsof ze zeggen wilden: 'Hij zei "Buenas tardes", wat een malloot!') en ze begonnen schuin het plein over te steken. De fiësta zou pas veel later beginnen en de straten die zich zoveel andere Dagen van de Doden herinnerden, waren volledig uitgestorven. De kleurige vaantjes, de papieren linten, sprongen in het oog: het grote rad peinsde onder de bomen, stralend, roerloos. Desondanks was de stad rondom en beneden hen al vol scherpe verre geluiden als explosies van warme kleur. ¡Box! luidde een affiche. ARENA TOMALÍN. *Frente al Jardín Xicotancatl. Domingo 8 de Noviembre de 1938. 4 Emocionantes Peleas.*

Yvonne probeerde zichzelf ervan te weerhouden te vragen:

'Heb je de auto weer in de prak gereden?'

'Ik ben hem eerlijk gezegd kwijt.'

'Kwíjt!'

'Dat is jammer want – maar hoor eens, nondeju, ben je niet vreselijk moe, Yvonne?'

'Absoluut niet! Ik zou denken dat jij eerder –'

–¡Box! *Preliminar a 4 Rounds.* EL TURCO (*Gonzalo Calderón de Par. de 52 kilos*) vs. EL OSO (*de Par. de 53 kilos*).

'Ik heb een miljoen uur geslapen op de boot! En ik zou véél liever lopen, alleen –'

'Niks. Alleen maar een beetje reuma. Of komt het door de spruw? Blij dat er weer wat bloed door die ouwe benen van me stroomt.'

– ¡Box! *Evento Especial a 5 Rounds, en los que el vencedor pasará al grupo de Semi-Finales.* TOMÁS AGUERO (*el Invencible Indio de Quauhnahuac de 57 kilos, que acaba de llegar de la Capital de la República*). ARENA TOMALÍN. *Frente al Jardin Xicotancatl.*

'Jammer van de auto want we hadden naar het boksen kun-

nen gaan,' zei de Consul, die haast overdreven rechtop liep.
'Ik heb een hekel aan boksen.'
'– Maar dat is toch pas komende zondag... Ik heb gehoord dat ze vandaag een soort stierenrodeo houden in Tomalín. – Weet je nog –'
'Nee!'
De Consul stak, hem evenmin herkennend als zij, een weifelende vinger op naar een figuur, zo te zien een timmerman, die hen hoofdschuddend voorbij rende met een gezaagde plank van gevlamd hout onder zijn arm en die hem, bijna zingend, een lachend woord toewierp dat klonk als: 'Mesca*l*ito!'
De zon scheen fel op hen neer, scheen fel op de eeuwige ambulance waarvan de koplampen tijdelijk in een verblindend vergrootglas waren veranderd, verglaasde op de vulkanen – ze kon er nu niet naar kijken. Maar omdat ze in Hawaii geboren was, waren er al eerder vulkanen in haar leven geweest. Gezeten op een parkbank onder een boom op het plein, terwijl zijn voeten de grond nauwelijks raakten, ramde de kleine stadsschrijver al een eind weg op een reusachtige typemachine.
'Ik neem de enige uitweg, puntkomma,' debiteerde de Consul in het voorbijgaan op vrolijke en nuchtere toon. 'Vaarwel, punt. Nieuwe alinea, nieuw hoofdstuk, nieuwe wereld –'
Het hele schouwspel om haar heen – de namen op de winkels rond het plein: *La China Poblana, handgeborduurde jurken*, de reclames: *Baños de la Libertad, Los mejores de la Capital y los únicos en donde nunca falta el agua, Estufas especiales para Damas y Caballeros:* en *Sr. Panadero: Si quiere hacer buen pan exija las harinas 'Princesa Donaji'* – kwam Yvonne opnieuw zo merkwaardig vertrouwd voor en toch zo intens vreemd na een jaar afwezigheid, de scheiding van denken en lichaam, van levenswijze, dat het een ogenblik bijna ondraaglijk werd. 'Je had hem wel kunnen gebruiken om een paar van mijn brieven te beantwoorden,' zei ze.
'Kijk, weet je nog hoe María dat noemde?' De Consul wees met zijn stok tussen de bomen door naar het Amerikaanse

Piggly-Wiggly-kruidenierswinkeltje, schuin tegenover het Cortez-paleis. 'Piegly Wiegly.'

'Ik wil het niet,' dacht Yvonne, die haastig doorliep en op haar lippen beet. 'Ik wil niet huilen.'

De Consul had haar arm genomen. 'Het spijt me, ik dacht er niet bij na.'

Ze kwamen weer op de straat uit: toen ze die waren overgestoken, was ze dankbaar voor het excuus dat de etalage van de drukkerij bood om weer tot zichzelf te komen. Ze bleven er, net als vroeger, naar staan kijken. De drukkerij, gelegen naast het paleis maar ervan gescheiden door een steil smal straatje zo wanhopig als een mijnschacht, ging vroeg open. Vanuit de spiegel in de etalage keek een zeeschepsel naar haar terug, zo doorstoofd en koperkleurig van de zon en gewand door zeewind en nevel dat ze, zelfs terwijl ze de vluchtige bewegingen van Yvonnes ijdelheid maakte, ergens het menselijk verdriet voorbij in een zegewagen over de branding leek te rijden. Maar de zon veranderde verdriet in gif en een gloeiend lichaam bespotte alleen maar het zieke hart, wist Yvonne, al wist dat door de zon verdonkerde schepsel van golven en zeeranden en zwaden dat niet! In de etalage zelf, aan weerskanten van die afwezige blik van haar weerspiegelde gezicht, waren dezelfde dappere bruiloftsuitnodigingen geschikt die ze zich nog herinnerde, de geretoucheerde afdrukken van buitensporig bloemenrijke bruiden, maar ditmaal was er iets wat ze nog niet eerder had gezien, waar de Consul nu op wees terwijl hij 'Vreemd' mompelde en er aandachtiger naar tuurde: een uitvergrote foto die bedoeld was om de desintegratie van een ijsafzetting in de Sierra Madre te tonen, van een reusachtige rots die door bosbranden was gespleten. Deze merkwaardige, en merkwaardig treurige afbeelding – waaraan de aard van het verder tentoongestelde een extra ironisch, pijnlijk karakter verleende – die achter en boven het al draaiende vliegwiel van de persen was geplaatst, heette La Despedida.

Ze liepen verder langs de voorkant van het Cortez-paleis en

begonnen vervolgens langs de blinde zijmuur ervan de steile rots af te dalen die zich over de breedte daarvan uitstrekte. Hun pad was een doorsteek naar de Calle Tierra del Fuego die zich in de diepte kronkelde om hen te verwelkomen, maar de rots was weinig beter dan een stortplaats met smeulend puin en ze moesten zich voorzichtig een weg banen. Maar Yvonne kon vrijer ademhalen nu ze het stadscentrum achter zich lieten. *La Despedida,* dacht ze. Het Uiteengaan! Nadat het vocht en het bezinksel hun werk hadden gedaan zouden beide gescheiden helften van die uiteengebarsten rots tot aarde verkruimelen. Het was onvermijdelijk, althans volgens de foto... Was dat echt zo? Was er geen redding mogelijk voor die arme rots waarvan de onveranderlijkheid nog maar zo kort geleden door niemand ook maar een moment werd betwijfeld? Ach, wie zou haar toen als iets anders hebben beschouwd dan één enkele ongedeelde rots? Maar was er, gegeven het feit dat ze gespleten was, niet een manier om tenminste de twee gescheiden helften te redden voordat de totale desintegratie inzette? Die was er niet. Het geweld van het vuur dat de rots in tweeën spleet had ook tot de verwoesting van beide afzonderlijke rotsen geleid en de kracht tenietgedaan die ze als een twee-eenheid bij elkaar had kunnen houden. O, maar waarom konden de stukken – dankzij een fantastische vorm van geologische wonderdoenerij – niet weer aaneen worden gesmeed? Ze verlangde ernaar om de gekliefde rots te helen. Ze was een van de rotshelften en ze smachtte ernaar om de andere helft te redden, zodat beide gered zouden worden. Met superlapidaire inspanning bewoog ze zich er dichter naartoe, stortte ze haar smeekbeden uit, haar hartstochtelijke tranen, maakte ze al haar vergiffenis kenbaar: de andere rotshelft bleef onbewogen staan. 'Alles goed en wel,' zei deze, 'maar het is toevallig wel jouw schuld en ik persoonlijk ben van plan om uiteen te vallen naar het me goeddunkt!'

'– in Tortu,' zei de Consul, maar Yvonne volgde hem niet, en nu waren ze op de Calle Tierra del Fuego zelf gekomen, een smalle hobbelige oneffen straat die er in haar verlatenheid nogal onbekend uitzag. De Consul begon weer te trillen.

'Geoffrey, ik heb zo'n dorst, laten we even wat gaan drinken.'

'Geoffrey, laten we eens één keertje roekeloos zijn en samen ladderzat worden vóór het ontbijt!'

Yvonne zei geen van beide.

– De Straat van het Land van Vuur! Aan hun linkerhand, hoog boven het niveau van de straat, was een ongelijk trottoir waarin ruwe treden waren uitgehouwen. De hele hoofdstraat, wat bultig in het midden waar de open riolen waren aangebracht, helde scherp naar rechts alsof ze ooit tijdens een aardbeving opzij was gegleden. Aan deze kant stonden huizen van één verdieping met pannendaken en rechthoekige tralieramen op gelijke hoogte met de straat maar schijnbaar eronder. Aan de andere kant, boven hen, kwamen ze langs kleine slaperige winkeltjes, hoewel de meeste openingen of, zoals de 'Molino para Nixtamal, Morelense', al open waren: winkeltjes met paardentuig, een melkwinkeltje onder zijn bord *Lechería* (bordeel, had iemand volgehouden dat het betekende, maar ze had er de grap niet van ingezien), donkere interieurs met strengen kleine worstjes, chorizos, boven de toonbank opgehangen, waar je ook geitenkaas of zoete kweewijn of cacao kon kopen, en in een daarvan verdween de Consul nu met een 'momentito'. 'Loop maar door, ik haal je wel in. Ik kom zo.'

Yvonne liep een klein stukje verder, en toen weer terug. Sinds hun eerste week in Mexico was ze nooit meer in een van deze winkeltjes geweest en het gevaar dat ze in de abarrotes herkend zou worden was gering. Toch bleef ze buiten wachten, met spijt over haar late ingeving om achter de Consul aan naar binnen te gaan, rusteloos als een klein jacht dat om zijn anker draait. De kans om zich bij hem te voegen werd kleiner. Een gevoel van martelaarschap bekroop haar. Ze wilde dat de Consul haar zou zien als hij weer buiten kwam, hoe ze daar wachtte, alleen gelaten en gekwetst. Maar toen ze omkeek naar waar ze vandaan waren gekomen, vergat ze Geoffrey een ogenblik. – Het was ongelooflijk. Ze was weer in Quauhnahuac! Daar was het Cortez-paleis en daar, hoog op de rots, een man die stond uit te kijken over het dal en die, gezien zijn krijgshaftige doelbewustheid, Cortez zelf had kunnen zijn. De man bewoog, de illusie verstorend. Nu leek hij minder op Cortez dan de arme jongeman met de zonnebril die tegen de muur van het Bella Vista had geleund.

'*U-ben-een-man-die-veel-houdt-van-* Vijn!' werd nu luid vanuit de abarrotes naar de vredige straat geroepen, gevolgd door een uitbarsting van ongelooflijk goedgehumeurd maar rauw mannelijk gelach. 'U ben – *diablo!*' Er volgde een pauze waarin ze de Consul iets hoorde zeggen. '*Eieren!*' barstte de goedgehumeurde stem weer los. 'U – *twee* diablos! U *drie* diablos!' De stem kraaide van de pret. Vervolgens: 'Wie is die mooi *madam?* – Ah, u ben – ah vijf diablos, u ah – *eieren!*' klonk het op lachwekkende wijze achter de Consul aan die op ditzelfde moment kalm glimlachend op het trottoir boven Yvonne verscheen.

'In Tortu,' zei hij, weer vaster ter been met haar oplopend, 'de ideale universiteit, waar geen enkele inspanning, dat heb ik uit betrouwbare bron, niets, zelfs sport niet, de mensen mag storen tijdens het – kijk uit!... drinken.'

Ze kwam aanzeilen vanuit het niets, de kinderbegrafenis, het piepkleine met kant bedekte kistje gevolgd door het orkest: twee saxofoons, basgitaar, een viool, die uitgerekend 'La Cucaracha' speelden, de vrouwen daarachter, heel plechtig, en daar weer enkele passen achter een paar meelopers die grappen maakten en bijna hollend door het stof zeulden.

Ze bleven aan de kant staan terwijl de kleine rouwstoet haastig en scheef voorbij snelde in de richting van de stad en liepen vervolgens zwijgend verder zonder elkaar aan te kijken. Het hellen van de straat werd nu minder en de trottoirs en de winkeltjes hielden op. Aan de linkerkant was er alleen maar een lage blinde muur met onbebouwde percelen erachter, terwijl de huizen rechts lage open loodsen vol zwarte kolen waren geworden. Yvonnes hart dat met een ondraaglijke pijn had gekampt, sloeg plotseling een slag over. Al kon je het er niet aan afzien, ze naderden de betere woonwijk, hun eigen terrein.

'Kijk uit waar je loopt, Geoffrey!' Maar het was Yvonne die struikelde toen ze de haakse hoek naar de Calle Nicaragua omsloegen. De Consul keek haar aan met een effen gezicht terwijl ze tegen de zon in omhoog staarde naar het bizarre huis tegenover hen, aan het begin van hun straat, met twee torens en een verbindende loopbrug over de nok, waarnaar nog iemand anders, een peón met zijn rug naar hen toe, nieuwsgierig stond te kijken.

'Ja, het is er nog, het is geen centimeter van zijn plaats gekomen,' zei hij, en nu waren ze het huis aan hun linkerhand gepasseerd, met zijn inscriptie in de muur die ze niet wilde zien, en liepen over de Calle Nicaragua.

'Toch ziet de straat er anders uit.' Yvonne verviel weer in stilzwijgen. Eigenlijk deed ze een ontzagwekkende poging om zich te beheersen. Ze zou het niet hebben kunnen uitleggen, maar in het beeld dat ze de laatste tijd van Quauhnahuac had gehad kwam dit huis helemaal niet voor! De keren dat haar verbeelding haar de laatste tijd samen met Geoffrey over de Calle Nicaragua had gevoerd, waren ze, arme fantomen, nooit geconfronteerd met Jacques' zacuali. Het was enige tijd tevoren verdwenen, zonder een spoor achter te laten, het was alsof het huis nooit had bestaan, net zoals het in de gedachten van een moordenaar kan gebeuren dat een opvallend oriëntatiepunt in de buurt van zijn misdaad wordt uitgewist, zodat hij, als hij terugkeert naar die hem eens zo bekende plek, maar nauwelijks weet waar hij moet zijn. Maar de Calle Nicaragua zag er niet echt anders uit. Daar was ze, nog altijd bezaaid met grote grijze losse stenen, vol met dezelfde maankraters en in die welbekende staat van verstarde eruptie die op herstel leek maar in werkelijkheid alleen maar op komische wijze getuigde van de voortdurende patstelling tussen de gemeente en de huiseigenaren over het onderhoud ervan. Calle Nicaragua! – de naam galmde ondanks alles luid in haar binnenste: alleen die belachelijke schok bij het zien van Jacques' huis kon verklaren dat ze zich er, met een deel van haar gedachten, zo kalm bij voelde.

De weg, breed, trottoirloos, liep steeds steiler omlaag, voornamelijk tussen hoge muren waarover bomen hingen, hoewel er op dit moment aan hun rechterhand nog meer kleine kolenloodsen stonden, in de richting van een bocht naar links zo'n driehonderd meter verderop waar hij, ruwweg op dezelfde afstand boven hun huis, uit het gezicht verdween. Bomen benamen het uitzicht op de lage glooiende heuvels daarachter. Bijna alle grote villa's bevonden zich aan hun linkerhand, ver van de weg gebouwd in de richting van de barranca om uitzicht op de vulkanen aan de andere kant van het dal te hebben. Via een open plek tussen twee percelen, een klein veld dat werd begrensd door een hek van prikkeldraad en overwoekerd was door hoog stekelgras dat wild dooreen was gesmeten als door een sterke wind die plotseling was gaan liggen, zag ze in de verte de bergen weer. Daar waren ze, de Popocatepetl en de Ixtaccihuatl, verre ambassadeurs van de Mauna Loa en de Mokuaweoweo: donkere wolken verduisterden nu hun voet. Het gras, dacht ze, was niet zo groen als het zou horen te zijn aan het eind van de regentijd: er moest een droge periode zijn geweest, hoewel de goten aan weerskanten van de weg tot aan de rand waren gevuld met snelstromend bergwater en –

'En hij is er ook nog. Hij is ook geen centimeter van zijn plaats gekomen.' De Consul knikte zonder zich om te draaien in de richting van het huis van Laruelle.

'Wie – wie is geen –' stamelde Yvonne. Ze keek achterom: daar was alleen de peón die niet langer naar het huis keek maar in een steegje verdween.

'Jacques.'

'Jacques!'

'Precies. We hebben trouwens samen een fantastische tijd gehad. We hebben absoluut alles meegemaakt van bisschop Berkeley tot de *mirabilis jalapa* van vier uur.'

'Wát hebben jullie?'

'De diplomatieke dienst.' De Consul was blijven staan en stak zijn pijp aan. 'Soms denk ik echt dat er wel wat voor te zeggen valt.'

'_'

Hij bukte zich om een lucifer door de overvolle goot te laten drijven en ze liepen, ja haastten zich op de een of andere manier verder: in gedachten verzonken hoorde ze het snelle nijdige klikken en knerpen van haar hakken op de weg en de schijnbaar moeiteloze stem van de Consul bij haar schouder.

'Als je bijvoorbeeld ooit Brits attaché bij de Wit-Russische ambassade in Zagreb was geweest in 1922, en ik heb altijd gedacht dat een vrouw als jij het heel goed gedaan zou hebben als Brits attaché bij de Wit-Russische ambassade in Zagreb in 1922, al mag God weten hoe die daar zo lang heeft kunnen bestaan, dan had je je misschien een bepaalde, ik bedoel niet zozeer techniek, maar een houding, een masker leren aanmeten, in elk geval een manier om van het ene moment op het andere een uitdrukking van sublieme gespeelde achteloosheid op je gezicht te toveren.'

'_'

'Al zie ik heel goed dat op jou – dat het zien van onze impliciete onverschilligheid, die van Jacques en mij, bedoel ik, op jou een nog onfatsoenlijker indruk maakt dan bijvoorbeeld het feit dat Jacques niet is weggegaan toen jij dat deed of dat we de vriendschap niet hebben verbroken.'

'_'

'Maar als jij, Yvonne, ooit op de brug van een gecamoufleerd Brits oorlogsschip had gestaan, en ik heb altijd gedacht dat een vrouw als jij het heel goed zou hebben gedaan op de brug van een gecamoufleerd Brits oorlogsschip – dag in, dag uit via een telescoop naar Tottenham Court Road turend, alleen figuurlijk gesproken natuurlijk, de golven tellend, dan had je kunnen leren –'

'Toe, kijk uit waar je loopt!'

'Wat natuurlijk niet wegneemt dat als je ooit consul in Hoorndragershaven was geweest, die door de verloren liefde van Maximiliaan en Carlotta vervloekte stad, dat je dan, ja dan –'

– ¡BOX! ARENA TOMALÍN. EL BALÓN VS. EL REDONDILLO.

'Maar ik ben geloof ik nog niet klaar met dat lijkje. Wat er zo verbazingwekkend aan is, is dat het ingeklaard moet worden, letterlijk ingeklaard, bij de Amerikaanse grenspost. En dat er net zoveel voor moet worden neergeteld als voor twee volwassen passagiers –'

'–'

'Maar aangezien je niet naar me schijnt te willen luisteren, moet ik je misschien iets anders vertellen.'

'–'

'Iets anders, herhaal ik, iets heel belangrijks, wat ik je misschien moet vertellen.'

'Ja. Wat dan?'

'Over Hugh.'

Ten slotte zei Yvonne:

'Je hebt iets van Hugh gehoord. Hoe is het met hem?'

'Hij logeert bij mij.'

¡BOX! ARENA TOMALÍN. FRENTE AL JARDÍN XICOTANCATL. *Domingo 8 de Noviembre de 1938. 4 Emocionantes Peleas.* EL BALÓN VS. EL REDONDILLO.

Las Manos de Orlac. Con Peter Lorre.

'Wát!' Yvonne bleef als aan de grond genageld staan.

'Hij schijnt ditmaal op een veeranch in Amerika gezeten te hebben,' zei de Consul op nogal ernstige toon terwijl ze op de een of andere manier, hoe dan ook, verderliepen, zij het ditmaal langzamer. 'De hemel mag weten waarom. Vast niet om te leren paardrijden, maar een week geleden kwam hij opdagen in een bepaald onooglijk kloffie, à la Hoot S. Hart in de *Riders to the Purple Sage*. Hij had zich blijkbaar per veewagen uit Amerika geteleporteerd, als hij al niet gedeporteerd was. Ik wil niet beweren dat ik weet hoe de pers zich in zulke gevallen redt. Of misschien was het een weddenschap... Maar goed, hij kwam met het vee tot Chihuahua, en een of andere wapensmokkelende wapendragende maat van hem, genaamd – Weber? – dat ben ik vergeten, ik heb hem ook niet ontmoet, heeft hem de rest van de weg per vliegtuig gebracht.' De Consul klopte glimlachend zijn pijp uit tegen zijn hak. 'Het lijkt wel of iedereen me tegenwoordig per vliegtuig komt opzoeken.'

'Maar – maar *Hugh* – ik begrijp het niet –'

'Hij was onderweg zijn kleren kwijtgeraakt maar niet uit slordigheid, als je dat wilt geloven, maar alleen omdat ze hem er aan de grens meer invoerrechten voor wilden laten betalen dan ze waard waren, dus heeft hij ze achtergelaten alsof het de gewoonste zaak van de wereld was. Maar zijn paspoort was hij niet kwijt, wat misschien vreemd was, omdat hij nog steeds op de een of andere manier aan de Londense *Globe* verbonden is – al heb ik geen flauw idee in wat voor hoedanigheid... Je wist natuurlijk dat hij de laatste tijd behoorlijk beroemd is geworden. Voor de tweede keer, voor het geval de eerste aan je voorbij is gegaan.'

'Wist hij van onze scheiding?' kon Yvonne met moeite uitbrengen.

De Consul schudde zijn hoofd. Ze liepen langzaam verder, waarbij de Consul naar de grond keek.

'Heb je het hem verteld?'

De Consul zweeg en begon steeds langzamer te lopen. 'Wat zei ik?' vroeg hij ten slotte.

'Niks, Geoff.'

'Nou, hij weet natuurlijk dat we uit elkaar zijn.' De Consul onthoofdde met zijn stok een stoffige klaproos die naast de goot groeide. 'Maar hij verwachtte dat we allebei hier zouden zijn. Ik vermoed dat hij er wel enig idee van had dat we – maar ik heb hem niet verteld dat de scheiding erdoor was. Dat wil zeggen, dat geloof ik. Ik wilde het hem niet vertellen. Eerlijk, voorzover ik weet had ik hem er nog niks over gezegd toen hij wegging.'

'Dus hij is nu niet meer bij je.'

De Consul barstte uit in gelach dat in hoesten overging. 'O jawel! Reken maar... Ik ben zelfs bijna volledig aan de druk van zijn reddingsoperaties bezweken. Waarmee ik bedoel dat hij geprobeerd heeft om me "er weer bovenop te helpen". Zie je dat dan niet? Herken je zijn verfijnde Italiaanse hand niet? En hij is er meteen al bijna letterlijk in geslaagd om me er met een kwaadaardig strychninemengsel dat hij had gebrouwen bovenop te helpen, boven op een baar dan. Maar,' het scheen de Consul heel even moeite te kosten om zijn ene voet voor de andere te zetten, 'om concreter te zijn, hij had een betere reden om te komen logeren dan om Theodore Watts Dunton te spelen. Met mij als Swinburne.' De Consul onthoofdde nog een klaproos. 'Een stommetje spelende Swinburne. Hij had ergens lucht van gekregen terwijl hij vakantie hield op die ranch en is hierheen gekomen als een stier die achter een rode lap aan zit. Heb ik je dat niet verteld...? Daarom – heb ik dat al niet gezegd? – is hij naar Mexico-Stad gegaan.'

Na een tijdje zei Yvonne zwakjes, terwijl ze zichzelf nauwelijks hoorde spreken: 'Eh, misschien kunnen we een tijdje samen zijn, denk je niet?'

'Quién sabe?'

'Maar je bedoelt dat hij nu in Mexico-Stad is,' dekte ze zich haastig in.

'O, hij houdt dat gedoe voor gezien – misschien is hij alweer thuis. Hij komt in elk geval vandaag thuis, denk ik. Hij zegt dat hij "actie" wil. Arme stakker, hij doet tegenwoordig wel heel erg volksfronterig.' Of de Consul het meende of niet, er klonk vrij veel genegenheid in door toen hij eraan toevoegde: 'En alleen God weet hoe die romantische bevlieging van hem zal aflopen.'

'En wat zal hij denken,' vroeg Yvonne opeens dapper, 'als hij jou weer ziet?'

'Tja, ach, niet veel verschil, te weinig tijd om het al te kunnen zien, maar ik wou net zeggen,' vervolgde de Consul met lichtelijk schorre stem, 'dat die fantastische tijd, die van Laruelle en mij bedoel ik, ophield met de komst van Hugh.' Hij porde met zijn stok in het stof en trok een minuut lang kleine patronen terwijl hij verderliep, als een blinde. 'Voornamelijk die van mij, omdat Jacques een zwakke maag heeft en gewoonlijk ziek is na drie glazen en na het vierde de Barmhartige Samaritaan begon te spelen, en na het vijfde ook Theodore Watts Dunton... Zodat ik, bij wijze van spreken, een verandering van techniek wel kon waarderen. Althans in die mate dat ik je dankbaar zou zijn, voor Hughs eigen bestwil, als je niks tegen hem zou zeggen over –'

'O –'

De Consul schraapte zijn keel. 'Niet dat ik in zijn afwezigheid veel gedronken heb, natuurlijk, en niet dat ik op dit moment niet absoluut broodnuchter ben, zoals je met eigen ogen kunt zien.'

'O ja, inderdaad,' glimlachte Yvonne, vol gedachten die haar al vijftienhonderd koortsachtige kilometers van dit alles hadden doen wegvluchten. Toch liep ze langzaam met hem op. En zo vastberaden als een klimmer op een hoge onbeschermde plek die opkijkt naar de naaldbomen boven hem op de rand van de afgrond en zichzelf geruststelt door te zeggen: 'Wat zal ik me druk maken over wat er beneden me gaapt, het zou veel erger zijn als ik boven in een van die bomen daar zat!' dwong ze zichzelf doelbewust om zich over het moment heen te zetten: ze hield op met nadenken: of ze dacht weer aan de straat en herinnerde zich haar laatste pijnlijke blik daarop – en hoeveel wanhopiger had alles toen geleken! – aan het begin van die noodlottige reis naar Mexico-Stad, achteromkijkend in de nu kwijtgeraakte Plymouth terwijl ze de hoek omsloegen en de gaten in het wegdek de veren deden kraken en knarsen, plotseling stoppend, dan weer verder kruipend, vooruit schietend, zo dicht mogelijk langs de muren, het deed er niet toe aan welke kant. Die waren hoger dan in haar herinnering en bedekt met bougainville; dikke smeulende bloesemwallen. Daarboven kon ze de kruinen van de bomen zien, hun takken zwaar en roerloos, met daartussen zo nu en dan een wachttoren, de eeuwige belvédère van de staat Parián, de huizen onzichtbaar hier onder aan de muren en ook vanaf de rand daarvan, zo had ze eens de moeite genomen om te ontdekken, alsof ze in hun patio's waren weggekrompen, de belvédères afgesneden, erboven zwevend als eenzame nokbalken van de ziel. Je kon de huizen ook niet veel beter zien door het smeedijzeren kantwerk van de hoge hekken die vagelijk aan New Orleans deden denken, verankerd in deze muren waarop geliefden heimelijk hun afspraakjes hadden gekrabbeld en die zo dikwijls niet zozeer Mexico verhulden als wel de droom van een Spanjaard over thuis. De goot aan de rechterkant liep een stukje onder de grond en weer zo'n nieuwe langs de straat gebouwde lage loods staarde haar dreigend aan met donkere geopende sinistere berghokken – waar María hun kolen placht te halen. Daarna tuimelde het water weer tevoorschijn in het zonlicht en aan de andere kant, door een opening in de muren, doemde in zijn eentje de Popocatepetl op. Zonder dat ze het besefte, waren ze de hoek omgeslagen en de oprit van hun huis was in zicht.

De straat was nu volstrekt uitgestorven en, afgezien van de stromende ruisende goten, nu twee woeste riviertjes die een wedstrijdje deden, stil: het deed haar er op een verwarde manier aan denken hoe ze, voordat ze Louis had ontmoet, toen ze zich half had verbeeld dat de Consul terug was naar Engeland, had geprobeerd om Quauhnahuac in het oog van haar hart te bewaren, als een soort veilig voetpad waarover zijn schim eindeloos heen en weer kon lopen, alleen vergezeld door haar eigen troostende ongewenste schaduw, boven het rijzende water van een mogelijke ramp.

Maar de laatste dagen had Quauhnahuac weliswaar nog steeds leeg, maar anders geleken – gelouterd, gereinigd van het verleden, met alleen Geoffrey nog, maar nu in levenden lijve, die ze kon verlossen, die haar hulp nodig had.

En hier was Geoffrey nu werkelijk, niet alleen niet alleen, niet alleen geen behoefte hebbend aan haar hulp, maar levend met de gedachte dat het haar schuld was, een gedachte die hem, zo had het er alle schijn van, merkwaardigerwijze op de been hield –

Yvonne klemde haar tas stevig vast, plotseling licht in het hoofd en zich maar nauwelijks bewust van de vertrouwde herkenningspunten waarop de Consul, die weer wat opgewekter scheen, zwijgend wees met zijn stok: het landweggetje rechts, en het kerkje waarvan een school was gemaakt met de grafstenen en de rekstok op de speelplaats, de donkere ingang in de greppel – de hoge muren aan weerszijden waren tijdelijk geheel verdwenen – van de verlaten ijzermijn die onder de tuin door liep.

Heen en weer naar school...
Popocatepetl
Het was jouw stralende dag...

De Consul neuriede. Yvonne voelde haar hart smelten. Een gevoel van gedeelde, van bergachtige vredigheid leek tussen hen neer te dalen; het was onecht, het was een leugen, maar even was het net als toen ze in vroeger dagen samen van de markt naar huis terugkeerden. Ze nam lachend zijn arm, ze liepen met elkaar in de pas. En nu waren de muren er weer en hun oprit die afliep naar de straat waar niemand het stof tot bedaren had gebracht, al betrippeld door vroege blote voeten, en daar was hun hek, uit zijn scharnieren en vlak achter de ingang, waar het trouwens altijd had gestaan, uitdagend, half verborgen onder de wal van bougainville.

'Zo, Yvonne. Kom maar mee, schat... We zijn bijna thuis!'
'Ja.'
'Vreemd –' zei de Consul.
Een afzichtelijke pariahond volgde hen naar binnen.

III

De tragedie die, terwijl ze over de halvemaanvormige oprit liepen, werd aangekondigd door de gapende gaten daarin, maar ook door de hoge exotische planten, grauw en schemerig door zijn zonnebril, aan alle kanten creperend van onnodige dorst en, zo leek het haast, wankel tegen elkaar aan leunend, maar desondanks worstelend als stervende wellustelingen die in een visioen een laatste schijn van potentie proberen op te houden, of van collectieve troosteloze vruchtbaarheid, dacht de Consul afstandelijk, leek gerecenseerd en geïnterpreteerd te worden door iemand die naast hem liep en in zijn plaats leed en die zei: 'Zie: kijk hoe vreemd, hoe treurig vertrouwde dingen kunnen zijn. Raak deze boom aan, eens je vriend: helaas, dat datgene wat je tot in je bloed hebt gekend je ooit zo vreemd kan voorkomen! Kijk omhoog naar die nis daar in de muur van het huis met nog altijd die lijdende Christus erin, die je zou helpen als je het hem vroeg: je kunt het hem niet vragen. Aanschouw de doodsstrijd van de rozen. Kijk, op het gazon Concepta's koffiebonen, jij zei altijd dat ze van María waren, drogend in de zon. Ken je hun heerlijke aroma nog? Zie: de pisangbomen met hun zonderlinge vertrouwde bloesem, eens het zinnebeeld van het leven, nu van een kwaadaardige fallische dood. Jij kunt niet meer van deze dingen houden. Het enige waarvan jij nog houdt, zijn cantina's: het zwakke restant van een liefde voor het leven is vergif geworden, dat alleen niet helemaal giftig is, en vergif is je dagelijkse voedsel geworden, in de kroeg –'

'Is Pedro ook weg?' Yvonne hield zijn arm stevig vast, maar haar stem klonk bijna natuurlijk, vond hij.

'Ja, Goddank!'

'En de katten?'

'Perro!' zei de Consul, terwijl hij zijn bril afzette, vriendelijk tegen de pariahond die hen familiaar op de voet was gevolgd. Maar het dier sloop met de staart tussen de poten de oprit weer af. 'De tuin is wel een kapitale puinhoop, ben ik bang. We zitten al maanden praktisch zonder tuinman. Hugh heeft wat onkruid gewied. Hij heeft ook het zwembad schoongemaakt... Hoor je dat? Het zal vandaag wel vol zijn.' De oprit verbreedde zich tot een kleine arena om vervolgens over te gaan in een pad dat schuin over het smalle glooiende gazon liep, een eiland te midden van rozenperken, naar de 'voor'deur, die zich in werkelijkheid aan de achterkant van het lage witte huis bevond waarvan de dakbedekking bestond uit elkaar overlappende bloempotkleurige pannen die op in tweeën gespleten afvoerpijpen leken. Als je de bungalow tussen de bomen door zag, met aan de uiterste linkerkant zijn schoorsteen waaruit een draad van donkere rook opsteeg, leek hij een ogenblik op een mooi klein schip dat voor anker lag. 'Nee, achterbaksheid en trammelant wegens achterstallig loon zijn mijn deel geweest. En bladsnijdersmieren, diverse soorten. Er is op een nacht ingebroken toen ik niet thuis was. En overstroming: het afvoerwater van Quauhnahuac heeft ons bezocht en iets bij ons achtergelaten dat tot voor kort stonk als het Kosmische Ei. Maar dat doet er niet toe, misschien kun je –'

Yvonne maakte haar arm los om een tentakel van een trompetbloem opzij te tillen die dwars over het pad groeide:

'O Geoffrey! Waar zijn mijn camelia's?'

'God mag het weten.' Het gazon werd in tweeën gedeeld door een droge greppel die evenwijdig aan het huis liep en waar iets overheen was gelegd dat voor een plank moest doorgaan. Tussen grendiflora en roos weefde een spin een ingewikkeld web. Met kiezelige kreten schoot een groepje Amerikaanse vliegenvangers in snelle donkere vlucht over het huis. Ze stapten over de plank en stonden op de 'stoep'.

Een oude vrouw met het gezicht van een hoogst intellectuele zwarte gnoom, zoals de Consul altijd vond (ooit misschien de maîtresse van een knokige bewaker van de mijn onder de tuin), en met de onvermijdelijke zwabber, de trapeador of 'Amerikaanse echtgenoot', over haar schouder, kwam sloffend de 'voor'deur uit, schrapend met haar voeten – het sloffen en schrapen leek niet gelijk op te gaan, maar beheerst door afzonderlijke mechanismen. 'Daar is Concepta,' zei de Consul. 'Yvonne: Concepta. Concepta: Señora Firmin.' De gnoom lachte een kinderlijke glimlach die haar gezicht een moment in dat van een onschuldig meisje veranderde. Concepta veegde haar handen af aan haar schort; ze gaf Yvonne een hand en de Consul aarzelde; hij zag nu, bestudeerde met nuchtere belangstelling (hoewel hij zich op dat ogenblik opeens veel aangenamer 'ladderzat' voelde dan de gehele tijd sinds vlak voor die blanco periode van de afgelopen nacht) Yvonnes bagage die voor hem op de stoep stond, drie koffers en een hoedendoos, zo dicht bezaaid met etiketten dat ze in een soort bloei hadden kunnen uitbarsten, en ook leken te zeggen, dit is je geschiedenis: Hotel Hilo Honolulu, Villa Carmona Granada, Hotel Theba Algeciras, Hotel Peninsula Gibraltar, Hotel Nazareth Galilee, Hotel Manchester Paris, Cosmo Hotel London, het ss Ile de France, Regis Hotel, Canada Hotel Mexico D.F. – en nu de nieuwste etiketten, de nieuwste bloesems: Hotel Astor New York, The Town House Los Angeles, ss Pennsylvania, Hotel Mirador Acapulco, de Compañía Mexicana de Aviación. 'El otro señor?' vroeg hij aan Concepta die met verrukte nadruk haar hoofd schudde. 'Is nog niet terug. Goed, Yvonne, ik neem aan dat je je oude kamer weer wilt. Hugh zit in elk geval in de achterkamer met de machine.'

'De machine?'

'De maaimachine.'

'– por qué no, agua caliente,' rees en daalde Concepta's zachte melodieuze grappige stem terwijl ze weg slofte en – schraapte met twee van de koffers.

'Dus er is warm water voor je, wat een wonder mag heten!'

Aan de andere kant van het huis was het uitzicht plotseling weids en winderig als de zee.

Voorbij de barranca liep de vlakte glooiend op naar de voet van de vulkanen tot aan een barrière van duisternis waarboven de zuivere kegel van de oude Popo verrees, terwijl zich links daarvan de kartelige pieken van de Ixtaccihuatl uitstrekten als een universiteitscomplex in de sneeuw, en een ogenblik bleven ze op de veranda staan zonder iets te zeggen, niet hand in hand maar elkaars hand alleen vluchtig rakend, alsof ze er niet helemaal zeker van waren dat ze dit niet droomden, elk apart in een van gezelschap beroofd bed, ver weg, hun handen niet meer dan verwaaide brokken herinnering, half bevreesd om zich met elkaar in te laten, maar elkaar 's nachts aanrakend boven de huilende zee.

Recht onder hen werd het kleine klokkende zwembad nog steeds gevuld door een lekkende slang die was aangesloten op een brandkraan, al was het bassin bijna vol; ze hadden het zelf een keer blauw geverfd, de zijkanten en de bodem: de verf was maar nauwelijks verbleekt en het water, dat de lucht weerspiegelde, na-aapte, leek diep turquoise. Langs de randen van het zwembad had Hugh gesnoeid, maar daarbuiten liep de tuin af in een onbeschrijflijke wirwar van doornstruiken waar de Consul zijn ogen van afwendde: het prettige vervagende gevoel van dronkenschap nam af...

Hij keek afwezig de veranda rond die ook een klein stukje van de linkerkant van het huis omsloot, het huis dat Yvonne nog helemaal niet was binnengegaan, en nu kwam Concepta in antwoord op zijn gebed naar hen toe vanaf de andere kant. Concepta's blik was strak op het dienblad gericht dat ze droeg en ze keek naar rechts noch links, niet naar de stoffige en uitgebloeide planten die slap over het lage muurtje hingen, noch naar de hangmat vol vlekken, noch naar het slechte melodrama van de kapotte stoel, noch naar de opengereten divan, noch naar de zich slecht op hun gemak voelende opgevulde Quichots die hun strooien rossen schuin tegen de muur van het huis op stuurden, maar kwam langzaam op hen af sloffen door het stof en de dode bladeren die ze nog niet van de rood betegelde vloer had geveegd.

'Concepta kent mijn gewoonten, weet je.' De Consul keek nu naar het blad waarop twee glazen stonden, een fles Johnny Walker, halfvol, een sifon spuitwater, een kan met smeltend ijs en de sinister ogende fles, ook halfvol, die een dofrood brouwsel bevatte als slechte rode wijn, of misschien een hoestdrank. 'Maar dit is de strychnine. Wil je een whisky-soda...? Het ijs lijkt me in elk geval voor jou bedoeld. Zelfs geen pure vermout?' De Consul verplaatste het blad van het muurtje naar een rieten tafeltje dat Concepta net buiten had gezet.

'God bewaar me, ik niet, dank je.'

'– Een pure whisky dan. Vooruit. Wat heb je te verliezen?'

'... Laat me eerst ontbijten.'

'– Ze had best eens een keertje ja kunnen zeggen,' zei een stem op datzelfde moment ongelooflijk snel in het oor van de Consul, 'want nu wil je je natuurlijk vreselijk graag weer van voren af aan bezatten arme ouwe kerel waar of niet want het hele probleem is volgens ons dat Yvonnes lang gedroomde komst helaas maar ga nou niet zitten sikkeneuren jongen daar schiet je niks mee op,' kakelde de stem verder, 'op zichzelf tot de belangrijkste situatie in je leven heeft geleid op één na namelijk de veel belangrijker situatie die daar weer het gevolg van is dat je vijfhonderd glazen achterover moet slaan om het aan te kunnen,' hij herkende de stem als die van een prettige en onbeschaamde bekende, misschien met hoorntjes, iemand met talloze vermommingen, een specialist op het gebied van de casuïstiek, die op strenge toon vervolgde: 'maar ben jij er de man naar om te verslappen en te gaan drinken op dit kritieke moment Geoffrey Firmin geen sprake van je zult ertegen vechten je hebt de verleiding al weerstaan nietwaar nee niet waar dan moet ik je eraan herinneren dat je gisteravond glas na glas hebt afgeslagen en uiteindelijk na een lekker dutje weer helemaal nuchter bent geworden of niet of wel of niet of wel weten we achteraf wel dus je dronk alleen maar genoeg om dat beven te bedwingen een meesterlijke zelfbeheersing waarvoor ze geen waardering heeft en ook niet kan hebben!'

'Ik heb het gevoel dat je niet in die strychnine gelooft,' zei de Consul met kalme triomf (maar van de aanwezigheid van de fles whisky ging op zichzelf al een reusachtige troost uit) terwijl hij zich uit de sinistere fles een half whiskyglas van zijn mengsel inschonk. Ik heb de verleiding minstens tweeënhalve minuut weerstaan: mijn verlossing is zeker. 'Ik geloof ook niet in die strychnine, je zult me weer aan het huilen maken, stomme kaffer van een Geoffrey Firmin, ik trap je gezicht in elkaar, o idioot!' Dat was nog een bekende en de Consul hief zijn glas als blijk van herkenning en dronk de halve inhoud peinzend op. De strychnine – hij had er ironisch wat ijs in gedaan – smaakte zoet, een beetje als cassis; het spul verschafte wellicht een soort subliminale stimulans, die maar vaag waarneembaar was: de Consul, nog steeds staande, was zich ook bewust van een flauwe zwakke verdoezeling van zijn pijn, verachtelijk...

'Maar snap je dan niet cabrón die je bent dat ze denkt dat het eerste waaraan jij denkt nadat ze weer op deze manier is thuisgekomen drinken is ook al is het dan het drinken van strychnine waarvan de onschuld teniet wordt gedaan door de dringende behoefte die je eraan hebt en door de nevenschikking en daarom nietwaar kan je ten overstaan van zoveel vijandigheid net zo goed meteen aan de whisky beginnen in plaats van later niet aan de tequila waar zou die trouwens zijn goed goed we weten waar die is dat zou het begin van het einde zijn en ook niet aan de mescal wat het einde zou zijn hoewel een verdomd goed einde misschien maar whisky dat heerlijke ouwe gezonde keelprikkelende vuur van de voorouders van je vrouw nació 1820 y siguiendo tan campante en daarna zou je misschien wat bier kunnen drinken ook goed voor je en vol vitamine want je broer zal hier zijn en dat is iets bijzonders en dat is misschien de enige reden om iets te vieren natuurlijk is dat zo en terwijl je de whisky drinkt en later het bier zou je toch poco a poco kunnen minderen wat wel nodig is maar iedereen weet dat het gevaarlijk is om dat te snel te willen doen en je tegelijk te schikken in Hughs zegenrijke pogingen om je erbovenop te helpen natuurlijk zou je dat!' Het was zijn eerste bekende weer en de Consul zette zuchtend en met uitdagend vaste hand het whiskyglas terug op het blad.

'Wat zei je daar?' vroeg hij aan Yvonne.

'Ik zei drie keer,' lachte Yvonne, 'drink in hemelsnaam iets fatsoenlijks. Je hoeft dat spul niet te drinken om indruk op mij te maken. Ik ga wel zitten proosten.'

'Wát?' Ze zat op het muurtje over het dal uit te kijken met alle uiterlijke schijn van genietende belangstelling. In de tuin zelf was het doodstil. Maar de wind moest plotseling gedraaid zijn; de Ixta was verdwenen terwijl de Popocatepetl bijna geheel aan het oog werd onttrokken door zwarte horizontale wolkkolommen, als rook die over de berg werd getrokken door verscheidene evenwijdig rijdende treinen. 'Wil je dat nog een keer zeggen?' De Consul pakte haar hand.

Ze omhelsden elkaar, zo leek het althans bijna, hartstochtelijk; ergens, vanuit de hemelen, stortte een zwaan doorboord ter aarde. Voor de cantina El Puerto del Sol in Independencia zouden de gedoemden zich al verdringen in de warmte van de zon, wachtend tot de luiken met trompetgeschal omhoog zouden gaan...

'Nee, ik blijf maar bij het oude recept, dank je.' De Consul was bijna achterovergevallen op zijn kapotte groene schommelstoel. Hij zat Yvonne nuchter aan te kijken. Dit was dan het moment, zo felbegeerd, onder bedden, slapend in de hoeken van cafés, aan de rand van donkere bossen, laantjes, bazaars, gevangenissen, het moment waarop – maar het moment was doodgeboren, alweer voorbij: en achter hem was de *ursa horribilis* van de nacht naderbij gekomen. Wat had hij gedaan? Ergens geslapen, zoveel was zeker. *Tak: tok: help: help:* het zwembad tikte als een klok. Hij had geslapen: wat nog meer?

Zijn hand die in de zak van zijn rokkostuum zocht, voelde de harde rand van een aanwijzing. Op het kaartje dat hij aan het licht bracht, stond:

Arturo Díaz Vigil
Médico Cirujano y Partero
Enfermedades de Niños
Indisposiciones Nerviosas
Consultas de 12 a 2 y de 4 a 7
Av. Revolución Numero 8.

'– Ben je echt teruggekomen? Of kom je me alleen maar opzoeken?' vroeg de Consul zacht aan Yvonne terwijl hij het kaartje weer opborg.
'Ik ben hier toch?' zei Yvonne vrolijk, zelfs lichtelijk uitdagend.
'Vreemd,' merkte de Consul op en hij probeerde half overeind te komen voor het glas waarvoor Yvonne toestemming had gegeven, of hij het nu wilde of niet en ondanks de vlugge stem die protesteerde: 'Geoffrey Firmin stomme kaffer dat je bent, ik trap je gezicht in elkaar als je het doet, als je gaat drinken ga ik huilen, o idioot!' 'Maar het is vreselijk dapper van je. Stel dat – ik ben er vreselijk slecht aan toe, weet je.'
'Maar je ziet er verbázend goed uit, vond ik. Je hebt geen idéé hoe goed je eruitziet.' (De Consul had absurd genoeg zijn biceps gespannen en hij bevoelde die: 'Nog zo sterk als een paard, bij wijze van spreken, zo sterk als een paard!') 'Hoe zie ik eruit?' Dat leek ze te hebben gevraagd. Yvonne wendde haar gezicht een beetje af, hield het en profil.
'Heb ik dat niet gezegd?' De Consul keek naar haar. 'Mooi... Bruin.' Had hij dat gezegd? 'Bruin als een koffieboon. Je hebt gezwommen,' voegde hij eraan toe. 'Je ziet eruit alsof je volop zon hebt gehad... Hier hebben we natuurlijk ook volop zon gehad,' ging hij verder. 'Zoals gewoonlijk... Te veel. Ondanks de regen... Weet je, ik houd er niet van.'

'O jawel, heus wel,' had ze kennelijk geantwoord. 'We zouden in de zon kunnen gaan zitten, weet je.'

'Och –'

De Consul zat in de kapotte groene schommelstoel tegenover Yvonne. Misschien was het alleen maar de ziel, dacht hij, die langzaam tevoorschijn kwam uit de strychnine en een vorm van onthechting bereikte, geschikt om te redetwisten met Lucretius, de ziel die ouder werd terwijl het lichaam zich vele malen kon vernieuwen behalve als het onveranderlijk aan de ouderdom gewoon was geraakt. En misschien gedijde de ziel als ze leed en had het leed dat hij zijn vrouw had aangedaan haar ziel niet alleen doen gedijen maar ook opbloeien. Ach, en niet alleen het leed dat hij had aangedaan. Wat te denken van datgene waarvoor die overspelige schim genaamd Cliff, die hij zich altijd alleen maar voorstelde als een geklede jas en een van voren geopende gestreepte pyjama, verantwoordelijk was geweest? En het kind, merkwaardigerwijze ook Geoffrey genaamd, dat ze van die schim gekregen had, twee jaar voor haar eerste kaartje naar Reno, en dat nu zes zou zijn als het niet gestorven was op de leeftijd van evenveel maanden als het nu jaren geleden was, aan hersenvliesontsteking, in 1932, drie jaar voordat zij elkaar zelf hadden ontmoet, en waren getrouwd in Granada, in Spanje? Hier was Yvonne in elk geval, gebruind en jeugdig en leeftijdloos: ze was op haar vijftiende, had ze hem verteld (dat wil zeggen, omstreeks de tijd dat ze in die westerns moest hebben geacteerd waarvan Laruelle, die ze nooit had gezien, subtiel verzekerde dat ze Eisenstein of zo iemand hadden beïnvloed), een meisje geweest van wie de mensen zeiden: 'Ze is niet knap maar ze wordt wel mooi': op haar twintigste zeiden ze dat nog steeds, en op haar zevenentwintigste toen ze met hem trouwde was het nog steeds waar, uiteraard afhankelijk van de categorie volgens welke men dergelijke dingen beoordeelde: en nu, op haar dertigste, was het nog evenzeer waar dat ze de indruk wekte van iemand die het nog altijd in zich had, en misschien zelfs op het punt stond, om 'mooi' te worden: dezelfde iets schuin staande neus, dezelfde kleine oren, de warme bruine ogen, nu befloerst en gekwetst, dezelfde mond met de volle lippen, warm ook en gul, de enigszins weke kin. Yvonne had nog steeds datzelfde frisse stralende gezicht dat, zoals Hugh altijd zei, als een hoopje as in elkaar kon zakken en grijs worden. Toch was ze veranderd. Ach ja, en hoe! Net zoals het schip waarover de gedegradeerde kapitein geen bevel meer voert veranderd is als hij het door het caféraam in de haven ziet liggen. Ze was niet meer van hem: het modieuze grijsblauwe reispakje dat ze aanhad, was ongetwijfeld door iemand goedgekeurd: niet door hem.

Plotseling nam Yvonne met een beheerst ongeduldig gebaar haar hoed af en stond, terwijl ze haar bruine door de zon gebleekte haar schudde, op van het muurtje. Ze nestelde zich op de divan en sloeg haar ongewoon mooie en aristocratische lange benen over elkaar. De divan gaf een scheurend gitaarkabaal van akkoorden ten beste. De Consul pakte zijn zonnebril en zette hem bijna schalks op. Maar met een gevoel van afwezig verdriet merkte hij op dat Yvonne nog steeds wachtte tot ze de moed zou hebben om het huis binnen te gaan. Met een diepe gemaakte consulstem zei hij:

'Hugh zal hier zo wel zijn als hij met de eerste bus komt.'

'Hoe laat komt de eerste bus?'

'Half elf, elf uur.' Wat maakte het uit? In de stad speelde een carillon. Tenzij dat natuurlijk volstrekt onmogelijk leek, vreesde men het tijdstip van iemands komst tenzij hij drank meebracht. Stel dat er geen drank in huis was geweest, alleen de strychnine? Zou hij dat hebben volgehouden? Dan zou hij zelfs nu in de toenemende hitte van de dag door de stoffige straten zijn gestrompeld om een fles te bemachtigen; of hij zou Concepta eropuit hebben gestuurd. In een piepklein kroegje op de stoffige hoek van een steeg zou hij, zijn missie vergetend, de hele morgen drinken om Yvonnes komst te vieren terwijl zij sliep. Misschien zou hij doen of hij een IJslander was of een bezoeker uit de Andes of Argentinië. Veel meer dan het tijdstip van Hughs komst viel de kwestie te vrezen die al achter hem aan joeg met de vaart van Goethes beroemde kerkklok die het kind achtervolgde dat de kerk verzuimde. Yvonne draaide haar trouwring rond haar vinger, eenmaal. Droeg ze die nog uit liefde of om een van de twee praktische voordelen ervan, of om alle twee? Of, arme meid, alleen maar omwille van hem, van hén? Het zwembad tikte door. *Zou een ziel daarin kunnen baden en schoon worden of haar dorst lessen?*

'Het is pas half negen.' De Consul zette zijn bril weer af.

'Je ogen, arme schat – ze schitteren zo,' barstte Yvonne uit; en de kerkklok was dichterbij; nu was ze galmend over een overstap gesprongen en het kind was gestruikeld.

'Een beetje sief... Een klein beetje maar.' Die Glocke Glocke tönt nicht mehr... De Consul trok een patroon op een van de verandategels met zijn zwarte avondschoenen waarin zijn sokloze voeten (niet sokloos omdat hij zich, zoals Sr. Bustamente beweerde, de directeur van de plaatselijke bioscoop, in een positie had gedronken dat hij geen geld meer had voor sokken, maar omdat zijn hele gestel als gevolg van de alcohol zo was aangetast door neuritis dat hij niet bij machte was om ze aan te trekken) gezwollen en pijnlijk voelden. Dat was nooit gebeurd zonder die strychnine, die verdomde troep, en deze totale koude verfoeilijke staat van nuchterheid waarin die hem had gebracht! Yvonne zat weer op het muurtje en leunde tegen een pilaar. Ze beet op haar lippen, aandachtig naar de tuin kijkend:

'Geoffrey, het is hier een puinhoop!'

'Maar zonder Mariana en de hoeve op het eilandje.' De Consul wond zijn polshorloge op. '... Maar kijk, stel nu eens dat je een belegerde stad aan de vijand prijsgeeft en er niet lang daarna op de een of andere manier weer naartoe gaat – er is iets in mijn beeldspraak wat me niet bevalt, maar goed, stel dat je dat doet – dan kun je moeilijk verwachten dat je je ziel precies dezelfde groene genade binnen kunt noden, terwijl her en der hetzelfde dierbare welkom klinkt, nietwaar?'

'Maar ik heb niks prijs –'

'Zelfs niet, zou ik zeggen, als die stad de draad weer lijkt te hebben opgevat, zij het op een wat aangeslagen manier, dat geef ik toe, en de trams weer min of meer op tijd rijden.' De Consul deed zijn horloge strak om zijn pols. 'Hè?'

'– Kijk eens naar die rode vogel daar in die takken, Geoffrey! Ik heb nog nooit zo'n grote kardinaal gezien.'

'Nee.' De Consul maakte zich geheel onopgemerkt meester van de whiskyfles, haalde de kurk eraf, rook aan de inhoud en zette hem ernstig en met getuite lippen weer op het blad: 'Dat wil ik wel geloven. Want het is geen kardinaal.'

'Natuurlijk is dat een kardinaal. Kijk maar naar zijn rode borst. Het is net een vlammetje!' Het was hem duidelijk dat Yvonne al even bang was voor de naderende scène als hij en nu een onbestemde drang voelde om over wat dan ook te blijven praten totdat het volstrekt ongelegen moment aanbrak, het moment ook waarop, zonder dat zij het zag, de afschuwelijke klok het ten dode gedoemde kind werkelijk zou aanraken met reusachtige uitgestoken tong en helse Wesleyaanse adem. 'Daar, op de hibiscus!'

De Consul deed één oog dicht. 'Dat is een koperstaarttrogon, als je het mij vraagt. En hij heeft geen rode borst. Het is een solitaire vogel die waarschijnlijk daarginds in het Wolvenravijn leeft, ver weg van de andere vogels met ideeën, zodat hij in alle rust kan nadenken over het feit dat hij geen kardinaal is.'

'Ik weet zeker dat het een kardinaal is en dat hij hier in de tuin leeft!'

'Zoals je wilt. *Trogon ambiguus ambiguus* is de precieze naam, geloof ik, de ambigue vogel! Twee ambiguïteiten horen samen een bevestiging te vormen en dat is deze, de koperstaarttrogon, niet de kardinaal.' De Consul stak zijn hand uit naar het blad om zijn lege strychnineglas te pakken, maar aangezien hij halverwege vergat wat hij van plan was in te schenken en of hij niet eerst een van de flessen wilde pakken, al was het maar

om te ruiken, en niet het glas, liet hij zijn hand weer zakken en boog zich nog verder voorover om er een beweging van te maken die aandacht voor de vulkanen beduidde. Hij zei:
 'Die ouwe Popeye zou nu toch weer gauw tevoorschijn moeten komen.'
 'Hij lijkt op dit moment compleet in de spinazie verdwenen –' Yvonnes stem trilde.
 De Consul verdreef hun oude grap door het afstrijken van een lucifer voor de sigaret die hij om een of andere reden niet tussen zijn lippen had gestoken: even later, toen hij merkte dat hij een opgebrande lucifer vasthield, stopte hij die in zijn zak.
 Ze zaten enige tijd tegenover elkaar als twee stomme sprakeloze vestingen.
 Het water dat nog steeds in het zwembad sijpelde – God, hoe dodelijk langzaam – vulde de stilte tussen hen in... Er was nog iets anders; de Consul verbeeldde zich dat hij nog steeds de muziek hoorde van het bal, dat allang afgelopen moest zijn zodat deze stilte van een verschaald dreunen van trommels leek doordrongen. Paria: dat betekende ook trommels. Parián. Maar het was ongetwijfeld de bijna tastbare afwezigheid van de muziek die haar zo bijzonder maakte dat de bomen kennelijk schudden op de maat ervan, een illusie die niet alleen de tuin maar ook de vlakte daarachter, het hele toneel voor zijn ogen, tot iets gruwelijks maakte, de gruwel van een ondraaglijke onwerkelijkheid. Dit zal niet veel verschillen, hield hij zichzelf voor, van wat een krankzinnige ondergaat op momenten dat zijn gekte, terwijl hij gemoedelijk in de tuin van het gesticht zit, plotseling ophoudt een toevlucht te zijn en gestalte krijgt in de uiteenspattende lucht en alles om hem heen in de aanwezigheid waarvan de rede, al met stomheid geslagen, slechts het hoofd kan buigen. Vindt de gek op zulke momenten, terwijl zijn gedachten als kanonskogels door zijn hersenen knallen, troost in de exquise schoonheid van de gestichtstuin of van de naburige heuvels achter de verschrikkelijke schoorsteen? Nauwelijks, meende de Consul. En wat deze bewuste schoon-

heid betrof, hij wist dat die even dood was als zijn huwelijk en even doelbewust afgeslacht. De zon die nu fel op de hele wereld vóór hem scheen en met haar stralen de boomgrens van de Popocatepetl accentueerde terwijl de top daarvan zich als een reusachtige walvis weer uit de wolken omhoogwerkte, dat alles kon hem niet opbeuren. Het zonlicht kon de last van zijn geweten, van zijn ongegronde verdriet, niet helpen dragen. Het kende hem niet. Links van hem, voorbij de pisangbomen, was de tuinman van het weekendverblijf van de Argentijnse ambassadeur bezig zich een weg te banen door het hoge gras dat moest plaatsmaken voor een badmintonveld, maar iets aan deze vrij onschuldige bezigheid hield een vreselijke bedreiging in jegens hemzelf. Van de brede bladeren van de pisangbomen zelf, die vriendelijk omlaaghingen, leek een even woeste dreiging uit te gaan als van de gespreide vleugels van pelikanen die worden uitgeschud voor ze worden gevouwen. De bewegingen van nog meer rode vogeltjes in de tuin, als levende rozenknoppen, leken ondraaglijk nerveus en diefachtig. Het was alsof de diertjes via gevoelige draden met zijn zenuwen verbonden waren. Toen de telefoon ging, bleef zijn hart bijna stilstaan.

De telefoon ging trouwens heel duidelijk en de Consul liep van de veranda naar de eetkamer waar hij, bang voor het furieuze toestel, in het oorstuk van de hoorn begon te spreken en vervolgens, zwetend, in het mondstuk, in een gejaagd tempo – want het was een interlokaal gesprek – zonder te weten wat hij zei, terwijl hij Toms gedempte stem heel duidelijk verstond maar van diens vragen zijn eigen antwoorden maakte, bang dat er elk moment kokende olie in zijn middenoor of zijn mond kon lopen: 'Goed. Tot kijk... O, zeg Tom, wat was eigenlijk de bron van dat gerucht over dat zilver dat gisteren in de krant stond en dat door Washington wordt ontkend? Ik vroeg me af waar het vandaan kwam... Wat het op gang heeft gebracht. Ja. Goed. Tot kijk. Ja, dat heb ik, vreselijk. O, waren zij dat! Jammer. Maar het is tenslotte hun eigendom. Waar of niet? Tot kijk. Dat zullen ze wel doen. Ja, dat is goed, dat is goed. Tot kijk; tot kijk!' ... Christus. Waarom belt hij me zo vroeg in de morgen. Hoe laat is het in Amerika. Erikson 43.

Christus... Hij hing de hoorn verkeerd op de haak en keerde terug naar de veranda; geen Yvonne; even later hoorde hij haar in de badkamer...

De Consul liep met een schuldig gevoel omhoog over de Calle Nicaragua.

Het was alsof hij een eindeloze trap tussen huizen op ploeterde. Of misschien zelfs de oude Popeye zelf. Nooit had de weg naar de top van deze heuvel zo lang geleken. De weg met zijn wegspringende kapotte stenen strekte zich tot in de eeuwige verte uit als een leven vol kwellingen. Hij dacht: 900 pesos=100 flessen whisky=900 dito tequila. Ergo: je moet tequila noch whisky drinken maar mescal. Het was ook zo heet als een oven op straat en de Consul baadde in het zweet. Weg! Weg! Hij ging niet erg ver weg, niet eens naar de top van de heuvel. Er was een weggetje aan de linkerhand voordat je bij Jacques' huis kwam, bladerrijk, aanvankelijk niet meer dan een karrenspoor, daarna omhoog kronkelend, en ergens langs dat weggetje aan de rechterkant, op nog geen vijf minuten lopen, in een stoffig hoekje, wachtte een kleine koele naamloze cantina met buiten waarschijnlijk een paar vastgebonden paarden en onder de toog een enorme witte slapende kater over wie een tochtlat zou zeggen: 'Hij eh hele nacht werken miester en hele dag slapen!' En deze cantina zou open zijn.

Daar ging hij heen (het weggetje was nu duidelijk te zien, bewaakt door een hond) om in alle rust een paar broodnodige glazen te nuttigen waarvan hij de inhoud nog niet nader had bepaald en terug te zijn voordat Yvonne was uitgebadderd. Het was natuurlijk ook mogelijk dat hij daar een ontmoeting zou hebben met –

Maar plotseling stond de Calle Nicaragua tegen hem op.

De Consul lag voorover op de uitgestorven straat.

'– Hugh, ben jij daar ouwe jongen om de ouwe baas een handje te helpen? Hartelijk dank. Want het is tegenwoordig misschien inderdaad wel jouw beurt om een handje te helpen. Niet dat ik jou niet altijd met alle plezier geholpen heb! Dat deed ik zelfs met alle plezier die keer in Parijs toen je uit Aden kwam en problemen had met je carte d'identité en het paspoort dat je zo vaak liever niet schijnt mee te willen nemen als je op reis gaat en waarvan ik me tot op de dag van vandaag kan herinneren dat het nummer 21312 is. Daar had ik misschien wel des te meer plezier in omdat het me in staat stelde even niet aan mijn eigen ingewikkelde sores te denken en bovendien tot mijn tevredenheid bewees, al begonnen sommige van mijn collega's daar toen al aan te twijfelen, dat ik nog steeds niet zo van de wereld was dat ik zo'n klus niet met voortvarendheid kon klaren. Waarom zeg ik dit? – Mede om je te laten zien dat ik ook erken hoe dicht Yvonne en ik al bij de rand van de catastrofe stonden vóór jullie elkaar leerden kennen? Luister je, Hugh – is het duidelijk wat ik bedoel? Duidelijk dat ik je vergeef, terwijl ik op de een of andere manier nooit volledig in staat ben geweest om Yvonne te vergeven, en dat ik nog steeds van je kan houden als een broer en je kan respecteren als man. Duidelijk dat ik je met liefde opnieuw zou helpen. Trouwens, sinds Vader in zijn eentje de Witte Alpen in trok en niet meer terugkwam, ook al was het dan toevallig de Himalaya, en vaker dan me lief is herinneren deze vulkanen me daaraan, net zoals dit dal me herinnert aan het dal van de Indus, en die oude tulbandbomen in Taxco aan Srinigar, en zoals uitgerekend Xochimilco – luister je, Hugh? – me toen ik hier pas was aan die woonboten op de Sjalimar herinnerde waar jij niets meer van weet, en je moeder, mijn stiefmoeder, ging dood, al die vreselijke dingen leken tegelijkertijd te gebeuren alsof de schoonfamilie van de rampspoed plotseling vanuit het niets was gearriveerd, of misschien wel uit Damtsjok, en met pak en zak bij ons was ingetrokken – er is veel te weinig gelegenheid geweest om me, bij wijze van spreken, als een broer tegenover je te gedragen. Hoewel, ik heb me misschien wel eens als een vader gedragen; maar toen was jij nog maar heel klein, en zeeziek, op de pakketboot, die ouwe onberekenbare *Cocanada*. Maar daarna en eenmaal terug in Engeland waren er te veel voogden, te veel pleegouders in Harrogate, te veel personeel en scholen, om van de oorlog nog maar te zwijgen, de strijd om die te winnen die ik, omdat hij zoals jij terecht zegt nog niet voorbij is, voortzet met een fles en jij met de ideeën die naar ik hoop minder rampzalig voor jou zullen blijken dan die van onze vader voor hem, of trouwens ook die van mij voor mezelf. Maar dat alles moge dan zo zijn – ben je er nog, Hugh, om een handje te helpen? – toch moet ik er in niet mis te verstane bewoordingen op wijzen dat ik nooit ook maar een moment heb kunnen dromen dat zoiets als wat er gebeurd is ooit zou of zou kunnen gebeuren. Dat ik het vertrouwen van Yvonne had verbeurd hoefde nog niet per se te betekenen dat zij het mijne had verbeurd, waarover nogal anders werd gedacht. En dat ik jou vertrouwde, behoeft geen betoog. Nog veel minder had ik kunnen dromen dat jij zou proberen jezelf moreel te rechtvaardigen met het argument dat ik geheel en al opging in mijn liederlijke leven: er zijn ook bepaalde redenen, die pas op de dag des oordeels onthuld zullen worden, waarom jij niet over mij had mogen oordelen. Toch ben ik bang – luister je, Hugh? dat je datgene wat je impulsief hebt gedaan en hebt geprobeerd te vergeten in de wrede verstrooidheid van je jeugd lang vóór die dag in een nieuw en donkerder licht zult zien. Tot mijn verdriet moet ik vrezen dat jij inderdaad, juist omdat je in wezen een goed en eenvoudig mens bent en meer dan de meesten oprechte eerbied koestert voor de principes en fatsoensnormen die zoiets hadden kunnen voorkomen, naarmate je ouder wordt en je geweten aan kracht inboet als gevolg daarvan erfgenaam zult worden van een leed dat veel afschuwelijker is dan enig leed dat je mij hebt berokkend. Hoe kan ik je helpen? Hoe zoiets af te wenden? Hoe zal de vermoorde zijn moordenaar ervan overtuigen dat hij hem niet zal achtervolgen. Ach, het verleden wordt sneller opgevuld dan wij beseffen en God heeft weinig geduld met wroeging! Maar helpt dit misschien, wat ik je probeer te vertellen, namelijk dat ik besef in welke mate ik dit alles over mezelf heb afgeroepen? Helpt het dat ik bovendien toegeef dat het van lamlendigheid mijnerzijds getuigde, haast van clownerie, wilde ik zeggen, om Yvonne zo in je schoot te werpen, wat mij op de onvermijdelijke worm in de hersenen en het hart en de mond vol zaagsel kwam te staan? Dat hoop ik van ganser harte... Maar ondertussen, ouwe jongen, moet mijn geest, die wankelt onder de invloed van de strychnine van het afgelopen halfuur, van de diverse therapeutische drankjes daarvóór, van de talloze bepaald ontherapeutische drankjes met dr. Vigil dáárvoor, je moet een keer kennismaken met dr. Vigil, ik zeg maar niets over zijn vriend Jacques Laruelle aan wie ik je tot nu toe om verscheidene redenen niet heb voorgesteld – herinner me er alsjeblieft aan dat ik mijn Elizabethaanse toneelstukken van hem terugvraag – van de twee nachten en een dag onafgebroken drinken daar weer voor, van de zevenhonderdzevenenzeventigeneenhalve – maar waarom nog verdergaan? Mijn geest, herhaal ik, moet op de een of andere manier, al is hij nog zo verdoofd, zoals Don Quichot een stad meed die het voorwerp was van zijn afschuw vanwege zijn onmatigheid aldaar, zich met een wijde boog begeven om – zei ik dr. Vigil? –

'Nee maar, nee maar, wat is hier aan de hand?' De Engelse 'King's Parade'-stem, nog maar net boven hem, riep van achter het stuur, zo zag de Consul nu, van een uitzonderlijk lange lage auto die naast hem was gestopt, zoemend: een MG Magna, of iets dergelijks.

'Niets.' De Consul sprong onmiddellijk overeind, zo nuchter als een pasgeboren kalf. 'Helemaal niets aan de hand.'

'Dat lijkt me sterk, u lag daar midden op de weg, nietwaar?' Het Engelse gezicht, dat nu naar hem opkeek, was blozend, vrolijk, vriendelijk maar bezorgd boven de Engelse gestreepte das die aan een fontein op een voornaam binnenplein herinnerde.

De Consul veegde het stof van zijn kleren; hij zocht tevergeefs naar verwondingen; geen schrammetje. Hij zag de fontein duidelijk voor zich. *Zou een ziel daarin kunnen baden en schoon worden of haar dorst lessen?*

'Blijkbaar niets aan de hand,' zei hij, 'dank u zeer.'

'Maar verdomme nog aan toe ik zag u daar midden op de weg liggen, had u wel kunnen overrijden, er moet iets aan de hand zijn, nietwaar? Nee?' De Engelsman zette zijn motor af. 'A propos, heb ik u niet al eens eerder gezien of zo?'

'_'

'_'

'Trinity.' De Consul hoorde zijn stem ongewild een beetje 'Engelser' worden. 'Tenzij –'

'Caius.'

'Maar u draagt een Trinity-das –' merkte de Consul met iets van beleefde triomf in zijn stem op.

'Trinity...? Ja. Die is van mijn neef, om u de waarheid te zeggen.' De Engelsman tuurde langs zijn kin omlaag naar de das, waarbij zijn vrolijke rode hoofd nog een tint roder werd. 'We gaan naar Guatemala... Prachtig land, dit. Jammer van al dat gedoe over die olie, nietwaar? Treurige vertoning. – Weet u zeker dat u geen botten gebroken heeft of zoiets, beste kerel?'

'Nee. Ik heb geen botten gebroken,' zei de Consul. Maar hij trilde.

De Engelsman boog zich voorover alsof hij weer naar de contactschakelaar tastte. 'Weet u zeker dat er niks aan de hand is? We logeren in Hotel Bella Vista, we gaan pas vanmiddag weg. Ik zou u daar mee naartoe kunnen nemen voor een dutje... Verdraaid aardige kroeg moet ik zeggen maar verdraaid veel pokkenherrie de hele nacht. U bent zeker naar het bal geweest – heb ik dat goed? Maar u loopt de verkeerde kant uit, nietwaar? Ik heb altijd een fles van het een of ander in de auto voor noodgevallen... Nee. Geen Schotse. Ierse. Burke's Irish. Een slokje? Maar misschien wilt u liever –'

'Ah...' De Consul nam een lange teug. 'Reuze bedankt.'

'Ga uw gang... Ga uw gang...'

'Bedankt.' De Consul gaf de fles terug. 'Reuze.'
'Nou, tot kijk dan.' De Engelsman startte zijn motor weer.
'Tot kijk, beste kerel. En niet meer op straat gaan liggen. Goeie genade, straks wordt u nog door een auto of de politie gepakt, verdraaid nog an toe. Vreselijke weg trouwens. Schitterend weer, nietwaar?' De Engelsman reed de heuvel op en wuifde.

'Als u zelf ooit in de penarie zit,' riep de Consul hem roekeloos na, 'dan ben ik – wacht, hier is mijn kaartje –'

'Tabee!'

– Het was niet het kaartje van dr. Vigil dat de Consul nog steeds in zijn hand had: maar het was ook beslist niet dat van hemzelf. *Complimenten van de Venezolaanse regering.* Wat was dit? *De Venezolaanse regering zal het op prijs stellen...* Waar kon dit nu vandaan komen? *De Venezolaanse regering zal het op prijs stellen indien ontvangst dezes bevestigd wordt bij het Ministerio de Relaciones Exteriores. Caracas, Venezuela.* Nee maar, Caracas – ach, waarom ook niet?

Kaarsrecht als Jim Taskerson, dacht hij, nu ook getrouwd, arme donder – zweefde de Consul geheel hersteld de Calle Nicaragua af.

In het huis klonk het geluid van weglopend badwater: hij knapte zich bliksemsnel wat op. Concepta onderscheppend met het ontbijtblad (zij het niet vooraleer hij haar last tactvol met strychnine had verzwaard) ging de Consul onschuldig als een man die een moord heeft gepleegd terwijl hij dummy was bij het bridgen Yvonnes kamer binnen. Deze was licht en netjes. Een vrolijk gekleurde Oaxaqueñaanse omslagdoek bedekte het lage bed waarop Yvonne met haar hoofd op één hand half lag te slapen.

'Hallo!'

'Hallo!'

Een tijdschrift waarin ze had gelezen viel op de vloer. De Consul, lichtelijk gebogen boven het sinaasappelsap en de ranchero-eieren, worstelde zich dapper door een veelheid van onmachtige gevoelens.

'Lig je daar lekker?'

'Heerlijk, dank je.' Yvonne nam het blad glimlachend aan. Het tijdschrift was dat voor amateur-astronomie waarop ze geabonneerd was en van het omslag keken de reusachtige koepels van een sterrenwacht, omgeven door een gouden stralenkrans en zich in zwart silhouet aftekenend als Romeinse helmen, de Consul ondeugend aan. *'De Maya's,'* las hij hardop, *'waren vergevorderd in de astronomische waarneming. Maar van een copernicaans stelsel hadden ze geen vermoeden.'* Hij wierp het tijdschrift weer op het bed en maakte het zich gemakkelijk in zijn stoel, zijn benen over elkaar, zijn vingertoppen op een merkwaardig kalme manier tegen elkaar gedrukt, zijn strychnine naast hem op de vloer. 'Waarom zouden ze ook...? Maar wat me bevalt zijn die "vage" jaren van de oude Maya's. En hun "pseudo-jaren" niet te vergeten! En hun kostelijke namen voor de maanden. Pop. Uo. Zip. Zotz. Tzec. Xul. Yaxkin.'

'Mac,' lachte Yvonne. 'Is er niet ook een die Mac heet?'

'Je hebt Yax en Zac. En Uayeb: dat vind ik de mooiste, de maand die maar vijf dagen duurt.'

'Hiermede bevestigen wij de ontvangst van uw schrijven d.d. 1 Zip! –'

'Maar wat schiet je er uiteindelijk mee op?' De Consul nam een slokje van zijn strychnine die nog moest bewijzen dat ze goed viel na de Burke's Irish (nu misschien in de garage van het Bella Vista). 'Met die kennis, bedoel ik. Een van de eerste boetedoeningen die ik mezelf heb opgelegd was het uit mijn hoofd leren van het filosofische deel van *Oorlog en vrede*. Dat was natuurlijk voordat ik me heen en weer kon slingeren in het want van de kabbala als een sint-jakobsaapje. Maar toen realiseerde ik me laatst opeens dat het enige wat ik me van het hele boek kon herinneren was dat Napoleon een zenuwtrekking in zijn been had –'

'Eet je zelf niets? Je zal wel uitgehongerd zijn.'

'Ik heb al wat genomen.'

Yvonne, die zich het ontbijt zelf goed liet smaken, vroeg:

'Hoe gaan de zaken?'

'Tom heeft er een beetje tabak van omdat ze onroerend goed van hem hebben geconfisqueerd in Tlaxcala, of Puebla, waarvan hij dacht dat het wel snor zat. Mij hebben ze nog niet door, ik weet niet zeker waar ik in dat opzicht aan toe ben nu ik ontslag heb genomen uit de dienst –'

'Dus je –'

'Tussen twee haakjes, ik moet je mijn excuses aanbieden dat ik nog steeds in dit kloffie loop – geen vertoning, ik had toch tenminste een blazer voor je kunnen aantrekken!' De Consul glimlachte inwendig om zijn accent, dat nu om ononthulbare redenen haast onbeheersbaar 'Engels' was geworden.

'Dus je hebt echt ontslag genomen!'

'O reken maar! Ik denk erover om Mexicaans onderdaan te worden, om bij de indianen te gaan wonen, net als William Blackstone. Als die gewoonte om geld te verdienen er maar niet was geweest, weet je, voor jou allemaal heel geheimzinnig, neem ik aan, van buitenaf bezien –' De Consul keek welwillend om zich heen naar de schilderijen aan de muur, voornamelijk aquarellen van zijn moeder met taferelen uit Kasjmir: een kleine omheining van grijze steen met daarin verscheidene berken en een hogere populier vormde het graf van Lalla Rookh, een schilderij van een woest landschap met wilde stromen, vagelijk Schots, de kloof, het ravijn bij Gugganvir; de Sjalimar leek meer op de Cam dan ooit: een vergezicht op de Nanga Parbat vanuit het Sind-dal had hier op de veranda geschilderd kunnen zijn, waarbij de Nanga Parbat heel goed voor de oude Popo door had kunnen gaan... '– van buitenaf bezien,' herhaalde hij, 'het resultaat van zoveel zorgen, speculatie, vooruitziendheid, alimentatie, landheerschap –'

'Maar –' Yvonne had haar ontbijtblad opzij geschoven en een sigaret gepakt uit haar eigen koker naast het bed en die aangestoken voor de Consul haar kon helpen.

'Dat had allang kunnen gebeuren!'

Yvonne lag achterover op het bed te roken... Ten slotte hoorde de Consul nauwelijks meer wat ze zei – kalm, verstandig, moedig omdat hij zich bewust was van iets buitengewoons dat zich in zijn hoofd voltrok. Hij zag in een flits, alsof het schepen waren aan de horizon, onder een zwarte zijwaartse abstracte hemel, hoe de gelegenheid voor een vertwijfeld feest (het deed er niet toe dat hij misschien de enige was die het vierde) verdween, terwijl er tegelijkertijd, steeds naderbij komend, iets opdoemde dat niets anders kon zijn, nee dat – Goeie God! – werkelijk zijn redding was...

'Nú?' merkte hij dat hij vriendelijk had gevraagd. 'Maar we kunnen nu moeilijk weggaan nietwaar, gezien Hugh en jou en mij en nog zo het een en ander, denk je niet? Dat is een beetje ondoenlijk, nietwaar?' (Want zijn redding zou misschien niet zo'n levensgrote bedreiging hebben geleken als de Burke's Irish whisky niet plotseling, zij het haast onmerkbaar, had besloten een bankschroef aan te draaien. Het was de hoge vlucht van dit moment, bezien als iets ononderbrokens, die zich bedreigd voelde.) 'Nietwaar?' herhaalde hij.

'Ik weet zeker dat Hugh wel zou begrijpen –'

'Maar daar gaat het niet om!'

'Geoffrey, dit huis is op de een of andere manier boosaardig geworden –'

'– Ik bedoel, het is nogal een rotstreek –'

O Jezus. De Consul nam langzaam een gezichtsuitdrukking aan die als lichtelijk plagend en tegelijkertijd zelfverzekerd was bedoeld, ten teken dat het gezond verstand des consuls uiteindelijk zegevierde. Want het was zover. Goethes kerkklok keek hem recht tussen de ogen; gelukkig was hij erop voorbereid. 'Ik herinner me een vent in New York die ik eens geholpen heb,' zei hij duidelijk niet ter zake, 'op de een of andere manier, een werkloze acteur. "Weet u Mr. Firmin," zei hij, "het is hier niet naturel." Zo zei hij het letterlijk: niet naturel. "Hier is de mens niet voor geschapen," klaagde hij. "Alle straten zijn hetzelfde als de Tiende of Elfde Straat in Philadelphia ook..." ' De Consul voelde hoe zijn Engelse accent hem verliet en werd vervangen door dat van een artiest uit Bleecker Street. ' "Maar Newcastle in Delaware, dat is heel andere koek! Oude wegen met kinderhoofdjes... En Charleston, echt nog het oude Zuiden... Maar o mijn God deze stad – het lawaai! de chaos! Kon ik er maar weg! Wist ik maar waar je heen kon!" ' De Consul eindigde op hartstochtelijke, gekwelde toon, waarbij zijn stem trilde – hoewel hij in werkelijkheid nooit zo'n man had ontmoet en het hele verhaal hem verteld was door Tom, beefde hij heftig van de emotie van de arme acteur.

'Wat heeft het voor zin om te ontsnappen,' besloot hij in volmaakte ernst met de moraal, 'aan onszelf?'

Yvonne had zich geduldig achterover laten zakken op het bed.

Maar nu reikte ze naar voren en drukte haar sigaret uit in de asbak van een hoge grijze tinnen standaard met het uiterlijk van een abstract vormgegeven zwaan. De zwanenhals was enigszins rafelig maar hij boog sierlijk, schroomvallig onder haar aanraking terwijl ze antwoordde:

'Goed, Geoffrey: stel dat we het vergeten tot je je beter voelt: we regelen wel wat over twee dagen, als je weer nuchter bent.'

'Maar lieve hemel!'

De Consul zat doodstil naar de vloer te staren terwijl de gruwelijkheid van de belediging tot zijn ziel doordrong. Alsof, alsof, alsof hij nu niet nuchter was! Toch bevatte de beschuldiging een vluchtige subtiliteit die hem nog steeds ontging. Want hij was niet nuchter. Nee, dat was hij niet, op dit ogenblik was hij dat niet! Maar wat had dat te maken met een minuut geleden, met een halfuur geleden? En welk recht had Yvonne om zoiets aan te nemen, om aan te nemen dat hij nu niet nuchter was, of dat, veel erger nog, hij over een dag of twee wél nuchter zou zijn? En ook al was hij nu niet nuchter, via wat voor fabelachtige stadia, eigenlijk slechts vergelijkbaar met de paden en sferen van de heilige kabbala zelf, had hij dit stadium niet weer bereikt, slechts eenmaal heel vluchtig geproefd eerder deze morgen, dit enige stadium waarin hij, zoals ze het had uitgedrukt, iets kon 'regelen', dit hachelijke dierbare stadium, zo moeilijk vol te houden, van dronkenschap waarin hij alleen maar nuchter was! Wat voor recht had ze, terwijl hij om harentwille niet minder dan vierentwintig minuten aan één stuk de kwellingen van de verdoemden en het gekkenhuis had zitten verduren zonder een fatsoenlijke borrel, om er zelfs maar op te zinspelen dat hij in haar ogen allesbehalve nuchter was? Ach, een vrouw kon onmogelijk iets afweten van de gevaren, de complicaties, ja het beláng van het leven van een dronkaard! Uit wat voor oogpunt van morele superioriteit verbeeldde ze zich te kunnen oordelen over wat er vóór haar komst was gebeurd? En ze wist helemaal niets van wat hij maar al te kortgeleden had meegemaakt, zijn val op de Calle Nicaragua, zijn aplomb, zijn koelbloedigheid, ja zelfs zijn dapperheid daar – de Burke's Irish whisky! Wat een wereld. En het probleem was dat ze nu het moment had bedorven. Omdat de Consul nu het idee had dat hij in staat zou zijn geweest, indachtig Yvonnes 'misschien neem ik er een na het ontbijt', en alles wat dat impliceerde, om te zeggen, even later (als zij die opmerking niet had gemaakt en ja, ondanks enige redding): 'Ja, je hebt volkomen gelijk: laten we gaan!' Maar wie kon het eens zijn met iemand die er zo van overtuigd was dat je overmorgen nuchter zou zijn? Het was ook weer niet zo dat het, in de meest oppervlakkige zin, niet algemeen bekend was dat niemand het aan hem kon merken als hij dronken was. Net als de Taskersons: God zegene ze. Hij was niet iemand die je over straat zag waggelen. Toegegeven, hij lag wel eens op straat, als het niet anders kon, als een heer; maar waggelen deed hij niet. Ach, wat een wereld was het toch, die zowel de waarheid als dronkaards vertrapte. Een wereld vol bloeddorstige mensen, niets minder dan dat. Bloeddorstig, hoorde ik u bloeddorstig zeggen, luitenant-ter-zee Firmin?

'Maar mijn god, Yvonne, je weet toch zo langzamerhand wel dat ik niet dronken kan worden hoeveel ik ook drink?' zei hij op bijna tragische toon en hij nam een plotselinge slok strychnine. 'Je denkt toch zeker niet dat ik het lékker vind om deze afschuwelijke *nux vomica* of belladonna of weet ik hoe die troep van Hugh heet naar binnen te werken?' De Consul stond op met zijn lege glas en begon de kamer rond te lopen. Hij was zich er niet zozeer van bewust als gevolg van nalatigheid iets fataals te hebben gedaan (hij had bijvoorbeeld heus zijn hele leven niet vergooid) als wel iets ronduit stoms, en tegelijkertijd, als het ware, treurigs. Toch leek het wel of hij iets goed te maken had. Hij dacht of zei:

'Nou, misschien drink ik morgen wel alleen bier. Er gaat niks boven bier om je er weer bovenop te helpen, en nog een beetje strychnine, en dan de volgende dag alleen maar bier – ik weet zeker dat niemand er bezwaar tegen zal hebben dat ik bier drink. Vooral dit Mexicaanse spul zit vol vitamine, heb ik begrepen... Want ik zie wel dat het echt een beetje een bijzondere gebeurtenis wordt, die reünie van ons allemaal, en als mijn zenuwen dan misschien weer normaal zijn, houd ik er helemaal mee op. En dan, wie zal het zeggen,' verkondigde hij bij de deur, 'ga ik misschien wel weer aan het werk en maak ik mijn boek af!'

Maar de deur was nog altijd een deur en hij was dicht: en nu op een kier. Daardoorheen zag hij op de veranda, eenzaam en verlaten, de whiskyfles staan, iets kleiner en minder hoopgevend dan de Burke's Irish. Yvonne had geen bezwaar gemaakt tegen een neutje: hij had haar geen recht gedaan. Maar was dat een reden om ook de fles geen recht te doen? Niets ter wereld was erger dan een lege fles! Of het moest een leeg glas zijn. Maar hij kon wachten: ja, soms wist hij wanneer hij ervan af moest blijven. Hij kuierde terug naar het bed en dacht of zei:

'Ja: ik zie de recensies al. Firmins sensationele nieuwe gegevens over Atlantis! Het opmerkelijkste in zijn soort sinds Donnelly! Onvoltooid door zijn vroegtijdige dood... Schitterend. En die hoofdstukken over de alchimisten. Die niks heel laten van de bisschop van Tasmanië. Alleen zullen ze het niet precies zo uitdrukken. Niet slecht, hè? Misschien verwerk ik er ook wel wat over Coxcox en Noach in. Ik heb ook al een uitgever die geïnteresseerd is; in Chicago geïnteresseerd maar niet betrokken, als je begrijpt wat ik bedoel, want het is echt een misvatting om te denken dat zo'n boek ooit populair zal worden. Maar het is verbazingwekkend als je bedenkt hoe de menselijke geest schijnt te bloeien in de schaduw van het abattoir! Hoe – om van alle poëzie nog maar te zwijgen – niet ver genoeg beneden de veeterreinen om geheel aan de stank van de eethuizen van morgen te kunnen ontsnappen, mensen in kelders het leven van de oude alchimisten in Praag kunnen leiden! Ja: levend tussen de cohobataties van Faust zelve, tussen loodglit en agaat en hyacintsteen en parels. Een leven dat amorf, plastisch en kristallijn is. Waar heb ik het over? Copula Maritalis? Of van alcohol tot alkahest. Kun jij het me zeggen...? Of misschien kan ik een andere baan zoeken, eerst natuurlijk zorgen dat ik een advertentie in de *Universal* zet: bereid elk lijk naar elke plaats in het oosten te begeleiden!'

Yvonne zat rechtop en las half in haar tijdschrift, haar nachtjapon een stukje opzij geschoven zodat de plek zichtbaar was waar haar warme bruin geleidelijk overging in het wit van haar borst, haar armen boven het dek en haar ene hand vanaf de pols slap omlaag hangend over de rand van het bed: bij zijn nadering draaide ze haar handpalm met een onwillekeurige beweging naar boven, misschien wel uit ergernis, maar het leek op een onbewust smekend gebaar: het was meer: het leek op een plotselinge samenvatting van al die oude smeekbeden, die hele zonderlinge pantomime van onmededeelbare tederheid en verbondenheid en eeuwige hoop van hun huwelijk. De Consul voelde zijn traanbuizen in actie komen. Maar hij werd ook bekropen door een plotseling merkwaardig gevoel van gêne, van onbetamelijkheid haast, vanwege het feit dat hij, een vreemde, zich in haar kamer bevond. Deze kamer. Hij liep naar de deur en keek naar buiten. De whiskyfles stond er nog steeds.

Maar hij maakte geen gebaar in die richting, geen enkel,

behalve om zijn zonnebril op te zetten. Hij was zich bewust van nieuwe pijntjes hier en daar, van, voor de eerste keer, de botsing met de Calle Nicaragua. Vage beelden van verdriet en tragiek dwarrelden door zijn hoofd. Ergens vloog een vlinder naar zee: verloren. De eend van La Fontaine had van de witte kip gehouden maar nadat beide van het vreselijke boerenerf via het bos naar het meer waren ontsnapt, was het de eend die zwom; de kip, die hem volgde, verdronk. In november 1895 stond Oscar Wilde van twee uur tot half drie 's middags in gevangeniskleding, geboeid en herkend, op het middelste perron van Clapham Junction...

Toen de Consul terugliep naar het bed en erop ging zitten, waren Yvonnes armen onder het dek en was haar gezicht naar de muur gekeerd. Na een tijdje zei hij ontroerd, met een stem die weer schor was geworden:

'Weet je nog hoe we de avond voor je wegging als een stel vreemden een afspraak maakten om samen te gaan eten in Mexico-Stad?'

Yvonne staarde naar de muur:

'Toen kwam je niet opdagen.'

'Dat kwam omdat ik me op het laatste moment de naam van het restaurant niet meer kon herinneren. Ik wist alleen nog dat het ergens aan de Via Dolorosa was. Het was die tent die we de laatste keer dat we in de Stad waren samen hadden ontdekt. Ik ben alle restaurants aan de Via Dolorosa binnengegaan om je te zoeken en heb als ik je niet vond in elk ervan een borrel genomen.'

'Arme Geoffrey.'

'Vanuit elk restaurant moet ik naar Hotel Canada hebben gebeld. Vanuit de cantina van elk restaurant. God weet hoe vaak, want ik dacht dat je misschien daarheen was teruggegaan. En elke keer zeiden ze hetzelfde, dat je was weggegaan voor een afspraak met mij, maar ze wisten niet waar. En ten slotte begonnen ze behoorlijk de pest in te krijgen. Ik heb geen idee waarom we in het Canada logeerden in plaats van in het

Regis: – weet je nog hoe ze me daar met mijn baard aldoor voor die worstelaar aanzagen...? Maar goed, ik zwierf rond van tent naar tent, worstelend en voortdurend denkend dat ik je wel zou kunnen overhalen om de volgende morgen niet weg te gaan als ik je maar kon vinden!'

'Ja.'

(Als je haar maar kon vinden! Ach, wat was het koud die avond, bitterkoud, met een gierende wind en woeste stoom die uit de roosters in het trottoir blies waar de haveloze kinderen zich vroeg te slapen legden onder hun armzalige kranten. Toch was er niemand daklozer dan jij, naarmate het later en kouder en donkerder werd, en nog steeds had je haar niet gevonden! En een smartelijke stem leek je in de wind toe te jammeren over de straat en de naam ervan te roepen: Via Dolorosa, Via Dolorosa! En toen was het op de een of andere manier de volgende morgen vroeg meteen nadat ze het Canada verlaten had – je bracht zelf een van haar koffers naar beneden hoewel je haar geen uitgeleide deed – en zat je in de hotelbar mescal te drinken met ijs erin dat je koud op je maag viel, je bleef de citroenpitten doorslikken, toen er plotseling een man die eruitzag als een beul binnenkwam vanaf de straat en twee angstig krijsende jonge hertjes mee naar de keuken sleurde. En later hoorde je ze gillen, werden ze waarschijnlijk geslacht. En je dacht: misschien moet je maar niet meer denken aan wat je dacht. En nog later, na Oaxaca, toen je hier weer terug was in Quauhnahuac, door de vertwijfeling van die terugkeer heen – omlaag cirkelend van de Tres Marías in de Plymouth terwijl je door de mist het stadje beneden zag liggen, en toen het stadje zelf, de herkenningspunten waar je ziel langs sleepte als de staart van een op hol geslagen paard – toen je hier terugkwam –)

'De katten waren doodgegaan,' zei hij, 'toen ik terugkwam – Pedro hield vol dat het tyfus was. Of eigenlijk, die arme oude Oedipoes was blijkbaar doodgegaan op de dag dat jij wegging, hij was al in de barranca gegooid, terwijl de kleine Pathos toen ik terugkwam in de tuin lag onder de pisangbomen en er nog zieker uitzag dan toen we haar net uit de goot hadden opgeraapt; stervend, hoewel niemand begreep waaraan: María beweerde dat het een gebroken hart was –'

'Vrolijk verhaaltje,' antwoordde Yvonne op afwezige doffe toon met haar gezicht nog steeds naar de muur gekeerd.

'Weet je nog dat liedje van je, ik zal het niet zingen: "De kleine kat die voert niks uit, de grote kat die voert niks uit, niemand voert iets uit, geen fluit," ' hoorde de Consul zichzelf vragen; tranen van verdriet sprongen in zijn ogen, hij zette gauw zijn zonnebril af en begroef zijn gezicht tegen haar schouder. 'Nee, maar Hugh,' begon ze – 'Laat Hugh erbuiten,' het was niet zijn bedoeling geweest dit uit te lokken, haar achterover tegen de kussens te drukken; hij voelde haar lichaam verstijven, hard en koud worden. Toch leek haar instemming niet alleen het gevolg van vermoeidheid, maar ook een oplossing te betreffen van één gezamenlijk moment zo mooi als trompetten uit een heldere hemel...

Maar ook terwijl hij het preludium, de voorbereidende nostalgische frasen uitprobeerde op de zintuigen van zijn vrouw, voelde hij het beeld van zijn inbezitname, als die met juwelen bezette poort die de wanhopige neofiet, op weg naar Yesod, voor de duizendste keer op de hemelen projecteert om zijn astrale lichaam toegang te verlenen, vervagen en langzaam, onverbiddelijk, plaatsmaken voor dat van een cantina die in doodse stilte en rust 's morgens opengaat. Het was een van die cantina's die nu open zouden gaan, om negen uur: en hij was zich op een merkwaardige manier bewust van zijn eigen aanwezigheid daar, terwijl de boze tragische woorden, de woorden die weldra gesproken zouden worden, zich dreigend achter hem ophielden. Ook dit beeld vervaagde: hij was waar hij was, zwetend nu, eenmaal een blik werpend – maar zonder op te houden met het spelen van het preludium, de kleine eenvingerige inleiding tot de onclassificeerbare compositie die misschien nog steeds zou kunnen volgen – door het raam op de oprit, zelf bang dat Hugh daar zou verschijnen, om zich vervolgens te verbeelden dat hij hem aan het eind ervan werkelijk door de opening zag komen, en dat hij nu duidelijk zijn voetstappen op het grind hoorde... Niemand. Maar nu, nu wilde hij weggaan, wilde hij hartstochtelijk weggaan, beseffend dat de rust van de cantina bezig was in de eerste koortsachtige drukte van de morgen om te slaan: de orangeade drinkende politieke balling in de hoek, de arriverende boekhouder, de boeken die somber werden doorgenomen, het ijsblok naar binnen gesleept door een bandiet met een ijzeren schorpioen, de ene barman die citroenen sneed, de andere die met de slaap nog in zijn ogen bierflesjes sorteerde. En nu, nu wilde hij erheen, beseffend dat de cantina vol mensen stroomde die op geen enkel ander tijdstip deel uitmaakten van de gemeenschap daar, mensen die boeren lieten, die driftig werden, onsmakelijk deden, lasso over hun schouder, zich ook bewust van de rommel van de vorige avond, de lege lucifersdoosjes, citroenschillen, als tortilla's geopende sigaretten, de lege pakjes daarvan die in vuil en speeksel zwermden. Nu de klok boven de spiegel even over negenen zou aanwijzen en de verkopers van *La Prensa* en *El Universal* binnen kwamen stampen, of op ditzelfde moment in de hoek voor het volle gore urinoir stonden met de schoenpoetsers die hun krukje in hun hand hadden, of het tussen de brandende voetensteun en de toog hadden laten balanceren, nu wilde hij erheen! Ach niemand anders dan hij wist hoe mooi het allemaal was, het zonlicht, het zonlicht dat de toog van El Puerto del Sol overstroomde, dat de waterkers en de sinaasappels overstroomde, of in één enkele gouden lijn viel alsof het een God aan het scheppen was, als een lans die regelrecht in een blok ijs viel –

'Sorry, ik geloof niet dat het gaat.' De Consul deed de deur achter zich dicht en een buitje van pleisterkalk stortte zich uit over zijn hoofd. Een Don Quichot viel van de muur. Hij raapte de treurige strooien ridder op...

En toen de whiskyfles: hij dronk er verwoed uit.

Maar hij had zijn glas niet vergeten, en daarin schonk hij zich nu chaotisch een fikse portie van zijn strychninemengsel, half per vergissing, hij had er eigenlijk de whisky in willen schenken. 'Strychnine is een afrodisiacum. Misschien heeft het meteen effect. Je hebt kans dat het nog niet te laat is.' Hij was, zo voelde het haast, dwars door de groene rieten schommelstoel gezakt.

Het lukte hem nog net om bij zijn glas te komen dat hij op het blad had laten staan en hij hield het nu in zijn handen, het wegend, maar – want hij trilde weer, niet een beetje, maar heel erg, als iemand met Parkinson of een spastische verlamming – niet in staat om het naar zijn lippen te brengen. Toen zette hij het glas zonder te drinken op het muurtje. Even later, toen hij beefde over zijn hele lichaam, stond hij doelbewust op en slaagde er op de een of andere manier in om in het andere ongebruikte glas dat Concepta niet had weggehaald anderhalve deciliter whisky te schenken. Nació 1820 y siguiendo tan campante. Siguiendo. Geboren 1896 en nog nooit wat bereikt. Ik houd van je, mompelde hij, de fles met beide handen omklemmend terwijl hij hem weer op het blad zette. Nu nam hij het met whisky gevulde glas mee naar zijn stoel en ging ermee in zijn handen zitten, nadenkend. Kort daarop zette hij dit glas, zonder ook hieruit gedronken te hebben, op het muurtje naast zijn strychnine. Hij zat naar beide glazen te kijken. Achter hem in de kamer hoorde hij Yvonne huilen.

– 'Ben je die brieven vergeten Geoffrey Firmin de brieven die ze schreef tot haar hart brak waarom zit je daar te trillen waarom ga je niet weer naar haar toe nu zal ze het begrijpen het is tenslotte niet altijd zo gegaan tegen het eind misschien maar je zou hierom kunnen lachen je zou erom kunnen lachen waarom denk je dat ze huilt het is niet alleen daarom jij hebt haar dit aangedaan jongen de brieven die je niet alleen nooit beantwoord nee nooit jawel nee nooit jawel waar is je antwoord dan maar nooit echt gelezen hebt waar zijn ze nu ze zijn zoek Geoffrey Firmin zoek of ergens achtergelaten zelfs wij weten niet waar –'

De Consul stak zijn hand uit en slaagde er afwezig in een slokje whisky te nemen; de stem kon ofwel van een bekende zijn geweest of –

Hallo, goeiemorgen.

Zodra de Consul het ding zag, wist hij dat het een hallucinatie was en hij bleef, heel kalm nu, zitten wachten tot het voorwerp dat de vorm had van een dode man en dat plat op zijn rug bij zijn zwembad leek te liggen, met een grote sombrero over zijn gezicht, wegging. Dus de 'ander' was teruggekomen. En nu weer weg, dacht hij: maar nee, niet helemaal, want er was daar nog steeds iets dat er op de een of andere manier mee te maken had, of hier, bij zijn elleboog, of achter zijn rug, voor hem nu; nee, ook dat, wat het ook wezen mocht, ging weg: misschien was het alleen maar de koperstaart-trogon geweest die bewoog in de struiken, zijn 'ambigue vogel' die zich nu heen spoedde op knarsende wieken, als een duif die eenmaal in volle vlucht is, op weg naar zijn eenzame huis in het Wolvenravijn, weg van de mensen met ideeën.

'Verdomme, ik voel me best goed,' dacht hij opeens en hij dronk zijn anderhalve deciliter op. Hij stak zijn hand uit naar de whiskyfles, kon er niet bij, stond op en schonk zich nog een vinger in. 'Mijn hand is al een stuk vaster.' Hij dronk ook deze whisky op en stak, met het glas en de fles Johnny Walker die voller was dan hij had gedacht, de veranda over naar de verste hoek en zette ze in een kast. Er lagen twee oude golfballen in de kast. 'Speel mee en leer ik doe de achtste green nog in drie keer. Ik ben aan het minderen,' zei hij. 'Waar heb ik het over? Zelfs ik weet dat ik uit mijn nek klets.'

'Ik zal nuchter worden.' Hij liep terug en schonk nog wat strychnine in het andere glas, schonk het vol en verplaatste de strychninefles van het blad naar een prominente repositie op het muurtje. 'Ik ben de hele nacht op stap geweest: wat wil je dan?

Ik ben te nuchter. Ik ben mijn geleidegeesten, mijn beschermengelen, kwijt. Ik kom er weer bovenop,' voegde hij eraan toe en ging met zijn glas tegenover de strychninefles zitten. 'In zekere zin is het gebeurde een teken van mijn trouw, mijn loyaliteit; elke andere man zou dit afgelopen jaar op een heel andere manier hebben doorgebracht. Ik heb tenminste geen ziektes,' schreeuwde hij in zijn hart, maar de schreeuw leek op enigszins weifelende toon te eindigen. 'En misschien is het maar goed dat ik wat whisky heb gedronken want whisky is ook een afrodisiacum. En je mag nooit vergeten dat alcohol eten is. Hoe kan je van een man verwachten dat hij zijn huwelijkse plichten vervult zonder te eten? Huwelijk? In elk geval ga ik vooruit, langzaam maar zeker. In plaats van als een pijl uit de boog naar het Bella Vista te gaan en me te bedrinken zoals ik de laatste keer deed toen dit gebeurde en we die rampzalige ruzie over Jacques kregen en ik de gloeilamp aan diggelen sloeg, ben ik hier gebleven. Tuurlijk, toen had ik de auto en was het makkelijker. Maar toch ben ik hier. Ik knijp er niet tussenuit. En wat nog belangrijker is, ik ben van plan om het een verdomd stuk meer naar mijn zin te hebben door te blijven.' De Consul dronk zijn strychnine met kleine slokjes op en zette zijn glas op de vloer.

'De wil van de mens is onoverwinnelijk. Zelfs God kan die niet overwinnen.'

Hij leunde achterover in zijn stoel. De Ixtaccihuatl en de Popocatepetl, dat toonbeeld van het volmaakte huwelijk, lagen nu helder en fraai aan de horizon onder een haast zuivere ochtendhemel. Ver boven hem joegen een paar witte wolken winderig achter een bleke driekwart volle maan aan. Drink de hele morgen, zeiden ze tegen hem, drink de hele dag. Dat is pas leven!

Ook enorm hoog zag hij een paar wachtende gieren, gracieuzer dan adelaars zoals ze daar baden als zwevende stukjes verbrand papier uit een vuur die je plotseling snel omhoog geblazen ziet worden, schommelend.

De schaduw van een reusachtige vermoeidheid besloop hem...
De Consul viel met een klap in slaap.

IV

DAILY GLOBE *intelube londres presse collect volgende hoogtepunt antisemitische campagne gisteren mexpress propetitie cee tee em mexvakverbond pro-uitzetting exmexico citaat kleine joodse textielfabrikanten einde citaat vandaag betrouwbare bron vernomen duitse legatie mexstad actief achter campagne en verklaring dat legatie antisemitische propaganda naar mexdept in binnenland heeft gestuurd bevestigd propamflet bezit plaatselijke journalist stop pamflet stelt joodse invloed schadelijk voor elk land waar ze wonen en beklemtoont citaat hun geloof absolute macht en dat ze hun doelen zonder scrupules of consideratie bereiken einde citaat stop Firmin.*

De doorslag van zijn laatste bericht (die morgen verzonden vanuit het Oficina Principal van de Weledele Compañía Telegráfica Mexicana, San Juan de Letrán é Independencia, México, D.F.) nog eens overlezend en nog niet eens kuierend, zo langzaam liep hij, begaf Hugh Firmin zich via de oprit naar het huis van zijn broer, zijn broers jasje over zijn schouder gehangen, de ene arm haast tot de elleboog door de twee hengsels van het kleine tweedelige valies van zijn broer gestoken, zijn pistool in de geruite holster loom tegen zijn dij kletsend: ik moet wel ogen in mijn voeten hebben, en ook stro, bedacht hij, terwijl hij bleef stilstaan aan de rand van het diepe gat, en toen bleven zijn hart en de wereld ook stilstaan; het paard half over de horde, de duiker, de guillotine, de vallende gehangene, de kogel van de moordenaar en de adem van het kanon, in Spanje of China midden in de lucht verstard, het rad, de zuiger, roerloos –

Yvonne, of iets dat uit de draden van het verleden was geweven en op haar leek, was in de tuin aan het werk en leek van enige afstand geheel in zonlicht gekleed. Nu ging ze rechtop staan – ze droeg een gele lange broek – en tuurde naar hem, haar ene hand opgeheven om haar ogen tegen de zon af te schermen.

Hugh sprong over het gat naar het gras; terwijl hij zich bevrijdde uit het valies werd hij een ogenblik door verlammende verwarring overvallen, en door een aarzeling om het verleden weer onder ogen te komen. Het valies, tijdelijk op het verfletste rustieke bankje gedeponeerd, stortte in zijn deksel een kale tandenborstel, een roestig veiligheidsscheermes en het hemd van zijn broer uit, alsmede een tweedehands exemplaar van Jack Londons *Valley of the Moon*, de vorige dag voor vijftien centavo bij de Duitse boekhandel tegenover Sandborns in Mexico-Stad gekocht. Yvonne wuifde.

En hij marcheerde door (net zoals ze zich bij de Ebro terugtrokken), het geleende jasje nog steeds op de een of andere manier in evenwicht, half over zijn schouder geslingerd, zijn brede hoed in zijn ene hand, het opgevouwen telegram nog steeds op de een of andere manier in de andere.

'Hallo, Hugh. Goh, ik dacht even dat je Bill Hodson was – Geoffrey zei al dat je hier was. Wat fijn om je weer te zien.'

Yvonne veegde het zand van haar handpalmen en stak haar hand uit, die hij niet drukte, aanvankelijk niet eens voelde en vervolgens schijnbaar achteloos liet vallen, zich bewust wordend van een pijn in zijn hart en ook van een vage duizeligheid.

'Wat ongelooflijk weet ik veel. Wanneer ben je aangekomen?'

'Nog maar net.' Yvonne plukte de dode bloesems van enkele op zinnia's lijkende potplanten, met geurige tere witrode bloemen, die in een rij op een lage muur stonden; ze nam het telegram dat Hugh haar om de een of andere reden had gegeven mee naar de volgende bloempot: 'Ik hoor dat je in Texas bent geweest. Ben je een saloncowboy geworden?'

Hugh zette zijn vijftig-liter-Stetson weer achter op zijn

hoofd, keek lachend, gegeneerd naar zijn hooggehakte laarzen, de te strakke broek die daarin was gepropt. 'Ze hebben mijn kleren in beslag genomen bij de grens. Ik had nieuwe willen kopen in de Stad maar ben er op de een of andere manier niet toe gekomen... Je ziet er verschrikkelijk goed uit!'

'Anders jij wel!'

Hij begon zijn hemd dicht te knopen, dat openstond tot aan zijn middel en boven de dubbele koppel de door de zon meer zwart dan bruin gekleurde huid onthulde; hij klopte op de bandelier onder zijn onderste riem, die diagonaal afliep naar de holster op zijn heup en aan zijn rechterbeen was bevestigd met behulp van een plat leren riempje, klopte op het riempje (hij was stilletjes geweldig trots op zijn hele outfit) en vervolgens op de borstzak van zijn hemd, waar hij een losse, zelfgerolde sigaret vond die hij opstak toen Yvonne zei:

'Wat is dit, de nieuwe boodschap van Garcia?'

'De CTM,' Hugh wierp over haar schouder een blik op zijn telegram, 'de Bond van Mexicaanse Arbeiders, heeft een petitie gestuurd. Ze maken bezwaar tegen bepaalde Teutoonse stiekeme streken in dit land. Als je het mij vraagt, hebben ze gelijk dat ze daar bezwaar tegen maken.' Hugh keek de tuin rond; waar was Geoff? Waarom was zij hier? Ze doet te nonchalant. Zijn ze immers niet uit elkaar of gescheiden? Wat is de bedoeling? Yvonne gaf het telegram terug en Hugh liet het in de zak van het jasje glijden. 'Dat,' zei hij, terwijl hij zich erin hees, want ze stonden nu in de schaduw, 'is het laatste telegram dat ik naar de *Globe* stuur.'

'Dus Geoffrey –' Yvonne staarde hem aan: ze trok het jasje van achteren omlaag (wetend dat het van Geoff was?), de mouwen waren te kort: haar ogen leken gekwetst en ongelukkig, maar vagelijk geamuseerd: terwijl ze doorging met het afplukken van bloemen slaagde haar gezicht erin een zowel peinzende als onverschillige uitdrukking aan te nemen; ze vroeg:

'Wat heb ik nou gehoord, ben je met een veewagen meegekomen?'

'Ik kwam Mexico als koe vermomd binnen zodat ze aan de grens zouden denken dat ik een Texaan was en ik geen personele belasting hoefde te betalen. Of erger,' zei Hugh, 'aangezien Engeland hier bij wijze van spreken persona non grata is, na die heibel over olie met Cárdenas. Moreel gesproken zijn we natuurlijk in staat van oorlog met Mexico, voor het geval je het nog niet wist – waar is onze godvergeten monarch?'

'– Geoffrey slaapt,' zei Yvonne, waarmee ze toch niet zou bedoelen dat hij zijn roes uitsliep? dacht Hugh. 'Maar regelt je krant dat soort dingen niet?'

'Tja. Het is muy complicado... Ik had vanuit de States mijn ontslag ingediend bij de *Globe* maar ze hadden niet geantwoord – kom, laat mij dat maar doen –'

Yvonne probeerde een koppige bougainvilletak terug te duwen, die een paar treden versperde die hij nog niet eerder had gezien.

'Je had zeker gehoord dat we in Quauhnahuac waren?'

'Ik had ontdekt dat ik een paar vliegen in één klap kon slaan door naar Mexico te komen... Het was natuurlijk een verrassing dat jij hier niet was –'

'Vind je de tuin geen *puinhoop*?' vroeg Yvonne opeens.

'Ik vind dat hij er nog prachtig uitziet, als je bedenkt dat Geoffrey al zo lang geen tuinman heeft.' Hugh was de tak de baas geworden – ze verliezen de Slag bij de Ebro omdat ik dat heb gedaan – en daar waren de treden; Yvonne trok een gezicht, daalde af en bleef onderaan staan om een oleander te bekijken die er redelijk giftig uitzag en zelfs nog in bloei stond:

'En je vriend, was dat een veeboer of was hij ook als koe vermomd?'

'Een smokkelaar, denk ik. Geoff heeft je over Weber verteld, hè?' Hugh grinnikte. 'Ik verdenk hem er sterk van dat hij munitie smokkelt. Maar goed, ik kreeg ruzie met die kerel in een kroeg in El Paso en het bleek dat hij had geregeld om met een veewagen helemaal naar Chihuahua te gaan, wat een goed idee leek, en dan naar Mexico-Stad te vliegen. We hebben ook echt gevlogen, vanuit een plaats met een maffe naam, Cusihuriachic of zoiets, en de hele weg ruziegemaakt – hij was zo'n Amerikaanse semi-fascist, had in het Vreemdelingenlegioen gezeten, of God mag weten wat. Maar hij wou eigenlijk naar Parián dus zette hij ons hier op het vliegveld af, wat goed uitkwam. Het was me het reisje wel.'

'Hugh, net wat voor jou!'

Yvonne stond van beneden naar hem te glimlachen, handen in de zakken van haar lange broek, voeten wijd uiteen als een jongen. Haar borsten rezen op onder haar met vogels en bloemen en piramides geborduurde blouse die ze waarschijnlijk ter wille van Geoffrey had gekocht of meegebracht, en weer voelde Hugh de pijn in zijn hart en hij keek de andere kant op.

'Ik had die bastardo waarschijnlijk ter plekke moeten neerschieten: maar hij was een fatsoenlijk soort zwijn –'

'Soms kun je Parián van hieraf zien.'

Hugh offreerde de ijle lucht een sigaret. 'Is het niet onverwoestbaar Engels of zoiets van Geoff om te slapen?' Hij volgde Yvonne over het pad. 'Hier, dit is mijn laatste machinaal gemaakte.'

'Geoffrey was gisteravond op het Rode Kruis-bal. Hij is behoorlijk moe, die arme schat.' Ze liepen samen verder, rokend, Yvonne om de paar stappen stilhoudend om een of ander onkruid uit te trekken totdat ze, plotseling, naar een bloemperk bleef staan kijken dat volledig, op onbeschofte wijze, door een grove groene klimplant werd verstikt. 'Mijn God, dit was vroeger zo'n prachtige tuin. Paradijselijk.'

'Laten we dan maken dat we hier wegkomen. Als je tenminste niet te moe bent voor een wandeling.' Een snurk, ricocherend, gekweld, verbitterd, maar beheerst, één enkele, werd naar zijn oor gevoerd: de gedempte stem van het allang ingeslapen Engeland.

Yvonne keek haastig om zich heen alsof de geduchte Geoff

uit het raam gekatapulteerd zou kunnen worden, met bed en al, als hij tenminste niet op de veranda lag, en aarzelde. 'Helemaal niet,' zei ze opgewekt, hartelijk. 'Dat doen we...' Ze begon vóór hem het pad af te lopen. 'Waar wachten we op?'

Onbewust had hij naar haar gekeken, naar haar blote bruine hals en armen, de gele broek en de levendige rode bloemen achter haar, het bruine haar rond haar oren, de sierlijke snelle bewegingen van haar gele sandalen waarop ze leek te dansen, eerder te zweven dan te lopen. Hij haalde haar in en opnieuw liepen ze samen op, een vogel met een lange staart ontwijkend die als een pijl waar de vaart uit is omlaag planeerde en naast hen neerstreek.

De vogel liep nu parmantig voor hen uit over de oprit vol kraters, door het hekloze hek, waar hij gezelschap kreeg van een rood-met-witte kalkoen, een piraat die met volle zeilen probeerde te ontsnappen, en de stoffige straat op. Ze lachten om de vogels, maar de dingen die ze vervolgens onder enigszins andere omstandigheden hadden kunnen zeggen, zoals: ik vraag me af wat er met onze fietsen is gebeurd, of, weet je nog, in Parijs, dat café, met die tafeltjes in de bomen, in Robinson, bleven ongezegd.

Ze sloegen linksaf, weg van de stad. De weg onder hen liep steil omlaag. Onderaan verrezen paarse heuvels. Waarom is dit niet bitter, dacht hij, ja waarom eigenlijk niet, het was het al: Hugh was zich voor het eerst bewust van dat andere knagen, terwijl de Calle Nicaragua, nu ze de muren van de grote villa's achter zich hadden gelaten, een chaos van losse stenen en gaten werd waarover bijna niet te navigeren viel. Yvonnes fiets zou hier weinig nut hebben gehad.

'Wat moest jíj in hemelsnaam in Texas, Hugh?'

'Achter Okies aanzitten. Dat wil zeggen, ik zat achter ze aan in Oklahoma. Ik dacht dat de *Globe* wel belangstelling voor Okies zou hebben. Toen ging ik naar die ranch in Texas. Daar hoorde ik over die lui uit het Midwesten die de grens niet over mochten.'

'Wat ben je toch vreselijk nieuwsgierig!'

'Ik kwam net op tijd in Frisco aan voor München.' Hugh staarde naar links waar in de verte de getraliede wachttoren van de gevangenis net zichtbaar was geworden, met kleine poppetjes erbovenop die door verrekijkers naar het oosten en het westen keken.

'Ze spelen maar een spelletje. De politie hier doet graag geheimzinnig, net als jij. Waar was je daarvoor? We moeten elkaar net hebben gemist in Frisco.'

Een hagedis verdween tussen de bougainville die langs de wegberm groeide, wilde bougainville nu, een overvloed, gevolgd door een tweede hagedis. Onder de berm gaapte een half geschoord gat, misschien nog een mijningang. Aan hun rechterhand waren steil aflopende velden, heftig hellend onder elke hoek. Ver daarachter, in een kom tussen heuvels, zag hij de oude arena en opnieuw hoorde hij Webers stem in het vliegtuig in zijn oor schreeuwen, gillen, terwijl ze de fles habanero over en weer lieten gaan: '*Quauhnahuac! Daar kruisigden ze tijdens de revolutie de vrouwen in de arena en lieten de stieren erop los. En nou het mooiste! Het bloed stroomde door de goten en ze roosterden de honden op het marktplein. Ze schieten eerst en stellen dan pas vragen. Verdomd als het niet waar is! –*' Maar nu was er geen revolutie in Quauhnahuac en in de stilte leken de paarse heuvels voor hen, de velden en zelfs de wachttoren en de arena, over vrede te murmelen, ja over het paradijs. 'China,' zei hij.

Yvonne draaide zich om, glimlachend, hoewel haar ogen bezorgd en onthutst keken: 'En de oorlog?' vroeg ze.

'Daar ging het juist om. Ik viel uit een ambulance met vijfendertig flesjes bier en zes journalisten boven op me en toen besloot ik dat het gezonder zou zijn om naar Californië te gaan.' Hugh keek achterdochtig naar een bok die aan hun rechterhand achter hen aan gelopen was over de grasstrook tussen de weg en een hek van ijzerdraad en die nu roerloos was blijven staan, hen met patriarchale minachting beziend. 'Nee, zij zijn de laagste vorm van dierlijk leven, behalve misschien – kijk uit! – mijn God, ik wist het wel –' De bok was in de aanval gegaan en Hugh voelde de plotselinge bedwelmende dodelijk verschrikte aanwezigheid en warmte van Yvonnes lichaam terwijl het dier hen miste, uitgleed, de abrupte bocht naar links om glibberde die de weg op dat punt maakte over een laag stenen bruggetje en aan de andere kant daarvan een heuvel op verdween, zijn tuier verwoed achter zich aan sleurend.

'Geiten,' zei Hugh, terwijl hij Yvonne met een besliste draai uit zijn armen bevrijdde. 'Zelfs als er geen oorlog is, denk eens aan de schade die ze aanrichten,' vervolgde hij, door hun wat nerveuze, nog steeds van elkaar afhankelijke vrolijkheid heen. 'Ik bedoel journalisten, niet geiten. Voor hen is op aarde geen geschikte straf te bedenken. Behalve de Malebolge... En hier is de Malebolge.'

De Malebolge was de barranca, het ravijn dat zich door het land slingerde, hier erg nauw – maar de enormiteit ervan wist hun gedachten los te maken van de bok. Het stenen bruggetje waarop ze stonden liep eroverheen. Bomen, waarvan de toppen zich onder hen bevonden, groeiden diep in de kloof en onttrokken met hun gebladerte de angstaanjagende steilte gedeeltelijk aan het oog. Vanaf de bodem klonk een zwak geklok van water.

'Dit zou zo'n beetje de plek moeten zijn, als Alcapancingo daar ligt,' zei Hugh, 'waar Bernal Díaz en zijn Tlaxcalanen overstaken om Quauhnahuac in de pan te hakken. Schitterende naam voor een dansorkest: Bernal Diaz en zijn Tlaxcalanen... Of ben je niet aan Prescott toegekomen op de Universiteit van Hawaii?'

'Mm hm,' zei Yvonne, wat ja of nee inhield als antwoord op die inhoudsloze vraag, en ze tuurde huiverend omlaag in het ravijn.

'Ik heb gehoord dat zelfs de oude Díaz er duizelig van werd.'

'Dat verbaast me niks.'

'Je kan ze niet zien, maar het stikt er van de uitgetelde krantenschrijvers die nog steeds door sleutelgaten gluren en zichzelf wijsmaken dat ze dat in het belang van de democratie doen. Maar ik was vergeten dat je de kranten niet gelezen hebt. Hè?' Hugh lachte. 'Journalistiek komt neer op intellectuele mannenprostitutie in woord en geschrift, Yvonne. Dat is iets wat ik volledig met Spengler eens ben. Hallo.' Hugh keek plotseling op vanwege een geluid, onaangenaam vertrouwd, als van een duizendtal kleden dat in de verte tegelijkertijd werd geklopt: het tumult dat uit de richting leek te komen van de vulkanen, die bijna ongemerkt aan de horizon waren verschenen, werd kort daarop gevolgd door het langgerekte *twangpiiing* van de echo ervan.

'Schietoefeningen,' zei Yvonne. 'Ze zijn weer bezig.'

Parachutes van rook zweefden boven de bergen; ze keken er een minuut lang zwijgend naar. Hugh zuchtte en begon een sigaret te rollen.

'Ik had een Engelse vriend die in Spanje vocht, en als hij dood is zal hij daar nu nog wel zijn.' Hugh likte aan het gevouwen vloeitje, plakte het dicht en hield er een vlammetje bij, dat door de sigaret heet en snel werd opgezogen. 'Hij is trouwens al tweemaal als dood opgegeven maar hij kwam beide keren weer opdagen. Hij was daar in '36. Ze wachtten op een aanval van Franco en ondertussen lag hij met zijn machinegeweer in de universiteitsbibliotheek De Quincey te lezen, van wie hij nog nooit iets gelezen had. Maar dat van dat machinegeweer overdrijf ik misschien wel: ik denk niet dat ze er ook maar één hadden. Hij was communist en zo'n beetje de beste vent die ik ooit ben tegengekomen. Hij had een voorliefde voor rosé d'Anjou. Hij had ook een hond die Harpo heette, thuis in Londen. Je had waarschijnlijk nooit gedacht dat een communist een hond had die Harpo heette – of wel soms?'

'Jij dan wel?'

Hugh zette een voet op het muurtje en keek naar zijn sigaret die eropuit leek, net als de mensheid, om zichzelf zo snel mogelijk te verteren.

'Ik had een andere vriend die naar China ging, maar niet wist wat hij ervan vinden moest, of die lui wisten het niet van hem, zodat hij ook als vrijwilliger naar Spanje ging. Hij werd gedood door een verdwaalde granaat voordat hij ook maar iets van strijd had gezien. Die twee gasten hadden thuis een prima leven. Ze hadden geen bank beroofd.' Hij zweeg mat.

'Wij zijn natuurlijk ongeveer een jaar voordat het begon uit Spanje weggegaan, maar Geoffrey zei altijd dat er veel te sentimenteel werd gedaan over dat willen sneuvelen voor de regeringsgetrouwen. Hij zei zelfs dat het volgens hem veel beter zou zijn als de fascisten gewoon maar wonnen en er een eind aan maakten –'

'Hij gooit het nu over een andere boeg. Hij zegt dat áls de fascisten winnen er alleen maar een soort "bevriezing" van de Spaanse cultuur zal plaatsvinden – is dat trouwens de maan daar? – maar goed, een bevriezing dus. En dat ergens in de toekomst vermoedelijk de dooi wel weer zal intreden als nota bene blijkt dat die cultuur alleen maar schijndood is geweest. Volgens mij is er nog een hoop van waar ook. Trouwens, wist je dat ik in Spanje ben geweest?'

'Nee,' zei Yvonne verbaasd.

'Nou en of. Ik ben daar uit een ambulance gevallen met maar vijfentwintig flesjes bier en vijf journalisten boven op me, allemaal op weg naar Parijs. Dat was niet zo lang nadat ik jou voor de laatste keer zag. Het zat namelijk zo, net op het moment dat de zaak in Madrid werkelijk op gang kwam, leek het alweer achter de rug, zodat de *Globe* zei dat ik 'm smeren moest... En dat heb ik gedaan, halsoverkop, hoewel ik er later weer een tijdje heen ben gestuurd. Ik ben pas naar China gegaan na Brihuega.'

Yvonne keek hem op een eigenaardige manier aan en vroeg toen:

'Hugh, je bent toch zeker niet van plan om nú terug te gaan naar Spanje?'

Hugh schudde lachend zijn hoofd: hij mikte zijn gehavende

sigaret zorgvuldig in het ravijn. 'Cui bono? Om de plaats in te nemen van dat nobele leger van pooiers en experts, die al naar huis zijn om zich te bekwamen in de schimpscheutjes waarmee ze de hele zaak in diskrediet willen brengen – zodra het geen mode meer is om voor de communisten te zijn? Nee, muchas gracias. En ik heb schoon genoeg van dat werk voor de krant, ik doe niet maar alsof.' Hugh stak zijn duimen onder zijn riem. 'Dus – sinds ze vijf weken geleden de Internationale Brigade eruit hebben geknikkerd, op 28 september om precies te zijn – twee dagen voordat Chamberlain naar Gödesberg ging om het Ebro-offensief vakkundig de grond in te boren – en de helft van het laatste stelletje vrijwilligers nog altijd wegrot in de bajes in Perpignan, hoe denk je dan dat je er in dit stadium nog inkomt?'

'Wat bedoelde Geoffrey dan toen hij zei dat je "naar actie verlangde en dat soort dingen..."? En wat is dat geheimzinnige andere doel waarvoor je hier bent gekomen?'

'Het is eigenlijk een nogal afgezaagd verhaal,' antwoordde Hugh. 'Ik ga namelijk weer een tijdje naar zee. Als alles goed gaat, vertrek ik over ongeveer een week uit Veracruz. Als kwartiermeester, je wist toch dat ik gediplomeerd matroos ben? Nou, ik had in Galveston een schip kunnen krijgen maar het gaat niet meer zo makkelijk als vroeger. Maar goed, het zal leuker zijn om vanuit Veracruz te vertrekken. Havana, misschien Nassau en dan, je weet wel, West-Indië en Sao Paulo. Ik heb altijd al een kijkje in Trinidad willen nemen – best kans dat er op een dag heel wat lol valt te beleven in Trinidad. Geoff heeft me geholpen met een paar introducties maar meer ook niet, ik wou hem niet met de verantwoordelijkheid opzadelen. Nee, ik hang mezelf alleen maar mijlenver de keel uit, meer niet. Als je de wereld er een half decennium of langer van hebt proberen te overtuigen dat ze niet haar eigen strot moet afsnijden, zoals ik, onder wat voor naam dan ook, dan begint het je te dagen dat zelfs jóuw gedrag deel uitmaakt van haar plan. Ik vraag je, wat weten we er eigenlijk van?'

En Hugh dacht: het ss *Noemijolea,* 6000 ton, met antimonium en koffie vertrekkend uit Veracruz in de nacht van 13 op 14 november (?), 1938, met bestemming Freetown, Brits West-Afrika, zal daar vreemd genoeg heen gaan vanuit Tzucox aan de kust van Yucatán, en bovendien in noordwestelijke richting: desondanks zal ze via de doorgangen tussen de zogenaamde Bovenwindse Eilanden en de Westelijke Bahama's in de Atlantische Oceaan terechtkomen: alwaar ze na vele dagen zonder land in zicht uiteindelijk het bergachtige Madeira zal zien opdoemen: vanwaar ze, Port Lyautey mijdend en nauwkeurig haar bestemming in Sierra Leone 1800 mijl naar het zuidoosten aanhoudend, als ze geluk heeft de Straat van Gibraltar zal passeren. Vanwaar ze zich weer, zo mogen we vurig hopen, na de blokkade van Franco te slim af te zijn geweest, met uiterste behoedzaamheid de Middellandse Zee in zal begeven en eerst Kaap de Gata, vervolgens Kaap de Palos en ten slotte Kaap de la Nao ver achter zich zal laten: en als de Pityusen in zicht zijn, zal ze vandaar verder stampen door de Golf van Valencia en vandaar noordwaarts langs Carlos de la Rápita en de monding van de Ebro totdat achterlijker dan dwars de rotsige kust van Garraf oprijst waar ze ten slotte, nog altijd stampend, in Vallarca, twintig mijl ten zuiden van Barcelona, haar lading TNT zal lossen voor de in het nauw gedreven regeringsgetrouwe troepen en waarschijnlijk aan barrels zal worden geschoten –

Yvonne staarde omlaag in de barranca, en haar haren hingen voor haar gezicht: 'Ik weet dat Geoff soms behoorlijk gemeen uit de hoek kan komen,' zei ze, 'maar op één punt ben ik het met hem eens, die romantische ideeën over de Internationale Brigade –'

Maar Hugh stond aan het roer: Aardappel Firmin of Columbus in omgekeerde richting: onder hem hing het voordek van de *Noemijolea* in het blauwe golfdal en nevel spoot langzaam vanuit de spuigaten aan lijzijde in de ogen van de matroos die een lier aan het afbikken was: op de bak herhaalde de uitkijk één glas dat even tevoren door Hugh op de bel was geslagen, en de matroos pakte zijn gereedschap bij elkaar: Hughs hart verhief zich tegelijk met het schip, hij was zich ervan bewust dat de officier van dienst voor de winter zijn witte uniform voor een blauw had verwisseld maar tegelijk voelde hij een grote vreugde, de grenzeloze zuivering van de zee –

Yvonne zwaaide ongeduldig haar haar achterover en ging rechtop staan. 'Als zij zich er niet mee bemoeid hadden was die oorlog allang afgelopen!'

'Ach, er is geen brigade meer,' zei Hugh afwezig, want het was nu geen schip meer dat hij bestuurde, maar de wereld, vanuit de Westelijke Oceaan van haar misère. 'Als de wegen van de roem slechts naar het graf leiden – aan zo'n zijsprong in de poëzie heb ik me ooit gewaagd – dan is Spanje het graf waar Eng'lands roem naar leidde.'

'Lariekoek!'

Hugh begon plotseling te lachen, niet hard, waarschijnlijk helemaal nergens om: hij kwam met een snelle beweging overeind en sprong op het muurtje.

'Hugh!'

'Mijn God. Paarden,' zei Hugh in de verte turend, terwijl hij zich uitrekte tot zijn volle geestelijke lengte van een meter achtentachtig (hij was een meter tachtig).

'Waar?'

Hij wees. 'Daarginds.'

'Natuurlijk,' zei Yvonne langzaam, 'dat was ik vergeten – die zijn van het Casino de la Selva: ze laten ze daar grazen of zoiets. Als we een eind de heuvel op lopen komen we op de plek –'

... Op een flauwe helling aan hun linkerhand rolden nu hengstveulens met glanzende vacht door het gras. Ze sloegen vanaf de Calle Nicaragua een smal lommerrijk weggetje in dat langs één kant van de paardenwei voerde. De stallen leken deel uit te maken van een modelmelkveehouderij. Deze strekte zich tot achter de stallen uit op vlakke grond waar hoge, Engels ogende bomen groeiden aan weerskanten van een met gras begroeide laan vol karrensporen. In de verte lagen een paar tamelijk forse koeien, die echter net als Texaanse langhoorns een verontrustende gelijkenis met hertenbokken vertoonden (daar heb je je runderen weer, zie ik, zei Yvonne), onder de bomen. Een rij glanzende melkbussen stond voor de stallen in de zon. Er hing een aangename geur van melk en vanille en wilde bloemen op die rustige plek. En op alles scheen de zon.

'Vind je het geen heerlijke boerderij?' zei Yvonne. 'Ik geloof dat het een proefstation van de staat is. Ik zou dolgraag zo'n boerderij willen hebben.'

'– Zou je misschien niet liever een paar van die grote koedoes daar willen huren?'

Hun paarden bleken twee peso per stuk per uur te kosten. 'Muy correcto,' flitsten de donkere ogen van de stalknecht goedgeluimd naar Hughs laarzen terwijl hij zich haastig omdraaide om Yvonnes lage leren stijgbeugels bij te stellen. Hugh wist niet waarom, maar deze knaap herinnerde hem eraan hoe in Mexico-Stad, als je 's morgens vroeg op een bepaalde plek van de Paseo de la Reforma staat, plotseling iedereen die je ziet lijkt te rennen, te lachen, op weg naar zijn werk, in de zon, langs het standbeeld van Pasteur... 'Muy *in*correcto.' Yvonne keek naar haar lange broek: ze wierp zich met een zwaai, en nog een zwaai in het zadel. 'We hebben nooit eerder samen gereden, hè?' Ze boog zich voorover om op de hals van haar merrie te kloppen terwijl ze vooruit deinden.

Ze reden stapvoets het weggetje op, vergezeld door twee veulens die hun moeders vanaf de paarden wei gevolgd waren, en door een aanhankelijke schoongeboende wollige witte hond die bij de boerderij hoorde. Na een poosje maakte het weggetje een vork en de ene kant kwam uit op een hoofdweg. Ze leken in Alcapancingo zelf te zijn, een soort voorstad met verspreid liggende huizen. De wachttoren, dichterbij, hoger, verrees in volle bloei boven een bos, waardoorheen ze net de hoge gevangenismuren konden zien. Aan de andere kant, links van hen, kwam het huis van Geoffrey in zicht, haast als in vogelvlucht, de minuscule bungalow ineengedoken voor de bomen, de lange tuin eronder steil aflopend, met evenwijdig daaraan op verschillende niveaus alle andere, schuin oplopende tuinen van de aangrenzende villa's, elk met zijn rechthoekige kobaltblauwe zwembad, die eveneens steil naar de barranca afdaalden, terwijl het terrein boven aan de Calle Nicaragua zich uitstrekte tot aan het alles overvleugelende Cortez-paleis. Kon dat witte stipje daarbeneden Geoffrey zelf zijn? Wellicht om te vermijden dat ze, via de ingang van het openbare park, bijna recht tegenover het huis zouden uitkomen, sloegen ze in draf een ander weggetje in dat rechts van hen naar beneden liep. Hugh zag tot zijn genoegen dat Yvonne reed als een cowboy, vastgekleefd aan het zadel, en niet, om met Juan Cerillo te spreken, 'als in een park'. De gevangenis lag nu achter hen en hij stelde zich voor dat ze op een sukkeldrafje fantastisch in het brandpunt reden van de nieuwsgierige verrekijkers daar boven op de wachttoren; 'Guapa,' zou een politieman zeggen. 'Ah, muy hermosa,' zou een andere misschien roepen, verrukt van Yvonne en smakkend met zijn lippen. De wereld bevond zich altijd binnen de verrekijkers van de politie. Intussen bleven de veulens, die zich er misschien niet volledig van bewust waren dat een weg een middel was om ergens te komen en niet, zoals een veld, iets om in te rollen of van te eten, voortdurend achter in het kreupelhout aan weerskanten. Dan begonnen de merries bezorgd naar ze te hinniken en kwamen ze weer terug gedribbeld. Kort daarop kregen de merries genoeg van dat gehinnik, zodat Hugh in plaats daarvan floot op een manier die hij had geleerd. Hij had zich verbonden om op de veulens te passen maar in werkelijkheid was het de hond die op iedereen paste. Hij was kennelijk getraind in het bijtijds opmerken van slangen en rende vooruit om vervolgens terug te keren en zich ervan te vergewissen dat alles in orde was alvorens er weer met grote sprongen vandoor te gaan. Hugh sloeg hem een moment gade. Het was beslist moeilijk deze hond te rijmen met de paria's die je in de stad zag, die vreselijke schepsels die zijn broer overal leken te schaduwen.

'Je kan verbazend goed een paard nadoen,' zei Yvonne opeens. 'Waar heb je dat in vredesnaam geleerd?'

'Wh-wh-wh-wh-wh-wh-wh-wh-whiiii-oe,' floot Hugh opnieuw. 'In Texas.' Waarom had hij Texas gezegd? Hij had het kunstje in Spanje geleerd, van Juan Cerillo. Hugh trok zijn jasje uit en legde het over de schoften van het paard voor het zadel. Zich omdraaiend terwijl de veulens gehoorzaam de struiken uit kwamen springen, voegde hij eraan toe:

'Het is dat whiii-oe dat het hem doet. Dat laatste wegsterven van het gehinnik.'

Ze passeerden de bok, twee woeste hoorns des overvloeds die boven de heg uitstaken. Geen vergissing mogelijk. Lachend probeerden ze uit te maken of hij bij het andere weggetje de Calle Nicaragua had verlaten of op het punt waar die aansloot op de weg naar Alcapancingo. De bok knabbelde aan de rand van een veld en wierp nu een machiavellistische blik op hen, maar zonder zich verder te verroeren, hen alleen gadeslaand. *Die keer mag ik dan gemist hebben, ik ben nog steeds op het oorlogspad.*

Het nieuwe weggetje, vredig, geheel beschaduwd, met diepe karrensporen, en ondanks de droogte nog vol plassen die de lucht prachtig weerspiegelden, slingerde zich verder tussen groepjes bomen en onregelmatige heggen die onduidelijke velden aan het oog onttrokken, en nu was het alsof ze een gezelschap vormden, een karavaan, die onder het rijden, omwille van de veiligheid, een kleine wereld van liefde met zich meevoerde. Eerder had het beloofd te heet te worden: maar er was maar net genoeg zon om hen te verwarmen, een zachte bries streelde hun gezicht, het landschap aan weerskanten glimlachte hen met bedrieglijke onschuld toe, een slaperig gezoem rees op uit de ochtend, de merries knikkebolden, daar waren de veulens, hier was de hond, en het is allemaal een verdomde leugen, dacht hij: we zijn er onvermijdelijk ingerold, het is alsof we, op deze enige dag in het jaar dat de doden tot leven komen, zo vernam men althans uit betrouwbare bron in de bus, deze dag van visioenen en wonderen, als gevolg van een of andere tegenstrijdigheid een uur lang een blik hebben mogen werpen op wat helemaal nooit bestaan heeft, op wat nooit kan bestaan sinds het gevoel van broederschap is verraden, het beeld van ons geluk, iets waarvan men maar beter kan denken dat het nooit heeft kunnen bestaan. Er viel Hugh nog een andere gedachte in. En toch verwacht ik niet dat ik ooit van mijn leven gelukkiger zal zijn dan nu. Nimmer zal ik enige vrede kunnen vinden die niet is vergiftigd zoals deze momenten zijn vergiftigd –

('Firmin, je bent een armzalig soort goed mens.' De stem had van een denkbeeldig lid van hun karavaan kunnen zijn, en Hugh zag Juan Cerillo nu duidelijk voor zich, rijzig en gezeten op een paard dat veel te klein voor hem was, zonder stijgbeugels, zodat zijn voeten de grond bijna raakten, zijn brede hoed met een lint erom achter op zijn hoofd, en een schrijfmachine in een koffer om zijn hals, rustend op de zadelknop; in zijn ene vrije hand hield hij een zak geld, en een knaap rende met hem mee door het stof. Juan Cerillo! Hij was een van de weinige zichtbare menselijke symbolen in Spanje geweest van de royale hulp die Mexico daadwerkelijk had geboden; hij was vóór Brihuega naar huis teruggekeerd. Na zijn opleiding tot apotheker werkte hij voor de Ejido bij een kredietbank in Oaxaca, waarvoor hij te paard geld bezorgde om de collectieve inspanningen van afgelegen Zapotecaanse dorpen te financieren; terwijl hij veelvuldig werd belaagd door bandieten die vol moordlust *Viva el Cristo Rey* brulden, werd beschoten door vijanden van Cárdenas in weergalmende kerktorens, was zijn dagelijkse werk evenzeer een avontuur ten bate van een menselijke zaak, waaraan Hugh was uitgenodigd deel te nemen. Want Juan had per expres geschreven, de brief in een krijgshaftig gefrankeerde envelop van minimale afmetingen gestoken – op de postzegels stonden boogschutters die op de zon schoten – dat hij het goed maakte, weer aan het werk was, op zo'n honderdvijftig kilometer afstand, en nu, terwijl elke blik op de geheimzinnige bergen deze voor Geoff en de *Noemijolea* gemiste kans leek te betreuren, was het alsof Hugh hoorde hoe hij door zijn goede vriend tot de orde werd geroepen. Het was dezelfde galmende stem die eens, in Spanje, over zijn in Cuicatlán achtergelaten paard had gezegd: 'Mijn arme paard, wat zal ze bijten, de hele tijd maar bijten.' Maar nu sprak hij over het Mexico van Juans jeugd, van het jaar dat Hugh geboren was. Juarez had geleefd en was gestorven. Maar was het een land met vrijheid van meningsuiting, een land waar leven, vrijheid en het streven naar geluk gewaarborgd waren? Een land waar de schoolmuren schitterend beschilderd waren, en waar zelfs elk koud bergdorpje zijn stenen openluchttheater bezat, en waar de grond in het bezit was van de mensen die vrijelijk uiting konden geven aan hun aangeboren talenten? Een land vol modelboerderijen: vol hoop? – Het was een land vol slavernij, waar mensen als vee verhandeld werden en waar de oorspronkelijke bevolking, de Yaquis, de Papagos, de Tomasachics, door middel van deportatie werd uitgeroeid of veroordeeld tot minder dan horigheid en als slaven of lijfeigenen van buitenlanders haar eigen land bewerkte. En in Oaxaca lag de verschrikkelijke Valle Nacional waar Juan zelf als authentieke slaaf van zeven jaar een oudere broer had zien doodranselen en een andere, die voor vijfenveertig peso was aangeschaft, in zeven maanden had zien doodhongeren, omdat het voor de slavenhouder goedkoper was om dat te doen en vervolgens een nieuwe slaaf te kopen, dan om een beter gevoede slaaf zich in een jaar te laten doodwerken. Dit alles betekende Porfirio Díaz: overal rurales, jefes políticos en moord, het liquideren van vooruitstrevende politieke instellingen, het leger een massamoordmachine, een verbanningswerktuig. Juan wist dit, had het moeten doorstaan; en nog meer. Want later tijdens de revolutie werd zijn moeder vermoord. En nog later doodde Juan zelf zijn vader, die met Huerta had gevochten maar een verrader was geworden. Ach, schuldgevoel en verdriet waren ook Juan op de voet gevolgd, want hij was geen katholiek die verfrist uit het koude

bad van de biecht kon opstaan. Maar één gemeenplaats bleef overeind: dat het verleden onherroepelijk verleden tijd was. En de mens was een geweten gegeven om dat slechts in zoverre te betreuren als het de toekomst kon veranderen. Want de mens, elke mens, leek Juan hem te zeggen, moest zich net als Mexico onophoudelijk omhoog worstelen. Wat was het leven anders dan oorlog voeren en een kortstondig verblijf als vreemdeling? Ook in de tierra caliente van elke mensenziel woedt de revolutie. Geen andere vrede dan die welke zijn volledige tol aan de hel moet betalen –)
 'Is dat zo?'
 'Is dat zo?'
Ze zwoegden allemaal omlaag in de richting van een rivier – zelfs de hond, weggesuft in wollige alleenspraak, zwoegde voort – en nu stonden ze erin, de eerste behoedzame logge stap naar voren, dan de aarzeling, dan het erop los gaan, de wankele vastheid onder de voet die toch zo precair was dat er een zeker gevoel van lichtheid van uitging, alsof de merrie zwom, of door de lucht zweefde, en je veeleer met de goddelijke zekerheid van een Christoforus naar de overkant bracht dan met feilbaar instinct. De hond zwom vooruit, met een dwaasgewichtig air; de veulens, ernstig knikkebollend, slingerden zich tot aan hun hals door het water voort: zonlicht sprankelde op het kalme water dat verder stroomafwaarts waar de rivier zich versmalde in woedende golfjes uiteen brak die vlak langs de oever tegen zwarte rotsen wervelden en kolkten, wat een effect van woestheid, haast van stroomversnellingen gaf; laag boven hun hoofd manoeuvreerde een extatisch weerlicht van vreemde vogels, zich met ongelooflijke snelheid uitlevend in loopings en andere vliegenierstoeren, luchtacrobatiek als van pasgeboren libellen. De andere kant van de rivier was dichtbebost. Achter de zacht glooiende oever, iets ter linkerzijde van wat kennelijk de spelonkachtige toegang tot het vervolg van hun weggetje vormde, stond een pulquería, boven haar twee houten klapdeuren (die van een afstandje wel iets weg

hadden van de reusachtig vergrote chevrons van een Amerikaanse sergeant) versierd met vrolijk gekleurde wapperende linten. *Pulques Finos,* stond in verbleekte blauwe letters op de oesterwitte lemen muur: *La Sepultura.* Een lugubere naam: maar ongetwijfeld had hij een humoristische bijbetekenis. Een indiaan zat met zijn rug tegen de muur en zijn brede hoed half over zijn gezicht buiten uit te rusten in het zonnetje. Zijn paard, of een paard, was vlak bij hem aan een boom gebonden en Hugh kon vanuit het midden van de rivier het getal zeven zien dat in zijn bil was gebrand. Op de boom was een reclame voor de plaatselijke bioscoop geplakt: *Las Manos de Orlac con Peter Lorre.* Op het dak van de pulquería draaide een speelgoedmolentje, van het soort dat men wel zag op Cape Cod, Massachusetts, rusteloos in de bries. Hugh zei:

'Je paard wil niet drinken, Yvonne, alleen maar naar haar spiegelbeeld kijken. Laat haar. Ruk niet zo aan haar hoofd.'

'Dat deed ik niet. Dat weet ik ook wel,' zei Yvonne met een ironisch glimlachje.

Langzaam zigzagden ze naar de overkant van de rivier; de hond, die zwom als een otter, had al bijna de andere oever bereikt. Hugh werd zich bewust van een vraag die in de lucht hing.

'– je bent namelijk bij ons te gast.'

'Por favor.' Hugh boog zijn hoofd.

'– heb je zin om uit eten te gaan en daarna naar de film? Of wil je je aan Concepta's kookkunst wagen?'

'Wat wat?' Hugh had, om de een of andere reden, aan zijn eerste week op zijn kostschool in Engeland zitten denken, een week waarin je niet wist wat je doen moest of wat voor antwoord je moest geven op welke vraag dan ook, maar waarin je onder een soort druk van gemeenschappelijke onwetendheid naar overvolle zalen werd meegevoerd, activiteiten, marathons en zelfs exclusieve vormen van afzondering, zoals de keer dat hij ineens met de vrouw van de directeur uit paardrijden ging, bij wijze van beloning, werd hem verteld, maar hij was er nooit achter gekomen waarvoor. 'Nee, ik denk dat ik het vreselijk zou vinden om naar de film te gaan, dank je feestelijk,' lachte hij.

'Het is een heel raar bioscoopje – je zou het enig vinden. Het journaal was altijd een jaar of twee oud en ik denk niet dat daar verandering in is gekomen. En steeds maar weer dezelfde hoofdfilms. *Cimarron* en de *Goudzoekers uit 1930* en o – vorig jaar hebben we een reisfilm gezien, *Kom naar het zonnige Andalusië*, bij wijze van nieuws uit Spanje –'

'Jezusmina,' zei Hugh.

'En de verlichting begeeft het *altijd*.'

'Ik geloof dat ik die film met Peter Lorre ergens heb gezien. Hij is een fantastische acteur maar het is een film van niks. Je paard wil niet drinken, Yvonne. Hij gaat over een pianist die zich schuldig voelt omdat hij denkt dat zijn handen die van een moordenaar zijn of zoiets en hij blijft er het bloed maar afwassen. Misschien zijn het wel echt moordenaarshanden maar dat ben ik vergeten.'

'Dat klinkt griezelig.'

'Dat weet ik, maar het is het niet.'

Aan de overkant van de rivier wilden hun paarden wel drinken en ze stopten om ze dat te laten doen. Daarna reden ze de wal op naar het weggetje. Ditmaal waren de heggen hoger en dikker en doorgroeid met winde. Wat dat betreft leek het wel of ze in Engeland waren en een obscuur paadje in Devon of Cheshire verkenden. Er was maar weinig om die indruk te logenstraffen behalve zo nu en dan een ineengedoken conclaaf van gieren boven in een boom. Na steil omhoog te zijn gelopen door bebost gebied werd het weggetje vlakker.

Kort daarop kwamen ze in meer open terrein en zetten een korte galop in. – Christus, wat was dit fantastisch, of beter nog: Christus, wat wilde hij zich hierdoor graag laten beetnemen, zoals met Judas was gebeurd, dacht hij – en daar was het weer, verdomme – als Judas ooit een paard had gehad, of geleend, of waarschijnlijker nog er een gestolen had, na die Madrugada aller Madrugadas, vol spijt dat hij die dertig zilverlingen had teruggegeven – wat gaat ons dat aan, gij moogt toezien, hadden die bastardos gezegd – terwijl hij nu waarschijnlijk behoefte had aan een hartversterking, wel dertig hartversterkingen (net als ongetwijfeld Geoff deze morgen), en misschien was het hem desondanks gelukt om er een paar op de pof te krijgen, de aangename geur opsnuivend van leer en zweet, luisterend naar het welluidende geklepper van paardenhoeven en bedenkend hoe vreugdevol dit alles kon zijn, zo voortrijdend onder de verblindende hemel van Jeruzalem – en een ogenblik vergetend, zodat het écht vreugdevol was – hoe schitterend het allemaal had kunnen zijn als ik vannacht die man maar niet verraden had, ook al wist ik heel goed dat ik dat zou gaan doen, ja hoe heerlijk als dat maar niet was gebeurd, als het maar niet zo absoluut noodzakelijk was om me ergens buiten te gaan verhangen –

En daar was het inderdaad weer, de verleiding, de lafhartige, toekomstvergallende slang: vertrap hem toch, stomme idioot. Wees als Mexico. Ben je niet door de rivier getrokken? In Godsnaam, wees dood. En Hugh reed werkelijk over een dode kousenbandslang, die in reliëf op het pad lag als een riem om een zwembroek. Of misschien was het een gilamonster.

Ze waren aan de uiterste rand gekomen van wat eruitzag als een groot, enigszins verwaarloosd park, dat zich aan hun rechterhand uitstrekte, of wat ooit een reusachtige houtaanplant was geweest, met torenhoge majesteitelijke bomen. Ze hielden in en Hugh, als achterste, reed even langzaam in zijn eentje... De veulens scheidden hem van Yvonne, die blanco voor zich uit staarde alsof ze ongevoelig was voor hun omgeving. De aanplant leek bevloeid te worden door kunstmatig ingedamde stroompjes, die propvol bladeren zaten – al waren het lang niet allemaal loofbomen en zag je eronder regelmatig donkere poelen van schaduw – en werd doorsneden door wandelpaden. Hun weggetje was in feite een van deze wandelpaden geworden. Links klonk het geluid van rangeren; het station kon niet ver zijn; waarschijnlijk lag het verscholen achter dat heuveltje waarboven een witte stoompluim hing. Maar een spoordijk, boven het struikgewas, glinsterde door de bomen aan hun rechterhand: het traject maakte kennelijk een wijde omweg om de hele plek heen. Ze reden langs een opgedroogde fontein aan de voet van een paar kapotte treden, het bekken vol takken en bladeren. Hugh snoof: de lucht was doortrokken van een sterke weeë geur die hij eerst niet kon thuisbrengen. Ze betraden het vage terrein van wat wel een Frans château leek. Het gebouw, half aan het oog onttrokken door bomen, lag op een soort open plek aan het eind van de aanplant, afgesloten door een rij cipressen die achter een hoge muur groeiden waarin een kolossale poort, recht voor hen, openstond. Stof werd door de opening geblazen. *Cervecería Quauhnahuac,* zag Hugh nu in witte letters op de zijkant van het château staan. Hij riep en wuifde naar Yvonne dat ze moest stoppen. Dus het château was een brouwerij, maar wel een heel eigenaardige – een brouwerij die er nog niet geheel toe had kunnen besluiten om geen openluchtrestaurant of uitspanning te zijn. Buiten op de open plek waren een stuk of drie zwart uitgeslagen en met bladeren bedekte ronde tafels (waarschijnlijk als voorzorg tegen de semi-officiële 'proevers' die zo nu en dan op bezoek kwamen) onder reusachtige bomen gezet die er niet helemaal bekend genoeg uitzagen om eiken te zijn, maar evenmin vreemd genoeg om tropisch te zijn, en die misschien niet echt erg oud waren, maar toch iets ondefinieerbaars bezaten waardoor ze al sinds onheuglijke tijden leken te bestaan, alsof ze op zijn minst eeuwen geleden waren geplant door een of andere keizer met een gouden schepje. Onder deze bomen, waar hun kleine stoet stilhield, speelde een klein meisje met een gordeldier.

Uit de brouwerij zelf, die er van dichtbij heel anders uitzag, meer als een molen, gesegmenteerd, langwerpig, en die plotseling een molenachtig lawaai maakte, en waarover molenradachtige reflecties van zonlicht op water schoten en gleden, afkomstig van een nabij stroompje, vanuit het inwendige vol machines dat even te zien was, kwam nu een bont geklede man tevoorschijn, met een zonneklep, die oogde als een jachtopziener en twee schuimende pullen donker Duits bier in zijn handen had. Ze waren niet afgestegen en hij reikte hun het bier aan.

'God, dat is koud,' zei Hugh, 'maar wel lekker.' Het bier had een doordringende smaak, half metaal, half aarde, als pure leemgrond. Het was zo koud dat het pijn deed.

'Buenos días, muchacha.' Yvonne, met de pul in haar hand, glimlachte naar het meisje met het gordeldier.

De jachtopziener verdween via een smal deurtje weer naar de machines en sloot het lawaai daarvan voor hen af, als een machinist aan boord van een schip. Het kind zat op haar hurken met het gordeldier in haar handen en wierp angstige blikken op de hond, die echter op veilige afstand lag te kijken hoe de veulens de achterkant van de brouwerij aan het inspecteren waren. Elke keer als het gordeldier ervandoor ging, als op minuscule wieltjes, greep het meisje hem bij zijn lange zweepstaart en wierp hem op zijn rug. Wat verbazend zacht en hulpeloos leek hij dan! Nu zette ze het diertje op zijn pootjes en liet hem weer lopen, een werktuig van vernietiging wellicht waarvan na miljoenen jaren dit geworden was. 'Cuanto?' vroeg Yvonne.

Terwijl ze het dier weer vastgreep, zei het kind met een hoog stemmetje:

'Cincuenta centavos.'

'Je wilt hem toch zeker niet echt hebben?' Hugh zat – net als generaal Winfield Scott, dacht hij bij zichzelf, nadat die uit de ravijnen van de Cerro Gordo tevoorschijn gekomen was – met één been dwars over de zadelknop.

Yvonne knikte schertsend: 'Ik zou het zo leuk vinden. Hij is zo vreselijk lief.'

'Je kunt er geen huisdier van maken. Net zomin als dat kind:

daarom wil ze hem verkopen.' Hugh nam een slokje van zijn bier. 'Ik heb verstand van gordeldieren.'

'Nou, ik ook!' Yvonne schudde spottend haar hoofd en sperde haar ogen wijdopen. 'Ik weet er alles van!'

'Dan weet je ook dat je dat beest maar hoeft los te laten in je tuin of hij graaft zich in en je ziet hem nooit meer terug.'

Yvonne schudde nog steeds half spottend haar hoofd, haar ogen wijdopen. 'Is het geen dotje?'

Hugh zwaaide zijn been terug en zat nu met zijn pul op de zadelknop te kijken naar het diertje met zijn grote ondeugende neus, zijn leguanenstaart en zijn hulpeloze gespikkelde buik, het speeltje van een peuter van Mars. 'No, muchas gracias,' zei hij beslist tegen het meisje dat, onverschillig, bleef zitten waar ze zat. 'Hij zal niet alleen nooit meer terugkomen, Yvonne, maar als je hem probeert tegen te houden zal hij zijn uiterste best doen om jou ook in het gat te trekken.' Hij draaide zich naar haar om, met opgetrokken wenkbrauwen, en ze bleven elkaar een tijd lang zwijgend aankijken. 'Zoals je vriend W.H. Hudson, geloof ik dat het was, tot zijn schade en schande heeft moeten ontdekken,' voegde Hugh eraan toe. Een blad viel met een klap van een boom ergens achter hen, als een plotselinge voetstap. Hugh nam een lange koude teug. 'Yvonne,' zei hij, 'vind je het erg als ik je onomwonden vraag of je van Geoff gescheiden bent of niet?'

Yvonne verslikte zich in haar bier; ze hield haar teugels, die om haar zadelknop geslagen waren, in het geheel niet vast en haar paard schoot eventjes naar voren, maar stopte alweer voordat Hugh de tijd had om het hoofdstel te pakken.

'Ben je van plan om naar hem terug te gaan of hoe zit het? Of ben je al terug?' Hughs merrie had uit medeleven ook een stap naar voren gedaan. 'Neem me niet kwalijk dat ik het zo plompverloren vraag, maar ik heb het gevoel dat ik me in een vreselijk scheve positie bevind. – Ik zou graag willen weten hoe de zaken er precies voor staan.'

'Ik ook.' Yvonne keek hem niet aan.

'Dus je wéét niet of je van hem gescheiden bent of niet?'
'O, ik bén van hem gescheiden,' antwoordde ze ongelukkig.
'Maar je weet niet of je bij hem terug bent of niet?'
'Ja. Nee... Ja. Ik ben bij hem terug inderdaad inderdaad.'

Hugh zweeg terwijl er opnieuw een blad viel, met een klap in het kreupelhout belandde en daar scheef bleef balanceren. 'Zou het dan niet makkelijker voor je zijn als ik meteen wegging,' vroeg hij haar vriendelijk, 'in plaats van nog even te blijven zoals ik had gehoopt? – Ik was toch al van plan om een paar dagen naar Oaxaca te gaan –'

Bij het woord Oaxaca had Yvonne opgekeken. 'Ja,' zei ze. 'Ja, misschien wel. Alleen, o Hugh, ik zeg het niet graag, maar –'

'Maar wat?'

'Maar ga alsjeblieft niet weg voordat we het hebben uitgepraat. Ik ben zo bang.' Hugh betaalde het bier, dat maar twintig centavo kostte; dertig minder dan het gordeldier, bedacht hij. 'Of wil je er nog een?' Hij moest zijn stem verheffen om boven het hernieuwde lawaai van de brouwerij uit te komen: *cachotten, cachotten, cachotten,* zei het.

'Ik krijg dit niet eens weg. Drink jij het maar voor me op.'

Hun kleine stoet zette zich langzaam weer in beweging, verliet de open plek en reed door het kolossale hek de weg daarachter op. Alsof ze het er beiden over eens waren sloegen ze rechtsaf, de andere kant op dan het station. Achter hen naderde een camión uit de stad en Hugh hield in naast Yvonne terwijl de hond de veulens naar de kant van de greppel dreef. De bus – *Tomalín – Zócalo* – verdween rammelend om een hoek.

'Dat is ook een manier om in Parián te komen.' Yvonne wendde haar gezicht af van het stof.

'Was dat niet de bus naar Tomalín?'

'Toch is het de makkelijkste manier om in Parián te komen. Ik geloof dat er een bus is die er rechtstreeks heen rijdt, maar vanaf de andere kant van de stad, en via een andere weg, vanuit Tepalzanco.'

'Parián schijnt iets sinisters te hebben.'
'Eigenlijk is het een oersaaie stad. Natuurlijk is het de oude hoofdstad van het land. Jaren geleden was er daar een enorm klooster, geloof ik – net Oaxaca wat dat betreft. Sommige winkels en zelfs de cantina's zijn een onderdeel van de vroegere monnikenverblijven. Maar het is een volslagen ruïne.'

'Ik vraag me af wat Weber erin ziet,' zei Hugh. Ze lieten de cipressen en de brouwerij achter zich. Nadat ze, zonder voorafgaande waarschuwing, bij een onbewaakte overweg waren gekomen, sloegen ze opnieuw rechtsaf, ditmaal richting huis.

Ze reden naast elkaar over de spoorbaan die Hugh vanuit de aanplant had gezien en die de aanplant in bijna tegengestelde richting begrensde als waaruit ze gekomen waren. Aan weerskanten liep een lage dijk af naar een smalle greppel, waarachter zich struikgewas uitstrekte. Boven hen plonkten en jammerden telegraafdraden: *guitarra guitarra guitarra;* wat wellicht beter klonk dan *cachotten*. De spoorbaan – een dubbel smalspoor – boog nu zonder duidelijke reden af van de aanplant, zwenkte toen terug tot hij er weer parallel mee liep. Iets verderop, als om de zaken in evenwicht te brengen, boog hij weer net zo af in de richting van de aanplant. Maar in de verte maakte hij een wijde bocht naar links van dusdanige afmetingen dat het leek of hij zich logischerwijze weer inliet met de weg naar Tomalín. Dit werd de telegraafpalen te gortig en ze beenden hooghartig recht vooruit en verdwenen uit het gezicht.

Yvonne glimlachte. 'Ik zie dat je bezorgd kijkt. Er zit in deze lijn echt een verhaal voor je *Globe*.'

'Ik heb geen flauw idee wat dit in Godsnaam te betekenen heeft.'

'Hij is door jullie Engelsen aangelegd. Alleen kreeg het bedrijf per kilometer betaald.'

Hugh lachte hard. 'Geweldig. Je wilt toch niet zeggen dat hij alleen maar op zo'n bezopen manier is aangelegd vanwege de extra kilometers?'

'Dat zeggen ze. Al denk ik niet dat het waar is.'

'Nee maar. Ik ben teleurgesteld. Ik dacht dat er een verrukkelijke Mexicaanse gril debet aan was. Maar het zet je wel aan het denken.'

'Over het kapitalistische stelsel?' Opnieuw had Yvonnes glimlach iets spottends.

'Het doet denken aan een verhaal in *Punch*... Wist je trouwens dat er in Kasjmir een plaats is die Punch heet?' (Yvonne mompelde iets en schudde haar hoofd.) '– Sorry, ik ben vergeten wat ik zeggen wou.'

'Wat denk je van Geoffrey?' Eindelijk stelde Yvonne de vraag. Ze boog zich voorover, leunend op de zadelknop, en keek hem van opzij aan. 'Hugh, zeg eens eerlijk. Denk je dat er enige – nou ja – hoop voor hem is?' Hun merries begaven zich behoedzaam over het ongebruikelijke traject en de veulens liepen verder uit dan eerst, zo nu en dan omkijkend om te zien of hun branie werd goedgekeurd. De hond rende voor de veulens uit maar vergat niet om van tijd tot tijd terug te draven om te kijken of alles in orde was. Hij snuffelde bedrijvig naar slangen tussen het metaal.

'Wat zijn drankzucht betreft, bedoel je?'

'Denk je dat ik er iets aan kan doen?'

Hugh keek omlaag naar een paar wilde blauwe bloemen als vergeet-mij-nietjes die op de een of andere manier een plekje tussen de spoorbielzen hadden gevonden om te groeien. Deze onschuldigen hadden ook een probleem: wat is dat toch voor vreselijke donkere zon die om de paar minuten brullend onze oogleden bestookt? Minuten? Eerder uren. Misschien zelfs dagen: de eenzame seinpalen leken permanent omhoog te staan, het zou treurig genoeg wel eens het snelst kunnen blijken om zelf naar treinen te informeren. 'Je hebt vast wel van die "strychnine" gehoord, zoals hij het noemt,' zei Hugh. 'De journalistenkuur. Nou, ik heb dat spul op recept gekregen van een vent in Quauhnahuac die jullie vroeger allebei gekend heeft.'

'Dr. Guzmán?'

'Guzmán, ja, zo heette hij, geloof ik. Ik probeerde hem zo ver te krijgen dat hij Geoff zou onderzoeken. Maar hij weigerde tijd aan hem te verdoen. Hij zei alleen maar dat er voorzover hij wist niks aan de hand was met Papa en ook nooit was geweest behalve dat hij maar niet kon besluiten om te stoppen met drinken. Dat lijkt duidelijk genoeg en ik geloof dat het waar is.'

De spoorbaan daalde af naar het niveau van het struikgewas en vervolgens nog lager, zodat de dijk zich nu boven hen bevond.

'Ergens ís het geen drinken,' zei Yvonne plotseling. 'Maar waarom doet hij het?'

'Misschien dat hij ermee ophoudt nu je bent teruggekomen.'

'Je klinkt niet erg hoopvol.'

'Yvonne, luister. Er vallen overduidelijk wel duizend dingen te zeggen en voor de meeste daarvan zal geen tijd zijn. Het is moeilijk om te weten waar je moet beginnen. Ik tast bijna volledig in het duister. Ik wist tot vijf minuten geleden niet eens zeker of jullie gescheiden waren. Ik weet niet –' Hugh klakte met zijn tong tegen zijn paard maar hield het in. 'Wat Geoff betreft,' ging hij verder, 'ik heb gewoon geen idee waar hij mee bezig is geweest en hoeveel hij drinkt. De helft van de tijd kan je niet eens aan hem zien of hij bezopen is.'

'Dat zou je niet zeggen als je zijn *vrouw* was.'

'Wacht even. – Mijn houding tegenover Geoff was dezelfde als ik aanneem tegenover een collega-pennenlikker met een godsgruwelijke kater. Maar toen ik in Mexico-Stad was, zei ik tegen mezelf: Cui bono? Wat heeft het voor zin? Hem alleen maar een paar dagen nuchter krijgen helpt niks. Goeie God, als onze beschaving twee dagen nuchter zou blijven zou ze op de derde sterven van wroeging –'

'Daar schiet ik érg veel mee op,' zei Yvonne. 'Bedankt.'

'En trouwens, als iemand zo goed tegen drank kan begin je je na een tijdje af te vragen waarom hij niet zou drinken.'

Hugh boog zich voorover en gaf haar paard een paar klopjes. 'Nee, maar serieus, waarom gaan jullie tweeën niet weg? Weg uit Mexico. Jullie hebben toch geen reden om nog langer te blijven? Geoff walgde toch al van de consulaire dienst.' Hugh keek even naar een van de veulens dat boven op de dijk stond en zich in silhouet tegen de lucht aftekende. 'Jullie hebben geld.'

'Je moet het me maar vergeven dat ik dit tegen je zeg, Hugh. Het was niet omdat ik je niet wilde zien. Maar vanochtend voordat je terugkwam heb ik Geoffrey proberen over te halen om weg te gaan.'

'Zonder succes, hè?'

'Misschien had het toch niks geholpen. We hebben het al eerder geprobeerd, dat weggaan en opnieuw beginnen. Maar Geoffrey zei vanochtend iets over doorgaan met zijn boek – al sla je me dood, ik heb geen idee of hij er nog aan schrijft of niet, zolang ik hem ken heeft hij er nooit wat aan gedaan en hij heeft me er nauwelijks ooit wat van laten zien, maar hij blijft zich maar omringen met al die naslagwerken – en ik dacht –'

'Ja,' zei Hugh, 'wat weet hij nou eigenlijk af van dat hele alchimie- en kabbalagedoe? Hoeveel betekent het voor hem?'

'Dat wou ik jou net vragen. Ik ben er nooit achter gekomen –'

'Goeie God, ik heb geen idee,' zei Hugh met haast vaderlijk genoegen: 'Misschien is hij een zwarte magiër!'

Yvonne glimlachte afwezig en sloeg met haar teugels tegen de zadelknop. De spoorbaan kwam op open terrein en de dijk liep opnieuw aan weerskanten af. Hoog boven hun hoofd zweefden witte wolksculpturen, als zwellende ideeën in de geest van Michelangelo. Een van de veulens was vanaf de spoorbaan het struikgewas in gewandeld. Hugh herhaalde het fruitritueel, het veulen hees zichzelf de dijk weer op en ze vormden weer een gezelschap dat zich in een pittig drafje over het meanderende egoïstische spoorbaantje begaf. 'Hugh,' zei Yvonne, 'op de boot hierheen kreeg ik een idee... Ik weet niet of – ik heb er altijd al van gedroomd om ergens een boerderij te hebben. Een echte boerderij, weet je, met koeien en varkens en kippen – en een rode schuur en silo's en koren- en tarwevelden.'

'Wat, geen parelhoenders? Over een week of wat ga ik daar misschien ook wel van dromen,' zei Hugh. 'Hoe kom je bij die boerderij?'

'Nou – misschien gaan Geoffrey en ik er een kopen.'

'Er een kópen?'

'Is dat zo onvoorstelbaar?'

'Dat denk ik niet, maar waar?' Hughs anderhalve pul sterk bier begon een aangenaam effect te sorteren en opeens brak hij uit in een bulderlach die meer op niezen leek. 'Het spijt me,' zei hij, 'maar het idee dat Geoff met een overall en een strooien hoed nuchter zou staan te schoffelen tussen de alfalfa werd me even te machtig.'

'Zo nuchter hoeft nou ook weer niet. Ik ben geen boeman.' Yvonne lachte ook, maar haar donkere ogen, die eerst nog glansden, waren dof en in zichzelf gekeerd.

'Maar stel dat Geoff de pest heeft aan boerderijen? Misschien wordt hij al zeeziek als hij een koe ziet.'

'Welnee. We hebben het vroeger vaak gehad over het hebben van een boerderij.'

'Weet jíj iets af van het boerenbedrijf?'

'Nee.' Yvonne verwierp het idee op een abrupte, verrukkelijke manier, boog zich naar voren en streelde de hals van haar merrie. 'Maar ik vroeg me af of we niet een echtpaar zouden kunnen vinden dat zijn eigen boerderij was kwijtgeraakt of zo en dat bereid zou zijn om hem voor ons te beheren en er te wonen.'

'Het lijkt me niet zo'n goed moment in de geschiedenis om aan een bloeiend bestaan als herenboer te beginnen, maar misschien vergis ik me. Waar zou die boerderij moeten staan?'

'Nou... Waarom zouden we bijvoorbeeld niet naar Canada kunnen gaan?'

'... *Canada...*? Meen je dat serieus? Ach, waarom ook niet, maar –'

'Heel serieus.'

Ze hadden inmiddels de plek bereikt waar de spoorbaan zijn wijde bocht naar links maakte en daalden de dijk af. De aanplant lag nu achter hen maar aan hun rechterhand en tot ver vóór hen strekte zich nog steeds een dicht bebost terrein uit (boven het midden waarvan opnieuw als een haast vriendelijk herkenningspunt de wachttoren van de gevangenis was verrezen). Langs de zoom van het bos was eventjes een weg te zien. Ze reden er langzaam op af, de vastberaden, tjinkende telegraafpalen volgend en een moeilijke route kiezend door het struikgewas.

'Ik bedoel, waarom liever Canada dan Brits Honduras? Of zelfs Tristan da Cunha? Een beetje eenzaam misschien, maar fantastisch voor je tanden, heb ik me laten vertellen. Dan heb je nog het eiland Gough, vlak bij Tristan. Dat is onbewoond. Maar je zou het kunnen koloniseren. Of Sokotra, waar vroeger de wierook en mirre vandaan kwamen en waar de kamelen klimmen als gemzen – mijn favoriete eiland in de Arabische Zee.' Maar Hughs toon was, hoewel geamuseerd, niet helemaal sceptisch terwijl hij deze bizarre ideeën verkondigde, half voor zichzelf, want Yvonne reed een stukje voor hem uit; het was alsof hij zich eigenlijk serieus bezighield met het probleem Canada terwijl hij zich tegelijk inspande om te doen alsof er voor de situatie een willekeurig aantal avontuurlijke en grillige oplossingen bestond. Hij haalde haar in.

'Heeft Geoffrey het de laatste tijd niet met je gehad over zijn chique Siberië?' vroeg ze. 'Je bent toch zeker niet vergeten dat hij een eiland in British Columbia bezit?'

'In een meer, is het niet? Pineau's Lake. Dat herinner ik me. Maar daar is toch geen huis? En je kunt je koeien niet laten weiden op sparappels en stenige grond.'

'Daar gaat het niet om, Hugh.'

'Of was je van plan daar te gaan kamperen en je boerderij ergens anders te hebben?'

'Hugh, luister –'
'Maar stel dat je je boerderij in bijvoorbeeld Saskatchewan kon kopen,' wierp Hugh tegen. Er kwam een idioot versje in zijn hoofd op, op de maat van de paardenhoeven:

O breng me terug naar Poor Fish River,
Breng me terug naar Onion Lake,
Want om de Guadalquivir,
Of Como geef ik geen steek.
Breng me terug naar het goeie ouwe Horsefly,
Aneroid of Gravelburg...

'In een plaatsje dat Product heet. Of zelfs Dumble,' ging hij verder. 'Er bestaat vast wel een Dumble. Ik weet zelfs zeker dat er een Dumble bestaat.'

'Goed. Misschien is het belachelijk. Maar het is tenminste beter dan hier maar te zitten niksen!' Haast in tranen zette Yvonne haar paard boos aan tot een wilde korte galop, maar het terrein was te oneffen; Hugh hield naast haar in en ze kwamen samen tot stilstand.

'Het spijt me heel erg verschrikkelijk.' Vol berouw pakte hij haar hoofdstel. 'Ik gedroeg me gewoon nog stommer dan gewoonlijk.'

'Dus het lijkt jou echt een goed idee?' Yvonne monterde wat op en wist zelfs weer iets van spot op te brengen.

'Ben je wel eens in Canada geweest?' vroeg hij.

'Ik ben naar de Niagarawatervallen geweest.'

Ze reden verder, terwijl Hugh haar hoofdstel bleef vasthouden. 'Ik ben helemaal nooit in Canada geweest. Maar een Frans-Canadese maat van me in Spanje, een visser bij het Mackenzie-Papineaubataljon, vertelde me altijd dat het 't prachtigste land ter wereld was. British Columbia, in elk geval.'

'Dat zei Geoffrey ook altijd.'

'Nou, Geoff wil er nogal eens vaag over zijn. Maar McGoff zei er dit over. Die man was een Pict. Stel dat je aan land gaat in Vancouver, wat aannemelijk lijkt. Tot zo ver van alles aan de hand. McGoff had het niet zo op het moderne Vancouver. Volgens hem heeft het iets Samoa-achtigs vermengd met worst en puree en een over het algemeen nogal puriteinse sfeer. Iedereen in diepe slaap en als je ze prikt stroomt er een Engelse vlag uit het gaatje. Maar in zekere zin is er niemand die daar woont. Ze zijn als het ware alleen maar op doorreis. Ze ontginnen het gebied en vertrekken weer. Blazen het land op, vellen de bomen en laten ze afdrijven naar de Burrardbaai... En wat het drinken betreft, trouwens, dat stuit,' Hugh grinnikte, 'dat stuit overal op misschien wel gunstige problemen. Geen kroegen, alleen bierhuizen waar het zo ongezellig en koud is en het bier zo slap dat geen enkele zichzelf respecterende dronkelap er ooit zijn neus zal laten zien. Je moet thuis drinken, en als je zonder komt te zitten is het een heel eind om aan een nieuwe fles te komen –'

'Maar –' Ze lachten allebei.

'Maar wacht even.' Hugh keek op naar de lucht van Nieuw Spanje. Het was een dag als een goede plaat van Joe Venuti. Hij luisterde naar het zwakke gestage gezoem van de telegraafpalen en de draden boven hun hoofd die na zijn anderhalve pul bier zongen in zijn hart. Op dit moment leek niets ter wereld mooier en makkelijker en eenvoudiger dan het geluk van deze twee mensen in een nieuw land. En wat daarbij telde, was waarschijnlijk de snelheid waarmee ze actie ondernamen. Hij dacht aan de Ebro. Net zoals een langdurig voorbereid offensief gedurende de eerste dagen kan stuklopen op onvoorziene eventualiteiten die inmiddels hebben kunnen rijpen, zo kan een plotselinge wanhopige actie juist slagen als gevolg van het aantal mogelijkheden dat er in één klap door teniet wordt gedaan...

'Wat je doen moet,' vervolgde hij, 'is zo snel mogelijk maken dat je uit Vancouver wegkomt. Ga via een van de baaitjes naar een vissersdorpje en koop een hut pal aan zee, met alleen strandrecht, voor laten we zeggen honderd dollar. Ga daar deze winter wonen voor zo'n zestig per maand. Geen telefoon. Geen huur. Geen consulaat. Trek er gewoon in. Doe een beroep op je pionierende voorouders. Water uit de bron. Hak je eigen hout. Geoff is tenslotte zo sterk als een paard. En misschien zal hij echt weer aan zijn boek toe komen, en jij zult je sterren hebben en de jaargetijden weer beleven; maar soms kun je zelfs in november nog zwemmen. En de echte mensen leren kennen: de zegen-vissers, de oude botenbouwers, de pelsjagers, volgens McGoff de laatste echt vrije mensen die er nog op de wereld zijn. Ondertussen kan je je eiland in orde laten brengen en navraag doen over je boerderij, die je van tevoren naar hartelust als lokmiddel hebt gebruikt, als je die dan tenminste nog hebben wilt –'

'O Hugh, já –'

In zijn enthousiasme schudde hij haar paard haast door elkaar. 'Ik zie je hut al voor me. Hij staat tussen het bos en de zee en je hebt een pier die over ruwe stenen naar het water loopt, je weet wel, bedekt met eendenmossels en zeeanemonen en zeesterren. Je zult door het bos naar de winkel moeten.' Hugh zag de winkel in gedachten voor zich. *Het bos zal nat zijn. En af en toe zal er krakend een boom omlaag komen. En soms zal het mistig zijn en de mist zal bevriezen. Dan wordt je hele bos een kristallen bos. De ijskristallen zullen als bladeren aan de takken groeien. En dan zal het niet lang meer duren of je ziet de aronskelken en dan wordt het weer lente.*

Ze gingen in galop... Kale vlakte had de plaats ingenomen van het struikgewas en ze hadden een kwieke korte galop ingezet, waarbij de veulens verrukt voor hen uit dartelden, toen de hond ineens een schokschouderende vliegende vacht werd, en terwijl hun merries haast ongemerkt op de lange ongehinderde deinende pas overgingen, voelde Hugh de verandering, het intense elementaire plezier dat je ook kon ervaren aan boord van een schip dat zich, na het woelige water van de riviermonding te hebben verlaten, overgeeft aan het stampen en slingeren van de open zee. In de verte klonk een zwak carillon, stijgend en dalend, verzinkend als in het wezen van de dag zelf. Judas was het vergeten; sterker nog, Judas had op de een of andere manier verlossing gevonden.

Ze galoppeerden evenwijdig aan de weg die geen heggen had en over vlak terrein liep, en toen klonk de doffe gestage donder van de hoeven plotseling hard en metaalachtig en onregelmatig en klepperden ze over de weg zelf: deze voerde naar rechts langs de zoom van het bos om een soort kaap heen die de vlakte in stak.

'We zijn weer op de Calle Nicaragua,' schreeuwde Yvonne vrolijk, 'bijna!'

In gestrekte galop naderden ze opnieuw de Malebolge, de kronkelende barranca, zij het op een veel verder gelegen punt dan waar ze eerst waren overgestoken; ze draafden zij aan zij over een brug met een witte reling: toen bevonden ze zich opeens in de ruïne. Yvonne was er het eerst en hun paarden leken niet zozeer te worden ingehouden door de teugels als wel door hun eigen besluit, wellicht uit nostalgie geboren, of misschien zelfs uit consideratie, om te stoppen. Ze stegen af. De ruïne besloeg een aanzienlijk deel van het grasland opzij van de weg aan hun rechterhand. Vlak bij hen bevond zich iets wat misschien ooit een kapel was geweest, waar het nog van dauwdruppels flonkerende gras door de vloer heen groeide. Ergens anders waren de resten van een brede stenen veranda met lage verbrokkelde balustrades. Hugh, die geen idee meer had waar hij was, bond hun paarden aan een kapotte roze pilaar die apart stond van de rest van het verval, een verbrokkelend symbool zonder betekenis.

'Wat is dit allemaal voor ex-pracht en -praal?' vroeg hij.

'Het paleis van Maximiliaan. Het zomerpaleis, denk ik. Volgens mij hoorde al dat nepbos bij de brouwerij vroeger ook tot zijn domein.' Yvonne leek plotseling slecht op haar gemak.

'Wil je hier niet stoppen?' had hij haar gevraagd.

'Jawel. Dat is een goed idee. Ik lust wel een sigaret,' zei ze aarzelend. 'Maar we zullen nog een heel stuk moeten lopen voor Carlotta's favoriete uitzicht.'

'De mirador van de keizer heeft beslist betere tijden gekend.' Hugh, die een sigaret voor Yvonne rolde, liet zijn blik afwezig over de plek gaan, die zo verzoend leek met haar ruïneuze staat dat ze door geen droefheid werd beroerd; vogels troonden op de ingestorte torens en het vervallen metselwerk waarover de onvermijdelijke blauwe winde klom; de veulens graasden gedwee in de kapel terwijl hun waakhond vlakbij uitrustte: het leek geen kwaad te kunnen om ze alleen achter te laten...

'Maximiliaan en Carlotta, hè? Had Juarez die man nou moeten laten doodschieten of niet?'

'Dat is een vreselijk tragisch verhaal.'

'Hij had het meteen goed moeten doen en die ouwe huppeldepup, Díaz, ook moeten laten doodschieten.'

Ze kwamen bij de kaap en bleven achterom staan kijken naar waar ze vandaan waren gekomen, over de vlakte, het struikgewas, de spoorbaan, de weg naar Tomalín. Het waaide hier, een droge strakke wind. De Popocatepetl en de Ixtaccihuatl. Daar lagen ze in alle rust aan de andere kant van het dal; het schieten was opgehouden. Hugh voelde iets van spijt. Op de heenweg had hij heel serieus met het idee gespeeld om tijd vrij te maken voor de beklimming van de Popo, misschien zelfs samen met Juan Cerillo –

'Daar heb je nog steeds je maan,' wees hij opnieuw, een brokstuk dat door een kosmische storm uit de nacht was geblazen.

'Waren het geen prachtige namen,' zei ze, 'die de oude sterrenkundigen aan de plekken op de maan gaven?'

'Moeras des Verderfs. Dat is de enige die ik me kan herinneren.'

'Zee der Duisternis... Zee der Stilte...'

Ze stonden naast elkaar zonder iets te zeggen, terwijl de wind sigarettenrook over hun schouders rukte; van hieraf gezien leek het dal ook op een zee, een galopperende zee. Achter de weg naar Tomalín deinde het landschap en liet zijn barbaarse golven van duinen en rotsen alle kanten op breken. Boven de heuvels, uit de kam waarvan scherpe dennen staken, als kapotte flessen ter bescherming van een muur, leek het aanstormen van witte wolken een verstarde branding. Maar achter de vulkanen zelf zag hij nu zich samenpakkende onweerswolken. 'Sokotra,' dacht hij, 'mijn geheimzinnige eiland in de Arabische Zee, waar de wierook en mirre vroeger vandaan kwamen, en niemand ooit geweest is –'

Er was iets in de woeste kracht van dit landschap, ooit een slagveld, dat tegen hem leek te schreeuwen, een uit die krachten geboren entiteit waarvan de kreet zijn hele wezen bekend voorkwam, gevangen en teruggeworpen in de wind, een jeugdig wachtwoord van moed en trots – de hartstochtelijke, maar bijna altijd zo hypocriete bevestiging van de eigen ziel wellicht, dacht hij, van het verlangen om goed te zijn, goed te doen, het juiste. Het was alsof hij nu voorbij de uitgestrektheid van de vlakte en voorbij de vulkanen keek naar de weidse deinende blauwe oceaan zelf, terwijl hij het nog in zijn hart voelde, dat grenzeloze ongeduld, dat onmetelijke verlangen.

V

Achter hen liep het enige levende wezen dat aan hun pelgrimstocht deelnam, de hond. En gaandeweg bereikten ze de zilte zee. Daarna bereikten ze met goed gedisciplineerde ziel het noordelijk gebied en aanschouwden, met hemelwaarts strevend hart, de machtige berg Himavat... Waarop het meer kabbelde, de seringen bloeiden, de platanen uitbotten, de bergen glinsterden, de watervallen speelden, de lente groen was, de sneeuw wit was, de lucht blauw was, de bloesems van de fruitbomen wolken waren: en nog steeds was hij dorstig. Toen glinsterde de sneeuw niet, de bloesems van de fruitbomen waren geen wolken, het waren muskieten, de Himalaya ging schuil in het stof, en hij was dorstiger dan ooit. Toen waaide het meer, waaide de sneeuw, waaiden de watervallen, waaiden de bloesems van de fruitbomen, waaiden de jaargetijden – waaiden weg – hij waaide zelf weg, werd door een storm van bloesems wervelend de bergen in geblazen, waar nu de regen viel. Maar deze regen, die alleen op de bergen viel, leste zijn dorst niet. Noch bleek hij zich in de bergen te bevinden. Hij stond, te midden van koeien, in een stroom. Hij rustte, met enkele pony's tot aan hun knieën in het water naast hem, uit in het koele moeras. Hij lag met zijn gezicht omlaag uit een meer te drinken dat de witgekroonde bergketens weerspiegelde, de tien kilometer hoog opgestapelde wolken achter de machtige berg Himavat, de paarse platanen en een dorp dat genesteld lag tussen de moerbeibomen. Maar zijn dorst bleef ongelest. Misschien omdat hij dronk, geen water, maar lichtheid, en belofte van lichtheid – hoe kon hij belofte van lichtheid drinken? Misschien omdat hij dronk, geen water, maar zekerheid van helderheid – hoe kon hij zekerheid van helderheid drinken? Zekerheid van helderheid, belofte van lichtheid, van licht, licht, licht, en opnieuw, van licht, licht, licht, licht, licht!

... De Consul, ten prooi aan de onvoorstelbare kwelling van een kippenvel bezorgende kater die door zijn schedel schetterde, en vergezeld door een beschuttend scherm van duiveltjes die in zijn oren orakelden, werd zich ervan bewust dat in het gruwelijke geval dat hij zou worden gadegeslagen door zijn buren nauwelijks viel aan te nemen dat hij alleen maar door zijn tuin kuierde met een onschuldig horticultureel doel voor ogen. En zelfs niet dat hij kuierde. De Consul, die enkele ogenblikken geleden was wakker geworden op de veranda en zich alles onmiddellijk herinnerd had, rende bijna. En hij slingerde. Hij probeerde tevergeefs zich te beheersen en propte zijn handen, in een buitengewone poging tot een nonchalante pose, die naar hij hoopte blijk zou geven van meer dan een zweem van consulaire majesteit, in de doorzwete zakken van de smokingbroek. En nu, na het opzij zetten van zijn reumatiek, rende hij echt... Zou het dan niet redelijk zijn te veronderstellen dat hij een dramatischer doel voor ogen had, dat hij zich, bijvoorbeeld, de ongeduldige rol had aangemeten van een William Blackstone die de Puriteinen verliet om onder de indianen te gaan leven, of de wanhopige houding van zijn vriend Wilson toen die op zo schitterende wijze de Universitaire expeditie in de steek liet om, eveneens in smokingbroek, te verdwijnen in het oerwoud van het donkerste Oceanië, om nooit meer terug te keren? Niet zo erg redelijk. Om te beginnen zou, als hij zich nog veel verder in de nu gekozen richting van het eind van zijn tuin begaf, ieder soortgelijk voornemen om naar het onbekende te ontsnappen weldra worden gedwarsboomd door wat een voor hem onoverkomelijk hek van ijzerdraad was. 'Wees echter niet zo dwaas te denken dat je geen doel hebt. We hebben je gewaarschuwd, we hebben het je gezegd, maar nu je jezelf ondanks al onze smeekbeden in deze deplorabele –' Hij herkende, zwak tussen de andere stemmen, de toon van een van zijn geleidegeesten terwijl hij zich door de metamorfosen van stervende en herboren hallucinaties stortte, als een man die niet weet dat hij van achteren is aangeschoten. '– toestand hebt gebracht,' vervolgde de stem, 'moet je daar iets aan doen. Daarom voeren we je naar de verwezenlijking ervan.' 'Ik ga niet drinken,' zei de Consul, terwijl hij plotseling bleef stilstaan. 'Of wel? In elk geval geen mescal.' 'Natuurlijk niet, de fles staat daar, achter die struik. Pak hem maar.' 'Dat kan ik niet,' wierp hij tegen – 'Goed zo, één slokje maar, alleen maar één noodzakelijk, therapeutisch slokje: misschien twee slokjes.' 'God,' zei de Consul. 'Ah. Goed. God. Christus.' 'Dan kun je zeggen dat het niet telt.' 'Het telt ook niet. Het is geen mescal.' 'Natuurlijk niet, het is tequila. Je kan er nog wel een nemen.' 'Dank je, dat doe ik.' Verlamd zette de Consul de fles weer aan zijn lippen. 'Zaligheid. Jezus. Geborgenheid... Gruwel,' voegde hij eraan toe. '– Stop. Zet die fles neer, Geoffrey Firmin, wat doe je jezelf aan?' zei een andere stem zo luid in zijn oor dat hij zich omdraaide. Vóór hem op het pad ritselde een slangetje dat hij voor een takje had aangezien de struiken in en hij keek er een ogenblik naar door zijn zonnebril, gefascineerd. Het was een echte slang. Niet dat hij erg in kon zitten over zoiets simpels als slangen, bedacht hij met een zekere mate van trots, terwijl hij recht in de ogen van een hond staarde. Het was een pariahond die hem verontrustend bekend voorkwam. 'Perro,' herhaalde hij, terwijl het dier daar nog steeds stond maar had dit voorval niet al – vond het niet nu, als het ware, een uur of twee geleden plaats, flitste het door hem heen. Vreemd. Hij liet de fles van wit geribbeld glas – Tequila Añejo de Jalisco, stond er op het etiket – in het kreupelhout vallen, uit het gezicht, en keek om zich heen. Alles leek weer normaal. Zowel de slang als de hond was in elk geval verdwenen. En de stemmen waren opgehouden...

De Consul voelde zich inmiddels in de positie om, een minuut lang, de illusie te koesteren dat alles werkelijk 'normaal' was. Yvonne sliep waarschijnlijk: haar nu al storen had geen zin. En het was maar gelukkig dat hij zich de bijna volle fles tequila had herinnerd: nu had hij de kans om er weer een beetje bovenop te komen, iets waartoe hij op de veranda nooit in staat zou zijn geweest, alvorens haar weer te begroeten. Drinken op de veranda bracht onder de gegeven omstandigheden toch te veel problemen met zich mee; het was een goede zaak om als man te weten waar je rustig wat kon drinken als je daar behoefte aan had, zonder dat je gestoord werd etc. etc... Al deze gedachten speelden door zijn hoofd – dat ze, bij wijze van spreken, plechtig knikkend met de grootst mogelijke mate van ernst aanvaardde – terwijl hij achteromkeek naar zijn tuin. Merkwaardig genoeg kwam die hem lang niet zo 'vervallen' voor als eerst. En voorzover het een chaos was, werd de charme daar zelfs door verhoogd. Hij hield wel van de uitbundigheid van al die ongesnoeide flora om hem heen. Terwijl verderop de prachtige pisangbomen die zo definitief en obsceen in bloei stonden, de schitterende trompetbloemen, dappere en koppige perenbomen, de rond het zwembad en daarachter geplante papaja's, de lage witte bungalow zelf die bedekt werd door bougainville, de lange veranda als de brug van een schip, beslist een ordelijk tafereeltje vormden, zij het een tafereeltje dat op dit moment, terwijl hij zich per ongeluk omdraaide, onbewust overging in een merkwaardig onderwaterachtig uitzicht op de vlakte en de vulkanen met een reusachtige indigoblauwe zon die haar felle gloed in veelvoud naar het zuidzuidoosten zond. Of was het 't noordnoordwesten? Hij nam het allemaal zonder droefheid in zich op, met een zekere opgetogenheid zelfs, stak een sigaret op, een Alas (hoewel hij het woord 'Alas' werktuiglijk hardop herhaalde) en begon vervolgens, terwijl het alcoholzweet als water van zijn voorhoofd gutste, het pad af te lopen in de richting van het hek dat zijn tuin scheidde van het nieuwe openbare parkje daarachter waardoor zijn perceel werd beknot.

In dit parkje, waar hij niet meer naar gekeken had sinds de dag dat Hugh arriveerde en hij de fles had verstopt, en dat met zorg en liefde onderhouden leek te worden, waren op dat moment bepaalde tekenen te bespeuren van werk dat niet was voltooid: gereedschap, ongebruikelijk gereedschap, een moorddadige machete, een merkwaardig gevormde vork die op de een of andere manier naakt de geest doorspietste met zijn gedraaide, in het zonlicht glinsterende tanden, stonden tegen het hek, evenals iets anders, een uit de grond getrokken of nieuw bord, waarvan het rechthoekige fletse oppervlak hem door het ijzerdraad heen aanstaarde. '¿Le gusta este jardín?' vroeg het...

¿LE GUSTA ESTE JARDÍN?
¿QUE ES SUYO?
¡EVITE QUE SUS HIJOS LO DESTRUYAN!

Zonder zich te verroeren staarde de Consul terug naar de zwarte woorden op het bord. Vindt u dit park mooi? Waarom is het van u? Wij verwijderen degenen die vernielen! Eenvoudige woorden, eenvoudige en verschrikkelijke woorden, woorden die je tot in het diepst van je wezen opnam, woorden die, al velden ze misschien een laatste oordeel over je, niettemin geen enkele emotie opriepen, behoudens een soort kleurloze, koude, een verschrikkelijke kwelling, een kwelling zo kil als die ijskoude mescal die hij in Hotel Canada had gedronken op de morgen van Yvonnes vertrek.

Maar nu dronk hij weer tequila – en het stond hem niet zo helder voor de geest hoe hij zo snel was teruggekeerd en de fles had gevonden. Ach, dat subtiele boeket van pek en paalworm! Zich er ditmaal niet om bekommerend of hij werd gadegeslagen, nam hij een lange en diepe teug en stond vervolgens – en hij werd inderdaad gadegeslagen, door zijn buurman, meneer Quincey, die bloemen aan het water geven was in de schaduw van hun gemeenschappelijke hek links achter de doornstruiken – stond vervolgens weer met zijn gezicht naar zijn bungalow. Hij voelde zich ingesloten. Verdwenen was het korte bedrieglijke visioen van orde. Boven zijn huis, boven de schrikbeelden van verwaarlozing die nu weigerden zich nog langer te vermommen, zweefden de tragische vleugels van onverdedigbare verantwoordelijkheid. Achter hem, in het parkje, herhaalde zijn noodlot zacht: 'Waarom is het van u?... Vindt u dit park mooi?... Wij verwijderen degenen die vernielen!' Misschien was dat niet helemaal wat het bord betekende – want alcohol had soms een nadelige invloed op het Spaans van de Consul (of misschien klopte het bord, beschreven door een of andere Azteek, zelf wel niet) – maar het kwam heel dicht in de buurt. Na het nemen van een plotseling besluit liet hij de tequila weer in het kreupelhout vallen en keerde terug naar het parkje, waarbij hij zich een 'ongedwongen' pas probeerde aan te meten.

Niet dat hij ook maar de geringste bedoeling had om de woorden op het bord, dat in elk geval meer vraagtekens leek te bevatten dan nodig was, te 'verifiëren'; nee, wat hij wilde, zo had hij nu heel helder voor ogen, was met iemand praten: dat was een noodzaak: maar het was gewoon meer dan dat; wat hij wilde, behelsde iets van het grijpen, op ditzelfde moment, van een schitterende kans, of om preciezer te zijn, van een kans om te schitteren, een kans die zich manifesteerde door het verschijnen van Quincey door de doornstruiken heen, die zich nu rechts van hem bevonden en waar hij omheen moest lopen om hem te bereiken. Maar deze kans om te schitteren leek op haar beurt weer op iets anders, een kans om zich te laten bewonderen; zelfs, en hij mocht de tequila op zijn minst wel bedanken voor zoveel oprechtheid, al was die van nog zo korte duur, om zich geliefd te maken. Geliefd waarom precies was weer een andere vraag: aangezien hij deze aan zichzelf had gesteld, kon hij haar nu ook wel beantwoorden: geliefd vanwege mijn onbekommerde en onverantwoordelijke voorkomen, of liever vanwege het feit dat onder dat voorkomen zo duidelijk het vuur brandt van de genialiteit, die, minder duidelijk, niet mijn eigen genialiteit is, maar op een opmerkelijke manier die van mijn oude en goede vriend Abraham Taskerson, de grote dichter, die eens zo gloedvol sprak over de mogelijkheden die ik als jongeman bezat.

En wat hij toen wilde, ach toen (hij was zonder naar het bord te kijken rechtsaf geslagen en volgde het pad langs het hek van ijzerdraad), wat hij toen wilde, dacht hij, terwijl hij één smachtende blik op de vlakte wierp – en op datzelfde moment zou hij gezworen hebben dat een gestalte, waarvan hij niet de tijd had tot in detail de kleding te onderscheiden voordat hij weer verdween, maar die kennelijk in een soort rouw was, het hoofd in de diepste vertwijfeling gebogen, zowat in het midden van het parkje had gestaan – wat je dan wilt, Geoffrey Firmin, al was het maar als tegengif tegen zulke routineuze hallucinaties, is, waarachtig wel, niets anders dan drinken; drinken, ja, de hele dag door, precies waartoe de wolken je weer uitnodigen, en toch niet helemaal; opnieuw is het subtieler dan dat; je wilt niet alleen maar drinken, maar op een bepaalde plek en in een bepaalde stad drinken.

Parián!... Het was een naam die aan oud marmer en de door stormen geteisterde Cycladen deed denken. De Farolito in Parián, hoe riep die hem toe met zijn sombere stemmen van de nacht en de vroege ochtend. Maar de Consul (hij was opnieuw rechtsaf geslagen en had het hek achter zich gelaten) besefte dat hij nog niet dronken genoeg was om erg optimistisch te zijn over zijn kansen om daarheen te gaan; de dag bood te veel onmiddellijke – valkuilen! Dat was het juiste woord... Hij was bijna in de barranca gevallen, waarvan een onafgeschermd stuk van de dichtstbijzijnde rand – het ravijn maakte hier een scherpe bocht omlaag in de richting van de weg naar Alcapancingo om beneden opnieuw een bocht te maken en in zijn oorspronkelijke richting verder te gaan, dwars door het parkje – op dit punt een minuscule vijfde zijde aan zijn terrein toevoegde. Hij bleef staan en gluurde, onbevreesd door de tequila, over de rand. Ach, de angstaanjagende kloof, de eeuwige schrik der tegenpolen! Gij machtige afgrond, onverzadigbare veelvraat, bespot mij niet, ook al lijk ik er afkerig van mij in uw kaken te werpen. Je stuitte trouwens altijd op dat kreng, die immense ingewikkelde donga die de stad, ja zelfs het landschap, finaal in tweeën sneed, hier en daar niet minder dan zestig meter loodrecht afdalend naar wat in de regentijd een onbehouwen rivier wilde verbeelden, maar dat zelfs nu, hoewel je de bodem niet kon zien, waarschijnlijk zijn rol van algehele Tartarus en gigantische plee begon te hervatten. Het was hier misschien niet eens zo angstaanjagend: je zou zelfs omlaag kunnen klauteren, als je dat wilde, stukje bij beetje natuurlijk en onderweg zo nu en dan een slok tequila nemend, om de cloacale Prometheus te bezoeken die daar ongetwijfeld huisde. De Consul liep langzamer verder. Hij was weer oog in oog met zijn huis gekomen en tegelijkertijd bij het pad dat langs de tuin van Quincey liep. Aan zijn linkerhand, achter hun gemeenschappelijke hek, nu vlakbij, liepen de groene gazons van de Amerikaan, op dat moment besproeid door ontelbare sissende slangetjes, steil af evenwijdig aan zijn eigen doornstruiken. En geen Engels gazon had er gladder en fraaier bij kunnen liggen. Door plotselinge sentimentaliteit overweldigd, en tegelijkertijd door een heftige hikaanval, ging de Consul achter een knoestige fruitboom staan die wortelde aan zijn kant maar die zijn restjes schaduw in de buurtuin wierp, en leunde ertegen, zijn adem inhoudend. Op deze merkwaardige manier meende hij onttrokken te zijn aan het oog van Quincey, die verderop aan het werk was, maar algauw maakte elke gedachte aan Quincey plaats voor het krampachtig bewonderen van zijn tuin... Zou het ten slotte toch zover komen, en zou dat de redding zijn, dat de oude Popeye minder begerenswaardig zou gaan lijken dan een hoop mijngruis in Chester-le-Street, en dat dat schitterende Johnsoniaanse verschiet, de weg naar Engeland, zich weer zou uitstrekken in de Westelijke Oceaan van zijn ziel? En hoe eigenaardig zou dat zijn! Hoe vreemd het aan wal gaan in Liverpool, het weer door de mistige regen waargenomen Liver Building, het al naar voederzakken en Caergwyrle Ale ruikende donker – de vertrouwde diepgetrokken vrachtschepen met hun harmonieuze masten die nog steeds strikt met vloed het zeegat uit voeren, ijzeren werelden die hun bemanning verborgen voor de huilende zwartgesjaalde vrouwen op de pieren: Liverpool, vanwaar tijdens de oorlog zo dikwijls onder verzegelde orders die geheimzinnige onderzeeërvangers uitvoeren, de Q-boats, nepvrachtschepen die in een ommezien tot oorlogsbodems met geschutstorens werden omgetoverd, de verouderde schrik der onderzeeërs, de gesnebde reizigers over het onderbewuste van de zee...

'Dr. Livingstone, neem ik aan.'

'Hik,' zei de Consul, beteuterd door de voortijdige herontdekking, van zo dichtbij, van de lange lichtelijk gebogen figuur, met kakihemd, grijze flanellen broek en sandalen, onberispelijk, grijs haar, alles erop en eraan, fit, een lopende bronwaterreclame, en met een gieter in de hand, die hem van de andere kant van het hek vol afkeer aankeek door een hoornen bril. 'Ah, goedemorgen, Quincey.'

'Wat is er goed aan?' vroeg de walnotenkweker in ruste achterdochtig terwijl hij doorging met het begieten van de bloemperken die zich buiten het bereik van de onophoudelijk draaiende slangetjes bevonden.

De Consul gebaarde naar zijn doornstruiken, en misschien onbewust ook in de richting van de tequilafles. 'Ik zag je al van daarginds... Ik was namelijk mijn oerwoud aan het inspecteren.'

'Wát ben je aan het doen?' Quincey wierp een blik op hem over de bovenkant van de gieter alsof hij zeggen wilde: ik heb wel gezien wat er allemaal gebeurde; ik weet er alles van omdat ik God ben, en zelfs als God veel ouder was dan jij was hij op dit uur van de dag al op en vocht hij er zo nodig tegen, terwijl jij niet eens weet of je op bent of nog niet, en zelfs als je de hele nacht op pad bent geweest vecht je er beslist niet tegen, zoals ik zou doen, zoals ik trouwens bereid zou zijn om tegen alles en iedereen te vechten als daar ook maar de geringste aanleiding toe was!

'En ik ben bang dat het een echt oerwoud is ook,' vervolgde de Consul; 'ik verwacht zelfs elk moment dat Rousseau er op een tijger uit zal komen rijden.'

'Wat zeg je?' vroeg Quincey, en hij fronste op een manier die had kunnen betekenen: En God drinkt ook nooit voor het ontbijt.

'Op een tijger,' herhaalde de Consul.

De ander staarde hem een moment aan met de koude sardonische blik van de stoffelijke wereld. 'Dat verwacht ik ook,' zei hij zuur. 'Volop tijgers. En volop muizen ook... Zou ik je misschien mogen verzoeken om de volgende keer dat je je oerwoud inspecteert aan je eigen kant van het hek over te geven?'

'Hik,' antwoordde de Consul eenvoudig. 'Hik,' grauwde hij lachend, en in een poging om zichzelf te verrassen stompte hij zich hard in de nieren, een remedie die, vreemd genoeg, leek te helpen. 'Het spijt me dat ik die indruk heb gewekt, het kwam alleen maar door die verdomde hik! –'

'Dat zie ik,' zei Quincey, en misschien had ook hij een subtiele blik op de hinderlaag van de tequilafles geworpen.

'En het gekke is,' interrumpeerde de Consul, 'ik heb de hele nacht nauwelijks meer aangeraakt dan Tehuacan-water... Trouwens; hoe ben jij het bal te boven gekomen?'

Quincey staarde hem met effen blik aan en begon vervolgens zijn gieter te vullen bij een brandkraan vlak in de buurt.

'Alleen Tehuacan,' vervolgde de Consul. 'En een beetje gaseosa. Dat zal je wel doen denken aan je goeie ouwe Soda Springs, hè? tiehie! – ja, ik ben momenteel helemaal van de sterke drank af.'

De ander hervatte het gieten en begaf zich onbuigzaam verder langs het hek, en de Consul, wie het allerminst speet de fruitboom te moeten verlaten, daar hij had gezien dat er het sinistere pantser van een zevenjaarssprinkhaan aan kleefde, volgde hem stap voor stap.

'Ja, ik ben nu van de blauwe knoop,' verklaarde hij, 'voor het geval je dat nog niet wist.'

'De blauwe dood, zal je bedoelen, Firmin,' mompelde Quincey korzelig.

'Trouwens, ik heb zonet een kousenbandslangetje gezien,' flapte de Consul eruit.

Quincey hoestte of proestte maar zei niets.

'En dat zette me aan het denken... Weet je, Quincey, ik heb me vaak afgevraagd of er niet meer aan die oude legende van de hof van Eden en de hele rest vastzit dan je op het eerste gezicht zou denken. Stel dat Adam daar helemaal niet uit verbannen was? Dat wil zeggen, zoals wij dat altijd begrepen hebben –' De walnotenkweker keek op en fixeerde hem met een strakke blik die echter eerder op een punt beneden het middenrif van de Consul gericht scheen – 'Stel dat zijn straf er in werkelijkheid uit bestond,' vervolgde de Consul gloedvol, 'dat hij daar moest *blijven wonen,* alleen uiteraard – lijdend, onopgemerkt, afgesneden van God... Of misschien,' voegde hij er op monterder toon aan toe, 'misschien was Adam wel de eerste grondbezitter en schopte God, de eerste landhervormer, een soort Cárdenas, eigenlijk – tiehie! – hem eruit. Hè? Tja,' grinnikte de Consul, zich er bovendien van bewust dat dit alles misschien niet zo vermakelijk was onder de feitelijke historische omstandigheden, 'want het is vandaag de dag voor iedereen duidelijk – denk je ook niet, Quincey? – dat het zijn van grondbezitter de erfzonde was...'

De walnotenkweker knikte hem haast onmerkbaar toe, maar zo te zien zonder enige instemming; zijn realpolitische blik was nog steeds op diezelfde plek onder zijn middenrif gevestigd en toen hij omlaagkeek, ontdekte de Consul zijn open gulp. Licentia vatum, ten voeten uit! 'Neem me niet kwalijk. J'adoube,' zei hij en ging, terwijl hij het euvel verhielp, lachend door op zijn aanvankelijke onderwerp, zich raadselachtig genoeg niets aan trekkend van zijn nonconformistische gedrag. 'Ja, inderdaad. Ja... En natuurlijk kan de werkelijke réden voor die straf – dat hij gedwongen werd in de hof te blijven wonen, bedoel ik, heel wel geweest zijn dat die arme kerel, wie zal het zeggen, die plek stilletjes verafschuwde! Er gewoonweg de pest aan had, van het begin af aan. *En dat die Ouwe daarachter was gekomen –!*'

'Heb ik het me verbeeld, of zag ik je vrouw zonet daarginds?' vroeg Quincey geduldig.

'– en geen wonder! Wat een rotplek! Denk eens aan al die schorpioenen en bladsnijdersmieren – om maar eens een paar van de gruwelen te noemen die hij daar voor zijn kiezen zal hebben gekregen. Wat?' riep de Consul uit terwijl de ander zijn vraag herhaalde. 'In de tuin? Ja – dat wil zeggen, nee. Hoe weet je dat? Nee, ze slaapt voorzover ik –'

'Ze is een tijd weg geweest, nietwaar?' vroeg de ander minzaam, en hij boog zich voorover om de bungalow van de Consul beter te kunnen zien. 'Is je broer er nog?'

'Broer? O, je bedoelt Hugh... Nee, die is in Mexico-Stad.'

'Ik geloof dat je zult merken dat hij terug is.'

De Consul wierp nu zelf een blik op het huis. 'Hik,' zei hij kort, ongerust.

'Ik geloof dat hij met je vrouw is gaan wandelen,' voegde de walnotenkweker eraan toe.

'– Hallo-hallo-wie-hebben-we-daar-mijn-addertje-onder-het- gras-mijn-kleine-kwelgeest-in-herba –' begroette de Consul op datzelfde moment de kat van Quincey, de eigenaar weer even vergetend terwijl het grijze, peinzende dier, met een staart die zo lang was dat hij over de grond sleepte, door de zinnia's kwam aanschrijden: hij bukte zich en klopte op zijn dijen – 'hallo-poessie-mijn-kleine-Priapoespoes, mijn-kleine-Oedipoespoes,' en de kat, die een vriend herkende en een kreet van blijdschap slaakte, wrong zich door het hek heen en streek spinnend langs de benen van de Consul. 'Mijn kleine Xicotankatl!' De Consul richtte zich weer op. Hij floot tweemaal kort terwijl beneden hem de kat met haar oren trok. 'Ze denkt dat ik een boom ben met een vogeltje erin,' voegde hij eraan toe.

'Dat zou me niks verbazen,' repliceerde Quincey, die zijn gieter aan het vullen was bij de brandkraan.

'Dieren die niet geschikt zijn als voedsel en slechts voor het plezier, uit nieuwsgierigheid of als gril worden gehouden – hè? – zoals William Blackstone zei – je hebt natuurlijk wel van hem gehoord! –' De Consul was op de een of andere manier op zijn hurken terechtgekomen en praatte half tegen de kat, half tegen de walnotenkweker, die pauzeerde om een sigaret op te steken. 'Of was dat een andere William Blackstone?' Hij richtte zich nu rechtstreeks tot Quincey, die er geen acht op sloeg. 'Dat is een type dat ik altijd graag gemogen heb. Ik denk dat het William Blackstone was. Of Abraham... Maar goed, hij kwam op een dag terecht in wat geloof ik nu – dat doet er ook niet toe – het was ergens in Massachusetts. En leefde vredig te midden van de indianen. Een tijdje later vestigden de Puriteinen zich aan de overkant van de rivier. Ze nodigden hem uit; ze zeiden dat het aan die kant gezonder was, zie je. Ach, die mensen, die kerels met ideeën,' zei hij tegen de kat, 'vielen niet zo in de smaak bij de ouwe William – nee heus niet – dus hij ging weer bij de indianen wonen, wis en waarachtig. Maar de Puriteinen kwamen erachter, Quincey, laat dat maar aan hen over. Toen verdween hij helemaal – God weet waarheen... *Welnu*, kleine kat,' tikte de Consul wijzend op zijn borst, en de kat deed met opzwellende snoet en kromme rug gewichtig een paar passen achteruit, 'de indianen zitten hier.'

'Reken maar,' zuchtte Quincey, een beetje op de manier van een met kalme ergernis vervulde sergeant-majoor, 'samen met al die slangen en witte muizen en tijgers waar je het over had.'

De Consul lachte, maar zijn lach klonk humorloos, alsof het deel van zijn verstand dat wist dat dit alles het komische nummer was van een groot en grootmoedig man die eens zijn vriend was geweest, tegelijkertijd wist hoe leeg de bevrediging was die hem door de voorstelling werd geschonken. 'Geen echte indianen... En ik bedoelde niet in de tuin; maar *hier*.' Hij tikte weer op zijn borst. 'Ja, gewoon het Wilde Westen van het bewustzijn, meer niet. Het genie, zoals ik zo gaarne zeggen mag,' voegde hij eraan toe, terwijl hij weer overeind kwam, zijn das goed deed en (zonder verder nog aan zijn das te denken) zijn schouders rechtte alsof hij wilde weggaan met een voor deze gelegenheid aan dezelfde bron als het genie en zijn belangstelling voor katten ontleende beslistheid, die hem echter even plotseling in de steek liet als hij zich haar had aangemeten, '– het genie zorgt wel voor zichzelf.'

Ergens in de verte sloeg een klok; de Consul stond daar nog altijd roerloos. 'O Yvonne, kan ik je nu al vergeten zijn, uitgerekend op deze dag?' Negentien, twintig, eenentwintig slagen. Op zijn horloge was het kwart voor elf. Maar de klok was nog niet klaar: hij sloeg nog twee keer, twee wrange, tragische klanken: *bing-bong:* gonzend. De leegte in de lucht erna vulde zich met gefluister: *alas, alas.* Vleugels, betekende het eigenlijk.

'Waar hangt die vriend van je tegenwoordig uit – zijn naam wil me maar nooit te binnen schieten – die Fransman?' had Quincey even tevoren gevraagd.

'Laruelle?' De stem van de Consul kwam van ver. Hij voelde zich duizelig; hij deed vermoeid zijn ogen dicht en greep het hek vast om op de been te blijven. De woorden van Quincey klopten aan bij zijn bewustzijn – of er klopte echt iemand op een deur – verstomden en klopten toen weer aan, luider. Die ouwe De Quincey; het kloppen op de poort in Macbeth. Klop klop: wie is daar? Kat. Kat wie? Katastrofe. Katastrofe wie? Katastrofysicus. Wat, ben jij het, mijn kleine popokat? Wacht maar een eeuwigheid tot Jacques en ik klaar zijn met het vermoorden van de slaap. Katabasis voor kattenbaasjes. Kathartes atratus... Natuurlijk, hij had het kunnen weten, dit waren de laatste momenten van het zich terugtrekken van het menselijk hart, en van de definitieve intocht van het kwaad, de isolatie door de nacht net zoals de echte De Quincey (alleen maar een drugsfanaat, dacht hij terwijl hij zijn ogen opendeed – hij merkte dat hij recht naar de tequilafles keek) de moord op Duncan en de anderen als een geïsoleerde gebeurtenis beschouwde, in zichzelf teruggetrokken tot in een diepe bezwijming en opschorting van aardse hartstocht... Maar waar was Quincey gebleven? En mijn God, wie kwam hem daar achter de ochtendkrant te hulp schieten over het grasveld, waar de adem van de slangen plotseling als bij toverslag gestokt was, als het dr. Guzmán niet was?

En zo niet Guzmán, zo niet hij, hij kon het niet zijn, maar hij was het wel, dan zeker niemand minder dan zijn metgezel van de afgelopen nacht, dr. Vigil; en wat deed die hier in vredesnaam? Naarmate de gestalte naderbij kwam, begon de Consul zich steeds onbehaaglijker te voelen. Quincey was ongetwijfeld een patiënt van hem. Maar waarom was de dokter dan niet in het huis? Waarom al dit stiekeme gesluip door de tuin? Het kon maar één ding betekenen: het bezoek van Vigil was op de een of andere manier zo uitgekiend dat het samenviel met zijn eigen vermoedelijke bezoek aan de tequila (hoewel hij ze wat dat betreft lelijk te pakken had gehad), met de bedoeling, uiteraard, om hem te bespioneren, om enigerlei informatie over hem te verkrijgen, en van welke aard die was, daarvan kon je maar al te waarschijnlijk een idee krijgen via de pagina's van die beschuldigende krant: 'Oude Samaritan-zaak heropend, kapitein Firmin vermoedelijk in Mexico.' 'Firmin schuldig bevonden, vrijgesproken, huilt in beklaagdenbank.' 'Firmin onschuldig, maar torst schuld van wereld op schouders.' 'Lichaam Firmin dronken in bunker aangetroffen,' dergelijke monsterlijke koppen kregen onmiddellijk vorm in de gedachten van de Consul, want de dokter las niet alleen *El Universal,* maar ook zijn noodlot; maar de schepselen van zijn meer directe bewustzijn lieten zich niet negeren, ook zij leken dat ochtendblad stilletjes te vergezellen, traden met afgewend hoofd terzijde (terwijl de dokter bleef stilstaan en om zich heen keek), en luisterden, mompelden nu: 'Tegen ons kun je niet liegen. We weten wat je vannacht hebt gedaan.' Maar wat hád hij gedaan? Hij zag terwijl dr. Vigil hem met een glimlach herkende, zijn krant opvouwde en zich naar hem toe haastte – de spreekkamer aan de Avenida de la Revolución weer duidelijk voor zich, waaraan hij om de een of andere dronken reden in de vroege ochtenduren een bezoek had gebracht, macaber door zijn prenten van Spaanse chirurgijns uit vroeger tijd wier bokkentronies monter oprezen uit op ectoplasma gelijkende plooikragen terwijl ze bulderend van het lachen inquisitoriale operaties verrichtten; maar aangezien dit alles alleen maar herinnerd werd als een levendig toneeltje dat volledig losstond van zijn eigen activiteiten, en aangezien het ongeveer alles was wat hij zich te binnen wist te brengen, kon hij maar nauwelijks troost putten uit het feit dat hij daar kennelijk geen kwalijke rol had gespeeld. Niet zoveel troost, althans, als hem zojuist geschonken was door de glimlach van Vigil, en niet half zoveel als hem nu geschonken werd terwijl de dokter, na het bereiken van de plek die kort tevoren door de walnotenkweker was verlaten, bleef stilstaan en plotseling een diepe buiging voor hem maakte vanaf zijn middel; eenmaal, tweemaal, driemaal boog en daarmee de Consul op zwijgende maar schitterende wijze verzekerde dat er de afgelopen nacht in elk geval niet een zo grote wandaad was bedreven dat hij nu geen respect meer verdiende.

Vervolgens gaven beide mannen zich gelijktijdig over aan gekreun.

'Qué t –' begon de Consul.

'Por favor,' onderbrak de ander hem schor, bracht een fraai gemanicuurde zij het bevende vinger naar zijn lippen en keek met een lichtelijk bezorgde blik de tuin in.

De Consul knikte. 'Natuurlijk. Je ziet er zo fit uit, ik kan wel zien dat jij vannacht niet op het bal bent geweest,' voegde hij er luid en loyaal aan toe, de blik van de ander volgend, hoewel Quincey, die achteraf toch niet zo fit kon zijn geweest, nog steeds nergens te bekennen was. Hij had waarschijnlijk de slangen afgezet bij de hoofdbrandkraan – en hoe absurd om een 'plan' te vermoeden terwijl het zo overduidelijk een informeel bezoekje was en de dokter Quincey gewoon toevallig vanaf de oprit in de tuin aan het werk had gezien. Hij liet zijn stem dalen. 'Zou ik niettemin deze gelegenheid te baat mogen nemen om je te vragen wat je voorschrijft voor een licht geval van katzenjammer?'

De dokter wierp nogmaals een bezorgde blik de tuin in en begon zachtjes te lachen, hoewel zijn hele lichaam schudde van pret, zijn witte tanden schitterden in de zon en zelfs zijn onberispelijke blauwe pak leek mee te lachen. 'Señor,' begon hij, zijn gelach kort houdend door als een kind op zijn lippen te bijten, 'Señor Firmin, por favor, het spijt me, maar ik moet me hier gedragen als,' hij keek opnieuw om zich heen, hield zijn adem in, 'als een apostel. Je bedoelt, Señor,' vervolgde hij op vlakkere toon, 'dat je je zo goed voelt vanmorgen, primadeluux.'

'Nou: niet helemaal,' zei de Consul, even zacht als tevoren, en ook hij wierp een achterdochtige blik de andere kant op naar een paar agaves die aan de overzijde van de barranca groeiden, als een bataljon dat zich onder machinegeweervuur tegen een helling op begeeft. 'Dat is misschien wat al te sterk uitgedrukt. Om het eenvoudiger te zeggen, wat zou jij doen in geval van een chronisch, beheerst, alles dominerend en onontkoombaar delirium tremens?'

Dokter Vigil schrok. Een half speelse glimlach aarzelde om zijn mondhoek terwijl hij er met nogal onvaste hand in slaagde zijn krant tot een keurige cilindrische buis op te rollen. 'Je bedoelt, geen katten –' zei hij, en hij maakte met één hand een haastig rimpelend in het rond kruipend gebaar voor zijn ogen, 'maar eerder –'

De Consul knikte opgewekt. Want zijn gemoed was gerustgesteld. Hij had een glimp opgevangen van de koppen van de ochtendkrant, die geheel aan de ziekte van de paus en de Slag bij de Ebro gewijd schenen.

'– progresión,' herhaalde de dokter het gebaar nu langzamer met zijn ogen dicht, waarbij zijn vingers afzonderlijk kropen, gekromd als klauwen, en zijn hoofd idioot heen en weer schudde. '– a *ra*tos!' sloeg hij toe. '*Sí*,' zei hij, zijn lippen tuitend en zich met een gebaar van geveinsde afschuw voor het voorhoofd slaand. '*Sí*,' herhaalde hij. 'Verschrikkelik... Meer alcohol is misschien beste,' glimlachte hij.

'Je dokter vertelt me net dat in mijn geval een delirium tremens niet fataal hoeft te zijn,' deelde de Consul, nu eindelijk zelf triomferend, Quincey mee, die juist op dit moment kwam aanlopen.

En het volgende moment, zij het niet voordat er tussen hemzelf en de dokter een nauwelijks waarneembare uitwisseling van signalen had plaatsgevonden, een miniem symbolisch polsbeweginkje naar de mond van de kant van de Consul terwijl hij een blik op zijn bungalow wierp, en van die van Vigil een licht fladderen met de armen die hij schijnbaar had gestrekt om ze uit te rekken, hetgeen betekende (in de obscure taal die slechts bekend is aan de meest vooraanstaande broeders van de Natte Gemeente): 'Kom zo direct een neut halen als je klaar bent.' 'Dat kan ik beter niet doen, want anders krijg ik de "hoogte", hoewel, misschien toch maar wel' – was het alsof hij weer uit zijn fles tequila dronk. En het volgende ogenblik alsof hij zich langzaam en krachtig weer door het zonlicht naar de bungalow zelf begaf. Vergezeld door de kat van Quincey, die een of ander insect volgde over zijn pad, zweefde de Consul in een amberen gloed. Aan de andere kant van het huis, waar de problemen die hem wachtten nu een energieke oplossing nabij schenen, strekte de dag die voor hem lag zich uit als een onmetelijke golvende prachtige woestijn waarin men, zij het op een hoogst aangename manier, verdwaald zou raken: verdwaald, maar niet zo volledig dat hij niet in staat zou zijn om de paar onontbeerlijke bronnen te vinden, of de verspreid liggende tequila-oases waar gevatte legionairs van de verdoemenis die geen woord verstonden van wat hij zei hem verzadigd zouden doorsturen naar die heerlijke wildernis van Parián waar geen mens ooit dorst kreeg, en waar hij nu door de oplossende luchtspiegelingen prachtig voorbij de skeletten als bevroren ijzerdraad en de dolende dromende leeuwen werd gelokt in de richting van onontkoombare persoonlijke rampspoed, uiteraard nog altijd op hoogst aangename wijze; de rampspoed zou uiteindelijk misschien zelfs een zeker element van triomf blijken te bevatten. Niet dat de Consul nu somber gestemd was. Integendeel. Zelden had het perspectief zo opwekkend geschenen. Hij werd zich voor de eerste keer bewust van de buitengewone bedrijvigheid die hem overal in zijn tuin omringde: een hagedis die een boom in schoot, een andersoortige hagedis die uit een andere boom omlaag schoot, een flesgroene kolibrie die een bloem verkende, een andersoortige kolibrie vraatzuchtig bij een andere bloem; reusachtige vlinders, waarvan de precies geborduurde tekening aan de blouses op de markt deed denken, die met lome gymnastische gratie rondfladderden (in grote trekken zoals Yvonne had gezegd dat ze haar gisteren in de baai van Acapulco hadden begroet, een storm van verscheurde veelkleurige liefdesbrieven die tegen de wind in vlogen langs de salons op het promenadedek); mieren met bloemblaadjes of scharlaken bloesems die her en der laveerden over de paden; terwijl van boven, van beneden, vanuit de lucht en, wellicht, van onder de aarde, een voortdurend gefluit, geknaag, geratel en zelfs getrompetter klonk. Waar zat zijn vriend de slang nu? Waarschijnlijk verstopt in een perenboom. Een slang die wachtte om ringen op je te werpen; werpringslang. Aan de takken van die perenbomen hingen karaffen gevuld met een kleverige gele substantie voor het vangen van insecten die nog steeds elke maand nauwgezet door nieuwe vervangen werden door de plaatselijke tuinbouwschool. (Wat waren die Mexicanen toch vrolijk! De tuinbouwers grepen de gelegenheid, zoals elke denkbare gelegenheid, aan voor het houden van een soort bal en brachten hun vrouwvolk mee, schoten van boom naar boom, verzamelden en vervingen de karaffen alsof het hele ritueel een scène in een komisch ballet was en luierden na afloop urenlang in de schaduw, alsof de Consul niet bestond.) Toen begon hij geboeid te raken door het gedrag van de kat van Quincey. Het dier had het insect eindelijk te pakken gekregen maar in plaats van het te verslinden hield ze het nog ongeschonden lijfje voorzichtig tussen haar tanden, terwijl de mooie lichtgevende vleugeltjes, die nog op en neer gingen, want het insect was geen moment opgehouden met vliegen, aan weerskanten onder haar snor vandaan staken en die koelte toewuifden. De Consul bukte zich voor een reddingspoging. Maar het dier sprong juist buiten zijn bereik. Hij bukte zich opnieuw, met hetzelfde resultaat. Op deze bespottelijke manier, de Consul die zich bukte, de kat die net buiten zijn bereik danste, het insect dat verwoed bleef doorvliegen in de bek van de kat, naderde hij zijn veranda. Ten slotte stak de kat een poot naar voren ter voorbereiding van de genadeslag en het insect, waarvan de vleugeltjes nooit waren opgehouden met op en neer gaan, vloog plotseling en op wonderbaarlijke wijze weg, zoals wellicht de menselijke ziel uit de kaken van de dood, en vloog steeds hoger en hoger, boven de bomen uit: en op dat moment zag hij hen. Ze stonden op de veranda; Yvonne had haar armen vol bougainville, die ze in een kobaltblauwe keramische vaas schikte. '– maar stel dat hij er absoluut niet van wil horen? Stel dat hij gewoon niet weg wil... voorzichtig, Hugh, er zitten stekels aan en je moet alles zorgvuldig op spinnen controleren.' 'Hé daar, Suchiquetal!' riep de Consul vrolijk en wuifde met zijn hand, terwijl de kat met een ijzige blik over haar schouder die duidelijk te kennen gaf: 'Ik wou hem toch niet hebben; ik was toch al van plan om hem te laten gaan,' vernederd het struikgewas in draafde. 'Hé daar, Hugh, ouwe adder onder het gras!'

―――――――――― Waarom zat hij dan in de badkamer? Was hij in slaap gevallen? dood? buiten westen? Zat hij nu in de badkamer of een halfuur geleden? Was het nacht? Waar waren de anderen? Maar nu hoorde hij de stem van een paar anderen op de veranda. Een paar anderen? Het waren alleen maar Hugh en Yvonne, natuurlijk, want de dokter was weggegaan. Toch zou hij even gezworen hebben dat het huis vol mensen was; maar het was nog steeds vanochtend, of amper middag, pas 12 uur 15 volgens zijn horloge. Om elf uur had hij met Quincey gepraat. 'O... O.' De Consul kreunde hardop... Hij bedacht dat hij geacht werd zich klaar te maken om naar Tomalín te gaan. Maar hoe had hij iemand ervan kunnen overtuigen dat hij nuchter genoeg was om naar Tomalín te gaan? En waarom eigenlijk Tomalín?

Een optocht van gedachten trok als kleine bejaarde beestjes een voor een door het hoofd van de Consul, en eveneens in zijn hoofd liep hij vast ter been opnieuw de veranda over, zoals hij een uur geleden had gedaan, onmiddellijk nadat hij het insect had zien wegvliegen uit de bek van de kat.

Hij was de veranda overgelopen – die Concepta had aangeveegd en had nuchter naar Yvonne geglimlacht en Hugh de hand geschud op weg naar de koelkast, en terwijl hij die openmaakte, wist hij niet alleen dat ze over hem hadden gepraat, maar had ook, op een vage manier, uit dat heldere brokje opgevangen gesprek de afgeronde betekenis daarvan gedestilleerd, net zoals hij, gesteld dat hij op datzelfde moment de nieuwe maan zou hebben gezien met de oude in haar armen, onder de indruk had kunnen raken van haar volledige vorm, hoewel de rest schimmig was, alleen beschenen door het licht van de aarde.

Maar wat was er toen gebeurd? 'O,' riep de Consul weer hardop. 'O.' De gezichten van het afgelopen uur zweefden hem voor ogen, de gestalten van Hugh en Yvonne en dokter Vigil die nu snel en schokkerig bewogen als in een oude stomme film, hun woorden geluidloze explosies in zijn hersenen. Niemand leek iets belangrijks te doen; toch leek alles van het grootste koortsachtige belang, bijvoorbeeld Yvonne die zei: 'We hebben een gordeldier gezien': – 'Wat, geen spookdierschimmen?' had hij geantwoord, en toen was er Hugh die het ijskoude flesje Carta Blanca-bier voor hem opende door de sissende dop er op de rand van het muurtje af te wippen en het schuim in zijn glas schonk, maar het feit dat dit zich zo dicht bij zijn strychninefles had afgespeeld, had, zo moest nu worden toegegeven, het grootste deel van zijn betekenis verloren...

In de badkamer merkte de Consul dat hij nog steeds een

half glas lichtelijk verschaald bier bij zich had; zijn hand was redelijk vast, maar gevoelloos door het vasthouden van het glas, en hij dronk behoedzaam, het probleem dat weldra zou ontstaan door de leegte ervan zorgvuldig voor zich uit schuivend.

– 'Onzin,' zei hij tegen Hugh. En hij had er met indrukwekkend consulair gezag aan toegevoegd dat Hugh toch niet onmiddellijk kon vertrekken, in elk geval niet naar Mexico-Stad, dat er vandaag maar één bus ging, die waarmee Hugh gekomen was, die alweer terug was naar de Stad, en één trein die niet voor 11 uur 45 's avonds ging...

Toen: 'Maar was het niet Bougainville, dokter,' vroeg Yvonne en het was echt verbazingwekkend hoe sinister en nadrukkelijk en *verhit* al deze details hem in de badkamer toeschenen – 'Was het niet Bougainville die de bougainville heeft ontdekt?' terwijl de dokter die zich over haar bloemen boog er alleen maar aandachtig en verward uitzag; hij zei niets behalve met zijn ogen die misschien ternauwernood verrieden dat hij in een 'situatie' was beland. 'Nu ik erover nadenk, ik geloof dat het Bougainville was. Vandaar de naam,' merkte Hugh onbenullig op terwijl hij op het muurtje ging zitten – 'Sí: je kúnt naar de botica gaan en om niet verkeerd begrepen te worden zeggen: Favor de servir una toma de vino quinado o en su defecto una toma de la nuez vómica, pero –' Dr. Vigil grinnikte, waarschijnlijk pratend met Hugh, want Yvonne was even naar haar kamer geglipt, terwijl de Consul, luistervinkje spelend, bij de koelkast stond voor nog een flesje bier – toen; 'O, ik was zo vreselijk beroerd vanmorgen dat ik me op straat aan de vensters moest vasthouden,' en tegen de Consul zelf terwijl deze terugkeerde: '– Vergeef me alsjeblieft mijn stompzinnige verdrag vannacht: o, ik heb de afgelopen dagen overal een hoop stommiteiten gedaan, maar' – zijn glas whisky heffend – 'ik drink nooit van mijn leven meer; ik heb twee volle dagen slapen nodig om mij weer op de been te zetten' en toen, terwijl Yvonne terugkeerde – op schitterende wijze uit de school klappend en zijn glas weer naar de Consul heffend: 'Salud: ik hoop dat je je niet zo beroerd voelt als ik. Je was vannacht zo perfectamente borracho dat ik denk je bent je doodgedronken. Ik wil vanmorgen zelfs een jongen naar je toesturen om op je deur te kloppen, en te kijken of je al niet dood was gedronken,' had dr. Vigil gezegd.

Een rare kerel: in de badkamer nam de Consul slokjes van zijn verschaalde bier. Een rare, fatsoenlijke, joviale kerel, zij het met een licht gebrek aan tact behalve als het om hemzelf ging. Waarom konden mensen niet tegen drank? Hijzelf was er in de tuin van Quincey toch in geslaagd om behoorlijk wat consideratie met Vigils positie te hebben. Als puntje bij paaltje kwam, was er niemand met wie je in goed vertrouwen ad fundum kon drinken. Een eenzame gedachte. Maar aan de jovialiteit van de dokter hoefde nauwelijks getwijfeld te worden. Het had niet lang geduurd, ondanks de noodzakelijke 'twee volle dagen slaap', of hij had hen allemaal uitgenodigd om mee te gaan naar Guanajuato: hij had zelfs roekeloos voorgesteld om vanavond nog per auto naar zijn vakantiebestemming te vertrekken, na een problematisch partijtje tennis met –

De Consul nam nog een slokje bier. 'O,' huiverde hij. 'O.' Het was vannacht wel enigszins schokkend geweest om te ontdekken dat Vigil en Jacques Laruelle bevriend waren, en veel erger dan pijnlijk om daar vanmorgen weer aan herinnerd te worden... Maar goed, Hugh had niets gevoeld voor het idee om driehonderd kilometer naar Guanajuato te rijden, aangezien Hugh – en hoe verbazend goed leken die cowboykleren bij nader inzien bij zijn kaarsrechte en nonchalante houding te passen! – nu vast van plan was om die nachttrein te nemen; terwijl de Consul had bedankt vanwege Yvonne.

De Consul zag zichzelf opnieuw, hangend over het muurtje en starend naar het zwembad beneden, een kleine, in de tuin gevatte turkoois. Gij zijt het graf waar dode liefde leeft. Het omgekeerde spiegelbeeld van bananenbomen en vogels, van wolkenkaravanen, trok erin voorbij. Plukjes pasgemaaid gras dreven op het oppervlak. Fris bergwater sijpelde in het zwembad, dat bijna overstroomde, vanuit de gebarsten kapotte slang die over zijn hele lengte een reeks spuitende fonteintjes vormde.

Toen waren Hugh en Yvonne, beneden, aan het zwemmen in het zwembad...

– 'Absolutamente,' had de dokter gezegd, naast de Consul op het muurtje en aandachtig een sigaret opstekend. 'Ik heb,' zei de Consul hem, terwijl hij opkeek naar de vulkanen en zijn troosteloosheid voelde uitgaan naar die hoogten waar zelfs nu, halverwege de ochtend, de huilende sneeuw het gezicht zou striemen en de grond onder de voeten dode lava was, een zielloze versteende afzetting van afgestorven plasma waarin zelfs de wildste en eenzaamste bomen nooit wortel zouden schieten; ik heb nog een andere vijand achter het huis die je niet kunt zien. Een zonnebloem. Ik weet dat hij naar me kijkt en ik weet dat hij me haat.' 'Exactamente,' zei dr. Vigil, 'hoogst waarschijnlijk zou hij je een beetje minder haten als je ophield met tequila te drinken.' 'Ja, maar ik drink alleen maar bier vanmorgen,' zei de Consul met overtuiging, 'zoals je met eigen ogen kunt zien.' 'Sí, hombre,' knikte dr. Vigil, die na een paar whisky's (uit een nieuwe fles) niet langer probeerde om vanuit het huis van Quincey onzichtbaar te zijn en onverschrokken bij het muurtje stond naast de Consul. 'Er zijn,' voegde de Consul eraan toe, 'wel duizend aspecten te onderscheiden in die infernale schoonheid waarover ik het had, elk met zijn eigen specifieke kwellingen, elk als een vrouw zo jaloers op alle prikkelingen die het niet zelf teweegbrengt. 'Naturalmente,' zei dr. Vigil. 'Maar ik denk dat als je je progresión aratos echt heel serieus neemt je misschien wel een langere reis kunt ondernemen dan die welke je wilt gaan maken.' De Consul zette zijn glas op het muurtje terwijl de dokter verderging. 'Ik ook tenzij we ons inhouden om nooit meer te drinken. Ik denk, mi amigo, ziekte niet alleen in lichaam zit maar ook in dat deel dat ziel wordt genoemd.' 'Ziel?' 'Precisamente,' zei de dokter, terwijl hij zijn vingers snel verstrengelde en weer ontstrengelde. 'Maar een netwerk? Netwerk. De zenuwen zijn een netwerk, net als, hoe zeg je dat, een eclectisch sistema.' 'Ah, heel goed,' zei de Consul, 'je bedoelt een elektrisch systeem.' 'Maar na veel tequila is het eclectische sistema misschien un poco descompuesto, comprenez, zoals soms in de cine: claro?' 'Een soort eclampsie, als het ware,' knikte de Consul wanhopig, terwijl hij zijn bril afzette, en op dat moment, herinnerde de Consul zich, had hij al bijna tien minuten niets te drinken; ook de tequila was al bijna uitgewerkt. Hij had naar de tuin gegluurd, en het was alsof er stukjes van zijn oogleden waren afgebrokkeld die nu voor hem fladderden en dwarrelden, in nerveuze vormen en schaduwen veranderden, opspringend bij het schuldbewuste gekakel in zijn hoofd, nog niet echt stemmen, maar ze kwamen terug, ze kwamen terug; het beeld van zijn ziel als een stad kwam hem opnieuw voor ogen, maar ditmaal een stad die verwoest en geteisterd was op het zwarte pad van zijn onmatigheid, en terwijl hij zijn brandende ogen sloot had hij aan dat prachtig functionerende systeem gedacht van degenen die werkelijk leefden, de schakelaars aangesloten, de zenuwen alleen bij echt gevaar onder spanning, en in nachtmerrieloze slaap nu kalm, niet rustend en toch in rust: een vredig dorpje. Christus, hoeveel groter werd de kwelling (en intussen was er alle reden geweest om te veronderstellen dat de anderen dachten dat hij zich geweldig amuseerde) als je je van dit alles bewust was, terwijl je tegelijkertijd besefte dat het hele systeem op gruwelijke wijze desintegreerde, het licht nu eens aan, dan weer uit, nu eens al te fel aan, dan weer al te flauw, met de gloed van een schoksgewijs oprakende batterij – en dan ten slotte wist dat de hele stad in duisternis werd gedompeld, waar alle communicatie ophoudt, beweging louter obstructie is, bommen dreigen, ideeën op hol slaan –

De Consul had zijn glas verschaald bier nu leeg. Hij zat naar de badkamermuur te staren in een houding die een groteske parodie op een oude mediteerhouding leek. 'Ik ben zeer geïnteresseerd in krankzinnigen.' Dat was een vreemde manier om een gesprek te beginnen met iemand die je net iets te drinken had aangeboden. Toch was dat precies de manier waarop de dokter de vorige avond, in de bar van het Bella Vista, hun gesprek was begonnen. Kon het zijn dat Vigil meende dat zijn geoefende oog een naderende krankzinnigheid had bespeurd (en dat was ook raar, dat hij bij het zich herinneren van zijn eerdere gedachten over dit onderwerp alleen maar in termen van 'naderend' kon denken) zoals sommigen die hun hele leven naar weer en wind hebben gekeken bij heldere hemel een naderend onweer kunnen voorspellen, een duisternis die vanuit het niets over de velden van de geest zal komen galopperen. Niet dat er in dat verband van een erg heldere hemel kon worden gesproken. Maar hoe geïnteresseerd zou de dokter zijn geweest in iemand die zich verpletterd voelde door de krachten van het universum zelf? Wat voor kompressen zou hij op diens ziel hebben gelegd? Wat wisten zelfs de opperpriesters van de wetenschap van de schrikbarende krachten van de, voor hen, onplukbare druiven van het kwaad? De Consul zou geen geoefend oog nodig hebben gehad om op deze muur, of welke muur dan ook, een Mene-Tekel-Peres voor de wereld te ontdekken, in vergelijking waarmee louter krankzinnigheid een druppel op een gloeiende plaat was. Maar wie zou ooit hebben geloofd dat een onbekende man, zeg, gezeten in het middelpunt van de wereld in een badkamer en verdiept in eenzame treurige gedachten, hun ondergang bewerkstelligde, dat zelfs terwijl hij zat te denken het net was of er achter de coulissen aan bepaalde touwtjes werd getrokken, en hele continenten in brand vlogen, en de rampspoed naderbij kwam – net zoals nu, op dit moment misschien, met een plotseling horten en knarsen, de rampspoed naderbij was gekomen en, zonder dat de Consul het wist, de lucht zich buiten had verduisterd. Of misschien was het helemaal geen man, maar een kind, een klein kind, onschuldig als die andere Geoffrey was geweest, dat hoog in een orgelkoor ergens leek te spelen, alle registers in het wilde weg opentrok, waarna koninkrijken spleten en vielen, en gruwelen neerdaalden uit de hemel – een kind zo onschuldig als die dreumes die lag te slapen in dat kistje dat hen schuin omlaag was gepasseerd over de Calle Tierra del Fuego...

De Consul bracht zijn glas naar zijn lippen, proefde de leegte ervan weer en zette het op de grond, nog nat van de voeten van de zwemmers. Het onbeheersbare mysterie van de badkamervloer. Hij herinnerde zich dat de volgende keer dat hij met een flesje Carta Blanca naar de veranda was teruggekeerd, al leek dat nu om de een of andere reden verschrikkelijk lang terug, in het verleden – het was alsof iets dat hij niet kon plaatsen op een mysterieuze manier tussenbeide was gekomen om die terugkerende figuur drastisch te scheiden van hemzelf zoals hij in de badkamer zat (de figuur op de veranda leek, ondanks al zijn verdoemenis, jonger, meer bewegingsvrijheid, meer keuzevrijheid te hebben, al was het alleen maar omdat hij opnieuw een glas bier in zijn hand had, een beter vooruitzicht voor de toekomst) – Yvonne, die er jeugdig en aantrekkelijk uitzag in haar witsatijnen badpak, op haar tenen om de dokter heen had getrippeld, die juist zei:

'Señora Firmin, ik ben echt erg teleurgesteld u kunt niet meegaan met mij.'

De Consul en zij hadden een blik van verstandhouding gewisseld, daar kwam het haast op neer, en toen was Yvonne weer aan het zwemmen, beneden, en de dokter zei tegen de Consul:

'Guanajuato is gelegen in een prachtig circus van steile heuvels.

Guanajuato,' zei de dokter, 'je zult niet willen geloven hoe het daar kan liggen, als het oude gouden juweel op de borst van onze grootmoeder.

Guanajuato,' zei dr. Vigil, 'de straten. Hoe kun je de namen van de straten weerstaan? Straat van Kussen. Straat van Zingende Kikkers. De Straat van het Kleine Hoofd. Is dat niet weerzinwekkend?'

'Walgelijk,' zei de Consul. 'Is het niet in Guanajuato dat ze iedereen staande begraven?' – ah, en op dat moment had hij zich de stierenrodeo herinnerd en zijn energie voelen terugkomen, had hij naar Hugh geroepen die beneden peinzend aan de rand van het zwembad zat in de zwembroek van de Consul. 'Tomalín ligt vlak bij Parián, waar je vriend heen ging,' zei hij. 'We zouden er zelfs naartoe kunnen gaan.' En toen tegen de dokter: 'Misschien wil jij ook mee... Ik heb mijn lievelingspijp in Parián laten liggen. Met een beetje geluk krijg ik hem misschien weer terug. In de Farolito.' En de dokter had gezegd: 'Aiaiai, es un infierno,' terwijl Yvonne, die een hoekje van haar badmuts optilde om het beter te kunnen verstaan, nederig vroeg: 'Toch geen stierengevecht?' En de Consul: 'Nee, een stierenrodeo. Als je niet te moe bent?'

Maar de dokter kon natuurlijk niet met hen meegaan naar Tomalín, al werd daar met geen woord van gerept, want juist op dat moment werd het gesprek krachtig onderbroken door een plotselinge daverende knal, zodat het huis schudde en vogels overal in paniek over de tuin scheerden. Schietoefeningen in de Sierra Madre. De Consul was zich er eerder half van bewust geweest in zijn slaap. Rookwolkjes dreven hoog boven de rotsen aan de voet van de Popo aan het eind van het dal. Drie zwarte gieren kwamen via de bomen laag over het dak gedoken met zachte schorre kreten als kreten van liefde. Door hun angst tot ongewone snelheid opgedreven leken ze bijna te kapseizen, dicht bijeen blijvend maar onder verschillende hoeken balancerend om een botsing te vermijden. Toen zochten ze een andere boom uit om in te blijven zitten en de echo's van geweervuur sloegen terug over het huis, almaar hoger stijgend en verflauwend terwijl ergens een klok negentien sloeg. Twaalf uur en de Consul zei tegen de dokter: 'Ach, was de droom van de zwarte magiër in zijn in een visioen geziene grot, terwijl zijn hand – dat vind ik het mooiste – nog trilt in laatste versterving, maar het ware einde van deze zo lieflijke wereld. Jezus. Weet je, compañero, soms heb ik het gevoel dat ze echt, net als Atlantis, wegzinkt onder mijn voeten. Lager en lager naar die afschuwelijke "pulpos". Merope van Theopompus... En de *ignivome* bergen.' En de somber knikkende dokter zei: 'Sí, dat is de tequila. Hombre, un poco de cerveza, un poco de vino, maar nooit meer tequila. Nooit meer mescal.' En toen fluisterde de dokter: 'Maar hombre, nu je esposa is teruggekomen.' (Het was alsof dr. Vigil dit al een paar keer eerder had gezegd, maar met een andere gezichtsuitdrukking: 'Maar hombre, nu je esposa is teruggekomen.') En toen ging hij weg: 'Ik hoefde niet nieuwsgierig te zijn om te weten dat je misschien mijn advies had gewenst. Nee hombre, zoals ik vannacht al zei, ik ben niet zo geïnteresseerd in gelden. – Con permiso, het pleister niet goed.' Er was inderdaad een kleine regen van pleisterkalk op het hoofd van de dokter neergedaald. Toen: 'Hasta la vista.' 'Adiós.' 'Muchas gracias.' 'Hartelijk dank.' 'Spijtig dat we niet mee kunnen.' 'Veel plezier,' vanuit het zwembad. Nogmaals 'Hasta la vista', en toen stilte.

En nu was de Consul in de badkamer om zich klaar te maken voor het vertrek naar Tomalín. 'O...' zei hij. 'O...' Maar zie je, er is bij nader inzien niets afschuwelijks gebeurd. Eerst maar eens wassen. Opnieuw zwetend en trillend trok hij zijn jasje en hemd uit. Hij had het water van het bad aangezet. Maar hij stond om een of andere duistere reden onder de douche en wachtte in doodsangst op de schok van koud water die nooit kwam. En hij had zijn broek nog aan.

De Consul zat hulpeloos in de badkamer en keek naar de insecten die in verschillende hoeken ten opzichte van elkaar op de muur zaten, als schepen op de ree. Een rups begon zich in zijn richting te kronkelen, nu eens deze kant op glurend en dan die, met voelsprieten als vraagtekens. Een grote krekel, met gepoetste romp, klampte zich vast aan het gordijn, dat hij lichtjes heen en weer deed zwaaien terwijl hij als een kat zijn snuit schoonmaakte, waarbij zijn ogen op steeltjes leken rond te draaien in zijn kop. Hij keerde zich om, verwachtend dat de rups veel dichterbij zou zijn, maar ook deze had zich omgedraaid, zonder noemenswaardig van ligplaats te veranderen. Nu kwam er vanaf de andere kant langzaam een schorpioen op de Consul af. Hij stond plotseling op, trillend over zijn hele lichaam. Maar het was niet de schorpioen die hem zorgen baarde. Het was het feit dat, ineens, de iele schaduwen van afzonderlijke spijkers, de vlekken van vermoorde muskieten, ja zelfs de krassen en barsten in de muur waren begonnen te krioelen, zodat er overal waar hij keek een nieuw insect werd geboren dat zich onmiddellijk in de richting van zijn hart kronkelde. Het was alsof, en dit was wel het angstaanjagendst, de hele insectenwereld op de een of andere manier naderbij was gekomen en hem nu stormenderhand omsingelde. Even wierp de fles tequila achter in de tuin een glimlichtje op zijn ziel, toen strompelde de Consul zijn slaapkamer binnen.

Daar was niet langer dat vreselijke zichtbare gekrioel, en toch nu hij op zijn bed lag – leek het aanhoudend in zijn gedachten, net zoals eerder het visioen van de dode man aanhoudend in zijn gedachten was geweest, een soort zieden waaruit zich zo nu en dan, als uit het aanhoudende tromgeroffel dat wordt gehoord door een grote stervende monarch, een half herkenbare stem losmaakte:

– Hou op, in godsnaam, idioot. Pas toch op. We kunnen je niet meer helpen.

– Ik zou het als een voorrecht beschouwen je te helpen, je vriend te zijn. Ik zou willen werken met jou. Ik geef toch geen barst om gelden.

– Wat, ben jij dat, Geoffrey? Weet je niet meer wie ik ben? Je ouwe vriend, Abe. Wat heb je nou gedaan, jongen?

– Ha ha, nou ga je eraan. Er weer bovenop – op een baar! Ja.

– Mijn zoon, mijn zoon!

– Mijn liefste. O kom weer tot mij als eens in mei.

VI

– Nel mezzo del verdomde cammin di nostra vita mi ritrovai in... Hugh liet zich op de bank op de veranda vallen.

Een krachtige warme vlagerige wind gierde over de tuin. Verfrist door het zwemmen en een middagmaal van kalkoensandwiches, de sigaar die Geoff hem eerder gegeven had deels beschut door het muurtje, lag hij te kijken hoe de wolken door de Mexicaanse luchten ijlden. Wat gingen ze snel, wat veel te snel! Op de helft van ons leven, op de helft van die verdomde weg van ons leven...

Negenentwintig wolken. Op zijn negenentwintigste was een man aan zijn dertigste levensjaar bezig. En hij was negenentwintig. En nu wist hij eindelijk, hoewel het gevoel hem misschien al de hele morgen bekropen had, hoe het voelde, de ondraaglijke schok van deze wetenschap die zich al op je tweeëntwintigste had kunnen openbaren maar dat niet gedaan had, die zich toch tenminste op je vijfentwintigste had moeten openbaren maar dat nog steeds eigenlijk niet gedaan had, de wetenschap, tot dusver alleen geassocieerd met mensen die al met één been in het graf stonden en met A.E. Housman, dat je niet eeuwig jong kon blijven – ja, dat je zelfs, in een ogenblik, niet langer jong was. Want over nog geen vier jaar, jaren die zo snel voorbijgingen dat de sigaret van vandaag gisteren gerookt leek, zou je drieëndertig zijn, en over nog eens zeven, veertig; en over zevenenveertig, tachtig. Zevenenzestig jaar leek een behaaglijk lange tijd maar dan zou hij honderd zijn. Ik ben niet langer een wonderkind. Ik heb geen excuus meer om me zo onverantwoordelijk te gedragen. Zo'n snelle jongen ben ik nou ook weer niet. Ik ben niet jong. Maar aan de andere kant: ik bén een wonderkind. Ik bén jong. Ik bén een snelle jongen. Of niet soms? Je bent een leugenaar, zeiden de zwiepende bomen in de tuin. Je bent een verrader, ritselden de pisangbladeren. En nog een lafaard ook, deden enkele flarden muziek hun duit in het zakje, wat had kunnen betekenen dat op de zócalo de kermis begon. En ze verliezen de Slag bij de Ebro. Door jouw toedoen, zei de wind. Een verrader, zelfs van je journalistenvriendjes die je zo graag door het slijk haalt maar die in werkelijkheid dappere kerels zijn, geef het maar toe – *Ahhh!* Als om zich van deze gedachten te bevrijden draaide Hugh de zenderkiezer heen en weer in een poging San Antonio te vinden ('Eigenlijk ben ik dat allemaal niet.' 'Ik heb niets gedaan dat al die schuldgevoelens rechtvaardigt.' 'Ik ben niet slechter dan een ander...'); maar het had geen zin. Al zijn voornemens van vanochtend waren tevergeefs. Het leek nutteloos om nog langer met deze gedachten te worstelen, hij kon ze maar beter hun gang laten gaan. Ze zouden hem Yvonne tenminste even doen vergeten, ook al deden ze hem uiteindelijk weer bij haar belanden. Zelfs Juan Cerillo liet hem nu in de steek, net als, op dit moment, San Antonio: twee Mexicaanse stemmen op verschillende golflengten braken erdoorheen. Want alles wat je tot nu toe hebt gedaan was onoprecht, had de eerste wel kunnen zeggen. Wat dacht je van de manier waarop je die arme oude Bolowski, de muziekuitgever, hebt behandeld? Herinner je je dat armetierige winkeltje van hem nog in Old Compton Street, bij Charing Cross Road? Zelfs dat waarvan je jezelf zo graag wijsmaakt dat het je beste eigenschap is, je gedrevenheid om joden te helpen, is voor een deel te herleiden tot iets schandaligs dat je hebt gedaan. Geen wonder dat je hem, nadat hij jou zo barmhartig vergeven had, ook zijn streken hebt vergeven, ja dat je zelfs bereid was het hele joodse volk Babylon zelf uit te leiden... Nee: ik vrees echt dat er maar heel weinig in je verleden is dat je tegen de toekomst zal kunnen helpen. Zelfs de zeemeeuw niet? vroeg Hugh...

De zeemeeuw – onvervalste vuilnisophaler van het firmament, jager op eetbare sterren – die ik die dag als jongen heb gered toen hij vastzat in een hek op de rotswand en zichzelf dood fladderde, verblind door de sneeuw, en die ik, hoewel hij me aanviel, ongedeerd bevrijdde, met één hand om zijn poten, en gedurende één schitterend moment omhooghield in het zonlicht, voordat hij zich op engelenvleugels verhief boven de bevriezende riviermonding?

De artillerie begon er weer op los te knallen in de heuvels. Ergens floot een trein, als een naderende stoomboot; misschien wel de trein die Hugh vanavond zou nemen. Vanaf de bodem van het zwembad onder hem straalde en knikkebolde een weerspiegeld zonnetje tussen de omgekeerde papaja's. Weerspiegelingen van een kilometer diepe gieren cirkelden ondersteboven en waren verdwenen. Een vogel, in werkelijkheid heel dichtbij, leek zich schokkerig over de glinsterende top van de Popocatepetl te begeven – de wind was trouwens gaan liggen, wat maar goed was ook voor zijn sigaar. Ook de radio deed niks meer en Hugh gaf het op en ging achterover op de bank liggen.

Zelfs de zeemeeuw was natuurlijk het antwoord niet. De zeemeeuw was al waardeloos geworden omdat hij er zo'n drama van had gemaakt. En die arme kleine hotdog-venter ook niet? Die bittere decemberavond was hij hem tegengekomen, sjokkend door Oxford Street achter zijn nieuwe karretje – het eerste hotdog-karretje in Londen, en dat had hij een hele maand rondgeduwd zonder ook maar één hotdog te verkopen. Hij moest een gezin onderhouden, de kerst kwam eraan en nu had hij geen nagel om zijn gat te krabben. Het leek Charles Dickens wel! Misschien was het de *nieuwheid* van dat verrekte karretje dat ze hem hadden aangesmeerd waardoor het zo afschuwelijk leek. Maar hoe kon hij dan ook verwachten, had Hugh hem gevraagd, terwijl boven hen de monsterlijke vormen van bedrog aan en uit flitsten, en om hen heen de zwarte zielloze gebouwen gehuld stonden in een koude droom van hun eigen vernietiging (ze waren blijven staan bij een kerk waar een Christusfiguur van de beroete muur verwijderd was zodat alleen het litteken restte en het onderschrift: Gaat het ulieden niet aan, gij allen, die over weg gaat?), hoe kon hij dan ook verwachten zoiets revolutionairs als een hotdog te verkopen in Oxford Street? Hij kon het net zo goed met ijs proberen op de zuidpool. Nee, je moest ergens in een achterafstraatje voor een kroeg gaan staan, en niet zomaar een kroeg, maar de Fitzroy Tavern in Charlotte Street, propvol uitgehongerde kunstenaars die zich alleen maar dood dronken omdat hun ziel verkommerde, elke avond tussen acht en tien, juist omdat het ze ontbrak aan een hotdog. Daar moest je wezen!

En – zelfs de hotdog-venter was het antwoord niet; ook al had hij rond de kerstdagen kennelijk goudgeld verdiend voor de Fitzroy. Hugh ging plotseling rechtop zitten, overal sigarenas morsend. Maar betekent het dan niets dat ik begin te boeten, te boeten voor mijn verleden, zo driekwart negatief, egoïstisch, absurd en onoprecht? Dat ik van plan ben boven op een scheepslading dynamiet te gaan zitten met bestemming de zwaar onder druk staande regeringsgetrouwe troepen? Betekent het niets dat ik ten slotte bereid ben mijn leven te offeren voor de mensheid, zij het niet voor het minste geringste? Niet gij allen die over weg gaat...? Maar wat hij in vredesnaam verwachtte dat het zou betekenen, als geen van zijn vrienden wist wat hij ging doen, was niet erg duidelijk. Wat de Consul betrof, die verdacht hem waarschijnlijk van iets nog roekelozers. En toegegeven moest worden dat hij daar niet helemaal ongelukkig mee was, al had het de Consul er niet van weerhouden om, onaangenaam dicht bij de waarheid, te laten doorschemeren dat heel de stompzinnige schoonheid van een dergelijk besluit dat wie dan ook nam op een moment als dit, gelegen moest zijn in het feit dat het zo zinloos wás, dat het te laat wás, dat de regeringsgetrouwen al verloren hadden en dat als die persoon er behouden en wel uit tevoorschijn zou komen niemand van hém zou kunnen zeggen dat hij was meegesleept door de algemene golf van enthousiasme voor Spanje, nu zelfs de Russen het hadden opgegeven en de Internationale Brigade zich had teruggetrokken. Maar dood en waarheid kon je desnoods verzoenen! En dan was er nog altijd de oude truc om ieder die het stof van de Stad der Vernietiging van zijn voeten schudde te vertellen dat hij vluchtte voor zichzelf en zijn verantwoordelijkheden. Maar toen viel Hugh de nuttige gedachte in: ik heb geen verantwoordelijkheden. En hoe kan ik voor mezelf op de loop zijn als ik geen plek op aarde heb? Geen thuis. Een stuk wrakhout in de Indische Oceaan. Is India mijn thuis? Mezelf vermommen als onaanraakbare, wat niet zo moeilijk moet zijn, en zevenentwintig jaar gevangen zitten op de Andamanen, totdat Engeland India zijn vrijheid geeft? Maar dit zal ik je wel vertellen: door dat te doen zou je alleen Mahatma Ghandi in verlegenheid brengen, de enige openbare figuur ter wereld voor wie je heimelijk enig respect kunt opbrengen. Nee, ik heb ook respect voor Stalin, Cárdenas en Jawaharlal Nehru – die alledrie waarschijnlijk alleen maar in verlegenheid gebracht zouden kunnen worden door mijn respect. – Hugh probeerde nogmaals San Antonio te krijgen.

De radio kwam duchtig tot leven; op het Texaanse station werd het nieuws over een overstroming in zo'n hoog tempo gebracht dat het leek of de commentator zelf dreigde te verdrinken. Een andere nieuwslezer met een hogere stem kakelde over bankroet, catastrofe, terwijl weer een andere het had over ellende die als een deken over een bedreigde hoofdstad lag, mensen die door het puin strompelden waarmee donkere straten bedekt waren, duizenden die een haastig heenkomen zochten in door bommen verscheurde duisternis. Hoe goed kende hij het jargon. Duisternis, catastrofe! Hoezeer deed de wereld zich daaraan te goed. In de komende oorlog zouden correspondenten ongehoord belangrijk worden als ze zich door de vlammen stortten om het publiek van zijn hapjes uitgedroogde stront te voorzien. Een tierend geschreeuw waarschuwde plotseling voor lagere aandelenkoersen, of abnormaal hogere, de prijzen van graan, katoen, metaal, wapentuig. Met een eeuwig knetterende ondertoon van atmosferische storing – klopgeesten van de ether, claqueurs van de idiotie! Hugh boog zijn oor naar de polsslag van deze wereld die in die keel van latwerk klopte, waarvan de stem nu deed alsof hij gruwde van precies datgene waardoor hij zich wilde laten meeslepen zodra het volkomen zeker was dat het meeslepende lang genoeg zou duren. Terwijl hij ongeduldig aan de knop draaide, meende Hugh plotseling de viool van Joe Venuti te horen, de vrolijke kleine leeuwerik van een wijdlopige melodie die zich in een eigen verre zomer hoog boven al deze peilloze razernij verhief, maar die zelf ook in razernij ontstoken was, met de wilde beheerste uitbundigheid van de muziek die hem af en toe nog altijd het fijnste toescheen wat Amerika te bieden had. Waarschijnlijk draaiden ze een oude plaat, zo een met een poëtische naam als Little Buttercup of Apple Blossom, en het was merkwaardig hoeveel pijn het nog deed, alsof deze muziek, die je nooit was ontgroeid, onherroepelijk bij datgene hoorde wat vandaag eindelijk verloren was gegaan. Hugh zette de radio uit en bleef met de sigaar tussen zijn vingers naar het plafond van de veranda liggen staren.

Er werd gezegd dat Joe Venuti niet meer dezelfde was sinds de dood van Ed Lang. De tweede naam deed aan gitaren denken en als Hugh ooit, zoals hij vaak dreigde te zullen doen, zijn autobiografie zou schrijven, al zou dat vrij onnodig zijn omdat zijn leven er een was dat zich misschien beter leende voor een korte biografische tekst in een tijdschrift, in de trant van 'Huppeldepup is negentwintig en klinker, liedjesschrijver, bewaker van mangaten, stoker, zeeman, paardrij-instructeur, variété-artiest, muzikant, spekboener, heilige, clown, soldaat (vijf minuten) en koster in een Quakerkerk geweest, waaruit niet altijd de conclusie mag worden getrokken dat hij door zijn ervaringen een bredere visie op het leven heeft gekregen, omdat hij er nog een ietwat bekrompener kijk op heeft dan de eerste de beste bankbediende die nooit een voet buiten Newcastle-under-Lyme heeft gezet' – maar als hij die ooit schrijven zou, bedacht Hugh, dan zou hij moeten toegeven dat een gitaar een vrij belangrijk symbool in zijn leven was geweest.

Hij had al in geen vier, vijf jaar gitaar gespeeld, en Hugh kon bijna elk type bespelen; en zijn talrijke instrumenten verkommerden samen met zijn boeken in kelders of op zolders in Londen en Parijs, in nachtclubs in Wardour Street of achter de bar van het Marquis of Granby of het oude Astoria in Greek Street, allang een klooster geworden hoewel hij er nog een onbetaalde rekening had staan, bij lommerds in Tithebarn Street en Tottenham Court Road, waar hij zich verbeeldde dat ze nog een tijdlang met al hun geluiden en echo's op zijn zware stap hadden liggen wachten om vervolgens langzaam maar zeker, terwijl ze stof vergaarden en de ene snaar na de andere knapte, de hoop op te geven, elke snaar een kabel die ze verbond met de vervagende herinnering aan hun vriend, knappend, de hoogst gestemde snaar altijd als eerste, knappend met een scherpe knal als van een pistool, of met een merkwaardig vertwijfeld gejammer, of een uitdagend nachtelijk gemiauw, als een nachtmerrie in de ziel van George Frederic Watts, totdat er niets anders restte dan het wezenloze tumultloze gezicht van de liedloze lier zelve, geluidloze grot voor spinnen en stoomvliegen, en de tere frettenhals, net zoals elke knappende snaar Hugh knal voor knal had losgemaakt van zijn jeugd, terwijl het verleden bleef, een gekwelde vorm, donker en tastbaar en beschuldigend. Of de gitaren zouden inmiddels al vele malen gestolen zijn, of doorverkocht, opnieuw beleend – misschien geërfd door een andere meester, alsof ze stuk voor stuk een grote gedachte of doctrine waren. Deze gevoelens, zo amuseerde het hem bijna om te denken, pasten misschien meer bij een verbannen stervende Segovia dan bij een gewone ex-hot-gitarist. Maar ook al kon hij niet helemaal spelen zoals Django Reinhardt of Eddie Lang aan de ene kant of, God helpe hem, Frank Crumit aan de andere, toch herinnerde Hugh zich onwillekeurig dat hij ooit de reputatie van een geweldig talent had genoten. Ze was op een vreemde manier onecht, die reputatie, zoals zoveel anders aan hem, want zijn grootste successen had hij behaald met een tenorgitaar die was gestemd als een ukelele en die hij zowat als een slaginstrument had bespeeld. Maar dat hij op deze bizarre manier de duivelskunstenaar was die allerlei opzienbarende dingen voortbracht die voor van alles konden doorgaan, van de Scotch Express tot door het maanlicht denderende olifanten, daarvan getuigde tot op de dag van vandaag een oude ritmische klassieker van het Parlophone-label (bondig Juggernaut getiteld). In elk geval, bedacht hij, was zijn gitaar waarschijnlijk het minst onechte aan hem geweest. En een gitaar had, onecht of niet, zonder twijfel achter de meeste belangrijke beslissingen in zijn leven gezeten. Want vanwege een gitaar was hij journalist geworden, vanwege een gitaar was hij liedjesschrijver geworden, en grotendeels vanwege een gitaar was hij zelfs – en Hugh voelde het schaamrood traag en brandend naar zijn kaken stijgen – voor het eerst naar zee gegaan.

Hugh was op school met liedjes schrijven begonnen en voor hij zeventien was, zo rond de tijd dat hij zijn onschuld verloor, eveneens na verscheidene pogingen, werden twee nummers van hem geaccepteerd door de joodse firma Lazarus Bolowski and Sons in de Londense Old Compton Street. Zijn methode bestond uit het op elke vrije dag aflopen van de muziekuitgevers met zijn gitaar – en in dit opzicht had zijn jeugd wel iets geleken op die van een andere gefrustreerde kunstenaar, Adolf Hitler – zijn voor solo-piano getranscribeerde manuscripten in het gitaarfoedraal, of in een oud tweedelig valies van Geoff. Dit succes in het lichte-muziekwereldje van Engeland overweldigde hem; al bijna voordat zijn tante wist wat er gaande was, ging hij op grond daarvan met haar toestemming van school af. Zijn carrière op deze school, waar hij adjunct-hoofdredacteur van de schoolkrant was, was met horten en stoten verlopen; hij hield zichzelf voor dat hij er de pest aan had vanwege de hautaine idealen die er de boventoon voerden. Er heerste een zekere mate van antisemitisme; en Hugh was gevoelig genoeg om, al was hij nog zo populair vanwege zijn gitaar, joden als zijn speciale vrienden uit te kiezen en hen in zijn stukjes in een gunstig daglicht te stellen. Hij had zich al ingeschreven in Cambridge voor over een jaar of zo. Maar hij was absoluut niet van plan om ernaartoe te gaan. Het was alleen maar een vooruitzicht dat hem om een of andere reden minder schrik aanjoeg dan in de tussentijd naar een bijspijkercursus te moeten. En om dat te voorkomen moest hij snel handelen. In zijn naïeve visie boden zijn liedjes hem een uitstekende gelegenheid om volledig onafhankelijk te worden, wat tevens betekende dat hij al bij voorbaat onafhankelijk zou zijn van het inkomen dat hij over vier jaar van de curatoren zou ontvangen, onafhankelijk van iedereen, en zonder het twijfelachtige voorrecht van een academische graad.

Maar zijn succes begon al wat te tanen. Om te beginnen was er een waarborgsom vereist (zijn tante had de som betaald) en de liedjes zelf zouden pas enkele maanden later worden gepubliceerd. En hij voorzag, naar zou blijken met een meer dan profetische blik, dat die liedjes alleen, al hadden ze beide de vereiste tweeëndertig maten, waren ze even banaal en zelfs niet verstoken van enige stompzinnigheid – Hugh schaamde zich naderhand zo voor de titels dat hij die tot op de dag van vandaag in een geheime la van zijn gedachten had weggeborgen – wel eens onvoldoende zouden kunnen zijn om hem te redden. Nou ja, hij had nog andere liedjes, waarvan sommige titels, Susquehanna Mammy, Slumbering Wabash, Mississippi Sunset, Dismal Swamp, etc., misschien wel onthullend waren, en op zijn minst een ervan, I'm Homesick for Being Homesick (for being homesick for home) Vocal Fox Trot, had iets waarlijk diepzinnigs, zo niet duidelijk wordsworthiaans...

Maar dat alles leek nog toekomstmuziek. Bolowski had laten doorschemeren dat hij ze zou nemen als... En Hugh wilde hem niet voor het hoofd stoten door te proberen ze aan iemand anders te slijten. Niet dat er nog veel andere uitgevers waren bij wie hij terecht kon! Maar misschien, misschien, als deze twee liedjes echt een groot succes werden, enorm verkochten,

Bolowski een fortuin opleverden, misschien als hij veel publiciteit kreeg...

Veel publiciteit! Daar ging het om, daar ging het altijd om, er was een beetje sensatie nodig, dat was waar de tijd om riep, en toen hij zich die dag op het kantoor van de Zeevaartinspectie had gemeld in Garston – Garston omdat Hughs tante in de lente van Noord-Londen naar Oswaldtwistle was verhuisd – om aan te monsteren op het ss *Philoctetes* was hij er tenminste zeker van dat hij iets sensationeels had gevonden. O, Hugh zag er best het groteske en pathetische van in, van de jongeman die zich een kruising waande tussen Bix Beiderbecke, wiens eerste platen net in Engeland waren uitgekomen, de heel jonge Mozart en de knaap Raleigh, toen hij in dat kantoor zijn handtekening op het stippellijntje zette; en misschien was het ook waar dat hij zelfs toen al te veel Jack London las, *The Sea Wolf*; en nu, in 1938, was hij aan het viriele *Valley of the Moon* toegekomen (zijn favoriet was *The Jacket*) en misschien hield hij per slot van rekening wel echt van de zee en was die misselijkmakende overschatte watervlakte zijn enige liefde, de enige vrouw op wie zijn toekomstige echtgenote jaloers hoefde te zijn, misschien was dat alles wel waar voor die jongeman, die waarschijnlijk ook uit de verte, achter het voorschrift Matrozen en Stokers moeten elkaar wederzijds bijstaan, de belofte van onbeperkt genot in de bordelen van de Oriënt bespeurde – een illusie, om het zachtjes uit te drukken: maar wat dit alles helaas welhaast van ieder spoortje van heldhaftigheid beroofde, was het feit dat Hugh om zijn doel zogezegd zonder 'consciëntie of consideratie' te bereiken, tevoren de burelen van elke krant binnen een straal van vijftig kilometer had bezocht, en de meeste grote Londense dagbladen hadden wel een filiaal in dat deel van het noorden, en die nauwkeurig had *geïnformeerd* over zijn voornemen om het ruime sop te kiezen op de *Philoctetes*, rekenend op de vooraanstaande positie van zijn familie, die zelfs in Engeland vagelijk 'in het nieuws stond' sinds de geheimzinnige verdwijning van zijn vader, en op zijn verhaal over het accepteren van zijn liedjes – hij verklaarde ijskoud dat ze allemaal door Bolowski gepubliceerd zouden worden – zodat ze er een mooi verhaal van konden maken, en daarmee voor de nodige publiciteit zouden zorgen, en ook in de verwachting dat hij daarmee zijn familie, die bang zou zijn nog méér in de publiciteit te komen en wellicht volslagen belachelijk te worden als ze zijn aanmonstering, inmiddels algemeen bekend, zou beletten, naar zijn hand zou kunnen zetten. Er speelden ook nog andere factoren mee; die was Hugh vergeten. Zelfs zo zouden de kranten zijn verhaal maar nauwelijks van belang hebben gevonden als hij niet trouw dat verrekte gitaartje van hem naar elk krantenfiliaal had meegezeuld. Hugh huiverde bij de gedachte. Dit was er waarschijnlijk de oorzaak van dat de journalisten, voor het merendeel overigens vaderlijke en fatsoenlijke lieden die wellicht een eigen droom bewaarheid zagen worden, deze knaap ter wille waren die er zo op gebrand scheen om zichzelf voor gek te zetten. Niet dat er destijds zoiets bij hem was opgekomen. Integendeel. Hugh was ervan overtuigd dat hij het verbazend slim had aangepakt, en de buitengewone brieven met 'gelukwensen', ontvangen van zeeschuimers zonder schip over de hele wereld, die van mening waren dat hun leven onder de treurige vloek van zinloosheid gebukt ging omdat ze niet samen met hun oudere broers de zeeën van de laatste oorlog hadden bevaren, wier merkwaardige gedachten al vrolijk de volgende bekokstoofden en van wie Hugh zelf misschien wel het archetype was, sterkten hem alleen maar in zijn mening. Hij huiverde opnieuw, want hij hád misschien ook niet kunnen gaan, hij hád daarvan weerhouden kunnen worden door bepaalde stoere vergeten familieleden met wie hij nooit eerder rekening had gehouden, die bij wijze van spreken uit de grond zouden zijn komen oprijzen om zijn tante bij te staan, als het niet uitgerekend Geoff was geweest die hun vaders zuster heel fideel een telegram had teruggestuurd vanuit Rabat: *Onzin. Volgens mij Hughs voorgenomen reis het beste wat hij kan doen.*

Adviseer ten sterkste hem alle vrijheid te geven. – Een krachtig argument, vond men; want nu was zijn reis niet alleen keurig van iedere spoor van heldhaftigheid beroofd, maar ook van ieder denkbaar greintje opstandigheid. Want ook al kreeg hij nu alle steun van de mensen voor wie hij zich heimelijk had verbeeld weg te lopen, zelfs nadat hij de hele wereld over zijn plannen had ingelicht, hij kon geen moment de gedachte verdragen dat hij niet 'wegliep naar zee'. En dit had Hugh de Consul nooit helemaal vergeven.

Maar toch, op dezelfde dag, vrijdag 13 mei, dat Frankie Trumbauer vijfduizend kilometer verderop zijn beroemde plaat For No Reason at All in C opnam, nu in Hughs ogen een pijnlijke historische samenloop van omstandigheden, terwijl hij werd achtervolgd door neo-Amerikaanse lichtzinnigheden van de Engelse pers, die inmiddels de smaak van het verhaal te pakken begon te krijgen, met koppen die varieerden van 'Componerende scholier wordt zeeman', 'Broer van vooraanstaand burger volgt roep van de oceaan', 'Kom altijd terug naar Oswaldtwistle, aldus wonderkind bij afscheid', 'Verhaal van croonende scholier herinnert aan Kasjmir-mysterie', tot eenmaal, duister: 'O, was ik maar een Conrad' en eenmaal, onnauwkeurig: 'Liedjesschrijvende student monstert aan op vrachtschip, neemt ukelele mee' – want hij was nog geen student, zoals een oude matroos eerste klas hem kort daarop in herinnering zou brengen – en de laatste, meest angstaanjagende, zij het onder de omstandigheden moedig geïnspireerde: 'Geen pluche voor Hugh, zegt tante', zette Hugh zelf, die niet wist of hij naar het oosten of het westen zou reizen, en zelfs niet wat zelfs de laagste in rang tenminste wel eens vaag had horen verluiden, namelijk dat Philoctetes een figuur uit de Griekse mythologie was – zoon van Poeas, vriend van Heracles, wiens kruisboog een welhaast even trots en ongelukkig bezit bleek als Hughs gitaar – koers naar Cathay en de bordelen van Palembang. Hugh kromp ineen op de bank bij de gedachte aan de vernedering die hij met zijn publiciteitsstunt over zich had afgeroepen, een vernedering die op zichzelf al voldoende zou zijn geweest om iemand een nog vertwijfelder toevluchtsoord te doen kiezen dan de zee... Ondertussen is het nauwelijks overdreven om te stellen (Jezus, godallemachtig, heb je verdomme die krant gezien? We hebben een bastaardhertog aan boord of zoiets) dat er iets mis was in zijn relatie met de rest van de bemanning. Niet dat hun houding ook maar enigszins overeenkwam met wat verwacht had mogen worden! Velen van hen deden aanvankelijk aardig tegen hem, maar hun motieven bleken niet geheel altruïstisch. Ze vermoedden, terecht, dat hij invloed had bij de bazen. Sommigen hadden seksuele motieven van duistere oorsprong. Anderzijds leken velen ongelooflijk haatdragend en kwaadaardig, zij het op een kleinzielige manier die hij tevoren nooit met de zee in verband had gebracht, en nadien nooit met het proletariaat. Ze lazen achter zijn rug om zijn dagboek. Ze stalen zijn geld. Ze stalen zelfs zijn ketelpak en lieten het hem vervolgens weer terugkopen, op krediet, aangezien ze zichzelf al praktisch hadden beroofd van zijn koopkracht. Ze verstopten bikhamers in zijn kooi en in zijn plunjezak. En, als hij bijvoorbeeld de badkamer van de onderofficier aan het schoonmaken was, kon het opeens gebeuren dat hij op raadselachtig onderdanige wijze werd benaderd door een piepjonge matroos die iets zei in de trant van: 'Besef je wel, maat, dat je voor ons werkt, terwijl wij eigenlijk voor jou zouden moeten werken?' Hugh, die toen nog niet inzag dat hij zijn kameraden ook in een moeilijk parket had gebracht, hoorde dergelijke praatjes met minachting aan. Het getreiter als zodanig nam hij voor lief. Het vormde eigenlijk een vaag soort compensatie voor wat hij als een van de ernstigste tekortkomingen van zijn nieuwe leven beschouwde.

Dat was, op een ingewikkelde manier, de 'slapheid' ervan. Niet dat het geen nachtmerrie was. Dat was het wel degelijk, maar dan van een zo speciaal soort dat hij maar nauwelijks oud genoeg was om het in te zien. Niet dat zijn handen niet ruw werden van al het werk, en vervolgens zo hard als planken. Of dat hij niet bijna gek werd van de hitte en de verveling als hij in het tropische klimaat aan de lieren moest zwoegen of de dekken moest meniën. Niet dat het niet nog erger was dan op school knechtje te spelen voor een ouderejaars, of erger zou hebben geleken, als hij niet met zorg naar een moderne school was gestuurd waar het knechtje spelen niet bestond. Dat werden ze wel, dat werd hij wel, dat was het wel; hij kwam er in zijn gedachten niet tegen in opstand. Waar hij wel tegen in opstand kwam, dat waren kleine, onbegrijpelijke dingen.

Bijvoorbeeld dat het voorkasteel niet het foksel werd genoemd, maar de 'bemanningsverblijven', en dat het zich niet voorin bevond zoals het hoorde, maar achterin, onder de kampanje. Nu weet iedereen dat een voorkasteel zich voorin dient te bevinden en foksel dient te heten. Maar dit voorkasteel werd geen foksel genoemd omdat het eigenlijk helemaal geen foksel was. Wat door het dek van de kampanje werd overkapt, waren maar al te duidelijk 'bemanningsverblijven', aangezien het keurige, aparte hutten betrof, net als op de boot naar het eiland Man, elk met twee kooien en gelegen aan een gang die werd onderbroken door de messroom. Maar Hugh was niet dankbaar voor deze zwaarbevochten 'betere' omstandigheden. Voor hem betekende een foksel – en waar zou de bemanning van een schip anders moeten verblijven? – onontkoombaar één enkele kwalijk riekende ruimte met kooien rond een tafel, onder een zwaaiende petroleumlamp, waar mannen vochten, hoereerden, zopen en moordden. Aan boord van de *Philoctetes* werd door de mannen niet gevochten, gehoereerd, gezopen of gemoord. En wat hun gezuip betreft, Hughs tante had hem bij het afscheid gezegd, met waarlijk nobele romantische berusting: 'Weet je, Hugh, ik verwacht heus niet dat je alleen maar *koffie* zult drinken op de Zwarte Zee.' Ze had gelijk. Hugh kwam niet in de buurt van de Zwarte Zee. Aan boord dronk hij niettemin meestal koffie: soms thee; af en toe water; en in de tropen limoensap. Net als alle anderen. Die thee was voor hem een andere steen des aanstoots. Elke middag, op slag van respectievelijk zes en acht glazen, was het aanvankelijk Hughs taak, omdat zijn maat ziek was, om zich van de kombuis eerst naar de bootsmansmess en vervolgens naar de bemanning te spoeden met wat de bootsman zalvend de 'middagthee' noemde. Met gebak. Dat gebak bestond uit exquise en verrukkelijke cakejes die werden gebakken door de tweede kok. Hugh at ze vol minachting. Stel je voor dat de Zeewolf zich rond de klok van vier aan de thee met gebak had gezet! En dit was nog niet het ergste. Een nog grotere steen des aanstoots was het eten zelf. Het eten aan boord van de *Philoctetes,* een doodgewone Britse vrachtboot, was, geheel indruisend tegen een traditie die zo sterk was dat Hugh haar tot dan toe zelfs in zijn dromen maar nauwelijks had durven weerspreken, uitstekend; vergeleken bij wat hem op zijn kostschool was voorgezet, waar de voedselverschaffing van een peil was geweest dat door een zeeman van de grote vaart nog geen vijf minuten gepikt zou zijn, was het een paradijs voor fijnproevers. Het ontbijt in de onderofficiersmess, waar hij in het begin nadrukkelijk heen werd gestuurd, bestond nooit uit minder dan vijf gangen; maar in de 'bemanningsverblijven' bleek het nauwelijks minder tot tevredenheid te stemmen. Droge hachee op zijn Amerikaans, gerookte haring, gepocheerde eieren met spek, havermout, rundvlees, kadetjes, en dat allemaal voor één maaltijd, zelfs op één bord; Hugh kon zich niet herinneren dat hij ooit van zijn leven zoveel eten bij elkaar had gezien. Des te verbazingwekkender was voor hem de ontdekking dat het zijn taak was om elke dag enorme hoeveelheden van deze wonderbaarlijke kost overboord te kieperen. Het voer dat de bemanning niet had opgegeten ging de Indische Oceaan in, of welke oceaan dan ook, in plaats van dat het, zoals de uitdrukking luidt, 'terugging naar boven'. Ook voor deze zwaarbevochten betere omstandigheden was Hugh niet dankbaar. En raadselachtig genoeg leek dat ook voor de rest van de bemanning te gelden. Want de belabberde pot was een geliefd gespreksonderwerp.

'Maakt niks uit, jongens, binnenkort zijn we weer thuis waar je tenminste fatsoenlijk voer krijgt voorgezet, in plaats van deze troep, stukjes verf of weet ik wat het is.' En Hugh, die in de grond heel loyaal was, kankerde mee met de rest. Maar zijn gelijkgestemden vond hij onder de hofmeesters...

Toch voelde hij zich genomen. Des te sterker vanwege het besef dat hij in geen enkel wezenlijk opzicht aan zijn vroegere leven was ontsnapt. Alles was aanwezig, zij het in een andere vorm: dezelfde conflicten, gezichten, dezelfde mensen, kon hij zich voorstellen, als op school, dezelfde valse populariteit vanwege zijn gitaar, hetzelfde soort impopulariteit omdat hij aanpapte met de hofmeesters, of erger nog, met de Chinese stokers. Zelfs het schip leek een fantastisch bewegend voetbalveld. Het antisemitisme, dat moet gezegd, had hij achter zich gelaten, want joden waren over het algemeen te verstandig om naar zee te gaan. Maar als hij verwacht had de Britse neerbuigendheid tegelijk met zijn kostschool achter zich te zullen laten, dan kwam hij jammerlijk bedrogen uit. De mate van neerbuigendheid die gangbaar was op de *Philoctetes* was zelfs ongelooflijk, van een soort dat Hugh nooit voor mogelijk had gehouden. De eerste kok beschouwde de onvermoeibare tweede als een schepsel van een volstrekt mindere soort. De bootsman verachtte de timmerman en weigerde drie maanden lang met hem te praten, ook al aten ze in hetzelfde vertrek, omdat hij een handwerksman was, terwijl de timmerman de bootsman verachtte omdat hij, de timmerman, de hoogste onderofficier was. De eerste hofmeester, die in zijn vrije uren een voorliefde voor gestreepte overhemden had, keek duidelijk neer op de vrolijke tweede, die weigerde zijn vak serieus te nemen en zich tevredenstelde met een onderhemd en een zweetlap om zijn kop. Toen de jongste scheepsjongen zich met een handdoek om zijn nek aan land begaf om te gaan zwemmen, kreeg hij een ernstige uitbrander van de kwartiermeester, die een das zonder boord droeg, omdat hij het schip te schande maakte. En de kapitein liep elke keer als hij Hugh zag welhaast paars aan omdat Hugh, die dat als compliment bedoelde, de *Philoctetes* in een interview als een schip van de wilde vaart had omschreven. Wilde vaart of niet, het hele schip rolde en wentelde zich in de burgerlijke vooroordelen en taboes waarvan Hugh het bestaan zelfs niet had vermoed. Zo kwam het hem althans voor. Maar van rollen was eigenlijk geen sprake. Er was nog geen haar op Hughs hoofd die erover piekerde om een Conrad te worden, zoals de kranten suggereerden, hij had op dat moment zelfs nog geen woord van de man gelezen. Maar hij was zich er vagelijk van bewust dat Conrad ergens aangaf dat er in bepaalde jaargetijden tyfoons te verwachten waren langs de Chinese kust. Dit was zo'n jaargetijde; en hier was, ten langen leste, de Chinese kust. Toch leek er van tyfoons geen sprake. En als dat wel zo was, dan wist de *Philoctetes* ze zorgvuldig te mijden. Vanaf het moment dat ze de Bittermeren achter zich had gelaten totdat ze in Yokohama op de rede lag, had er een doodse, eentonige windstilte geheerst. Hugh bikte roest tijdens zijn bittere wachturen. Alleen waren die niet echt bitter; er gebeurde niets. En ook waren het geen wachturen; hij had alleen dagdienst. En toch, zo moest hij zichzelf voorhouden, de arme kerel, school er iets romantisch in wat hij had gedaan. En niet zo'n beetje ook! Hij had zich gemakkelijk kunnen troosten door op een kaart te kijken. Helaas herinnerden ook kaarten te levendig aan school. Zodat hij zich toen hij door het Suezkanaal voer niet bewust was van sfinxen, Ismailia of de berg Sinai; en al evenmin, op de Rode Zee, van Hedjaz, Asir of Jemen. Omdat Perim bij India hoorde en daar toch zo ver vanaf lag, had dat eiland hem altijd geboeid. Toch lagen ze een hele ochtend voor de kust van dat verschrikkelijke oord zonder dat hij het in de gaten had. Een postzegel van Italiaans Somaliland met nomadische herders erop was ooit zijn liefste bezit. Ze voeren langs Guardafui zonder dat hij zich daar meer van bewust was dan toen hij er als kind van drie in tegengestelde richting langs was gevaren. Later dacht hij niet aan Kaap Comorin, of de Nicobaren. En ook niet, in de Golf van

Siam, aan Pnom-Penh. Misschien wist hij zelf niet waar hij aan dacht; glazen sloegen, de machine ronkte; *videre; videre;* en hoog daarboven was misschien een andere zee, waar de ziel haar hoge onzichtbare schuimbaan ploegde –

Zeker is dat Sokotra pas veel later een symbool voor hem werd, en dat hij op de thuisreis in Karachi zijn geboorteplek misschien op figuurlijke roepafstand was gepasseerd kwam nooit bij hem op... Hongkong, Shanghai; maar de kansen om aan land te gaan deden zich maar zelden en met grote tussenpozen voor, aan het beetje geld dat er was konden ze nooit komen, en nadat ze een volle maand in Yokohama hadden gelegen zonder één keer walverlof te krijgen, was Hughs beker tot aan de rand met gal gevuld. Maar als er wel verlof was gegeven, gingen de mannen niet naar de kroeg om de beest uit te hangen maar bleven aan boord om verstelwerk te doen en schuine moppen te tappen die Hugh al op zijn elfde had gehoord. Of ze zochten stompzinnige, geslachtsloze vormen van compensatie.

Hugh was ook al niet aan het farizeeërdom van zijn oudere landgenoten ontsnapt. Maar er was een goede bibliotheek aan boord, en onder leiding van de lampenist begon Hugh aan de scholing die een dure kostschool hem niet had kunnen verschaffen. Hij las de *Forsyte Saga* en *Peer Gynt*. Ook was het voornamelijk aan de lampenist te danken, een vriendelijke pseudo-communist die zijn wacht gewoonlijk benedendeks doorbracht met het bestuderen van een pamflet getiteld de Rode Hand, dat Hugh het idee om niet naar Cambridge te gaan liet varen. 'Als ik jou was ging ik maar wel naar die klerestad. Zie dat je je voordeel doet met die teringzooi daar.'

Intussen was zijn reputatie hem meedogenloos gevolgd langs de kust van China. Ook al kwam de Singaporese *Free Press* met koppen als 'Moord op bijzit van zwager', het moest wel heel gek gaan als men even daarna niet op een passage stuitte in de trant van: 'Een knaap met krullen stond bij het afmeren van de *Philoctetes* in Penang op de voorplecht en tokkelde zijn jongste compositie op de ukelele.' Een bericht dat nu elk moment ook in Japan kon opduiken. Toch was de gitaar zelf hem te hulp geschoten. En nu wist Hugh in elk geval waar hij aan dacht. Namelijk aan Engeland, en de thuisreis! Engeland, dat hij zo dolgraag had willen verlaten, werd nu het enige waar hij naar snakte, zijn beloofde land; tijdens de monotonie van het eeuwig voor anker liggen, met achter zich de zonsondergangen van Yokohama als de breaks in Singing the Blues, droomde hij van Engeland als een minnaar van zijn geliefde. Hij dacht beslist niet aan enige andere geliefde die hij thuis kon hebben. Zijn een of twee kortstondige affaires, hoe serieus destijds ook, waren allang vergeten. Een tedere glimlach van mevrouw Bolowski, hem toegeworpen in de donkere New Compton Street, had hem langer achtervolgd. Nee: hij dacht aan de dubbeldeksbussen in Londen, de theateradvertenties in het noorden van de stad, de Birkenhead Hippodrome: tweemaal per avond, 6.30, 8.30. En aan groene tennisbanen, het neerploffen van tennisballen op knisperend gras en hun snelle vlucht over het net, de mensen in ligstoelen die thee dronken (ondanks het feit dat hij aan boord van de *Philoctetes* zeer wel met hen kon wedijveren), de pas verworven liefde voor goed Engels bier en oude kaas...

Maar voor alles waren er zijn liedjes, die nu gepubliceerd zouden zijn. Wat deed het er allemaal toe als die thuis, misschien wel in dezelfde Birkenhead Hippodrome, tweemaal per avond gespeeld en gezongen werden, voor een uitverkochte zaal? En wat neurieden de mensen rond die tennisbanen anders dan zijn liedjes? En als ze ze niet neurieden, dan praatten ze over hem. Want in Engeland wachtte hem de roem, niet het valse soort dat hij al over zich had afgeroepen, geen goedkope bekendheid, maar echte roem, roem waarvan hij nu kon vinden, nadat hij door de hel was gegaan, door het 'vuur' – en Hugh maakte zichzelf wijs dat dat echt het geval was – dat ze hem als zijn rechtmatige beloning toekwam.

Maar het ogenblik kwam dat Hugh werkelijk door het vuur moest. Op een dag lag er een arm zusterschip uit een andere eeuw, de *Oedipus Tyrannus,* welks naamgenoot, zoals de lampenist van de *Philoctetes* hem had kunnen vertellen, eveneens een Griek met problemen was, op de rede van Yokohama, ver weg en toch te dichtbij, want die nacht schommelden de twee enorme, onophoudelijk met het tij meedraaiende schepen langzamerhand zo dicht naar elkaar toe dat ze bijna botsten, wat op een gegeven moment ook werkelijk leek te gebeuren, zodat de kampanje van de *Philoctetes* in rep en roer was, en toen de schepen maar ternauwernood langs elkaar heen waren gegleden, brulde de eerste stuurman door een megafoon:

'De complimenten van kapitein Sanderson aan kapitein Telson en zeg hem maar dat ze hem een ligplaats van niks hebben gegeven!'

De *Oedipus Tyrannus,* die in tegenstelling tot de *Philoctetes* blanke stokers aan boord had, was al de ongelooflijk lange periode van veertien maanden van huis. Vandaar dat haar gekwelde kapitein er lang niet zo op gebrand was om te ontkennen dat hij op de wilde vaart zat als die van Hugh. Tot tweemaal toe had hij aan stuurboord de Rots van Gibraltar al zien opdoemen, zij het niet om de Theems of de Mersey aan te kondigen, maar de Atlantische Oceaan, de lange reis naar New York. En daarna Veracruz en Colón, Vancouver en de lange tocht terug naar het Verre Oosten over de Stille Oceaan. En net toen iedereen er zeker van was dat ze ditmaal eindelijk naar huis zouden gaan, had hij nu opdracht gekregen om opnieuw koers te zetten naar New York. Zijn bemanning, vooral de stokers, was het spuugzat. De volgende morgen, toen de twee schepen zich weer op genadige afstand van elkaar bevonden, hing er in de achterste messroom van de *Philoctetes* een briefje waarin vrijwilligers werden gevraagd om de plaats in te nemen van drie matrozen en vier stokers van de *Oedipus Tyrannus.* Dezen zouden zo in staat worden gesteld om naar Engeland terug te keren op de *Philoctetes,* die nog maar drie maanden op zee was, maar binnen een week na vertrek uit Yokohama al de thuisreis zou aanvaarden.

Nu betekenen meer dagen op zee ook meer dollars, hoe weinig ook. En drie maanden op zee is al een verschrikkelijk lange tijd. Maar veertien maanden (Hugh had ook Melville nog niet gelezen) is een eeuwigheid. Het was onwaarschijnlijk dat de *Oedipus Tyrannus* nog meer dan zes maanden zwerven voor de boeg had: maar je wist het nooit; het zou in de bedoeling kunnen liggen om haar lijdzamer bemanningsleden geleidelijk over te hevelen naar huiswaarts kerende schepen wanneer ze daarmee in contact kwam en haar nog eens twee jaar te laten rondzwerven. Na twee dagen waren er nog maar twee vrijwilligers, een radiotelegrafist en een matroos derde klas.

Hugh keek naar de *Oedipus Tyrannus* op haar nieuwe ligplaats, maar opnieuw opstandig naderbij schommelend, als aan de tuier van zijn gedachten, zodat de oude schuit nu eens aan de ene kant van het achterwerk opdoemde, dan weer aan de andere, het ene moment in de buurt van het havenhoofd, het volgende zee kiezend. Ze was, in tegenstelling tot de *Philoctetes*, alles wat een schip in zijn ogen hoorde te zijn. Om te beginnen was ze niet getuigd als een voetbalboot, met een massa lage doelpalen en netten. Haar masten en laadbomen waren van de imposante koffiepotvariëteit. De eerste waren zwart, van ijzer. Ook haar schoorsteen was hoog, en dringend aan een verfje toe. Ze was smerig en roestig, en opzij was rode menie te zien. Ze maakte duidelijk slagzij naar bakboord, en misschien wel naar stuurboord ook. De toestand van haar brug deed een recente ontmoeting – was dat mogelijk? – met een tyfoon vermoeden. En anders zag ze er wel uit als een schip dat die weldra aan zou lokken. Ze was gehavend en stokoud en, gelukkige gedachte, misschien wel op het punt om te zinken. En toch had ze iets jeugdigs en aantrekkelijks, als een illusie die nooit zal sterven, maar altijd met haar masten aan de horizon blijft. Er werd gezegd dat ze zeven knopen kon halen. En ze ging naar New York! Maar aan de andere kant, als hij op haar aanmonsterde, hoe moest het dan met Engeland? Hij had nou ook weer niet zo'n absurd hoge pet op van zijn liedjes dat hij verwachtte dat zijn ster daar over twee jaar nog zou stralen... Bovendien zou het een geweldig aanpassingsvermogen vergen om weer helemaal opnieuw te beginnen. Toch zou hij daar niet zo gebrandmerkt zijn aan boord. Zijn naam was vast nog niet tot Colón doorgedrongen. Ach, zijn broer Geoff kende deze zeeën, deze velden van ervaring ook, wat zou hij gedaan hebben?

Maar hij kon het niet. Hoe bitter het hem ook stemde om een maand in Yokohama te moeten liggen zonder walverlof, dat was toch te veel gevraagd. Het was alsof hem op school, net toen het eind van het trimester heerlijk daagde, te verstaan was gegeven dat er geen zomervakantie zou zijn, dat hij in augustus en september gewoon moest doorwerken. Alleen gaf niemand hem ook maar iets te verstaan. Het was puur en alleen een innerlijke stem die hem aanspoorde zich als vrijwilliger te melden zodat een ander, die langer door zeemoeheid en heimwee werd geplaagd dan hij, zijn plaats zou kunnen innemen. Hugh monsterde aan op de *Oedipus Tyrannus*.

Toen hij een maand later in Singapore op de *Philoctetes* terugkeerde, was hij een ander mens. Hij had dysenterie. De *Oedipus Tyrannus* had hem niet teleurgesteld. Het eten was er slecht. Geen koelkast, alleen een kist met ijsstaven. En een eerste hofmeester (het vuile zwijn) die de hele dag sigaretten zat te roken in zijn hut. Ook bevond het foksel zich voorin. Hij verliet haar echter tegen zijn zin, als gevolg van scheepsagentuurlijke verwarring, en zonder Lord Jim in gedachten te hebben, toen ze op het punt stond om pelgrims op te halen voor een tocht naar Mekka. New York was opgeschort en zijn maats, zo niet alle pelgrims, zouden waarschijnlijk veilig thuiskomen. In zijn vrije uren, alleen met zijn pijn, voelde Hugh zich in- en inzielig. Maar af en toe richtte hij zich op zijn elleboog op: mijn God wat een leven! De omstandigheden konden nooit te goed zijn voor mannen die gehard genoeg waren om ze te verduren. Zelfs de oude Egyptenaren wisten niet wat slavernij was. Maar wat wist hij er zelf van? Niet veel. De bunkers, geladen in Miki – een zwarte kolenhaven die erop berekend was om alle landrot-ideeën over zeemansdromen te bevestigen, aangezien elk huis er een bordeel was, elke vrouw een prostituee, tot een oude heks die tatoeages aanbracht aan toe, waren gauw gevuld: de kolen kwamen tot vlak bij de vloer van de stookplaats. Hij had alleen de zonnige kant van het werk van een kolentremmer gezien, als daarvan gesproken mocht worden. Maar was het aan dek veel beter? Eigenlijk niet. Ook daar geen medelijden. Op zee was het zeemansleven geen loze publiciteitsstunt. Het was een doodernstige zaak. Hugh schaamde zich vreselijk dat hij het zo had uitgebuit. Jaren van verpletterende saaiheid, van blootgesteld zijn aan alle mogelijke onbekende gevaren en ziekten, je lot overgeleverd aan de genade van een maatschappij die alleen geïnteresseerd was in je gezondheid uit vrees je verzekeringsgeld te moeten betalen, je huiselijk leven teruggebracht tot een achttien-maandelijks zitbad met je vrouw op de keukenmat, dat was de zee. En bovendien een heimelijk verlangen om erin begraven te worden. Plus een enorme onblusbare trots. Hugh dacht dat hij nu vaag begon te beseffen wat de lampenist had proberen uit te leggen, waarom hij aan boord van de *Philoctetes* afwisselend was afgezeken en naar de mond gepraat. Dat kwam vooral omdat hij zo dwaas was geweest zich te afficheren als de vertegenwoordiger van een harteloos systeem dat zowel gewantrouwd als gevreesd werd. Toch wordt de matroos veel sterker door dit systeem gemotiveerd dan de stoker, die zijn neus maar zelden via het kluisgat in de burgerlijke lucht daarboven steekt. Niettemin blijft het systeem verdacht. Het bedient zich van slinkse methoden. Het heeft overal spionnen. Het probeert je op alle mogelijke manieren te lijmen, misschien zelfs wel met een gitaar. Om die reden moet je zijn dagboek lezen. Je moet het in de gaten houden, op de hoogte blijven van zijn duivelse streken. Je moet het zo nodig vleien, na-apen, er schijnbaar mee samenwerken.

En op zijn beurt vleit het jou. Hier en daar geeft het wat toe, zoals op het gebied van eten, betere levensomstandigheden, zelfs bibliotheken, hoewel het eerst danig de gemoedsrust heeft verstoord die nodig is om daarvan te profiteren. Want op die manier houdt het je ziel in zijn greep. En als gevolg daarvan word je soms onderdanig en hoor je jezelf zeggen: 'Weet je wel dat je voor ons werkt, terwijl wij voor jou zouden moeten werken?' Dat is ook waar. Het systeem werkt voor jou, zoals je gauw zult merken, als de volgende oorlog uitbreekt die iedereen aan een baan helpt. 'Maar denk maar niet dat je ons eeuwig in de luren kunt blijven leggen,' herhaal je keer op keer in je hart. 'Eigenlijk hebben we jou in onze greep. Zonder ons zal de christenheid als een hoopje as in elkaar zakken, zowel in oorlogs- als vredestijd!' Hugh bespeurde gaten in de logica van deze gedachte. Niettemin was Hugh aan boord van de *Oedipus Tyrannus,* waar de smet van dat symbool vrijwel afwezig was, niet afgezeken en ook niet naar de mond gepraat. Hij was behandeld als een kameraad. En ruimhartig geholpen wanneer hij niet tegen zijn taak was opgewassen. Vier weken maar. Toch hadden die vier weken op de *Oedipus Tyrannus* hem verzoend met de *Philoctetes.* Zodoende verweet hij zichzelf bitter dat een ander zijn werk moest doen zolang hij ziek bleef. Toen hij de handen weer uit de mouwen stak voor hij goed en wel beter was, droomde hij nog steeds van Engeland en roem. Maar vooral was hij bezig zijn werk in stijl te voltooien. Die laatste moeilijke weken speelde hij maar zelden op zijn gitaar. Hij weerde zich schijnbaar kranig. Zo kranig zelfs dat zijn maats, voordat ze de haven binnenliepen, met alle geweld zijn plunjezak voor hem wilden pakken. Met oud brood, naar later bleek.

Ze lagen bij Gravesend op hoogwater te wachten. Om hen heen klonk in de mistige dageraad al het zachte geblaat van schapen. De Theems oogde in het halflicht niet veel anders dan de Jangstsekiang. Toen klopte opeens iemand zijn pijp uit op een tuinmuur...

Hugh had niet afgewacht of de journalist die in Silvertown aan boord kwam in zijn vrije tijd graag naar zijn liedjes luisterde. Hij had hem bijna bij kop en kont van het schip gesmeten.

Wat hem ook tot die onvriendelijke handeling had aangezet, het weerhield hem er niet van om zich die avond naar New Compton Street en het armoedige winkeltje van Bolowski te begeven. Gesloten nu en donker: maar Hugh wist haast zeker dat het zijn liedjes waren die daar in de etalage lagen. Wat was het toch allemaal vreemd! Hij verbeeldde zich haast dat hij bekende klanken hoorde – mevrouw Bolowski die ze zachtjes instudeerde in een kamer boven. En later, toen hij een hotel zocht, dat overal om hem heen mensen ze neurieden. En die nacht, in het Astoria, ging het geneurie in zijn dromen door; hij stond voor dag en dauw op om die prachtige etalage opnieuw aan een onderzoek te onderwerpen. Zijn liedjes lagen er geen van beide. Hugh was maar heel even teleurgesteld. Waarschijnlijk waren zijn liedjes zo populair dat er geen exemplaren over waren om te etaleren. Om negen uur voerde zijn weg hem opnieuw naar Bolowski. Het mannetje was verrukt om hem te zien. Ja, inderdaad, allebei zijn liedjes waren al geruime tijd geleden uitgegeven. Bolowski zou ze even gaan halen. Hugh wachtte ademloos. Waarom bleef hij zo lang weg? Bolowski was tenslotte zijn uitgever. Hij had toch zeker geen moeite om ze te vinden? Uiteindelijk kwamen Bolowski en een bediende terug met twee enorme pakken. 'Hier,' zei hij, 'zijn je liedjes. Wat wil je dat we ermee doen? Wil je ze meenemen? Of heb je liever dat wij ze nog even houden?'

En daar waren inderdaad Hughs liedjes. Ze waren uitgegeven, beide in een oplage van duizend exemplaren, zoals Bolowski zei: dat was alles. Er was geen poging ondernomen om ze te distribueren. Niemand neuriede ze. Geen artiest die ze zong in de Birkenhead Hippodrome. Niemand had ooit meer iets gehoord van de liedjes die de 'scholier/student' had geschreven. En voor Bolowski was het hoegenaamd van geen belang of iemand er in de toekomst nog wat van zou horen. Hij had ze gedrukt en was daarmee zijn deel van het contract nagekomen. Het had hem misschien een derde van de waarborgsom gekost. De rest was pure winst. Als Bolowski per jaar duizend van zulke liedjes uitgaf van argeloze halvegaren die ervoor wilden betalen, waarom zou hij dan nog kosten maken om ze aan de man te brengen? De waarborgsommen alleen maakten het voor hem al meer dan goed. En Hugh had tenslotte zijn liedjes. Wist hij dan niet, had Bolowski vriendelijk uitgelegd, dat er geen markt was voor liedjes van Engelse componisten? Dat de meeste liedjes die werden uitgegeven Amerikaans waren? Hugh voelde zich onwillekeurig toch gevleid dat hij werd ingewijd in de mysteriën van de liedjesbranche. 'Maar al die publiciteit,' stamelde hij, 'was dat dan geen goede reclame voor u?' En Bolowski schudde vriendelijk zijn hoofd. Dat verhaal was al dood en begraven voordat de liedjes waren uitgegeven. 'Maar u had het toch makkelijk nieuw leven kunnen inblazen?' mompelde Hugh, die al zijn ingewikkelde goede bedoelingen inslikte bij de herinnering aan de verslaggever die hij de vorige dag van het schip had geschopt: toen gooide hij het beschaamd over een andere boeg. Zou je als liedjesschrijver misschien meer kans maken in Amerika? En hij dacht in de verte aan de *Oedipus Tyrannus*. Maar Bolowski veegde kalmpjes de vloer aan met de kansen in Amerika; het land waar elke kelner liedjes schreef –

Maar intussen had Hugh half hoopvolle blikken op zijn liedjes geworpen. Zijn naam stond tenminste op de omslagen. En op het ene prijkte zelfs een foto van een dansorkest. Met geweldig succes uitgevoerd door Izzy Smigalkin en zijn orkest! In het bezit van diverse exemplaren van elk keerde hij terug naar het Astoria. Izzy Smigalkin speelde in de Elephant and Castle en daarheen richtte hij zijn schreden, waarom wist hij zelf niet, want Bolowski had al laten doorschemeren hoe het werkelijk zat, namelijk dat Izzy Smigalkin, ook al had hij in de Kilburn Empire zelf gespeeld, niet de man was die belangstelling zou hebben voor liedjes waarvoor geen orkestpartituren waren verschenen, al voerde hij die via de duistere tussenkomst van Bolowski met nog zoveel succes uit. Hugh leerde de wereld kennen.

Hij slaagde voor zijn toelatingsexamen voor Cambridge maar begaf zich zelden buiten zijn vertrouwde plekken. Er moesten nog achttien maanden verstrijken eer hij erheen ging. De verslaggever die hij van de *Philoctetes* had geschopt had tegen hem gezegd, wat hij daar ook mee bedoeld mocht hebben: 'Je bent gek. Je had elke journalist in de stad achter je aan kunnen hebben.' Verdeemoedigd vond Hugh via deze zelfde man een baantje bij een krant, waar hij knipsels in een plakboek moest plakken. Zo ver was het dus met hem gekomen! Maar algauw kreeg hij een soort idee van zelfstandigheid – al betaalde zijn tante voor zijn kost en inwoning. En zijn ster rees snel. Zijn bekendheid had hem daarbij geholpen, al had hij tot dusver niets over de zee geschreven. Hij verlangde in wezen naar eerlijkheid, naar kunst, en van zijn verhaal over de brand in een bordeel in Wapping Old Stairs werd gezegd dat het aan beide criteria voldeed. Maar in zijn achterhoofd smeulden andere branden. Hij ploeterde niet langer met zijn gitaar en zijn manuscripten in Geoffs tweedelige valies van schimmige uitgever naar uitgever. Maar zijn leven begon opnieuw een zekere gelijkenis met dat van Adolf Hitler te vertonen. Hij was met Bolowski in contact gebleven en diep in zijn hart beeldde hij zich in dat hij zinde op wraak. Een geheel eigen vorm van antisemitisme ging deel uitmaken van zijn leven. 's Nachts zweette hij rassenhaat uit. Als soms de gedachte bij hem opkwam dat hij via de stortkoker van het kapitalisme in de stookplaats terecht was gekomen, was dat idee nu onverbrekelijk verbonden met zijn afkeer van joden. Het was toch eigenlijk de schuld van die arme oude joden, niet alleen Bolowski, maar alle joden, dat hij in die stookplaats terecht was gekomen om een illusie na te jagen. Het was zelfs aan de joden te wijten dat er economische uitwassen bestonden als de Britse koopvaardij. In zijn dagdromen werd hij de aanstichter van reusachtige pogroms – allesomvattend en derhalve bloedeloos. En met de dag geraakte hij dichter bij zijn plan. Toegegeven, van tijd tot tijd rees tussen hemzelf en dat plan de schaduw op van de lampenist van de *Philoctetes*. Of de flikkerende schaduwen van de kolentremmers op de *Oedipus Tyrannus*. Waren Bolowski en zijn soort niet de vijanden van hun eigen ras en de joden zelf de verworpenen, uitgebuit en zwervend over de aarde, net als zij, en zelfs, eens, als hij? Hoewel, wat betekende de broederschap der mensen als je broeders oud brood in je plunjezak stopten? Maar aan de andere kant, tot wie moest je je dan wenden voor fatsoenlijke en duidelijke waarden? Waren zijn vader en moeder soms niet dood? Zijn tante? Geoff? Maar Geoff zat, als een soort spookachtig alter ego, altijd in Rabat of Timboektoe. Bovendien had die hem al eens eerder van de waardigheid van rebel beroofd. Hugh glimlachte terwijl hij daar op de bank lag... Want er was de herinnering aan iemand anders geweest, besefte hij nu, tot wie hij zich in elk geval had kunnen wenden. En ook schoot hem daardoor weer te binnen dat hij op zijn dertiende nog een tijdje een vurig revolutionair was geweest. En, o merkwaardige herinnering, was het niet het hoofd van zijn eerste kostschool geweest, en tevens zijn hopman, dr. Gotelby, fameuze schrijdende totempaal van de Bevoorrechten, de Kerk, de Engelse gentleman – God save the King – en het plechtanker der ouders, die voor deze ketterij verantwoordelijk was? Brave ouwe bok! Met een bewonderenswaardig vertoon van onafhankelijkheid had de vurige oude baas, die elke zondag de deugden predikte in de kapel, tijdens de geschiedenisles aan zijn met grote ogen luisterende gehoor uitgelegd dat de bolsjewisten absoluut niet de kindermoordenaars uit de *Daily Mail* waren, maar leefden op een manier die alleen maar wat minder subliem was dan die welke in zijn eigen gemeente Pangbourne Garden City gangbaar was. Maar Hugh was zijn oude mentor toen vergeten. Net zoals hij allang was vergeten om elke dag een goede daad te doen. Dat een christen onder elke tegenslag glimlachte en floot en dat wie eenmaal padvinder was geweest altijd communist bleef. Hugh herinnerde zich alleen nog maar dat je paraat moest zijn. Dus verleidde Hugh Bolowski's vrouw.

Hierover kon je misschien van mening verschillen... Maar helaas had het niets veranderd aan het besluit van Bolowski om echtscheiding aan te vragen, waarbij Hugh als mede-echtbreker werd aangemerkt. Wat volgde, was haast nog erger. Bolowski begon Hugh er plotseling van te beschuldigen dat hij hem ook in andere opzichten had willen bedriegen, dat hij de uitgegeven liedjes gewoon had geplagieerd van twee onbekende Amerikaanse nummers. Hugh was met stomheid geslagen. Was zoiets mogelijk? Had hij dan in een zo volstrekt illusoire wereld geleefd dat hij hartstochtelijk had uitgekeken naar de publicatie van liedjes van iemand anders, betaald door hemzelf, of liever gezegd door zijn tante, dat bijgevolg zelfs zijn desillusie daaromtrent onecht was? Zo erg bleek het nou ook weer niet te zijn. Toch was er wat één liedje betrof een maar al te gegronde reden voor de beschuldiging...

Op de bank worstelde Hugh met zijn sigaar. Godallemachtig. Godsgloeiende godallemachtig. Hij moest het al die tijd geweten hebben. Hij wist dat hij het geweten had. Maar omdat het hem alleen om de vertolking ging, leek het aan de andere kant alsof hij er door zijn gitaar van overtuigd kon worden dat bijna elk liedje van hem was. Het feit dat het Amerikaanse nummer ontegenzeglijk zelf plagiaat was, hielp helemaal niets. Hugh was vertwijfeld. Hij woonde op dat moment in Blackheath en op een dag liep hij, met de dreigende ontmaskering voortdurend op zijn hielen, vijfentwintig kilometer naar de stad, door de achterbuurten van Lewisham Catford, New Cross, over Old Kent Road, langs de, ach, Elephant and Castle, tot in hartje Londen. Zijn arme liedjes achtervolgden hem nu in mineur, macaber. Hij wilde dat hij kon verdwijnen in deze door armoede geteisterde hopeloze wijken die door Longfellow zo waren geromantiseerd. Hij wilde dat de wereld hem en zijn schande zou verzwelgen. Want schande zou er over hem neerdalen. Daar stond de publiciteit die hij ten eigen bate had uitgelokt borg voor. Wat moest zijn tante nu wel denken? En Geoff? De paar mensen die in hem geloofden? Hugh stelde zich een laatste gigantische pogrom voor; tevergeefs. Het leek uiteindelijk bijna een troost dat zijn vader en moeder dood waren. En wat het hoofd van zijn College betrof, het was onwaarschijnlijk dat deze erg blij zou zijn met een eerstejaars die net betrokken was geweest bij een echtscheidingsprocedure; gevreesde woorden. Het vooruitzicht leek afschuwelijk, het leven ten einde, en de enige hoop was op een ander schip aan te monsteren zodra het allemaal voorbij was, of zo mogelijk, voordat het allemaal begon.

Toen gebeurde er plotseling een wonder, iets fantastisch, onvoorstelbaars, waarvoor Hugh tot op de huidige dag nooit een logische verklaring had kunnen vinden. Opeens zag Bolowski van de hele zaak af. Hij vergaf zijn vrouw. Hij liet Hugh komen en schonk, op uiterst waardige wijze, ook hem vergiffenis. De eis tot echtscheiding werd ingetrokken. De aanklacht wegens plagiaat ook. Het was allemaal een vergissing, zei Bolowski. De liedjes waren per slot van rekening nooit in de handel gebracht, dus wat was er voor schade aangericht? Hoe eerder dit allemaal vergeten was, des te beter. Hugh kon zijn oren niet geloven: zelfs nu niet, als hij eraan terugdacht, en al evenmin als dat je, zo snel nadat alles zo volledig verloren had geleken, en je leven onherstelbaar verwoest, zo kalm, alsof er niets was gebeurd, kon gaan studeren –

'Help.'

Geoffrey, zijn gezicht half met scheerschuim bedekt, stond in de deuropening van zijn kamer trillend met een scheerkwast te wenken, en Hugh gooide zijn gehavende sigaar in de tuin, stond op en volgde hem naar binnen. Gewoonlijk moest hij door deze interessante kamer lopen om die van hemzelf te bereiken (waarvan de tegenovergelegen deur openstond en een blik op de maaimachine gunde) en op dat moment ook, omdat Yvonne in haar kamer was, om de badkamer te bereiken. Deze was heel plezierig, en buitensporig groot voor de omvang van het huis; de ramen, waardoor zonlicht binnenviel, boden via de oprit uitzicht op de Calle Nicaragua. Het vertrek was gevuld met een zoet zwaar parfum van Yvonne, terwijl de geuren van de tuin via Geoffs open slaapkamerraam naar binnen sijpelden.

'Die bibberatie is vreselijk, heb jij nooit de bibberatie gehad?' zei de Consul, van top tot teen bevend: Hugh nam de scheerkwast van hem over en begon die opnieuw in te zepen aan een stuk geurige ezelinnenmelkzeep dat in de wasbak lag. 'Ja, dat heb je wel, ik weet het weer. Maar nooit zo'n grandioze bibberatie.'

'Nee – geen krantenman heeft ooit de bibberatie gehad.' Hugh schikte een handdoek om de nek van de Consul. 'Je bedoelt de wielingen.'

'Zeg maar wiedeweerga-wielingen.'

'Ik heb erg met je te doen. Zo, we zijn zo ver. Sta stil.'

'Hoe kan ik nou in vredesnaam stilstaan?'

'Misschien kun je beter gaan zitten.'

Maar de Consul kon ook niet gaan zitten.

'Jezus, Hugh. Het spijt me. Ik kan niet ophouden met dat spastische gedoe. Alsof je in een tank zit – zei ik tank? Christus, ik heb een borrel nodig. Wat hebben we hier?' De Consul pakte een geopende fles haarwater van de vensterbank. 'Hoe zou dit smaken, denk je, hè? Voor de hoofdhuid.' Voordat Hugh hem kon tegenhouden nam de Consul een grote slok. 'Niet slecht. Helemaal niet slecht,' voegde hij er triomfantelijk aan toe, smakkend met zijn lippen. 'Alleen iets te weinig alcohol... Een beetje als pernod. In elk geval een tovermiddel tegen galopperende kakkerlakken. En het polygonale proustiaanse gestaar van denkbeeldige schorpioenen. Wacht even, ik moet –'

Hugh liet de kranen luid stromen. In de aangrenzende kamer hoorde hij Yvonne rondlopen, zich gereedmakend om naar Tomalín te gaan. Maar hij had de radio op de veranda aan laten staan; ze hoorde waarschijnlijk niet meer dan het gebruikelijke badkamerkabaal.

'Voor wat hoort wat,' luidde het commentaar van de nog steeds trillende Consul toen Hugh hem terug naar zijn stoel had geholpen. 'Dat heb ik voor jou ook eens gedaan.'

'Sí, hombre.' Hugh, die opnieuw de kwast inzeepte met ezelinnenmelkzeep, trok zijn wenkbrauwen op. 'Wat je zegt. Beter zo, ouwe reus?'

'Toen je een peuter was,' klappertandde de Consul. 'Op de pakketboot uit India... Die ouwe *Cocanada*.'

Hugh legde de handdoek weer om de nek van zijn broer en liep vervolgens, alsof hij afwezig diens onuitgesproken opdracht uitvoerde, neuriënd via de slaapkamer terug naar de veranda, waar de radio nu stompzinnig Beethoven ten beste gaf in de wind, die weer hard op deze kant van het huis stond. Bij zijn terugkeer met de whiskyfles, die zoals hij terecht had gededuceerd door de Consul in de keukenkast was verstopt, gingen zijn ogen langs de keurige rijen boeken van de Consul – in de keurige kamer waar verder niets erop wees dat degene die er thuishoorde enig werk verrichtte of verwachtte in de toekomst te zullen verrichten, of het moest het enigszins gekreukte bed zijn waar de Consul kennelijk op gelegen had op hoge planken langs de muren: Dogme et Ritual de la Haute Magie, Serpent and Siva Worship in Central America, zo waren er twee lange planken, tezamen met de roestkleurige leren banden en gerafelde randen van de talrijke kabbalistische en alchimistische boeken, hoewel enkele daarvan er redelijk nieuw uitzagen, zoals de Goetia of the Lemegaton of Solomon the King, wat waarschijnlijk kostbare schatten waren, maar voor de rest was het een heterogene verzameling: Gogol, de Mahabharata, Blake, Tolstoj, Pontoppidan, de Upanishads, een Mermaid Marston, Bishop Berkeley, Duns Scotus, Spinoza, Vice Versa, Shakespeare, een complete Taskerson, Van het westelijk front geen nieuws, de Clicking of Cuthbert, de Rig Veda – Godbetert, Peter Rabbit; 'Alles is te vinden in Peter

Rabbit,' mocht de Consul graag verkondigen – Hugh keerde glimlachend terug en schonk met de zwier van een Spaanse kelner een straffe borrel in een wastafelbeker.

'Waar heb je dat vandaan? – ah!... Je hebt mijn leven gered!'

'Mag geen naam hebben. Ik heb het ook eens voor Carruthers gedaan.' Hugh maakte aanstalten om de Consul te scheren, die bijna meteen veel minder trilde.

'Carruthers – de Ouwe Kraai...? Wat heb je voor Carruthers gedaan?'

'Zijn hoofd vastgehouden.'

'Maar hij was niet bezopen, natuurlijk.'

'Bezopen is het woord niet... Totaal verzopen. En nog wel tijdens de surveillance.' Hugh zwaaide met het scheermes. 'Probeer zo stil te blijven zitten als nu; heel goed. Hij had een groot respect voor jou – hij had een enorm aantal verhalen over je, grotendeels variaties op hetzelfde thema... dat wel... Dat je te paard het College was binnengereden –'

'O nee. Ik was er nooit op naar binnen geréden. Ik ben doodsbang voor alles wat groter is dan een schaap.'

'Maar goed, dat paard was er. Vastgebonden in de studentenwinkel. Een behoorlijk woest paard bovendien. Naar het schijnt waren er zevenendertig bedienden en de portier voor nodig om het beest er weer uit te krijgen.'

'Goeie god... Maar ik kan me niet voorstellen dat Carruthers zo bezopen werd dat hij van zijn stokje ging tijdens de surveillance. Eens even kijken, in mijn tijd was hij nog maar gewoon docent. Volgens mij had hij eigenlijk meer belangstelling voor zijn eerste drukken dan voor ons. Natuurlijk was het in het begin van de oorlog, een nogal moeilijke tijd... Maar hij was een prachtvent.'

'In de mijne was hij nog steeds gewoon docent.'

(In mijn tijd?... Maar wat wil dat precies zeggen? Wat heb je, als je al wat deed, in Cambridge gedaan waaruit bleek dat je de ziel van Siegebert van East-Anglia waardig was – Of John Comford! Heb je colleges verzuimd, je gedrukt tijdens maaltijden, niet geroeid voor je College, je studiebegeleider belazerd en uiteindelijk jezelf? Economie gestudeerd, en vervolgens geschiedenis, Italiaans, en met de hakken over de sloot je tentamens gehaald? De poort beklommen waarvan je een onzeemanachtige afkeer had om Bill Plantagenet op te zoeken in Sherlock Court en, terwijl je je vastklampte aan het tourniquet van St. Catherine College, als Melville, even in slaap, gevoeld hoe de wereld raasde en tierde vanuit alle veilige plaatsen die je had achtergelaten? Ach, de havenklokken van Cambridge! Waarvan de fonteinen bij maanlicht en de omsloten binnenplaatsen en kloostergangen, waarvan de duurzame schoonheid in haar deugdzame afstandelijke zelfverzekerdheid, niet zozeer deel leken uit te maken van het luidruchtige mozaïek van je stompzinnige leven daar, al werd dat misschien in stand gehouden door de ontelbare bedrieglijke herinneringen aan dergelijke levens, als wel van de vreemde droom van een oude monnik, al achthonderd jaar dood, wiens afwerende huis, verrezen op palen en staken die in de moerasachtige grond waren gedreven, ooit als een baken geschenen had vanuit de geheimzinnige stilte, en de eenzaamheid van het drasland. Een angstvallig beschermde droom: Verboden het Gras te Betreden. Maar waarvan de onaardse schoonheid je desondanks dwong om te zeggen: God, vergeef me. Terwijl je zelf leefde in een walgelijke geur van marmelade en oude laarzen, levendig gehouden door een invalide, in een krot bij het stationsemplacement. Cambridge was de omgekeerde zee; en tegelijkertijd een gruwelijke teruggang; in de meest strikte zin – ondanks je openlijk erkende populariteit, van God gegeven de afschuwelijkste aller nachtmerries, alsof een volwassen man plotseling wakker wordt, net als de onfortuinlijke Mr. Bultitude in Vice Versa, en zich niet met de risico's van het zakendoen geconfronteerd ziet, maar met de wiskundeles die hij dertig jaar geleden niet had voorbereid, en met de kwellingen van de puberteit. Studentenkamertjes en voorkastelen leven voort in het hart. Maar het hart werd er ziek van om weer in volle vaart naar het verleden te stormen, naar dezelfde kostschool-benarde gezichten, nu opgezwollen als die van verdronkenen, op slungelige uit hun krachten gegroeide lichamen, naar alles weer van voren af aan terwijl je eerder zo je best had gedaan om eraan te ontsnappen, maar in een grotelijks opgeblazen vorm. En zelfs als het zo niet was geweest, had je je bewust moeten zijn van de cliques, het neerbuigende gedoe, het genie dat in de rivier werd geworpen, van de plaatsingscommissie die de rechtvaardigheid een aanbeveling onthield, van de ernst die burgemeester werd gemaakt – reusachtige uilskuikens in spikkeltjespak, kieskeurig als oude wijven, wier enige betekenis in een nieuwe oorlog was gelegen. Het was alsof die ervaring op zee, die door de tijd ook al tot overdreven proporties was opgeblazen, je had opgezadeld met de diepe innerlijke onaangepastheid van de zeeman die aan wal nooit gelukkig kan zijn. Maar je was serieuzer gitaar gaan spelen. En opnieuw waren je beste vrienden dikwijls joden, vaak dezelfde joden die bij je op school hadden gezeten. Toegegeven moest worden dat zij daar het eerst waren, al af en aan vanaf het jaar des Heren 1106. Maar nu leken ze bijna de enigen die even *oud* waren als jij: alleen hadden zij een gul, onafhankelijk gevoel voor schoonheid. Alleen een jood bezoedelde de droom van de monnik niet. En op de een of andere manier kon alleen een jood, rijkelijk begiftigd als hij was met voortijdig lijden, je eigen lijden begrijpen, je isolement, in wezen je armzalige muziek. Zodat ik in mijn tijd, en met de hulp van mijn tante, een universiteitsweekblad kocht. Ik meed alle festiviteiten van de universiteit, werd een loyaal aanhanger van het zionisme. Als leider van een grotendeels uit joden bestaande band die op plaatselijke feesten speelde, en van mijn eigen groepje De drie matrozen, vergaarde ik een behoorlijke hoeveelheid geld. De mooie joodse vrouw van een Amerikaanse gastdocent werd mijn maîtresse. Ook haar had ik verleid met mijn gitaar. Die was mijn steun en toeverlaat, zoals voor Philoctetes zijn boog of voor Oedipus zijn dochter. Ik bespeelde hem onvervaard, waar ik ook ging. En ik beschouwde het alleen maar als een onverwacht en nuttig compliment dat Phillipson, de tekenaar, de moeite nam me in een concurrerend blad af te beelden als een reusachtige gitaar waarin een zuigeling, die me merkwaardig bekend voorkwam, zich als in de foetushouding verschool –)

'Hij was natuurlijk altijd een groot wijnkenner.'

'In mijn tijd begon hij de wijnen en de eerste drukken lichtelijk door elkaar te halen.' Hugh schoor behendig langs de rand van de baard van zijn broer, langs de keelader en de halsslagader. 'Breng me eens een fles van de allerbeste John Donne, wil je, Smithers...? Je weet wel, een echte ouwe 1611.'

'God wat grappig... Of niet? Die arme Ouwe Kraai.'

'Hij was een fantastische kerel.'

'De beste die er was.'

(... ik heb gitaar gespeeld voor de prins van Wales, met een gitaar op straat gebedeld voor de oorlogsveteranen op Wapenstilstandsdag, opgetreden tijdens een receptie van de Amundsenvereniging, en tijdens een fractievergadering van de Franse Kamer van Afgevaardigden waar de komende jaren werden geregeld. De drie matrozen maakten kort maar pijlsnel furore, *Metronome* vergeleek ons met Venuti's Blue Four. Ooit leek een blessure aan mijn hand het ergste dat me zou kunnen overkomen. Toch droomde je vaak dat je, na door leeuwen gebeten te zijn, stierf in de woestijn, op het einde roepend om de gitaar, tokkelend tot de laatste ademtocht... Maar ik hing hem uit eigen beweging aan de wilgen. Plotseling, nog geen jaar nadat ik was gestopt in Cambridge, hield ik ermee op, eerst met de bands, toen met het spelen in intieme kring, hield ik er zo drastisch mee op dat Yvonne, ondanks de zwakke band van het geboren zijn in Hawaii, ongetwijfeld niet eens weet dat ik ooit gespeeld heb, zo nadrukkelijk dat niemand ooit meer zegt: Hugh, waar is je gitaar? Vooruit, speel eens een deuntje –)

'Ik moet je,' zei de Consul, 'een kleinigheid opbiechten, Hugh... Ik heb een beetje met de strychnine gesjoemeld toen je weg was.'

'Thalavethiparothiam, toch?' merkte Hugh op vriendelijk

dreigende toon op. 'Oftewel kracht verkregen door onthoofding. Nu dan, heb geen angst, zoals de Mexicanen zeggen, ik ga je nek uitscheren.'

Maar eerst veegde Hugh het scheermes af aan een stuk vloeipapier, terwijl hij afwezig via de deuropening in de kamer van de Consul keek. De slaapkamerramen stonden wijdopen; de gordijnen werden heel zachtjes naar binnen geblazen. De wind was bijna gaan liggen. De geuren van de tuin hingen zwaar om hen heen. Hugh hoorde de wind weer opsteken aan de andere kant van het huis, de woeste adem van de Atlantische Oceaan, gekruid met wilde Beethoven. Maar hier, aan de lijzijde, leken de bomen die je kon zien door het badkamerraam zich daar niet van bewust. En de gordijnen hadden het te druk met hun eigen zachte bries. Zoals de was van de bemanning op een schip van de wilde vaart, opgehangen boven luik nummer zes tussen slanke laadbomen die in sponningen rusten, nauwelijks merkbaar danst in het middaglicht, terwijl achterlijker dan dwars op nog geen drie mijl afstand een heftig stampend inheems scheepje met verwoed wapperende zeilen met een orkaan lijkt te worstelen, zo zwaaiden ook zij onmerkbaar, als door iets anders bestuurd...

(Waarom ben ik opgehouden met gitaar spelen? Zeker niet omdat je, wat laat, was gaan inzien wat Phillipsons spotprent betekende, de wrede waarheid die erin school... Ze verliezen de Slag bij de Ebro. En toch, je zou doorgaan met spelen best als een ander soort publiciteitsstunt hebben kunnen beschouwen, een manier om in de schijnwerpers te blijven, alsof je met die wekelijkse artikelen voor News of the World al niet genoeg in de schijnwerpers stond! Of dat ik met dat ding was voorbestemd om een soort ongeneeslijk 'voorwerp van liefde' te worden, of een eeuwige troubadour, minstreel, alleen geïnteresseerd in getrouwde vrouwen – waarom? – en uiteindelijk tot geen enkele vorm van liefde meer in staat... Klein ettertje. Dat trouwens geen liedjes meer schreef. Terwijl de gitaar als een doel op zichzelf ten slotte gewoon onbenullig leek; niet eens leuk meer – zonder twijfel een kinderachtig ding dat moest worden weggestopt –)

'Dat is toch zo?'

'Wat is zo?'

'Zie je die arme verbannen esdoorn daarbuiten,' vroeg de Consul, 'overeind gehouden door die krukken van cederhout?'

'Nee – gelukkig dat er voor jou –'

'Een dezer dagen, als de wind van de andere kant komt, zal hij bezwijken.' De Consul sprak haperend terwijl Hugh zijn nek schoor. 'En zie je die zonnebloem die naar binnen kijkt door het slaapkamerraam? Hij staart de hele dag in mijn kamer.'

'Staat hij in je kamer, zeg je?'

'Staart. Woest. De hele dag. Als God.'

(De laatste keer dat ik erop heb gespeeld... Tokkelend in de King of Bohemia in Londen. Benskin's Fine Ales and Stouts. En toen ik bijkwam uit mijn verdoving en John en de rest zonder begeleiding dat liedje over de 'balgine run' hoorde zingen. Wat is eigenlijk een 'balgine run'? Revolutionaire liedjes; hol bolsjewisme; – maar waarom had je zulke liedjes nooit eerder gehoord? Of had je, als je er goed over nadacht, in Engeland nooit eerder zoveel uitbundige spontane vreugde bij het zingen gezien? Misschien omdat je bij elke gelegenheid altijd zelf had gezongen. Zielige liedjes: *I Ain't Got Nobody*. Liefdeloze liedjes: *The One That I Love Loves Me*... Al waren John 'en de rest', althans naar je eigen ervaring, niet hol: niet meer dan iemand die zich, als hij bij zonsondergang meeliep met de menigte, of slecht nieuws ontving, of getuige was van onrecht, een keer omdraaide en nadacht, het niet kon geloven, zich nog eens omdraaide en navraag deed, besloot iets te doen... Ze winnen de Slag bij de Ebro! Niet voor mij, misschien. Maar eigenlijk geen wonder als deze vrienden, van wie sommige nu dood op Spaanse grond lagen, zich, zoals ik toen begreep, stierlijk hadden verveeld bij mijn pseudo-Amerikaanse gejengel, niet eens goed gejengel uiteindelijk, en alleen uit beleefdheid hadden geluisterd – jengeldejengel –)

'Neem er nog een.' Hugh schonk de wastafelbeker weer vol, gaf hem aan de Consul en raapte een *El Universal* voor hem op die op de vloer lag. 'Ik geloof nog een ietsje meer opzij bij de baard, en onder in de nek.' Hugh zette het scheermes nadenkend aan.

'Een gemeenschappelijke neut.' De Consul reikte de beker over zijn schouder aan. '"Gerinkel van geld irriteert in Fort Worth." Met de krant vrij vast in zijn handen las de Consul voor van de Engelse pagina: '"Konink ongelukkig in ballingschap."' Dat geloof ik zelf niet. "Stad telt hondenneuzen..." Dat geloof ik ook niet, jij wel, Hugh?'...

'En – ah – ja!' vervolgde hij. '"Eieren hebben honderd jaar in een boom in Klamanth Falls gezeten, schatten houthakkers op grond van ringen in hout." Is dat het soort dingen dat jij tegenwoordig schrijft?'

'Het scheelt niet veel. Bijvoorbeeld: Japanners aan weerszijden van alle wegen vanuit Shanghai. Amerikanen evacueren... Dat soort dingen. – Zit stil.'

(Maar je had er vanaf die dag tot deze niet meer op gespeeld... Nee, en was vanaf die dag tot deze ook niet meer gelukkig geweest... Een beetje zelfkennis is een gevaarlijke zaak. En trouwens, stond je zonder de gitaar minder in de schijnwerpers, was je minder geïnteresseerd in getrouwde vrouwen – enzovoort, enzovoort? Eén rechtstreeks gevolg van het ermee ophouden was ongetwijfeld die tweede zeereis, die serie artikelen, de eerste voor de *Globe*, over de Britse kustvaart. Daarna nog een reis – zonder enig geestelijk resultaat. Ik eindigde als passagier. Maar die artikelen waren een succes. Zilt bekorste schoorstenen. Brittannia, koningin der oceanen. Mijn toekomstige werk werd met belangstelling tegemoetgezien... Maar aan de andere kant, waarom heeft het mij als krantenman altijd aan echte ambitie ontbroken? Ik ben mijn antipathie jegens journalisten kennelijk nooit te boven gekomen, het gevolg van het feit dat ik ze aanvankelijk zo vurig het hof maakte. Bovendien kan niet worden gezegd dat ik net als mijn collega's werd gedreven door de noodzaak om de kost te verdienen. Er was altijd mijn toelage. Maar als reizend correspondent functioneerde ik redelijk goed en heb dat tot op de dag van vandaag gedaan – al word ik me steeds meer bewust van eenzaamheid, isolement – net zoals ik besef dat ik de vreemde gewoonte heb om op de voorgrond te treden en me vervolgens weer terug te trekken – alsof je opeens weer wist dat je de gitaar niet meer had... Misschien heb ik mensen verveeld met mijn gitaar. Maar in zekere zin – wat maakt het uit? – was het mijn band met het leven. –)

'Iemand heeft je geciteerd in de *Universal*,' lachte de Consul, 'een tijdje geleden. Ik weet alleen niet meer waarover, ben ik bang... Hugh, wat zou je zeggen van "tegen een allerbescheidenst offer", "een geïmporteerd paar geborduurde voor op straat extra grote zo goed als nieuwe bontmantel"?'

'Zit stil.'

'Of een Cadillac voor 500 peso. Oorspronkelijke prijs 200... En wat zou dit betekenen, denk je? "En ook een wit paard." Te bevragen bij bus 7... Vreemd... Anti-alcoholische vissen. Klinkt me niet goed in de oren. Maar hier is wat voor jou. "Een centrisch appartement geschikt als liefdesnestje". Of anders, een "serieus, *discreet –*"'

'– ha –'

'– "appartement"... Hugh, moet je dit horen. "Voor een jonge Europese dame die mooi moet zijn, bekendheid met een beschaafde man, niet oud, met goede *posities*" – '

De Consul schudde nu alleen van het lachen, zo leek het, en Hugh, die ook lachte, pauzeerde, met het scheermes in de lucht.

'Maar het stoffelijk overschot van Juan Ramírez, de beroemde zanger, Hugh, zwerft nog steeds op droefgeestige wijze van hot naar her... Hallo, hier staat dat er "ernstig bezwaar" is gemaakt tegen het onbetamelijke gedrag van bepaalde politiechefs in Quauhnahuac. "Ernstig bezwaar tegen" – wat krijgen we nou? – "het in het openbaar uitoefenen van hun privéfuncties" – '

('Heb de Parson's Nose beklommen,' had iemand in het gastenboek van het bergbeklimmershotelletje in Wales geschreven, 'in twintig minuten. Vond de rotsen een zacht eitje.' 'Ben de Parson's Nose afgedaald,' had een onsterfelijke grappenmaker er de volgende dag aan toegevoegd, 'in twintig seconden. Vond de rotsen keihard.' ... Dus nu, terwijl ik de tweede helft van mijn leven nader, zonder plichtplegingen, onbezongen en zonder gitaar, ga ik weer naar zee: misschien lijken deze dagen van wachten meer op die komieke afdaling, die overleefd moet worden om de beklimming te kunnen herhalen. Vanaf de top van de Parson's Nose kon je over de heuvels naar huis lopen om thee te drinken als je wilde, zoals de acteur in het passiespel van zijn kruis kan komen om in zijn hotel een pilsje te gaan pakken. Maar of je nu klom of daalde in het leven, je kreeg eeuwig met de mist, de kou en de overhangende rotsen te maken, het verraderlijke touw en de glibberige zelfzekering; alleen was er als het touw doorslipte soms nog tijd om te lachen. Desondanks ben ik bang... Zoals ik dat ook ben voor een simpel hekje, en voor het klimmen in winderige masten in de haven... Zal het net zo erg zijn als de eerste reis, waarvan de harde werkelijkheid om de een of andere reden aan Yvonnes boerderij doet denken? Je vraagt je af hoe zij zich zal voelen als ze voor het eerst iemand een varken ziet kelen... Bang; en toch niet bang; ik weet hoe de zee is; kan het zijn dat ik ernaar terugkeer terwijl mijn dromen nog intact zijn, ja zelfs, terwijl mijn dromen, vrij van verdorvenheid, nog meer op die van een kind lijken dan eerst? Ik houd van de zee, de pure Noorse zee. Mijn ontgoocheling is opnieuw een pose. Wat probeer ik met dit alles te bewijzen? Aanvaard het: je bent sentimenteel, een knoeier, een realist, een dromer, lafaard, hypocriet, held, een Engelsman kortom, niet in staat om te leven volgens zijn eigen metaforen. Een vermomde snob en pionier. Beeldenstormer en ontdekkingsreiziger. Onvervaarde ouwehoer, ontkracht door trivialiteiten! Waarom, vraag je je af, ben ik, in plaats van me zo aangeslagen te voelen in die kroeg, niet meteen aan de slag gegaan om een paar van die liedjes te leren, die dierbare revolutionaire liedjes? Wat weerhoudt je ervan om nu meer van zulke liedjes te leren, nieuwe liedjes, andere liedjes in elk geval, al was het alleen maar om weer iets van die vroegere vreugde te voelen bij het zingen en gitaar spelen alleen? Wat heb ik aan mijn leven overgehouden? Contacten met beroemdheden... Die keer dat Einstein me vroeg hoe laat het was, bijvoorbeeld. Die zomeravond, kuierend naar de tumultueuze keuken van St. John's – wie is het die daar achter me uit de vertrekken van de in D4 wonende Professor is gekomen? En wie is het die ook in de richting van de Portiersloge kuiert – waar hij, als onze banen elkaar kruisen, mij vraagt hoe laat het is? Is dit Einstein, die hier is voor een eredoctoraat? En die glimlacht als ik zeg dat ik het niet weet... En het me toch maar heeft gevraagd. Ja: de grote jood, die de begrippen tijd en ruimte van de hele wereld op hun kop zette, heeft zich eens over de zijkant van zijn tussen de Ram en het Kringetje van de Westelijke Vis gespannen hangmat gebogen om mij, bedremmelde ex-antisemiet en haveloze, bij de eerste nadering van de avondster in zijn toga weggedoken eerstejaars, te vragen hoe laat het was. En glimlachte opnieuw toen ik op de klok wees die we geen van beiden hadden opgemerkt –)

'– in elk geval beter dan dat ze hun openbare functies privé uitoefenen, zou ik denken,' zei Hugh.

'Daar zou je wel eens gelijk in kunnen hebben. Dat wil zeggen, die lui waar het om gaat zitten strikt genomen niet bij de politie. Trouwens, de gewone politie hier –'

'Ik weet het, die is aan het staken.'

'Dus natuurlijk moeten ze vanuit jouw standpunt bezien democratisch zijn... Net als het leger. Goed, het is een democratisch leger... Maar ondertussen blaast dat andere tuig een beetje hoog van de toren. Het is jammer dat je weggaat. Er zou een mooi verhaal voor je in hebben gezeten. Wel eens van de Unión Militar gehoord?'

'Je bedoelt dat gedoe van voor de oorlog, in Spanje?'

'Ik bedoel hier in dit land. Ze zijn gelieerd aan de Militaire Politie, waardoor ze gedekt zijn, bij wijze van spreken, omdat de Inspecteur-generaal, die de Militaire Politie ís, er lid van is. Net als de Jefe de Jardineros, geloof ik.'

'Ik hoorde dat ze in Oaxaca een nieuw standbeeld voor Díaz oprichten.'

– 'Maar toch,' ging de Consul op wat zachtere toon verder, daar hun gesprek nu in de aangrenzende kamer werd voortgezet, 'is er die Unión Militar, sinarquistas, of hoe ze ook heten mogen, mocht het je interesseren, mij persoonlijk niet – en die hadden hun hoofdkwartier bij de Policía de Seguridad hier, hoewel nu niet meer, maar ergens in Parián, heb ik gehoord.'

Eindelijk was de Consul klaar. De enige verdere hulp die hij nodig had gehad was met zijn sokken. Met een pas gesteven overhemd aan en een tweedbroek met bijpassend jasje dat Hugh had geleend en nu van de veranda had gehaald, stond hij zichzelf te bekijken in de spiegel.

Het hoogst verwonderlijke was dat de Consul er nu niet alleen fris en energiek uitzag, maar volstrekt niet meer getekend werd door enigerlei spoor van losbandigheid. Toegegeven, hij had ook tevoren niet het verwilderde uiterlijk gehad van een verdorven en afgetobde oude man: waarom zou hij ook, hij was immers maar twaalf jaar ouder dan Hugh zelf? Toch was het alsof het lot zijn leeftijd had vastgepind op een niet te achterhalen moment in het verleden, toen zijn hardnekkige objectieve zelf, dat er misschien genoeg van had om vanaf de zijlijn getuige te moeten zijn van zijn eigen ondergang, zich eindelijk geheel uit hem had teruggetrokken, als een schip dat bij nacht stilletjes de haven verlaat. Er hadden zowel sinistere als grappige en heldhaftige verhalen de ronde gedaan over zijn broer, en de poëtische aanvechtingen uit diens jeugd hadden duidelijk tot de legendevorming bijgedragen. Hugh bedacht dat de arme kerel misschien uiteindelijk hulpeloos was overgeleverd aan de greep van iets waartegen al zijn opmerkelijke weermiddelen hem maar weinig konden baten. Wat had de stervende tijger nog aan zijn klauwen en hoektanden? In de omstrengeling, bijvoorbeeld, om het nog erger te maken, van een boa constrictor? Maar deze onwaarschijnlijke tijger was kennelijk nog niet van zins om dood te gaan. Integendeel, hij wilde een wandelingetje gaan maken, met medeneming van de boa constrictor, en zelfs een tijdje doen alsof die er niet was. Zo op het eerste gezicht had deze man met zijn abnormale kracht en constitutie en zijn onduidelijke ambitie, die Hugh nooit zou leren kennen, voor wie hij bij God nooit met een goed woordje of regeling hoefde aan te komen, maar die hij op zijn manier liefhad en wilde helpen, zich warempel triomfantelijk weten te vermannen. Hoewel datgene wat de aanleiding voor al deze overpeinzingen was geweest ongetwijfeld alleen maar de foto aan de muur was die beiden nu stonden te bekijken, waarvan alleen de aanwezigheid al ongetwijfeld afbreuk moest doen aan de meeste van die oude verhalen, de foto van een klein gecamoufleerd vrachtschip waarnaar de Consul plotseling met de weer volgeschonken wastafelbeker gebaarde:

'De *Samaritan* was één grote krijgslist. Zie je die lieren en schotten? Die zwarte ingang die er net uitziet als de ingang van het voorkasteel, dat is ook een list – er zit heel knus een luchtdoelkanon in verstopt. Daarginds, daar ga je naar onder. Dat was mijn onderkomen... Daar is het gangetje van de kwartiermeester... Die kombuis – die kon in een batterij worden omgetoverd voor je Coclogenus paca Mexico kon zeggen...

Maar vreemd genoeg,' de Consul tuurde er van dichterbij naar, 'heb ik dat plaatje uit een Duits tijdschrift geknipt,' en ook Hugh bestudeerde het gotische schrift onder de foto nauwkeurig: *Der englische Dampfer trägt Schutzfarben gegen deutsche U-Boote*. 'Maar op de volgende pagina, herinner ik me, stond een foto van de *Emden*,' vervolgde de Consul, 'met

"So verliess ich den Weltteil unserer Antipoden" of iets dergelijks eronder. 'Onze tegenvoeters.' Hij wierp een scherpe blik op Hugh die van alles had kunnen betekenen. 'Rare lui. Maar ik zie dat je opeens geïnteresseerd bent in mijn oude boeken... Jammer... Ik heb mijn Böhme in Parijs achtergelaten.'

'Ik keek alleen maar.'

Naar, Godbetert, *Een verhandeling over zwavel, geschreven door Michall Sandivogius, i.e. als anagram van Divi Leschi Genus Amo:* naar *De hermetische triomf of de zegevierende Steen der Wijzen, de meest volledige en begrijpelijke verhandeling ooit verschenen betreffende het Hermetisch Magisterium;* naar *De onthulde geheimen of een vrije toegang tot het nevenpaleis des konings, bevattende de grootste, doch nimmer zo duidelijk onthulde Schat der Chemie, samengesteld door een zeer beroemd Engelsman die zich Anonymus of Eyraeneus Philaletha Cosmopolita noemt en die door inspiratie en lectuur de Steen der Wijzen vond op drieëntwintigjarige leeftijd Anno Domini 1645:* naar *Het Musaeum Hermeticum, Reformatum et Amplificatum, Omnes Sopho-Spagyricae artis Discipulos fidelissime erudiens, quo pacto Summa illa vera que Lapidis Philosophici Medicina, qua res omnes qualemcunque defectum patientes, instaurantur, inveniri & haberi queat, Continens Tractatus Chimicos XXI Francofurti, Apud Hermannum à Sande CIƆ IƆC LXXVIII:* naar *Sub-Mundanes, of de grondbeginselen van de kabbala, herdrukt naar de tekst van de Abbé de Villars, fysio-astromysticus, met een Verklarend Appendix uit het werk Demonialiteit, waarin wordt gesteld dat er naast de mens nog andere redelijke wezens op aarde bestaan...*

'Is dat zo?' vroeg Hugh, met in zijn hand dat laatste buitengewoon oude boek – waaruit de eerbiedwaardige geur van een ver verleden opsteeg – en hij mijmerde: 'Joodse geleerdheid!' terwijl zich in zijn gedachten een absurd visoen ontwikkelde van Bolowski in een ander leven, in een kaftan, met een lange witte baard, en een keppeltje, en een hartstochtelijke strakke blik, die bij een stalletje in een soort middeleeuwse New

Compton Street een blad muziek stond te lezen waarop de noten Hebreeuwse letters waren.

'Erekia, hij die verscheurt; en zij die een lang aangehouden gil slaken, Illirikim; Apelki, de misleiders of afwenders; en degenen die hun prooi met sidderende beweging aanvallen, Dresop; ach, en de rampspoedige brengers van pijn, Arekesoli; en men mag ook Burasin niet vergeten, zij die vernietigen met verstikkende rokerige adem; noch Glesi, hij die gruwelijk glinstert gelijk een insect; of Effrigis, hij die gruwelijk beeft, je zou Effrigis wel mogen... en ook de Mames niet, zij die zich achterwaarts verplaatsen, of degenen die zich met een speciale kruipbeweging verplaatsen, Ramisen...' zei de Consul. 'De in vlees gehulden en de boosaardige ondervragers. Jij zou ze misschien niet direct redelijke wezens noemen. Maar allemaal hebben ze op een gegeven moment mijn bed bezocht.'

Gedrieën waren ze vreselijk gehaast en in opperbeste stemming naar Tomalín vertrokken. Hugh, die de drank zelf enigszins voelde, luisterde in een droom naar de maar door ratelende stem van de Consul – Hitler, vervolgde hij, terwijl ze de Calle Nicaragua op liepen en daar had een mooi verhaal voor hem in kunnen zitten, als hij er maar eerder belangstelling voor had getoond – wilde de joden alleen maar uitroeien om net zulke arcana deelachtig te worden als achter hen op zijn boekenplanken te vinden waren – toen plotseling in het huis de telefoon ging.

'Nee, laat maar,' zei de Consul toen Hugh terug wilde lopen. Hij bleef maar bellen (want Concepta was de deur uit) en het gerinkel fladderde als een gevangen vogel door de lege vertrekken; toen hield het op.

Terwijl ze verder liepen, zei Yvonne:

'Toe nou, Geoff, zit toch niet zo in over mij, ik voel me helemaal uitgerust. Maar als Tomalín voor een van jullie tweeën te ver is, waarom gaan we dan niet naar de dierentuin?' Ze keek hen zowel donker als direct en betoverend aan met haar vrijmoedige ogen onder het brede voorhoofd, ogen waarmee ze Hughs glimlach niet helemaal beantwoordde, al wekte haar mond wel die indruk. Misschien interpreteerde ze Geoffs woordenstroom in alle ernst als een gunstig teken. En misschien was het dat ook! Die met loyale belangstelling temperend, of op een haastige, afwezige manier in andere banen leidend met opmerkingen over de verandering of het verval van onpersoonlijke zaken, poncho's of houtskool of ijs, het weer waar was de wind gebleven? misschien zou het toch nog een mooie rustige dag worden zonder al te veel stof – liep Yvonne, kennelijk opgefrist door het zwemmen en alles om haar heen opnieuw met een objectief oog beziend, met rappe en gracieuze en onafhankelijke pas verder, en alsof ze werkelijk niet moe was; toch viel het Hugh op dat ze alleen liep. Arme lieve Yvonne! Haar begroeten toen ze klaar was, was als een weerzien na lange afwezigheid geweest, maar het was ook als een afscheid. Want Hugh was niet langer van nut, hun 'complot' was subtiel verijdeld door allerlei kleine omstandigheden, waarvan zijn eigen verlengde aanwezigheid bepaald niet de geringste was. Te proberen zonder misleiding alleen met haar te zijn leek nu even onmogelijk als hun vroegere hartstocht, ook al was het in Geoffs belang. Hugh wierp een verlangende blik heuvelafwaarts, de weg die ze die morgen hadden genomen. Nu haastten ze zich in tegengestelde richting. Die morgen had al lang geleden kunnen zijn, als je kinderjaren of de dagen voor de laatste oorlog; de toekomst begon zich te ontrollen, de overtroefde stompzinnige verrekte schitterende gitaarspelende toekomst. Daar onvoldoende tegen gewapend, voelde Hugh, taxeerde hij volgens de maatstaven van de verslaggever, had Yvonne, blootbeens, haar gele lange broek verruild voor een sober wit mantelpakje van kamgaren met één knoop bij de taille, met daaronder een glanzende hooggesloten blouse als een detail op een Rousseau; de hakken van haar laconiek op de kapotte keien klikkende rode schoentjes leken plat noch hoog, en ze had een felrode tas bij zich. Als je haar zo tegenkwam, zou je nooit iets van diepe vertwijfeling hebben vermoed. Je zou geen gebrek aan vertrouwen hebben opgemerkt, noch hebben betwijfeld of ze wel wist waar ze heen ging, of je hebben afgevraagd of ze slaapwandelde. Wat ziet ze er gelukkig en mooi uit, zou je zeggen. Ze gaat waarschijnlijk naar een afspraak met haar minnaar in het Bella Vista! – Vrouwen van gemiddelde lengte, met een slank figuur, meestal gescheiden, hartstochtelijk maar afgunstig op de mannen – een engel voor hem in licht of duisternis, maar een onbewuste destructieve succubus van zijn ambities – Amerikaanse vrouwen, met die elegante snelle manier van lopen, met schoongeboende gebruinde kindergezichten, met een satijnen waas over de fijne structuur van hun huid, hun haar schoon en glanzend of het pas gewassen is, en er ook zo uitziend, maar achteloos gekapt, de slanke bruine handen die geen kind wiegen, de ranke voeten – door hoeveel eeuwen van onderdrukking zijn zij voortgebracht? Hun zal het een zorg zijn wie de Slag bij de Ebro wint, want ze vinden het te vroeg om nog harder te briesen dan Jobs strijdros. Zij zien er de zin niet van in, alleen dwazen laten zich de dood in jagen voor een –

'Je hoorde altijd dat ze therapeutische waarde hebben. Ze hebben kennelijk altijd dierentuinen gehad in Mexico – Moctezuma, hoffelijk als hij was, leidde zelfs de vermetele Cortez rond in een dierentuin. De arme man dacht dat hij in de krochten van de onderwereld was beland.' De Consul had een schorpioen ontdekt op de muur.

'Alacrán?' opperde Yvonne.

'Het lijkt wel een viool.'

'Een vreemde vogel, die schorpioen. Hij maalt om priester noch arme peón... Het is echt een prachtig dier. Laat hem met rust. Hij steekt zichzelf toch wel dood.' De Consul zwaaide met zijn stok...

Ze liepen de Calle Nicaragua op, steeds tussen de evenwijdige snelle stroompjes, langs de school met de grijze grafstenen en de schommel als een galg, langs hoge geheimzinnige muren, en met vuurrode bloemen doorvlochten heggen, waartussen marmeladekleurige vogels schril krijsend hun trapezekunsten vertoonden. Hugh was nu blij dat hij gedronken had, zich uit zijn jongensjaren herinnerend dat de laatste dag van de vakantie altijd erger was als je ergens naartoe ging, hoe dan de tijd, die je op een dwaalspoor had willen brengen, elk moment achter je aan kon gaan glijden als een haai achter een zwemmer. – *¡Box!* luidde een aankondiging. *Arena Tomalín. El Balón vs. El Redondillo.* De Ballon versus de Stuiterbal – was het dat? Domingo... Maar dat was voor zondag; terwijl ze alleen maar naar een stierenrodeo gingen, een doel in het leven waarvan het lijdend voorwerp het niet eens waard was om reclame voor te maken. 666, luidde, tot stille vreugde van de Consul, een andere reclame, voor insecticide, onopvallende gele blikken bordjes onder aan muren. Hugh grinnikte bij zichzelf. Tot dusver hield de Consul zich geweldig. Zijn enkele 'broodnodige borrels', redelijk dan wel buitensporig, hadden wonderen verricht. Hij liep schitterend rechtop, schouders naar achter, borst vooruit: het beste eraan was zijn bedrieglijke air van onfeilbaarheid, van boven alle twijfel verheven zijn, vooral vergeleken bij hoe je er zelf uit moest zien in je cowboypak. Wie zou durven ontkennen dat hij met zijn goedzittende tweedcombinatie (het door Hugh geleende jasje was niet erg gekreukt, en nu had Hugh een ander geleend) en oude blauwwit gestreepte Chagford-das, de scheerbeurt die Hugh hem had gegeven, zijn keurig achterovergekamde dikke blonde haar, zijn bruinige, met grijs doorschoten baard die pas was bijgeknipt, zijn stok en zijn zonnebril onmiskenbaar een volstrekt achtenswaardige figuur was? En als deze achtenswaardige figuur, zoals de Consul gezegd zou kunnen hebben, zo af en toe aan een licht knikkebollen onderhevig was, wat dan nog? wie had daar erg in? Dat zou – want een Engelsman in den vreemde verwacht altijd een andere Engelsman tegen het lijf te lopen – van louter nautische oorsprong kunnen zijn. Zo niet, dan kon zijn mankheid, het kennelijke gevolg van een olifantenjacht of een vroegere aanvaring met Pathanen, daarvoor als excuus worden aangevoerd. De tyfoon wervelde onzichtbaar te midden van het geraas van kapot plaveisel: wie was zich bewust van het bestaan ervan, om nog maar te zwijgen van de oriëntatiepunten in het brein die erdoor waren vernietigd? Hugh lachte.

'Plingen, plangen, aufgefangen
Swingen swangen aan mijn zij
Oepetoetel, op naar Bootle,
Nemesis, zo'n tocht maakt blij,'

zei de Consul raadselachtig om er, om zich heen kijkend, heldhaftig aan toe te voegen:
 'Het is echt een buitengewoon fraaie dag voor een uitje.'
 No se permite fijar anuncios...
Yvonne liep nu inderdaad alleen: ze gingen in een soort ganzenpas omhoog, Yvonne voorop, de Consul en Hugh op ongelijke afstand volgend, en wat hun collectieve radeloze ziel ook mocht denken, het was niet besteed aan Hugh, want hij was ten prooi geraakt aan een lachbui die de Consul niet aanstekelijk probeerde te vinden. Ze liepen op deze manier omdat vanaf de andere kant een jongen half rennend een paar koeien omlaag dreef; en die, als in een droom van een stervende hindoe, bestuurde met hun staart. Nu kwamen er een paar geiten. Yvonne draaide zich om en glimlachte naar hem. Maar deze geiten waren mak en zagen er lief uit, rinkelend met hun belletjes. *Maar vader wacht op je. Vader* is *het niet vergeten.* Achter de geiten kwam een vrouw met een zwart verkrampt gezicht hun voorbij wankelen onder de last van een mand vol houtskool. Achter haar kwam met grote passen een peón de heuvel af die op zijn hoofd een groot vat met ijs in evenwicht hield en kennelijk om klanten riep, al was het onvoorstelbaar dat hij daarbij enige hoop op succes koesterde, want hij leek zo onder zijn last gebukt te gaan dat hij niet in staat was om naar links of rechts te kijken, en ook niet om te stoppen.

'Je hebt dan in Cambridge,' zei de Consul, terwijl hij Hugh op zijn schouder tikte, 'misschien iets over de Welfen en zo geleerd... Maar wist je dat er nooit een engel met zes vleugels van gedaante is veranderd?'

'Volgens mij heb ik geleerd dat er nog nooit een vogel met één vleugel gevlogen heeft –'

'Of dat Thomas Burnet, auteur van de Telluris Theoria Sacra, op Christ's College kwam in – Cáscaras! Caracoles! Virgen Santísima! Ave María! Fuego, fuego! Ay, qué me matan!'

Met een oorverdovend en verschrikkelijk geraas stortte een vliegtuig zich in hun richting, scheerde over de angstige bomen, maakte snel hoogte, miste op een haar na een mirador en was het volgende ogenblik verdwenen, afkoersend op de vulkanen waarvandaan opnieuw het eentonige geluid van artillerie aanrolde.

'Acabóse,' verzuchtte de Consul.

Hugh merkte plotseling op dat een lange man (die uit de zijweg gekomen moest zijn die Yvonne naar het scheen zo graag had willen nemen) met afhangende schouders en een knap, nogal donker gezicht, al was hij duidelijk een Europeaan, ongetwijfeld in enigerlei staat van ballingschap, tegenover hen stond, en het was alsof het geheel van deze man, als gevolg van een merkwaardige zinsbegoocheling, tot aan de bol van zijn loodrecht geheven Panamahoed reikte, want de leegte daaronder leek Hugh nog steeds door iets opgevuld te worden, een soort nimbus of spiritueel aspect van zijn lichaam, of wellicht de essentie van een schuldbewust geheim dat hij onder die hoed bewaarde maar dat nu een kort ogenblik was geopenbaard, nerveus en verlegen. Hij stond tegenover hen, maar glimlachte naar het scheen alleen naar Yvonne, terwijl zijn blauwe, vrijpostige, uitpuilende ogen een ongelovig soort ontsteltenis uitstraalden en zijn zwarte wenkbrauwen tot de bogen van een komiek waren verstard: hij aarzelde: toen trad deze man, die zijn jasje open droeg en zijn broek heel hoog over een buik die hij door zijn model waarschijnlijk had moeten maskeren, maar waaraan hij slechts het karakter van een onafhankelijke zwelling van het onderlichaam wist te verlenen, naar voren met ogen die fonkelden en een mond die zich tot een tegelijkertijd onechte en innemende, maar op de een of andere manier toch beschermende, en eigenlijk ook steeds ernstiger glimlach krulde onder zijn zwarte snorretje – trad naar voren, als aangedreven door een opwindmechaniek, de hand uitgestoken, automatisch beminnelijk:

'Nee maar Yvonne, wat een aangename verrassing. Wel heb je nou ooit, ik dacht; o, hallo, ouwe pik –'

'Hugh, dit is Jacques Laruelle,' zei de Consul. 'Je zult me bij gelegenheid wel eens over hem hebben gehoord. Jacques, mijn jongere broer Hugh: dito... Il vient d'arriver... of vice versa. Hoe is het, Jacques? Je ziet eruit alsof je snakt naar een borrel.'

' '
–
' '
–

Even later had Laruelle, wiens naam slechts een heel flauw lichtje bij Hugh deed opgaan, Yvonne bij de arm genomen en liep midden op de weg met haar omhoog. Dit had waarschijnlijk niets te betekenen. Maar de manier waarop de Consul hem had voorgesteld was op zijn zachtst gezegd kortaf geweest. Hugh zelf was half gepikeerd en werd, wat daar ook de oorzaak van mocht zijn, een lichtelijk verontrustend gevoel van spanning gewaar terwijl de Consul en hij langzaam achterop raakten. Ondertussen zei Laruelle:

'Waarom gaan we niet met zijn allen naar mijn "gekkenhuis"? Dat zou reuzeleuk zijn, denk je ook niet Geoffrey – eh – eh – Hugues?'

'Nee,' zei de Consul achter hem zachtjes, tegen Hugh, die daarentegen bijna een aanvechting voelde om weer te gaan lachen. Want de Consul bleef binnensmonds ook heel zachtjes iets obsceens herhalen. Ze volgden Yvonne en haar vriend door het stof dat nu, door een eenzame windvlaag opgejaagd, met hen mee bewoog over de weg en met een nukkig geknisper over de grond warrelde alvorens als regen te worden weggeblazen. Toen de wind ging liggen, leek het water dat zich hier onstuimig door de goten stortte op een onverwachte kracht in tegenovergestelde richting.

Voor hen uit zei Laruelle hoffelijk tegen Yvonne:

'Ja... Ja... Maar jullie bus gaat pas om half drie. Jullie hebben nog meer dan een uur.'

– 'Maar dat klinkt goddomme als een regelrecht wonder,' zei Hugh. 'Wil je zeggen dat na al die jaren –'

'Ja. Het was een ongelooflijk toeval dat we elkaar hier tegen het lijf liepen,' zei de Consul. 'Maar ik denk echt dat jullie elkaar beter moeten leren kennen, jullie hebben iets gemeen. In alle ernst, je zou zijn huis best leuk kunnen vinden, het is altijd lichtelijk amusant.'

'Goed,' zei Hugh.

'Nee maar, daar heb je de cartero,' riep Yvonne voor hen uit, zich half omdraaiend en haar arm losmakend uit die van Laruelle. Ze wees naar de linkerhoek boven op de heuvel waar de Calle Nicaragua uitkwam op de Calle Tierra del Fuego. 'Hij is echt niet te geloven,' ging ze als een waterval verder. 'Het grappige is dat alle postbodes in Quauhnahuac sprekend op elkaar lijken. Ze zijn kennelijk allemaal familie van elkaar en ongetwijfeld al generaties lang postbode. Ik denk dat de grootvader van deze hier cartero was in de tijd van Maximiliaan. Is het geen heerlijke gedachte, het postkantoor dat al die bespottelijke mannetjes verzamelt om ze als even zovele postduiven te laten uitvliegen wanneer het maar wil?'

Vanwaar die spraakwaterval? vroeg Hugh zich af: 'Wat heerlijk, voor het postkantoor,' zei hij beleefd. Ze keken allemaal naar de naderende cartero. Hugh had toevalligerwijze nog nooit een van deze unieke postbodes gezien. Deze was hooguit een meter vijftig en leek zich van een afstand bezien als een niet nader te benoemen maar toch wel prettig aandoend dier op handen en voeten voort te bewegen. Hij droeg een kleurloos katoenen pak en een gedeukte dienstpet en Hugh zag nu dat hij een piepklein sikje had. Op zijn gerimpelde gezichtje lag, terwijl hij op zijn onmenselijke maar vertederende, ongecontroleerde manier op hen af kwam over de straat, de vriendelijkste uitdrukking die je je maar kon voorstellen. Toen hij hen zag bleef hij staan, nam zijn tas van zijn schouder en begon hem open te maken.

'Er is een brief, een brief, een brief,' zei hij toen ze bij hem aankwamen, en hij maakte een buiging voor Yvonne alsof hij haar de vorige dag voor het laatst had begroet, 'een boodschap por el señor, voor uw haas,' deelde hij de Consul mee, en hij haalde twee pakjes tevoorschijn en maakte ze schalks glimlachend los.

'Wat? – niets voor Señor de Gekke Hoedenmaker?'

'Ah.' De cartero schoot met zijn vingers door een ander bundeltje en wierp zijdelingse blikken op hen, terwijl hij zijn ellebogen stijf tegen zijn zij drukte om de tas niet te laten vallen. 'Nee.' Hij zette de tas nu helemaal neer en begon koortsachtig te zoeken; algauw lag de weg bezaaid met brieven. 'Ik moet hebben. Hier. Nee. Dit is. Dan dit. Ei ei ei ei ei ei.'

'Doe geen moeite, beste man,' zei de Consul. 'Toe.'

Maar de cartero probeerde het opnieuw: 'Badrona, Diosdado –'

Ook Hugh wachtte vol spanning, niet zozeer op nieuws van de *Globe*, dat zo het al kwam per telegram zou arriveren, maar half in de hoop, een hoop waaraan de verschijning van de postbode zelf een heerlijk plausibel karakter gaf, op weer zo'n minuscuul Oaxaqueñaans envelopje, bedekt met kleurige postzegels van op de zon schietende boogschutters, van Juan Cerillo. Hij luisterde; ergens, achter een muur, speelde iemand op een gitaar – slecht, hij was teleurgesteld; en een hond blafte doordringend.

'Fieschbank, Figueroa, Gómez – no, Quincey, Sandovah, no.'

Ten slotte raapte het brave mannetje zijn brieven weer op en liep na een verontschuldigende, teleurgestelde buiging met ongecontroleerde bewegingen de straat verder af. Ze keken hem allemaal na, en net toen Hugh zich afvroeg of het gedrag van de postbode niet een onderdeel was van een enorme onverklaarbare grap voor zijn eigen vermaak, of hij hen in werkelijkheid niet de hele tijd had uitgelachen, zij het op de meest vriendelijke wijze, bleef hij staan, frommelde opnieuw aan een van de pakjes, draaide zich om en kwam met triomfantelijke kefjes terugdraven om de Consul iets te overhandigen dat op een ansichtkaart leek.

Yvonne, die inmiddels weer een eindje was doorgelopen, knikte hem glimlachend toe over haar schouder, alsof ze zeggen wilde: 'Mooi, je hebt toch een brief,' en liep met haar veerkrachtige danspassen langzaam verder de stoffige heuvel op naast Laruelle.

De Consul draaide de kaart tweemaal om en gaf hem vervolgens aan Hugh.

'Vreemd –' zei hij.

– Hij was van Yvonne zelf en kennelijk minstens een jaar geleden geschreven. Hugh besefte plotseling dat hij gepost moest zijn kort nadat ze de Consul verlaten had en hoogst waarschijnlijk nog niet wist dat hij van plan was in Quauhnahuac te blijven. Maar merkwaardig genoeg was het de kaart die heel wat omzwervingen had gemaakt: na oorspronkelijk geadresseerd te zijn aan Wells Fargo in Mexico-Stad, was hij bij vergissing doorgestuurd naar het buitenland, en zelfs hopeloos verdwaald geraakt, want er stonden datumstempels op uit Parijs, Gibraltar en zelfs Algeciras, in fascistisch Spanje,

'Nee, lees maar,' glimlachte de Consul.

Yvonnes krabbeltje luidde: '*Schat, waarom ben ik weggegaan? Waarom heb je me laten gaan? Denk morgen in de VS aan te komen, twee dagen later in Californië. Hoop dat daar een berichtje van jou ligt te wachten. Liefs. Y.*'

Hugh draaide de kaart om. Het was een foto van de als een leeuw ogende Signal Peak op El Paso met de Carlsbad Cavern Highway die over een brug met witte reling tussen woestijn en woestijn liep. De weg maakte in de verte een flauwe bocht en verdween.

VII

Op het randje van de waanzinnig tollende dronken wereld die om 1 uur 20 in de middag op de Vlinder van Hercules af raasde, leek het huis een slecht idee, vond de Consul –
Er waren twee torens, Jacques' zacuali's, één aan weerskanten en verbonden door een loopbrug over het dak, dat de beglaasde geveltop van het atelier eronder vormde. Deze torens waren als het ware gecamoufleerd (haast zoals de *Samaritan*, eigenlijk): blauw, grijs, purper en vermiljoen waren er ooit in zebrastrepen op gekwakt. Maar tijd en weer samen hadden er van dichtbij bezien een egaal mat mauve effect aan gegeven. De transen, die vanaf de loopbrug via een tweetal houten ladders bereikbaar waren, en van binnenuit via twee wenteltrappen, vormden twee krakkemikkige miradors met kantelen, beide nauwelijks groter dan een erkertorentje, piepkleine dakloze varianten op de uitkijkposten die overal in Quauhnahuac uitzagen over het dal.

Op de tinnen van de mirador aan hun linkerhand zagen de Consul en Hugh, toen ze tegenover het huis stonden en de Calle Nicaragua zich rechts van hen uitstrekte, de heuvel af, nu twee zwartgallig ogende engelen verschijnen. Deze engelen, gehouwen uit roze steen, zaten geknield tegenover elkaar en staken en profil af tegen de lucht aan gene zijde van de tussenliggende kantelen, terwijl daarachter, op overeenkomstige tinnen aan de andere kant, plechtig twee onbestemde voorwerpen rustten als kanonskogels van marsepein, kennelijk van hetzelfde materiaal vervaardigd.

De andere mirador was op zijn kantelen na onversierd en de Consul bedacht menigmaal dat dit contrast op de een of andere vage manier bij Jacques paste, net zoals dat tussen de engelen en de kanonskogels. Het was misschien ook veelzeggend dat hij zijn slaapkamer gebruikte om te werken terwijl er van het atelier op de benedenverdieping een eetkamer was gemaakt die vaak voor niets beters diende dan om er de kokkin met haar familie te laten kamperen.

Van dichterbij was te zien dat op de linker toren, die iets groter was, onder de twee ramen van die slaapkamer – die als het ware als gedegenereerde machicoulis schuin waren ingezet, als de gescheiden helften van een chevron – een paneel van ruwe steen, bedekt met grote in bladgoud geschilderde letters, ietsje dieper in de muur was aangebracht om de indruk van bas-reliëf te wekken. Deze gouden letters waren heel dik, maar liepen op hoogst verwarrende wijze in elkaar over. De Consul had bezoekers van de stad er weleens een halfuur achtereen naar zien staren. Soms kwam Laruelle naar buiten om uit te leggen dat ze echt iets betekenden, dat ze die uitspraak van Fray Luis de Léon vormden die de Consul verkoos zich op dit moment niet te herinneren. Evenmin vroeg hij zich af waarom hij haast vertrouwder was geraakt met dit buitengewone huis dan met dat van hemzelf terwijl hij nu Hugh en Yvonne naar binnen volgde, voor Laruelle uit die hem van achteren vrolijke porren gaf, het atelier in, dat ditmaal zowaar leeg was, en de wenteltrap van de linker toren op. 'Zijn we de drank niet voorbijgelopen?' vroeg hij, terwijl zijn onverschillige stemming verdween bij de herinnering dat hij nog maar een paar weken geleden had gezworen nooit meer een voet in dit huis te zullen zetten.

'Denk je dan nooit aan iets anders?' leek Jacques te hebben gezegd.

De Consul gaf geen antwoord maar betrad de vertrouwde wanordelijke kamer met de scheve ramen, de gedegenereerde machicoulis, nu van de binnenkant gezien, en liep schuin achter de anderen aan naar een balkon aan de achterkant met uitzicht op zonovergoten dalen en vulkanen, en over de vlakte ijlende wolkenschaduwen.

Laruelle, echter, begaf zich al zenuwachtig naar beneden. 'Niet voor mij!' protesteerden de anderen. Idioten! De Consul liep enkele stappen achter hem aan, een beweging die schijnbaar niets betekende, maar bijna een dreiging inhield: zijn blik ging vaag omhoog langs de wenteltrap die van de kamer naar de mirador daarboven liep, waarna hij zich aansloot bij Hugh en Yvonne op het balkon.

'Ga het dak op, mensen, of blijf op de veranda, doe alsof je thuis bent,' klonk het van beneden. 'Er ligt een verrekijker op de tafel daar – eh – Hugues... Ik kom er zo aan.'

'Bezwaar als ik het dak op ga?' vroeg Hugh hun.

'Vergeet de verrekijker niet!'

Yvonne en de Consul waren alleen op het zwevende balkon. Van waar ze stonden, leek het huis zich halverwege een rotswand te bevinden die steil oprees uit het zich onder hen uitstrekkende dal. Toen ze zich de andere kant op bogen zagen ze de stad zelf liggen, als het ware boven op deze rotswand gebouwd en over hen heen hangend. De golfstokken van vliegmachines wuifden stil boven de daken uit, hun bewegingen als gebaren van pijn. Maar de kreten en de muziek van de kermis bereikten hen op dit moment duidelijk. In de verte werd de Consul een groene hoek gewaar, de golfbaan, met nietige figuurtjes die rond de zijkant van de rotswand ploeterden, kruipend... Schorpioenen die aan het golfen waren. De Consul herinnerde zich de kaart in zijn zak, en hij had kennelijk een beweging in Yvonnes richting gemaakt, vanuit de behoefte om er iets over te zeggen tegen haar, om er iets teders over te zeggen tegen haar, om haar naar zich toe te halen, om haar te kussen. Toen besefte hij dat als hij niet nog iets dronk de schaamte over deze morgen hem zou beletten haar in de ogen te kijken.

'Wat denk je, Yvonne,' zei hij, 'jij die zo astronomisch bent ingesteld –' Was hij dat echt, die in zo'n situatie zo tegen haar sprak? Vast niet, het was een droom. Hij wees omhoog naar de stad. '– Jij die zo astronomisch bent ingesteld,' herhaalde hij, maar nee, dat had hij niet gezegd: 'doet al dat gedraai en geduik daarboven je niet op de een of andere manier denken aan onzichtbare planeten, aan onbekende manen die achteruit razen?' Hij had niets gezegd.

'Alsjeblieft Geoffrey –' Yvonne legde haar hand op zijn arm. 'Alsjeblieft, alsjeblieft, geloof me, ik wilde hier niet in verzeild raken. Laten we een smoes verzinnen en zo gauw mogelijk maken dat we wegkomen... Het kan me niet schelen hoeveel je er *naderhand* drinkt,' voegde ze eraan toe.

'Ik was me er niet van bewust dat ik iets over drinken nu of naderhand heb gezegd. Jij hebt me op het idee gebracht. Of Jacques, die ik beneden het ijs kan horen breken – of moeten we zeggen verpulveren?'

'Voel je dan helemaal geen tederheid of liefde meer voor me?' vroeg Yvonne plotseling, bijna zielig, zich naar hem omdraaiend, en hij dacht: Ja, ik hou wel van je, ik heb nog alle liefde van de wereld voor je overgehouden, alleen lijkt die liefde zo ver weg van me en ook zo vreemd, want het is alsof ik haar bijna kan horen, een zoemen of huilen, maar ver, ver weg, en een treurig verloren geluid, dat dichterbij komt of zich verwijdert, ik weet niet wat. 'Denk je dan aan niets anders dan het aantal glazen dat je nog wilt drinken?'

'Ja,' zei de Consul (maar was het niet Jacques die hem dat net had gevraagd?), 'ja, dat doe ik wel – o mijn God, Yvonne!'

'Alsjeblieft, Geoffrey –'

Maar hij kon haar niet aankijken. De stokken van de vliegmachines, gezien vanuit zijn ooghoek, leken hem nu een pak slaag te geven over zijn hele lichaam. 'Luister,' zei hij, 'vraag je me om ons uit deze situatie te bevrijden, of begin je weer aan me te trekken vanwege het drinken?'

'O, ik trek niet aan je, heus niet. Ik zal nooit meer aan je trekken. Ik zal alles doen wat je vraagt.'

'Dan –' was hij al boos begonnen.

Maar Yvonnes gezicht kreeg een tedere uitdrukking en de Consul dacht opnieuw aan de ansichtkaart in zijn zak. Die had een goed voorteken moeten zijn. Hij zou de talisman kunnen zijn van hun onmiddellijke redding nu. Misschien was hij een goed voorteken geweest als hij maar gisteren was gekomen of vanmorgen thuis. Helaas kon je je nu niet meer voorstellen dat hij op enig ander moment was gekomen. En hoe kon hij weten of het een goed voorteken was of niet zonder nog wat te drinken?

'Maar ik ben terug,' zei ze kennelijk. 'Zie je dat niet? We zijn hier weer samen, wíj. Zie je dat dan niet?' Haar lippen trilden, ze huilde bijna.

Toen was ze vlak bij hem, in zijn armen, maar hij staarde over haar hoofd heen.

'Ja, dat zie ik wel,' zei hij, alleen kon hij het niet zien maar alleen horen, het zoemen, het huilen, en voelen, het onwerkelijke voelen. 'Ik hou echt van je. Alleen –'

'Ik kan je nooit innig genoeg vergeven': wilde hij dat eraan toevoegen?

– En toch dacht hij weer van voren af aan, en van voren af aan alsof het voor het eerst was, aan hoe hij had geleden, geleden, geleden zonder haar; ja zo'n gevoel van troosteloosheid, zo'n wanhopig gevoel van verlatenheid, van verlies, als tijdens dit afgelopen jaar zonder Yvonne, had hij nooit van zijn leven gekend, of het moest zijn toen zijn moeder overleed. Maar wat hij nu voelde, had hij in het geval van zijn moeder nooit ervaren: deze dringende behoefte om te kwetsen, te provoceren, op een moment dat alleen vergevingsgezindheid de zaak kon redden, dit alles was veeleer met zijn stiefmoeder begonnen, zodat ze moest roepen: – 'Ik kan niet eten, Geoffrey, ik krijg het niet door mijn keel!' Het was moeilijk om te vergeven, moeilijk, moeilijk om te vergeven. En nog moeilijker om niet te zeggen hoe moeilijk het was, *Ik haat je*. Zelfs nu, uitgerekend nu. Ook al was dit het door God gegeven moment, de kans om het bij te leggen, de kaart tevoorschijn te toveren, alles te veranderen; of er was nog één laatste moment... Te laat. De Consul had zijn tong in bedwang gehouden. Maar hij voelde hoe zijn geest zich splitste en verhief, als de twee helften van een ophaalbrug met contragewichten, tikkend, om deze kwalijke gedachten door te laten. 'Maar mijn hart –' zei hij.

'Je hart, liefste?' vroeg ze bezorgd.

'Niks –'

'O mijn arme schat, wat zul je moe zijn!'

'Momentito,' zei hij, zich losmakend.

Hij slenterde Jacques' kamer weer in, Yvonne achterlatend op de veranda. Laruelles stem zweefde van beneden omhoog. Was hij hier bedrogen? Deze kamer was misschien wel gevuld geweest met haar liefdeskreten. Boeken (waartussen hij zijn Elizabethaanse toneelstukken niet kon ontdekken) lagen over de hele vloer verspreid en waren naast de divan het dichtst bij de muur als door een half berouwvolle klopgeest opgestapeld tot bijna aan het plafond. Stel dat Jacques, terwijl hij met de verkrachterspassen van Tarquinius op zijn oogmerk afbeende, die mogelijke lawine aan het schuiven had gebracht! Griezelige houtskooltekeningen van Orozco, van een ongekende gruwelijkheid, grijnsden hem aan vanaf de wanden. Op een ervan, door een onmiskenbaar geniale hand vervaardigd, worstelden harpijen knarsetandend op een vernield ledikant te midden van kapotte tequilaflessen. Geen wonder; de Consul tuurde er van dichterbij naar, zocht tevergeefs naar een ongeschonden fles. Al even tevergeefs doorzocht hij Jacques' kamer. Er hingen twee rossige Rivera's. Amazones met uitdrukkingloze gezichten en voeten als schapenpoten getuigden van de verbondenheid van de zwoegers met de aarde. Boven de chevronvormige ramen, die uitzicht boden op de Calle Tierra del Fuego, hing een angstaanjagend schilderij dat hij nog niet eerder had gezien en dat hij aanvankelijk voor een wandtapijt had gehouden. Het was getiteld *Los Borrachones* – waarom niet Los Borrachos? – en leek het midden te houden tussen een primitief werk en een affiche van de drankbestrijding, vagelijk beïnvloed door Michelangelo. Het was trouwens, zag hij nu, echt een drankbestrijdingsaffiche, zij het van een eeuw of zo geleden, een halve eeuw, God weet wanneer. Omlaag, met de rood aangelopen kop vooruit, stortten de dronkaards zich zelfzuchtig Hadeswaarts, in een heksenketel van met vlammen bezaaide duivels, Medusa's en vuurspuwende gedrochten, duikend als zwaluwen of schutterig, met angstige achterwaartse sprongetjes krijsend te midden van vallende flessen en symbolen van vervlogen hoop; omhoog, omhoog schoten de nuchteren bleekjes en onzelfzuchtig het licht in naar de hemel, zich subliem verheffend in paren, waarbij de mannen de vrouwen beschermden en zelf werden beschut door engelen met geheelonthoudersvleugels. Maar het waren niet allemaal paren, merkte de Consul op. Enkele eenzame vrouwen in stijgende lijn werden alleen door engelen beschermd. Hij had de indruk dat deze vrouwen half jaloerse blikken omlaag wierpen naar hun neerstortende echtgenoten, van wie er enkelen onmiskenbaar opgelucht keken. De Consul lachte, een weinig zwakjes. Het was bespottelijk, maar toch – had iemand ooit een goede reden gegeven waarom goed en kwaad niet op zo'n eenvoudige manier afgebakend zouden kunnen worden? Elders in Jacques' kamer hurkten wigvormige stenen afgodsbeelden als bolronde zuigelingen: aan een kant van de kamer stond er zelfs een hele rij, verbonden met een ketting. Een deel van de Consul bleef, of hij wilde of niet en ondanks al dit bewijs van verloren gegaan onstuimig talent, doorlachen bij de gedachte aan Yvonne die gedurende het naspel van haar hartstocht geconfronteerd was geweest met een hele rij geketende baby's.

'Hoe gaat het daarboven, Hugh?' riep hij door het trapgat.

'Ik geloof dat ik Parián aardig scherp in beeld heb.'

Yvonne las op het balkon, en de Consul keek achterom naar Los Borrachones. Plotseling voelde hij iets dat hij nog nooit met zo'n schokkende stelligheid had gevoeld. Dat hij zelf in de hel was. Tegelijkertijd nam een merkwaardige kalmte bezit van hem. De gisting in zijn binnenste, de dwarrelwinden en vlagen van nervositeit, werden weer beteugeld. Hij hoorde Jacques beneden scharrelen en weldra zou hij weer iets te drinken krijgen. Dat zou helpen, maar dit was niet de gedachte die hem kalmeerde. Parián – de Farolito! zei hij bij zichzelf. De Vuurtoren, de vuurtoren die de storm roept en hem verlicht! Tenslotte kon hij er vandaag op een gegeven moment, misschien als ze bij de stierenrodeo waren, tussenuit knijpen en erheen gaan, al was het maar voor vijf minuten, al was het maar voor één glas. Dat vooruitzicht vervulde hem met een haast helende liefde en op dit moment, want het maakte deel uit van zijn kalmte, met het diepste verlangen dat hij ooit had gekend. De Farolito! Het was een vreemde kroeg, eigenlijk een kroeg voor de late avond en de vroege morgen, waar ze in de regel, net als bij die andere verschrikkelijke cantina in Oaxaca, niet eerder opengingen dan vier uur 's ochtends. Maar omdat het vandaag een vrije dag was vanwege de doden zou hij niet dichtgaan. Aanvankelijk had deze kroeg hem piepklein geleken. Pas toen hij hem goed had leren kennen had hij ontdekt hoe ver hij naar achteren doorliep, dat het eigenlijk een groot aantal kleine vertrekjes waren, elk kleiner en donkerder dan het vorige en in elkaar overlopend, het laatste en donkerste niet groter dan een cel. Ze zagen eruit alsof er duivelse plannen werden gesmeed, gruwelijke moorden beraamd; daar bereikte het leven zijn dieptepunt, net als wanneer Saturnus in de Steenbok stond. Maar er zweefden je daar ook grootse malende gedachten door het hoofd; terwijl pottenbakker en landarbeider, vroeg uit de veren, een ogenblik in de verblekende deuropening bleven staan dromen... Hij zag het nu allemaal voor zich, de enorme afgrond aan de ene kant van de cantina naar de barranca die aan Kubla Kahn deed denken: de uitbater, Ramón Diosdado, alias de Olifant, die zijn vrouw zou hebben vermoord om haar van haar neurasthenie af te helpen, de bedelaars, verminkt door oorlog en met zweren overdekt, van wie er een hem op een nacht, na vier rondjes van de Consul, voor de Christus had gehouden en haastig, terwijl hij zich voor hem op de knieën liet vallen, twee medaillons onder de revers van zijn jasje had gespeld, verbonden met een piepklein bewerkt bloedend hartje als een speldenkussen, waarop de Maagd van Guadeloupe stond afgebeeld. 'Ik eh geef u de Heilige!' Dit alles zag hij voor zich, voelend hoe de sfeer van de cantina hem al omsloot met haar zekerheid van smart en kwaad, en met haar zekerheid van nog iets anders dat hem ontschoot. Maar hij wist het: het was een gevoel van vrede. Hij zag de dageraad weer, met eenzame vertwijfeling bezien via die open deur, in het violet getinte licht, een trage bom die barstte boven de Sierra Madre – *Sonnenaufgang!* – de voor hun karren met houten schijfwielen gespannen ossen die buiten geduldig op hun menners wachtten, in de scherpe koele zuivere lucht van de hemel. Zo sterk was het verlangen van de Consul dat zijn ziel werd vastgeklonken aan het wezen van die plek terwijl hij daar stond, en hij werd aangegrepen door gedachten als die van de zeeman die bij het zien van het zwakke baken van Start Point, na een lange reis, weet dat hij weldra zijn vrouw in zijn armen zal sluiten.

Toen keerden ze abrupt terug naar Yvonne. Was hij haar werkelijk vergeten, vroeg hij zich af. Hij keek de kamer weer rond. Ach, in hoeveel kamers, op hoeveel divans, tussen hoeveel boeken hadden ze hun eigen liefde gevonden, hun huwelijk, hun leven samen, een leven dat, ondanks zijn vele rampen, zijn totale rampspoed zelfs – en ook ondanks een gering element van misleiding van haar kant in de begintijd, het feit dat ze gedeeltelijk met haar verleden was getrouwd, met haar Anglo-Schotse voorouders, met de visioenen van leegstaande kastelen in Sutherland vol fluitende spoken, met een emanatie van schriele ooms uit de Lowlands die om zes uur in de ochtend al zandkoek zaten te kauwen – niet zonder triomf was geweest. Maar voor hoe korte tijd. Al te gauw was het een te grote triomf gaan lijken, was het te goed geweest, iets wat te stuitend onvoorstelbaar was om te verliezen, en uiteindelijk onmogelijk te verdragen: het was alsof het zelf een voorteken was geworden van zijn eigen onhoudbaarheid, een voorteken dat bovendien iets bovennatuurlijks leek en waardoor hij zijn schreden weer naar de kroegen richtte. En hoe kon je weer van voren af aan beginnen, alsof Café Chagrin, de Farolito, nooit had bestaan? Of zonder hen? Kon je zowel trouw zijn aan Yvonne als aan de Farolito? – Christus, o, pharos van de wereld, hoe en met wat voor een blind vertrouwen kon je je weg terugvinden, je een weg terug vechten, nu, door de tumultueuze gruwelen van vijfduizend keer onttredderd ontwaken, elke keer nog angstaanjagender dan de vorige, vanaf een plek waar zelfs de liefde niet kon doordringen en waar behalve in de dikste vlammen geen moed bestond? Op de muur doken voor eeuwig de dronkaards omlaag. Maar een van de Mayabeeldjes leek te huilen...

'Ei ei ei ei,' zei Laruelle, à la de kleine postbode, terwijl hij stampend de trap opkwam; cocktails, verachtelijke kost. Ongemerkt deed de Consul iets merkwaardigs; hij pakte Yvonnes ansichtkaart die hij net had gekregen en schoof hem onder Jacques' kussen. Ze kwam binnen vanaf het balkon. 'Hallo, Yvonne, waar is Hugh – sorry dat het zo lang duurde. Zullen we maar naar het dak gaan?' vervolgde Jacques.

In werkelijkheid hadden alle overpeinzingen van de Consul nog geen zeven minuten in beslag genomen. Toch leek Laruelle langer weg te zijn gebleven. Terwijl hij hen volgde, terwijl hij de drank de wenteltrap op volgde, zag hij dat er zich behalve de cocktailshaker en de glazen ook canapés en gevulde olijven op het blad bevonden. Misschien was Jacques, ondanks zijn aplomb van verleider, in werkelijkheid doodsbenauwd door de hele affaire en volledig buiten zichzelf naar beneden gegaan. Terwijl deze uitvoerige toebereidselen alleen maar dienden als excuus voor zijn vlucht. Misschien was het ook wel echt waar, had die arme kerel werkelijk van Yvonne gehouden – 'O, God,' zei de Consul, terwijl hij de mirador bereikte, waar Hugh, die bij hun nadering de laatste sporten van de houten ladder vanaf de loopbrug nam, bijna tegelijkertijd was gearriveerd, 'God, dat de droom van de donkere tovenaar in zijn grot vol visioenen, nog terwijl zijn hand trilt in het laatste stadium van verval – dat vind ik het mooiste stukje – het ware einde van deze zo beroerde wereld mocht zijn... Je had niet zoveel moeite hoeven doen, Jacques.'

Hij nam de verrekijker van Hugh over en keek nu, terwijl zijn glas op een lege kanteel tussen de marsepeinen voorwerpen stond, met vaste hand naar het landschap. Maar vreemd genoeg had hij niets van dit glas gedronken. En de kalmte hield op geheimzinnige wijze aan. Het was alsof ze ergens op een torenhoge golf-tee stonden. Wat een prachtige hole zou dit zijn, van hier naar een green daarginds tussen die bomen aan de andere kant van de barranca, die natuurlijke hindernis zo'n honderdvijftig meter verderop die genomen kon worden met een goede volle spoon-slag, huizenhoog... Plok. De Hole van Golgotha. Hoog in de lucht maakte een adelaar met de wind mee een 'in one'. Het gaf wel blijk van gebrek aan fantasie dat ze de plaatselijke golfbaan daarginds hadden aangelegd, ver van de barranca. Golf=gouffre=kloof. Prometheus zou verloren ballen ophalen. En wat zou je aan de andere kant een vreemde fairways kunnen bedenken, doorkruist door eenzame spoorlijnen, gonzend van de telegraafpalen, glinsterend van de krankzinnige leugens op spoordijken, over de heuvels en ver weg, als de jeugd, als het leven zelf, een baan die over deze hele vlakte liep en zich uitstrekte tot ver voorbij Tomalín, door de wildernis, tot aan de Farolito, de negentiende hole... The Case is Altered.

'Nee, Hugh,' zei hij, de lenzen bijstellend maar zonder zich om te draaien, 'Jacques bedoelt de film die hij van *Alastor* maakte voor hij naar Hollywood ging, die hij heeft opgenomen in een badkuip, voorzover mogelijk, en voor de rest kennelijk in elkaar heeft geflanst met opnames van uit ouwe reisfilms gesneden ruïnes, en een uit *Im dunkelsten Afrika* gejatte jungle, en een zwaan uit het einde van een of andere ouwe Corinne Griffith – Sarah Bernhardt, zij zat er ook in, heb ik gehoord, terwijl de dichter de hele tijd maar op de oever stond en het orkest geacht werd zich uit te leven in de Sacre du Printemps. Ik geloof dat ik de mist vergeten ben.'

Hun gelach brak het ijs een beetje.

'Maar van tevoren heb je bepaalde *wisioenen,* zoals een vriend van me, een Duitse regisseur, altijd zei, van hoe je film moet worden,' zei Jacques tegen hen, achter hem, bij de engelen. 'Maar naderhand, dat is een ander verhaal... En wat die mist betreft, dat is tenslotte het goedkoopste artikel in elke studio.'

'Heb je in Hollywood geen films gemaakt?' vroeg Hugh, die even daarvoor nog bijna ruzie met Laruelle had gemaakt over politiek.

'Ja... Maar ik weiger ze te gaan zien.'

Maar wat in vredesnaam bleef hij, de Consul, vroeg de Consul zich af, toch zoeken in die vlakte daar, dat heuvelige landschap, door de verrekijker van Jacques? Zocht hij iets uit zijn eigen verbeelding, hij die ooit plezier had beleefd aan zo'n eenvoudig stompzinnig prettig iets als golf, aan blinde holes, bijvoorbeeld, als je afsloeg in een hoge woestenij van duinen, ja, eenmaal met Jacques zelf? Aan het uitzicht, na naar een hoog punt te zijn geklommen, op de oceaan met de rook aan de horizon en vervolgens, ver in de diepte, liggend bij de vlaggenstok op de green, zijn nieuwe Silver King, glinsterend. Frisse lucht! – De Consul kon niet meer golfen: zijn enkele pogingen de afgelopen jaren waren rampzalig gebleken... Ik had minstens een soort Donne van de fairways moeten worden. Poëet van de niet-teruggelegde pol. – Wie houdt het vlaggetje vast als ik een hole in drie maak? Wie volgt mijn Zodiaczone langs de kust? En wie accepteert, op die laatste en definitieve green, ook al maak ik een hole in vier, mijn zeventig... Ook al heb ik er meer. De Consul liet de verrekijker eindelijk zakken en draaide zich om. En nog steeds had hij zijn glas niet aangeroerd.

'*Alastor, Alastor,*' zei Hugh terwijl hij naar hem toe slenterde. 'Wie is, was, waarom, en/of schreef Alastor eigenlijk?'

'Percy Bysshe Shelley.' De Consul leunde tegen de mirador naast Hugh. 'Ook zo iemand met ideeën... Het mooiste verhaal over Shelley vind ik dat hij zich gewoon naar de zeebodem liet zinken – met medeneming van een paar boeken uiteraard – in plaats van toe te geven dat hij niet kon zwemmen.'

'Geoffrey, vind je niet dat Hugh iets van de fiësta moet zien,' vroeg Yvonne plotseling vanaf de andere kant, 'omdat het zijn laatste dag is? Vooral als er volksdansen is?'

Zo was het Yvonne die hen 'uit deze situatie bevrijdde', net op het moment dat de Consul van plan was te blijven. 'Ik zou het niet weten,' zei hij. 'Krijgen we geen volksdansen en dergelijke in Tomalín? Zou je dat leuk vinden, Hugh?'

'Jazeker. Natuurlijk. Ik vind alles best.' Hugh liet zich onhandig van het muurtje zakken. 'We hebben toch nog ongeveer een uur voordat de bus vertrekt?'

'Jacques zal het ons heus wel vergeven als we ervandoor gaan,' zei Yvonne bijna wanhopig.

'Dan zal ik zorgen dat jullie veilig beneden komen.' Jacques had zijn stem in bedwang. 'Het fête zal op dit vroege uur nog niet veel voorstellen, maar je moet de muurschilderingen van Rivera zien, Hugues, als je die nog niet gezien hebt.'

'Ga jij niet mee, Geoffrey?' Yvonne draaide zich om op de trap. 'Kom nou mee,' zeiden haar ogen.

'Ach, ik heb het niet zo op fiësta's. Gaan jullie maar, dan zie ik jullie wel vóór de bus vertrekt bij de halte. Ik heb toch nog wat met Jacques te bespreken.'

Maar ze waren allemaal al naar beneden en de Consul was alleen op de mirador. En toch niet alleen. Want Yvonne had een vol glas op de kanteel bij de engelen laten staan, dat van de arme Jacques stond op een uittanding, dat van Hugh op het zijmuurtje. En de cocktailshaker was niet leeg. Bovendien had de Consul zijn eigen glas niet aangeraakt. En toch dronk hij nu nog steeds niet. De Consul bevoelde met zijn rechterhand zijn linkerbiceps onder zijn jasje. Kracht min of meer – maar hoe gaf je jezelf moed? Die fraaie koddige moed van Shelley; nee, dat was hovaardij. En hovaardij gebood je door te gaan, hetzij door te gaan en jezelf de dood in te jagen, hetzij er, zoals al zo vaak, met behulp van dertig flesjes bier en gestaar naar het plafond, 'bovenop te komen'. Maar ditmaal was het heel anders. Stel dat moed hier het toegeven van een totale nederlaag betekende, het toegeven dat je niet kon zwemmen, ja zelfs het toegeven (heel eventjes nog niet eens zo'n slechte gedachte) aan opname in een sanatorium? Nee, wat het doel ook mocht zijn, het was niet zomaar een kwestie van 'je laten opbergen'. Geen engelen, geen Yvonne en geen Hugh konden hem hierbij helpen. En wat de demonen betrof, die waren zowel in hem als buiten hem; hoewel ze zich op dit moment koest hielden – misschien bezig aan hun siësta – werd hij toch door hen omringd en bezeten; zij beheersten hem. De Consul keek naar de zon. Maar de zon zei hem niets meer: het was niet zijn zon. Net als de waarheid, was het haast onmogelijk de zon onder ogen te zien; hij wilde op geen enkele manier in haar buurt komen, en zeker niet in haar licht zitten, haar recht aankijken. 'En toch zal ik haar recht aankijken.' Hoe dan? Als hij niet alleen tegen zichzelf loog, maar de leugen zelf geloofde en op zijn beurt weer tegen die leugenachtige partijen loog, die zelfs hun eigen eer ontbeerden. Er was niet eens een hechte basis voor zijn zelfbedrog. Hoe zou die er dan moeten zijn voor zijn pogingen tot eerlijkheid? 'Een gruwel,' zei hij. 'Maar ik geef niet op.' Maar wie was ik, hoe die ik te vinden, waar was die 'ik' heen? 'Wat ik ook doe, ik doe het welbewust.' En welbewust, dat was waar, bleef de Consul zichzelf ervan weerhouden zijn glas aan te raken. 'De wil des mensen is onoverwinnelijk.' Eten? Ik moet eten. Dus at de Consul een halve canapé. En toen Laruelle terugkwam, zat de Consul nog steeds drankloos te staren – waar staarde hij naar? Dat wist hij zelf niet. 'Weet je nog toen we naar Cholula gingen,' zei hij, 'hoe stoffig het daar was?'

Beide mannen keken elkaar zwijgend aan. 'Eigenlijk wil ik helemaal niet met je praten,' voegde de Consul er na een ogenblik aan toe. 'Ik zou het zelfs niet erg vinden als dit de laatste keer was dat ik je zag... Heb je me gehoord?'

'Ben je gek geworden?' riep Laruelle ten slotte uit. 'Begrijp ik het goed dat je vrouw bij je is teruggekomen, iets waarom ik je heb zien bidden en jammeren onder de tafel – letterlijk onder de tafel... En dat je nu zo onverschillig tegen haar doet en je nog steeds alleen maar druk maakt over waar je volgende glas vandaan zal komen?'

Van zoveel onbeantwoordbare en overweldigende onrechtvaardigheid had de Consul niet terug; hij stak zijn hand uit naar zijn cocktail, hield hem vast, rook eraan: maar ergens, waar het niet veel zou helpen, wilde een tros van geen wijken weten; hij dronk niet; het scheelde weinig of hij glimlachte minzaam naar Laruelle. Waarom niet nu beginnen met het afslaan van drank in plaats van later? Waarom niet nu; in plaats van later? Later.

De telefoon ging en Laruelle holde de trap af. De Consul zat een tijdje met zijn gezicht in zijn handen en vervolgens, zijn glas nog altijd onaangeroerd latend, ja zelfs alle glazen onaangeroerd latend, daalde hij af naar de kamer van Jacques.

Laruelle legde de hoorn op de haak: 'Zo,' zei hij, 'ik wist niet dat jullie elkaar kenden.' Hij trok zijn jasje uit en begon zijn das los te maken. 'Dat was mijn arts, die naar jóu informeerde. Hij wil weten of je nog niet dood bent.'

'O... o, dat was Vigil zeker, hè?'

'Arturo Díaz Vigil. Médico. Cirujano... Et cetera!'

'Ah,' zei de Consul op zijn hoede, terwijl hij zijn vinger langs de binnenkant van zijn boordje liet gaan. 'Ja, ik heb hem vannacht voor het eerst ontmoet. Hij was trouwens vanochtend nog bij me thuis.' Laruelle trok peinzend zijn overhemd uit en zei: 'We gaan nog een keer tennissen voor hij met vakantie gaat.'

De Consul, die ging zitten, stelde zich dat zotte, winderige partijtje tennis voor in de brandende Mexicaanse zon, de goede ballen in een zee van missers – geen sinecure voor Vigil, maar wat kon hem dat schelen (en wie was Vigil? – de brave man kwam hem inmiddels even onwerkelijk voor als een figuur die je maar niet groette uit vrees dat hij niet je bekende van vanochtend was, maar het evenbeeld van de acteur die je 's middags op het doek had gezien) terwijl de ander aanstalten maakte om een douchecel te betreden die, met die zonderlinge architectonische veronachtzaming van decorum die wordt tentoongespreid door een volk dat niets hoger in het vaandel heeft dan decorum, in een kleine nis was gebouwd welke zowel vanaf het balkon als van boven aan de trap prachtig te zien was.

'Hij wil weten of je van gedachten veranderd bent, of jij en Yvonne toch met hem meerijden naar Guanajuato... Waarom doen jullie dat niet?'

'Hoe wist hij dat ik hier was?' De Consul ging rechtop zitten, weer een beetje beverig, zij het een ogenblik verbaasd door het feit dat hij de situatie meester was, dat nu bleek dat er wérkelijk iemand was die naar de naam Vigil luisterde en die hem had uitgenodigd om mee te gaan naar Guanajuato.

'Hoe? Wat dacht je... Ik heb het hem verteld. Jammer dat je hem niet allang geleden hebt ontmoet. Die man zou je echt kunnen helpen.'

'Misschien zul je merken... Jij kunt hem vandaag helpen.' De Consul deed zijn ogen dicht, en opnieuw hoorde hij duidelijk de stem van de dokter: 'Maar nu je esposa terug is. Maar nu je esposa terug is... Ik zou je met willen werken.' 'Wat?' Hij deed zijn ogen open... Maar de vreselijke schok die op dit moment door heel zijn wezen voer bij het besef dat die gruwelijk uitgerekte komkommerachtige bundel blauwe zenuwen en lellen onder de dampende ongegeneerde buik zijn vertier had gezocht in het lichaam van zijn vrouw deed hem trillend overeind komen. Hoe weerzinwekkend, hoe onvoorstelbaar weerzinwekkend was de werkelijkheid. Hij begon de kamer rond te lopen, en bij elke stap knikten schokkerig zijn knieën. Boeken, te veel boeken. De Consul kon zijn Elizabethaanse toneelstukken nog steeds niet ontdekken. Maar verder was alles er, van Les joyeuses bourgeoises de Windsor tot Agrippa d'Aubigné en Collin d'Harleville, van Shelley tot Touchard – Lafosse en Tristan l'Hermite. Beaucoup de bruit pour rien! Kon een ziel daarin baden of zijn dorst lessen? Misschien wel. Maar in geen van deze boeken zou je je eigen lijden terugvinden. En evenmin konden ze je leren hoe je naar een margriet moest kijken. 'Maar hoe kwam je erbij om Vigil te vertellen dat ik hier was als je niet wist dat hij me kende?' vroeg hij, haast met een snik.

Laruelle, door damp overmand, met ter verklaring vingers in zijn oren, had het niet verstaan: 'Wat hebben jullie tweeën zoal gevonden om over te praten? Vigil en jij?'

'Alcohol. Krankzinnigheid. Medullaire compressie van gebochelden. Onze punten van overeenstemming waren min of meer bilateraal.' De Consul, die nu openlijk trilde, op zijn normale manier, tuurde door de open balkondeuren naar de vulkanen waarboven opnieuw rookwolkjes hingen, vergezeld door het geratel van schietoefeningen; en eenmaal wierp hij een hartstochtelijke blik omhoog naar de mirador, waar zijn onaangeroerde glazen stonden. 'Massareflexen, maar alleen fallisch opgerichte vuurwapens die dood zaaien,' zei hij, tegelijkertijd merkend dat de kermisgeluiden aanzwollen.

'Wat zei je?'

'Hoe had je de anderen willen bezighouden, gesteld dat ze gebleven waren,' krijste de Consul bijna geluidloos, want zelf had hij vreselijke herinneringen aan douches die over zijn hele lichaam glibberden als zeep die uit trillende vingers glipt, 'door een douche te nemen?'

En het verkenningsvliegtuig kwam terug, O Jezus, ja, hier, hier, vanuit het niets, het kwam recht op het balkon af suizen, op de Consul af, misschien wel naar hem op zoek, schoot weer omhoog... Aaaaaaaah! Brumf.

Laruelle schudde zijn hoofd; hij had geen geluid, geen woord gehoord. Hij kwam nu de douchecel uit en liep een andere kleine, door een gordijn afgeschermde nis in die hij als kleedkamer gebruikte:

'Prachtige dag, nietwaar...? Ik denk dat we onweer krijgen.'

'Nee.'

De Consul liep in een opwelling naar de telefoon, ook in een soort nis (het huis leek vandaag meer van zulke nissen te bevatten dan normaal), pakte het telefoonboek en sloeg dat nu, over zijn hele lichaam trillend, open; niet Vigil, nee, niet Vigil, kakelden zijn zenuwen, maar Guzmán. A. B. C. G. Hij zweette nu, verschrikkelijk; het was plotseling even warm in deze kleine nis als in een New-Yorkse telefooncel tijdens een hittegolf; zijn handen beefden koortsig; 666, Cafeaspirina; Guzmán. Erikson 34. Hij had het nummer, was het weer vergeten: de naam Zuzugoitea, Zuzugoitea, en vervolgens Sanabria, sprong vanuit het boek op hem af: Erikson 35. Zuzugoitea. Hij was het nummer al vergeten, het nummer al vergeten, 34, 35, 666: hij bladerde terug, een grote zweetdruppel spetterde op het boek – ditmaal meende hij Vigils naam te zien. Maar hij had de hoorn al van de haak genomen, de hoorn van de haak, van de haak, hij hield hem verkeerd om, praatte, spetterde in het oorgat, het mondgat, hij hoorde – konden zij horen? zien? – het oorgat niet zoals eerst: 'Qué quieres? Wie wil je... God!' schreeuwde hij en legde neer. Hij moest iets drinken voor hij dit kon. Hij rende naar de trap maar wilde toen hij die half op was, sidderend, in alle staten, weer naar beneden rennen; ik heb het blad mee naar beneden genomen. Nee, de glazen staan nog boven. Hij kwam op de mirador en dronk alle glazen leeg die hij zag. Hij hoorde muziek. Plotseling verschenen er zo'n driehonderd koeien, dood, versteend in de houding van levend vee, op de helling voor het huis, waren weer verdwenen. De Consul dronk de inhoud van de cocktailshaker op en kwam rustig naar beneden, pakte een paperback die op de tafel lag, ging zitten en sloeg hem met een lange zucht open. Het was Jean Cocteaus *La Machine Infernale*. 'Oui, mon enfant, mon petit enfant,' las hij, 'les choses qui paraissent abominables aux humains, si tu savais, de l'endroit ou j'habite, elles ont peu d'importance.' 'We zouden wat kunnen gaan drinken op het plein,' zei hij, het boek dicht slaand, en vervolgens weer openend: sortes Shakespeareanae. 'De goden bestaan, zij zijn de duivel,' deelde Baudelaire hem mee.

Hij was Guzmán vergeten. Los Borrachones vielen voor eeuwig in de vlammen. Laruelle, die niets gemerkt had, verscheen weer, oogverblindend in witte flanellen broek, en pakte zijn tennisracket dat boven op een boekenkast lag; de Consul pakte zijn stok en zijn zonnebril, en ze liepen samen de ijzeren wenteltrap af.

'Absolutamente necesario.' Buiten bleef de Consul staan, draaide zich om...

No se puede vivir sin amar, luidden de woorden op het huis. Op straat was nu geen zuchtje wind meer en ze liepen enige tijd zonder iets te zeggen, luisterend naar het lawaai van de fiësta dat nog luider werd toen ze de stad naderden. Vuurlandstraat. 666.

– Laruelle leek nu nog langer dan hij al was, wellicht omdat hij aan de hoge kant van de schuine straat liep, en naast hem, aan de lage kant, had de Consul even het onbehaaglijke gevoel dat hij een dwerg was, een kind. Jaren geleden, toen ze nog jongens waren, was het precies andersom geweest; toen was de Consul de langste. Maar terwijl de Consul op zijn zeventiende gestopt was met groeien toen hij zo'n een meter vijfenzeventig was, was het bij Laruelle nog jaren doorgegaan in verschillende windstreken tot hij de Consul boven het hoofd was gegroeid. Boven het hoofd? Jacques was een jongen van wie de Consul zich nog vol genegenheid bepaalde dingen kon herinneren: hoe zijn uitspraak van 'larie' rijmde op 'Marie' en die van 'bijbel' op 'vrijwel'. De bijbel vindt Marie vrijwel larie. En hij was een man geworden die zich kon scheren en zijn eigen sokken aantrekken. Maar hem boven het hoofd gegroeid, nee toch. Het leek niet vergezocht om te veronderstellen dat daarboven, aan gene zijde van al die jaren, op zijn hoogte van ruim een meter negentig, zijn invloed zich nog terdege deed gelden. Zo niet, waarom dan dat Engels ogende tweedjasje zoals dat van de Consul zelf, die dure veelzeggende Engelse tennisschoenen van het soort waar je gewoon op kon lopen, de Engelse witte broek met zeer wijde pijpen, het Engelse overhemd dat hij op Engelse wijze van boven open droeg, dat buitengewone sjaaltje dat deed vermoeden dat Laruelle ooit als reserve tot een sportteam van de Sorbonne was doorgedrongen of iets dergelijks? En zelfs zijn bewegingen hadden, ondanks zijn lichte gezetheid, een Engels, haast ex-consulair soort souplesse. Waarom tenniste Jacques eigenlijk? Ben je soms vergeten, Jacques, hoe ik je dat zelf heb geleerd, die zomer lang geleden, achter huize Taskerson, of op de nieuwe openbare banen in Leasowe? Op net zulke middagen als deze. Zo kort als hun vriendschap had geduurd, bedacht de Consul, zo enorm, zo alles doordringend, Jacques' hele leven doordringend, was die invloed geweest, een invloed die zelfs in zijn keuze van boeken zichtbaar was, in zijn werk – en waarom was Jacques eigenlijk naar Quauhnahuac gekomen? Had het er niet veel van weg dat hij, de Consul, het zo van verre had gewild, door eigen duistere motieven gedreven? De man die hij hier achttien maanden geleden had ontmoet leek, hoewel zwaar getroffen in zijn kunst en zijn lot, de meest volledig onddubbelzinnige en oprechte Fransman die hij ooit had gekend. Ook was de ernst op Laruelles gezicht, nu waargenomen tegen de lucht achter de huizen, niet in overeenstemming te brengen met cynische slapheid. Was het niet haast alsof de Consul hem listig in schande en ellende had gestort, zelfs gewild had dat hij zou worden verraden?

'Geoffrey,' zei Laruelle plotseling, rustig, 'is ze echt teruggekomen?'

'Daar ziet het wel naar uit, nietwaar?' Beiden bleven staan om hun pijp aan te steken en de Consul merkte op dat Jacques een ring droeg die hij nog nooit had gezien, een scarabee, simpel van ontwerp, geslepen uit een chalcedoon: of Jacques hem zou afdoen bij het tennissen wist hij niet, maar de hand waaraan hij hem droeg trilde terwijl die van de Consul nu vast was.

'Maar ik bedoel echt teruggekomen,' ging Laruelle in het Frans verder terwijl ze weer de Calle Tierra del Fuego op liepen. 'Komt ze niet alleen maar op bezoek, of uit nieuwsgierigheid, of omdat jullie gewoon vrienden zijn, en zo, als ik vragen mag?'

'Dat mag je eerlijk gezegd niet.'

'Begrijp me goed, Geoffrey, ik denk aan Yvonne, niet aan jou.'

'Begrijp jij mij nog een beetje beter. Je denkt aan jezelf.'

'Maar vandáág – ik snap best dat – je was vermoedelijk dronken op dat bal. Ik ben er niet heen gegaan. Maar als het zo is, waarom ben je dan niet thuis om God te danken en te proberen wat uit te rusten en weer nuchter te worden in plaats van iedereen een belazerd gevoel te bezorgen door ze mee te nemen naar Tomalín? Yvonne ziet er doodmoe uit.'

De woorden trokken zwakke vermoeide voren door het hoofd van de Consul dat zich voortdurend vulde met onschuldige deliriums. Desondanks was zijn Frans vloeiend en rap:

'Hoe bedoel je dat ik "vermoedelijk" dronken was als Vigil je dat door de telefoon heeft verteld? En heb je niet zelf net geopperd dat ik samen met Yvonne met hem mee moest gaan naar Guanajuato? Misschien dacht je wel dat als jij je aan ons kon opdringen tijdens die voorgestelde tocht haar vermoeidheid op wonderbaarlijke wijze zou verdwijnen, ook al is het vijftig keer verder dan Tomalín.'

'Toen ik opperde dat jullie mee moesten gaan was het nog niet helemaal tot me doorgedrongen dat ze pas vanochtend was aangekomen.'

'Nou ja – ik weet niet meer van wie het idee kwam om naar Tomalín te gaan,' zei de Consul. Ben ik het die hier met Jacques over Yvonne praat, die het op zo'n manier heeft over óns? Al was dat per slot van rekening al eerder gebeurd. 'Maar ik heb nog niet uitgelegd hoe Hugh in dit geheel past –'

'– *Eieren!*' Had de joviale eigenaar van de abarrotes dat niet vanaf het trottoir rechts boven hen geroepen?

'Mesca*lito*!' Was er iemand anders voorbij gesuisd die een plank droeg, een kroegloper die hij kende; of was dat vanochtend?

– 'En bij nader inzien denk ik niet dat ik de moeite zal nemen.'

Algauw doemde de stad voor hen op. Ze hadden de voet van het Cortez-paleis bereikt. Vlak bij hen zwaaiden kinderen (aangemoedigd door een man met ook al een zonnebril op die iets bekends had, en naar wie de Consul een vage hand opstak) almaar rond een telegraafpaal op een geïmproviseerde draaimolen, een bescheiden parodie op de Grote Carrousel van het plein op de heuvel. Hoger, op een terras van het paleis (want het was ook de Ayuntamiento), stond een soldaat met een geweer op de plaats rust; op een nog hoger terras hingen de toeristen rond: vandalen op sandalen, aan het turen naar de beschilderde muren.

De Consul en Laruelle hadden een goed uitzicht op de fresco's van Rivera vanaf de plek waar ze stonden. 'Je krijgt van hieraf een indruk die die toeristen daarboven niet krijgen,' zei Laruelle, 'ze staan er te dicht op.' Hij wees met zijn tennisracket. 'Dat langzame donkerder worden van de muurschilderingen als je van rechts naar links kijkt. Dat lijkt op de een of andere manier het geleidelijk opleggen van de Spaanse overwinnaarswil aan de indianen te symboliseren. Snap je wat ik bedoel?'

'Als je er nog verder af zou staan, zou het in jouw ogen misschien wel van links naar rechts het geleidelijk opleggen van de Amerikaanse overwinnaarsvriendschap aan de Mexicanen symboliseren,' zei de Consul met een glimlach, terwijl hij zijn zonnebril afnam, 'aan degenen die naar de fresco's moeten kijken en zich moeten herinneren wie ervoor heeft betaald.'

Het deel van de muurschilderingen waar hij naar staarde, stelde, wist hij, de Tlahuicanen voor die hun leven hadden gegeven voor dit dal waarin hij woonde. De kunstenaar had ze uitgebeeld in hun krijgskledij, met de maskers en vellen van wolven en jaguars. Terwijl hij keek, was het alsof deze figuren zich zwijgend aaneensloten. Nu waren ze één figuur geworden, één immens, boosaardig wezen dat naar hem terugstaarde. Plotseling was het alsof dit wezen naar voren begon te komen en vervolgens een heftige beweging maakte. Misschien zei het hem, ja dat was onmiskenbaar het geval, dat hij weg moest gaan.

'Kijk, daar heb je Hugh en Yvonne, ze wuiven naar je.' Laruelle wuifde terug met zijn tennisracket. 'Weet je, ik vind dat ze een fantastisch paar vormen,' voegde hij er met een half gekweld, half boosaardig glimlachje aan toe.

Daar waren ze inderdaad, zag hij, dat fantastische paar, boven bij de fresco's: Hugh met zijn voet op de balustrade van het paleisbalkon, wellicht over hun hoofd naar de vulkanen kijkend; Yvonne nu met haar rug naar hen toe. Ze leunde tegen de balustrade tegenover de fresco's en wendde zich vervolgens opzij naar Hugh om iets te zeggen. Ze wuifden geen tweede keer.

Laruelle en de Consul zagen af van het rotspad. Ze doolden langs de voet van het paleis, tegenover de Banco de Crédito y Ejidal, en sloegen linksaf, het smalle steile weggetje op dat naar het plein voerde. Moeizaam drukten ze zich dicht tegen de paleismuur om een man op een paard te laten passeren, een indiaan van de armere soort met een fijnbesneden gezicht en vuile witte wijde kleren aan. De man zong vrolijk in zichzelf. Maar hij knikte hoffelijk naar hen als om hen te bedanken. Hij leek iets te willen zeggen, hield zijn kleine paard in – met aan weerskanten een rinkelende zadeltas en een zeven in de bil gebrand – om langzaam naast hen voort te stappen terwijl ze heuvelopwaarts klommen. *Tingel tingel kleine singel.* Maar de man, die iets voor hen uit reed, zei niets en bovenaan gekomen wuifde hij plotseling met zijn hand en verdween zingend in galop.

De Consul voelde een steek. Ach, een paard te hebben en weg te kunnen galopperen, zingend, weg naar iemand van wie je hield wellicht, naar het hart van alle eenvoud en vrede ter wereld; was dat niet als de kans die de mens werd geboden door het leven zelf? Natuurlijk niet. Desondanks, heel even maar, had het daarop geleken.

'Wat zegt Goethe ook weer over het paard?' zei hij. 'De vrijheid moe liet hij zich zadelen en breidelen, en werd doodgereden als dank voor zijn moeite.'

Op de plaza was het een vreselijk kabaal. Opnieuw konden ze elkaar nauwelijks verstaan. Een jongen die kranten verkocht, stormde op hen af. Sangriento Combate en Mora de Ebro. Los Aviones de los Rebeldes Bombardean Barcelona. Es inevitable la muerte del Papa. De Consul schrok; ditmaal had hij, een ogenblik, gedacht dat de koppen op hemzelf sloegen. Maar natuurlijk was het alleen maar de arme paus wiens dood onvermijdelijk was. Alsof de dood van ieder ander niet ook onvermijdelijk was! Midden op het plein was een man in een glibberige vlaggenmast aan het klimmen, op een ingewikkelde manier waaraan touwen en spijkers te pas moesten komen. Op de reusachtige carrousel, die naast de muziektent stond, verdrongen zich merkwaardige langneuzige houten paarden die op spiraalvormige buizen waren gemonteerd en majestueus negen terwijl ze met trage zuigerachtige bewegingen ronddraaiden. Jongens op rolschaatsen die zich vasthielden aan de stutten van de parapluconstructie werden gillend van pret in het rond gesleurd, terwijl de onbedekte motor die het geheel aandreef er als een stoompomp op los hamerde; en daarna suisden ze. *Barcelona* en *Valencia* vermengden zich met de knallen en kreten waartegen de zenuwen van de Consul gecapitonneerd waren. Jacques wees op de schilderingen op de panelen die geheel rond het binnenste rad liepen dat horizontaal was geplaatst en verbonden met de bovenkant van de draaiende zuil in het midden. Een achterover in zee liggende meermin kamde haar haar en zong voor de bemanning van een vijf schoorstenen tellend slagschip. Een geklieder dat op het eerste gezicht Medea voorstelde die haar kinderen offerde, bleek een troep gedresseerde apen te behelzen. Vijf opgewekt ogende herten gluurden hen in al hun vorstelijke onwaarschijnlijkheid toe vanuit een Schotse vallei en verdwenen vervolgens in vliegende vaart uit het gezicht. Terwijl een fraaie Pancho Villa met een krulsnor achter hen aan galoppeerde alsof zijn leven ervan afhing. Maar vreemder dan dit alles was een paneel met twee geliefden, een man en een vrouw liggend bij een rivier. Hoewel kinderlijk en primitief, had het iets somnambulistisch en tegelijk waarachtigs, iets van het pathos van de liefde. De geliefden waren onhandig schuin uitgebeeld. Toch kreeg je het gevoel dat ze echt in elkaars armen lagen in de schemer bij deze rivier tussen gouden sterren. Yvonne, dacht hij, met plotselinge tederheid, waar ben je, mijn liefste? Liefste... Even had hij haar naast zich gewaand. Toen herinnerde hij zich dat hij haar kwijt was; toen, nee, dat dat gevoel bij gisteren hoorde, bij de maanden van eenzame kwelling die achter hem lagen. Hij was haar helemaal niet kwijt, ze was de hele tijd hier, hier ja, of zo goed als hier. De Consul wilde zijn hoofd oprichten en het uitschreeuwen van vreugde, net als de ruiter: ze is hier! Word wakker, ze is weer terug! Schat, liefste, ik hou van je! Een verlangen om haar onmiddellijk te zoeken en mee naar huis te nemen (waar in de tuin nog altijd de witte fles Tequila Añejo de Jalisco lag, nog niet geledigd), om een eind te maken aan dit zinloze uitstapje, om bovenal met haar alleen te zijn, overviel hem, alsook een verlangen om onmiddellijk weer een normaal prettig leven met haar te leiden, een leven bijvoorbeeld waarin zo'n onschuldig geluk als al deze brave zielen om hem heen kenden mogelijk zou zijn. Maar hadden ze wel ooit een normaal prettig leven geleid? Was zoiets als een normaal prettig leven hun ooit beschoren geweest? Jawel... Maar die verlate ansichtkaart dan, nu onder Laruelles kussen? Die bewees dat die eenzame kwelling onnodig was geweest, bewees zelfs dat hij ernaar verlangd moest hebben. Zou het echt iets *uitgemaakt* hebben als hij die kaart op tijd had ontvangen? Hij betwijfelde het. Haar andere brieven – Christus, waar waren die ook weer? – hadden tenslotte ook niets uitgemaakt. Misschien als hij ze behoorlijk gelezen had. Maar hij had ze niet behoorlijk gelezen. En weldra zou hij vergeten zijn wat er met de kaart was gebeurd. Desondanks bleef het verlangen – als een echo van dat van Yvonne zelf – om haar te zoeken, haar nu te zoeken, om hun noodlot om te keren, het was een verlangen dat haast op een besluit neerkwam... Richt je hoofd op, Geoffrey Firmin, fluister je dankgebed, doe iets voor het te laat is. Maar het gewicht van een reusachtige hand leek zijn hoofd omlaag te drukken. Het verlangen ging over. Op hetzelfde moment beleefde hij de kermis opeens heel anders, alsof er een wolk voor de zon was gekomen. Het montere geknars van de rolschaatsen, de vrolijke maar ironische muziek, het geschreeuw van de kleine kinderen op hun hengsten met zwanenhalzen, het voorbijtrekken van die merkwaardige schilderingen – dat alles was opeens van een bovenzinnelijke afschuwelijkheid en tragiek, ver weg, getransmuteerd, als een soort uiteindelijke indruk op de zintuigen van wat de aarde was, overgeheveld naar een duister doods gebied, een aanzwellende donder van onbehandelbaar verdriet; de Consul moest wat drinken...

'Tequila,' zei hij. 'Una?' vroeg de jongen scherp, en Laruelle bestelde gaseosa.

'Sí, señores.' De jongen veegde het tafeltje schoon. 'Una tequila y una gaseosa.' Hij bracht onmiddellijk een fles El Nilo voor Laruelle, samen met zout, chilipoeder en een schoteltje met schijfjes citroen.

Het café, dat midden in een omheind parkje lag aan de rand van het plein tussen bomen, heette Paris. En het deed inderdaad aan Parijs denken. Vlakbij druppelde een eenvoudig fonteintje. De jongen bracht hun camarones, rode garnalen op een schoteltje, en moest opnieuw worden verzocht om de tequila te halen.

Ten slotte arriveerde die.

'Ah –' zei de Consul, al was het de chalcedoonring die getrild had.

'Vind je dat echt lekker?' vroeg Laruelle hem, en de Consul zoog op een schijfje citroen, voelde het vuur van de tequila langs zijn ruggengraat omlaaglopen als de bliksem die in een boom slaat welke vervolgens op wonderbaarlijke wijze gaat bloeien.

'Waarom tril je zo?' vroeg de Consul hem.

Laruelle staarde hem aan, hij wierp een nerveuze blik over zijn schouder, hij deed alsof hij op een absurde manier met zijn tennisracket op zijn teen wilde tokkelen maar zette het, toen hij zich de pers herinnerde, onhandig rechtop tegen zijn stoel.

'Waar ben jij bang voor –' vroeg de Consul hem spottend.

'Ik geef toe, ik ben in de war...' Laruelle wierp een langduriger blik over zijn schouder. 'Hier, geef me wat van je vergif.' Hij leunde naar voren, nam een slokje tequila van de Consul en bleef gebogen boven het vingerhoedvormige glas der verschrikkingen zitten, zoeven nog tot de rand gevuld.

'Lekker?'

'– als Oxygénée, en benzine... Als ik ooit aan dat spul begin, Geoffrey, dan weet je dat het met me gedaan is.'

'Dat is bij mij zo met mescal... Niet met tequila, dat is heilzaam... en heerlijk. Net als bier. Goed voor je. Maar als ik ooit weer aan de mescal ga, ja, dan ben ik bang dat het afgelopen is,' zei de Consul dromerig.

'Naam van een naam van God,' huiverde Laruelle.

'Je bent toch niet bang voor Hugh?' De Consul, spottend, liet niet los – terwijl het hem opviel dat heel de troosteloosheid van de maanden volgend op Yvonnes vertrek nu in de ogen van de ánder weerspiegeld werd. 'Je bent toch zeker niet jaloers op hem?'

'Waarom zou –'

'Maar je denkt, of niet soms, dat ik je al die tijd nog nooit de waarheid over mijn leven heb verteld,' zei de Consul, 'waar of niet?'

'Nee... Want een enkele keer misschien, Geoffrey, heb je zonder dat je het zelf wist wel de waarheid verteld. Nee, ik wil echt helpen. Maar zoals gewoonlijk geef je me de kans niet.'

'Ik heb je nooit de waarheid verteld. Ik weet het, het is meer dan verschrikkelijk. Maar zoals Shelley zegt, de koude wereld zal er geen weet van hebben. En de tequila heeft je niet van je getril afgeholpen.'

'Nee, ben ik bang,' zei Laruelle.

'Maar ik dacht dat je nooit bang was... Un otro tequila,' zei de Consul tegen de jongen, die aan kwam hollen en scherp herhaalde: '– uno?'

Laruelle keek om naar de jongen alsof hij van plan was geweest 'dos' te zeggen: 'Ik ben bang voor jou,' zei hij, 'Ouwe Pik.'

De Consul hoorde na de helft van zijn tweede tequila zo nu en dan vertrouwde goedbedoelde frasen. 'Het valt niet mee dit te zeggen. Van man tot man. Het kan me niet schelen wie ze is. Ook al is het wonder geschied. Tenzij je er helemaal mee ophoudt.'

Maar de Consul keek langs Laruelle heen naar de zweefmolen die zich op enige afstand bevond: de molen zelf was vrouwelijk, sierlijk als een balletdanseres, met ijzeren gondelrokken die hoger en hoger wervelden. Ten slotte suisde hij met een nerveus gezwiep en gejank in het rond, totdat de rokken weer kuis neerdaalden en er enige tijd stilte heerste en alleen de bries ze nog beroerde. En hoe mooi, mooi, mooi –

'In Godsnaam, ga naar huis en naar bed... Of blijf hier. Ik zoek de anderen wel. Om te zeggen dat je niet gaat...'

'Maar ik ga wél,' zei de Consul, die een van de garnalen uit elkaar begon te halen. 'Niet camarones,' voegde hij eraan toe. 'Cabrones. Zo noemen de Mexicanen ze.' Hij drukte zijn duimen onder aan zijn oren en bewoog zijn vingers. 'Cabrón. Jij ook, misschien... Venus is een ster met hoorntjes.'

'En de schade dan die jij hebt aangericht, in háár leven... Na al dat gesnotter van je... Als je haar terug hebt! – Als je deze kans krijgt –'

'Je loopt me in de weg bij mijn grote strijd,' zei de Consul, langs Laruelle heen kijkend naar een affiche aan de voet van de fontein: *Peter Lorre en Las Manos de Orlac: á las 6:30 PM.* 'Ik moet nu zelf een paar glaasjes drinken – zolang het geen mescal is, natuurlijk anders raak ik in de war, net als jij.'

'– de waarheid is, neem ik aan, dat je de dingen soms, als je de hoeveelheid precies hebt uitgekiend, duidelijker ziet,' gaf Laruelle een minuut later toe.

'Tegen de dood.' De Consul liet zich behaaglijk achterover zakken op zijn stoel. 'Mijn strijd voor het overleven van het menselijk bewustzijn.'

'Maar zeker niet de dingen die zo belangrijk zijn voor ons verachte nuchtere lieden, van wie het evenwicht in elke menselijke situatie afhankelijk is. Het is precies jouw onvermogen om die te zien, Geoffrey, dat ze werktuigen maakt van de rampspoed die je zelf hebt afgeroepen. Jouw Ben Jonson, bijvoorbeeld, of misschien was het Christopher Marlowe, jouw Faust-man, zag de Carthagers op de nagel van zijn grote teen vechten. Dat is het soort manier waarop jij de dingen graag helder ziet. Alles lijkt volkomen helder, omdat het inderdaad volkomen helder is, gezien vanuit die teennagel.'

'Neem een hete schorpioen,' noodde de Consul, hem de camarones met gestrekte arm toe schuivend. 'Een heetgebakerde cabrón.'

'Ik erken de doeltreffende werking van je tequila – maar besef je wel dat terwijl jij tegen de dood strijdt, of wat je ook denkt dat je doet, terwijl het mystieke in je vrijkomt, of wat je ook denkt dat er vrijkomt, terwijl je van dat alles geniet, besef je wel hoe ongelooflijk veel er van je gepruimd wordt door de wereld die het met jou te stellen heeft, ja, hoeveel er op dit moment door míj gepruimd wordt?'

De Consul staarde dromerig omhoog naar het reuzenrad vlak bij hen, reusachtig, maar gelijkend op een enorm uitvergroot kinderbouwwerk van liggers en hoeksteunen, bouten en moeren, van Meccano; vanavond zou het verlicht worden, de stalen twijgen gevangen in het smaragden pathos van de bomen; *het rad der wet, draaiend;* ook was de gedachte gerechtvaardigd dat de kermis nog niet serieus begonnen was. Wat een herrie zou het straks zijn! Zijn oog viel op een andere kleine draaimolen, een met camouflageverf beschilderd wankel stuk kinderspeelgoed, en hij zag zichzelf als kind het besluit nemen om erop te gaan, aarzelend, de eerstkomende kans missend, en de volgende, uiteindelijk alle kansen missend, totdat het te laat was. Wat voor kansen bedoelde hij precies? Ergens op een radio begon een stem een lied te zingen: Samaritana mía, alma pía, bebe en tu boca linda, om vervolgens te verstommen. Het had geklonken als Samaritana.

'En je vergeet wat jij uitsluit van dit, laten we zeggen, gevoel van alwetendheid. En 's nachts, stel ik me voor, of tussen twee glazen, wat ook een soort nacht is, keert datgene wat je hebt uitgesloten terug, alsof het je die uitsluiting kwalijk neemt –'

'En of het terugkeert,' zei de Consul, die op dit moment luisterde. 'Er zijn ook andere lichte deliriums, *meteora*, die je zo voor je ogen uit de lucht kunt plukken, als muggen. En daarvan denken de mensen dat 't het einde is... Maar d.t.'s zijn alleen maar het begin, de muziek rond het voorportaal van de Qliphoth, de ouverture, gedirigeerd door de Vliegengod... Waarom zien mensen ratten? Dat is het soort vragen dat de wereld zou moeten bezighouden, Jacques. Denk aan het woord wroeging. Remord. Mordeo, mordere. La Mordida! En ook Agenbite... En waarom rongeur? Waarom al dat gebijt, al die knaagdieren in de etymologie?'

'Facilis est descensus Averno... Dat is te makkelijk.'

'Ontken je de grootsheid van mijn strijd? Zelfs als ik win. En winnen zal ik, als ik dat wil,' voegde de Consul eraan toe, zich bewust van een man die vlak bij hen op een trap een bord tegen een boom stond te spijkeren.

'Je crois que le vautour est doux à Prométhée et que les Ixions se plaisent en Enfer.'

'-¡Box!'

'Om nog maar te zwijgen van wat je verliest, verliest, verliest, bezig bent te verliezen, man. Idioot, stomme idioot... Je hebt je zelfs afgeschermd voor de verantwoordelijkheid van het echte lijden... Zelfs het lijden dat jij ondergaat, is grotendeels onnodig. Onecht zelfs. Het mist de grondslag die noodzakelijk is voor de tragiek ervan. Je houdt jezelf voor de gek.

Bijvoorbeeld met dat verdrinken van je verdriet... Vanwege Yvonne en mij. Maar Yvonne weet het. En ik ook. En jij ook. Dat Yvonne het niet gemerkt zou hebben. Als jij niet de hele tijd zo dronken was geweest. Om te weten wat ze deed. Of het je aan te trekken. En wat belangrijker is. Hetzelfde zal weer gebeuren idioot het zal weer gebeuren als je je niet vermant. Ik zie het teken aan de wand. Hallo.'

Laruelle was er helemaal niet; hij had in zichzelf gepraat. De Consul stond op en ledigde zijn glas tequila. Maar het teken was er inderdaad, zij het niet aan de wand. De man had zijn bord tegen de boom gespijkerd:

¿LE GUSTA ESTE JARDÍN?

De Consul realiseerde zich, bij het verlaten van de Paris, dat hij, zogezegd, in een voor hem zeldzame staat van dronkenschap verkeerde. Zijn stappen waggelden naar links, hij kon ze niet naar rechts ombuigen. Hij wist welke kant hij op ging, naar de bushalte, of liever gezegd naar de kleine donkere cantina daarnaast die gedreven werd door de weduwe Gregorio, een halve Engelse die in Manchester had gewoond en wie hij vijftig centavo schuldig was die hij plotseling besloten had haar terug te betalen. Maar hij kon er gewoonweg niet recht op aan koersen... *O we lopen allemaal over de wiggelde-waggelde –*

Dies Faustus... De Consul keek op zijn horloge. Heel even maar, één verschrikkelijk moment in de Paris, had hij gedacht dat het nacht was, dat het een van die dagen was dat de uren voorbijgleden als dobberende kurken langszij een schip, en dat de ochtend was weggevoerd door de vleugels van de engel van de nacht, allemaal in een ommezien, maar vandaag leek het wel precies andersom te gaan: het was pas vijf voor twee. Het was al de langste dag die hij ooit had meegemaakt, een mensenleven lang; niet alleen had hij de bus niet gemist, hij zou volop tijd hebben om nog wat meer te drinken. Als hij maar niet zo dronken was! De Consul keurde deze dronkenschap ten strengste af.

Kinderen liepen met hem mee, jolig reagerend op zijn benarde toestand. Geld, geld, geld, snaterden ze. Okee miester! Waar u ga heen? Hun kreten werden moedeloos, zwakker, diep teleurgesteld terwijl ze zich aan zijn broekspijp vastklampten. Hij zou ze graag iets hebben gegeven. Maar hij wilde niet nog meer de aandacht trekken. Hij had Hugh en Yvonne in het oog gekregen, die hun geluk beproefden bij een schiettent. Hugh schoot, Yvonne keek; *ffut, pssst, pfffing;* en Hugh velde een stoet houten eenden.

De Consul strompelde ongezien verder, langs een kraampje waar je je met je liefje kon laten fotograferen tegen een angstaanjagend onweersdecor, luguber en groen, met een aanvallende stier, en de uitbarstende Popocatepetl, langs, met afgewend gezicht, het armoedige kleine gesloten Britse Consulaat, waar de leeuw en de eenhoorn op het vaalblauwe schild hem treurig aankeken. Dit was beschamend. Maar we staan u nog altijd ten dienste, ondanks alles, leken ze te zeggen. Dieu et mon droit. De kinderen hadden hem opgegeven. Maar hij was de koers kwijt. Hij kwam aan de rand van de kermis. Hier waren geheimzinnige tenten, afgesloten of in elkaar gezakt, in plooien opgevouwen. Ze leken bijna menselijk, de eerste soort wakker, afwachtend; de tweede met de gerimpelde verfomfaaide aanblik van slapende mannen, maar er zelfs in hun onderbewustzijn nog naar verlangend om hun ledematen te strekken. Verderop bij de uiterste grens van de kermis was het inderdaad de dag van de doden. Hier leken de canvas kraampjes en schiettenten niet zozeer in slaap als wel levenloos, zonder hoop op een wederopstanding. Toch waren er zwakke levenstekenen, zag hij.

Op een punt buiten de periferie van de plaza, half op het trottoir, stond een andere, volkomen verlaten, 'veilige' draaimolen. De stoeltjes gingen rond onder een piramide van geplooid canvas die een halve minuut langzaam draaide en toen stopte, waarna hij precies op de hoed van de verveelde Mexicaan leek die haar bediende. Hier was hij dan, deze kleine Popocatepetl, ver van de suizende vliegmachines genesteld, ver van het reuzenrad, alleen bestaand – voor wie bestond hij eigenlijk, vroeg de Consul zich af. Noch aan de kinderen, noch aan de volwassenen behorend stond hij daar, onbeheerd, zoals je je zou kunnen voorstellen dat de mallemolen van de puberteit er verlaten bij stond zodra de jeugd vermoedde dat het vermaak dat hij bood zo evident onschuldig was, dat ze liever datgene verkoos wat op het echte plein genotvol verging in heerlijk angstige ellipsen onder een gigantisch baldakijn.

De Consul liep een stukje verder, nog altijd onvast; hij meende zich weer te kunnen oriënteren, stopte toen:

¡BRAVA ATRACCIÓN!
10 C MÁQUINA INFERNAL

las hij, half getroffen door het toevallige hiervan. Grootse attractie. Het kolossale reuzenrad, leeg maar volop in bedrijf boven zijn hoofd op dit uitgestorven gedeelte van de kermis, deed aan een reusachtige boze geest denken, gillend in zijn eenzame hel en de lucht kastijdend met kronkelende ledematen als de schoepen van schepraderen. Die had hij, verborgen door een boom, nog niet gezien. Ook het reuzenrad stopte...

'– Miester. Geld geld geld.'

'Miester. Waar u ga heen?'

Die verrekte kinderen hadden hem weer in de gaten gekregen; en als straf omdat hij hun wilde ontlopen werd hij onontkoombaar, maar zo waardig mogelijk, naar dat monster getrokken om erin te stappen. En nu, nadat hij zijn tien centavo had betaald aan een Chinese bultenaar met een netvormig tennispetje met klep, bevond hij zich alleen, onherroepelijk en lachwekkend alleen, in een kleine biechtstoel. Na enige tijd, gepaard gaande met wilde verbijsterende spasmen, zette het geval zich in beweging. De biechtstoelen, op het uiteinde van dreigende stalen krukassen gemonteerd, zoefden omhoog en vielen log weer neer. De kooi van de Consul zelf werd met een krachtige ruk weer omhoog geslingerd, bleef op het hoogste punt even ondersteboven hangen, terwijl de andere kooi, die veelbetekenend leeg was, zich beneden bevond, stortte zich vervolgens, voordat deze situatie ten volle was begrepen, weer omlaag, hield een ogenblik stil bij het andere uiteinde, maar alleen om wreed weer naar het hoogste punt te worden getild, waar hij gedurende een oneindig, ondraaglijk moment van spanning roerloos bleef hangen. De Consul bungelde er, als de dwaas die het licht op de aarde bracht, ondersteboven bij, met alleen maar een stukje kippengaas tussen hemzelf en de dood. Daar, boven hem, hing de wereld met haar mensen die zich neerwaarts naar hem uitstrekten, op het punt om van de weg op zijn hoofd te vallen, of in de lucht. 999. Die mensen waren daar eerst niet geweest. Ze waren ongetwijfeld die kinderen nagelopen en hadden zich verzameld om naar hem te kijken. Hij was zich er vaag van bewust dat hij geen lichamelijke angst voor de dood kende, zoals hij op dit moment niet bang zou zijn geweest voor wat dan ook waardoor hij zou ontnuchteren; misschien was dit wel voornamelijk zijn bedoeling geweest. Maar het beviel hem niet. Dit was niet leuk. Het was ongetwijfeld weer een voorbeeld van Jacques' –Jacques? – onnodige lijden. En het kon voor een voormalig vertegenwoordiger van Zijner Majesteits regering moeilijk een waardige houding worden genoemd om zich in te bevinden, zij het wel symbolisch, waarvoor kon hij niet zo gauw bedenken, maar ongetwijfeld symbolisch. Jezus. Opeens, verschrikkelijk, waren alle biechtstoelen zich in tegengestelde richting gaan bewegen: O, zei de Consul, o; want het gevoel te vallen leek nu verschrikkelijk achter hem te liggen, met niets te vergelijken, ongekend; dit omgekeerde ontrollen leek beslist niet op een looping in een vliegtuig, waar de beweging snel voorbij was en het enige vreemde gevoel een gewichtstoename betrof; als zeeman keurde hij ook dat gevoel af, maar dit – o, mijn God!

Alles viel uit zijn zakken, werd hem ontworsteld, ontrukt, bij elke wervelende, misselijkmakende, duikende, achterwaartse, gruwelijke rondgang weer een nieuw voorwerp, zijn portefeuille, pijp, sleutels, zijn zonnebril die hij had afgezet, zijn kleingeld waarvan hij niet eens de tijd had zich voor te stellen dat die kinderen zich er ten slotte toch nog op zouden storten, hij werd leeggeschud, leeg weer afgeleverd, zijn stok, zijn paspoort – was dat zijn paspoort geweest? Hij wist niet of hij dat bij zich had gehad. Toen herinnerde hij zich dat hij het bij zich had gehad. Of het niet bij zich had gehad. Zelfs een consul kon zonder paspoort problemen krijgen in Mexico. Ex-consul. Wat maakte het uit? Laat maar gaan! Er school een soort woeste vreugde in deze uiteindelijke berusting. Laat alles maar gaan! Vooral alles wat toe- dan wel uitgang verschafte, borg stond voor, betekenis of karakter, doel of identiteit verleende aan die vreselijke kloterige nachtmerrie die hij gedwongen was overal met zich mee te zeulen, genaamd Geoffrey Firmin, gewezen officier van Zijner Majesteits Marine, minder gewezen lid van Zijner Majesteits *Corps consulaire*, en nog minder – Plotseling viel het hem op dat de Chinees sliep, dat de kinderen, de mensen weg waren, dat dit eeuwig door zou gaan; niemand kon de attractie tot stilstand brengen... Het was voorbij.

En toch niet voorbij. Op terra firma bleef de wereld als een krankzinnige ronddraaien; huizen, mallemolens, hotels, kathedralen, cantina's, vulkanen: het was moeilijk om zelfs maar op te staan. Hij realiseerde zich dat er mensen om hem lachten maar ook, wat verbazingwekkender was, dat zijn bezittingen hem een voor een werden teruggegeven. Het kind dat zijn portefeuille had, trok die nog even speels terug alvorens hem te overhandigen. Nee: ze had nog iets in haar andere hand, een verfrommeld papier. De Consul bedankte haar er ferm voor. Een telegram van Hugh. Zijn stok, zijn bril, zijn pijp, ongedeerd; maar niet zijn lievelingspijp; en geen paspoort. Nou ja, het was beslist mogelijk dat hij het niet bij zich had gehad. Hij stopte zijn overige bezittingen weer in zijn zak, sloeg een hoek om, zeer onvast ter been, en liet zich op een bank ploffen. Hij zette zijn zonnebril weer op, stak zijn pijp in zijn mond, sloeg zijn benen over elkaar en mat zich, terwijl de wereld geleidelijk tot bedaren kwam, de verveelde gelaatsuitdrukking aan van een Engelse toerist die in de Jardin du Luxembourg zit.

Kinderen, dacht hij, wat een schatten waren het toch eigenlijk. Dezelfde kinderen die het op zijn geld gemunt hadden gehad, hadden hem nu zelfs zijn allerkleinste muntjes terugbezorgd en vervolgens, geroerd door zijn gêne, het hazenpad gekozen zonder op een beloning te wachten. Nu wilde hij dat hij ze iets gegeven had. Het kleine meisje was ook verdwenen. Misschien was dit wel haar schoolschrift dat open op de bank lag. Hij wilde maar dat hij niet zo kortaf tegen haar was geweest, dat ze zou terugkomen, zodat hij haar het schrift kon geven. Yvonne en hij zouden kinderen moeten hebben gehad, zouden kinderen hebben gehad, konden kinderen hebben gehad, zouden kinderen moeten...

In het schrift ontcijferde hij met moeite:

Escruch is een oude man. Hij woont in Londen. Hij woont alleen in een groot huis. Scrooge is rijk maar hij geeft nooit iets aan de armen. Hij is een vrek. Niemand houdt van Scrooge en Scrooge houdt van niemand. Hij heeft geen vrienden. Hij is alleen op de wereld. De man (el hombre): het huis (la casa): de armen (los pobres): hij woont (el vive): hij geeft (el da): hij heeft geen vrienden (el no tiene amigos): hij houdt van (el ama): oude (viejo): groot (grande): niemand (nadie): rijk (rico): Wie is Scrooge? Waar woont hij? Is Scrooge rijk of arm? Heeft hij vrienden? Hoe woont hij? Alleen. Wereld. Op.

Eindelijk tolde de aarde niet meer met de beweging van de Helse Machine mee. Het laatste huis was roerloos, de laatste boom weer geworteld. Op zijn horloge was het zeven minuten over twee. En hij was broodje nuchter. Wat een vreselijk gevoel was dat. De Consul sloeg het schoolschrift dicht: verrekte ouwe Scrooge; wat vreemd om hem hier tegen te komen!

Vrolijk ogende soldaten, smerig als schoorsteenvegers, flaneerden met montere onmilitaire pas op en neer over de avenida's. Hun officiers, elegant in het uniform, zaten op bankjes en leunden voorover op hun rottinkje als waren ze versteend door verre strategische gedachten. Een indiaanse drager met een torenhoge lading stoelen draafde over de Avenida Guerrero. Er kwam een gek voorbij die, bij wijze van zwemgordel, een fietsband om zijn nek had hangen. Met een nerveuze beweging bewoog hij het beschadigde profiel aan een stuk door om zijn nek. Hij mompelde iets tegen de Consul maar nam, zonder op een antwoord of beloning te wachten, de band plotseling af en slingerde hem voor zich uit in de richting van een kraampje, om hem daarna wankelend te volgen, onderwijl iets in zijn mond proppend uit een blikken aasdoosje. Na de band te hebben opgeraapt slingerde hij hem opnieuw ver voor zich uit en herhaalde dit proces, met zijn onherleidbare logica waartoe hij zich voor eeuwig verplicht leek te hebben, tot hij uit het gezicht was verdwenen.

De Consul voelde zijn hart ineenkrimpen en stond half op. Hij had Hugh en Yvonne weer in het oog gekregen bij een kraampje; zij kocht een tortilla van een oud vrouwtje. Terwijl het vrouwtje de tortilla voor haar met kaas en tomatensaus bepleisterde, rukte een aandoenlijk verlopen politieagentje, duidelijk een die aan het staken was, met scheve pet, smerige slobberbroek, beenkappen en een jas die hem enkele maten te groot was, een blaadje sla af en overhandigde het haar met een volmaakt hoffelijke glimlach. Ze amuseerden zich kostelijk, dat leed geen twijfel. Ze aten hun tortilla, naar elkaar grijnzend, terwijl de saus van hun vingers droop; nu had Hugh zijn zakdoek gepakt; hij poetste een veeg van Yvonnes wang en ze brulden van het lachen, en het politieagentje lachte mee. Wat was er van hun samenzwering geworden, hun samenzwering om zich van hem te ontdoen? Het maakte ook niet uit. De klem om zijn hart was een koude ijzeren vuist van achtervolging geworden die alleen op afstand was gehouden door een zekere opluchting; want als Jacques hen van zijn kleine zorgjes op de hoogte had gebracht, hoe zouden ze nu dan zo kunnen lachen? Toch wist je het maar nooit; en een politieagent bleef een politieagent, ook al was hij in staking, en nog zo vriendelijk; en de Consul was banger voor de politie dan voor de dood. Hij legde een steentje op het schoolschrift van het kind, liet het op de bank liggen en schoot achter een kraampje om hen te vermijden. Tussen de planken door ving hij een glimp op van de man die nog halverwege de glibberige paal was, niet dicht genoeg bij de top of bij de grond om er zeker van te zijn dat hij een van beide in alle rust zou kunnen bereiken; hij ontweek een reusachtige schildpad die op sterven lag tussen twee evenwijdige stromen bloed op het trottoir voor een visrestaurant en ging met vaste tred El Bosque binnen, even bezeten als bij een eerdere gelegenheid, op een draf: er was nog geen spoor van de bus te bekennen; hij had nog twintig minuten, waarschijnlijk meer.

De Terminal Cantina El Bosque, echter, leek zo donker dat hij zelfs met zijn bril af abrupt moest blijven staan... Mi ritrovai per una bosca oscura – of selva? Het maakte niet uit. De Cantina droeg haar naam 'Het Bosschage' met recht. Maar deze duisternis hield in zijn gedachten verband met fluwelen gordijnen, en daar waren ze, achter de schemerige toog, fluwelen of katoenfluwelen gordijnen, te vuil en van stof verzadigd om zwart te zijn, die gedeeltelijk de toegang afschermden tot de achterkamer waarvan je nooit zeker wist of die privé was. Om de een of andere reden was de fiësta niet hierheen doorgestroomd; de gelegenheid – een Mexicaans neefje van een Engelse kroeg met slijtvergunning, voornamelijk bestemd voor lieden die een fles kwamen halen, waarin maar één spichtig tafeltje en twee barkrukken stonden en die, door de ligging op het oosten, steeds donkerder werd naarmate de zon, voor diegenen die oog voor zulke dingen hadden, hoger aan de lucht kwam te staan – was uitgestorven, zoals gewoonlijk op dit tijdstip. De Consul ging op de tast verder. 'Señora Gregorio,' riep hij zachtjes, maar met een vertwijfelde ongeduldige trilling in zijn stem. Het was al moeilijk genoeg geweest om zijn stem te vinden; hij was inmiddels dringend aan een nieuw glas toe. Het woord echode door het achterhuis; Gregorio; er kwam geen antwoord. Hij ging zitten, terwijl de vormen om hem heen geleidelijk vaster omlijnd werden, vormen van vaten achter de bar, van flessen. Ach, die arme schildpad! – De gedachte trof hem pijnlijk. – Er stonden grote groene vaten jerez, habanero, catalán, parras, zarzamora, málaga, durazno, membrillo, pure alcohol voor een peso per liter, tequila, mescal, rumpope. Terwijl hij deze namen las en, alsof het buiten druilerig gloorde, de cantina lichter werd voor zijn ogen, hoorde hij weer stemmen in zijn oren, één stem die boven het gedempte rumoer van de kermis uit klonk: 'Geoffrey Firmin, zo is het nu om te sterven, zo en niet anders, een ontwaken uit een droom op een donkere plek waar, zoals je ziet, de middelen om uit nog een andere nachtmerrie te ontsnappen aanwezig zijn. Maar de keus is aan jou. Je hoeft deze ontsnappingsmiddelen niet te benutten; het wordt aan je eigen oordeel overgelaten; om erover te beschikken hoef je alleen maar –' 'Señora Gregorio,' herhaalde hij, en de echo kwam terug: 'Orio.'

In een hoek van het cafeetje was iemand kennelijk ooit aan een kleine muurschildering begonnen, een imitatie van de Grote Muurschildering in het paleis, maar twee of drie figuren, schilferende en onvoltooide Tlahuicanen. – Achter klonken trage, sloffende voetstappen; de weduwe verscheen, een klein oud vrouwtje gekleed in een ongewoon lange en armoedige ruisende zwarte jurk. Haar haar dat hij zich als grijs herinnerde, leek recentelijk met henna behandeld te zijn, of rood geverfd, en waar het van voren in slordige slierten hing, was het van achteren samengebonden tot een korte vlecht. Haar gezicht, dat baadde in het zweet, vertoonde een uitzonderlijk wasbleke teint; ze leek door zorgen getekend, door lijden verteerd, maar bij het zien van de Consul straalden haar vermoeide ogen, waardoor haar hele gelaatsuitdrukking verwarmd werd tot een ironische geamuseerdheid waarin zowel vastbeslotenheid als een zekere matte afwachting doorschemerde. 'Mescal mokelik,' zei ze, op een vreemde, half plagende zangtoon, 'Mescal onmokelik.' Maar ze maakte geen aanstalten om de Consul iets in te tappen, misschien vanwege zijn uitstaande schuld, een bezwaar dat hij onmiddellijk uit de weg ruimde door een tostón op de toog te leggen. Ze glimlachte bijna schuw terwijl ze naar het mescalvat schuifelde.

'No, tequila, por favor,' zei hij.

'Un obsequio' – ze overhandigde hem de tequila. 'Waar ween u nu?'

'Ik ween nog altijd op de Calle Nicaragua cincuenta dos,' antwoordde de Consul glimlachend. 'U bedoelt "woont", Señora Gregorio, niet "weent", con permiso.'

'Vergeet niet,' wees Señora Gregorio hem vriendelijk, langzaam terecht, 'vergeet niet mij Engels. Nou ja, zo is het,' zuchtte ze, terwijl ze voor zichzelf een klein glaasje málaga tapte uit het vat waarop die naam stond gekalkt. 'Op uw liefde. Wat is mijn namen?' Ze schoof een schoteltje met zout naar hem toe dat was doorspikkeld met oranje peper.

'Lo mismo.' De Consul dronk de tequila op. 'Geoffrey Firmin.'

Señora Gregorio bracht hem een tweede tequila; ze bleven enige tijd naar elkaar kijken zonder iets te zeggen. 'Zo is het,' herhaalde ze ten slotte, opnieuw zuchtend; en in haar stem klonk medelijden met de Consul. 'Zo is het. Je moet het nemen zoals het kom. Er is niets aan te doen.'

'Nee, er is niets aan te doen.'

'Als u heb uw vrouw u zou alles verliezen in die liefde,' zei Señora Gregorio, en de Consul, die begreep dat het gesprek weer werd opgevat waar het weken geleden was afgebroken, waarschijnlijk op het moment dat Yvonne hem voor de zevende keer die avond verlaten had, merkte dat hij geen behoefte voelde om de grondslag van gemeenschappelijke ellende waarop hun verhouding berustte te veranderen – want Gregorio had haar werkelijk verlaten voordat hij stierf door haar mee te delen dat zijn vrouw was teruggekomen, dat ze zich zelfs, misschien, op nog geen vijftien meter afstand bevond.

'Allebei dinken één ding, dus je raak het niet kwijt,' vervolgde ze treurig.

'Sí,' zei de Consul.

'Zo is het. Bij dinken aan alle dingen raak je nooit je verstand kwijt. Je dinken, je leven – je alles daarin. Vroeger toen ik een meisje was dach ik nooit ik zou leven zoals ik nu lief. Ik droomde altijd van moeie dromen. Moeie kleren, moeie harren – "Alles is goed voor me nu" was het vroeger, theaters, maar alles – nu dink ik niet meer aan niks anders als narigheid, narigheid en nog is narigheid; en er kom narigheid... Zo is het.'

'Sí, Señora Gregorio.'

'Natuurlijk was ik een moei meisje van huis uit,' zei ze. 'Dit – ' ze keek minachtend het kleine donkere café rond, 'was nooit in mijn gedachten. Het leven verander, weet u, daar dink je nooit aan.'

'Niet "dinken", Señora Gregorio, u bedoelt "denken".'

'Daar dink je nooit aan. Nou ja,' zei ze, terwijl ze een liter pure alcohol inschonk voor een arme neusloze peón die stilletjes was binnengekomen en in een hoek stond, 'een moei leven tussen moeie mensen, en nu?'

Señora Gregorio slofte de achterkamer in, de Consul alleen latend. Hij bleef enkele minuten zitten zonder zijn tweede grote glas tequila aan te raken. Hij stelde zich voor dat hij het leegdronk maar miste de wilskracht om zijn hand uit te strekken en het te pakken, als was het iets waarnaar ooit langdurig en tot vervelens toe was verlangd maar dat nu, als een boordevolle bokaal die plotseling onder handbereik is gekomen, alle betekenis had verloren. De leegte van de cantina, en een vreemd getik als van een kever binnen die leegte, begonnen hem op de zenuwen te werken; hij keek op zijn horloge: pas zeventien minuten over twee. Daar kwam dat getik vandaan. Opnieuw stelde hij zich voor dat hij het glas leegdronk:

opnieuw ontbrak hem de wilskracht. Eenmaal ging de klapdeur open, keek iemand haastig rond om zich te vergewissen, ging weer weg: was dat Hugh, Jacques? Wie het ook was, hij leek de gelaatstrekken van beiden te hebben bezeten, om beurten. Er kwam iemand anders binnen die, al dacht de Consul het volgende moment dat het anders was, regelrecht doorliep naar de achterkamer, steels om zich heen glurend. Een uitgehongerde pariahond die eruitzag alsof ze onlangs gevild was, had zich achter de laatste man naar binnen gedrongen; ze keek met zachtaardige kraalogen op naar de Consul. Toen drukte ze haar arme gehavende jol van een borstkas, waaraan rauwe verwelkte spenen hingen, omlaag en begon voor hem te buigen en over de vloer te schrapen. Ach, de intocht van het dierenrijk! Eerst waren het de insecten geweest; nu omsingelden ze hem opnieuw, deze dieren, deze mensen zonder ideeën: 'Dispense usted, por Dios,' fluisterde hij tegen de hond en voegde er vervolgens, in de behoefte iets aardigs te zeggen, bukkend een zinnetje aan toe dat hij in zijn jongelings- of kinderjaren ergens gelezen of gehoord had: 'Want God ziet hoe verlegen en mooi je in werkelijkheid bent, en de hoopvolle gedachten die je als witte vogeltjes vergezellen –'

De Consul stond op en declameerde plotseling tegen de hond:

'Doch heden, pichicho, zult gij met mij zijn in –' Maar de hond hopste doodsbang op drie poten weg en kroop onder de deur door.

De Consul ledigde in één teug zijn glas tequila; hij liep naar de toog. 'Señora Gregorio,' riep hij; hij wachtte, liet zijn blik door de cantina gaan, die veel lichter leek te zijn geworden. En de echo kwam terug: 'Orio.' – Nee maar, de krankzinnige platen van de wolven! Hij was vergeten dat die hier waren. De nu zichtbaar geworden platen, een stuk of zeven van aanzienlijke lengte, maakten, waar de muurschilder het had laten afweten, de inrichting van El Bosque compleet. Ze waren tot in de kleinste details precies eender. Alle toonden dezelfde slee die achtervolgd werd door dezelfde troep wolven. De wolven joegen over de gehele lengte van de toog achter de inzittenden van de slee aan en met tussenpozen langs alle muren van het vertrek, hoewel slee noch wolven ook maar een centimeter van hun plaats kwamen. Naar welke rode Tartaar, o geheimzinnig beest? Volstrekt ongerijmd moest de Consul aan Rostovs wolvenjacht denken in *Oorlog en vrede* – ach, dat onvergelijkelijke feest na afloop ten huize van de oude oom, het gevoel jong te zijn, de vrolijkheid, de liefde! Tegelijkertijd herinnerde hij zich eens gehoord te hebben dat wolven helemaal nooit in troepen jagen. Ja, inderdaad, hoeveel leefpatronen zijn er niet op soortgelijke misvattingen gebaseerd, door hoeveel wolven voelen wij ons niet achtervolgd terwijl onze echte vijanden in schaapskleren voorbijgaan? 'Señora Gregorio,' zei hij opnieuw, en hij zag dat de weduwe sleepvoetend terugkwam, al was het misschien te laat, was er geen tijd meer voor nog een tequila.

Hij stak zijn hand uit, maar liet die weer zakken – Goeie God, wat bezielde hem? Even had hij gedacht dat hij naar zijn eigen moeder keek. Nu merkte hij dat hij tegen zijn tranen vocht, dat hij Señora Gregorio wilde omhelzen, wilde huilen als een kind, zijn gezicht in haar boezem wilde verbergen. 'Adiós,' zei hij, en omdat hij toch nog een tequila op de toog zag staan, dronk hij die snel op.

Señora Gregorio pakte zijn hand en hield die vast. 'Het leven verander, weet u,' zei ze, hem aandachtig aankijkend. 'Je kan er nooit aan dinken. Ik geloof ik zie u gauw weer met uw esposa. Ik zie u samen wenen op een moeie plek waar u ween.' Ze glimlachte. 'Ver weg. Op een moeie plek waar alle zorgen die u heb zullen zijn –' De Consul schrok: wat zei Señora Gregorio daar? 'Adiós,' voegde ze er in het Spaans aan toe. 'Ik heb geen huis, alleen een schaduw. Maar als u ooit een schaduw nodig heb, is mijn schaduw de uwe.'

'Dank u.'

'Denk u.'

'Niet denk u, Señora Gregorio, dank u.'

De kust leek veilig: maar toen de Consul zich behoedzaam door de jaloeziedeuren naar buiten drong, struikelde hij zowat over dr. Vigil. Deze snelde fris en onberispelijk in zijn tenniskledij voorbij, vergezeld door Mr. Quincey en de bedrijfsleider van de plaatselijke bioscoop, Señor Bustamente. De Consul deinsde terug, bang nu voor Vigil, voor Quincey, voor dat ze hem uit de cantina zouden zien komen, maar ze leken hem niet op te merken terwijl ze langs de camión voor Tomalín zweefden, die net was gearriveerd, als jockeys hun ellebogen bewegend en onophoudelijk kletsend. Hij vermoedde dat hun gesprek geheel over hem ging; wat moest er met hem gebeuren, vroegen ze, hoeveel glazen had hij vannacht op het Gran Baile achterovergeslagen? Ja, daar waren ze, ze gingen zelfs naar het Bella Vista zelf, om nog enkele 'meningen' over hem te vernemen. Ze doken nog hier en daar op, verdwenen...

Es inevitable la muerte del Papa.

VIII

Heuvelafwaarts...
 'Koppeling laten opkomen, gas geven.' De chauffeur wierp een glimlach over zijn schouder. 'Ja hoor, Mike,' ging hij in het Iers-Amerikaans tegen hen verder.
 De bus, een Chevrolet uit 1918, schoot met het geluid van geschrokken pluimvee naar voren. Hij was niet vol, behalve voor de Consul, die zich goedgeluimd, dronken-nuchter-ongeremd, in zijn volle omvang had neergevlijd; Yvonne zat er blanco maar glimlachend bij; ze waren toch maar op weg. Geen wind; toch tilde een vlaag de luifels langs de straat op. Algauw rolden ze door een zware zee van chaotisch gesteente. Ze passeerden hoge zeshoekige stellages die vol reclamebiljetten voor Yvonnes bioscoop waren geplakt: *Las manos de Orlac*. Elders toonden affiches voor dezelfde film de handen van een moordenaar, met strepen bloed erop.
 Ze vorderden langzaam, langs de Baños de la Libertad, de Casa Brandes (La Primera en el Ramo de Electricidad), een overdekte toeterende indringer in de smalle steile straatjes. Op de markt stopten ze voor een stel indiaanse vrouwen met manden vol levend gevogelte. De krachtige gezichten van de vrouwen hadden de kleur van donker aardewerk. Hun bewegingen hadden iets logs terwijl ze zich installeerden. Twee of drie hadden een sigarettenpeuk achter hun oor, een andere kauwde op een oude pijp. Hun goedmoedige gezichten van oude afgodsbeelden waren gerimpeld door de zon maar ze glimlachten niet.
 – 'Kijk! Oké,' noodde de buschauffeur Hugh en Yvonne, die van plaats wisselden, en hij haalde van onder zijn overhemd, waar ze zich genesteld hadden, de kleine heimelijke gezanten

van de vrede, van de liefde, twee prachtige witte tamme duiven tevoorschijn. 'Mijn – eh – mijn luchtduiven.'

Ze moesten de kopjes van de vogels kroelen die trots hun rug kromden en glansden alsof ze net wit geverfd waren. (Kon hij geweten hebben, zoals Hugh dat alleen maar door de laatste krantenkoppen te ruiken had geweten, hoezeer het verlies van de Ebro naderbij was gekomen voor de Regering, dat het nog maar een kwestie van dagen zou zijn voordat Modesto zich geheel zou terugtrekken?) De chauffeur stopte de duiven weer onder zijn witte open overhemd: 'Om ze warm te houden. Ja hoor, Mike. Reken maar,' zei hij tegen hen. '¡Vámonos!'

Iemand lachte terwijl de bus hortend weer optrok; op de gezichten van de andere passagiers brak langzaam vrolijkheid door, de camión smeedde de oude vrouwen samen tot een gemeenschap. De klok boven de marktpoort wees, net als die bij Rupert Brooke, tien voor drie; maar het was tien over half. Ze slingerden en hotsten de grote weg op, de Avenida de la Revolución, langs een praktijk waarvan de ramen onder afkeurend geknik van de Consul Dr. Arturo Díaz Vigil, Médico Cirujano y Partero verkondigden, langs de bioscoop zelf. – De oude vrouwen zagen er ook niet uit alsof ze iets wisten van de Slag bij de Ebro. Twee van hen voerden, ondanks het gekletter en gepiep van de lijdzame vloerplanken, een bezorgd gesprek over de prijs van vis. Gewend als ze waren aan toeristen, sloegen ze geen acht op hen. Hugh wist bij de Consul te informeren:

'Hoe is het met de bibberatie?'

Inhumaciones: de Consul kneep lachend in zijn ene oor en wees bij wijze van antwoord op de langs hobbelende bedoening van de doodgraver, waar een papegaai met scheve kop omlaagkeek van zijn in de ingang gehangen stok, onder een bord dat vroeg:

Quo Vadis?

Waar ze nu onmiddellijk heen gingen, was omlaag, met een slakkengangetje, langs een beschut plein met reusachtige oude bomen, hun tere bladeren als pril lentegroen. In het parkje onder de bomen waren duiven te zien en een kleine zwarte geit. ¿Le gusta este jardín, que es suyo? ¡Evite que sus hijos lo destruyan!

Vindt u dit park mooi, zei het bordje, dat van u is? Zorg dan dat uw kinderen het niet vernielen!

... Maar er waren geen kinderen in het parkje; alleen een man die in zijn eentje op een stenen bank zat. Deze man was zo te zien de duivel zelve, met een reusachtig donkerrood gezicht en hoorns, slagtanden, een tong die over zijn kin hing en een blik die een mengeling was van boosaardigheid, wellust en verschrikking. De duivel lichtte zijn masker op om te spuwen, kwam overeind en sukkelde met grote danspassen door de tuin naar een kerk die bijna schuilging achter de bomen. Er klonk een geluid van kletterende machetes. Er was een volksdans aan de gang achter een paar zeilen bij de kerk, op de trap waarvan twee Amerikanen die Yvonne en hij eerder hadden gezien op hun tenen reikhalzend stonden te kijken.

'In alle ernst,' herhaalde Hugh tegen de Consul, die kalm in de duivel scheen te berusten, terwijl Hugh een blik van spijt met Yvonne wisselde, want ze hadden op de zócalo geen dansen gezien, en nu was het te laat om uit te stappen.

'Quod semper, quod ubique, quod ab omnibus.'

Ze reden over een brug aan de voet van de heuvel, het ravijn over. Het zag er hier ronduit afgrijselijk uit. In de bus keek je recht naar beneden, als vanaf de vlaggengaffel van de hoofdmast van een zeilschip, door dicht loof en brede bladeren die de verraderlijke afgrond op geen enkele manier verhulden; de steile wanden waren met een dikke laag afval bedekt, dat zelfs aan de struiken hing. Hugh, die zich omdraaide, zag op de bodem een dode hond liggen, snuffelend aan het afval; witte botten schenen door het karkas heen. Maar boven was de blauwe lucht en Yvonne zag er blij uit toen de Popocatepetl ineens weer opdoemde en het landschap enige tijd domineerde terwijl ze de heuvel daarachter op reden. Toen verdween hij om een hoek uit het gezicht. Het was een lange kronkelende heuvel. Halverwege, voor een opzichtig geschilderde taveerne, stond een man met een blauw pak en een merkwaardig hoofddeksel lichtelijk zwaaiend en een halve meloen etend op de bus te wachten. Vanuit het interieur van deze taveerne, die El Amor de los Amores heette, klonk gezang. Hugh kreeg naar het leek een paar gewapende politiemannen in het oog die aan de toog zaten te drinken. De camión slipte en kwam met blokkerende wielen langs de stoep tot stilstand.

De chauffeur stormde de taveerne binnen, de scheef staande camión, waar de man met de meloen inmiddels was ingestapt, aan zijn ronkende lot overlatend. De chauffeur kwam weer tevoorschijn; hij slingerde zich weer aan boord van het voertuig en ramde het bijna gelijktijdig in zijn versnelling. Vervolgens dreef hij, met een geamuseerde blik over zijn schouder naar de man, en op zijn vol vertrouwen nestelende duifjes, zijn bus de heuvel op:

'Ja hoor, Mike. Tuurlijk. Oké, jongen.'

De Consul wees op de El Amor de los Amores achter hen:

'Viva Franco... Dat is zo'n fascistische tent, Hugh.'

'En?'

'Die verslaafde is de broer van de eigenaar, geloof ik. Eén ding kan ik je wel vertellen... Hij is geen luchtduif.'

'Geen wat...? O.'

'Je zou het misschien niet zeggen, maar hij is een Spanjaard.'

De banken stonden in de lengterichting en Hugh keek naar de man in het blauwe pak tegenover hem, die met dubbele tong in zichzelf had zitten praten en nu, dronken of door drugs bedwelmd of allebei, in bewusteloosheid leek verzonken. Er was geen conducteur in de bus. Misschien zou er later een komen, het geld moest kennelijk bij het uitstappen aan de chauffeur worden betaald, zodat niemand hem lastigviel. Zijn gelaatstrekken, hoge, geprononceerde neus en krachtige kin, hadden in elk geval een sterk Spaanse inslag. Zijn handen – in de ene klemde hij nog steeds de aangevreten halve meloen – waren reusachtig, bedreven en roofzuchtig. Handen van de conquistador, dacht Hugh ineens. Maar zijn algehele verschijning wekte, althans naar Hughs misschien wat al te vlotte oordeel, niet zozeer reminiscenties aan de conquistador als wel aan de verwarring waaraan conquistadores uiteindelijk meestal ten prooi vallen. Zijn blauwe pak was van dure snit, het open jasje, zo te zien, getailleerd. Hugh had opgemerkt dat zijn broek met de brede omslagen fraai over dure schoenen viel. Die schoenen echter – 's ochtends nog gepoetst maar bevuild met kroegzaagsel – zaten vol gaten. Hij droeg geen das. Zijn elegante donkerrode overhemd, geopend bij de hals, bood uitzicht op een gouden kruis. Het overhemd was gescheurd en hing hier en daar uit zijn broek. En hij droeg om de een of andere reden twee hoeden, een goedkope slappe vilthoed die keurig over de brede bol van zijn sombrero paste.

'Hoezo, een Spanjaard?' vroeg Hugh.

'Ze zijn hierheen gekomen na de oorlog in Marokko,' zei de Consul. 'Een pelado,' voegde hij er glimlachend aan toe.

De glimlach zinspeelde op een discussie die hij over dit woord had gehad met Hugh, die het ergens omschreven had gezien als een ongeschoeide analfabeet. Volgens de Consul was dat maar één van de betekenissen; pelados waren inderdaad 'gepelden', van alles beroofd, maar ook mensen die niet rijk hoefden te zijn om de echte armen te plunderen. Zoals die kleinzielige halfbloed-politici die, om maar één jaar hun ambt te mogen bekleden, een jaar waarin ze genoeg opzij hopen te leggen om de rest van hun leven niets meer te hoeven uitvoeren, letterlijk alles aanpakken, van schoenpoetsen tot het zich gedragen als iemand die geen 'luchtduif' was. Hugh begreep dat dit woord uiteindelijk nogal dubbelzinnig was. Een Spanjaard kon er bijvoorbeeld een indiaan mee bedoelen, de indiaan die hij verachtte, misbruikte, dronken voerde. Maar de indiaan kon er een Spanjaard mee bedoelen. En beiden konden er een aansteller mee bedoelen. Misschien was het wel een van die woorden die eigenlijk aan de tijd van verovering waren overgehouden, omdat het aan de ene kant dief suggereerde en aan de andere uitbuiter. Eeuwig verwisselbaar waren de scheldwoorden waarmee de agressor degenen die op het punt staan te worden uitgeplunderd in diskrediet brengt!

Toen de heuvel achter hen lag, stopte de bus tegenover het begin van een avenida met fonteinen, die naar een hotel leidde: het Casino de la Selva. Hugh ontwaarde tennisbanen, en bewegende witte figuren, en de Consul wees met zijn ogen – daar waren dr. Vigil en Laruelle. Laruelle, als hij het was, wierp een bal lukraak hoog in de blauwe hemel, mepte hem omlaag, maar Vigil liep er vierkant voorbij, naar de andere kant.

Dit was het werkelijke begin van de Amerikaanse autoweg; en ze mochten zich verheugen in een kort stukje goed plaveisel. De camión bereikte het station, slaperig, seinen omhoog, wissels in somnolentie verklonken. Het was gesloten als een boek. Ongebruikelijke pullmans snurkten op een zijspoor. Pearceolietanks rustten op het kussen van de spoordijk. Alleen hun bliksemende zilverglans was wakker en speelde verstoppertje tussen de bomen. En op dat eenzame perron zou hij vanavond zelf staan, met zijn pelgrimstas.

QUAUHNAHUAC

'Hoe gaat het?' (en hoeveel meer bedoelde hij daarmee!) Hugh boog zich glimlachend naar Yvonne.

'Dit is zó leuk –'

Net als een kind wilde Hugh dat iedereen van een tochtje genoot. Ook al waren ze naar de begraafplaats gegaan, dan nog zou hij hebben gewild dat ze genoten. Maar Hugh had meer het gevoel dat hij, gesterkt door een groot glas bier, een belangrijke uitwedstrijd moest spelen met een schoolrugbyteam waarin hij ter elfder ure was opgenomen: wanneer de bikkelharde vrees voor de vreemde vijfentwintig-yardslijn, voor de wittere, hogere doelpalen zich uitte in een merkwaardige vervoering, een dringende behoefte om te kletsen. De lusteloosheid van het middaguur was aan hem voorbijgegaan: maar de naakte waarheden van de situatie waren, als de spaken van een wiel, wazig geworden op hun weg naar onwerkelijke grootse gebeurtenissen. Dit tochtje leek hem nu het beste van alle mogelijke ideeën. Zelfs de Consul leek nog steeds goedgemutst. Maar de communicatie tussen hen drieën werd algauw weer praktisch onmogelijk; de Amerikaanse autoweg strekte zich naar de verte uit.

Ze verlieten hem plotseling, ruwe stenen muren benamen het zicht. Nu rammelden ze tussen bladerrijke heggen vol wilde bloemen met diep koningsblauwe kelken. Wellicht een ander soort winde. Groen met witte kleren hingen over de maïsstengels voor de lage, met een dak van gras bedekte huisjes. Hier klommen de felblauwe bloemen tot in de bomen die al besneeuwd waren met bloesem.

Aan hun rechterhand, achter een muur die plotseling veel hoger werd, lag nu hun bosje van die ochtend. En hier, al aangekondigd door de bierlucht, was de Cervecería Quauhnahuac zelf. Yvonne en Hugh wisselden, om de Consul heen, een bemoedigende en vriendschappelijke blik. Het kolossale hek stond nog open. Hoe snel rammelden ze er voorbij! Maar niet voordat Hugh opnieuw de zwart geworden en met bladeren bedekte tafeltjes had gezien en, in de verte, de door bladeren verstopte fontein. Het kleine meisje met het gordeldier was verdwenen, maar de man met de klep die op een jachtopziener leek, stond alleen op de binnenplaats, met zijn handen op zijn rug, en keek naar hen. De cipressen langs de muur bewogen lichtjes en eendrachtig en verdroegen hun stof.

Voorbij de spoorwegovergang werd de weg naar Tomalín enige tijd minder hobbelig. Een koele bries woei genadiglijk door de ramen de warme camión binnen. Over de vlakte aan hun rechterhand kronkelde zich nu het eindeloze smalspoorbaantje waarover ze – hoewel ze een duizendtal andere routes hadden kunnen kiezen! – flank aan flank naar huis waren gereden. En daar waren de telegraafpalen die voor eeuwig weigerden die laatste bocht naar links te maken en rechtdoor gingen... Ook op het plein hadden ze het alleen maar over de Consul gehad. Wat een opluchting, en wat een heerlijke opluchting voor Yvonne, toen hij uiteindelijk toch kwam opdagen bij de eindhalte! – Maar de weg werd algauw weer veel slechter, het was nu welhaast onmogelijk om te denken, laat staan om te praten –

Ze sukkelden een almaar ruiger wordend landschap in. De Popocatepetl kwam in zicht, een alweer wegdraaiende verschijning die hen noodde tot verdergaan. Opnieuw verscheen het ravijn ten tonele, hen geduldig achterna kruipend in de verte. De camión smakte met een oorverdovende schok die Hughs maag door zijn strot duwde in een kuil. En smakte vervolgens in, en door, een tweede reeks diepere kuilen: –

'Dit is net of je óver de maan rijdt,' probeerde hij tegen Yvonne te zeggen.

Ze kon het niet verstaan... Hij zag nieuwe dunne lijntjes om haar mond, een vermoeidheid die er in Parijs nog niet was geweest. Arme Yvonne! Dat ze maar gelukkig mag worden. Dat alles maar op de een of andere manier goed mag komen. Dat we maar allemaal gelukkig mogen worden. God zegene ons. Hugh vroeg zich nu af of hij uit zijn binnenzak een piepklein flesje habanero tevoorschijn zou toveren dat hij voor noodgevallen op het plein had aangeschaft, en de Consul openlijk een slokje zou aanbieden. Maar die had dat kennelijk nog niet nodig. Er speelde een flauwe kalme glimlach om de lippen van de Consul die van tijd tot tijd heel lichtjes bewogen, alsof hij, ondanks de herrie, het geslinger en gehots, en het voortdurend voluit tegen elkaar opbotsen, een schaakprobleem oploste, of voor zichzelf iets opzei.

Toen suisden ze over een flink stuk goed geoliede weg door vlak bosgebied waar vulkaan noch ravijn te zien was. Yvonne had zich opzij gedraaid en haar duidelijke profiel gleed in het raam weerspiegeld mee. De gelijkmatiger geluiden in de bus weefden een idioot syllogisme in Hughs gedachten: ik verlies de Slag bij de Ebro, ik verlies ook Yvonne, dus is Yvonne...

De camión was nu wat voller. Behalve de pelado en de oude vrouwen waren er mannen op hun zondags, witte broek en donkerrood overhemd, en een tweetal jongere vrouwen in de rouw, vermoedelijk op weg naar de kerkhoven. Het pluimvee bood een treurige aanblik. Alle berustten gelijkelijk in hun lot; kippen, hanen en kalkoenen, hetzij in hun korf, hetzij nog los. Slechts zo nu en dan fladderend om te laten zien dat ze leefden, zaten ze lijdzaam ineengedoken onder de lange banken, hun geprononceerde spichtige klauwen samengebonden met touw. Twee hennetjes lagen angstig en bevend tussen de handrem en het koppelingspedaal, hun vleugels met de stangen verbonden. Arme drommels, ook zij hadden hun akkoord van München ondertekend. Een van de kalkoenen leek zelfs opmerkelijk veel op Neville Chamberlain. *Su salud estará a salvo no escupiendo en el interior de este vehículo:* deze woorden, op de voorruit, liepen over de hele breedte van de bus. Hugh concentreerde zich op de verschillende voorwerpen in de camión; het spiegeltje van de chauffeur met het opschrift *Cooperación de la Cruz Roja* eromheen, de drie daarnaast vastgeprikte ansichtkaarten van de Maagd Maria, de twee slanke vaasjes met margrieten boven het dashboard, de door koudvuur aangetaste brandblusser, de katoenen werkjas en de stoffer onder de bank waarop de pelado zat – hij keek naar hem op terwijl ze weer op een slecht stuk weg kwamen.

Heen en weer zwaaiend met zijn ogen dicht probeerde de man zijn overhemd in zijn broek te stoppen. Nu knoopte hij systematisch zijn jasje dicht met de verkeerde knopen. Maar het viel Hugh op dat dit alles slechts voorbereiding was, een soort grotesk toilet. Want nog steeds zonder zijn ogen te openen had hij nu op de een of andere manier ruimte gevonden om zich in zijn volle lengte op de bank te kunnen uitstrekken. Even opmerkelijk was hoe hij, languit, als een lijk, de schijn bewaarde alles te weten wat er gebeurde. Ondanks zijn bewusteloosheid was hij op zijn hoede. De halve meloen wipte uit zijn hand, het aangevreten stuk vol pitten als rozijnen rolde op de bank; die dichte ogen zagen het. Zijn kruis gleed weg; hij merkte het. De vilthoed viel van zijn sombrero, gleed op de vloer, hij wist er alles van, maar hij deed geen moeite om de hoed op te rapen. Hij was op zijn hoede voor diefstal en verzamelde tegelijkertijd krachten voor nieuwe uitspattingen. Om een andere cantina binnen te komen die niet van zijn broer was, zou hij misschien recht moeten lopen. Een zo vooruitziende blik verdiende bewondering.

Niets dan pijnbomen, dennenappels, stenen, zwarte aarde. Toch zag die aarde er verschroeid uit, waren die stenen onmiskenbaar vulkanisch. Overal waren, net zoals je bij Prescott kon lezen, bewijzen van de aanwezigheid en de ouderdom van de Popocatepetl. En hier was dat kreng opnieuw! Waarom waren er vulkaanuitbarstingen? De mensen deden alsof ze het niet wisten. Omdat, zo opperden ze soms aarzelend, er beneden het gesteente onder het aardoppervlak stoom werd opgewekt waarvan de druk voortdurend steeg; omdat er door het in ontbinding verkerende gesteente en het water gassen werden gevormd die zich vermengden met de gesmolten materie van daaronder; omdat het doorweekte gesteente in de buurt van het aardoppervlak niet in staat was de steeds toenemende samengestelde druk te beteugelen, en de hele massa explodeerde; de lava stroomde eruit, de gassen ontsnapten, en daar had je je uitbarsting. – Maar nog niet je verklaring. Nee, het was allemaal nog een compleet raadsel. In films over uitbarstingen zag je altijd mensen die verrukt in de aanstormende lavastroom stonden. Muren vielen om, kerken stortten in, hele families brachten in paniek hun bezittingen in veiligheid, maar er waren altijd mensen die sigaretten rokend rondsprongen tussen de gesmolten-lavastromen...

Christus! Hij had zich niet gerealiseerd hoe snel ze gingen, ondanks de weg en hun Chevrolet van 1918, en hij had de indruk dat er als gevolg daarvan een heel andere sfeer in de kleine bus ging heersen; de mannen glimlachten, de oude vrouwen roddelden veelbetekenend en grinnikten, twee jongens, nieuwkomers die zich met moeite vastklampten achterin, floten vrolijk – de felgekleurde overhemden, de nog feller gekleurde confettislingers van kaartjes, rood, geel, groen, blauw, bungelend aan een lus aan het plafond, dat alles droeg bij tot een vrolijke stemming, haast alsof de fiësta weer begonnen was, die er eerst niet was geweest.

Maar de jongens stapten een voor een uit en de vrolijkheid, kortstondig als een plotseling doorbrekende zon, verdween. Meedogenloos ogende kandelaarcactussen zoefden voorbij, de ruïne van een kerk, vol pompoenen, vensters met een baard van gras. In brand gestoken, wellicht, tijdens de revolutie, de buitenkant door vuur geblakerd en een sfeer van verdoemenis uitstralend.

– Het is tijd om je bij je kameraden te voegen, om de arbeiders te helpen, zei hij tegen Christus, die dat beaamde. Dat was Hij al die tijd al van plan geweest, maar totdat Hugh hem had gered hadden die schijnheiligen hem opgesloten in de brandende kerk waar Hij niet kon ademen. Hugh hield een redevoering. Stalin gaf hem een medaille en luisterde welwillend toen hij uitlegde wat hij van plan was. 'Inderdaad... ik kwam niet op tijd om de Ebro te redden, maar ik heb mijn steentje bijgedragen –' Hij ging heen, de Leninster op zijn revers; in zijn zak een getuigschrift; Held van de Sovjetrepubliek, en de Ware Kerk, trots en liefde in zijn hart –

Hugh keek uit het raampje. Nou ja, al met al. Stomme klootzak. Maar het eigenaardige was dat die liefde echt was. Christus, waarom kunnen we niet eenvoudig zijn, Christus Jezus, waarom mogen we niet eenvoudig zijn, waarom mogen we niet allen broeders zijn?

Bussen met rare namen erop, een hele stoet vanaf een zijweggetje, hobbelden in tegengestelde richting voorbij: bussen naar Tetecala, naar Jujuta, naar Xuitepec: bussen naar Xochitepec, naar Xoxitepec –

De Popocatepetl doemde als een piramide op aan hun rechterhand, de ene kant fraai gewelfd als een vrouwenborst, de andere steil, gekarteld, woest. Daarachter stapelden de wolkenflarden zich weer hoog op. De Ixtaccihuatl verscheen...

– *Xiutepecanochtitlantehuantepec, Quintanarooroo, Tlacolula, Moctezuma, Juarez, Puebla, Tlampam* – beng! grauwde de bus opeens. Ze denderden verder, langs biggetjes die over de weg draafden, een indiaan die zand aan het zeven was, een kale jongen, met oorringen, die slaperig zijn buik krabde en als een gek heen en weer zwaaide in een hangmat. Reclames op bouwvallige muren zweefden voorbij. Atchis! Instante! Resfriados, Dolores, Cafeaspirina. Rechace Imitaciones. Las Manos de Orlac. Con Peter Lorre.

Wanneer er een slecht stuk kwam, rammelde de bus en begon vervaarlijk te slippen, eenmaal raakte hij helemaal van de weg af, maar zijn vaste wil won het van deze wankelmoedigheid en men was ten slotte maar blij dat men alle verantwoordelijkheid aan hem had overgedragen, in een toestand gesust waaruit men slechts node zou ontwaken.

Heggen, met lage steile wallen, waarop stoffige bomen groeiden, sloten hen aan weerskanten in. Zonder vaart te minderen reden ze een smal, verzonken stuk weg op, dat kronkelde en zulke sterke herinneringen aan Engeland opriep dat je ieder moment verwachtte een bordje te zullen zien met Openbaar Voetpad naar Lostwithiel.

¡Desviación! ¡Hombres Trabajando!

Met gierende banden en remmen namen ze de omleiding naar links te snel. Maar Hugh had een man gezien die ze op een haar na gemist hadden en die kennelijk in diepe slaap onder de heg aan de rechterkant van de weg lag.

Noch Yvonne noch Geoffrey, die slaperig uit het andere raam zaten te kijken, had hem gezien. Ook leek niemand anders, als ze het al gemerkt hadden, ervan op te kijken dat een man verkoos in de zon te gaan liggen slapen op de hoofdweg, hoe hachelijk het daar ook was.

Hugh boog zich naar voren om iets te roepen, aarzelde en tikte toen de chauffeur op zijn schouder; bijna op hetzelfde moment kwam de bus met een ruk tot stilstand.

Met één hand een grillige koers sturend loodste de chauffeur, zich uitrekkend op zijn stoel om de hoeken voor en achter te kunnen overzien, zijn jengelende voertuig vanaf de omleiding snel achteruit, de smalle autoweg weer op.

De vriendelijke scherpe lucht van uitlaatgassen werd getemperd door de hete-teerlucht van de wegwerkzaamheden, die zich nu vóór hen bevonden, waar de weg breder was en van de heg gescheiden door een ruime grasstrook, hoewel daar nu niemand bezig was en iedereen er misschien al wel uren geleden voor die dag de brui aan had gegeven, en er was niets te zien, alleen de zachte, indigoblauwe loper die er eenzaam glinsterend en zwetend bij lag.

Nu verscheen er tegenover de omleiding, in zijn eentje verrijzend uit een soort vuilnishoop waar de grasstrook ophield, een stenen kruis langs de kant van de weg. Eronder lagen een melkfles, een trechter, een sok en een stuk van een oude koffer.

En nu, nog verder terug, op de weg, zag Hugh de man weer. Met een brede hoed over zijn gezicht lag hij vredig op zijn rug met zijn armen gestrekt in de richting van dit kruis langs de weg, in de schaduw waarvan, op zo'n zes meter afstand, hij een bed van gras had kunnen vinden. Niet ver daarvandaan stond een paard gedwee de heg te snoeien.

Toen de bus wederom met een ruk stopte, gleed de nog steeds languit liggende pelado bijna van de bank op de vloer. Hij slaagde er echter in zich te herstellen, kwam niet alleen op zijn voeten terecht en in een evenwicht dat hij opmerkelijk genoeg wist te bewaren, maar was bovendien, met één krachtige tegenbeweging, tot halverwege de uitgang gekomen, het kruis weer veilig op zijn plek om zijn hals gevallen, hoeden in de ene hand, wat er nog van de meloen restte in de andere. Met een blik die elke gedachte om ze te stelen in de kiem zou hebben gesmoord, legde hij de hoeden voorzichtig op een lege bank bij de deur om zich vervolgens, met overdreven zorg, op de weg te laten zakken. Zijn ogen waren nog steeds maar halfopen, en ze behielden een doodse glazigheid. Toch leed het geen twijfel dat hij de hele situatie al had overzien. Hij gooide de meloen weg en begaf zich in de richting van de man, met aarzelende stappen, als over denkbeeldige obstakels. Maar zijn koers was recht, en zijn houding evenzeer.

Hugh, Yvonne, de Consul en twee mannelijke passagiers stapten uit en volgden hem. Geen van de oude vrouwen verroerde zich.

Het was snikheet op de verzonken verlaten weg. Yvonne slaakte een zenuwachtig gilletje en draaide zich abrupt om; Hugh pakte haar arm.

'Let maar niet op mij. Ik kan alleen maar geen bloed zien, verdomme.'

Ze klom weer in de camión terwijl Hugh verder liep met de Consul en de twee andere passagiers.

De pelado zwaaide lichtelijk heen en weer boven de liggende man die in de gebruikelijke wijde witte kleren van de indiaan was gestoken.

Er was echter niet veel bloed te zien, behalve aan één kant van zijn hoed.

Maar de man lag beslist niet vredig te slapen. Zijn borst deinde als die van een uitgeputte zwemmer, zijn buik kromp in snelle opeenvolging samen en zette weer uit, zijn ene hand balde en ontspande zich in het stof...

Hugh en de Consul stonden er hulpeloos bij, beiden in de veronderstelling dat ze wachtten tot de ander de hoed van de indiaan zou afnemen, de wond aan het daglicht zou brengen waarvan beiden wel begrepen dat die er moest zijn, maar van een dergelijk initiatief weerhouden door een gemeenschappelijke aarzeling, een duistere vorm van hoffelijkheid wellicht.

Want beiden wisten dat de ander ook dacht dat het toch beter zou zijn als een van de andere passagiers, al was het maar de pelado, de man zou onderzoeken.

Omdat niemand enige aanstalten maakte, werd Hugh ongeduldig. Hij wipte van zijn ene voet op de andere. Hij keek verwachtingsvol naar de Consul; deze was lang genoeg in dit land om te weten wat er moest gebeuren, en bovendien was hij degene onder hen die nog het meeste van een gezagsdrager had. Maar de Consul leek in gepeins verzonken. Plotseling deed Hugh in een opwelling een stap naar voren en boog zich over de indiaan – een van de andere passagiers trok aan zijn mouw.

'Geef u uw sigaret gegooien?'
'Gooi weg.' De Consul werd wakker. 'Bosbrand.'
'Sí, ze gebben het verbieden.'

Hugh stampte zijn sigaret uit en stond op het punt zich weer over de man te buigen toen de passagier opnieuw aan zijn mouw trok:

'No, no,' zei hij, op zijn neus tikkend, 'dat gebben ze verbieden también.'

'Je mag hem niet aanraken – zo luidt het voorschrift,' zei de Consul scherp, die er nu uitzag alsof hij het liefst zo ver mogelijk van deze plek verwijderd wilde zijn, desnoods met behulp van het paard van de indiaan. 'Om hem te beschermen. En het is een zinnig voorschrift ook. Anders zou je achteraf nog medeplichtig kunnen worden.'

De ademhaling van de indiaan klonk als een zee die zich terugsleept over een kiezelstrand.

Er vloog één enkele vogel, hoog in de lucht.

'Maar die man kan wel liggen te st –' mompelde Hugh tegen Geoffrey.

'God, wat voel ik me beroerd,' antwoordde de Consul, hoewel hij onmiskenbaar op het punt stond iets te ondernemen, maar de pelado was hem voor: hij liet zich op zijn ene knie zakken en sloeg bliksemsnel de hoed van het hoofd van de indiaan.

Ze gluurden er allemaal naar en zagen de gemene wond aan de zijkant, waar het bloed bijna gestold was, het rood aangelopen besnorde gezicht opzij gedraaid, en voordat ze achteruit stapten, ving Hugh een glimp op van een som gelds, vier of vijf zilveren pesos en een handvol centavos, die keurig onder de losse boord van 's mans kiel was gelegd, daardoor gedeeltelijk aan het oog onttrokken. De pelado drukte de hoed weer op zijn plaats, richtte zich op en maakte een wanhopig gebaar met zijn nu onder het half opgedroogd bloed zittende handen.

Hoe lang lag hij hier al, zo op de weg?

Hugh keek de pelado na terwijl deze terugliep naar de camión en vervolgens, nogmaals, naar de indiaan, wiens laatste adem zich, terwijl zij stonden te praten, van hen allen leek weg te hijgen. 'Diantre! Dónde buscamos un médico?' vroeg hij stompzinnig.

De pelado maakte, ditmaal vanuit de camión, opnieuw dat wanhopige gebaar, dat ook een gebaar van medeleven leek: wat konden ze doen, leek hij hun door het raam te willen duidelijk maken, hoe hadden ze kunnen weten, toen ze uitstapten, dat ze niets meer konden doen?

'Trek zijn hoed een stukje verder omlaag zodat hij wat lucht krijgt,' zei de Consul, op een toon die een trillende tong verried; Hugh deed het en legde bovendien, zo snel dat hij geen tijd kreeg het geld weer te zien, de zakdoek van de Consul over de wond, zodanig dat hij op zijn plaats werd gehouden door de in evenwicht verkerende hoed.

Nu kwam de chauffeur een kijkje nemen, lang, in zijn witte hemdsmouwen en vlekkerige kamgaren blaasbalgbroek waarvan de pijpen in hoog geregen, smerige laarzen waren gestopt. Door zijn blote warrige hoofd, lachende genotzuchtige intelligente gezicht, sloffende maar atletische tred, was er iets eenzaams en sympathieks aan deze man die Hugh twee keer eerder in zijn eentje door de stad had zien lopen.

Je vertrouwde hem instinctief. Maar hier leek hij opmerkelijk onverschillig; toch was hij verantwoordelijk voor de bus, en wat kon hij doen, met zijn duiven?

Van ergens boven de wolken zond een eenzaam vliegtuig één enkele geluidsbundel omlaag.

– 'Pobrecito.'

– 'Chingar.'

Hugh merkte dat deze opmerkingen langzamerhand als een soort refrein om hem heen waren ingezet – want hun aanwezigheid, alsmede het enkele feit dat de camión was gestopt, was op zijn minst een geldig excuus om naderbij te komen voor nog een mannelijke passagier en twee boeren, tot dan toe onopgemerkt, en die van niets wisten, zich bij het groepje rond de getroffen man hadden gevoegd die door niemand meer werd aangeraakt – een kalm geruis van zinledigheid, een geruis van gefluister, waarin het stof, de hitte en de bus zelf met zijn lading roerloze vrouwen en ten dode opgeschreven pluimvee hadden kunnen samenzweren, terwijl alleen deze twee woorden, het ene vol mededogen, het andere vol obscene minachting, boven de ademhaling van de indiaan uit klonken.

De chauffeur, die was teruggekeerd naar zijn camión, kennelijk overtuigd dat alles was zoals het hoorde behalve dat hij aan de verkeerde kant van de weg was gestopt, begon nu op zijn claxon te drukken, maar in plaats dat dit het gewenste effect sorteerde, sloeg het door een irritante begeleiding van onverschillig getoeter onderstreepte geruis alleen maar om in een algemene discussie.

Was het beroving, poging tot moord, of beide? De indiaan was waarschijnlijk met veel meer dan die vier of vijf door de hoed verborgen pesos, met mucho dinero, teruggereden van de markt, waar hij zijn waren had verkocht, zodat het, om elke verdenking van diefstal te vermijden, een goed idee was om iets van het geld achter te laten, wat dan ook was gebeurd. Misschien was het helemaal geen beroving, was hij alleen maar van zijn paard gegooid? Mokelik. Onmokelik.

Sí, hombre, maar was de politie niet gewaarschuwd? Maar er was toch vast al iemand hulp gaan halen. Chingar. Een van hen moest nu hulp gaan halen, de politie. Een ambulance – het Cruz Roja – waar was de dichtstbijzijnde telefoon? Maar het was absurd om te veronderstellen dat de politie niet al onderweg was. Hoe konden de chingados nu onderweg zijn als de helft van hen staakte? Nee, een kwart van hen staakte maar. Ze zouden heus wel onderweg zijn. Een taxi? No, hombre, daar staakten ze ook. – Maar was er iets waar, kwam iemand tussenbeide, van het gerucht dat de Servicio de Ambulancia tijdelijk buiten werking was? Het was trouwens geen rood maar een groen kruis, en ze kwamen pas in actie bij een melding. Laat dr. Figueroa komen. Un hombre noble. Maar er was geen telefoon. O, ooit was er een telefoon in Tomalín, maar die was uit elkaar gevallen. Nee, dokter Figueroa had een mooie nieuwe telefoon. Pedro, de zoon van Pepe, wiens schoonmoeder Josefina was, die naar men zei ook Vicente González kende, had hem zelf over straat vervoerd.

Hugh (die vertwijfeld aan de tennissende Vigil had gedacht, aan Guzmán, en vertwijfeld aan de habanero in zijn zak) en de Consul hadden hun eigen discussie. Want het feit bleef dat degene die de indiaan langs de kant van de weg had gelegd – maar waarom in dat geval niet op het gras, bij het kruis? – die het geld voor de zekerheid onder zijn kraag had gestopt – maar misschien was het daar wel eigener beweging terechtgekomen – die zo zorgzaam was geweest zijn paard aan de boom in de heg te binden waarvan het nu vrat maar was het wel echt zijn paard? – waarschijnlijk, wie hij ook was, waar hij ook was, – als het er niet meer waren die met zoveel wijsheid en mededogen te werk gingen – op dit moment hulp haalde.

Hun vindingrijkheid kende geen grenzen. Al was het grootste en meest doorslaggevende beletsel om iets aan de indiaan te doen de ontdekking dat het jouw zaak niet was, maar die van iemand anders. En terwijl hij om zich heen keek, zag Hugh dat dat ook precies was wat iedereen beweerde. Het is niet mijn zaak, maar als het ware de jouwe, zeiden ze allemaal, terwijl ze hun hoofd schudden, en nee, de jouwe ook niet, maar die van iemand anders, en hun tegenwerpingen werden steeds ingewikkelder, steeds theoretischer, totdat de discussie uiteindelijk een politieke wending nam.

Deze wending bleek volstrekt niet besteed aan Hugh, die bedacht dat er, als Jozua op datzelfde moment verschenen was om de zon stil te zetten, geen absoluter ontwrichting van de tijd teweeggebracht had kunnen worden.

Toch was het niet zo dat de tijd stilstond. Het was eerder zo dat de tijd zich met verschillende snelheden voortbewoog, waarbij de snelheid waarmee de man leek te sterven een vreemd contrast vormde met de snelheid waarmee iedereen het onmogelijk achtte om een besluit te nemen.

De chauffeur had zijn getoeter echter gestaakt en stond op het punt aan zijn motor te gaan prutsen, en Hugh en de Consul lieten de bewusteloze man alleen en liepen naar het paard dat, met zijn teugels van touw, zijn lege kuipzadel en zijn rinkelende zware ijzeren scheden bij wijze van stijgbeugels, kalmpjes aan de winde in de heg stond te knabbelen en zo onschuldig oogde als alleen iemand van zijn soort dat kan wanneer hij van doodslag wordt verdacht. Zijn ogen, die bij hun nadering minzaam waren dichtgegaan, gingen nu weer open, zondig en geloofwaardig. Het had een zweer op zijn heup en in zijn bil was een zeven gebrand.

'Nee maar – goeie God – dit moet het paard zijn dat Yvonne en ik vanmorgen hebben gezien!'

'Is het heus? Wel wel.' De Consul deed of hij aan de buikriem van het paard wilde voelen, maar raakte die niet aan. 'Dat is raar... Ik ook. Dat wil zeggen, ik geloof dat ik het heb gezien.' Hij keek achterom naar de indiaan op de weg alsof hij iets uit zijn geheugen probeerde te rukken. 'Heb je gezien of het zadeltassen om had toen jullie het tegenkwamen? Die had het wel toen ik het volgens mij zag.'

'Het moet dezelfde man zijn.'

'Ik neem niet aan dat het paard, als het die man heeft doodgetrapt, intelligent genoeg zou zijn om ook zijn zadeltassen af te trappen en ze ergens te verstoppen, denk je –'

Maar de bus reed, onder een verschrikkelijk getoeter, zonder hen weg.

Hij kwam een stukje naar hen toe, bleef toen staan, op een breder stuk van de weg, om twee chagrijnige dure auto's door te laten die achter de bus waren opgehouden. Hugh schreeuwde dat ze moesten stoppen, de Consul wuifde half naar iemand die hem misschien half herkende, terwijl de auto's, die beide op hun achternummerplaat het teken 'Diplomático' voerden, hen voorbijschoten, dansend op hun veren en langs de heggen scherend, om verderop in een stofwolk te verdwijnen. Een Schotse terriër op de achterbank van de tweede auto blafte hen vrolijk toe.

'Hoogst diplomatiek, ongetwijfeld.'

De Consul liep naar Yvonne; de andere passagiers klommen, hun gezicht afschermend tegen het stof, aan boord van de bus die was doorgereden naar de omleiding waar hij met afgeslagen motor doodstil bleef staan wachten, als een lijkwagen. Hugh rende naar de indiaan. Diens ademhaling klonk zwakker, en nog moeizamer. Opnieuw werd Hugh overvallen door een onbedwingbaar verlangen om zijn gezicht te zien en hij boog zich over hem heen. Tegelijkertijd hief de rechterhand van de indiaan zich in een blind tastend gebaar op, werd de hoed gedeeltelijk weggeduwd, mompelde of kreunde een stem één woord:

'Compañero.'

'– Als ze dat maar uit hun hoofd laten,' zei Hugh, hij wist nauwelijks waarom, even later tegen de Consul. Maar hij had de camión, waarvan de motor alweer liep, nog even laten wachten en hij keek naar de drie glimlachende vigilantes die door het stof kwamen aangestapt, terwijl hun holsters tegen hun dijen kletsten.

'Vooruit, Hugh, ze laten je toch niet met hem in de bus, en

je draait alleen de lik maar in en verdwaalt voor God weet hoe lang in een ambtelijke doolhof,' zei de Consul. 'Dat is toch geen echte politie, alleen maar van die kerels waarover ik je heb verteld... Hugh –'

'Momentito –' Hugh stond bijna onmiddellijk te oreren tegen een van de vigilantes – de andere twee waren naar de indiaan gelopen terwijl de chauffeur verveeld, geduldig toeterde. Toen duwde de politieman Hugh in de richting van de bus: Hugh duwde terug. De politieman liet zijn hand zakken en begon aan zijn holster te voelen: het was een tactische zet, niets om serieus te nemen. Met zijn andere hand gaf hij Hugh nog een duw zodat deze, om in evenwicht te blijven, gedwongen was om op het achterste trappetje van de bus te stappen die op datzelfde moment plotseling, onstuimig met hen wegreed. Hugh zou er weer afgesprongen zijn als de Consul hem niet uit alle macht tegen een deurstijl had gedrukt.

'Laat toch zitten, ouwe jongen, het zou nog erger zijn geweest dan de windmolens.' – 'Wat voor windmolens?'

Stof onttrok het tafereel aan het oog...

De bus denderde verder, wiebelend, kanonnerend, dronken. Hugh zat naar de schuddende, schokkende vloer te staren.

– Iets als een boomstronk met een knelband om, een geamputeerd been in een soldatenlaars die iemand opraapte en vervolgens, na een poging om de veter los te maken, in een misselijkmakende stank van benzine en bloed half eerbiedig op de weg legde: een gezicht dat snakte naar een sigaret, grauw werd, en werd uitgewist; dingen zonder hoofd die, met naar buiten stekende luchtpijp, afgevallen schedel, kaarsrecht in auto's zaten; opgestapelde kinderen, met vele honderden tegelijk; gillende brandende dingen; als de wezens, wellicht, in Geoffs dromen: tussen de stompzinnige rekwisieten van de zinloze Titus Andronicus van de oorlog, de gruwelen waar niet eens een goed verhaal van te maken viel, maar die in een flits door Yvonne waren opgeroepen toen ze uitstapten, had Hugh, tamelijk gehard als hij was, zich nog van zijn taak kunnen kwijten, iets kunnen doen, niet niets kunnen doen...

Laat de patiënt absolute rust houden in een verduisterde kamer. Aan de stervenden kan soms cognac worden toegediend.

Schuldbewust ving Hugh de blik van een oud vrouwtje op... Haar gezicht was volmaakt uitdrukkingloos... Ach, hoe verstandig waren deze oude vrouwen, die tenminste wisten wat ze wilden, die stilzwijgend en eendrachtig besloten om niets met de hele zaak te maken te willen hebben. Geen aarzeling, geen zenuwen, geen ophef. Met wat een saamhorigheid hadden ze, zodra ze gevaar bespeurden, hun manden met pluimvee tegen zich aangedrukt toen ze stopten, of om zich heen gegluurd om hun eigendommen te lokaliseren, en vervolgens, net als nu, doodstil te blijven zitten. Misschien herinnerden ze zich de dagen van de revolutie in het dal, de zwartgeblakerde gebouwen, de verbroken verbindingen, de gekruisigden en gespietsten in de arena, de geroosterde pariahonden op het marktplein. Hun gezichten waren niet gevoelloos, niet wreed. Zij kenden de dood, beter dan de wet, en ze hadden een goed geheugen. Ze zaten nu roerloos in het gelid, verstijfd, nergens over pratend, met geen woord, versteend. Het sprak vanzelf dat ze de zaak aan de mannen hadden overgelaten. En toch was het bij deze oude vrouwtjes alsof, in de loop van de diverse tragedies in de Mexicaanse geschiedenis, medelijden, de drang om naderbij de komen, en angst, de drang om te ontsnappen (zoals je op de universiteit had geleerd), die ervoor in de plaats was gekomen, uiteindelijk waren verzoend door voorzichtigheid, de overtuiging dat het beter is om te blijven waar je bent.

En de andere passagiers dan, de jongere vrouwen in de rouw – er waren geen vrouwen in de rouw; die waren kennelijk allemaal uitgestapt, en gaan lopen; want je mag de dood, langs de kant van de weg, niet je plannen voor wederopstanding, op de begraafplaats, laten dwarsbomen. En de mannen in hun donkerrode overhemd, die goed hadden kunnen zien wat er gebeurde, maar de bus niet uit gekomen waren? Een raadsel. Niemand kon moediger zijn dan een Mexicaan. Maar dit was duidelijk niet een situatie waarvoor moed was vereist. Frijoles voor allen: Tierra, Libertad, Justicia y Ley. Betekende dat alles iets? Quién sabe? Ze waren nergens zeker van behalve dat het dwaas was om het met de politie aan de stok te krijgen, vooral als het geen echte politie was; en dit gold evenzeer voor de man die aan Hughs mouw getrokken had, en de andere twee passagiers die aan de discussie rond de indiaan hadden deelgenomen en die nu allemaal op hun sierlijke, voor de duvel niet bange manier uit de in volle vaart voortrazende bus sprongen.

En hij dan, de held van de Sovjetrepubliek, en de Ware Kerk, hoe zat het met hem, ouwe camarado, was hij tekortgeschoten? Om de dooie dood niet. Met het feilloze instinct van alle oorlogscorrespondenten met een EHBO-diploma had hij maar al te gauw klaargestaan met het natte zakje blauw, de helse steen, de kameelharen kwast.

Hij had zich ogenblikkelijk herinnerd dat het woord bescherming ook een extra deken of paraplu of tijdelijke beschutting tegen de zonnestralen inhield. Hij was onmiddellijk gespitst geweest op mogelijke aanwijzingen voor een diagnose zoals kapotte ladders, bloedvlekken, bewegende machinerie en weerspannige paarden. Hij was erop gespitst geweest, maar het had helaas niets uitgehaald.

En om de waarheid te zeggen, het was misschien wel een van die gevallen geweest waarin niéts iets zou hebben uitgehaald. Wat het alleen maar erger maakte dan ooit. Hugh keek op en half in de richting van Yvonne. De Consul had haar hand gepakt en ze omklemde de zijne stevig.

De camión, die zich naar Tomalín spoedde, schommelde en zwaaide weer als tevoren. Er waren nog meer jongens achterop gesprongen, en ze floten. De felgekleurde kaartjes knipperden met hun felle kleuren. Er waren meer passagiers, ze kwamen aanrennen over de velden, en de mannen keken elkaar instemmend aan, de bus overtrof zichzelf, hij was nog nooit zo snel gegaan, wat moest komen omdat ook hij wist dat het vandaag een vrije dag was.

Er was intussen een kennis van de chauffeur, misschien wel de chauffeur voor de terugreis, aan boord van het voertuig gekomen. Hij bewoog zich met aangeboren behendigheid langs de hele buitenkant van de bus en inde het ritgeld door de open raampjes. Eenmaal, toen ze een helling namen, liet hij zich aan de linkerkant op de weg zakken, holde achter de camión om en dook aan de rechterkant weer op, terwijl hij als een clown naar hen lachte.

Een vriend van hem sprong op de bus. Ze hurkten aan weerskanten van de motorkap neer, bij de twee voorspatborden, en gaven elkaar enkele keren een hand boven de radiatordop, terwijl de eerste man, die gevaarlijk naar buiten leunde, achteromkeek om te zien of een van de achterbanden, die langzaam leegliep, het nog hield. Daarna ging hij verder met innen.

Stof, stof, stof – het drong langzaam naar binnen door de raampjes, een zachte invasie van ontbinding die het voertuig vulde.

Plotseling stootte de Consul Hugh aan en knikte naar de pelado, die Hugh echter niet vergeten was: hij had al die tijd kaarsrecht zitten spelen met iets op zijn schoot, jasje dichtgeknoopt, beide hoeden op, kruis op zijn plek, en zijn gezichtsuitdrukking was goeddeels onveranderd, hoewel hij er na zijn opmerkelijk voorbeeldige gedrag op de weg behoorlijk verkwikt en ontnuchterd uitzag.

Hugh knikte glimlachend, verloor zijn belangstelling; de Consul stootte hem opnieuw aan:

'Zie je wat ik zie?'

'Wat dan?'

Hugh schudde zijn hoofd, keek gehoorzaam naar de pelado, zag niets, en toen wel, aanvankelijk zonder het te begrijpen.

De besmeurde conquistadorshanden van de pelado, die de

meloen hadden omklemd, omklemden nu een treurig met bloed bevlekt stapeltje zilveren pesos en centavos.

De pelado had het geld van de stervende indiaan gestolen.

Bovendien koos hij nu, verrast door de voor het raampje grijnzende conducteur, zorgvuldig enkele koperstukken uit het stapeltje, keek glimlachend rond naar de in gedachten verzonken passagiers, haast alsof hij commentaar op zijn gewiekstheid verwachtte, en betaalde er zijn rit mee.

Maar er kwam geen commentaar, om de goede reden dat niemand behalve de Consul en Hugh scheen te beseffen hoe gewiekst hij wel was.

Hugh haalde nu het piepkleine flesje habanero tevoorschijn en overhandigde het aan Geoff, die het weer aan Yvonne doorgaf. Ze verslikte zich, had nog steeds niets gemerkt; en zo simpel was dat; ze namen alledrie een klein slokje.

– Wat bij nader inzien zo verbijsterend was, was niet dat de pelado in een opwelling het geld had gestolen, maar dat hij nu niet meer dan een halfslachtige poging deed om het te verhullen, dat hij voortdurend zijn handpalm opende en sloot en daarmee elke belangstellende een blik op de bloederige zilveren en koperen geldstukken gunde.

Het kwam bij Hugh op dat hij het helemaal niet probeerde te verhullen, dat hij de andere passagiers er misschien van probeerde te overtuigen, ook al wisten die er niets van, dat hij uit te rechtvaardigen motieven had gehandeld, dat hij het geld alleen maar had gepakt opdat het veilig zou zijn, wat, zoals zojuist door zijn eigen handelen was aangetoond, redelijkerwijze niet gezegd kon worden van geld in de kraag van een stervende op de weg naar Tomalín, in de schaduw van de Sierra Madre.

En bovendien, stel dat hij ervan verdacht werd een dief te zijn, zeiden zijn ogen, die nu geheel open waren, bijna waakzaam, en ondeugend, tegen hen, en stel dat hij gearresteerd werd, wat voor kans zou de indiaan dan hebben om als hij het zou overleven zijn geld ooit terug te zien? Geen enkele natuurlijk, zoals iedereen heel goed wist. De echte politie was misschien fatsoenlijk, van het volk. Maar als hij door die hulppolitie, die andere lui, zou worden gearresteerd, dan zouden die het gewoon van hem stelen, dat was wel zeker, zoals ze het op dit moment van de indiaan gestolen zouden hebben als hij niet zo vriendelijk was geweest in te grijpen.

Daarom mocht iemand wie het geld van de indiaan echt ter harte ging een dergelijke verdenking niet koesteren, er althans niet al te diep over nadenken; ook al zou hij nu, in de camión, besluiten het geld niet meer van zijn ene hand in zijn andere te goochelen, zó, of een deel ervan in zijn zak te laten glijden, zó, ja stel zelfs dat wat er overbleef bij toeval in zijn andere zak zou glijden, zó – en deze voorstelling was ongetwijfeld eerder voor hen bedoeld, als getuigen en buitenlanders – dan mocht daaraan geen betekenis worden gehecht, geen van deze handelingen betekende dat hij een dief was geweest, of dat hij ondanks zijn uitstekende bedoelingen uiteindelijk toch besloten had om het geld te stelen en een dief te worden.

En dit bleef de waarheid, wat er ook met het geld gebeurde, aangezien hij het openlijk en onverbloemd in zijn bezit had en de hele wereld dat mocht weten. Het was een erkend feit, net als Abessinië.

De conducteur ging verder met het innen van de rest van het geld en gaf het, toen hij klaar was, aan de chauffeur. De bus stampte nog sneller; de weg werd weer smaller, gevaarlijk.

Heuvelafwaarts... De chauffeur hield zijn hand op de krijsende handrem terwijl ze Tomalín in cirkelden. Rechts was een steile onbeveiligde afgrond, een reusachtige met struikgewas begroeide stoffige heuvel verrees scheef uit de leegte daaronder, met naar opzij uitstekende bomen –

De Ixtaccihuatl was zijwaarts uit het gezicht gegleden, maar daar ze bij hun afdaling almaar rondjes draaiden, was het een voortdurend komen en gaan van de Popocatepetl, die nooit op dezelfde manier opdoemde, nu eens ver weg, dan weer onmetelijk dichtbij, het ene moment op onberekenbaar grote afstand, het volgende vlak om de bocht verrijzend met zijn schitterende weelde van glooiende velden, dalen, bomen, zijn door wolken geteisterde top, gestriemd door hagel en sneeuw...

Toen nog een witte kerk en ze waren weer in een stadje, een stadje van één lange straat, die doodliep, en vele paden, die uitkwamen op een klein meer of bassin verderop, waarin mensen zwommen en waarachter het bos lag. Bij dit meer was de bushalte.

Ze stonden weer gedrieën in het stof, verblind door de witheid, de gloed van de middag. De oude vrouwen en de andere passagiers waren verdwenen. Uit een deuropening kwamen de klaaglijke akkoorden van een gitaar en vlakbij was het verfrissende geluid van stromend water, van een waterval. Geoff wees de weg en ze begaven zich in de richting van de Arena Tomalín.

Maar de chauffeur en zijn kennis gingen een pulquería binnen. Ze werden gevolgd door de pelado. Hij liep kaarsrecht, zijn benen hoog optillend, met zijn hoeden op, alsof het waaide, en op zijn gezicht een wezenloze glimlach, niet triomfantelijk, maar bijna smekend.

Hij zou zich bij hen voegen; er zou iets geregeld worden. Quién sabe?

Ze staarden hem na terwijl de klapdeuren van de taveerne dichtsloegen: – de laatste had een mooie naam, de Todos Contentos y Yo También. De Consul zei nobel:

'Iedereen blij en ik ook.'

En ook zij, dacht Hugh, die moeiteloos, prachtig in de blauwe lucht boven hen zweefden, de gieren – xopilotes die alleen maar wachten op de bekrachtiging van de dood.

IX

Arena Tomalín...
– Wat vermaakte iedereen zich opperbest, wat waren ze blij, wat was iedereen blij! Wat lachte Mexico zijn tragische geschiedenis, het verleden, de onderliggende dood vrolijk weg!

Het was alsof ze Geoffrey nooit verlaten had, nooit naar Amerika was gegaan, nooit de diepe vertwijfeling van het afgelopen jaar had gekend, zelfs alsof, had Yvonne even het idee, ze weer voor de eerste keer in Mexico waren; er was weer datzelfde warme, schrijnend blije gevoel, ondefinieerbaar, hoe onlogisch ook, van verdriet dat overkomelijk was, van hoop – want was Geoffrey niet naar haar toe gekomen bij de bushalte – vooral van hoop, op de toekomst –

Een glimlachende reus met een baard, een witte met kobaltblauwe draken versierde poncho over zijn schouder geslagen, verkondigde die. Hij schreed gewichtig door de arena, waar zondag gebokst zou worden, en duwde iets door het stof – het had best de 'Rocket' kunnen zijn, de eerste locomotief.

Het was een prachtige pindakar. Er binnenin zag ze het minutieus ploeterende hulpstoompompje, dat de pinda's verwoed vermaalde. Wat heerlijk, wat prettig om je ondanks alle druk en spanning van de dag, de reis, de bus en nu de overvolle krakkemikkige tribune, een deel te voelen van de schitterend gekleurde poncho van het bestaan, deel van de zon, de geuren, het gelach!

Van tijd tot tijd kwam de sirene van de pindakar met een ruk op gang, onder geboer van zijn gegroefde rookpijp en gegil van zijn gepoetste fluit. De reus wilde kennelijk helemaal geen pinda's verkopen. Hij kon gewoon de verleiding niet weerstaan om tegenover iedereen met zijn pompje te pralen:

kijk, dit is mijn eigendom, mijn geloof, misschien zelfs wel (zo liet hij iedereen graag denken) mijn uitvinding! En iedereen was dol op hem.

Hij duwde de kar, onder een laatste triomfantelijke boer en gil, net de arena uit op het moment dat de stier door het hek aan de andere kant schoot.

Een stier die in de grond ook vrolijk was – dat was wel duidelijk. Por qué no? Hij wist dat hij niet gedood zou worden, dat hij alleen maar hoefde te spelen, hoefde deel te nemen aan de pret. Maar de vrolijkheid van de stier was vooralsnog beheerst; na zijn onstuimige entree begon hij langzaam, nadenkend, zij het veel stof opjagend, langs de rand van de arena te kuieren. Hij was bereid om evenzeer van het spel te genieten als ieder ander, desnoods ten koste van zichzelf, maar eerst moest zijn waardigheid naar behoren worden erkend.

Niettemin namen enkele mensen die op het primitieve hek rond de arena zaten maar nauwelijks de moeite om bij zijn nadering hun benen op te trekken, terwijl anderen die vlak daarbuiten op hun buik op de grond lagen, met hun hoofd als het ware in een luxueus blok gestoken, nog geen centimeter terugweken.

Aan de andere kant probeerde een stel snel parate borrachos die voortijdig de arena in slenterden de stier te berijden. Dit was niet volgens de spelregels: de stier moest op een speciale manier gevangen worden, sportiviteit stond voorop, en ze werden afgevoerd, waggelend, met slappe knieën, protesterend, maar altijd vrolijk...

De menigte, waarbij de stier over het algemeen nog meer in de smaak viel dan de pindaverkoper, begon te juichen. Nieuwkomers slingerden zich sierlijk op hekken en gingen, zich wonderbaarlijk in evenwicht houdend, op de bovenste dwarshouten staan. Gespierde venters tilden met één pezig strekken van de onderarm zware bladen boordevol veelkleurig fruit de lucht in. Een jongen stond hoog in de vork van een boom en keek, zijn ogen afschermend, over het oerwoud heen naar de vulkanen. Hij zocht in de verkeerde richting naar een vliegtuig; zelf zag ze het wel, een gonzend koppelteken in peilloos blauw. Maar er was onweer in de lucht, ergens achter haar, een tinteling van elektriciteit.

De stier maakte een tweede ronde door de arena in een iets hoger, zij het nog steeds gelijkmatig afgemeten tempo, en week maar eenmaal van zijn koers af toen een bijdehand hondje dat naar zijn hielen hapte hem deed vergeten waar hij heen ging.

Yvonne rechtte haar rug, trok haar hoed omlaag en begon haar neus te poederen, waarbij ze in het bedrieglijke spiegeltje van haar glanzende emaillen poederdoos tuurde. Dit herinnerde haar eraan dat ze nog maar vijf minuten geleden gehuild had en gaf ook, dichterbij, meekijkend over haar schouder, de Popocatepetl te zien.

De vulkanen! Wat kon je daar toch sentimenteel van worden! Nu was het 'vulkaan'; hoe ze het spiegeltje ook draaide, ze kon die arme Ixta er niet in krijgen die nu, geheel geëclipseerd, opeens in onzichtbaarheid verviel, terwijl de Popocatepetl door zijn weerspiegeling nog mooier leek, met een top die glinsterend afstak tegen pikzwart opeengestapelde wolkenbanken. Yvonne ging met een vinger langs haar wang, trok een ooglid omlaag. Het was stom geweest om te huilen, ook ten overstaan van dat mannetje bij de deur van Las Novedades, dat hun had verteld dat het 'half vier had gekraaid' en vervolgens dat het 'onmokelik' was om te bellen aangezien dr. Figueroa naar Xiutepec was...

'– Op naar die verrekte arena dan,' had de Consul woedend gezegd, en zij had gehuild. Wat bijna even stom was als dat ze vanmiddag was omgekeerd, niet bij het zien, maar bij het vermoeden van bloed. Maar dat was nu eenmaal haar zwakke kant en ze herinnerde zich de hond die op straat lag dood te gaan in Honolulu, de stroompjes bloed die het uitgestorven trottoir besmeurden, en ze had willen helpen maar was in plaats daarvan flauwgevallen, heel even maar, en was toen zo ontsteld bij de ontdekking dat ze daar in haar eentje op de stoeprand lag

– stel dat iemand haar gezien had? – dat ze zonder een woord te zeggen had gemaakt dat ze wegkwam, maar achtervolgd door de herinnering aan dat ongelukkige in de steek gelaten dier, zodat op een keer – maar wat had het voor zin om daaraan te denken? En bovendien, was er niet alles gedaan wat maar mogelijk was? Je kon niet zeggen dat ze naar de stierenrodeo waren gegaan zonder zich er eerst van te hebben vergewist dat er geen telefoon was. En zelfs al was er een geweest! Voorzover zij kon beoordelen, had men zich duidelijk over de arme indiaan ontfermd toen ze wegreden, dus nu ze er ernstig over nadacht, begreep ze niet waarom – Ze gaf nog een laatste tikje tegen haar hoed voor het spiegeltje, knipperde vervolgens met haar ogen. Haar ogen waren vermoeid en hielden haar voor de gek. Even had ze het afschuwelijke gevoel dat niet de Popocatepetl, maar de oude vrouw met de dominostenen van die ochtend over haar schouder keek. Ze deed de poederdoos met een klap dicht en draaide zich glimlachend om naar de anderen.

Zowel de Consul als Hugh staarde somber naar de arena.

Op de tribune om haar heen klonk enig gekreun, enig geboer, enig halfslachtig olé-geroep, terwijl de stier met twee schuivende bezemende kopbewegingen over de grond de hond weer wegjoeg en zijn rondgang door de arena hervatte. Maar geen vrolijkheid, geen applaus. Enkele hekzitters knikkebolden van de slaap. Iemand anders scheurde een sombrero in stukken terwijl een andere toeschouwer zonder succes een strohoed als een boomerang naar een vriend probeerde te laten zeilen. Mexico lachte zijn tragische geschiedenis niet weg; Mexico was verveeld. De stier was verveeld. Iedereen was verveeld, misschien al die tijd al. Het enige wat er gebeurd was, was dat Yvonnes slok in de bus was gaan werken en nu weer uitgewerkt raakte. Terwijl te midden van de verveling de stier de arena rond liep en, o verveling, nu eindelijk in een hoek daarvan ging zitten.

'Net als Ferdinand –' begon Yvonne, nog steeds bijna hoopvol.

'Nandi,' antwoordde de Consul (en o, had hij in de bus niet haar hand gepakt?) mompelend, terwijl hij met één oog zijdelings door de sigarettenrook naar de arena tuurde, 'de stier. Ik doop hem Nandi, het vervoermiddel van Sjiva, uit wiens haar de Ganges stroomt en die ook vereenzelvigd is met de vedische stormgod Vindra – bij de oude Mexicanen bekend als Huracán.'

'Jezus nog aan toe, papa,' zei Hugh, 'bedankt.'

Yvonne zuchtte: het was werkelijk een oersaai en weerzinwekkend schouwspel. Alleen de dronkaards waren vrolijk. Met flessen tequila of mescal in de hand waggelden ze de arena in, liepen naar de liggende Nandi toe en werden er uitglijdend en over elkaar struikelend weer uit gejaagd door enkele charros, die nu probeerden om de ellendige stier overeind te sleuren.

Maar de stier liet zich niet sleuren. Ten slotte leek een klein jongetje dat niemand eerder had gezien zijn tanden in zijn staart te zetten, en terwijl het jongetje wegrende kwam het dier krampachtig overeind. Onmiddellijk kreeg hij een lasso om zich heen geworpen door een cowboy op een kwaadaardig ogend paard. De stier trapte zich algauw weer los: hij was maar aan één poot gestrikt geweest en verliet kopschuddend het toneel, tot hij het hondje weer in de gaten kreeg, zich vliegensvlug omdraaide en het een klein stukje achternazat...

Er was plotseling meer activiteit in de arena. Even later probeerde iedereen daar, hetzij pompeus te paard, hetzij te voet – rennend of stilstaand, of zwaaiend met een uitgestoken oude poncho of een oud kleedje of zelfs een vod – de stier naar zich toe te lokken.

Het arme oude beest leek nu inderdaad op iemand die in gebeurtenissen getrokken, gelokt wordt die hij niet goed begrijpt, door mensen tegen wie hij vriendelijk wil doen, met wie hij zelfs wil spelen, die hem verleiden door die wens aan te moedigen en door wie hij, omdat ze hem eigenlijk verachten en hem willen vernederen, ten slotte gestrikt wordt.

... Yvonnes vader baande zich een weg in haar richting, tussen de stoelen door, blij als een kind reagerend op iedereen die een vriendelijke hand uitstak, haar vader, wiens lach in haar herinnering nog zo hartelijk vol en gul klonk en die op het sepiakleurige fotootje dat ze nog altijd bij zich droeg, stond afgebeeld als een jonge kapitein in het uniform van de Spaans-Amerikaanse oorlog, met ernstige openhartige ogen onder een fraai hoog voorhoofd, een gevoelige mond met volle lippen onder de donkere zijdeachtige snor en een kin met een kloofje – haar vader met zijn fatale uitvindersmanie, die ooit zo vol vertrouwen naar Hawaii was vertrokken om fortuin te maken met het kweken van ananassen. Dat was hem niet gelukt. Hij miste het leger en verdeed zijn tijd, daarin gesteund door zijn vrienden, met het prutsen aan allerlei ingewikkelde projecten. Yvonne had gehoord dat hij synthetische hennep had proberen te maken van de ananasrozetten en zelfs een poging had gedaan om de vulkaan achter hun plantage te benutten voor het aandrijven van hun hennepmachine. Hij zat okoolihao te drinken en klaaglijke Hawaiiaanse liedjes te zingen op de lanai, terwijl de ananassen verrotten op de akkers en de inheemse knechts om hem heen kwamen staan om mee te zingen, of versliep de hele oogsttijd, terwijl de plantage aan onkruid en verval ten prooi raakte, en de hele onderneming hopeloos in de schulden. Dat was het beeld; Yvonne herinnerde zich maar weinig van die periode, behalve de dood van haar moeder. Yvonne was toen zes. De Wereldoorlog, en het uiteindelijke faillissement, naderden, en daarmee de persoon van haar oom Macintyre, de broer van haar moeder, een rijke Schot met financiële belangen in Zuid-Amerika die de mislukking van zijn zwager allang had zien aankomen, maar aan wiens grote invloed het ongetwijfeld te danken was dat, geheel onverwacht en tot ieders verrassing, kapitein Constable Amerikaans consul in Iquique werd.

– Consul in Iquique... Of Quauhnahuac! Hoe vaak had Yvonne zich tijdens de ellende van het afgelopen jaar niet van haar liefde voor Geoffrey proberen te bevrijden door die weg te redeneren, weg te analyseren, door zichzelf voor te houden – Christus, nadat ze gewacht had en geschreven, aanvankelijk hoopvol, vanuit de grond van haar hart, daarna dringend, uitzinnig en ten slotte wanhopig elke dag had gewacht op en uitgekeken naar de brief – ach, die dagelijkse kruisiging van de post!

Ze keek naar de Consul, wiens gezicht even de peinzende uitdrukking van dat van haar vader leek te hebben aangenomen die ze zich zo goed herinnerde uit de lange oorlogsjaren in Chili. Chili! Het was alsof die republiek met haar ontzagwekkende kustlijn maar smalle taille, waar alle gedachten voor anker gaan bij Kaap Hoorn, of in het nitraatgebied, een zekere verzwakkende invloed op zijn geestelijke vermogens had gehad. Want waar piekerde haar vader al die tijd precies over, geestelijk meer geïsoleerd in het land van Bernardo O'Higgins dan ooit Robinson Crusoe op maar een paar honderd kilometer van diezelfde kust? Over de afloop van de oorlog zelf, of over duistere handelsovereenkomsten waartoe hij wellicht het initiatief had genomen, of het lot van Amerikaanse zeelieden die gestrand waren bij de Steenbokskeerkring? Nee, alleen maar over één enkel idee, dat echter pas vrucht droeg na de wapenstilstand. Haar vader had een nieuw soort pijp uitgevonden, krankzinnig ingewikkeld, die je uit elkaar kon halen om redenen van hygiënische aard. De pijpen bestonden bij levering uit zo'n zeventien losse componenten, en bleven daar ook uit bestaan, aangezien niemand behalve haar vader kennelijk wist hoe je die in elkaar moest zetten. Zelf was de kapitein geen pijproker. Maar hij was, zoals gewoonlijk, overgehaald en aangemoedigd... Toen zijn fabriek in Hilo zes weken na de voltooiing afbrandde, was hij teruggegaan naar Ohio waar hij geboren was en had een tijd bij een draadhekkenbedrijf gewerkt.

En ja hoor, het was gebeurd. De stier was hopeloos verstrikt. Nu werd hij gevangen door nog een, twee, drie, vier lasso's, die telkens opnieuw met een uitgesproken gebrek aan vriendelijkheid werden geworpen. Het publiek stampte op de houten tribune en klapte ritmisch maar zonder enthousiasme – Ja, ze bedacht nu ineens dat dat hele gedoe met de stier net een leven was; de belangrijke geboorte, de eerlijke kans, het aarzelende, vervolgens zelfverzekerde, ten slotte half wanhopige rondjes draaien door de arena, het uit de weg ruimen van een obstakel – een niet naar behoren erkende prestatie – verveling, berusting, bezwijking: dan een tweede, krampachtiger geboorte, een nieuw begin; de behoedzame pogingen om zich te oriënteren in een nu openlijk vijandige wereld, de duidelijke maar bedrieglijke aanmoediging van je beoordelaars, van wie de helft sliep, het zwenken naar het begin van de rampspoed vanwege datzelfde verwaarloosbare obstakel dat je tevoren ongetwijfeld met één stap had kunnen nemen, het uiteindelijke verward raken in de valstrikken van vijanden van wie je nooit zeker wist of ze niet eerder onhandige vrienden waren dan daadwerkelijk kwaadwillig, gevolgd door rampspoed, overgave, totaal verval –

– Het bankroet van een draadhekkenbedrijf, het wat minder nadrukkelijke en definitieve bankroet van de geestelijke vermogens van je vader, wat betekende dat alles voor het aangezicht van God of van het fatum? Kapitein Constables obsessieve illusie was dat hij uit het leger was geschopt; en alles ontsproot aan deze denkbeeldige schande. Hij zette weer koers naar Hawaii, maar de zwakzinnigheid die hem in Los Angeles deed stranden, waar hij tot de ontdekking kwam dat hij geen cent bezat, was van zuiver alcoholische aard.

Yvonne wierp opnieuw een blik op de Consul die er peinzend bij zat, lippen getuit, ogenschijnlijk vol aandacht voor de arena. Wat wist hij maar weinig van deze periode in haar leven, van die angst, de angst, angst die haar nog steeds midden in de nacht kon wekken uit die steeds terugkerende nachtmerrie over dingen die ineenstortten; een angst zoals ze had moeten uitbeelden in de film over blankeslavinnenhandel, de hand die door de duistere deuropening haar schouder vastgreep; of de werkelijke angst die ze had gevoeld toen ze geen kant op kon in een ravijn met tweehonderd op hol geslagen paarden; nee, net als kapitein Constable zelf had Geoffrey haast verveeld, wellicht beschaamd op dit alles gereageerd: dat ze, al vanaf haar dertiende, haar vader vijf jaar lang had onderhouden door in 'filmseries' en 'westerns' te acteren; Geoffrey mocht dan nachtmerries hebben, ook wat dit betreft lijkend op haar vader, mocht dan de enige ter wereld zijn die ooit zulke nachtmerries had, maar dat zij ze had... Evenmin wist Geoffrey veel meer van de pseudo-echte spanning, of de doffe pseudo-glitter en -betovering van de studio's, of de kinderlijke volwassen trots, even wrang als aandoenlijk en te rechtvaardigen, op het op die leeftijd op de een of andere manier verdienen van de kost.

Naast de Consul pakte Hugh een sigaret, tikte ermee op zijn duimnagel, merkte dat het de laatste uit het pakje was en stak hem tussen zijn lippen. Hij zette zijn voeten op de rugleuning van de plaats onder hem, boog zich naar voren met zijn ellebogen op zijn knieën en keek fronsend omlaag naar de arena. Daarna streek hij, nog altijd onrustig, een lucifer af door zijn duimnagel erlangs te halen met een geknetter als van een klapperpistooltje en hield hem bij de sigaret, zijn mooie handen in een kom, zijn hoofd gebogen... Hugh kwam haar vanmorgen tegemoet, in de tuin, lopend door het zonlicht. Met zijn stoer wiegende tred, zijn Stetson achter op zijn hoofd, zijn holster, zijn pistool, zijn patroongordel, zijn in de uitbundig doorgestikte en versierde laarzen gepropte strakke broek, had ze hem heel even – ja werkelijk! – aangezien voor Bill Hodson, de cowboyster naast wie ze op haar vijftiende in drie films de vrouwelijke hoofdrol had gespeeld. Christus, wat absurd! Wat heerlijk absurd! *De Hawaii-eilanden schonken ons dit echte natuurkind, dat dol is op zwemmen, golfen en dansen, en dat bovendien fantastisch kan paardrijden.* Ze... Hugh had vanmorgen geen woord gezegd over hoe goed ze reed, al had hij haar heel wat heimelijk plezier bezorgd met zijn uitleg dat haar paard – wonderlijk genoeg – niet wilde drinken. Er zijn van die gebieden die we misschien wel nooit bij elkaar in kaart brengen! – Ze had nooit een woord tegen hem gezegd over haar filmcarrière, nee, zelfs niet die dag in Robinson... Maar het was jammer dat Hugh zelf niet oud genoeg was geweest om haar te interviewen, zo niet de eerste, dan toch die tweede afschuwelijke keer nadat oom Macintyre haar naar de universiteit had gestuurd, en na haar eerste huwelijk, en de dood van haar kind, toen ze weer naar Hollywood was teruggegaan. *Yvonne de Verschrikkelijke! Pas maar op, jullie sarongsirenen en glittergrieten, Yvonne Constable, het 'Brok Natuur', is terug in Hollywood! Ja, Yvonne is terug, vastbesloten om Hollywood voor de tweede keer te veroveren. Maar ze is nu vierentwintig, en het 'Brok Natuur' is een evenwichtige opwindende vrouw geworden die diamanten en witte orchideeën en hermelijn draagt en een vrouw die de betekenis van liefde en tragedie heeft leren kennen, die een heel leven achter de rug heeft sinds ze nog maar een paar korte jaren geleden uit Hollywood vertrok. Ik trof haar onlangs bij haar strandhuis, een honingbruine Venus die net uit de branding verrees. Tijdens ons gesprek keek ze met haar slaperige donkere ogen uit over het water en de windvlaagjes vanaf de Stille Oceaan speelden met haar dikke donkere haar. Toen ik even naar haar keek, kon ik me maar moeilijk voorstellen dat de Yvonne Constable van vandaag dezelfde is als de paardentemmende seriekoningin van weleer, maar haar torso mag er nog wezen en haar energie kent nog in de verste verte haar gelijke niet! De Heldin uit Honolulu, die op haar twaalfde een halve jongen was, altijd op het oorlogspad, dol op honkbal, niemand gehoorzamend behalve haar aanbeden paps, die ze 'De Baas-Baas' noemde, begon op haar veertiende kinderrollen te spelen en kreeg op haar vijftiende de vrouwelijke hoofdrol naast Bill Hodson. En ook toen al stond ze haar vrouwtje. Ze was groot voor haar leeftijd en bezat een soepele kracht die te danken was aan een jeugd van zwemmen en surfen in de Hawaiiaanse branding. Ja, al zou u het nu niet meer denken, Yvonne is ondergedompeld in brandende meren, heeft boven afgronden gehangen, is op paarden ravijnen in gereden, en ze is een kei in 'dubbele treffers'. Vandaag de dag lacht Yvonne vrolijk bij de herinnering aan het bange vastberaden meisje dat verklaarde uitstekend te kunnen paardrijden en vervolgens, toen het filmen al begonnen was en het hele gezelschap' op locatie, haar paard aan de verkeerde kant probeerde te bestijgen! Een jaar later sprong ze zonder blikken of blozen op een galopperend paard. 'Maar rond die tijd werd ik uit Hollywood gered,' zoals ze het glimlachend noemt, 'en niet bepaald vrijwillig, door mijn oom Macintyre, die na de dood van mijn vader letterlijk uit de lucht kwam suizen en me per boot terugbracht naar Honolulu!' Maar als je een 'Brok Natuur' bent geweest en op je achttiende hard op weg bent om ook anderszins een 'Brok' te worden, en als je net je geliefde 'Baas-Baas' hebt verloren, valt het niet mee om aan een strenge liefdeloze omgeving te wennen. 'Oom Macintyre,' geeft ze toe, 'paste zich geen tittel of jota aan de tropen aan. O, die schapenbouillon en havermout en hete thee!' Maar oom Macintyre kende zijn plicht en nadat Yvonne eerst onder leiding van een privé-leraar had geblokt, stuurde hij haar naar de Universiteit van Hawaii. Daar – misschien wel, zegt ze, 'omdat het woord "ster" in mijn gedachten een geheimzinnige verandering had ondergaan' – volgde ze colleges astronomie! In een poging de pijn en de leegte in haar hart te vergeten, dwong ze zichzelf om belangstelling op te brengen voor haar studie en droomde er zelfs korte tijd van de 'Madame Curie' van de astronomie te worden. En ook maakte ze daar algauw kennis met de playboy-miljonair Cliff Wright. Hij kwam in Yvonnes leven op een moment dat ze ontmoedigd was wat haar studie aan de universiteit betrof; rusteloos onder het strenge regime van oom Macintyre, eenzaam, en verlangend naar liefde en kameraadschap. En Cliff was jong en vrolijk, hij troonde torenhoog op de ladder van begerenswaardige vrijgezellen. Het laat zich makkelijk voorstellen dat hij haar er onder de Hawaiiaanse maan, van wist te overtuigen dat ze van hem hield en dat ze haar studie moest opgeven om met hem te trouwen. ('Vertel me in vredesnaam niks over die Cliff,' schreef de Consul in het begin in een van zijn zeldzame brieven, 'ik zie* hem voor me en ik heb nu al de pest aan die hufter: kortzichtig en promiscue, een meter negentig kraakbeen en stekeltjeshaar en pathos, diepgevooisde charme en casuïstiek.' Het oordeel van de Consul over hem was inderdaad niet onscherpzinnig geweest – arme Cliff! – en ze dacht haast nooit meer aan hem en probeerde niet te denken aan het zo van haar eigen goedheid overtuigde meisje dat zo in haar trots was gekrenkt door zijn ontrouw – 'nuchter, onbekwaam en onintelligent, sterk en kinderachtig, zoals de meeste Amerikaanse mannen, iemand die meteen met stoelen gaat zwaaien zodra het tot vechten komt en die, op zijn dertigste nog een kind van tien, van de liefdesdaad een soort diarree maakt...') *Yvonne is al eens het slachtoffer geweest van 'slechte pers' over haar huwelijk en tijdens de onvermijdelijke scheiding die volgde, werd wat ze zei verdraaid, terwijl als ze niets zei haar zwijgen verkeerd werd uitgelegd. En het was niet alleen de pers die het verkeerd begreep: 'Oom Macintyre,' zegt ze quasi-zielig, 'trok gewoon zijn handen van me af'* (Arme oom Macintyre. Het was fantastisch, het was bijna grappig – om te gillen, zou je kunnen zeggen, als ze het aan haar vrienden vertelde. Ze was door en door een Constable en aardde absoluut niet naar haar moeders kant! Laat haar maar de richting van de Constables op gaan! God mocht weten hoevelen van hen in hetzelfde soort drama's of halve drama's verzeild waren geraakt, of die over zich hadden afgeroepen, als zijzelf en haar vader. Ze rotten weg in gekkengestichten in Ohio of vertoefden versuft in vervallen zitkamers op Long Island te midden van kippen die lustig aan het pikken waren tussen het familiezilver en de kapotte theepotten waarin later diamanten colliers zouden blijken te zitten. De Constables, een vergissing van de natuur, stierven uit. De natuur had zelfs de uitdrukkelijke bedoeling om ze uit te roeien, daar ze geen boodschap meer had aan alles wat niet zelf evolueerde. Het geheim van hun betekenis, zo die al bestond, was verloren gegaan.) *Dus verliet Yvonne met opgeheven hoofd en een glimlach om haar lippen Hawaii, ook al was de leegte in haar hart schrijnender dan ooit. En nu is ze terug in Hollywood en de mensen die haar het beste kennen, zeggen dat ze nu in haar leven geen tijd heeft voor de liefde, dat ze alleen maar aan haar werk denkt. En in de studio zeggen ze dat de proefopnamen die ze laatst heeft gemaakt ronduit sensationeel zijn. Het 'Brok Natuur' heeft zich ontwikkeld tot Hollywoods grootste drama-actrice! Zo is Yvonne Constable, op haar vierentwintigste, hard op weg om voor de tweede keer een ster te worden.*

– Maar Yvonne Constable was niet voor de tweede keer een ster geworden. Yvonne Constable was zelfs niet op weg geweest om een ster te worden. Ze had een impresario aangetrokken die erin slaagde uitstekende publiciteit te creëren – uitstekend ook al was alle publiciteit, zo overtuigde ze zichzelf, een van haar grootste heimelijke angsten – op basis van haar vroegere wilde-paardensuccessen; er werden haar gouden bergen beloofd, maar daar bleef het bij. Uiteindelijk liep ze alleen over Virgil Avenue of Mariposa onder de stoffige dode ondiep geplante palmen van de donkere en vervloekte Stad van de Engelen, zonder zelfs maar de troost dat haar tragedie, hoe afgezaagd ook, er niet minder echt om was. Want haar ambities als actrice waren altijd wat onecht geweest: ze hadden in zekere zin te lijden onder de ontwrichting van de functies – dat zag ze zelf ook wel van het vrouw-zijn. Dat zag ze zelf ook wel, en toch zag ze ook, nu het allemaal hopeloos was (en nu ze, na dat alles, Hollywood *ontgroeid* was), dat ze onder andere omstandigheden best een eersteklas, ja zelfs een groot artieste had kunnen worden. En trouwens, wat was ze nu anders (zij het fantastisch geregisseerd) zoals ze daar woest door haar vertwijfeling en alle stoplichten liep of reed en, net als misschien de Consul, het bordje voor het raam van het stadhuis met 'Informeel Bal in de Zebrazaal' in 'Infernaal' zag veranderen of 'Bericht inzake Onkruidverdelging' in 'Bericht inzake Bruidsverdelging'. Terwijl op de reclamezuil – 'Openbare tijdvraagbaak van de mens' – de enorme klepel van de reusachtige blauwe klok onophoudelijk heen en weer ging. Te laat! En dit, dit alles had er misschien toe bijgedragen dat de kennismaking met Jacques Laruelle in Quauhnahuac zoiets verpletterends en onheilspellends in haar leven was geworden. Dat kwam niet alleen omdat ze de Consul gemeen hadden, zodat ze via Jacques op een geheimzinnige manier had kunnen doordringen tot en in zekere zin gebruikmaken van iets waarvan ze het bestaan niet kende, de argeloosheid van de Consul; alleen met hem had ze over Hollywood kunnen praten (niet altijd eerlijk, maar met het enthousiasme waarmee nauwe verwanten over een gehate vader of moeder kunnen spreken en met wat een opluchting!) op grond van hun beider minachting en half toegegeven mislukking. Bovendien ontdekten ze dat ze daar allebei in hetzelfde jaar, 1932, waren geweest, en eenmaal zelfs op hetzelfde feest, openlucht-barbecue-zwembad-en-bar; en aan Jacques had ze ook laten zien wat ze voor de Consul verborgen had gehouden, de oude foto's van Yvonne de Verschrikkelijke in leren hemd met franje en rijbroek en laarzen met hoge hakken, en met een knaap van een hoed op, zodat ze zich, toen hij haar deze gruwelijke ochtend verbaasd en verbijsterd herkende, had afgevraagd of hij niet heel even geweifeld had, want Hugh en Yvonne hadden een nogal bespottelijke gedaanteverwisseling ondergaan!... En ook had Laruelle haar een keer in zijn atelier, waar de Consul overduidelijk niet zou komen opdagen, een paar foto's van zijn oude Franse films laten zien, waarvan ze er een – lieve hemel! – in New York bleek te hebben gezien kort nadat ze weer naar de oostkust was gegaan. En in New York had ze opnieuw (nog steeds in Jacques' atelier) op die ijskoude winteravond op Times Square gestaan – ze logeerde in het Astor – en omhooggekeken naar de lichtkrant die om het Times Building heen liep, nieuws over rampen, over zelfmoord, over failliete banken, over op handen zijnde oorlog, over helemaal niets dat, terwijl ze met de menigte omhoog staarde, plotseling ophield, tot duisternis verbroken werd, tot het eind van de wereld, had ze het gevoel gehad, toen er geen nieuws meer kwam. Of was het – Golgotha? Als een van alles beroofde en verstoken wees, mislukt en toch rijk, toch mooi, die voortstapte, maar niet terug naar haar hotel, in de rijke bonten parafernalia van de alimentatie, bang om alleen de cafés binnen te gaan naar de warmte waarvan ze op dat moment verlangde, had Yvonne zich veel ontredderder gevoeld dan een hoertje; terwijl ze zo liep – en gevolgd werd, altijd gevolgd – door de verkleumde glitterende rusteloze stad – *het beste voor minder,* zag ze steeds maar, of *Dead End,* of *Romeo and Juliet,* en dan weer *het beste voor minder* – was in haar gedachten die afschuwelijke duisternis blijven hangen die haar onechte rijke eenzaamheid, haar schuldbewuste gescheiden doodse hulpeloosheid, nog zwarter kleurde. De elektrische pijlen die op haar hart werden afgevuurd – maar die hielden haar voor de gek: ze wist, er steeds meer door beangstigd, dat die duisternis er nog steeds was, erin was, ervan. De kreupelen trekkebeenden traag voorbij. Er mompelden mannen langs op wier gezicht alle hoop vervlogen leek. Gangstertypes in wijde paarse broek stonden te wachten waar de ijskoude storm in open lounges stroomde. En overal die duisternis, de duisternis van een wereld zonder betekenis, een wereld zonder doel – *het beste voor minder* – maar waar iedereen behalve zijzelf, zo kwam het haar voor, hoe schijnheilig ook, hoe onbehouwen, eenzaam, kreupel, wanhopig ook, in staat was, al was het maar via een tapkraantje, een van de straat geraapte sigarettenpeuk, al was het maar in een café, al was het maar door Yvonne zelf aan te klampen, om ergens in te geloven... *Le Destin d'Yvonne Griffaton...* En daar stond ze – en ze werd nog steeds gevolgd – voor de kleine bioscoop in Fourteenth Street waar oude successen en buitenlandse films werden vertoond. En daar, op de filmfoto's, wie kon dat anders zijn, die eenzame gestalte, dan zijzelf, lopend door dezelfde donkere straten, zelfs met dezelfde bontjas aan, alleen zei de reclame boven haar en om haar heen: *Dubonnet, Amer Picon, Les 10 Frattelinis, Moulin Rouge.* En 'Yvonne, Yvonne!' zei een stem toen ze naar binnen ging, en een schimmig paard, reusachtig, het hele doek vullend, leek eraf en op haar toe te springen: het was een standbeeld waar de gestalte was langsgelopen, en de stem, een denkbeeldige stem die Yvonne Griffaton achtervolgde door de donkere straten, achtervolgde ook Yvonne zelf, alsof ze vanuit die donkere wereld buiten regelrecht deze donkere wereld op het doek was binnengelopen, zonder adem te halen. Het was zo'n film waarbij je, al ben je halverwege binnengekomen, onmiddellijk gegrepen wordt door de overtuiging dat het de beste film is die je ooit van je leven hebt gezien; het realisme ervan is zo buitengewoon volledig, dat waar het verhaal over gaat, wie de hoofdrolspeler is, van weinig belang lijkt in vergelijking met de explosie van dat bewuste moment, in vergelijking met de onmiddellijke dreiging, de vereenzelviging met de opgejaagde, de achtervolgde, in dit geval Yvonne Griffaton – of Yvonne Constable! Maar als Yvonne Griffaton werd achtervolgd, werd opgejaagd – de film ging kennelijk over de ondergang van een Française van rijke familie en aristocratische komaf – dan was zij op haar beurt ook de jager, zocht ze, tastte ze naar iets. Yvonne begreep aanvankelijk niet waarnaar, in deze schimmige wereld. Vreemde figuren versteenden tegen de muren, of in steegjes, bij haar nadering; zij waren duidelijk de figuren uit haar verleden, haar geliefden, haar enige ware liefde die zelfmoord had gepleegd, haar vader – en alsof ze zich voor hen in veiligheid wilde brengen, was ze een kerk binnengegaan. Yvonne Griffaton bad, maar de schaduw van een achtervolger viel op het koortrapje: het was haar eerste geliefde en het volgende moment lachte ze hysterisch, ze was in de Folies Bergères, ze was in de Opéra, het orkest speelde Zaza van Leoncavallo; toen was ze aan het gokken, het rouletterad draaide als een waanzinnige rond, ze was terug in haar kamer; en de film werd een satire, een satire bijna van zichzelf: haar voorouders verschenen in snelle opeenvolging voor haar ogen, statische dode symbolen van egoïsme en rampspoed, maar in haar gedachten geromantiseerd, zo leek het, lusteloos met hun rug tegen gevangenismuren staand, met houterige gebaren rechtopstaand in mestkarren, neergeschoten door de Commune, neergeschoten door de Pruisen, rechtop in de strijd, rechtop in de dood. En nu kwam Yvonne Griffatons vader, die een ongunstige rol had gespeeld in de Dreyfus-affaire, haar bespotten en gezichten naar haar trekken. Het modieuze publiek lachte, of kuchte, of mompelde, maar de meesten waren vermoedelijk al op de hoogte van datgene wat Yvonne zelfs later niet zou ontdekken, namelijk hoe deze karakters en de gebeurtenissen waarin zij een rol hadden gespeeld, mede de oorzaak waren van Yvonne Griffatons huidige toestand. Dit alles was begraven in de eerdere episodes van de film. Yvonne zou eerst het journaal, de tekenfilm, een documentaire getiteld *Het leven van de Afrikaanse longvis* en een herhaling van *Scarface* moeten uitzitten om dat te kunnen zien, zoals zoveel dat mogelijkerwijze enige betekenis aan haar eigen lot verleende (al betwijfelde ze zelfs dat) begraven was in het verre verleden en zich, voorzover ze wist, in de toekomst zou kunnen herhalen. Maar wat Yvonne Griffaton zich afvroeg, was nu duidelijk. Het bleek maar al te duidelijk uit de Engelse ondertitels. Wat moest ze beginnen onder de last van zo'n erfenis? Hoe kon ze zich ontdoen van deze oude man van de zee? Was ze gedoemd tot een eindeloze reeks drama's waarvan ook Yvonne Griffaton zich niet kon voorstellen dat ze deel uitmaakten van een of andere geheimzinnige boetedoening voor de duistere zonden van anderen die allang dood en verdoemd waren, maar die alleen maar zinloos waren? Ja, hoe? vroeg Yvonne zich af. Zinloos – en toch, wás je wel gedoemd? Natuurlijk kon je de ongelukkige Constables altijd romantiseren: je kon jezelf zien, of net doen alsof, als een klein eenzaam figuurtje dat gebukt ging onder de last van die voorouders, hun zwakheid en wildheid (die daar waar ze ontbrak verzonnen kon worden) in je bloed, een slachtoffer van duistere krachten – dat was iedereen, het was onontkoombaar! – onbegrepen en tragisch, maar tenminste wel met een eigen wil! Maar wat schoot je op met een eigen wil als je nergens in geloofde? Dit was inderdaad, begreep ze nu, ook het probleem van Yvonne Griffaton. Hier was ook zij naar op zoek, en was ze al die tijd naar op zoek geweest, ondanks alles, naar een beetje geloof – alsof je dat kon vinden zoals een nieuwe hoed of een huurhuis! – ja, zelfs datgene wat ze nu op het punt stond te vinden en weer te verliezen, het geloof in een zaak, was beter dan niets. Yvonne voelde dat ze een sigaret moest roken en toen ze terugkwam, leek het er veel op dat Yvonne Griffaton eindelijk succes had gehad bij haar queeste. Yvonne Griffaton vond het geloof in het leven zelf, in reizen, in een andere liefde, in de muziek van Ravel. De akkoorden van de Bolero kwamen in parmantige overvloed aangestapt, met vingergeknip en hakkengeklak, en Yvonne Griffaton was in Spanje, in Italië; de zee kwam in beeld, Algiers, Cyprus, de woestijn met haar luchtspiegelingen, de Sfinx. Wat betekende dit alles? Europa, dacht Yvonne. Ja, voor haar onvermijdelijk Europa, de Grand Tour, de Tour Eiffel, zoals ze al die tijd geweten had. – Maar hoe kwam het dat zíj, die toch zo rijkelijk voor het leven was toegerust, een geloof in het 'leven' alleen nooit voldoende had gevonden? Als dat álles was!... In onbaatzuchtige liefde – in de sterren! Misschien zou dat genoeg moeten zijn. En toch, en toch, het was ontegenzeggelijk waar dat je het nooit had opgegeven, altijd was blijven hopen, was blijven proberen, al tastend, om een betekenis te vinden, een patroon, een antwoord –

De stier bleef nog even aan de tegengestelde kracht van de touwen trekken en liet zich vervolgens mismoedig, met van die veegbewegingen zijn kop heen en weer halend over de grond, in het stof zakken waar hij, tijdelijk verslagen maar op zijn hoede, op een fantastisch insect leek dat gevangenzat midden in een reusachtig trillend web... De dood, of een soort dood, zoals zo vaak in het leven; en nu, opnieuw, de wederopstanding. De charros, die met hun lasso's vreemde ingewikkelde uitvallen naar de stier deden, tuigden hem op voor zijn uiteindelijke berijder, waar en wie hij ook mocht zijn.

– 'Dank je.' Hugh had haar het flesje habanero haast afwezig aangereikt. Ze nam een slokje en gaf het aan de Consul, die somber met het flesje in zijn handen bleef zitten zonder eruit te drinken. En was hij ook niet naar haar toegekomen bij de bushalte?

Yvonne keek de tribune rond: er was, voorzover ze kon zien, niet één andere vrouw in dit hele gezelschap behalve een knoestige oude Mexicaanse die pulque verkocht. Nee, ze vergiste zich. Meer naar beneden was net een Amerikaans paar de tribune op geklommen, een vrouw in een duifgrijs mantelpak en een man met een hoornen bril, een lichtelijk gebogen houding en haar dat van achteren lang was, die op een dirigent leek; het was het paar dat Hugh en zij eerder op de zócalo hadden gezien, in een Novedades op een hoek, waar ze huaraches en vreemde ratels en maskers kochten, en later, vanuit de bus op de kerktrap waar ze naar de indiaanse dansen keken. Wat leken ze gelukkig met elkaar; ze waren geliefden, of op huwelijksreis. Hun toekomst zou zich zuiver en rimpelloos voor hen uitstrekken als een blauw en vredig meer, en bij de gedachte hieraan werd het Yvonne opeens blij te moede als een jongen die in zijn zomervakantie 's morgens opstaat en in het zonlicht verdwijnt.

Onmiddellijk begon de hut van Hugh vaste vorm aan te nemen in haar gedachten. Maar het was geen hut – het was een huis! Het stond, op sterke pijnhouten poten van aanzienlijke doorsnee, tussen het bos van pijnbomen en hoge, hoge wuivende wegedoorns en hoge slanke berken, en de zee. Er was een smal pad dat zich vanaf het winkeltje door het bos omlaag kronkelde, met zalmkleurige en vingerhoedvormige frambozen en wilde-braamstruiken die op heldere winterse vriesnachten een miljoen manen weerspiegelden; achter het huis stond een kornoelje die tweemaal per jaar witte sterren droeg. In het tuintje groeiden narcissen en sneeuwklokjes. Er was een brede veranda waar ze op lentemorgens zaten en een steiger die regelrecht het water in liep. Ze zouden deze steiger zelf bouwen als het laag water was, de palen stuk voor stuk in het steil aflopende strand heien. Ze zouden hem paal voor paal bouwen tot ze op een dag van het uiteinde in zee konden duiken. De zee was blauw en koud en ze zouden elke dag zwemmen, en elke dag weer via een laddertje op hun steiger klimmen, en daaroverheen regelrecht hun huis in rennen. Ze zag het huis nu duidelijk voor zich; het was klein en gemaakt van zilverkleurige verweerde planken, het had een rode deur, en openslaande ramen, open voor de zon. Ze zag de gordijnen die ze zelf had gemaakt, het bureau van de Consul, zijn oude lievelingsstoel, het bed, bedekt met kleurige indiaanse dekens, het gele licht van de lampen tegen het vreemde blauw van lange juni-avonden, de wilde appelboom die half het zonnige open terrasje steunde waar de Consul 's zomers werkte, de wind in de donkere bomen boven hen en de branding die op stormachtige herfstnachten het strand beukte; en dan de molenradreflecties van zonlicht op water, zoals Hugh die op de Cervecería Quauhnahuac had beschreven, maar dan omlaag glijdend langs de voorkant van hun huis, almaar glijdend en glijdend, over de ramen, de muren, de reflecties die, boven en achter het huis, de pijnboomtakken in groen chenille veranderden; en 's avonds stonden ze op hun steiger en keken naar de sterrenbeelden, Schorpioen en Driehoek, Boötes en de Grote Beer, en dan zouden de molenradreflecties die van maanlicht op water zijn die onophoudelijk omlaag gleden langs de houten muren van zilveren overnaadse planken, het maanlicht dat op het water ook hun golvende ramen borduurde –

En het kon. Het kon! Het lag er allemaal op hen te wachten. Was ze maar alleen met Geoffrey zodat ze het hem kon vertellen! Hugh, met zijn cowboyhoed achter op zijn hoofd en zijn voeten in hun hooggehakte laarzen op de stoel voor hem, leek nu een indringer, een vreemde, een deel van het schouwspel beneden. Hij keek met intense belangstelling naar het optuigen van de stier, maar toen hij zich haar starende blik bewust werd, gingen zijn oogleden nerveus omlaag en zocht en vond hij zijn pakje sigaretten, waarvan hij de leegheid meer met zijn vingers dan met zijn ogen verifieerde.

Beneden in de arena ging een fles rond onder de mannen te paard die hem vervolgens aan de anderen gaven die met de stier bezig waren. Twee ruiters galoppeerden doelloos de arena rond. De toeschouwers kochten citroenlimonade, fruit, chips, pulque. De Consul maakte aanstalten om zelf ook wat pulque te kopen, maar bedacht zich en bevoelde het flesje habanero.

Nog meer dronkaards kwamen zich ermee bemoeien, die ook al op de stier wilden rijden; ze verloren hun belangstelling, werden plotseling paardenliefhebbers, kregen ook daar genoeg van en werden zwalkend weggejaagd.

De reus keerde terug met de boerende gillende Rocket, verdween, werd erdoor weggezogen. De menigte werd stil, zo stil dat ze bijna geluiden kon horen die wel weer van de kermis zouden kunnen zijn, in Quauhnahuac.

Stilte was al even aanstekelijk als vrolijkheid, bedacht ze, een bedremmelde stilte in de ene groep lokte een proleterige stilte bij een andere uit, die op haar beurt tot een meer algemene, zinloze stilte bij een derde leidde, totdat ze zich alom had verspreid. Niets ter wereld is machtiger dan zo'n plotselinge vreemde stilte –

– het huis, bespikkeld door mistig licht dat zacht door de jonge blaadjes viel, en daarna de mist die wegrolde over het water, en de bergen, nog wit van de sneeuw die scherp en helder afstak tegen de blauwe lucht, en blauwe rook van het drijfhoutvuur die uit de schoorsteen kronkelde; de scheve planken houtschuur waar de kornoeljebloesem op het dak viel, het hout daarbinnen fraai gestapeld; de bijl, de troffels, de hark, de schop, de diepe, koele put met de erboven bevestigde beschermfiguur, een stuk wrakhout, een houten sculptuur uit de zee; de oude ketel, de nieuwe ketel, de theepot, de koffiepot, de bain-mariepannen, de steelpannen, de kast. Geoffrey zat buiten te schrijven, met de hand, zoals hij het liefste deed, en zij zat te typen aan een bureau voor het raam – want ze zou leren typen en al zijn manuscripten vanuit het schuinschrift met zijn eigenaardige vertrouwde Griekse e's en vreemde t's in keurig nette bladzijden omzetten – en al werkend zou ze een zeehond uit het water zien oprijzen, die om zich heen gluurde en geluidloos weer zonk. Of een reiger, die van karton en touw gemaakt leek, zou log voorbij wieken, om majestueus op een rots neer te strijken en daar hoog en roerloos te blijven staan. IJsvogels en zwaluwen schoten langs de dakranden of rustten uit op hun steiger. Of er gleed een zeemeeuw voorbij, uitrustend op een stuk drijfhout, zijn kop onder zijn vleugel, wiegend, meewiegend met de beweging van de zee... Ze zouden al hun eten kopen, precies zoals Hugh zei, in een winkeltje voorbij het bos, en niemand zien, behalve een paar vissers, wier witte boten ze 's winters voor anker in de baai zagen deinen... Zij zou koken en schoonmaken en Geoffrey zou het hout hakken en water halen uit de put. En ze zouden almaar aan dat boek van Geoffrey werken, dat hem wereldberoemd zou maken. Maar hoe absurd het ook klonk, dat zou ze een zorg wezen; ze zouden in eenvoud en liefde in hun huis tussen het bos en de zee blijven wonen. En bij halftij zouden ze van hun pier omlaag kijken en in het ondiepe heldere water turkooizen en vermiljoenen en purperen zeesterren zien, en bruine fluwelen krabbetjes die zich zijdelings voortbewogen te midden van met eendenmossels bezette stenen, opgewerkt met borduursel als hartvormige speldenkussentjes. Terwijl in de weekends, verderop in de baai, om de haverklap verboten voorbij zouden komen die gezang stroomopwaarts voerden –

De toeschouwers slaakten een zucht van verlichting, er klonk geritsel onder hen als van bladeren: beneden was er iets, Yvonne kon niet zien wat, volbracht. Stemmen begonnen weer te gonzen, de lucht begon weer te tintelen van de suggesties, welsprekende beledigingen, gevatte antwoorden.

De stier krabbelde overeind met zijn berijder, een dikke Mexicaan met een warrige haardos, die door de hele zaak nogal ongeduldig en prikkelbaar leek te zijn geworden. Ook de stier leek prikkelbaar en bleef nu doodstil staan.

Een gitaarorkestje op de tegenovergelegen tribune zette een vals Guadalajara in. Guadalajara, Guadalajara, zong het halve orkest...

'Guadalajara.' Hugh sprak langzaam elke lettergreep uit.

Laag hoog, laag laag hoog, laag laag hoog, dreunden de gitaren, terwijl de berijder er dreigend naar keek en vervolgens, met een woedende blik, het touw om de nek van de stier steviger beetpakte en er een ruk aan gaf, zodat het dier even werkelijk deed wat er kennelijk van hem verwacht werd door heftig te schokken, als een schuddende machine, en met alle vier zijn poten sprongetjes in de lucht te maken. Maar kort daarop verviel hij weer in zijn oude kuiergang. Toen hij zijn deelname geheel had gestaakt, viel hij niet moeilijk meer te berijden en na één logge rondgang door de arena zette hij regelrecht koers naar zijn hok, dat door de druk van de menigte op de omheining geopend was en waarnaar hij ongetwijfeld al die tijd heimelijk had verlangd, en draafde dat met plotseling doelbewuste, twinkelende en argeloze hoeven binnen.

Iedereen lachte als om een slechte grap; het was een gelach dat was aangepast aan en nog wat meer versterkt werd door een tweede tegenslag, het voortijdig verschijnen van nog een stier die, haast in galop uit zijn open hok gedreven door de wrede stoten en porren en klappen bedoeld om hem te laten stoppen, struikelde toen hij de arena bereikte en languit in het stof viel.

De berijder van de eerste stier, nors en voor schut gezet, was afgestegen in het hok: en het kostte moeite om niet ook met hem medelijden te hebben, zoals hij daar zijn hoofd stond te krabben bij de omheining en aan een van de jongens die zich wonderbaarlijk in evenwicht hielden op het bovenste dwarshout uitlegde waarom het hem niet gelukt was –

– en misschien zou ze deze maand nog, als het een mooie nazomer was geweest, op hun veranda staan en over Geoffreys werk, over zijn schouder in het water kijken en een archipel zien, eilandjes van opaliserend schuim en dode varentakken – maar mooi, mooi – en de weerspiegelde wegedoorns, bijna kaal nu, die hun schaarse schaduwen over de als speldenkussens opgewerkte stenen wierpen, waarover de gebrocheerde krabben zich voort repten tussen een paar verdronken blaadjes –

De tweede stier deed twee flauwe pogingen om op te staan en ging weer liggen; een eenzame ruiter galoppeerde met een touw zwaaiend naar de andere kant van de arena en schreeuwde met schorre stem: 'Boee, sjoee, boee' – er verschenen andere charros met nog meer touwen; het hondje kwam aandraven vanuit het niets en stoof in kringetjes rond; maar het haalde niets uit. Er gebeurde niets bepaalds en het leek onwaarschijnlijk dat ook maar iets enige beweging zou kunnen krijgen in de tweede stier die achteloos werd gekneveld waar hij lag.

Iedereen schikte zich in nog een periode van lang wachten, van langdurige stilte, terwijl ze beneden halfslachtig en met een kwaad geweten aanstalten maakten om de tweede stier op te tuigen.

'Zie de oude droeve stier,' zei de Consul, 'op de plaza vol vertier. Vind je het erg als ik een heel klein slokje neem, liefste, een poquitín... Nee? Dank je. Door een wilde angst geplaagd, voor het touw dat hem belaagt –'

– en ook gouden bladeren, op het oppervlak, en vuurrode, één groen, stroomafwaarts walsend met haar sigaret, terwijl een felle herfstzon verblindend van onder de stenen scheen –

'Of door zeven – waarom niet? – wilde angsten geplaagd, voor het touw dat hem belaagt. Hierna zou de koene Cortez ten tonele moeten verschijnen om het gruwelijke te aanschouwen, hij die de minst vreedzame aller mannen was... Zwijgend op een piek in Quauhnahuac. Christus, wat een walgelijke vertoning –'

'Vind je ook niet?' zei Yvonne en terwijl ze zich afwendde, meende ze aan de overkant onder het orkest de man met de zonnebril te zien staan die ze vanmorgen voor het Bella Vista had gezien en later – of had ze zich dat verbeeld? – bij het Cortez-paleis. 'Geoffrey, wie is die man?'

'Het gekke van die stier,' zei de Consul, 'is dat hij zo ontwijkend doet. – Daar heb je je vijand, maar hij wil het spelletje vandaag niet meespelen. Hij gaat liggen... Of valt gewoon neer; zie je, hij is helemaal vergeten dat hij je vijand is, dat dénk je althans, en je geeft hem een klopje... Sterker nog... Als je hem een volgende keer tegenkomt, herken je hem misschien niet eens meer als een vijand.'

'Es ist vielleicht een os,' mompelde Hugh.

'Gespeend van ostentatie.'

Het dier lag er nog steeds lijdzaam bij, maar werd even aan zijn lot overgelaten. Beneden dromden mensen in discussiërende groepjes bijeen. Eveneens discussiërende ruiters bleven schreeuwend de arena rondrijden. Toch was er geen sprake van enige actie, en nog minder van enige aanwijzing dat die ophanden was. Wie zou de tweede stier berijden? leek de grote vraag die in de lucht hing. Maar hoe zat het met de eerste stier, die tekeerging in het hok en er slechts met moeite van weerhouden kon worden om het strijdperk weer te betreden? Ondertussen vormden de opmerkingen om haar heen een echo van het dispuut in de arena. De eerste berijder had geen eerlijke kans gekregen, verdad? No hombre, hij had die kans niet eens moeten krijgen. Onmokelik, er stond een andere berijder op het programma. Vero, die was niet aanwezig, of kon niet komen, of was wel aanwezig maar ging niet rijden, of was niet aanwezig maar deed zijn best om hier te komen, verdad? – maar toch, dat veranderde niets aan de plannen en gaf de eerste berijder niet de kans om het nog eens te proberen.

Dronkaards popelden nog evenzeer om als vervanger op te treden; eentje zat nu zelfs op de stier en deed net alsof hij hem bereed, al was hij nog geen centimeter van zijn plaats gekomen. Het werd hem uit zijn hoofd gepraat door de eerste berijder, die erg nors keek: net op tijd: op datzelfde moment werd de stier wakker en rolde zich om.

De eerste berijder stond nu op het punt, ondanks al het commentaar, om het nog eens te proberen toen – nee; hij was te diep beledigd en zou onder geen beding meer gaan rijden. Hij liep weg in de richting van de omheining om verdere uitleg te verschaffen aan de jongen die zich daar nog steeds bovenop in evenwicht hield.

Een man beneden met een enorme sombrero op had om stilte geschreeuwd en richtte met pagaaiende armen het woord tot hen vanuit de arena. Er werd een beroep op hen gedaan, hetzij om nog wat geduld te oefenen, hetzij om zich te melden als berijder.

Yvonne kwam er nooit achter wat. Want er was iets uitzonderlijks gebeurd, iets belachelijks, maar even onverwacht als een aardbeving –

Het was Hugh. Hij was met achterlating van zijn jasje van de tribune in de arena gesprongen en rende nu in de richting van de stier waarvan, misschien voor de grap, of misschien omdat ze hem aanzagen voor de berijder die op het programma stond, de touwen als bij toverslag werden afgerukt. Yvonne stond op: ook de Consul kwam naast haar overeind.

'Christus nog aan toe, die verdomde idioot!'

De tweede stier, die minder onverschillig tegenover het verwijderen van de touwen stond dan misschien te verwachten viel en confuus was door het verwarde tumult waarmee de komst van zijn berijder vergezeld ging, was loeiend overeind gekrabbeld; Hugh zat schrijlings op zijn rug en voerde al een krankzinnige cakewalk uit midden in de arena.

'Godverdomme die stomme ezel!' zei de Consul.

Hugh hield zich met zijn ene hand stevig aan het tuig vast en sloeg met de andere op de flanken van de bruut, en hij deed dat met een bedrevenheid die Yvonne tot haar eigen verbazing nog steeds haast naar waarde wist te schatten. Yvonne en de Consul gingen weer zitten.

De stier sprong naar links en vervolgens naar rechts, met beide voorpoten tegelijk, alsof ze aan elkaar waren gebonden. Toen liet hij zich op zijn knieën zakken. Woedend krabbelde hij weer overeind; Yvonne merkte dat de Consul naast haar habanero dronk en vervolgens de stop weer op het flesje deed.

'Christus... Jezus.'

'Het geeft niet, Geoff. Hugh weet wat hij doet.'

'Die stomme idioot...'

'Hugh redt zich wel. – Waar hij het ook geleerd mag hebben.'

'De proleet... de syfilislijer.'

De stier was inderdaad echt wakker geworden en deed zijn best om hem af te werpen. Hij schraapte in het zand, galvaniseerde zichzelf als een kikker, kroop zelfs op zijn buik. Hugh bleef op zijn plaats. De toeschouwers lachten en juichten, hoewel Hugh, die nu werkelijk niet van een Mexicaan te onderscheiden was, er ernstig uitzag, zelfs grimmig. Hij leunde achterover, bleef vastberaden zitten, zijn voeten uiteen en met zijn hakken in de bezwete flanken schoppend. De charros galoppeerden door de arena.

'Ik geloof niet dat hij het doet om op te scheppen,' glimlachte Yvonne. Nee, hij gaf gewoon toe aan die absurde behoefte aan actie die hij voelde, nadat hij zich zo wild had geërgerd aan het geteut gedurende deze onmenselijke dag. Al zijn gedachten dwongen die deerniswekkende stier nu op de knieën. 'Wil je het over die boeg gooien? Mij best. Mag je de stier om de een of andere reden niet? Mij best, ik mag de stier ook niet.' Ze merkte dat deze gevoelens hielpen om Hughs gedachten star op het verslaan van de stier te concentreren. En op de een of andere manier maakte je je weinig zorgen als je zo naar hem keek. Je vertrouwde hem onvoorwaardelijk in deze situatie, net zoals je een kunstduiker vertrouwde, een koorddanser, een hoogtewerker. Je had zelfs half ironisch het gevoel dat Hugh voor zoiets misschien wel het meest geschikt was en Yvonne herinnerde zich verbaasd haar kortstondige paniek van die ochtend toen hij op het muurtje van de brug over de barranca was gesprongen.

'Het risico... de idioot,' zei de Consul, habanero drinkend.

Hughs problemen begonnen zelfs nog maar net. De charros, de man met de sombrero, het kind dat de eerste stier in zijn staart had gebeten, de mannen met hun poncho's en lappen en zelfs het hondje dat nu weer onder de omheining door kwam sluipen, allemaal sloten ze hem in om de problemen nog te doen toenemen; allemaal hadden ze hun rol.

Yvonne merkte opeens dat er vanuit het noordoosten zwarte wolken de lucht in klommen, een tijdelijke onheilspellende duisternis die het gevoel van avond gaf, donder klonk in de bergen, één enkel gerommel, metalig, en een windvlaag raasde door de bomen en deed ze buigen: het schouwspel zelf bezat een afstandelijke vreemde schoonheid; de witte broeken en felgekleurde poncho's van de mannen die de stier lokten, afstekend tegen de donkere bomen en de dreigende lucht, de paarden, ogenblikkelijk in stofwolken veranderd door hun berijders met hun zwepen als schorpioenstaarten, die ver uit hun kuipzadels hingen om in het wilde weg met touwen te gooien, het deed er niet toe waarheen, Hughs onmogelijke maar op de een of andere manier schitterende optreden te midden van dat alles, de jongen wiens haar woest in zijn gezicht wapperde, hoog in de boom.

Het orkestje zette Guadalajara weer in, in de wind, en de stier loeide, met zijn hoorns gevangen tussen de dwarshouten waardoorheen hij, hulpeloos, met stokken in wat er nog van zijn testikels restte werd gepord, werd gekieteld met roeden, een machete en, nadat hij zich had bevrijd en weer verstrikt was geraakt, met een hark; ook werd er stof en mest in zijn rode ogen gegooid; en er leek geen eind aan deze kinderachtige wreedheid te komen.

'Schat,' fluisterde Yvonne plotseling, 'Geoffrey – kijk me aan. Luister naar me. Ik ben... er is niets wat ons nog langer hier houdt... Geoffrey...'

De Consul keek haar zielig aan, bleek en zonder zijn zonnebril; hij zweette, trilde over zijn hele lichaam. 'Nee,' zei hij.

'Nee... Néé,' voegde hij er haast hysterisch aan toe.
'Geoffrey schat... niet zo trillen... waar ben je bang voor? Waarom gaan we niet weg, nu, morgen, vandaag... wat houdt ons tegen?'
'Nee...'
'Ach, het was zo lief van je –'
De Consul sloeg zijn arm om haar schouders, leunde als een kind met zijn vochtige hoofd tegen haar haar, en even was het alsof er een geest van bemiddeling en tederheid boven hen zweefde, beschermend, waakzaam. Hij zei vermoeid:
'Waarom ook niet. Laten we in Jezus-lieve Christusnaam weggaan. Duizend, een miljoen kilometer ver, Yvonne, waarheen dan ook, zolang het maar weg is. Gewoon weg. Weg van dit alles. Christus, hiervan.'
– een wilde lucht vol opkomende sterren in, en Venus en de gouden maan bij zonsopgang, en 's middags blauwe bergen met sneeuw en blauw koud ruw water – 'Méén je dat?'
'En of ik het meen!'
'Schat...' Yvonne bedacht dat ze opeens praatten – haastig tot overeenstemming kwamen – als gevangenen die niet veel tijd hebben om te praten: de Consul pakte haar hand. Ze zaten dicht bijeen, handen verstrengeld, hun schouders tegen elkaar. In de arena Hugh die een ruk gaf; de stier gaf ook een ruk, was vrij, maar razend nu, bokte tegen de omheining op elke plek die hem deed denken aan het hok dat hij zo voortijdig verlaten had en slingerde zich nu vermoeid, overmatig in het nauw gebracht, nu hij het gevonden had, keer op keer met woeste, atavistische verbittering tegen het hek totdat hij dat, met het blaffende hondje op zijn hielen, opnieuw vergeten was... Hugh reed op de vermoeid rakende stier steeds nieuwe rondjes door de arena.
'Ik bedoel, dit is niet gewoon maar ontsnappen, laten we écht opnieuw beginnen, Geoffrey, echt ergens opnieuw beginnen met een schone lei. Het zou een wedergeboorte kunnen worden.'
'Ja. Ja dat zou kunnen.'

'Ik geloof dat ik het weet, ik zie het eindelijk allemaal duidelijk voor me. O Geoffrey, ik geloof dat ik het eindelijk zie.'

'Ja, ik geloof dat ik het ook weet.'

Beneden hen raakten de hoorns van de stier weer in de omheining verstrikt.

'Schat...' Ze zouden hun bestemming per trein bereiken, een trein die door een avondland van velden naast water doolde, een arm van de Stille Oceaan –

'Yvonne?'

'Ja, schat?'

'Ik ben mislukt, weet je... Een beetje.'

'Laat maar, schat.'

'... Yvonne?'

'Ja?'

'Ik hou van je... Yvonne?'

'O, ik hou ook van jou!'

'Mijn liefste... Mijn lieve schat.'

'O Geoffrey. We zóuden gelukkig kunnen zijn, we zóuden –'

'Ja... Dat zouden we.'

– en in de verte, aan de overkant van het water, het wachtende huisje –

Plotseling klonk er een donderend applaus, gevolgd door het versnelde gitaargesnerp dat zich met de wind mee verspreidde; de stier had zich losgerukt uit de omheining en het schouwspel werd weer levendiger: Hugh en de stier bakkeleiden een ogenblik in het midden van een kleine vaste kring die de anderen binnen de arena hadden gevormd door hen ervan uit te sluiten; toen werd alles versluierd door stof; het hek van het hok aan hun linkerhand was weer opengebroken, zodat alle stieren vrijkwamen, inclusief de eerste, die er waarschijnlijk verantwoordelijk voor was; ze stormden onder gejuich naar buiten en stoven briesend alle kanten op.

Hugh, die in een hoek aan de andere kant met zijn stier worstelde, werd een ogenblik aan het gezicht onttrokken; plotseling begon er iemand aan die kant te gillen. Yvonne maakte zich los van de Consul en stond op.

'Hugh... Er is iets gebeurd.'

De Consul kwam wankel overeind. Hij dronk uit het flesje habanero, dronk tot hij het bijna leeg had. Toen zei hij:

'Ik zie niks. Maar ik denk dat het de stier is.'

Het viel nog steeds onmogelijk uit te maken wat er gaande was in de stoffige chaos van ruiters, stieren en touwen aan de andere kant. Toen zag Yvonne dat het inderdaad de stier was die, uitgeteld, weer in het stof lag. Hugh liep kalmpjes bij hem vandaan, boog voor de juichende toeschouwers en sprong, andere stieren ontwijkend, over de omheining aan de andere kant. Iemand gaf hem zijn hoed terug.

'Geoffrey –' begon Yvonne haastig, 'ik verwacht niet dat je – ik bedoel – ik weet dat het –'

Maar de Consul dronk de habanero op. Hij liet echter nog een klein beetje voor Hugh over.

... Boven hen was de lucht weer blauw toen ze afdaalden naar Tomalín; donkere wolken pakten zich nog samen achter de Popocatepetl, hun purperen massa doorschoten met het felle late zonlicht dat ook op weer zo'n zilveren meertje viel dat koel, fris en uitnodigend voor hen lag te glinsteren en dat Yvonne op de heenweg niet had gezien en zich evenmin kon herinneren.

'De bisschop van Tasmanië,' zei de Consul, 'of iemand die stierf van de dorst in de Tasmaanse woestijn, had een soortgelijke ervaring. De verre aanblik van Cradle Mountain had hem enige tijd tot troost gestrekt, en toen zag hij dit water... Helaas bleek het zonlicht te zijn dat op tienduizenden gebroken flessen scheen.'

Het meertje was het kapotte dak van een broeikas die bij El Jardín Xicotancatl hoorde: de kas werd uitsluitend door onkruid bevolkt.

Maar hun huis was in haar gedachten terwijl ze daar liep: hun huis was echt: Yvonne zag het bij zonsopgang, tijdens de lange middagen bij zuidwestenwind, en bij het vallen van de avond zag ze het in het licht van sterren en maan, bedekt door sneeuw: ze zag het van boven, in het bos, met de schoorsteen en het dak beneden haar, en de in perspectief verkorte steiger: ze zag het vanaf het strand boven haar oprijzen, en ze zag het, nietig, in de verte, als een wijkplaats en een baken tegen de bomen afsteken, vanaf de zee. Alleen lag het bootje van hun conversatie hachelijk gemeerd; ze hoorde het tegen de rotsen slaan; later zou ze het verder het land op slepen, naar een veiliger plek. – Maar hoe kwam het dat er zich precies in het centrum van haar gedachten een vrouwenfiguur bevond die als gevolg van een hysterische aanval schokte als een marionet en met haar vuisten op de grond sloeg?

'Op naar de Salón Ofélia,' riep de Consul.

Een warme onweersachtige windvlaag wierp zich op hen, was uitgeraasd, en ergens sloeg een klok wilde drieklanken.

Hun schaduwen kropen voor hen uit door het stof, gleden omlaag langs witte dorstige muren van huizen, werden een ogenblik gewelddadig gevangengenomen door een donkere ellips op de grond, het draaiende verbogen wiel van een jongensfiets.

De gespaakte schaduw van het wiel, reusachtig, schaamteloos, scheerde weg.

Nu vielen hun eigen schaduwen vol over het pleintje tot aan de verhoogde klapdeuren van de taveerne, Todos Contentos y Yo También: beneden de deuren zagen ze iets dat op de onderkant van een kruk leek, iemand die wegging. De kruk bewoog niet; de eigenaar was bezig aan een twistgesprek bij de deur, aan een laatste glas wellicht. Toen verdween de kruk: de ene deur van de cantina werd opengehouden, er kwam iets tevoorschijn.

Diep voorovergebogen en kreunend onder het gewicht torste een oude manke indiaan met behulp van een riem die in een lus over zijn voorhoofd liep op zijn rug een andere arme indiaan, die nog ouder en afgeleefder was dan hijzelf. Hij droeg de oudere man en diens krukken, bevend over al zijn ledematen onder dit gewicht uit het verleden droeg hij hun beider last.

Ze bleven alle drie naar de indiaan staan kijken terwijl deze met de oude man om een bocht in de weg verdween, de avond in, met zijn armoedige sandalen door het grijswitte stof sloffend...

X

'Mescal,' zei de Consul, haast zonder erbij na te denken. Wat had hij gezegd? Het deed er niet toe. Met minder dan mescal was hij niet geholpen. Maar het mocht geen serieuze mescal worden, zo overreedde hij zichzelf. 'No, Señor Cervantes,' fluisterde hij, 'mescal, poquito.'

Toch, bedacht de Consul, was het niet alleen maar dat hij dat niet had moeten doen, niet alleen dat, nee, het was meer alsof hij iets verloren of gemist had, of beter, niet zozeer verloren, niet echt gemist. Het was meer alsof hij ergens op wachtte, maar toch ook weer niet. Het was haast alsof hij (in plaats van op de drempel van de Salón Ofélia vanwaar hij naar het kalme zwembad staarde waarin Yvonne en Hugh net wilden gaan zwemmen) opnieuw op dat donkere open perron stond, aan de andere kant waarvan de korenbloemen en de spirea groeiden, waar hij na een hele nacht drinken naartoe was gegaan om Lee Maitland af te halen die 's morgens om 10 over half 8 uit Virginia terugkwam, het perron waar hij licht in hoofd en voeten naartoe was gegaan, en in die zijnstoestand waarin de engel van Baudelaire inderdaad waakt, wellicht vanuit de behoefte om op treinen te wachten, maar niet op treinen die stoppen, want in de denkwereld van een engel bestaan er geen treinen die stoppen, en is er niemand die uit zulke treinen stapt, zelfs geen andere engel, zelfs geen blonde, zoals Lee Maitland. – Was de trein te laat? Waarom ijsbeerde hij over het perron? Was het met de tweede of derde trein uit de richting van Suspension Bridge – *Hang*brug! – dat ze volgens de stationschef zou aankomen? Wat had de kruier gezegd? Kon ze in deze trein zitten? Wie was ze? Het was onmogelijk dat Lee Maitland in een van deze treinen zat. En trouwens, al deze treinen waren sneltreinen. De rails verdwenen heuvelopwaarts in de verte. In die verte fladderde een eenzame vogel boven de rails. Rechts van de overweg, een stukje verderop, stond een boom als een groene exploderende zeemijn, verstard. De gedroogde-uienfabriek langs het zijspoor kwam tot leven, gevolgd door de kolenhandels. *Onze handel is zwart maar onze handen zijn schoon: Demon kolen...* Een heerlijke geur van uiensoep in de zijstraten van Vavin vervulde de vroege morgen. Arbeiders zo zwart als schoorsteenvegers duwden vlak in de buurt kruiwagens voort of zeefden kolen. Rijen uitgedoofde lantaarns stonden als opgerichte slangen langs het perron, gereed om aan te vallen. Aan de andere kant korenbloemen, paardebloemen, een vuilnisbak die helemaal in zijn eentje als een vuurkorf in lichterlaaie stond tussen de spirea. De morgen werd warm. En nu verschenen, een voor een, de verschrikkelijke treinen boven op de verhoogde horizon, zinderend nu, als een luchtspiegeling: eerst de verre jammerklacht, dan het angstaanjagende spuien en opschieten van zwarte rook, een torenhoge roerloze zuil zonder oorsprong, dan een ronde romp, schijnbaar niet op de rails, zich schijnbaar de andere kant op begevend, of schijnbaar stoppend, schijnbaar niet stoppend, of schijnbaar wegsluipend over de velden, schijnbaar stoppend; O God, niet stoppend; heuvelafwaarts: *klipperde-een* klipperde-een: *klipperde-twee* klipperde-twee: *klipperde-drie* klipperde-drie: *klipperde-vier klipperde-vier:* helaas, Goddank, niet stoppend, en de rails die schudden, het station dat vloog, het kolengruis, zwart bitumineus: *halsoverkop halsoverkop halsoverkop:* en dan nog een trein, *klipperde-een klipperde-een,* komend uit de andere richting, zwaaiend, sissend, een halve meter boven de rails, vliegend, *klipperde-twee,* met één licht dat brandde tegen de morgen, *klipperde-drie* klipperde-drie, één enkel nutteloos vreemd oog, roodgoud: treinen, treinen, treinen, stuk voor stuk bereden door een vrouwelijke doodsgeest die in d kleine terts op een krijsend neusorgel speelde; *halsoverkop halsoverkop halsoverkop.* Maar niet zijn trein; en niet haar trein. Toch zou de trein ongetwijfeld komen – had de stationschef nou de derde of de vierde trein gezegd en van welke kant? Wat was het noorden, het westen? En dan nog, wiens noorden, wiens westen...? En hij moest bloemen plukken om de engel te verwelkomen, de blonde Virginische die uit de trein zou stappen. Maar de bloemen op de spoordijk lieten zich niet plukken, het sap spoot eruit, kleverig, de bloemen zaten aan de verkeerde kant van de steel (en hij aan de verkeerde kant van de spoorbaan), hij viel bijna in de vuurkorf, de korenbloemen groeiden halverwege hun steel, de stelen van de spirea – of was het fluitenkruid? – waren te lang, zijn boeket was een mislukking. En hoe moest hij weer terug over de spoorbaan – er kwam opnieuw een trein aan uit de verkeerde richting, *klipperde-een* klipperde-een, de rails onwerkelijk, niet aanwezig, lopend op lucht; of op rails die misschien wel ergens heen liepen, naar een onwerkelijk leven, of misschien Hamilton in Ontario. – Idioot, hij probeerde over één rail te lopen, zoals een jongen over de stoeprand: *klipperde-twee* klipperde-twee: *klipperde-drie* klipperde-drie: *klipperde-vier* klipperde-vier: *klipperde-vijf* klipperde-vijf: *klipperde-zes* klipperde-zes: *klipperde-zeven;* klipperde-zeven-treinen, treinen, treinen, treinen, op hem afkomend van alle horizonten, allemaal jammerend om hun demonische geliefde. Het leven had geen tijd te verspillen. Waarom verspilde het dan zoveel van al het andere? Met de dode korenbloemen voor zich zat de Consul die avond – het volgende moment – in het stationscafé met een man die hem net drie losse tanden had willen verkopen. Had hij morgen op de trein moeten wachten? Wat had de stationschef gezegd? Was dat Lee Maitland geweest die zo verwoed naar hem had gewuifd vanuit de sneltrein? En wie had die vuile prop vloeipapiertjes uit het raam gegooid? Wat had hij verloren? Waarom zat die idioot daar, in zijn gore grijze pak, met zijn broek die slobberde om zijn knieën, voorzien van één broekveer, met zijn lange, lange slobberige grijze jasje, en grijze stoffen pet, en bruine laarzen, met zijn dikke vlezige grauwe gezicht waarin drie boventanden, misschien wel *diezelfde* drie tanden, ontbraken, allemaal aan één kant, en zijn dikke nek, die om de paar minuten tegen iedereen die binnenkwam zei: 'Ik hou je in de gaten.' 'Ik zie je wel...' 'Je ontsnapt me niet.' – 'Als je je gemak eens hield, Claus, zou niemand merken dat je gek bent.' ... Dat was ook de tijd, in het onweersland, wanneer 'de bliksem de palen stroopt, Mr. Firmin, en in de draden bijt, meneer – je kan het naderhand ook proeven, in het water, pure zwavel' – dat hij elke middag om vier uur, vanaf de aangrenzende begraafplaats voorafgegaan door de doodgraver – zwetend, zware tred, gebogen, met lange kinnebak en trillend, zijn speciale gereedschap des doods in de handen – naar ditzelfde café ging voor een ontmoeting met Mr. Quattras, de neger-bookmaker uit Codrington op Barbados. 'Ik ben een man van de renbaan en ik ben grootgebracht met blanken, dus de zwarten moeten me niet.' Mr. Quattras, grijnzend en bedroefd, was bang voor uitzetting... Maar die strijd tegen de dood was gewonnen. En hij had Mr. Quattras gered. Was het niet diezelfde nacht geweest? – terwijl hij met een hart als een koude vuurkorf bij een perron stond tussen spirea nat van dauw; ze zijn mooi en angstaanjagend, die schaduwen van wagons die langs schuttingen scheren, en als zebra's over het pad van gras op de laan van donkere eiken onder de maan schieten: één enkele schaduw, als een paraplu op rails, die langs een staketsel glijdt; bodes van onheil, van het haperend hart... Verdwenen. In omgekeerde richting opgegeten door de nacht. En ook de maan verdwenen. *C'était pendant l'horreur d'une profonde nuit.* En de verlaten begraafplaats in het licht van de sterren, in de steek gelaten door de doodgraver, dronken nu, op weg naar huis door de velden – 'ik kan in drie uur een graf graven als ze me mijn gang laten gaan' – de begraafplaats in het gespikkelde maanlicht van één enkele straatlantaarn, het hoge dikke gras, de optorenende obelisk die teloorging in de melkweg. Jull, had er op het gedenkteken gestaan. Wat had de stationschef gezegd? De doden. Slapen zij? Waarom zouden ze,

als wij het niet kunnen. *Mais tout dort, et l'armée, et les vents, et Neptune.* En hij had de arme verkwijnde korenbloemen eerbiedig op een verwaarloosd graf gelegd... Dat was in Oakville.
– Maar Oaxaca of Oakville, wat was het verschil? Of tussen een café dat om vier uur 's middags openging, en een dat (behalve op zon- en feestdagen) om vier uur 's ochtends openging...? *'Ik lieg er geen woord van, maar ik heb eens voor 100 dollar een hele grafkelder laten opgraven en naar Cleveland gestuurd!'*

Er zal een lijk worden vervoerd met de sneltrein...

Alcohol zwetend uit alle poriën stond de Consul bij de open deur van de Salón Ofélia. Wat verstandig dat hij een mescal had gedronken. Wat verstandig! Want het was de juiste, de enige drank om onder de gegeven omstandigheden te nuttigen. Bovendien had hij niet alleen voor zichzelf bewezen dat hij er niet bang voor was, maar ook was hij nu weer klaarwakker, broodnuchter, en heel wel in staat om alles wat hem zou kunnen overkomen het hoofd te bieden. Maar als dat voortdurende trillen en springen binnen zijn gezichtsveld er niet was geweest, als van ontelbare zandvlooien, had hij zichzelf kunnen wijsmaken dat hij in geen maanden gedronken had. Het enige dat hem mankeerde, was dat hij het te warm had.

Een natuurlijke waterval die zich omlaag stortte in een soort reservoir dat over twee niveaus was gebouwd – de aanblik kwam hem niet zozeer verkoelend voor maar deed hem eerder op een groteske manier aan een ultieme vertwijfelde zweetpartij denken; het onderste niveau vormde een zwembad waarin Hugh en Yvonne nog steeds niet zwommen. Het water in het turbulente bovenste niveau raasde over een kunstmatige waterval om zich vervolgens, nadat het een snelle stroom was geworden, door een dicht oerwoud te slingeren en uit te lopen in een veel grotere natuurlijke cascade buiten het gezicht. Daarna, zo wist hij nog, verspreidde het zich, verloor het zijn identiteit, sijpelde het op diverse plaatsen de barranca in. Langs de stroom door het oerwoud liep een pad, dat zich op een gegeven moment vertakte en rechtsaf naar Parián leidde:

en de Farolito. Maar ook het eerste pad voerde je naar cantina-rijke contreien. God mag weten waarom. Ooit, wellicht in de dagen van de hacienda's, was Tomalín van enig belang geweest voor de bevloeiing. Vervolgens, na het verbranden van de suikerplantages, werden er splitsbare en luisterrijke plannen ontwikkeld voor een kuuroord, die een voortijdige zwaveldood stierven. Daarna hingen er vage dromen over een waterkrachtinstallatie in de lucht, maar daar was niets van terechtgekomen. Parián was een nog groter raadsel. Na oorspronkelijk gesticht te zijn door een handjevol van die woeste voorvaderen van Cervantes die Mexico ondanks zijn verraad groot hadden weten te maken, de verraderlijke Tlaxcaltecanen, was de nominale hoofdstad van de deelstaat sinds de revolutie geheel overvleugeld door Quauhnahuac, en hoewel de plaats nog steeds als een obscuur bestuurscentrum fungeerde, had niemand hem de reden van haar voortbestaan ooit naar behoren kunnen uitleggen. Je kwam mensen tegen die erheen gingen; maar slechts weinigen, nu hij erover nadacht, kwamen terug. Natuurlijk kwamen ze terug, hij zelf ook: er bestond een verklaring. Maar waarom ging er geen bus heen, of alleen met tegenzin, en via een vreemde route? De Consul schrok.

Vlak bij hem hielden zich enkele fotografen op onder een doek. Ze wachtten achter hun gammele apparaat tot de baders hun hokje verlieten. Nu kwamen er twee meisjes gillend naar het water gelopen in hun ouderwetse huurbadpak. Hun begeleiders liepen branieachtig over een grijs muurtje dat het zwembad scheidde van de stroomversnelling daarboven, kennelijk besluitend om er niet in te duiken en bij wijze van excuus omhoog wijzend naar een traploze springplank, totaal vervallen, die als een vergeten slachtoffer van een overstromingsramp in een treurende peperboom hing. Even later renden ze joelend over een betonnen helling het zwembad in. De meisjes deden nuffig, maar waadden hen vervolgens toch giechelend achterna. Nerveuze windvlagen brachten het oppervlak van de baden in beroering. Magentakleurige wolken stapelden zich hoger op tegen de horizon, hoewel de lucht boven zijn hoofd helder bleef.

Hugh en Yvonne verschenen, bespottelijk uitgedost. Ze bleven lachend aan de rand van het zwembad staan – huiverend, ondanks de massieve hitte die de horizontale zonnestralen op hen allen lieten neerdalen.

De fotografen maakten foto's.

'Goh,' riep Yvonne uit, 'dit zijn net de Horseshoewatervallen in Wales.'

'Of de Niagara,' merkte de Consul op, 'circa 1900. Wat dacht je van een tochtje met de *Maid of the Mist,* vijfenzeventig cent, oliejassen inbegrepen.'

Hugh draaide zich voorzichtig om, met zijn handen op zijn knieën.

'Ja. Naar waar de regenboog ophoudt.'

'De Grot der Winden. De Cascada Sagrada.'

Er waren inderdaad regenbogen. Maar ook zonder regenbogen had de mescal (waarvan Yvonne natuurlijk niets gemerkt kon hebben) de plek al iets betoverends verleend. Het was de betovering van de Niagarawatervallen zelf, niet de elementaire grootsheid ervan, maar de plaats voor huwelijksreizen; beheerst door een zoetelijk, opzichtig, zelfs onstuimig gevoel van liefde dat over deze nostalgische, door nevel besproeide plek hing. Maar nu zorgde de mescal voor een wanklank, en vervolgens voor een reeks klaaglijke wanklanken waarop alle zwevende nevelvlagen leken te dansen, door de ongrijpbare subtiliteit van linten van licht, tussen de losgeraakte flarden van zwevende regenbogen. Het was een spookdans van zielen, verbluft door deze bedrieglijke mengelingen maar nog steeds zoekend naar bestendigheid te midden van wat slechts eeuwige vluchtigheid was, of voor eeuwig verloren. Of was het een dans van de zoekende en zijn doel, die de ene keer nog achter de vrolijke kleuren aanjoeg waarvan hij niet wist dat hij ze had aangenomen, en de andere het nog fraaiere tafereel probeerde te ontdekken waarvan hij, misschien zonder het ooit te beseffen, al deel uitmaakte...

Donkere schaduwkronkels lagen in de verlaten gelagkamer. Ze besprongen hem. 'Otro mescalito. Un poquito.' De stem leek van boven de toog te komen waar twee woeste gele ogen de duisternis doorboorden. De vuurrode kam, de lellen en vervolgens de bronsgroene metalige veren van een op de toog staande haan werden zichtbaar, en Cervantes, die er schalks achter oprees, begroette hem met Tlaxcaltecaanse vreugde: 'Muy fuerte. Muy verskriekelik,' kakelde hij.

Was dit het gezicht dat vijfhonderd schepen deed uitvaren en Christus in de val van het westelijk halfrond lokte? Maar de vogel leek best tam. Het had half vier gekraaid, had die andere man gezegd. En hier was de kraaier. Het was een kemphaan. Cervantes trainde hem voor een gevecht in Tlaxcala, maar dat liet de Consul koud. De jonge hanen van Cervantes verloren altijd – hij had eenmaal dronken zo'n evenement meegemaakt in Cuautla; die gemene door mensen op touw gezette vechtpartijtjes, wreed en destructief, en toch van een armzalige onbeslistheid, elk zo kort als een gruwelijk verknoeide geslachtsdaad, wekten zijn walging en verveling. Cervantes haalde de haan weg. 'Un bruto,' voegde hij eraan toe.

Het gedempte gedaver van de waterval vulde het vertrek als de machine van een schip... Eeuwigheid... De Consul, wat afgekoeld, leunde op de toog en staarde in zijn tweede glas met de kleurloze naar ether ruikende vloeistof. Drinken of niet drinken. – Maar zonder mescal, stelde hij zich voor, was hij de eeuwigheid vergeten, dat ze op wereldreis waren, dat de aarde een schip was, geranseld door de staart van Kaap Hoorn, gedoemd om zijn Valparaiso nooit te bereiken. Of dat ze als een golfbal was, door een reus vanuit een raam van een gekkengesticht in de hel met een wilde slag naar links in de richting van de Vlinder van Hercules geslagen. Of dat ze een bus was die zijn dolende weg naar Tomalín en het niets aflegde. Of dat ze als – wat ze ook weldra mocht zijn, na de volgende mescal.

Maar er was nog geen 'volgende' mescal geweest. Luisterend, terugdenkend stond de Consul daar, zijn hand schijnbaar met het glas vergroeid... Plotseling hoorde hij boven het gedaver uit de heldere lieve stemmen van de jonge Mexicanen buiten: en ook de stem van Yvonne, dierbaar, ondraaglijk – en anders, na de eerste mescal – die hij weldra kwijt zou zijn.

Waarom kwijt...? De stemmen leken nu verward te zijn geraakt in de verblindende stortvloed van zonlicht die langs de deuropening stroomde en de vuurrode bloemen langs het pad in brandende zwaarden veranderde. Zelfs bijna slechte poëzie is beter dan het leven, had die wirwar van stemmen kunnen zeggen, terwijl hij nu zijn halve glas leegdronk.

De Consul was zich nog een ander gedaver bewust, al kwam dat van binnen in zijn hoofd: *klipperde-een:* de American Express vervoert zwaaiend het lijk door de groene weiden. Wat is een man anders dan een zieltje dat een lijk overeind houdt? De ziel! Ach, en had ook zij niet haar woeste en verraderlijke Tlaxcaltecanen, haar Cortez en haar noches tristes, en, geketend gezeten in haar binnenste citadel en chocola drinkend, haar bleke Moctezuma?

Het gedaver zwol aan, stierf weg, zwol weer aan; gitaarklanken vermengden zich met het geschreeuw van vele stemmen, roepend, eentonig zingend, als de inheemse vrouwen in Kasjmir, smekend, boven het geluid van de maalstroom uit: 'Borrrrraaacho,' jammerden ze. En het donkere vertrek met zijn hel verlichte deuropening schudde onder zijn voeten.

'– wat zou je ervan zeggen, Yvonne, als we dat schatje een keer gingen beklimmen, Popo bedoel ik –'

'Lieve hemel, waarom? Heb je nog niet genoeg lichaamsbeweging gehad voor één –'

'– is misschien een goed idee om eerst je spieren te harden, een paar kleine toppen te proberen.'

Ze maakten grappen. Maar de Consul maakte geen grappen. Zijn tweede mescal was ernst geworden. Hij liet hem nog half leeg op de toog staan, Señor Cervantes wenkte vanuit een hoek verderop.

Een sjofel mannetje met een zwarte lap over zijn ene oog,

gekleed in een zwart jasje, maar ook met een prachtige sombrero op met lange kleurige kwasten langs de achterkant, dat ondanks zijn ruwe inborst in een haast even doodnerveuze toestand leek te verkeren als hijzelf. Door wat voor magnetische kracht werden deze trillende verlopen schepsels in zijn baan gezogen? Cervantes ging hem voor achter de toog, liep twee treetjes op en trok een gordijn opzij. De arme eenzame ziel wilde hem zijn huis weer laten zien. De Consul beklom de treetjes met moeite. Eén klein kamertje, in beslag genomen door een reusachtige koperen bedstee. Roestige geweren in een rek tegen de muur. In een hoek, voor een piepklein porseleinen Mariabeeld, brandde een lampje. Een gewijde kaars eigenlijk, die via het glas een robijnrode flikkering door de kamer verspreidde en een brede gele flakkerende kegel op het plafond wierp: de pit brandde laag. 'Miester.' Cervantes wees er bevend naar. 'Señor. Mijn grootvader mij zeg ik mag hem nooit uit laten gaan.' Mescaltranen sprongen de Consul in de ogen, en hij herinnerde zich dat hij gedurende de slemppartij van de afgelopen nacht op een gegeven moment met dr. Vigil naar een hem onbekende kerk in Quauhnahuac was gegaan, met sombere gobelins en vreemde votiefschilderijen, een barmhartige Maagd die door het donker zweefde en tot wie hij gebeden had, met verward kloppend hart, dat hij Yvonne terug zou mogen krijgen. Donkere figuren stonden in tragische afzondering her en der in de kerk, of knielden neer – alleen wie door een verlies getroffen en eenzaam was, ging er binnen. 'Zij is de Maagd van wie niemand hebben voor zich,' had de dokter hem verteld, terwijl hij zijn hoofd naar het beeld boog. 'En voor zeelui op zee.' Daarna knielde hij neer in het vuil en zei treurig, terwijl hij zijn pistool – want dr. Vigil ging altijd gewapend naar Rode Kruis-bals – naast zich op de vloer legde: 'Niemand komen hier, alleen wie niemand hebben voor zich.' Nu maakte de Consul van deze Maagd die andere die zijn gebed had verhoord en bad, terwijl ze zwijgend voor haar stonden, opnieuw. 'Er is niets veranderd en ondanks Gods genade ben ik nog steeds alleen. Hoewel mijn lijden zinloos lijkt, ben ik nog altijd vertwijfeld. Er is geen verklaring voor mijn leven.' Die was er inderdaad niet, en evenmin was dit wat hij had willen duidelijk maken. 'Gun Yvonne alstublieft haar droom – droom? – van een nieuw leven met mij – laat me alstublieft geloven dat dat alles niet een weerzinwekkende vorm van zelfbedrog is,' probeerde hij... 'Laat me haar alstublieft gelukkig maken, verlos me van deze verschrikkelijke tirannie van het zelf. Ik ben diep gezonken. Laat mij nog dieper zinken, zodat ik de waarheid zal kennen. Leert u me weer lief te hebben, het leven lief te hebben.' Dat was het ook niet... 'Waar is de liefde? Laat me werkelijk lijden. Geef me mijn zuiverheid terug, de kennis van de Mysteriën die ik heb verraden en verloren. – Laat mij werkelijk eenzaam zijn, zodat ik oprecht kan bidden. Laat ons ergens gelukkig zijn, als het maar samen is, als het maar buiten deze verschrikkelijke wereld is. Vernietig deze wereld!' riep hij in zijn hart. De ogen van de Maagd waren zegenend neergeslagen, maar misschien had ze het niet gehoord. – De Consul had nauwelijks gemerkt dat Cervantes een van de geweren had gepakt. 'Ik ben dol op jagen.' Na het te hebben teruggezet, opende hij de onderste la van een kleerkast die in een andere hoek was geperst. De la zat propvol boeken, inclusief de Geschiedenis van Tlaxcala, in tien delen. Hij deed hem onmiddellijk weer dicht. 'Ik ben een onbeduidend mens, en ik lees deze boeken niet om te bewijzen hoe onbeduidend ik ben,' zei hij trots. 'Sí, hombre,' vervolgde hij, terwijl ze weer afdaalden naar de cantina, 'zoals ik u heb gezegd, ik gehoorzaam mijn grootvader. Hij zei me ik moest met mijn vrouw trouwen. Dus ik noem mijn vrouw mijn moeder.' Hij haalde een foto tevoorschijn van een kind in een lijkkist en legde hem op de toog. 'Ik de hele dag gedronken.'

'– een sneeuwbril en een alpenstok. Je zou er vreselijk mooi uitzien met –'

'– en mijn gezicht helemaal ingevet. En een wollen muts diep in mijn ogen –'

Hughs stem klonk weer, en daarna die van Yvonne, ze waren zich aan het aankleden en praatten luid over de bovenkant van hun kleedhokjes heen, op nog geen twee meter afstand, achter de muur:
'– wel honger, zeker?'
'– een paar rozijnen en een halve pruim!'
'– de limoenen niet te vergeten –'
De Consul dronk zijn mescal op: niet meer dan een pathetische grap, natuurlijk, dat plan om de Popo te beklimmen, zij het net iets voor Hugh om te bedenken voor hij aankwam, terwijl hij zoveel andere dingen over het hoofd zag: maar kon het zijn dat het idee om de vulkaan te beklimmen in hun ogen op de een of andere manier de betekenis van een leven lang samen had? Ja, daar rees hij voor hen op, met al zijn verborgen gevaren, valkuilen, tweeslachtigheden, listen, zo onheilspellend als ze zich, gedurende de armzalig korte, door zelfbedrog gegunde tijdsspanne van een sigaret, hun eigen lot maar konden voorstellen – of was Yvonne, helaas, gewoon gelukkig?
'– vanwaar vertrekken we, Amecameca –'
'Om bergziekte te voorkomen.'
'– maar op zichzelf al een hele pelgrimstocht, neem ik aan! Geoff en ik hebben het eens willen doen, jaren geleden. Je gaat eerst te paard, naar Tlamancas –'
'– rond middernacht, in Hotel Fausto!'
'Wat hebben jullie liever? Bloemenkool of petoeten,' begroette de Consul, onschuldig en drankloos in een nis gezeten, hen fronsend; het avondmaal te Emmaüs, had hij het gevoel, en hij probeerde zijn afwezige mescalstem te verhullen terwijl hij de lijst met eenvoudige kost bestudeerde die hem door Cervantes was overhandigd. 'Of extrahornsiroop. Soupe à l'onan met knoflook op ei...

Pijprika met melk? Of wat dachten jullie van een lekkere Filete de Huachinango rebozado tartar con Duitse vriendjes?'
Cervantes had Yvonne en Hugh beiden een menukaart gegeven maar ze deden samen met de hare: 'Dr. Moise von

Schmidthaus' speciale soep,' sprak Yvonne de woorden genietend uit.

'Ik geloof dat een gepijpte bijtwortel er bij mij wel in gaat,' zei de Consul, 'na die onans.'

'Eentje maar,' vervolgde de Consul, bezorgd om de gevoelens van Cervantes omdat Hugh zo hard lachte, 'maar let op die Duitse vriendjes. Die zitten zelfs in de filet.'

'En de tartaar?' informeerde Hugh.

'Tlaxcala!' Cervantes debatteerde glimlachend en met trillend potlood tussen hen in. 'Sí, ik ben Tlaxcaltecaan... U houdt van eien, señora. Belopen eien. Muy sabrosos. Gescheiden eien? Of vis, geplakte filet met erwtjes. Vol-au-vent à la reine. Vlucht in de wind voor de koningin. Of houdt u van geplombeerde eien, geplombeerd op toast. Of kalfslever op tavernewijs? Piemelsaanse kipsoep? Kip spectraal van het huis? Jong duif. Rode snappers met een gebakken tartaartje, vin u lekker?'

'Ha, de alomtegenwoordige tartaar,' riep Hugh uit.

'De kip spectraal van het huis lijkt me nog geweldiger, denken jullie ook niet?' lachte Yvonne, al had de Consul de indruk dat de voorafgaande schunnigheden haar voor het merendeel ontgaan waren, en nog steeds had ze niets in de gaten.

'Vermoedelijk in zijn eigen ectoplasma geserveerd.'

'Sí, u hou van ochtendpus in zijn eigen ink? Of tonijn? Of een verrukkelijke mol? Misschien u wil beginnen met meloenwijze? Vijgenmermelade? Braambessen con crappe Gran Duc? Omelet met zuurpruimen, vin u lekker? Wil u eerst een gin-vis drinken? Lekker gin-vis? Zilvervis? Sprankelwijn?'

'Madre?' vroeg de Consul. 'Wat betekent dat madre hier? – Wil jij je eigen moeder opeten, Yvonne?'

'Badre, señor. Vis también. Yautepec-vis. Muy sabroso. Vin u lekker?'

'Zeg eens, Hugh – wil jij wachten op de vis die sterft?'

'Ik wil wel een biertje.'

'Cerveza, sí. Moctezuma? Dos Equis? Carta Blanca?'

Ten slotte namen ze allemaal mosselsoep, roereieren, de kip spectraal van het huis, bonen en bier. De Consul had aanvankelijk alleen maar garnalen en een hamburger besteld maar zwichtte voor Yvonnes: 'Schat, wil je niet wat meer eten, ik kan wel een jong paard op,' en hun handen vonden elkaar over de tafel.

En daarna, voor de tweede keer die dag, ook hun ogen, met een lange blik, een lange blik vol verlangen. Achter haar ogen, buiten haar, zag de Consul een ogenblik Granada, en de trein die vanuit Algeciras over de Andalusische vlakte walste, *tufferde pufferde, tufferde pufferde,* de lage stoffige weg vanaf het station langs de oude arena en de Hollywood Bar stadinwaarts, langs het Britse consulaat en het Los Angeles-klooster omhoog langs Hotel Washington Irving (Je ontsnapt me toch niet, ik zie je wel, Engeland moet voor zijn werkelijke waarden terug naar New England!), de oude trein zeven die daar reed: avond, en de statige paardenkoetsen klauteren langzaam door de parken omhoog, sukkelen tussen de bogen door, verder omhoog langs de plek waar de eeuwige bedelaar op een gitaar met drie snaren speelt, door de parken, parken, parken overal, omhoog, omhoog, naar het schitterende maaswerk van het Alhambra (dat hem vervelede) langs de bron waar ze elkaar hadden ontmoet, naar Pensión America; en almaar hoger klommen ze nu zelf, omhoog naar de tuinen van het Generalife, en nu van de tuinen van het Generalife naar de Moorse tombe op het uiterste puntje van de heuvel; daar beloofden zij elkander trouw...

Eindelijk sloeg de Consul zijn ogen neer. Hoeveel flessen sindsdien? In hoeveel glazen, hoeveel flessen had hij zich sindsdien alleen verborgen? Plotseling zag hij ze, de flessen aguardiente, anís, jerez, Highland Queen, de glazen, een Babel van glazen – optorenend, zoals de rook van de trein die dag – gebouwd tot aan de hemel, en toen vallend, de omkieperende en te pletter slaande glazen die de heuvel afrolden vanaf de tuinen van het Generalife, de brekende flessen, flessen Oporto, tinto, blanco, flessen Pernod, Oxygénée, absint, kapot vallende flessen, weggeworpen flessen die met een doffe klap op de grond neerkwamen in parken, onder banken, bedden, bioscoopstoelen, verborgen in laden in consulaten, calvadosflessen die gevallen en gebroken waren, of in scherven uiteenspatten, op vuilnishopen waren geworpen, in zee waren geslingerd, de Middellandse, de Kaspische, de Caribische, flessen die in de oceaan dreven, dode Schotten op de Atlantische hooglanden – en nu zag hij ze, rook hij ze, allemaal, vanaf het allereerste begin – flessen, flessen, flessen, en glazen, glazen, glazen, met bier, met Dubonnet, met Falstaff, Rye, Johnny Walker, Vieux Whiskey blanc Canadien, de aperitieven, de digestieven, de demi's, de dobles, de noch ein Herr Obers, de et glas Araks, de tusen taks, de flessen, de flessen, de prachtige flessen tequila, en de kalebasflessen, kalebasflessen, kalebasflessen, de miljoenen kalebasflessen prachtige mescal... De Consul zat doodstil. Zijn geweten klonk gedempt door het gedaver van het water. Het smakte gierend om het houten huis heen met de vlagerige wind en bracht, met de door de ramen geziene onweerswolken boven de bomen, zijn pressiegroepen massaal in stelling. Hoe kon hij zelfs maar hopen dat hij zichzelf kon vinden, dat hij opnieuw kon beginnen wanneer ergens, misschien in een van die verloren of gebroken flessen, in een van die glazen, voor altijd de eenzame sleutel tot zijn identiteit lag? Hoe kon hij nu teruggaan om te zoeken, tussen het gebroken gras te grabbelen, onder de eeuwige cafés, onder de oceanen?

Stop! Kijk! Luister! Hoe dronken, of hoe dronken nuchter ondronken, kun je in elk geval nú berekenen dat je bent? Hij had die glaasjes bij Señora Gregorio genuttigd, beslist niet meer dan twee. En daarvoor? Ach, daarvoor! Maar later, in de bus, had hij alleen maar dat slokje van Hughs habanero genomen en die vervolgens, tijdens de stierenrodeo, bijna soldaat gemaakt. Daar was hij weer zat van geworden, maar zat op een manier die hem niet beviel, nog erger dan op het plein, de zatheid van het weldra van je stokje gaan, van zeeziekte, en van dat soort zatheid – als het dat was – had hij juist weer willen ontnuchteren door stiekem die mescalitos achterover te slaan. Maar de mescal, besefte de Consul, had succes geoogst op een manier die enigszins buiten zijn berekeningen viel. Het vreemde geval wilde dat hij opnieuw een kater had. De angstaanjagend extreme toestand waarin de Consul zich nu bevond, had zelfs bijna iets moois. Het was een kater als een grote donkere oceaanzwelling die eindelijk tegen een zinkende stoomboot wordt gerold door ontelbare stormen van loefzijde die allang zijn uitgeraasd. En het was niet zozeer noodzakelijk om van dit alles te ontnuchteren, als wel om weer wakker te worden, ja, om wakker te worden, als wel om –

'Weet je nog, Yvonne, dat toen we vanmorgen de rivier overstaken er aan de overkant een pulquería was die La Sepultura heette of zoiets, en dat daar een indiaan met zijn rug tegen de muur zat, met zijn hoed over zijn gezicht, en zijn paard aan een boom gebonden, en dat er een zeven in de heup van het paard was gebrand –'

'– zadeltassen –'

... Grot der Winden, zetel van alle grote besluiten, kleine Cythera van de kinderjaren, eeuwige bibliotheek, voor een stuiver of niets gekocht toevluchtsoord, waar anders kon een mens tegelijkertijd zoveel in zich opnemen en weer lozen? De Consul mocht dan wakker zijn, hij was op dat moment kennelijk niet aan het eten met de twee anderen, al drongen hun stemmen duidelijk tot hem door. Het toilet bestond geheel uit grijze steen en leek op een graftombe – zelfs de bril was van koude steen. Dat is wat ik verdien... Dat is wat ik ben, dacht de Consul. 'Cervantes,' riep hij, en Cervantes verscheen verrassend genoeg half om de hoek – de stenen tombe had geen deur met de kemphaan die deed of hij tegenstribbelde onder zijn arm, en grinnikte:

'– Tlaxcala!'

'– of misschien was het in zijn bil –'

Even later, toen de benarde toestand van de Consul tot hem doordrong, adviseerde Cervantes:

'Een steen, hombre, ik breng u een steen.'

'Cervantes!'
'– *gebrandmerkt* –'
'... veeg u af aan een steen, señor.'

– De maaltijd was, zo herinnerde hij zich nu, ondanks alles goed begonnen, en hij had 'Gevaarlijke Mosselpap' gezegd bij het opdienen van de gebonden mosselsoep. En had hij, bij het verschijnen van de in verrukkelijke mol zwemmende kip spectraal van het huis niet zijn medeleven betuigd met 'onze arme bedervende hersens en eieren thuis'? Ze hadden het over de man langs de kant van de weg gehad en over de dief in de bus, en toen: 'Excusado.' En dit, dit grijze laatste consulaat, dit Franklin-eiland van de ziel, was het excusado. Het was afgescheiden van de baden, gemakkelijk bereikbaar en toch aan het zicht onttrokken, en daarmee ongetwijfeld een zuiver Tlaxaltecaanse fantasie, Cervantes' eigen werk, gebouwd om hem te herinneren aan een of ander koud bergdorp in de mist. Zo zat de Consul erbij, zij het geheel gekleed, en verroerde zich niet. Waarom was hij hier? Waarom was hij altijd min of meer hier? Hij zou blij zijn geweest met een spiegel, om zichzelf die vraag te kunnen stellen. Maar er was geen spiegel. Alleen maar steen. Misschien was er ook geen tijd, in deze stenen retraite. Misschien was dit de eeuwigheid waarover hij zo'n drukte had gemaakt, nu al de eeuwigheid, op zijn Svidrigailovs, zij het dat het hier in plaats van een badhuis vol spinnen op het platteland een stenen kloostercel bleek te betreffen waarin – hoe vreemd! – wie anders zat dan hijzelf?

'– Pulquería –'
'– en toen was er die indiaan –'

ZETEL VAN DE GESCHIEDENIS VAN DE VEROVERING
BEZOEK TLAXCALA!

las de Consul. (En hoe kwam het dat er, naast hem, een limonadeflesje halfvol mescal stond, hoe was hij daar zo gauw aan gekomen, of had Cervantes, vol berouw, Goddank, over de steen, het samen met de toeristische brochure, waaraan een dienstregeling voor de treinen en bussen was vastgehecht, gebracht – of had hij het al eerder gekocht, en zo ja, wanneer?)

¡VISITE VD. TLAXCALA!

Sus Monumentos, Sitios Históricos y De Bellezas Naturales. Lugar De Descanso, El Mejor Clima, El Aire Más Puro. El Cielo Más Azul.

¡TLAXCALA! SEDE DE LA HISTORIA DE LA CONQUISTA

'– dat vanmorgen, Yvonne, toen we de rivier overstaken, er aan de overkant een pulquería was –'
'... La Sepultura?'
'– indiaan met zijn rug tegen de muur zat –'

GEOGRAFISCHE LIGGING

De deelstaat is gelegen tussen 19° 06' 10" en 19° 44' 00" Noorderbreedte en tussen 0° 23' 38" en 1° 30' 34" Oosterlengte van de meridiaan van Mexico. Zijnde zijn grenzen in het Noordwesten en Zuiden met de deelstaat Puebla, in het Westen met de deelstaat Mexico en in het Noordwesten met de deelstaat Hidalgo. De territoriale uitgestrektheid bedraagt 4132 vierkante kilometer. De bevolking telt circa 220.000 inwoners, gevende een bevolkingsdichtheid van 53 inwoners per vierkante kilometer. Hij is gelegen in een dal omgegeven door bergen, daaronder zijn degene die Matlalcueyatl en Ixtaccihuatl heten.

'– Dat weet je vast nog wel, Yvonne, die pulquería –'
'– Wat was het een heerlijke ochtend! –'

KLIMAAT

Tropisch en horend bij hoogland, regelmatig en gezond. De malariaziekte is onbekend.

'– nou, Geoff zei anders dat het een Spanjaard was –'
'– maar wat voor verschil –'
'Dus die man langs de kant van de weg kan natuurlijk best een indiaan zijn,' riep de Consul plotseling vanuit zijn stenen retraite, maar vreemd genoeg scheen niemand hem te hebben gehoord. 'En waarom een indiaan? Zodat het voorval enige maatschappelijke betekenis voor hem kan hebben, zodat het een soort hedendaagse repercussie van de Verovering lijkt, en maar liefst een repercussie van de Verovering, waardoor die op haar beurt weer een repercussie lijkt van –'

'– toen we de rivier overstaken, een windmolen –'
'Cervantes!'
'Een steen... Wil u een steen, señor?'

HYDROGRAFIE

De Zahuapan – Stromend van de Atoyac en lopend langs de stad Tlaxcala levert deze een grote hoeveelheid energie aan verscheidene fabrieken; onder de lagunes is de Acuitlapilco het opmerkelijkst en gelegen twee kilometer ten zuiden van de stad Tlaxcala... Er worden volop zwemvogels aangetroffen in de eerste lagune.

'– Geoff zei dat de kroeg waar hij uit kwam een fascistentent was. De El Amor de los Amores. Als ik het goed begrijp, was hij er vroeger de eigenaar van, maar ik geloof dat hij aan lager wal is geraakt en er nu alleen nog maar werkt... Nog een flesje bier?'
'Waarom niet? Laten we er nog maar eentje nemen.'
'Stel dat die man langs de weg een fascist was en die Spanjaard van jou een communist?' – De Consul in zijn stenen retraite nam een slokje mescal. – 'Doet er ook niet toe, ik denk dat die dief een fascist is, maar wel van een verachtelijke soort, waarschijnlijk iemand die andere spionnen bespioneert of –'
'Als je het mij vraagt, Hugh, ik dacht dat hij gewoon een

arme sloeber was die terugreed van de markt en te veel pulque had gedronken en van zijn paard was gevallen en voor wie al wat gedaan werd, maar toen kwamen wij eraan en werd hij beroofd... Al moet ik bekennen dat ik er niks van gemerkt heb... Ik schaam me dood.'
'Trek zijn hoed een stukje verder omlaag zodat hij wat lucht krijgt.'
'– voor La Sepultura.'

DE STAD TLAXCALA

De Hoofdstad van de Deelstaat, naar men zegt gelijkend op Granada, *de Hoofdstad van de Deelstaat, naar men zegt gelijkend op Granada, naar men zegt gelijkend op Granada, Granada, de Hoofdstad van de Deelstaat naar men zegt gelijkend op Granada,* is van een fraaie uiterlijk, rechte straten, archaïsche gebouwen, keurig net klimaat, doeltreffende openbare elektrische verlichting en modem Hotel voor toeristen. Zij bezit een fraai Park in het Centrum, geheten 'Francisco I Madero', bedekt met door ouderdom verzwakte bomen, waarvan de meerderheid essen zijn, een tuin bekleed met vele prachtige bloemen; bankjes alom, *vier propere, bankjes alom,* vier propere en goed aangelegde zijlanen. Overdags zingen de vogels melodieus tussen het gebladerte van de bomen. Het geheel biedt een aanblik van ontroerende majesteit, *ontroerende majesteit* zonder zijn aanzien van kalmte en rust te verliezen. De dam in de rivier de Zahuapan, met een uitgestrektheid van 200 meter, heeft aan weerskanten corpulente essen langs de rivier, op sommige plaatsen zijn er borstweringen gebouwd, de indruk gevende van dijken, in het middelste deel van de dam is een bosje waar men 'Senadores' (picknick-eters) aantreft om de rustdagen voor wandelaars te vergemakkelijken. Vanaf deze dam kan men de suggestieve natuurschoonheden bewonderen die de Popocatepetl en de Ixtaccihuatl tonen.

'– of hij heeft zijn pulque niet betaald in de El Amor de los Amores zodat de broer van de kroegbaas achter hem aan kwam om betaling te eisen. Dat is mijns inziens buitengewoon waarschijnlijk.'

'... Wat ís de Ejidal, Hugh?'

'– een bank die geld leent ter financiering van collectieve projecten in de dorpen... Die banklopers hebben een gevaarlijke baan. Die vriend van mij in Oaxaca.... Soms reizen ze vermomd als, nou ja, peones... Uit iets wat Geoff zei... Als je alles op een rijtje zet... Ik dacht dat die arme kerel misschien een bankloper was... Maar het was dezelfde man die we vanmorgen hebben gezien, het was in elk geval hetzelfde paard, weet jij nog of het zadeltassen om had toen we het zagen?'

'Dat wil zeggen, ik geloof dat ik dat heb gezien... Die had het toen ik het geloof ik zag.'

'– Nou, ik geloof dat er in Quauhnahuac zo'n bank is, Hugh, vlak bij het Cortez-paleis.'

'– een heleboel mensen die iets tegen die Kredietbanken hebben en ook tegen Cárdenas, zoals je weet, en die niets in zijn landbouwhervormingswetten zien –'

SAN FRANCISCO-KLOOSTER

Binnen de stadsgrenzen van Tlaxcala staat een van de oudste kerken van de Nieuwe Wereld. Hier was de eerste Apostolische Stoel gevestigd, 'Carolence' genaamd ter ere van de Spaanse koning Carlos v, de eerste bisschop zijnde Don Fray Julián Garcés, in het jaar 1526. In voornoemd Klooster werden, volgens de traditie, de vier Senatoren van de Tlaxcaltecaanse Republiek gedoopt, waarvan aan de rechterzijde van de Kerk nog steeds het Doopvont bestaat. Hun Peetvaders zijnde de veroveraar Hemán Cortés en diverse van zijn Commandanten. De hoofdingang van het Klooster biedt een schitterende reeks bogen en in de binnenkant is een geheime gang, *geheime gang*. Aan de rechterkant van de ingang is een majestueuze toren opgericht, die wordt gerekend als de enige in heel Amerika. De altaren van het klooster zijn van een churrigueresque (overladen) stijl en ze zijn versierd met schilderijen getekend door de meest beroemde Kunstenaars, zoals

Cabrera, Echave, Juaréz etc. In de kapel van de rechterkant is nog de beroemde kansel waarvan gepreekt werd in de Nieuwe Wereld, voor de eerste keer, het Evangelie. Het plafond van de Kloosterkerk toont schitterend gesneden cederhouten panelen en gouden sterren vormende decoraties. Het plafond is het enige in heel Spaans Amerika.

'– ondanks waar ik mee bezig ben geweest en mijn vriend Weber, en wat Geoff over de Unión Militar zei, geloof ik nog steeds niet dat de fascisten hier noemenswaardige invloed hebben.'

'O Hugh, in hemelsnaam –'

DE PAROCHIEKERK

De kerk is opgericht op dezelfde plaats waar de Spanjaarden de eerste Hermitage bouwden gewijd aan de Maagd Maria. Sommige altaren zijn met overladen kunstwerk versierd. De portiek van de kerk is van een fraai en streng aanzien.

'Ha ha ha!'
'Ha ha ha!'
'Het spijt me erg je kunt niet mee met me komen.'
'Want zij is de Maagd van wie niemand hebben voor zich.'
'Niemand komt hier, alleen wie niemand hebben voor zich.'
'– wie niemand hebben voor –'
'– wie niemand hebben voor zich –'

KONINKLIJKE KAPEL VAN TLAXCALA

Tegenover het Francisco i Madero Park zouden de ruïnes van de Koninklijke Kapel kunnen worden gezien waar de Tlaxcaltecaanse Senatoren, voor de eerste keer, tot de God van de Veroveraar baden. Het is alleen de portiek overgebleven, die het schild van de Paus toont, evenals die van het Mexicaanse Pontificaat en koning Carlos v.

De geschiedenis vertelt dat de bouw van de Koninklijke Kapel werd gebouwd voor een bedrag dat 200.000,00 dollar bedraagt –

'Een nazi mag dan geen fascist zijn, er lopen er hier beslist een heleboel rond, Yvonne. Imkers, mijnwerkers, scheikundigen. En kroegbazen. De kroegen zelf vormen natuurlijk een ideaal hoofdkwartier. In de Pilsener Kindl, bijvoorbeeld, in Mexico-Stad –'

'Om van Parián maar te zwijgen, Hugh,' zei de Consul, een slokje mescal nemend, maar niemand leek hem gehoord te hebben behalve een kolibrie die op datzelfde moment zijn stenen retraite binnen snorde, nerveus in de ingang fladderde en weer naar buiten schoot, bijna in het gezicht van de peetzoon van de Veroveraar zelve, Cervantes, die weer langs kwam sluipen met zijn kemphaan onder zijn arm. 'In de Farolito –'

SANTUARIO OCOTLÁN IN TLAXCALA

Het is een Heiligdom welks witte en verfraaide spitsen 38,7 meter hoog, van een overladende stijl, een imposante en majestueuze indruk geeft. Het front verluchtigd met heilige Aartsengelen, St.-Franciscus en het epitheton van Maagd Maria-beelden. De bouw is gemaakt van snijwerk in perfecte afmetingen versierd met allegorische symbolen en bloemen. Het werd gebouwd op het koloniale tijdperk. Het middenaltaar is van een overladen en verfraaide stijl. Het meest bewonderenswaardig is de sacristie, gewelfd, versierd met sierlijke gesneden werken, overheersend de groene, rode en gouden kleuren. In het hoogste deel binnen in de cúpula zijn de twaalf apostelen gesneden. Het geheel is van een zeldzame schoonheid, niet gevonden in enige kerk van de Republiek.

'– ik ben het niet met je eens, Hugh. Als we een paar jaar teruggaan –'

'– en dan vergeten we natuurlijk de Mizteken, de Tolteken, Quetzelcoatl –'

'– niet per se –'
'– o jawel! En je zegt eerst, Spanjaard buit indiaan uit, dan, als hij kinderen had, buitte hij de halfbloed uit, dan de volbloed Mexicaanse Spanjaard de criollo, dan buit de mestizo iedereen uit, buitenlanders, indianen en noem maar op. Toen buitten de Duitsers en Amerikanen hem uit: nu het laatste hoofdstuk, de uitbuiting van iedereen door ieder ander –'

Historische plekken – SAN BUENAVENTURA ATEMPAM

In deze stad werd gebouwd en geprobeerd in een gracht de schepen gebruikt voor de veroveraars in de aanval op Tenochtitlán de grote hoofdstad van de Moctezuma's Rijk.

'*Mar Cantábrico.*'
'Goed, ik heb je wel gehoord, de Verovering vond plaats in een georganiseerde samenleving waar van nature al uitbuiting bestond.'
'Nou –'
'... nee, waar het om gaat, Yvonne, is dat de Verovering plaatsvond in een beschaving die even goed was als die van de veroveraars, zo niet beter, een diepgewortelde structuur. Het waren niet allemaal wilden of nomaden die ongebonden rondzwierven –'
'– je daarmee zeggen dat als ze ongebonden hadden rondgezworven er nooit uitbuiting zou zijn geweest?'
'Neem nog een flesje bier... Carta Blanca?'
'Moctezuma... Dos Equis.'
'Of is het Montezuma?'
'Moctezuma op het flesje.'
'Meer is er niet van hem over –'

TIZATLÁN

In deze stad, heel dicht bij de stad Tlaxcala, zijn nog de ruïnes opgericht van het Paleis, residentie van Senator Xicohtencatl, vader van de strijder met dezelfde naam. In genoemde ruïnes konden nog de steenblokken worden gewaardeerd waar de offers aan hun Goden werden aangeboden... In dezelfde stad, lange tijd geleden, was het hoofdkwartier van de Tlaxcaltecaanse strijders...

'Ik hou je in de gaten... Je kunt me niet ontsnappen.'
'– dit is niet alleen maar ontsnappen. Ik bedoel, laten we opnieuw beginnen, echt en met een schone lei.'
'Ik geloof dat ik het daar wel ken.'
'Ik kan je zien.'
'– waar zijn de brieven, Geoffrey Firmin, de brieven die ze schreef tot haar hart brak –'
'Maar in Newcastle, Delaware, dat is weer heel wat anders!'
'– de brieven die je niet alleen nooit beantwoord hebt nooit of wel nooit of wel waar is je antwoord dan –'
'– maar o mijn God, deze stad! – het lawaai! de chaos! Kon ik er maar weg! Wist ik maar waar je heen kon!'

OCOTELULCO

In deze stad in de buurt van Tlaxcala bestond, lang terug, het Maxixcatzin Paleis. In die plek, volgens de traditie, vond de doop van de eerste christelijke indiaan plaats.

'Het zal een wedergeboorte worden.'
'Ik denk erover om Mexicaans onderdaan te worden, om bij de indianen te gaan wonen, net als William Blackstone.'
'Napoleon had een zenuwtrekking in zijn been.'
'– had u wel kunnen overrijden, er moet iets aan de hand zijn, nietwaar? Nee, gaan naar –'
'Guanajuato – de straten – hoe kun je de namen van de straten weerstaan – de Straat van Kussen –'

MATLALCUEYATL

Deze berg zijn nog de ruïnes van het heiligdom gewijd aan de God der Wateren, Tlaloc, welke sporen bijna verloren zijn, daarom, worden niet langer door toeristen bezocht, en er wordt naar verwezen dat op deze plaats, de jonge Xicohtencatl zijn soldaten heftig toesprak, hun zeggend de veroveraars tot het uiterste te bestrijden, desnoods stervend.

'... no pasarán.'
'Madrid.'
'Ze knalden ze ook neer. Ze schieten eerst en dan gaan ze vragen stellen.'
'Ik kan je zien.'
'Ik hou je in de gaten.'
'Je kunt me niet ontsnappen.'
'Guzmán... Erikson 43.'
'Er zal een lijk worden vervoerd met –'

SPOOR- EN BUSVERBINDINGEN (MEXICO – TLAXCALA)

Lijnen	MEXICO	TLAXCALA		Tarief
Mexico-Veracruz Spoorlijn	V 7.30	A 18.50	A 12.00	$ 7,50
Mexico-Puebla Spoorlijn	V 16.05	A 11.05	A 20.00	$ 7,75

Voor beide richtingen overstappen in Santa Ana Chiautempan.
Bussen Flecha Roja. Vertrek om het uur van 5 tot 19 uur.
Pullmans Estrella de Ora vertrekken om het uur van 7 tot 22.
Voor beide richtingen overstappen in San Martín Texmelucán.

... En nu ontmoetten hun ogen elkaar opnieuw over de tafel. Maar ditmaal hing er als het ware een mist tussen hen, en door de mist heen leek de Consul niet Granada te zien maar

Tlaxcala. Het was een witte prachtige stad met een kathedraal waarnaar de ziel van de Consul hunkerde en die inderdaad in veel opzichten net Granada was; alleen leek ze hem, net als op de foto's in de brochure, volstrekt uitgestorven. Dat was het eigenaardigste eraan en tegelijk het mooiste; er was niemand te zien, geen mens – en daarin leek het ook wel wat op Tortu – om zich te bemoeien met het drinken, zelfs Yvonne niet die, als ze al aanwezig was, met hem mee dronk. Het witte heiligdom van de kerk in Ocotlán, van een overladen stijl, rees voor hen op: witte torens met een witte klok en niemand te bekennen. Terwijl de klok zelf tijdloos was. Ze liepen met witte flessen, gedraaide wandelstokken en essentakken in de hand in het keurig nette betere klimaat, de zuiverder lucht, tussen de corpulente essen, de door ouderdom verzwakte bomen, door het verlaten park. Ze liepen, zo gelukkig als padden tijdens een onweer, gearmd over de vier propere en goed aangelegde zijlanen. Ze stonden dronken als snippen in het verlaten San Francisco-klooster voor de lege kapel waar voor het eerst in de Nieuwe Wereld het Evangelie werd gepredikt. 's Nachts sliepen ze onder koude witte lakens tussen de witte flessen in Hotel Tlaxcala. En ook waren er ontelbare witte cantina's in de stad, waar je eeuwig op krediet kon drinken met de deur open en de wind die waaide. 'We zouden daar meteen heen kunnen gaan,' zei hij, 'meteen naar Tlaxcala. Of we zouden met zijn allen de nacht kunnen doorbrengen in Santa Ana Chiautempan, natuurlijk niet zonder in beide richtingen over te stappen, en de volgende morgen naar Veracruz kunnen gaan. Dat betekent natuurlijk –' hij keek op zijn horloge '– nu meteen teruggaan... We zouden de volgende bus kunnen nemen... We hebben nog tijd voor een paar glaasjes,' voegde hij er consulair aan toe.

De mist was opgetrokken, maar Yvonnes ogen stonden vol tranen en ze was bleek.

Er was iets mis, heel erg mis. Om te beginnen leek zowel Hugh als Yvonne verbazend beschonken.

'Wat nu, willen jullie niet terug naar Tlaxcala?' vroeg de Consul met wellicht te dikke tong.

'Daar gaat het niet om, Geoffrey.'

Gelukkig kwam Cervantes op datzelfde moment aanlopen met een schotel vol levende schaaldieren en tandenstokers. De Consul dronk wat bier dat op hem had staan wachten. De dranksituatie was nu als volgt, was als volgt: er had één glas op hem staan wachten en dit glas bier had hij nog niet helemaal leeggedronken. Aan de andere kant hadden er buiten kortgeleden nog diverse mescals (waarom niet? – hij liet zich toch niet door dat woord intimideren?) op hem staan wachten in een limonadeflesje en die had hij allemaal zowel opgedronken als niet opgedronken: in werkelijkheid opgedronken, niet opgedronken wat de anderen betrof. En daarvoor waren er twee mescals geweest die hij zowel had moeten opdrinken als niet had moeten opdrinken. Vermoedden ze iets? Hij had Cervantes bezworen zijn mond te houden; had de Tlaxcaltecaan de verleiding niet kunnen weerstaan om hem te verraden? Waar hadden ze het echt over gehad toen hij buiten was? De Consul keek van zijn schaaldieren op naar Hugh; Hugh leek, net als Yvonne, behalve duchtig beschonken ook kwaad en gekwetst. Wat voerden ze in hun schild? De Consul was niet erg lang weg geweest (dacht hij), niet langer dan een minuut of zeven alles bij elkaar, was gewassen en gekamd weer verschenen – wie zal zeggen hoe? – zijn kip was amper koud, terwijl de anderen net de laatste hapjes namen... Et tu Brute! De Consul voelde zijn blik op Hugh kil en hatelijk worden. Terwijl hij zijn ogen borend op hem gericht hield, zag hij hem zoals hij vanmorgen was verschenen, glimlachend, het scheermes scherp in het zonlicht. Maar nu kwam hij aanlopen alsof hij hem wilde onthoofden. Toen vertroebelde het beeld en kwam Hugh nog steeds aanlopen, maar niet meer in zijn richting. In plaats daarvan had hij het, weer in de arena, op een os gemunt: nu had hij zijn scheermes voor een zwaard verwisseld. Hij stootte het zwaard naar voren om de os op de knieën te brengen... De

Consul vocht tegen een praktisch onweerstaanbare, onzinnige opwelling van wilde razernij. Trillend, voelde hij, van niets anders dan deze inspanning – en ook van de constructieve poging, waarvoor niemand hem een compliment zou maken, om van onderwerp te veranderen – spietste hij een van de schaaldieren aan een tandenstoker en stak die in de hoogte, waarbij hij haast tussen zijn tanden siste:

'Nu zie je wat voor soort schepsels we zijn, Hugh. Levende dingen eten. Dat doen we. Hoe kun je dan nog veel respect voor de mensheid hebben, of ook maar enigszins geloven in de sociale strijd?'

Desondanks zei Hugh even later kennelijk met verre, kalme stem: 'Ik heb eens een Russische film gezien over een opstand van een stel vissers... Een haai kwam samen met een school andere vissen in een net terecht en doodde... Dat vond ik wel een mooi symbool voor het nazisme dat, al is het dood, strijdende mannen en vrouwen levend blijft verslinden!'

'Dat zou het ook voor elk ander stelsel zijn... Inclusief het communistische.'

'Hoor eens, Geoffrey –'

'Hoor eens, ouwe pik,' hoorde de Consul zichzelf zeggen, 'Franco tegen je hebben, of Hitler, is nog tot daaraan toe, maar Actinium, Argon, Beryllium, Duprosium, Niobium, Palladium, Praseodymium –'

'Hoor eens, Geoff –'

'– Ruthenium, Samarium, Silicon, Tantalum, Tellurium, Terbium, Thorium –'

'Hoor eens –'

'– Thulium, Titanium, Uranium, Vanadium, Virginium, Xenon, Ytterbium, Yttrium, Zirconium, om nog maar te zwijgen van Europium en Germanium – hik! – en Columbium! – tegen je hebben, en de hele rest, is een andere zaak.' De Consul dronk zijn bier op.

Buiten roerde zich opnieuw het onweer met een plotselinge donderslag, die wegglibberde.

Desondanks leek Hugh met kalme, verre stem te zeggen: 'Hoor eens, Geoffrey. Laten we dit voor eens en altijd duidelijk stellen. Voor mij is het communisme in wezen helemaal geen stelsel, ongeacht de fase waarin het momenteel verkeert. Het is gewoon een nieuwe tijdgeest, iets wat op een dag al dan niet even vanzelfsprekend zal zijn als de lucht die we inademen. Het is net of ik die woorden al eens eerder heb gehoord. Wat ik te zeggen heb, is dan ook niet origineel. Als ik het over vijf jaar zou zeggen, zou het waarschijnlijk ronduit banaal klinken. Maar voorzover ik weet, heeft nog niemand Matthew Arnold erbij gehaald om zijn argument kracht bij te zetten. Dus zal ik nu Matthew Arnold voor je citeren, deels omdat je niet gelooft dat ik in staat ben om Matthew Arnold te citeren. Maar daar vergis je je lelijk in. Mijn idee van het zogenaamde –'
'Cervantes!'
'– is een geest in de moderne wereld waarvan de rol analoog is aan die van het christendom in de oude. Matthew Arnold zegt, in zijn essay over Marcus Aurelius –'
'Cervantes, por Christusnaam –'
' "Integendeel, het christendom dat die keizers wilden onderdrukken, was naar hun opvatting filosofisch minderwaardig, politiek ondermijnend en moreel verwerpelijk. Als mensen bezagen zij het waarlijk ongeveer zoals goed aangepaste mensen in onze tijd het mormoonse geloof bezien: als heersers bezagen zij het ongeveer zoals vooruitstrevende staatslieden in onze tijd de jezuïeten bezien. Een soort mormonendom –" '
' "– in de vorm van een wijdvertakt geheim genootschap, met het duistere oogmerk van politieke en sociale ondermijning, was wat Antonius Pius –" '
'*Cervantes!*'
' "De innerlijke en drijvende oorzaak voor die voorstelling van zaken was ongetwijfeld hierin gelegen dat het christendom een nieuwe geest in de Romeinse wereld was, voorbestemd om die wereld van binnenuit te doen oplossen; en het was onvermijdelijk dat het christendom –" '

'Cervantes,' viel de Consul hem in de rede, 'ben jij een Oaxaqueñaan?'

'Nee, señor. Ik ben een Tlaxcaltecaan. Tlaxcala.'

'Zo,' zei de Consul. 'En, hombre, zijn er geen door ouderdom verzwakte bomen in Tlaxcala?'

'Sí, sí, hombre. Door ouderdom verzwakte bomen. Veel bomen.'

'En Ocotlán. Santuario de Ocotlán. Is dat niet in Tlaxcala?'

'Sí, sí, Señor, sí, Santuario de Ocotlán,' zei Cervantes, teruglopend naar de toog.

'En de Matlalcueyatl.'

'Sí, hombre, de Matlalcueyatl... Tlaxcala.'

'En lagunes?'

'Sí... veel lagunes.'

'Zijn er niet veel zwemvogels in deze lagunes?'

'Sí, señor. Muy fuerte... In Tlaxcala.'

'Nou dan,' zei de Consul, zich omdraaiend naar de anderen, 'wat scheelt er dan aan mijn plan? Wat scheelt jullie? Ga je toch maar niet naar Veracruz, Hugh?'

Plotseling begon een man in de deuropening woedend gitaar te spelen, en opnieuw kwam Cervantes aanlopen. 'Zwarte bloemen heet dat liedje.' Cervantes stond op het punt de man naar binnen te wenken. 'Het zeg: – Ik lijd, want jouw lippen zeggen alleen leugens en ze hebben dood in een kus.'

'Zeg dat hij weggaat,' zei de Consul. 'Hugh – cuántos trenes hay el día para Veracruz?'

De gitarist veranderde van melodie.

'Dit is een boerenlied,' zei Cervantes, 'voor ossen.'

'Ossen, we hebben genoeg ossen gehad voor één dag. Zeg hem dat hij ver weggaat, por favor,' zei de Consul. 'Mijn God, wat mankeert jullie? Yvonne, Hugh... Het is een prachtidee, een hoogst praktisch idee. Snappen jullie dan niet dat je zo twee vliegen in één klap slaat – een klap met een steen, Cervantes!... Tlaxcala ligt op de weg naar Veracruz, Hugh, het ware kruis... Dit is de laatste keer dat we je zien, ouwe jongen. Voorzover ik weet... Dat zouden we wel kunnen vieren. Vooruit nu, tegen mij kun je niet liegen, ik hou je in de gaten... Voor beide richtingen overstappen in San Martín Texmelucán...'

Eén enkele donderslag kwam midden in de lucht tot ontploffing vlak voor de deur en Cervantes schoot ijlings toe met de koffie: hij streek lucifers af voor hun sigaretten: 'La superstición dice,' glimlachte hij, een verse afstrijkend voor de Consul, 'que cuando tres amigos prenden su cigarro con la misma cerilla, el último muere antes que los otros dos.'

'Geloven jullie daarin in Mexico?' vroeg Hugh.

'Sí, señor,' knikte Cervantes, 'we verbeelden ons dat als drie vrienden vuur nemen met hetzelfde lucifer, de laatste sterven voor de andere twee. Maar in oorlog het is onmogelijk omdat veel soldaten maar één lucifer hebben.'

'Feurstick,' zei Hugh, nog een vuurtje afschermend voor de Consul. 'De Noren hebben een betere naam voor lucifers.'

– Het werd donkerder, de gitarist leek in de hoek te zitten met een zonnebril op, ze hadden deze bus terug gemist als ze hem hadden willen nemen, de bus die ze terug naar Tlaxcala zou brengen, maar de Consul had de indruk dat hij bij de koffie opeens weer nuchter, briljant en vloeiend was gaan praten, ja dat hij in topvorm verkeerde, iets wat naar hij zeker wist Yvonne, tegenover hem, weer gelukkig maakte. Feurstick, Hughs nieuwe Noorse woord, speelde nog door zijn hoofd. En de Consul sprak over de ariërs, de Iraniërs en het heilige vuur, Agni, dat door de priester met zijn vuurstokken van de hemel werd afgesmeekt. Hij sprak over soma, Amrita, de nectar der onsterfelijkheid, waarover in een heel boek van de Rig Veda de loftrompet werd gestoken – *bhang*, wat misschien wel ongeveer hetzelfde was als mescal, en hier subtiel van onderwerp veranderend begon hij over Noorse architectuur, of liever gezegd over hoezeer de architectuur in Kasjmir bij wijze van spreken bijna Noors was, de moskee van Hamadan bijvoorbeeld, geheel van hout, met haar hoge, spits toelopende torens en aan de dakranden hangende ornamenten. Hij sprak over de Borda-tuinen in Quauhnahuac, tegenover de bioscoop van Bustamente, en hoe sterk die hem om de een of andere reden altijd aan het terras van de Nishat Bagh herinnerden. De Consul sprak over de vedische goden, die niet naar behoren geantropomorfiseerd waren, terwijl de Popocatepetl en de Ixtaccihuatl... Of was dat niet waar? In elk geval sprak de Consul opnieuw over het heilige vuur, het offervuur, over de stenen soma-pers, de offerandes van koeken en ossen en paarden, de priester die voorzong uit de Veda, over hoe de drinkriten, aanvankelijk nog heel eenvoudig, gaandeweg ingewikkelder werden, rituelen die met de grootst mogelijke zorg moesten worden volvoerd, aangezien één foutje – *tiehie!* – het hele offer teniet zou doen. Soma, bhang, mescal, ach ja, mescal, hij was weer bij dat onderwerp aangeland en er nu bijna even listig als tevoren weer van afgestapt. Hij sprak over het offeren van echtgenotes en over het feit dat, in de tijd waar hij het over had, in Taxila, aan de monding van de Khaibarpas, de weduwe van een kinderloze man een leviraatshuwelijk kon aangaan met haar zwager. De Consul hoorde zichzelf beweren dat hij een duister verband zag, afgezien van enig zuiver verbaal verband, tussen Taxila en Tlaxcala: want toen die grote leerling van Aristoteles – Yvonne – Alexander, in Taxila arriveerde, had hij immers al op de manier van Cortez contact gelegd met Ambhi, de koning van Taxila, die in een bondgenootschap met een buitenlandse veroveraar eveneens een uitstekende gelegenheid had gezien om zich te ontdoen van een rivaal, in dit geval niet Moctezuma maar de vorst van de Paurava, die over het land tussen de Jehlma en de Chenab heerste? Tlaxcala... Als een sir Thomas Browne sprak de Consul over Archimedes, Mozes, Achilles, Methusalem, Karel v en Pontius Pilatus. De Consul sprak verder nog over Jezus Christus, of liever over Yus Asaf, die volgens de legende in Kasjmir Christus wás – Christus die, nadat hij van het kruis was gehaald, naar Kasjmir trok op zoek naar de verloren stammen van Israël, en daar stierf, in Srinagar –

Maar er was een kleine vergissing in het spel. De Consul praatte niet. Kennelijk niet. De Consul had niet één woord gezegd. Het was allemaal maar een illusie, een wervelende cerebrale chaos, waaruit uiteindelijk, ten langen leste, op ditzelfde moment een afgeronde en volledige orde tevoorschijn kwam:

'De daad van een krankzinnige of een dronkaard, ouwe pik,' zei hij, 'of van iemand die zwaar overspannen is, komt degene die bekend is met de geestesgesteldheid van de dader minder vrij en daarom des te onontkoombaarder voor, en degene die daarmee onbekend is vrijer en des te minder onontkoombaar.'

Het was als een stuk op een piano, het was als dat riedeltje in zeven mollen, op de zwarte toetsen – het was min of meer, herinnerde hij zich, de reden waarom hij in de eerste plaats naar de excusado was gegaan, *teneinde* het zich te kunnen herinneren, het vlekkeloos ten beste te kunnen geven – het leek misschien ook wel op Hughs citaat van Matthew Arnold over Marcus Aurelius, op dat stukje muziek dat je jaren geleden zo moeizaam had geleerd maar elke keer dat je het juist zo graag wilde spelen vergat, totdat je op een dag zo dronken werd dat je vingers zich zelf de combinatie herinnerden en op een wonderbaarlijke, volmaakte manier de melodieuze rijkdom ontsloten; alleen had Tolstoj hier niet in een melodie voorzien.

'Wat?' zei Hugh.

'Helemaal niet. Ik kom altijd weer op een bepaald punt terug en pak de zaken op waar ze zijn blijven liggen. Hoe had ik me anders zo lang als consul kunnen handhaven? Wanneer we absoluut niets begrijpen van de oorzaken van een daad – ik doel hier, voor het geval je gedachten mochten zijn afgedwaald naar het onderwerp van je eigen gesprek, op de gebeurtenissen van vanmiddag – dan schrijven we volgens Tolstoj aan die oorzaken, of ze nu zondig of deugdzaam of weet ik wat zijn, een grote mate van vrije wil toe. Dus volgens Tolstoj hadden we minder moeten aarzelen om ons ermee te bemoeien dan we hebben gedaan...

"Alle gevallen zonder een enkele uitzondering waarin ons idee van vrije wil en noodwendigheid verschilt, hangen van drie overwegingen af"', zei de Consul. 'Daar kun je niet omheen.

Bovendien zouden we volgens Tolstoj,' vervolgde hij, 'voordat we een oordeel over de dief uitspreken – als hij al een dief is – ons moeten afvragen: wat waren zijn betrekkingen met andere dieven, zijn familiebanden, zijn plaats in de tijd, als zelfs die ons bekend is, zijn relatie tot de buitenwereld, en tot de gevolgen die tot de daad hebben geleid... Cervantes!'

'Natuurlijk nemen we de tijd om daar allemaal achter te komen terwijl die arme kerel maar ligt te sterven op de weg,' zei Hugh. 'Hoe zijn we hierop gekomen? Niemand had een kans om zich ermee te bemoeien voordat die daad was gepleegd. Ik weet niet beter of niemand van ons heeft hem het geld zien stelen. Over welk misdrijf heb je het eigenlijk, Geoff? Als er al van een ander misdrijf sprake was... En dat we niets hebben ondernomen om de dief tegen te houden, heeft er in elk geval niets mee te maken dat we eigenlijk niets hebben geprobeerd om 's mans leven te redden.'

'Precies,' zei de Consul. 'Ik had het over bemoeienis in het algemeen, denk ik. Waarom zouden we iets hebben moeten doen om zijn leven te redden? Had hij niet het recht om te sterven, als hij dat wilde...? Cervantes – mescal – no, parras, por favor... Waarom zou iemand zich met iemand anders bemoeien? Waarom zou iemand zich bijvoorbeeld met de Tlaxcaltecanen hebben bemoeid, die volmaakt gelukkig waren bij hun door ouderdom verzwakte bomen, te midden van de zwemvogels in de eerste lagune –'

'Wat voor zwemvogels in wat voor lagune?'

'Of misschien had ik het in meer specifieke zin, Hugh, wel helemaal nergens over... Want aangenomen dat we iets hebben vastgesteld – ach, *ignoratio elenchi*, Hugh, dat is het. Of de misvatting om iets aan te nemen dat bewezen of weerlegd is door middel van een argument dat iets bewijst of weerlegt dat niet aan de orde is. Zoals die oorlogen. Want ik heb de indruk dat er tegenwoordig sinds lange tijd bijna nergens ter wereld meer iets wezenlijks aan de orde is voor de mensheid... Ach, jullie mensen met ideeën!

Ach, *ignoratio elenchi!*... Al dat gedoe, bijvoorbeeld, over gaan vechten voor Spanje... en het arme kleine weerloze China! Zie je dan niet dat het lot van volkeren aan een soort noodwendigheid onderhevig is? Op de lange duur lijken ze allemaal te krijgen wat ze verdienen.'

'Och...'

Een windvlaag jankte met een griezelig geluid om het huis, als een noorderling die in Engeland rond de tennisnetten sluipt en de ringen laat rinkelen.

'Niet bepaald origineel.'

'Niet lang geleden was 't het arme kleine weerloze Ethiopië. Daarvoor het arme kleine weerloze Vlaanderen. Om over het arme kleine weerloze Belgisch Kongo natuurlijk nog maar te zwijgen. En morgen zal het arme kleine weerloze Letland aan de beurt zijn. Of Finland. Of Niemendalistan. Of zelfs Rusland. Lees de geschiedenis er maar op na. Ga duizend jaar terug. Wat heeft het voor zin om je met de waardeloze stompzinnige loop ervan te bemoeien? Net als een barranca, een ravijn, barstensvol afval, dat zich door de eeuwen kronkelt en uitloopt in een – Wat heeft al dat heldhaftige verzet van arme kleine weerloze volkeren die om te beginnen allemaal weerloos zijn gemaakt om een uitgekiende en misdadige reden –'

'Verdomme, ík heb je gezegd dat –'

'– te maken met het voortbestaan van de menselijke geest? Hoegenaamd niets. Nog minder dan niets. Landen, beschavingen, wereldrijken, grote hordes, allemaal gaan ze zonder enige reden te gronde, en tegelijk daarmee hun ziel en betekenis, opdat die ene oude man van wie je misschien nog nooit gehoord hebt, en die nooit van hen heeft gehoord, die in de kokende hitte van Timboektoe met verouderde instrumenten het bestaan van het wiskundige correlaat van *ignoratio elenchi* zit te bewijzen, kan voortbestaan.'

'Christus nog aan toe,' zei Hugh.
'Ga maar eens terug naar de tijd van Tolstoj – Yvonne, waar ga je heen?'
'Naar buiten.'
'Toen was het arme kleine weerloze Montenegro aan de beurt. Het arme kleine weerloze Servië. Of nog wat verder terug, Hugh, naar de tijd van die Shelley van jou, toen het arme kleine weerloze Griekenland aan de beurt was – Cervantes! – Zoals dat opnieuw het geval zal zijn, natuurlijk. Of naar die van Boswell – het arme kleine weerloze Corsica! De schimmen van Paoli en Monboddo. Pooiers en mietjes die zich sterk maakten voor de vrijheid. Zoals altijd. En Rousseau – niet le douanier – wist dat hij uit zijn nek kletste –'
'Ik zou wel eens willen weten waar je verdomme denkt dat je het over hebt!'
'Laat mensen zich met hun eigen rotzaken bemoeien!'
'Of zeggen wat ze bedoelen?'
'Het was wat anders, dat geef ik toe. De valse massale rationalisering van het *motief*, de rechtvaardiging van de gewone pathologische jeuk. Van de motieven om zich ermee te bemoeien; de helft van de tijd alleen maar een hartstochtelijk verlangen naar het noodlot. Nieuwsgierigheid. Ervaring – heel logisch... Maar in wezen niets constructiefs, alleen maar aanvaarding eigenlijk, een onbenullige verachtelijke aanvaarding van de status quo waardoor je je kunt vleien met het gevoel dat je o zo nobel of nuttig bent!'
'Maar God nog aan toe, het is juist tégen zo'n status quo dat mensen als de loyalisten –'
'Maar het loopt rampzalig af! Het moet wel rampzalig aflopen want anders zouden de mensen die zich ermee bemoeien moeten terugkomen om voor de verandering eens hun verantwoordelijkheid te nemen –'
'Laat er maar eens een echte oorlog komen, dan zullen we zien hoe bloeddorstig lieden als jij zijn!'
'Dat zou niks oplossen. Jullie die zo de mond vol hebben

van naar Spanje gaan en voor de vrijheid vechten – Cervantes!
– zouden eens uit je hoofd moeten leren wat Tolstoj daarover
zei in *Oorlog en vrede*, dat gesprek met die vrijwilligers in de
trein –'

'Maar dat was toch in –'

'Waarbij de eerste vrijwilliger, bedoel ik, een brallende dégénéré bleek die er na de nodige drank van overtuigd was dat hij iets heldhaftigs deed – waar lach je om, Hugh?'

'Het is grappig.'

'En de tweede was iemand van twaalf ambachten en dertien ongelukken. En de derde –' Yvonne kwam plotseling terug en de Consul, die had zitten schreeuwen, liet zijn stem wat dalen, 'een artillerist, was de enige die aanvankelijk een gunstige indruk op hem maakte. Maar wat bleek hij te zijn? Een cadet die voor zijn examens was gezakt. Alle drie mislukkelingen, snap je, alle drie nietsnutten, lafaards, idioten, makke wolven, parasieten, stuk voor stuk, lieden die hun eigen verantwoordelijkheden niet onder ogen durfden te zien, hun eigen strijd niet durfden te strijden, bereid waren om overal heen te gaan, zoals Tolstoj heel goed begreep –'

'Slapjanussen?' vroeg Hugh. 'Geloofde Katamasov of hoe hij ook heten mocht desondanks niet dat in de daad van die vrijwilligers de ziel van het hele Russische volk tot uitdrukking kwam? – Let wel, ik begrijp dat een corps diplomatique dat alleen in San Sebastián blijft zitten in de hoop dat Franco snel zal winnen in plaats van terug te keren naar Madrid om de Britse regering te vertellen wat er nu eigenlijk precies aan de hand is in Spanje onmogelijk uit slapjanussen kan bestaan!'

'Is jouw verlangen om voor Spanje te vechten, voor Niemendalistan, voor Timboektoe, voor China, voor de hypocrisie, voor wat kan het mij verdommen, voor wat voor larie dan ook die een stel krankzinnige kalfskoppen vrijheid belieft te noemen – natuurlijk bestaat zoiets in werkelijkheid niet –'

'Als –'

'Als je *Oorlog en vrede* echt hebt gelezen, zoals je beweert, waarom ben je dan niet zo verstandig er je voordeel mee te doen, vraag ik je nogmaals?'

'In elk geval,' zei Hugh, 'heb ik er in zoverre mijn voordeel mee gedaan dat ik het kan onderscheiden van *Anna Karenina*.'

'Nou, *Anna Karenina* dan.' De Consul pauzeerde. 'Cervantes!' en Cervantes verscheen met zijn kemphaan, die kennelijk in diepe slaap was, onder zijn arm. 'Muy fuerte,' zei hij, 'muy verskriekelik,' door het vertrek lopend, 'un bruto.' – 'Maar zoals ik al liet doorschemeren, lui als jullie, let op mijn woorden, bemoeien zich thuis al evenmin met hun eigen zaken, laat staan in het buitenland. Geoffrey schat, waarom hou je niet op met drinken, het is nog niet te laat – dat soort dingen. En waarom dan wel niet? Heb ik dat gezegd?' Wat zei hij daar? Bijna verbaasd hoorde de Consul deze plotselinge wreedheid, deze vulgariteit uit zijn eigen mond komen. En zo dadelijk zou het nog erger worden. 'Ik dacht dat het allemaal zo prachtig en wettelijk was bepaald van wel. Alleen jullie houden vol dat het niet zo is.'

'O Geoffrey –'

– Zei de Consul dit? Moest hij het zeggen? – Het scheen van wel. 'Jullie weten niet beter of het is alleen de wetenschap dat het zonder enige twijfel te laat is die me in leven houdt... Jullie zijn allemaal eender, allemaal, Yvonne, Jacques, jij, Hugh, jullie proberen je allemaal met andermans leven te bemoeien, bemoeien, bemoeien dacht je soms dat iemand zich bijvoorbeeld met de jonge Cervantes hier had bemoeid, hem voor hanengevechten had geïnteresseerd? en daar komt nou precies alle ellende op de wereld vandaan, om maar eens een beetje te overdrijven, ja, een heel klein beetje, alleen maar omdat het jullie aan de wijsheid en de eenvoud en de moed ontbreekt, ja, de moed, voor het aanvaarden van, voor het aanvaarden –'

'Hoor nou eens, Geoffrey –'

'Wat heb jij ooit voor de mensheid gedaan, Hugh, met al je *oratio obliqua* over het kapitalistisme, behalve praten, en ervan profiteren, tot je ziel stinkt?'

'Hou je kop, Geoffrey, in vredesnaam!'
'Allebei jullie zielen stinken trouwens! Cervantes!'
'Geoffrey, ga alsjeblieft zitten,' leek Yvonne vermoeid te hebben gezegd, 'je maakt zo'n scène.'
'Nee, ik maak geen scène, Yvonne. Ik praat heel kalm. Zoals wanneer ik je vraag wat jij ooit voor iemand anders dan jezelf hebt gedaan.' Moest de Consul dit zeggen? Hij zei het, had het al gezegd: 'Waar zijn de kinderen die ik misschien wel had gewild? Je mag aannemen dat ik die misschien wel had gewild. Verdronken. Onder begeleiding van een duizendtal kletterende irrigators. Let wel, jij doet niet alsof je "de mensheid" liefhebt, absoluut niet! Jij hebt niet eens een illusie nodig, hoewel je helaas wel een paar illusies koestert om je de enige natuurlijke en goede functie die je bezit te helpen verloochenen. Al zou het bij nader inzien misschien beter zijn als vrouwen helemaal geen functies bezaten!'
'Gedraag je verdomme niet als een ongelikte beer, Geoffrey.' Hugh stond op.
'Blijf verdomme waar je bent,' beval de Consul. 'Natuurlijk zie ik in wat voor netelige romantische positie jullie tweeën je bevinden. Maar ook al weet Hugh daar weer het beste van te maken, het duurt niet lang, het duurt niet lang of hij beseft dat hij maar een van de honderd of weet ik hoeveel sukkels met kieuwen als kabeljauwen en aderen als renpaarden is – allemaal zo geil als een bok, zo heet als een aap, zo wellustig als een bronstige wolf! Nee, een is wel genoeg...'
Een gelukkig leeg glas viel aan gruzelementen op de grond.
'Alsof hij kussen plukte met wortel en al en daarna zijn been over haar dij legde en zuchtte. Wat een ongemeen heerlijke tijd moet dat voor jullie zijn geweest, de hele dag maar handje vrijen en memmen en tietjes spelen onder het mom van mij te willen redden... Jezus. Arme kleine weerloze ik – daar had ik niet aan gedacht. Maar zie je, het is volkomen logisch waar het op neerkomt: ik heb mijn niemendallerige vrijheidsstrijdje in mijn eigen handen. Mammie, laat me teruggaan naar dat

prachtige bordeel! Terug naar waar die triskelions tokkelen, de oneindige trismus...

Het is waar, ik ben in de verleiding gekomen om over vrede te praten. Ik liet me lekker maken door jullie aanbod van een nuchter en niet-alcoholisch paradijs. Ik denk tenminste dat jullie daar de godganse dag op aangestuurd hebben. Maar nu hebben mijn melodramatische hersentjes een besluit genomen, althans de geringe maar net voldoende hoeveelheid die daarvan over is. Cervantes! Namelijk dat ik daar absoluut geen behoefte aan heb, dank jullie wel, integendeel, ik kies – Tlax –' Waar was hij? 'Tlax – Tlax –'

... Het was bijna alsof hij op dat zwarte open perron stond waar hij die dag na een hele nacht drinken naartoe was gegaan – wás hij er naartoe gegaan? – om Lee Maitland af te halen die om 7.40 in de ochtend terugkeerde uit Virginia, waar hij licht in hoofd en voeten naartoe was gegaan, en in die zijnstoestand waarin de engel van Baudelaire inderdaad waakt, wellicht vanuit de behoefte om op treinen te wachten, maar niet op treinen die stoppen, want in de denkwereld van een engel bestaan er geen treinen die stoppen, en is er niemand die uit zulke treinen stapt, zelfs geen andere engel, zelfs geen blonde, zoals Lee Maitland. – Was de trein te laat? Waarom ijsbeerde hij over het perron? Was het de tweede of derde trein uit de richting van Suspension Bridge – *Hang*brug! – 'Tlax –' herhaalde de Consul. 'Ik kies –'

Hij was in een vertrek, en opeens was de samenhang uit dit vertrek verdwenen: een deurknop stak een stukje van de deur af. Een gordijn zweefde op eigen kracht naar binnen, nergens aan vastzittend, nergens mee verbonden. Hij dacht dat het hem kwam wurgen. Een stipte kleine klok achter de toog bracht hem luid tikkend bij zinnen: *Tlax: tlax: tlax: tlax:...* Half zes. Was dat alles? 'De hel,' besloot hij absurd. 'Omdat –' Hij haalde een biljet van twintig peso tevoorschijn en legde het op de tafel.

'Daar hou ik van,' riep hij hun van buiten toe door het open raam. Cervantes stond met bange ogen achter de toog, de jonge haan in zijn armen. 'Ik hou van de hel. Ik popel om er weer heen te gaan. Ja, ik draaf er al heen, nog even en ik ben er weer.'

Hij draafde inderdaad, ondanks zijn manke been, en schreeuwde hun als een waanzinnige toe over zijn schouder, en het eigenaardige was dat het hem niet helemaal ernst was, dat draven in de richting van het bos dat almaar donkerder en donkerder werd, en boven vol rumoer – er schoot een luchtstroom uit, en de treurende peperboom brulde.

Na een poosje bleef hij staan: alles was kalm. Niemand was hem achterna gekomen. Was dat goed? Ja, dat was goed, vond hij, en zijn hart bonsde. En aangezien het zo goed was, zou hij het pad naar Parián nemen, naar de Farolito.

De steile vulkanen voor hem leken naderbij te zijn gekomen. Ze torenden op boven het oerwoud, in de dreigende hemel – geweldige belangen die opdoemden op de achtergrond.

XI

Zonsondergang. Wervelingen van groene en oranje vogels verspreidden zich in steeds bredere cirkels door de lucht als kringen op het water. Twee varkentjes verdwenen in galop in het stof. Gehaast kwam een vrouw voorbij die met de gratie van een Rebecca een kleine lichte fles op haar hoofd liet balanceren...

Toen de Salón Ofélia eindelijk achter hen lag, was er geen stof meer. En hun pad werd recht en leidde via het daverende water langs de zwemplaats, waar een paar late zwemmers nog roekeloos treuzelden, en vandaar naar het bos.

Recht voor hen uit, in het noordoosten, lagen de vulkanen, met daarachter de optorenende donkere wolken die voortdurend hoger de hemel in klommen.

– Het onweer dat zijn voorboden al had uitgestuurd, was kennelijk in een kring rondgetrokken: de echte aanval moest nog komen. De wind was intussen gaan liggen en het was weer wat lichter, al was er een stukje links achter hen, in het zuidwesten, een rode gloed die boven hun hoofd uitwaaierde in de lucht, waar de zon was ondergegaan.

De Consul was niet in de Todos Contentos y Yo También geweest. En nu liep Yvonne voor Hugh uit door de warme schemering, met opzet te snel om te kunnen praten. Toch werd ze achtervolgd door zijn stem (zoals eerder die dag door die van de Consul).

'Je weet heel goed dat ik niet zomaar wegloop en hem aan zijn lot overlaat,' zei ze.

'Christus Jezus, dit zou nooit gebeurd zijn als ik er niet bij was geweest!'

'Dan was er vast wel iets anders gebeurd.'

Het oerwoud sloot zich boven hen en de vulkanen werden aan het gezicht onttrokken. Toch was het nog niet donker. Van de naast hen voortrazende stroom ging een gloed uit. Grote gele bloemen die op chrysanten leken en als sterren door de duisternis schenen, groeiden aan weerskanten van het water. Wilde bougainville, steenrood in het halflicht, zo nu en dan een struik met witte klokjes, de klepel omlaag, die op hen afsprong, en op gezette tijden een op een boom gespijkerde aanwijzing, een afgeknotte, verweerde pijl met de nauwelijks zichtbare woorden *a la Cascada* –

Verderop vormden versleten ploegscharen en verroeste en verwrongen Amerikaanse autowrakken een brug over de stroom die ze steeds aan hun linkerhand hielden.

Het geluid van de waterval achter hen ging nu verloren in dat van de cascade voor hen. De lucht was vol nevel en vocht. Als dat tumult er niet was geweest, had je de dingen bijna kunnen horen groeien terwijl de stortvloed door het natte dichte gebladerte raasde dat overal om hen heen aan de alluviale grond ontsproot.

Opeens zagen ze boven hun hoofd weer de lucht. De wolken waren niet langer rood maar van een merkwaardig lichtgevend blauwwit, alsof ze eerder werden verlicht door de maan dan de zon, en tussen hun driften en troggen daverde nog steeds het peilloos diepe kobalt van de middag.

Boven hen zweefden vogels, almaar hoger en hoger stijgend. Helse vogel van Prometheus!

Het waren gieren die elkaar op aarde zo jaloers bestrijden en zich bezoedelen met bloed en vuil, maar toch in staat waren om zo boven het onweer uit te stijgen tot nog grotere hoogten dan de top van de Andes, die ze alleen met de condor moesten delen –

Ginds in het zuidwesten stond de maan zelf, die aanstalten maakte om de zon onder de horizon te volgen. Links doemden nu tussen de bomen aan de overkant van de stroom lage heuvels op, als de heuvels aan het begin van de Calle Nicaragua; ze waren paarsig en triest. Aan de voet ervan liepen koeien over de glooiende velden tussen gouden korenaren en geheimzinnige gestreepte tenten, zo dichtbij dat Yvonne een vaag geritsel hoorde.

Voor hen uit bleven de Popocatepetl en de Ixtaccihuatl het noordoosten domineren, en de Slapende Vrouw was nu misschien wel de mooiste van de twee, met op haar top rafelige hoeken van bloedrode sneeuw die vervaagden onder hun blik, geranseld door donkerder rotsschaduwen, terwijl de top zelf midden in de lucht leek te hangen tussen de stollende, almaar klimmende zwarte wolken.

Chimborazo, Popocatepetl – aldus het gedicht waar de Consul zo van hield – had zijn hart gestolen! Maar in de tragische indiaanse legende was Popocatepetl zelf vreemd genoeg de dromer: de vuren van zijn krijgersliefde, nimmer uitgeblust in het hart van de dichter, brandden eeuwig voor Ixtaccihuatl, die hij meteen na haar te hebben gevonden weer verloren had, en over wie hij waakte in haar eindeloze slaap...

Ze hadden de rand van de open plek bereikt, waar het pad zich in tweeën splitste. Yvonne aarzelde. Een nieuwe verweerde pijl op een boom die naar links wees, als het ware rechtuit, herhaalde: *a la Cascada*. Maar een soortgelijke pijl op een andere boom wees van de stroom af naar een pad aan hun rechterhand: *a Parián*.

Yvonne wist nu waar ze was, maar de twee alternatieven, de twee paden, strekten zich naar weerskanten voor haar uit als de armen – de merkwaardig uit haar verband gerukte gedachte frappeerde haar – van iemand die gekruisigd werd.

Als ze het pad aan hun rechterhand namen, zouden ze veel eerder in Parián zijn. Maar het hoofdpad zou hen uiteindelijk naar diezelfde plaats voeren en bovendien langs minstens twee andere cantina's, wat naar haar stellige overtuiging meer ter zake deed.

Ze namen het hoofdpad: de gestreepte tenten, de korenaren verdwenen uit het gezicht en het oerwoud waarvan de vochtige aardse peullucht met het vallen van de avond om hen heen opsteeg, keerde terug.

Dit pad, bedacht ze, nadat ze op een soort hoofdweg waren uitgekomen in de buurt van een restaurant-cantina genaamd de Rum-Popo of de El Popo, sneed, waar het verderging (als het nog hetzelfde pad genoemd mocht worden) een heel stuk af door in rechte hoeken via het bos naar Parián te lopen, regelrecht naar de Farolito zelf, want dat zou wel eens het schimmige dwarshout kunnen zijn waaraan de armen van de man hingen.

Het lawaai van de naderende waterval leek nu op het door de wind aangevoerde ontwaken van vijfduizend rijstvogelstemmen op een savanne in Ohio. Het water raasde er verwoed kolkend op af, van bovenaf gevoed op de plaats waar langs de linkeroever, die plotseling in een reusachtige plantenmuur was veranderd, het water in de stroom spoot door met slingers van winde versierde struiken die hoger groeiden dan de bovenste bomen van het oerwoud. En het was alsof je eigen gedachten samen met de ontwortelde bomen en vermorzelde struiken in één en dezelfde modderstroom naar die laatste afgrond werden gesleurd door het snelstromende water.

Ze kwamen bij de kleine cantina El Petate. Deze stond niet ver van de luidruchtige waterval, met verlichte ramen die vriendelijk afstaken tegen de schemering, en werd op dat moment uitsluitend bevolkt, zo zag ze terwijl haar hart opsprong en zonk, weer opsprong en zonk, door de barman en twee Mexicanen, herders of kweeperenkwekers, die druk in gesprek waren en tegen de toog leunden. – Hun monden gingen geluidloos open en dicht, hun bruine handen beschreven patronen in de lucht, heel hoffelijk.

De El Petate die vanaf waar zij stond op een soort ingewikkelde postzegel leek, met als opdruk op de buitenmuren de onvermijdelijke reclames voor Moctezuma, Criollo, Cafeaspirina, mentholatum – na se rasque las picaduras de los insectos! – was zo'n beetje het enige dat nog restte, zo was haar en de Consul eens verteld, van het vroeger zo welvarende dorp Anochtitlán, dat in vlammen was opgegaan maar zich destijds een heel stuk naar het westen had uitgestrekt, tot aan de overkant van de stroom.

Ze wachtte buiten in het oorverdovende geraas. Vanaf het verlaten van de Salón Ofélia tot op dit moment had Yvonne zich aan de grootst mogelijke onverschilligheid ten prooi gevoeld. Maar nu, terwijl Hugh zich voegde bij het gezelschap in de cantina – hij stelde vragen aan de twee Mexicanen, beschreef tegenover de barman Geoffreys baard, beschreef tegenover de Mexicanen Geoffreys baard, stelde vragen aan de barman die zich met twee vingers schertsend een baard had aangemeten – merkte ze dat ze op een onnatuurlijke manier in zichzelf aan het lachen was; tegelijkertijd had ze gek genoeg het gevoel alsof er iets in haar smeulde, had vlam gevat, alsof haar hele wezen elk moment zou kunnen ontploffen.

Ze deinsde achteruit. Ze was vlak bij de Petate gestruikeld over een houten constructie die haar leek te bespringen. Het was een houten kooi, zag ze in het licht van de ramen, waarin ineengedoken een grote vogel zat.

Het was een kleine adelaar die ze had opgeschrikt en die nu huiverde in de vochtige duisternis van zijn gevangenis. De kooi stond tussen de cantina en een lage dikke boom, eigenlijk twee bomen die elkaar omhelsden: een amate en een sabino. De bries blies nevel in haar gezicht. De waterval weerklonk. De verstrengelde wortels van de twee verliefde bomen vloeiden over de grond in de richting van de stroom, daar in extase naar op zoek ook al hadden ze hem niet echt nodig; de wortels hadden net zo goed kunnen blijven waar ze waren, want overal eromheen overtrof de natuur zichzelf in haar ongebreidelde bevruchtingsdrang. In de hogere bomen daarachter klonk gekraak, een opstandig gescheur en geratel als van touwwerk; takken als gieken zwaaiden donker en stijf om haar heen, brede bladeren ontvouwden zich. Er hing tussen deze bomen een sfeer van duistere samenzwering, van schepen in de haven voor een onweer, waardoorheen plotseling, hoog in de bergen, de bliksem schoot, en het licht in de cantina flikkerde uit, toen weer aan, toen uit. Er volgde geen donder. Het onweer was opnieuw heel ver weg. Nerveus en angstig wachtte Yvonne af: het licht ging weer aan en Hugh – net iets voor een man, o God! maar misschien was het haar eigen schuld omdat ze niet mee naar binnen had gewild – sloeg er snel een achterover met de Mexicanen. Daar zat nog steeds de vogel, een donkere woedende gedaante met lange vleugels, een kleine wereld van woeste wanhoop en dromen en herinneringen aan het zweven hoog boven de Popocatepetl, kilometer na kilometer, om zich dan door de wildernis omlaag te laten vallen en spiedend neer te strijken op de boomgrensgeesten van half verwoeste bergbomen. Met haastige bevende handen begon Yvonne de kooi open te maken. De vogel fladderde naar buiten en streek neer bij haar voeten, aarzelde, steeg op naar het dak van El Petate en vloog toen plotseling weg door de schemering, niet naar de dichtstbijzijnde boom, zoals verwacht had mogen worden, maar omhoog – ze had gelijk, hij wist dat hij vrij was – almaar hoger rijzend met een plotseling klieven van zijn wieken door de donkerblauwe zuivere lucht daarboven, waarin op dat moment één ster verscheen. Yvonne werd door geen scrupules bezwaard. Ze voelde alleen maar onverklaarbare heimelijke triomf en opluchting: niemand zou ooit weten dat zij dit had gedaan; en toen intense smart en verlatenheid, die haar langzaam bekropen.

Lamplicht scheen over de boom wortels; de Mexicanen stonden met Hugh in de deuropening, knikkend naar het weer en wijzend naar het pad, terwijl in de cantina de barman zichzelf iets inschonk van onder de toog.

– 'Nee!...' riep Hugh tegen het tumult in. 'Hij is hier helemaal niet geweest! Maar we kunnen die andere proberen!'

'–'

'Langs de weg!'

Achter de El Petate boog hun pad rechtsaf langs een hondenhok waaraan een miereneter was vastgeketend die de zwarte aarde besnuffelde. Hugh pakte Yvonnes arm.

'Zie je die miereneter? Herinner je je dat gordeldier nog?'

'Ik ben níets vergeten.'

Yvonne zei dit terwijl ze weer gelijk met elkaar opliepen, maar zonder precies te weten wat ze bedoelde. Wilde boswezens stortten zich langs hen heen in het kreupelhout en overal keek ze tevergeefs uit naar haar adelaar, half hopend hem nog een keer te zien. Het oerwoud werd geleidelijk minder dicht. Overal om hen heen lag rottende vegetatie, en er hing een geur van bederf; de barranca kon niet ver zijn. Toen waaide de lucht vreemd genoeg warmer en aangenamer, en het pad was steiler. De laatste keer dat Yvonne hier gelopen had, had ze een nachtzaluw gehoord. *Whip-poor-will, whip-peri-will,* had de eenzame klaaglijke stem van de lente thuis gezegd, en je naar huis geroepen – waarheen? Naar het huis van haar vader in Ohio? En wat had een nachtzwaluw zelf zo ver van huis te zoeken in een donker Mexicaans bos? Maar de nachtzwaluw had, net als de liefde en de wijsheid, geen eigen huis; en misschien was hij, zoals de Consul er toen aan had toegevoegd, hier wel beter af dan als hij rondscharrelde in Cayenne, waar hij werd geacht te overwinteren.

Ze klommen en naderden een kleine open plek boven op de heuvel. Yvonne kon de lucht zien. Maar ze kon zich niet oriënteren. De Mexicaanse lucht was vreemd geworden en vanavond hadden de sterren een boodschap voor haar gevonden die nog eenzamer was dan de boodschap die ze zich herinnerde van de arme nestloze nachtzwaluw. Waarom zijn wij hier, leken ze te zeggen, op de verkeerde plek en helemaal in de verkeerde vorm, zo ver weg, zo ver, zo ver weg van huis? Van welk huis? Wanneer was zij, Yvonne, niet thuisgekómen? Maar de sterren troostten haar alleen al door er te zijn. En terwijl ze verderliep, voelde ze haar afstandelijke stemming terugkomen. Yvonne en Hugh bevonden zich nu hoog genoeg om door de bomen heen de sterren laag aan de westelijke horizon te zien.

Scorpio, ondergaand... Sagittarius, Capricornus; ah, daar, hier waren ze dan eindelijk, op hun juiste plaats, hun configuratie in één keer helemaal goed en herkend, hun zuivere geometrie flonkerend, smetteloos. En vanavond zouden ze net als vijfduizend jaar geleden opkomen en ondergaan: Steenbok, Waterman, met daaronder de eenzame Fomalhaut, Vissen, en de Ram, Stier, met Aldebaran en de Plejaden. 'Terwijl de Schorpioen ondergaat in het zuidwesten, komen de Plejaden op in het noordoosten.' 'Terwijl de Steenbok ondergaat in het westen, komt Orion op in het oosten. En Cetus, de Walvis, met Mira.' Dat zouden de mensen vanavond zeggen, net als eeuwen geleden, of ze zouden hun deur ervoor sluiten, zich er in troosteloze vertwijfeling van afwenden of zich er liefdevol naartoe wenden en zeggen: 'Dat is onze ster daar, die van jou en mij'; ze zouden erop koersen boven de wolken of verdwaald op zee, of staande in het sproeiende schuim op de kop van het foksel, kijken hoe ze plotseling overhelden; ze zouden hun vertrouwen in ze stellen, of geen vertrouwen; in een duizendtal sterrenwachten hun zwakke telescopen op ze richten, met lenzen waarover mysterieuze sterrenzwermen en dode donkere sterrenwolken zwommen, catastrofes van ontploffende zonnen of van de reusachtige, op zijn eind afrazende Antares – een smeulende sintel maar vijfhonderd keer zo groot als de aardse zon. En de aarde zelf die nog altijd om haar as draaide en om die zon, de zon die om het lichtende rad van deze melkweg draaide, de talloze onmetelijke met juwelen bezaaide raderen van talloze onmetelijke melkwegen, draaiend, draaiend, majestueus, tot in het oneindige, tot in de eeuwigheid, en door dat alles zou het leven verdergaan – dit alles zouden mensen, als zijzelf al lang dood was, nog steeds in de nachtelijke hemel lezen en terwijl de aarde door die verre jaargetijden draaide, en ze naar de nog opkomende sterrenbeelden keken, die hun culminatie bereikten en ondergingen om opnieuw op te komen – Ram, Stier, Tweelingen, Kreeft, Leeuw, Maagd, Weegschaal en Schorpioen, Steenbok de Zeebok en Waterman de Waterdrager, Vissen en opnieuw, triomfantelijk, Ram! – zouden ze tijdens dat alles niet ook nog steeds de eeuwige hopeloze vraag stellen: waartoe? Wat voor kracht drijft deze sublieme hemelse machinerie aan? Schorpioen die onderging... En opkwam, dacht Yvonne, ongezien achter de vulkanen, de sterrenbeelden die vanavond om middernacht hun culminatie zouden bereiken, als Waterman onderging; en sommigen zouden er met een vluchtig gevoel naar kijken, en toch hun diamanten fonkeling een ogenblik op hun ziel voelen stralen, alles daarin aanrakend wat in de herinnering aangenaam of edel of moedig of trots was, terwijl hoog boven hun hoofd, zachtjes vliegend als een vlucht vogels in de richting van Orion, de weldadige Plejaden verschenen...

De bergen die uit het gezicht waren verdwenen, rezen nu weer voor hen op terwijl ze verder door het minder dicht wordende bos liepen. – Maar Yvonne bleef nog steeds achter.

Ver weg in het zuidoosten ging de lage overhellende maanhoorn; hun bleke metgezel van de morgen, eindelijk onder, en ze keek ernaar – het dode kind van de aarde! – met een vreemde hongerige smeekbede. – De Zee der Vruchtbaarheid, ruitvormig, en de Honingzee, vijfhoekig van vorm, en Frascatorius, met zijn ingestorte noordwand, de reusachtige westwand van Endymion, elliptisch bij de westelijke limbus; het Leibnitzgebergte bij de Zuidhorn, en oostelijk van Proclus het Moeras van een Droom. Hercules en Atlas stonden daar, te midden van een cataclysme, waar wij geen weet van hadden –

De maan was verdwenen. Een warme windvlaag blies in hun gezicht en de bliksem lichtte wit en rafelig op in het noordoosten: de donder sprak, spaarzaam; een lawine op het punt van vallen...

Het steiler wordende pad boog nog verder af naar rechts en slingerde zich tussen verspreid opgestelde schildwachten van bomen door, hoog en eenzaam, en enorme cactussen waarvan de talloze wringende stekelhanden elke keer dat het pad van richting veranderde aan alle kanten het zicht benamen.

Het werd zo donker dat het verbazend was daarachter niet de zwartst denkbare nacht aan te treffen.

Maar de aanblik die hun ogen trof toen ze op de weg uitkwamen, was angstaanjagend. De opgestapelde zwarte wolken klommen nog steeds omhoog in de schemerlucht. Hoog boven hen, onmetelijk hoog, zo afschuwelijk onmetelijk hoog, zweefden lichaamloze zwarte vogels, meer geraamten van vogels. Sneeuwstormen joegen langs de top van de Ixtaccihuatl en onttrokken die aan het gezicht, terwijl de massa ervan door cumuluswolken werd versluierd. Maar het hele steile gevaarte van de Popocatepetl leek op hen af te komen, met de wolken mee, zich vooroverbuigend over het dal waarin aan een kant, door het merkwaardige melancholieke licht in reliëf afgetekend, een kleine opstandige heuveltop blonk waarin een heel klein begraafplaatsje was uitgehouwen.

Het wemelde van de mensen op het begraafplaatsje die alleen maar te zien waren als hun kaarsvlammetjes.

Maar plotseling was het alsof een bliksemheliograaf stamelende boodschappen over dat woeste landschap uitzond; en verstard ontwaarden ze de minuscule zwart-witte figuurtjes zelf. En nu, terwijl ze hun oren op de donder spitsten, hoorden ze ze: zachte kreten en jammerklachten die, meegevoerd door de wind, hun kant op kwamen. De rouwenden zongen eentonig bij de graven van hun geliefden, speelden zachtjes gitaar of baden. Een geluid als van windklokken, een spookachtig getinkel, bereikte hun oren.

Het werd overstemd door een titanisch gerommel dat door de dalen rolde. De lawine was begonnen. Toch had ze niet de kaarsvlammetjes overstemd. Die blonken daar nog steeds, onverschrokken, een paar nu in optocht. Enkele rouwenden liepen achter elkaar de heuvel af.

Dankbaar voelde Yvonne de harde weg onder haar voeten. De lichten van Hotel y Restaurant El Popo sprongen in het gezicht. Boven een garage ernaast priemde een elektrische reclame: *Euzkadi* – Ergens klonk op een radio wilde opwindende muziek in een onvoorstelbaar hoog tempo.

Buiten het restaurant voor het doodlopende straatje aan de rand van het oerwoud stond een rij Amerikaanse auto's geparkeerd die het geheel iets van het teruggetrokken, afwachtende karakter verleende dat 's avonds bij een grens hoort, en er was inderdaad een soort grens, niet ver hiervandaan, waar het ravijn dat verderop via een brug naar rechts met de buitenwijken van de oude hoofdstad verbonden was, de staatsgrens markeerde.

Op de veranda zat de Consul een ogenblik rustig in zijn eentje te dineren. Maar alleen Yvonne had hem gezien. Ze zochten zich een weg tussen de ronde tafeltjes naar een kale onbestemde toog waar de Consul fronsend in een hoekje zat met drie Mexicanen. Maar niemand behalve Yvonne merkte hem op. De barman had de Consul niet gezien. Net zomin als de assistent-bedrijfsleider, een ongewoon lange Japanner en tevens de kok, die Yvonne herkende. Maar op hetzelfde moment dat ze ontkenden ook maar iets van hem af te weten (en hoewel Yvonne er inmiddels vast van overtuigd was dat hij in de Farolito zat) verdween de Consul om elke hoek en ging hij elke deur uit. Enkele tafeltjes op de tegelvloer buiten het café waren leeg, maar daar zat de Consul ook vagelijk, opstaand bij hun nadering. En achter bij de patio was het de Consul die zijn stoel achteruit schoof en buigend in hun richting kwam.

Zoals in zulke gelegenheden op de een of andere manier vaak het geval blijkt, waren er niet genoeg mensen in de El Popo om het aantal auto's buiten te verklaren.

Hugh keek zoekend om zich heen, half naar de muziek, die uit een radio in een van de auto's leek te komen en waarvan de klank met niets ter wereld te vergelijken was op deze verlaten plek, een peilloze mechanische op hol geslagen kracht die op haar dood af snelde, bezweek, zich in het ongeluk stortte, dan plotseling was opgehouden.

De patio van het café was een lange rechthoekige door bloemen en onkruid overwoekerde tuin. Aan weerskanten liepen veranda's, half in duisternis gehuld en op boogmuren, wat ze op kloostergangen deed lijken. Op de veranda's kwamen slaapkamers uit. Het licht van het restaurant daarachter liet hier en daar een vuurrode bloem of groene struik onnatuurlijk levendig uitkomen. Twee boos kijkende ara's met bonte opgezette veren zaten in ijzeren ringen tussen de bogen.

Flikkerende bliksem zette de ramen een ogenblik in lichterlaaie; wind knisperde door de bladeren en ging weer liggen, een warme leegte achterlatend waarin de bomen chaotisch zwiepten. Yvonne leunde tegen een boog en nam haar hoed af; een van de kaketoes zette het op een krijsen en ze drukte haar handpalmen tegen haar oren, drukte nog harder toen het weer ging donderen en hield ze daar met afwezig gesloten ogen tot het ophield en de twee naargeestige biertjes arriveerden die Hugh had besteld.

'Tja,' zei hij, 'dit is een beetje anders dan de Cervecería Quauhnahuac... En hoe!... Ja, ik denk dat ik me deze ochtend altijd zal herinneren. De lucht was zo blauw, vond je niet?'

'En die wollige hond en die veulens die met ons meeliepen en die rivier met die vliegensvlugge vogels erboven –'

'Hoe ver nog naar de Farolito?'

'Een kilometer of twee. We kunnen zo'n anderhalve kilometer afsnijden als we het bospad nemen.'

'In het donker?'

'We kunnen niet zo lang wachten als je de laatste bus terug naar Quauhnahuac wilt halen. Het is al over zessen. Ik krijg dit bier niet door mijn keel, jij wel?'

'Nee. Het smaakt naar koper – barst – Christus,' zei Hugh, 'laten we –'

'Wat anders drinken,' stelde Yvonne half ironisch voor.

'Kunnen we niet béllen?'

'Mescal,' zei Yvonne monter.

De lucht was zo geladen dat ze trilde.

'Comment?'

'Mescal, por favor,' herhaalde Yvonne terwijl ze plechtig, sardonisch haar hoofd schudde. 'Ik heb er altijd al achter willen komen wat Geoffrey daarin ziet.'

'Cómo no, laten we twee mescal nemen.'

Maar Hugh was nog steeds niet terug toen de twee glazen werden gebracht door een andere kelner die het bedenkelijk donker vond en, terwijl hij het blad op zijn ene handpalm liet balanceren, nog een licht aandeed.

De glazen die Yvonne tijdens het eten en overdag had genuttigd lagen, al waren het er maar betrekkelijk weinig geweest, als zwijnen op haar ziel: er gingen enkele ogenblikken voorbij voordat ze haar hand uitstak en dronk.

De weeë, morose, naar ether smakende mescal bracht aanvankelijk geen warmte in haar maag maar alleen, net als het bier, koude, kilte. Maar het werkte wel. Op de veranda buiten zette een lichtelijk valse gitaar La Paloma in, een Mexicaanse stem zong en de mescal werkte nog steeds. Het bezat uiteindelijk de kwaliteit van een goede straffe borrel. Waar was Hugh? Had hij de Consul hier toch gevonden? Nee: ze wist dat hij hier niet was. Ze keek de El Popo rond, een zielloze tochtige dood die tikte en kreunde, zoals Geoff zelf eens had gezegd – een boze geest van een Amerikaans wegrestaurant; maar het leek niet zo afschuwelijk meer. Ze koos een citroen van het tafeltje en kneep een paar druppeltjes in haar glas en dit alles kostte haar buitensporig veel tijd.

Opeens drong het tot haar door dat ze op een onnatuurlijke manier in zichzelf zat te lachen, er was iets in haar dat smeulde, in brand stond: en ook vormde er zich in haar gedachten opnieuw een beeld van een vrouw die onophoudelijk met haar vuisten op de grond beukte...

Maar nee, zij stond niet zelf in brand. Het was het huis van haar geest. Het was haar droom. Het was de boerderij, het was Orion, de Plejaden, het was hun huis bij de zee. Maar waar was het vuur? Het was de Consul die het als eerste had opgemerkt. Wat waren dit voor krankzinnige gedachten, gedachten zonder vorm of logica? Ze stak haar hand uit naar de andere mescal, Hughs mescal, en het vuur ging uit, werd overstelpt door een plotselinge golf van wanhopige liefde en tederheid voor de Consul die haar hele wezen doorstroomde.

– heel donker en helder bij een aanlandige wind, en het geluid van branding die je niet kon zien, diep in de lentenacht stonden de zomersterren aan de hemel, voorbodes van de zomer, en de sterren zo stralend; helder en donker, en de maan was niet opgekomen; een mooie sterke zuivere aanlandige wind, en daarna de afnemende maan die opkwam boven het water, en later, in het huis, het brullen van onzichtbare branding die beukte in de nacht –

'Hoe vind je de mescal?'

Yvonne schrok op. Ze had haast ineengedoken boven Hughs glas gezeten; Hugh stond wankelend boven haar, met onder zijn arm een langwerpig gehavend sleutelvormig foedraal van canvas.

'Wat heb je daar in hemelsnaam?' Yvonnes stem klonk vaag en ver.

Hugh legde het foedraal op het muurtje. Daarna legde hij een zaklantaarn op het tafeltje. Het was zo'n padvindersgeval als een scheepsventilator met een metalen ring om je riem doorheen te halen. 'Ik liep op de veranda die vent tegen het lijf waar Geoff zo verdomd onbeschoft tegen deed in de Salón Ofélia en daar heb ik deze van gekocht. Maar hij wilde ook zijn gitaar verkopen en een nieuwe kopen dus heb ik die ook overgenomen. Maar ocho pesos cincuenta –'

'Wat moet je met een gitaar? Ga je daar soms de Internationale of zoiets op spelen, aan boord van je schip?' vroeg Yvonne.

'Hoe is de mescal?' vroeg Hugh opnieuw.

'Als tien meter prikkeldraad. Het heeft me zowat een kopje kleiner gemaakt. Hier, dit is jouwe, Hugh, althans wat ervan over is.'

Hugh ging zitten: 'Ik heb buiten al een mescal gedronken met die hombre van de gitaar...

Nou,' voegde hij eraan toe, 'ik ga beslist niet proberen om vanavond nog in Mexico-Stad te komen en nu dat eenmaal besloten is, zijn er diverse dingen die we kunnen doen met Geoff.'

'Ik heb meer zin om me te bezatten,' zei Yvonne.

'Como tú quieras. Dat is misschien wel een goed idee.'

'Waarom zei je dat het een goed idee zou zijn om ons te bezatten?' vroeg Yvonne toen de nieuwe mescals waren gearriveerd; en vervolgens herhaalde ze: 'Wat moet je nou met een gitaar?'

'Erbij zingen. Of misschien er de mensen de leugen mee voorhouden.'

'Waarom doe je zo raar, Hugh? Wat voor mensen wat voor leugen voorhouden?'

Hugh liet zijn stoel achterover hellen tot hij het muurtje achter hem raakte en bleef vervolgens zo zitten, rokend en zijn mescal in zijn schoot koesterend.

'Het soort leugen dat Sir Walter Raleigh voor ogen staat wanneer hij zich tot zijn ziel richt. "De waarheid zal uw borg zijn. Ga heen, ik ga teloor. En houd de wereld de leugen voor. Zeg tot het hof: Gij straalt, doch vermolmd is uw gloed. Zeg tot de Kerk: Gij praalt, met 't goed dat gij niet doet. Antwoorden Kerk en Hof in koor, houd beide dan de leugen voor." Zoiets, maar dan een beetje anders.'

'Je stelt je aan, Hugh. Salud y pesetas.'

'Salud y pesetas.'

'Salud y pesetas.'

Rokend en met zijn glas in de hand stond hij tegen de donkere kloostergang geleund en keek op haar neer:

'Maar het tegendeel is waar,' zei hij, 'we willen wel goed doen, helpen, broeders in de nood zijn. We willen ons zelfs verwaardigen gekruisigd te worden, onder bepaalde voorwaarden. En wórden dat ook, trouwens, zo om de twintig jaar. Maar voor een Engelsman getuigt het van een zo vreselijk slechte smaak om een bonafide martelaar te zijn. Aan de ene kant kunnen we in onze gedachten misschien nog wel respect opbrengen voor de integriteit van mannen als bijvoorbeeld Gandhi of Nehru. Misschien willen we zelfs wel toegeven dat het voorbeeld van hun onbaatzuchtigheid ons zou kunnen redden. Maar in ons hart roepen we: "Gooi die vent verdomme in de rivier." Of: "Bar-abbas vrij!" "Lang leve O'Dwyer!" Jezus! – Voor Spanje getuigt het ook al van een behoorlijk slechte smaak om een martelaar te zijn; op een heel andere manier natuurlijk... En als zou blijken dat Rusland –'

Hugh zei dit alles terwijl Yvonne haar ogen over een papier liet gaan dat hij net voor haar op tafel had laten glijden. Het was gewoon een oud en smerig en gekreukt menu van het restaurant, dat van de vloer leek te zijn opgeraapt of lang in iemands zak had gezeten, en met door alcohol ingegeven bedachtzaamheid las ze diverse malen het volgende:

'ELPOPO'

SERVICIO A LA CARTA

Sopa de ajo	$ 0,30
Enchiladas de salsa verde	0,40
Chiles rellenos	0,75
Rajas a la 'Popo'	0,75
Machitos en salsa verde	0,75
Menudo estilo soñora	0,75
Piema de temera al horno	1,25
Cabrito al horno	1,25
Asado de pollo	1,25
Chuletas de cerdo	1,25
Filete con papas o al gusto	1,25
Sandwiches	0,40
Frijoles refritos	0,30
Chocolate a la española	0,60
Chocolate a la francesa	0,40
Café solo o con leche	0,20

Tot zover was alles in het blauw getypt en daaronder – zag ze met dezelfde bedachtzaamheid – stond een tekeningetje als van een klein wiel langs de binnenkant waarvan 'Lotería Nacional Para la Beneficencia Pública' was geschreven, dat een tweede ronde omlijsting vormde waarbinnen een soort handels- of waarmerk figureerde van een gelukkige moeder die haar kind streelde.

De hele linkerkant van het menu werd in beslag genomen door een lithografisch portret, ten voeten uit, van een glimlachende jonge vrouw met daarboven de mededeling dat Hotel Restaurant El Popo se observa la más estricta moralidad, siendo este disposición de su proprietario una garantía para al pasajero, que llegue en compañia: Yvonne bekeek deze vrouw aandachtig: ze was mollig en onverzorgd, met een quasi-Amerikaans kapsel, en ze droeg een lange, met confettikleuren bedrukte katoenen jurk: met haar ene hand wenkte ze ondeugend terwijl ze met de andere een blok van tien loterijbriefjes omhooghield, op elk waarvan een cowgirl op een bokkend paard reed en (alsof deze tien minuscule figuurtjes Yvonnes eigen telkens herhaalde en half vergeten ik waren dat haar gedag wuifde) wuifde met haar hand.

'Tja,' zei ze.

'Nee, ik bedoelde de andere kant,' zei Hugh.

Yvonne draaide het menu om en bleef er wezenloos naar zitten staren.

De achterkant van het menu was bijna geheel door de Consul beschreven, in zijn meest chaotische handschrift. Links bovenaan stond:

Rechnung

1 ron y anís	1,20
1 ron Salón Brasse	,60
1 tequila doble	,30

	2,10

Dit was ondertekend met G. Firmin. Het was een rekeningetje dat de Consul hier een paar maanden geleden had achtergelaten, een bonnetje dat hij voor zichzelf had gemaakt. – 'Nee, ik heb het net betaald,' zei Hugh, die nu naast haar zat.

Maar onder deze 'rekening' stond, raadselachtig, geschreven: 'gebrek... vuil... drek,' met daar weer onder een lange krabbel waar niets van te maken viel. Midden op het papier stonden de volgende woorden: 'touw... algauw... klauw,' en vervolgens 'van een koude cel', terwijl aan de rechterkant, de verwekker van en gedeeltelijke verklaring voor deze verloren zonen, iets stond dat leek op een gedicht in wording, een poging tot een soort sonnet wellicht, maar onzeker en mislukt van opzet, en zo vol doorhalingen en krabbels en vlekken, beklad en omgeven door krasserige tekeningetjes – van een golfstok, een wiel, zelfs een lang zwart geval dat op een doodskist leek – dat het praktisch niet te ontcijferen viel; uiteindelijk zag het er ongeveer als volgt uit:

Een paar jaar terug nam hij ineens de wijk...
heeft sindsdien... de wijk genomen
Hij wist nog niet dat zijn belagers gauw
De hoop verloren hem te zien (dansen) aan een touw
Opgejaagd door ogen, krioelende monsters nu de blikken
Van een woedende wereld die hem liet stikken
Hem louter las in de verleden tijd
Besteedde geen... was niet bereid
(Zelfs)... een koude cel te betalen
Schande zou zijn gesproken van zijn dood
Misschien. Meer niet. Er gaan verhalen
Vreemd en hels over deez' verloren ziel
Die eens naar het noorden vlood...

Die eens naar het noorden vlood, dacht ze. Hugh zei: 'Vámonos.'

Yvonne zei ja.

Buiten blies de wind met opmerkelijke schrilheid. Ergens klepperde onophoudelijk een los luik, en de elektrische reclame boven de garage priemde in de nacht: *Euzkadi* –

De klok daarboven – openbare tijd vraagbaak van de mens! – wees twaalf voor zeven: 'Die eens naar het noorden vlood.' De eters hadden de veranda van de El Popo verlaten...

De bliksem werd terwijl ze de trap afliepen bijna onmiddellijk gevolgd door dondersalvo's, langdurig en naar alle richtingen verspreid. Zwarte stapelwolken verzwolgen de sterren in het noorden en oosten; Pegasus stampte ongezien door de lucht; maar boven hun hoofd was het nog helder: Vega, Deneb, Altair; door de bomen, in het westen, Hercules. 'Die eens naar het noorden vlood,' herhaalde ze. Recht voor hen uit langs de kant van de weg doemde vaag een vervallen Griekse tempel op met twee hoge slanke zuilen, die via twee brede treden benaderd kon worden: of even was deze tempel er geweest, met zijn verfijnde zuilenpracht, volmaakt van evenwicht en verhouding, met zijn zich breed uitstrekkende treden, nu twee winderige lichtstralen vanaf de garage die over de weg vielen, en de zuilen twee telegraafpalen.

Ze liepen het pad op. Hugh projecteerde met zijn zaklantaarn een spookachtig doelwit dat zich uitbreidde, reusachtig werd, en dat heen en weer zwenkte en doorschijnend met de cactussen verstrikt raakte. Het pad werd smaller en ze gingen achter elkaar lopen, Hugh als laatste, terwijl het lichtende doelwit in zwaaiende concentrische ellipsoïden voor hen uit gleed, waar haar eigen verkeerde schaduw overheen sprong, of de schaduw van een reuzin. – De kandelaarcactussen leken zoutgrijs op plaatsen waar de zaklantaarn ze bescheen, te stijf en vlezig om mee te buigen met de wind, een traag veelvuldig deinen, een onmenselijk gekakel van schil en stekels.

'Die eens naar het noorden vlood...'

Yvonne voelde zich nu weer broodnuchter: de cactussen verdwenen en het pad, dat nog smal was en tussen hoge bomen en kreupelhout door liep, leek gemakkelijk begaanbaar.

'Die eens naar het noorden vlood.' Maar ze gingen niet naar het noorden, ze gingen naar de Farolito. En ook de Consul was toen niet naar het noorden gevloden, hij was natuurlijk net als vanavond waarschijnlijk naar de Farolito gegaan. 'Schande zou zijn gesproken van zijn dood.' De boomtoppen maakten een geluid als van boven hun hoofd stromend water. 'Van zijn dood.'

Yvonne was nuchter. Het was het kreupelhout, dat plotselinge snelle bewegingen over hun pad maakte en de doorgang belemmerde, dat niet nuchter was; en ten slotte was het Hugh, die haar zoals ze nu besefte alleen maar hierheen had gebracht om te bewijzen dat de weg veel praktischer zou zijn geweest, dat dit bos gevaarlijk was onder de elektriciteit die zich nu bijna vlak boven hen ontlaadde, die niet nuchter was: en Yvonne merkte dat ze plotseling was blijven staan, haar handen zo stijf gebald dat haar vingers pijn deden, en dat ze zei:

'We moeten opschieten, het is vast al tegen zevenen,' en vervolgens dat ze zich ijlings, bijna rennend over het pad begaf en op luide en opgewonden toon zei: 'Heb ik je wel eens verteld dat Geoffrey en ik hadden afgesproken om op de laatste avond voordat ik een jaar geleden wegging te gaan eten in Mexico-Stad en dat hij me vertelde dat hij vergeten was waar en van restaurant naar restaurant is gelopen om me te zoeken, net zoals wij hem nu zoeken?'

'En los talleres y arsenales
a guerra! todos, tocan ya;'

zong Hugh berustend, met diepe stem.

'– en toen ik hem leerde kennen in Granada ging het precies zo. We spraken af om te gaan eten in de buurt van het Alhambra en ik dacht dat hij bedoelde dat we elkaar ín het Alhambra zouden treffen, en ik kon hem niet vinden en nu ben ík het opnieuw die hem zoekt – de eerste avond dat ik terug ben.'

'*– todos, tocan ya:*
morir ¿quién quiere por la gloria
o por vendedores de cañones?'

Er klonk een dondersalvo door het bos en Yvonne bleef bijna weer doodstil staan, zich half verbeeldend dat ze een ogenblik de strak glimlachende vrouw met de loterijbriefjes had gezien die haar wenkte aan het eind van het pad.

'Hoe ver is het nog?' vroeg Hugh.

'We zijn er bijna, geloof ik. Er komen verderop nog een paar bochten in het pad en een omgevallen boomstam waar we overheen moeten klimmen.'

'*Adelante, la juventud,*
al asalto, vamos ya,
y contra los imperialismos,
para un nuevo mundo hacer.

Dan zul je wel gelijk hebben gehad,' zei Hugh.

Het onweer betijde even, wat in de ogen van Yvonne die opkeek naar het lange trage zwaaien van de donkere boomtoppen in de wind tegen de stormachtige lucht, een ogenblik op het keren van het tij leek, maar tegelijk iets had van de rit van die morgen met Hugh, een soort avondlijke essentie van hun gemeenschappelijke ochtendgedachten, met een woestezeeverlangen naar jeugd en liefde en verdriet.

Ergens voor hen uit werd deze deinende stilte verbroken door een scherpe knal als van een pistool, als van een auto met naontsteking, gevolgd door nog een en nog een: 'Alweer schietoefeningen,' lachte Hugh; toch waren dit andere aardse geluiden die je als een verademing kon beschouwen vergeleken bij de misselijkmakende donder die volgde, want ze betekenden dat Parián vlakbij was, dat de vage lichtjes ervan weldra door de bomen zouden schijnen: tijdens een bliksemflits zo helder als de dag hadden ze een nutteloze pijl gezien die terugwees in de richting vanwaaruit ze net waren gekomen, naar het afgebrande Anochtitlán: en nu viel in de diepere duisternis het licht van Hughs lantaarn op een boomstam aan de linkerkant waarop een houten bordje met een wijzende hand bevestigde dat ze de goede kant op gingen:

☞ A PARIÁN

Hugh zong achter haar... Het begon zachtjes te regenen en uit het bos steeg een heerlijke zuivere geur op. En nu waren ze op het punt waar het pad rechtsomkeert maakte en werd versperd door een reusachtige met mos bedekte stam waardoor het gescheiden was van dat pad dat ze nu juist niet had willen nemen en dat de Consul voorbij Tomalín wel ingeslagen zou zijn. De beschimmelde ladder met de ver uiteen staande sporten die tegen hun kant van de liggende stam was gezet stond er nog, en Yvonne was er al haast helemaal op geklauterd voor ze besefte dat ze Hughs licht miste. Yvonne hield zich op de een of andere manier in evenwicht boven op deze donkere glibberige stam en zag zijn licht weer dat zich enigszins opzij tussen de bomen bewoog. Met iets van triomf zei ze:

'Pas op dat je daar niet van het pad afraakt, Hugh, het is nogal verraderlijk. En pas op die omgevallen stam. Aan deze kant staat er een ladder tegenop, maar aan de andere moet je er afspringen.'

'Spring dan,' zei Hugh. 'Ik ben kennelijk van je pad afgeraakt.'

Yvonne, die de galmende klacht van zijn gitaar hoorde toen Hugh met het foedraal ergens tegenaan stootte, riep: 'Ik ben hier, deze kant op.'

'*Hijos del pueblo que oprimen cadenas*
esa injusticia no debe existir
si tu existencia es un mundo de penas
antes que esclavo, prefiere morir prefiere morir...'

zong Hugh ironisch.

Opeens begon het harder te regenen. Een windvlaag als een sneltrein zwiepte door het bos; vlak voor hen uit sloeg de bliksem met een woest gescheur door de bomen en een daverende donderslag deed de aarde beven...

Soms is er als het onweert iemand anders die voor je denkt, die het verandameubilair van je gedachten binnenhaalt, het luik van je geest sluit en vergrendelt tegen wat niet zozeer een schrikbarende dreiging lijkt als wel een verstoring van hemelse privacy, een verbijsterende waanzin in de hemel, een vorm van ongenade die stervelingen niet van al te dichtbij mogen gadeslaan: maar er staat altijd nog een deur open in de gedachten – net zoals bekend is dat sommigen tijdens een zwaar onweer hun echte deur lieten openstaan zodat Jezus bij hen kon binnenlopen – om het ongekende binnen te laten en te ontvangen, om angstig de bliksemschicht te aanvaarden die nooit jouzelf treft, de bliksem die altijd in de volgende straat inslaat, de ramp die zich maar zo zelden op het vermoedelijke rampuur voltrekt, en via deze geestelijke deur merkte Yvonne, die nog steeds op de stam balanceerde, nu dat er iets onheilspellend mis was. In de afnemende donder naderde iets met een geluid dat niet van de regen kwam. Het was een of ander dier, doodsbang voor het onweer, en wat het ook mocht zijn – een hert, een paard, het had onmiskenbaar hoeven – het naderde in volle vaart, in wilde galop, en stortte zich door het kreupelhout: en nu de bliksem opnieuw knetterde en de donder zwakker werd, hoorde ze een langgerekt gehinnik dat in zijn paniek een haast menselijke gil werd. Yvonne merkte dat haar knieën trilden. Ze riep naar Hugh en probeerde zich om te draaien om de ladder weer af te dalen, maar voelde hoe ze haar houvast op de stam verloor: ze gleed uit, probeerde haar evenwicht te herstellen, gleed opnieuw uit en viel voorover. Bij het neerkomen klapte haar ene voet met een scherpe pijn dubbel onder haar lichaam. Het volgende ogenblik, toen ze probeerde op te staan, zag ze in het felle licht van een bliksemschicht het ruiterloze paard. Het kwam zijwaarts aangesprongen, niet in haar richting, en ze kon het tot in het kleinste detail zien, het rinkelende zadel dat van zijn rug gleed, zelfs de zeven die in zijn bil was gebrand. Toen ze opnieuw probeerde op te staan, hoorde ze zichzelf gillen terwijl het dier zich haar kant op draaide en op haar af kwam. De lucht was één groot scherm van witte vlammen waarop de bomen en het hoog steigerende paard een ogenblik waren gefixeerd –

Het waren de wagentjes van de kermis die om haar heen wervelden; nee, het waren de planeten, terwijl de zon brandend en tollend en fonkelend in het midden stond; daar kwamen ze weer, Mercurius, Venus, Aarde, Mars, Jupiter, Saturnus, Uranus, Neptunus, Pluto; maar het waren geen planeten, want het was helemaal geen draaimolen, maar het reuzenrad, het waren sterrenbeelden, en in het middelpunt daarvan brandde, als een groot koud oog, Polaris, en daar draaiden ze almaar omheen: Cassiopeia, Cepheus, de Lynx, de Grote Beer, de Kleine Beer en de Draak; toch waren het geen sterrenbeelden, maar op de een of andere manier ontelbare prachtige vlinders, ze voer de haven van Acapulco binnen door een orkaan van prachtige vlinders die boven haar hoofd zigzagden en eindeloos via de achtersteven over de zee verdwenen, de zee, ruwen puur, de lange rollers van de dageraad die aankwamen, zich verhieven en neerstortten om in kleurloze ellipsen over het zand te glijden, almaar zinkend en zinkend, iemand riep van verre haar naam en ze wist het weer, ze waren in een donker bos, ze hoorde de wind en de regen door het bos jagen en zag de sidderingen van de bliksem door de hemelen huiveren en het paard – grote God, het paard – en zou dit tafereel zich voor eeuwig en altijd herhalen? – het paard, steigerend, hoog boven haar, midden in de lucht versteend, een standbeeld, er zat iemand op het standbeeld, het was Yvonne Griffaton, nee, het was het standbeeld van Huerta, de dronkaard, de moordenaar, het was de Consul, of het was een mechanisch paard op de draaimolen, de carrousel, maar de carrousel was gestopt en ze was in een ravijn waardoor een miljoen paarden op haar af kwam daveren, en ze moest ontsnappen, door het vriendelijke bos naar hun huis, hun huisje bij de zee. Maar het huis stond in brand, ze zag het nu vanuit het bos, vanaf de trap boven, ze hoorde het geknetter, het stond in brand, alles brandde, de droom brandde, het huis brandde, en toch bleven ze daar een ogenblik staan, Geoffrey en zij, erin, in het huis, handenwringend, en alles leek in orde, op de juiste plaats, het huis was er nog, alles dierbaar en natuurlijk en vertrouwd, behalve dat het dak in brand stond en dat er geluid klonk als van dorre bladeren die langs het dak waaiden, dat mechanische geknetter, en nu breidde het vuur zich onder hun ogen uit, de kast, de steelpannen, de oude ketel, de nieuwe ketel, de beschermfiguur op de diepe koele put, de troffels, de hark, de scheve planken houtschuur waar de witte kornoeljebloesem op het dak viel maar nu nooit meer zou vallen, want de boom stond in brand, het vuur greep steeds sneller om zich heen, de muren met hun molenradreflecties van zonlicht op water stonden in brand, de bloemen in de tuin waren geblakerd en brandden, ze kronkelden, ze raakten verwrongen, ze vielen, de tuin stond in brand, de veranda waar ze in de lente 's ochtends zaten stond in brand, de rode deur, de openslaande ramen, de gordijnen die ze had gemaakt stonden in brand, Geoffreys oude stoel stond in brand, zijn bureau, en nu zijn boek, zijn boek stond in brand, de bladzijden brandden, brandden, brandden, ze warrelden omhoog vanuit het vuur en werden brandend over het strand verspreid, en nu werd het donkerder en kwam de vloed, de vloed stroomde onder het verwoeste huis, de plezierboten die gezang stroomopwaarts hadden gevoerd keerden stilletjes huiswaarts over de donkere wateren van de Eridanus. Hun huis was stervende, er woedde alleen nog een doodsstrijd.

En terwijl ze de brandende droom verliet, voelde Yvonne hoe ze opeens werd opgenomen en meegevoerd naar de sterren, door kolken van sterren die zich daarboven in steeds wijdere cirkels verspreidden als kringen op water, waartussen nu, als een vlucht diamanten vogels die zacht en gestadig naar Orion vloog, de Plejaden verschenen...

XII

'Mescal,' zei de Consul.
De grote gelagkamer van de Farolito was uitgestorven. Vanaf de spiegel achter de toog, die ook de naar het pleintje geopende deur weerkaatste, keek zijn gezicht hem stil en dreigend aan, als een strenge, vertrouwde onheilsprofeet.
Maar in de gelagkamer was het niet stil. Ze was gevuld met dat getik: het tikken van zijn horloge, zijn hart, zijn geweten, een of andere klok. Er klonk ook een ver geluid, ver uit de diepte, van stromend water, van onderaardse ineenstorting; en bovendien kon hij ze nog steeds horen, de bittere krenkende beschuldigingen die hij naar zijn eigen ellende had geslingerd, de stemmen als tijdens een ruzie, zijn eigen stem luider dan de rest, zich vermengend nu met die andere stemmen die jammerlijk klagend uit een verte leken te komen: 'Borracho, Borrachón, Borraaaacho!'
Maar een van deze stemmen leek op die van Yvonne, smekend. Hij voelde nog steeds haar blik, hun blik in de Salón Ofélia, achter hem. Doelbewust bande hij elke gedachte aan Yvonne uit. Hij dronk twee snelle mescals: de stemmen hielden op.
Zuigend op een citroen nam hij zijn omgeving op. De mescal was weldadig en vertraagde zijn denken; elk voorwerp vergde enkele ogenblikken om tot hem door te dringen. In een hoek van het vertrek zat een wit konijn een maïskolf te eten. Het knabbelde afwezig aan de purperen en zwarte knoppen, alsof het een muziekinstrument bespeelde. Achter de toog hing aan een vastgezette spil een prachtige Oaxaqueñaanse kalebas met mescal de olla, waaruit zijn portie was afgemeten. Aan weerskanten stonden op een rij flessen Tenampa, Berreteaga, Tequi-

la Añejo, Anís doble de Mallorca, een paarse karaf met Henry Mallets 'delicioso licor', een flacon pepermuntlikeur, een hoge spiraalvormige fles Anís del Mono, op het etiket waarvan een duivel met een hooivork zwaaide. Op de brede toog voor hem stonden schoteltjes met tandenstokers, Spaanse pepers, citroen, een whiskyglas vol rietjes, gekruiste lange lepels in een glazen pul. Aan het ene uiteinde waren bolle kruiken met veelkleurige aguardiente neergezet, pure alcohol met verschillende smaken, waarin schillen van citrusvruchten dreven. Een naast de spiegel vastgeprikt affiche voor het bal van de vorige avond in Quauhnahuac trok zijn aandacht: *Hotel Bella Vista Gran Baile a Beneficia de la Cruz Roja. Los Mejores Artistas del radio en acción. No falte Vd.* Er klampte zich een schorpioen aan het affiche vast. De Consul nam al deze zaken nauwkeurig waar. Hij inhaleerde lange zuchten van ijskoude verademing en telde zelfs de tandenstokers. Hier was hij veilig; dit was de plek die hij liefhad – toevluchtsoord, het paradijs van zijn wanhoop.

De 'barman' – de zoon van de Olifant – bekend als Een Paar Vlooien, een donker ziekelijk ogend knaapje, tuurde door een hoornen bril bijziend naar een stripverhaal, El Hijo del Diablo, in een jongensblad, *Ti-to.* Hij mompelde in zichzelf tijdens het lezen en at chocolaatjes. Terwijl hij de Consul een opnieuw gevuld glas mescal voorzette, morste hij wat op de toog. Maar hij bleef doorlezen zonder het op te vegen, mompelend, zich volproppend met chocoladeschedeltjes die waren aangeschaft voor de Dag van de Doden, chocoladeskeletjes, ja zelfs chocoladelijkwagentjes. De Consul wees naar de schorpioen op de muur en de jongen veegde hem met een gekweld gebaar weg: hij was dood. Een Paar Vlooien ging verder met zijn verhaal en mompelde onduidelijk: 'De pronto, Dalia vuelve en sí y grita llamando la atención de un guardia que pasea. ¡Suélteme! ¡Suélteme!'

Red me, dacht de Consul vaag, terwijl de jongen plotseling wegliep om wisselgeld te halen, suélteme, help; maar misschien wilde de schorpioen niet gered worden en had hij zichzelf doodgestoken. Hij slenterde naar de andere kant van het vertrek. Na een vruchteloze poging om vriendschap te sluiten met het witte konijn liep hij naar het open raam aan zijn rechterhand. Daaronder liep het bijna loodrecht af naar de bodem van het ravijn. Wat een somber, droefgeestig oord! In Parián heeft Kubla Khan... En de steile rots was er ook nog – net als bij Shelley of Calderón of alle twee – de steile rots die maar niet kon besluiten om geheel te verbrokkelen, zo hechtte hij, gekliefd, aan het leven. De pure hoogte was angstaanjagend, dacht hij, terwijl hij zich naar buiten boog en opzij keek naar de gespleten rots en zich de passage uit *The Cenci* probeerde te herinneren waarin de reusachtige steenmassa werd beschreven die zich vastklampte aan de aarde, alsof hij op het leven rustte, niet bang om te vallen, maar evengoed datgene verduisterend waar hij naartoe zou gaan als hij zou vallen. Het was een ontzagwekkend, een afschuwelijk eind naar de bodem. Maar het viel hem op dat ook hij niet bang was om te vallen. In gedachten volgde hij het kronkelende onpeilbaar diepe pad van de barranca terug door het landschap, door ingestorte mijnen, naar zijn eigen tuin, en zag zichzelf weer die ochtend met Yvonne voor het drukkerijtje staan, kijkend naar de afbeelding van die andere rots, La Despedida, de rots uit de ijstijd die verbrokkelde te midden van trouwkaarten in de etalage, met daarachter het ronddraaiende vliegwiel. Hoe lang geleden leek dat, hoe vreemd, hoe treurig, ver als de herinnering aan zijn eerste liefde, of zelfs aan de dood van zijn moeder; als een armzalig verdriet verdween Yvonne, ditmaal zonder inspanning, weer uit zijn gedachten.

De Popocatepetl torende op door het raam, zijn reusachtige flanken deels verborgen door rollende donderkoppen; met zijn top die de lucht blokkeerde, leek hij zich bijna recht boven hem te verheffen, met de barranca en de Farolito vlak eronder. Onder de vulkaan! Niet voor niets had men in de oudheid Tartarus onder de Etna gesitueerd en het monster Typhon met zijn honderd koppen en – relatief – afschuwelijke ogen en stemmen erin.

De Consul draaide zich om en liep met zijn glas naar de open deur. Een mercurochroomkleurige doodsstrijd in het westen. Hij staarde naar Parián. Daar, achter een grasveld, lag het onvermijdelijke plein met zijn openbare parkje. Links, aan de rand van de barranca, sliep een soldaat onder een boom. Half tegenover hem stond rechts op een helling wat op het eerste gezicht de ruïne van een klooster of een waterleidingbedrijf leek. Dit was de grijze van torentjes voorziene kazerne van de Militaire Politie die hij tegenover Hugh het beruchte hoofdkwartier van de Unión Militar had genoemd. Het gebouw, dat tevens de gevangenis bevatte, staarde hem met één oog dreigend aan boven een poort in het voorhoofd van zijn lage façade. Aan weerszijden van de poort zagen de getraliede ramen van het Comisario de Policía en de Policía de Seguridad neer op een groep pratende soldaten, wier trompet aan een felgroene lasso over hun schouder hing. Andere soldaten liepen met flapperende beenwindsels strompelend de wacht. Onder de poort, in de ingang naar de binnenplaats, zat een korporaal te werken aan een tafel waarop een niet brandende olielamp stond. Hij was iets aan het schrijven in een onberispelijk handschrift, wist de Consul, want zijn nogal wankele tocht hierheen niet zo wankel echter als eerder op het plein in Quauhnahuac, maar nog altijd schandalig – had hem bijna boven op hem doen belanden. Via de poort zag de Consul kerkers met houten tralies, als varkenskotten, die rond de daarachter gelegen binnenplaats waren geschaard. In een daarvan gebaarde een man. Elders, links van hem, lagen her en der hutten van donker riet, die opgingen in het oerwoud waardoor de stad aan alle kanten werd omringd en dat nu gloeide in het onnatuurlijke loodgrijze licht van het op handen zijnde onweer.

Een Paar Vlooien was terug en de Consul liep naar de toog voor zijn wisselgeld. De jongen, die hem kennelijk niet hoorde, schonk al morsend nog wat mescal in zijn glas uit de fraaie kalebas. Terwijl hij hem het wisselgeld wilde teruggeven, stootte hij de tandenstokers om. De Consul zei er voorlopig niets meer over. Maar hij nam zich voor om de volgende keer een drankje te bestellen dat meer kostte dan de vijftig centavo die hij al had neergelegd. Op die manier dacht hij zijn geld geleidelijk wel weer terug te krijgen. Hij gebruikte tegenover zichzelf het absurde argument dat het alleen al daarom nodig was om te blijven. Hij wist dat er nog een andere reden was maar die wilde hem niet te binnen schieten. Elke keer als de gedachte aan Yvonne bij hem opkwam, was hij zich daarvan bewust. Hij had dan inderdaad het idee dat hij hier vanwege haar moest blijven, niet omdat ze hem hierheen zou vólgen – nee, ze was weggegaan, hij had haar nu eindelijk laten gaan, misschien dat Hugh zou komen, maar zij nooit, dit keer niet, ze zou natuurlijk naar huis gaan en verder liet zijn voorstellingsvermogen hem in de steek – maar vanwege iets anders. Hij zag zijn wisselgeld op de toog liggen, waar de prijs van de mescal niet van was afgetrokken. Hij stak het allemaal in zijn zak en liep weer naar de deur. Nu was de situatie omgekeerd; de jongen zou een oogje op hém moeten houden. Hij stelde er een luguber genoegen in zich te verbeelden dat hij omwille van Een Paar Vlooien, al besefte hij half dat de in zijn eigen zaken verdiepte jongen helemaal niet naar hem keek, het weemoedige gezicht had getrokken dat kenmerkend is voor een bepaald type dronkaard dat, sloom geworden van twee met tegenzin op de pof verstrekte glazen, naar buiten staart in een uitgestorven café, een uitdrukking die voorgeeft dat hij hoopt dat er hulp, wat voor hulp dan ook, onderweg is, vrienden, wat voor vrienden dan ook, die hem komen redden. Voor hem ligt het leven altijd net om de hoek, in de vorm van een nieuw glas in een nieuwe kroeg. Maar eigenlijk wil hij niets van dat al. Verlaten als hij is door zijn vrienden, zoals zij door hem, weet hij dat er om die hoek niets anders wacht dan de verpletterende blik van een schuldeiser. Evenmin heeft hij zich voldoende gesterkt om nog meer geld te lenen, of nog meer krediet te krijgen; en de drank om de hoek lust hij toch niet. Waarom ben ik hier, vraagt de stilte, wat heb ik gedaan, echoot de leegte, waarom heb ik mezelf zo doelbewust kapotgemaakt, grinnikt het geld in de la, waarom ben ik zo aan lager wal geraakt, fleemt de verkeersweg, en het enige antwoord daarop was – Het plein gaf hem geen antwoord. Het stadje, dat uitgestorven had geleken, werd drukker naarmate de avond vorderde. Nu en dan paradeerde een besnorde officier met zware tred voorbij en sloeg met zijn rottinkje tegen zijn beenwindsels. Mensen keerden terug van de begraafplaatsen, al zou de processie misschien voorlopig nog niet langskomen. Een haveloos peloton soldaten marcheerde het plein over. Trompetten schetterden. Ook de politie – degenen die niet staakten, of gedaan hadden alsof ze in functie waren bij de graven, of de hulppolitie, het viel ook niet mee om in je gedachten een duidelijk onderscheid te maken tussen politie en leger – was op volle sterkte aangerukt. Con Duitse vriendjes, ongetwijfeld. De korporaal zat nog altijd te schrijven aan zijn tafel; dit stelde hem merkwaardig genoeg gerust. Een stuk of drie drinkebroers drongen zich langs hem heen de Farolito binnen, hun met kwastjes versierde sombrero achter op het hoofd, hun holster tegen hun dijen kletsend. Er waren twee bedelaars gearriveerd die zich voor het café posteerden, onder de onweerslucht. De ene, zonder benen, sleepte zich als een deerniswekkende zeehond door het stof. Maar de andere bedelaar, die zich in het bezit van één been mocht verheugen, ging stram en trots tegen de muur van de cantina staan, alsof hij wachtte tot hij werd doodgeschoten. Toen boog de bedelaar met het ene been zich voorover: hij liet een geldstuk in de uitgestoken hand van de beenloze vallen. Er stonden tranen in de ogen van de eerste bedelaar. Nu merkte de Consul dat er helemaal rechts van hem enkele ongewone dieren, die op ganzen leken maar zo groot waren als kamelen, en mensen zonder huid, zonder hoofd, op stelten, met levende ingewanden die over de grond hotsten, het bospad afkwamen waarover ook hij gekomen was. Hij sloot er zijn ogen voor en toen hij ze weer opendeed, leidde iemand die eruitzag als een politieman een paard over het pad, meer niet. Hij lachte, ondanks de politieman, maar hield toen op. Want hij zag dat het gezicht van de bedelaar tegen de muur langzaam in dat van Señora Gregorio veranderde, en vervolgens in het gezicht van zijn moeder, waarop een oneindig medelijdende en smekende uitdrukking lag.

Hij deed zijn ogen weer dicht terwijl hij daar stond met zijn glas in de hand en dacht even met ijskoude, onverschillige, haast geamuseerde kalmte aan de vreselijke nacht die hem ongetwijfeld wachtte, of hij nu nog veel meer dronk of niet, aan zijn kamer die zou schudden van de duivelse orkesten, de flarden angstige rumoerige slaap, onderbroken door stemmen die in werkelijkheid blaffende honden waren, of door zijn eigen naam die voortdurend werd herhaald door denkbeeldige gezelschappen die arriveerden, het boosaardige geschreeuw, het getokkel, het dichtslaan, het gebons, het vechten met schaamteloze aartsvijanden, de lawine die de deur verbrijzelde, het gepor van onder het bed en altijd, buiten, de kreten, het geklaag, de verschrikkelijke muziek, de spinetten van het duister: hij liep terug naar de toog.

Diosdado, de Olifant, was zojuist van achteren binnengekomen. De Consul keek hoe hij zijn zwarte jasje uittrok, het in de kast hing en vervolgens in het borstzakje van zijn smetteloos witte overhemd naar een pijp tastte die daar uitstak. Hij haalde hem eruit en begon hem te stoppen uit een pakje Country Club el Bueno Tono. Nu herinnerde de Consul zich zijn eigen pijp: daar was hij, zonder twijfel.

'Sí, sí, mistair,' antwoordde hij, terwijl hij met gebogen hoofd naar de vraag van de Consul luisterde. 'Claro. No – mijn eh piep no Inglese. Monterey-piep. U was toen – eh – op een dag toen borracho. No señor?'

'¿Cómo no?' vroeg de Consul.

'Tweemaal per dag.'

'U was dronk driemaal per dag,' zei Diosdado en zijn blik,

de belediging, het impliciet aangeven hoe diep hij al gezonken was, drong tot de Consul door. 'Dus u nu terugga naar Amerika,' voegde hij eraan toe, rommelend achter de toog.

'Ik – nee – por qué?'

Plotseling legde Diosdado met een klap een dik pak enveloppen met een elastiekje eromheen op de toog. '– es suyo?' vroeg hij op de man af.

Waar zijn de brieven Geoffrey Firmin de brieven de brieven die ze schreef totdat haar hart brak? Hier waren de brieven, hier en nergens anders: dit waren de brieven en de Consul wist het onmiddellijk zonder de enveloppen nauwkeurig te bekijken. Toen hij sprak, herkende hij zijn eigen stem niet:

'Sí, señor, muchas gracias,' zei hij.

'De nada, señor.' De door God Gegevene wendde zich af.

La rame inutile fatigua vainement une mer immobile... De Consul kon zich een volle minuut niet bewegen. Hij kon zelfs geen beweging in de richting van een glas maken. Toen begon hij zijdelings een kaartje te tekenen in gemorste drank op de toog. Diosdado kwam terug en keek belangstellend toe.

'España,' zei de Consul en vervolgens, toen zijn Spaans het liet afweten: 'Bent u Spanjaard, señor?'

'Sí, sí, señor, sí,' zei Diosdado nog altijd kijkend, maar op een andere toon. 'Español. España.'

'Die brieven die u me gaf – weet u wel? – zijn van mijn vrouw, mijn esposa. Claro? Hier hebben we elkaar leren kennen. In Spanje. Herkent u het, uw oude vaderland, kent u Andalusië? Dat, daarboven, dat is de Guadalquivir. Daarachter de Sierra Morena. Daarbeneden is Almería. Dat,' tekende hij met zijn vinger, 'daartussen, zijn de bergen van de Sierra Nevada. En daar is Granada. Daar was het. Daar hebben we elkaar leren kennen.' De Consul glimlachte.

'Granada,' zei Diosdado scherp, het anders, harder uitsprekend dan de Consul. Hij wierp een onderzoekende, een gewichtige, argwanende blik op hem en liep weer bij hem weg. Nu sprak hij tegen een groepje aan het andere eind van de toog. Gezichten werden omgedraaid in de richting van de Consul.

De Consul begaf zich met een nieuw glas en de brieven van Yvonne naar een binnenkamertje, een van de hokjes in de ingewikkelde puzzel. Pas nu herinnerde hij zich weer dat die door matglas waren omgeven, als kassiersloketten in een bank. Hij keek er niet echt van op dat hij in dit kamertje de oude Tarascaanse van vanmorgen in het Bella Vista aantrof. Haar tequila, omringd door dominostenen, stond voor haar op de ronde tafel. Haar kip pikte tussen de stenen. De Consul vroeg zich af of die van haarzelf waren; of was het gewoon een noodzaak voor haar om dominostenen te hebben, waar ze zich ook bevond? Haar stok met de klauw als handvat hing aan de rand van de tafel, alsof hij leefde. De Consul ging bij haar zitten, dronk zijn mescal half op, nam zijn bril af en haalde het elastiek van het pakket.

– 'Denk je nog aan morgen?' las hij. Nee, dacht hij; de woorden zonken als stenen in zijn gedachten. – Het viel niet te ontkennen dat hij zijn greep op de situatie verloor... Hij was van zichzelf losgeraakt en tegelijkertijd zag hij dit duidelijk in doordat de schok van het ontvangen van de brieven hem in zekere zin had wakker geschud, al was het alleen maar, om zo te zeggen, van de ene somnambule staat in de andere; hij was dronken, hij was nuchter, hij had een kater; allemaal tegelijk; het was over zessen 's avonds, maar of het nu kwam omdat hij in de Farolito was of door de aanwezigheid van de oude vrouw in dit beglaasde hokje waar een elektrische lamp brandde, het was net of het weer 's ochtends vroeg was: het was haast alsof hij nog een ander soort dronkaard was, in andere omstandigheden, in een ander land, wie iets heel anders overkwam: hij was net een man die bij het eerste daglicht half verdoofd door de drank opstaat onder het klappertanden van: 'Jezus zo'n kerel ben ik nou, Bah! Bah!' om zijn vrouw naar een vroege bus te brengen, maar het is al te laat en op de ontbijttafel ligt een briefje: 'Het spijt me dat ik gisteren zo hysterisch deed, zo'n uitbarsting valt op geen enkele manier goed te praten al heb je me nog zo gekwetst, vergeet niet de melk binnen te zetten,' waaronder hij, haast als een postscriptum, geschreven ziet: 'Schat, zo kunnen we niet doorgaan, het is te afschuwelijk, ik ga weg –' en die zich, in plaats van dat de volledige betekenis daarvan tot hem doordringt, alleen maar volstrekt ongerijmd herinnert dat hij de barman gisteravond veel te omstandig heeft verteld hoe iemands huis afbrandde – en waarom heeft hij hem verteld waar hij woont, nu zal de politie erachter kunnen komen – en waarom heet de barman Sherlock? een onvergetelijke naam! – en onder het nuttigen van een glas port met water en drie aspirientjes, waar hij misselijk van wordt, bedenkt dat hij nog vijf uur heeft voordat de kroegen opengaan en hij terug moet naar diezelfde kroeg om zijn excuses aan te bieden... Maar waar heb ik mijn sigaret gelaten? en waarom staat mijn glas port onder de badkuip? en wat hoorde ik daar voor ontploffing, ergens in het huis?

En toen hij in een andere spiegel in het hokje zijn beschuldigende ogen ontmoette, had de Consul even het eigenaardige gevoel dat hij rechtop in bed was gaan zitten om dit te doen, dat hij was opgesprongen en moest brabbelen: 'Coriolanus is dood!' of 'janboel janboel janboel' of 'ik denk van wel, O! O!' of iets volkomen onzinnigs als 'emmers, emmers, miljoenen emmers in de soep!' en dat hij zich nu (hoewel hij heel kalmpjes in de Farolito zat) opnieuw op zijn kussens zou laten terugzakken om trillend van machteloze ontzetting over zichzelf naar de baarden en ogen te kijken die zich vormden in de gordijnen, of de ruimte vulden tussen de kleerkast en het plafond, en op straat de zachte tred van de eeuwige spookagent te horen –

'Denk je nog aan morgen? Dat is onze trouwdag... ik heb niets van je gehoord sinds ik ben weggegaan. God, het is dat zwijgen dat me zo bang maakt.'

De Consul dronk nog wat mescal.

'Het is dat zwijgen dat me zo bang maakt – dat zwijgen –'

De Consul las deze zin telkens opnieuw, dezelfde zin, dezelfde brief, alle brieven vergeefs als die welke in een haven aan boord komen voor iemand die op zee is gebleven, omdat het hem enige moeite kostte de zin duidelijk te zien, de woorden bleven maar vervagen en zich anders voordoen, hoewel zijn eigen naam hem duidelijk in het oog sprong: maar de mescal had hem weer zoveel greep op zijn situatie gegeven dat hij geen andere betekenis meer aan de woorden hoefde te ontlenen dan dat ze een vernederende bevestiging vormden van zijn eigen teloorgang, zijn eigen vruchteloze zelfzuchtige ondergang, die hij nu misschien eindelijk over zichzelf had afgeroepen, van het feit dat zijn hersens gezien het wreed genegeerde bewijs van het hartzeer dat hij háár had bezorgd gekweld tot stilstand waren gekomen.

'Het is dat zwijgen dat me zo bang maakt. Ik heb me allerlei tragische dingen in mijn hoofd gehaald die je overkomen kunnen zijn, het is alsof jij aan het oorlogsfront bent en ik hier zit te wachten, te wachten op nieuws van jou, op de brief, het telegram... maar geen oorlog zou bij machte zijn om mijn hart zo te verkillen en doodsbang te maken. Ik stuur je al mijn liefde en mijn hele hart en al mijn gedachten en gebeden.' – Al drinkend merkte de Consul dat de vrouw met de dominostenen zijn aandacht probeerde te trekken door haar mond open te doen en erin te wijzen: nu kwam ze haast onmerkbaar om de tafel heen naar hem toe. – 'Je zult vast wel veel aan óns hebben gedacht, aan wat we samen hebben opgebouwd, aan hoe achteloos we het bouwwerk en de schoonheid hebben vernield maar toch niet in staat waren om de herinnering aan die schoonheid te vernielen. Dat heeft dag en nacht door mijn hoofd gespookt. Als ik me omdraai, zie ik ons op honderd plekken met honderd keer een glimlach. Ik kom een straat in, en jij bent er. Ik kruip 's nachts in bed en jij ligt op me te wachten. Wat is er anders in het leven dan degene die je aanbidt en het leven dat je met diegene kunt opbouwen? Voor het eerst begrijp ik wat zelfmoord inhoudt... God, wat is de wereld zinloos en leeg!

Dagen vol goedkope en doffe momenten wisselen elkaar af, gevolgd door de bittere sleur van rusteloze, gekwelde nachten: de zon schijnt zonder te stralen en de maan komt op zonder licht. Mijn hart smaakt naar as, en mijn keel is dichtgesnoerd en moe van het huilen. Wat is een verloren ziel? Een ziel die van het juiste pad is afgedwaald en tastend door de duisternis van herinnerde gewoonten gaat –'

De oude vrouw trok aan zijn mouw en de Consul – had Yvonne de brieven van Héloise en Abélard gelezen? – stak zijn hand uit om op een elektrisch belletje te drukken, waarvan de wellevende maar brute aanwezigheid in deze merkwaardige kleine hokjes nooit naliet hem te schokken. Even later kwam Een Paar Vlooien binnen met een fles tequila in de ene hand en een fles mescal Xicotancatl in de andere, maar hij nam de flessen weer mee na hun te hebben ingeschonken. De Consul knikte de oude vrouw toe, gebaarde naar haar tequila, dronk het grootste deel van zijn mescal op en ging verder met lezen. Hij wist niet meer of hij had betaald of niet. – 'O Geoffrey, wat heb ik er nu vreselijk spijt van. Waarom hebben we het uitgesteld? Is het te laat? Ik wil jouw kinderen, gauw, meteen, ik wil ze. Ik wil dat jouw leven in me is en in me beweegt. Ik wil jouw geluk onder mijn hart en jouw verdriet in mijn ogen en jouw rust in de vingers van mijn hand –' De Consul pauzeerde, wat zei ze? Hij wreef in zijn ogen, tastte toen naar zijn sigaretten: Alas; het tragische woord gonsde het vertrek rond als een kogel die door hem heen was gegaan. Rokend las hij verder; – 'Jij loopt op de rand van een afgrond waar ik niet mag volgen. Ik word wakker in een duisternis waarin ik mezelf eindeloos moet volgen, en ik haat de ik die me zo eeuwig achtervolgt en me het hoofd biedt. Konden we onze ellende maar ontstijgen, elkaar nogmaals zoeken en opnieuw de troost vinden van elkaars lippen en ogen. Wie zal tussenbeide komen? Wie kan het verhinderen?'

De Consul stond op – Yvonne had in elk geval íets gelezen maakte een buiging voor het oude vrouwtje en liep het café in waarvan hij gedacht had dat het achter hem volliep, maar dat nog steeds tamelijk uitgestorven was. Inderdaad, wie zou tussenbeide komen? Hij posteerde zich weer bij de deur, zoals wel eens eerder in de bedrieglijke violette dageraad: inderdaad, wie kon het verhinderen? Opnieuw staarde hij naar het plein. Hetzelfde haveloze peloton soldaten leek het nog steeds over te steken, als in een stokkende film die zichzelf herhaalt. Onder de boog zwoegde de korporaal nog steeds op zijn onberispelijke handschrift, alleen brandde zijn lamp nu. Het werd donker. De politie was nergens te bekennen. Maar bij de barranca lag nog dezelfde soldaat te slapen onder een boom; of was het geen soldaat, maar iets anders? Hij keek de andere kant op. Zwarte wolken tekenden zich weer af, in de verte rommelde de donder. Hij ademde de drukkende lucht in waarin een flauwe zweem van koelte was. Inderdaad, wie zou zelfs nu tussenbeide komen? dacht hij wanhopig. Inderdaad, wie zou het zelfs nu kunnen verhinderen? Hij verlangde op dit moment naar Yvonne, wilde haar in zijn armen nemen, wilde meer dan ooit vergiffenis krijgen, en schenken: maar waar moest hij heen? Waar zou hij haar nu vinden? Een voltallige onwaarschijnlijke familie van onbepaalde stand kwam langs de deur geslenterd: voorop de grootvader die zijn horloge gelijkzette, turend naar de schemerige kazerneklok die nog steeds zes wees, de moeder die lachte en haar rebozo over haar hoofd trok, spottend met het vermoedelijke onweer (hoog in de bergen waren twee ver van elkaar af staande dronken goden nog aan een eeuwig onbeslist spelletje droogtennis bezig met een Birmaanse gong), dan in zijn eentje de vader die trots glimlachte, peinzend, met zijn vingers knipte en af en toe een stofje van zijn fraaie glanzende bruine laarzen tikte. Twee mooie kindertjes met heldere zwarte ogen liepen hand in hand tussen hen in. Plotseling liet het oudste kind de hand van haar zusje los en maakte een reeks radslagen op het weelderige grasveldje. Ze lachten allemaal. De Consul vond het vreselijk om naar hen te kijken... Ze waren weg, Goddank. Diep ellendig verlangde hij naar Yvonne en toch ook weer niet. 'Quiere María?' zei zachtjes een stem achter hem.

Eerst zag hij alleen de fraaie benen van het meisje dat hem, nu uitsluitend door middel van de samengebalde kracht van hunkerend vlees, van aandoenlijke trillende maar dierlijke lust, door de vertrekjes met de glazen ruiten leidde die almaar kleiner, almaar donkerder werden, totdat er ter hoogte van de mingitorio, de 'Señores', uit de kwalijk riekende duisternis waarvan een sinister gegrinnik kwam, alleen nog maar een onverlichte aanbouw was niet groter dan een kast waarin twee mannen wier gezicht hij ook niet kon zien zaten te drinken of samen te zweren.

Toen bedacht hij dat hij door een roekeloze moordzuchtige kracht werd meegesleurd, onder druk werd gezet – terwijl hij zich toch hartstochtelijk bewust bleef van alle maar al te voorstelbare gevolgen maar zich daar tegelijkertijd op een even naïeve manier onbewust van bleef – om zonder voorzorg of gewetenswroeging iets te doen wat hij nooit meer ongedaan zou kunnen maken of tegenspreken en zich onweerstaanbaar de tuin in liet leiden – die op dit moment door bliksem werd gevuld en hem vreemd genoeg aan zijn eigen huis deed denken, en ook aan El Popo, waar hij eerder naartoe had willen gaan, maar dit was naargeestiger, het tegengestelde ervan – zich door de open deur liet leiden tot in het duisterende vertrek, een van de vele die uitkwamen op de patio.

Dit was het dus, de uiteindelijke stompzinnige onprofylactische afwijzing. Hij kon het ook nu nog voorkomen. Hij zou het niet voorkomen. Maar misschien hadden zijn bekenden, of een van zijn stemmen, goede raad: luisterend keek hij om zich heen; *erectis hoeribus*. Er kwamen geen stemmen. Plotseling lachte hij: het was slim van hem geweest om zijn stemmen voor de gek te houden. Ze wisten niet dat hij hier was. Het vertrek zelf, waarin één enkele blauwe gloeilamp zwakjes brandde, was niet morsig: op het eerste gezicht was het een studentenkamer. Het had zelfs veel van zijn vroegere kamer op de universiteit, alleen ruimer. Het had dezelfde grote deuren en een boekenkast op een vertrouwde plek, met een opengeslagen boek boven op de planken. In een hoek stond, volstrekt ongerijmd, een reusachtige sabel. Kasjmir! Hij verbeeldde zich het woord te hebben gezien, en toen was het weg. Waarschijnlijk had hij het inderdaad gezien, want het boek was uitgerekend een Spaans geschiedkundig werk over Brits-Indië. Het bed was wanordelijk en bezaaid met voetafdrukken, en zo te zien zelfs met bloedvlekken, al leek ook dit bed verwant aan een studentenbed. Ernaast zag hij een bijna lege fles mescal. Maar de vloer was van rode tuintegels en de koele krachtige logica daarvan maakte de gruwelijkheid op de een of andere manier ongedaan: hij dronk de fles leeg. Het meisje, dat de openslaande deuren had dichtgedaan terwijl ze in een vreemd taaltje, misschien wel Zapotecaans, tegen hem sprak, kwam naar hem toe en hij zag dat ze jong en mooi was. De bliksem tekende tegen het raam een gezicht af dat eventjes merkwaardig veel weg had van dat van Yvonne. 'Quiere María,' bood ze opnieuw aan en trok hem, terwijl ze haar armen om zijn hals sloeg, op het bed. Haar lichaam was ook dat van Yvonne, haar benen, haar borsten, haar bonzende hartstochtelijke hart, statische elektriciteit knetterde onder zijn vingers die over haar heen gingen, hoewel de sentimentele illusie verdween, wegzonk in een zee, alsof ze er niet was geweest, ze was de zee geworden, een troosteloze horizon met één reusachtig zwart zeilschip, de romp al onder water, dat de zonsondergang in snelde; of haar lichaam was niets, alleen maar een abstractie, een onheil, een duivels apparaat voor het oproepen van een misselijkmakend onheilsgevoel; het was rampspoed, het was het afgrijzen van 's morgens wakker worden in Oaxaca, zijn lichaam volledig gekleed, elke morgen om half vier nadat Yvonne was weggegaan; Oaxaca, en de nachtelijke ontsnapping uit het slapende Hotel Francia waar Yvonne en hij eens gelukkig waren geweest, uit de goedkope kamer met het balkon helemaal boven, naar El Infierno, die andere Farolito, van het zoeken naar de fles in het donker, zonder succes, de gier die in de wasbak zat; zijn voetstappen, geluidloos, doodse stilte buiten zijn hotelkamer, te vroeg voor de vreselijke krijs- en slachtgeluiden in de keuken beneden van het afdalen via de gestoffeerde trap naar de reusachtige donkere put van de verlaten eetzaal die eens de patio was, wegzinkend in de zachte rampspoed van het tapijt, zijn voeten wegzinkend in hartzeer wanneer hij de trap bereikte, nog steeds niet zeker of hij niet op de overloop was – en de vlaag van paniek en afschuw van zichzelf wanneer hij aan de koude douche links achter hem dacht, maar eenmaal eerder gebruikt, maar dat was genoeg – en de stille trillende uiteindelijke nadering, eerbiedwaardig, zijn voetstappen wegzinkend in onheil (en het was dit onheil waarin hij nu, bij María, doordrong, waarbij het enige dat in hem leefde nu dit brandende ziedende gekruisigde boosaardige orgaan was – God is het mogelijk om nog erger te lijden dan nu, uit dit lijden moet iets geboren worden, en wat eruit geboren zou worden was zijn eigen dood) want ach, wat lijkt het kreunen van de liefde op het kreunen van de stervenden, wat lijkt het sterk, dat van de liefde, op dat van de stervenden – en zijn voetstappen zonken weg, in zijn tremor, de misselijkmakende koude tremor, en in de donkere put van de eetzaal, met om de hoek één zwak lampje boven de receptie, en de klok – te vroeg – en de ongeschreven brieven, niet bij machte om te schrijven, en de kalender die eeuwig, machteloos hun trouwdag vermeldde, en de neef van de bedrijfsleider die lag te slapen op de divan, opblijvend om op tijd te zijn voor de vroege trein uit Mexico-Stad; de duisternis die mompelde en tastbaar was, de koude hunkerende eenzaamheid in de hoge galmende eetzaal, stijf van de doodse grauwwitte gevouwen servetten, het gewicht van lijden en geweten groter (leek het) dan dat wat door enige nog in leven zijnde mens werd getorst – de dorst die geen dorst was, maar zelf hartzeer, en wellust, was de dood, de dood en nog eens de dood en ook het wachten in de koude hoteleetzaal, half in zichzelf fluisterend, wachtend, was de dood, want El Infierno, die andere Farolito, ging pas om vier uur 's morgens open en je kon moeilijk buiten wachten – (en dit onheil dat hij nu binnendrong, het was een onheil, het onheil van zijn eigen leven, in het diepste wezen waarvan hij nu doordrong, bezig was door te dringen, doordrong) wachtend op de Infierno waarvan de enige hoopgevende lamp weldra zou schijnen achter de donkere open riolen, en op de tafel in de hoteleetzaal moeilijk zichtbaar een karaf water, – trillend, trillend, de karaf water naar zijn lippen brengend, maar niet ver genoeg, hij was te zwaar, als de last van zijn verdriet – *'je mag er niet van drinken'* – hij kon alleen zijn lippen bevochtigen, en toen – het moet Jezus zijn geweest die me dit heeft gestuurd, alleen Hij is me tenslotte gevolgd – de fles Franse rode wijn uit Salina Cruz die daar nog op de voor het ontbijt gedekte tafel stond, met het kamernummer van iemand anders erop, met moeite ontkurkt en (kijkend of de neef niet keek) haar met beide handen vasthoudend om het weldadige godenbloed door zijn keel te laten sijpelen, een beetje maar, want je was tenslotte Engelsman, en nog altijd sportief – om zich vervolgens ook op de divan te laten zakken – zijn hart een aan één kant warme koude pijn – in een koud huiverend omhulsel van trillende eenzaamheid – en toch de wijn wat meer voelend, alsof je borst nu gevuld werd met kokend ijs, of er een roodgloeiende ijzeren staaf dwars over je borst lag die echter koud aanvoelde, want het geweten dat daaronder opnieuw woedt en je hart uit elkaar doet spatten brandt zo fel van de hellevuren dat een roodgloeiende ijzeren staaf alleen maar verkoeling brengt – en de voorttikkende klok, terwijl zijn hart nu klopte als een door sneeuw gedempte trommel, tikkend, bevend, de tijd die in de richting van El Infierno beefde en tikte en toen – de ontsnapping! – de deken die hij stiekem uit de hotelkamer had meegenomen over zijn hoofd trekkend en langs de neef van de bedrijfsleider sluipend – de ontsnapping! – langs de receptie, zonder dat hij durfde te kijken of er post was – 'het is dat zwijgen dat me zo bang maakt' – (kan die daar zijn? Ben ik dit? Helaas, ellendige, jezelf beklagende beroerling, ouwe schurk) langs – de ontsnapping! – de Indische nachtwaker die in de deuropening op de grond lag te slapen, de paar pesos die hij nog over had in zijn hand klemmend, de koude ommuurde met kinderhoofdjes bestrate stad in, langs – de ontsnapping door de geheime gang! – de open riolen in de armoedige straten, de paar eenzame flauwe straatlantaarns, de nacht in, het wonder in dat de doodkisten van huizen, de oriëntatiepunten er nog steeds waren, de ontsnapping over de armzalige kapotte trottoirs, kreunend, kreunend – en wat lijkt het kreunen van de liefde op dat van de stervenden, wat lijkt het, dat van de liefde, op dat van de stervenden! – en de huizen zo stil, zo koud voor het aanbreken van de dag, totdat hij, de hoek om komend, veilig de ene lamp zag branden van El Infierno, die zo op de Farolito leek, en vervolgens, opnieuw verbaasd dat hij die ooit had kunnen bereiken, in het café stond met zijn rug tegen de muur en zijn deken nog over zijn hoofd, en met de bedelaars praatte, de vroege werkers, de smerige prostituees, de pooiers, het puin en afval van de straten en de bodem van de aarde, maar die toch zoveel verhevener waren dan hij, die net zo dronken als hij hier in de Farolito gedronken had, en leugens vertelden – de ontsnapping, nog altijd de ontsnapping! – tot de lilakleurige dageraad die dood had moeten brengen, en ook hij had nu moeten doodgaan; wat heb ik gedaan?

De ogen van de Consul richtten zich op een kalender achter het bed. Hij was eindelijk in zijn crisis beland, een crisis zonder bezetenheid, bijna zonder plezier ten slotte en wat hij zag, leek een foto, nee, hij wist zeker dat het een foto was van Canada. Onder een stralende volle maan stond een hertenbok bij een rivier waarover een man en een vrouw peddelden in een kano van berkenbast. Deze kalender gaf de toekomst aan, de volgende maand, december: waar zou hij dan zijn? In het flauwe blauwe licht kon hij zelfs de namen van de heiligen voor elke decemberdag onderscheiden die naast de cijfers waren afgedrukt: Santa Natalia, Santa Bibiana, S. Francisco Xavier, Santa Sabas, S. Nicolas de Beri, S. Abrosio: de donder blies de deur open, het gezicht van Laruelle vervaagde in de deuropening.

In de mingitorio sloeg een stank als van thiol hem met gele handen in het gezicht en nu hoorde hij uit de muren van het urinoir zijn stemmen weer, die ongenood tegen hem sisten en krijsten en jammerden: 'Nu heb je het gedaan, nu heb je het echt gedaan, Geoffrey Firmin! Zelfs wij kunnen je niet meer helpen... Desondanks moet je er maar het beste van zien te maken, de nacht is nog jong...'

'María jou bevallen, jou bevallen?' Een mannenstem – die van de grinniker, herkende hij – klonk vanuit de duisternis en de Consul keek met knikkende knieën om zich heen: aanvankelijk zag hij alleen maar kapot gesneden aanplakbiljetten op de glibberige zwakverlichte muren: *Clínica Dr. Vigil, Enfermedades Secretas de Ambos Sexos, Vías Urinarias, Trastornos Sexuales, Debilidad Sexual, Derrames Nocturnos, Emisiones Prematuras, Espermatorrea, Impotencia.* 666. Het was alsof zijn veelzijdige metgezel van vanmorgen en gisteravond hem ironisch meedeelde dat nog niet alles verloren was – helaas zou hij nu allang en breed op weg zijn naar Guanajuato. Hij ontwaarde een onvoorstelbaar smerig mannetje dat ineengedoken op een wc-bril in de hoek zat, zo klein dat zijn door een broek bedekte voeten de vuile, met rommel bezaaide vloer niet raakten. 'María jou bevallen?' kraakte het mannetje weer. 'Ik stuur. Ik amigo.' Hij liet een scheet. 'Ik vliend Engelsman alle tijd, alle tijd.' 'Qué hora?' vroeg de Consul huiverend, terwijl hij in de goot een dode schorpioen ontdekte; een fosforescerende fonkeling en het beest was weg, of er nooit geweest. 'Hoe laat is het?' 'Seks,' antwoordde het mannetje. 'No, de kok heef half na seks gekraaid.' 'U bedoelt "de klok is naar half na zes gedraaid".' 'Sí señor. De kok heef half na seks gekraaid.'

666. – De gepikte peetwortel, gepekelde beetwortel; de Consul, die zijn kleren in orde bracht, lachte grimmig om het antwoord van de pooier – of was hij een soort politiepottenkijker,

in de meest letterlijke zin van het woord? En wie had er eerder gezegd dat het half na drie had gekraaid? Hoe had het mannetje geweten dat hij een Engelsman was, vroeg hij zich af, terwijl hij met zijn lach terugliep door de beglaasde vertrekjes, en via het volstromende café weer naar de deur – misschien werkte hij wel voor de Unión Militar, zat hij de hele dag op de pot in de Seguridad-plees om de gesprekken van de gevangenen af te luisteren en pooierde hij er alleen maar wat bij. Hij had via hem het een en ander over María aan de weet kunnen komen, of ze wel – maar hij wilde het niet weten. Maar wat de tijd betreft had hij gelijk gehad. De klok op het Comisaría de Policía, ringvormig, gebrekkig verlicht, wees, alsof hij net met een rukje verder was geschoten, iets over half zeven en de Consul zette zijn achterlopende horloge gelijk. Het was nu helemaal donker. Maar hetzelfde haveloze peloton leek nog steeds over het plein te marcheren. Alleen zat de korporaal niet langer te schrijven. Voor de gevangenis stond één roerloze schildwacht. Over de poortboog achter hem schoot plotseling een wild licht. Daarachter, bij de cellen, zwaaide de schaduw van een politielantaarn tegen de muur. De avond was gevuld met vreemde geluiden, zoals van slaap. Het tromgeroffel ergens was een revolutie, een kreet verderop in de straat iemand die werd vermoord, knarsende remmen ver weg een gepijnigde ziel. De getokkelde akkoorden van een gitaar hingen boven zijn hoofd. Een klok in de verte ging als een bezetene tekeer. De bliksem trilde. De kok heef half na seks gekraaid... Hij herinnerde zich dat er onder de indianen in British Columbia, in Canada, aan het koude Pineau's Lake, waarin zijn eiland allang een wildernis van laurier en indianenpijp, wilde aardbeien en Oregonhulst was geworden, het vreemde geloof heerste dat een haan kraait boven het lichaam van iemand die verdronken is. Hoe afschuwelijk was de bevestiging daarvan geweest op die zilveren februariavond lang geleden toen hij, als tijdelijk consul van Litouwen in Vernon, bij het reddingsteam in de boot was gestapt en die vervelde haan het op zijn heupen kreeg en zevenmaal schril kraaide! De ladingen dynamiet hadden kennelijk niets in beroering gebracht en ze roeiden somber terug naar de kust in de bewolkte schemering, toen ze plotseling iets uit het water zagen steken dat eerst op een handschoen leek – de hand van de verdronken Litouwer. British Columbia, dat chique Siberië, dat chic was noch een Siberië, maar een onontdekt, misschien wel onontdekbaar paradijs, dat een oplossing had kunnen zijn als hij daarheen was teruggekeerd om, zo niet op zijn eiland, daar ergens een nieuw leven te beginnen met Yvonne. Waarom had hij daar niet eerder aan gedacht? Of zij? Of was dat hetgene waarop ze vanmiddag doelde en dat half tot zijn bewustzijn was doorgedrongen? Mijn grijze huisje in het westen. Nu kwam het hem voor alsof hij daar al vaak aan had gedacht, precies op de plek waar hij nu stond. Maar nu was zoveel hem tenminste duidelijk. Hij kon niet terug naar Yvonne, al zou hij dat willen. De hoop op enig nieuw leven samen, ook al zou dat hem als door een wonder weer in de schoot worden geworpen, was maar nauwelijks levensvatbaar in de dorre sfeer van een vervreemdend uitstel waaraan ze nu opnieuw, naast al het andere, alleen al om meedogenloze hygiënische redenen onderworpen moest worden. Toegegeven, die redenen waren vooralsnog niet geheel gegrond, maar omwille van iets anders dat hem nu nog ontging, moesten ze onaantastbaar blijven. Alle oplossingen hielden nu stil voor hun grote Chinese muur, vergiffenis niet uitgezonderd. Hij lachte opnieuw, voelde een vreemde bevrijding, haast alsof hij iets bereikt had. Zijn hoofd was helder. Ook lichamelijk leek hij er beter aan toe. Het was alsof hij kracht had geput uit de ergste mate van bezoedeling. Hij voelde zich vrij om wat er nog van zijn leven restte in vrede te verslinden. Tegelijkertijd werd zijn stemming bekropen door een gruwelijk soort vrolijkheid en, uitzonderlijk genoeg, een zekere lichtzinnige neiging om ondeugend te zijn. Hij was zich ervan bewust dat hij tegelijkertijd verlangde naar volledige verzadigde vergetelheid en naar een onschuldige jeugdige uitspatting. 'Helaas,' leek ook een stem in zijn oor te zeggen, 'mijn arme kleine kind, in werkelijkheid voel je niets van dit alles, voel je je alleen maar verloren, dakloos.'

Hij schrok. Voor hem, vastgebonden aan een boompje dat hij niet had opgemerkt, al bevond het zich recht tegenover de cantina aan de andere kant van het pad, stond een paard van het welige gras te grazen. Iets bekends aan het dier deed hem erheen lopen. Ja – net wat hij dacht. Hij kon zich nu onmogelijk meer vergissen in het getal zeven dat in de bil was gebrand, noch in het leren zadel dat op diezelfde manier was gemerkt. Het was het paard van de indiaan, het paard van de man die hij er vandaag eerst zingend de zonverlichte wereld op had zien in rijden en daarna, aan zijn lot overgelaten, langs de kant van de weg had zien sterven. Hij beklopte het dier dat zijn oren bewoog en onverstoorbaar door bleef grazen – hoewel misschien niet zo onverstoorbaar; bij het rommelen van de donder begon het paard, dat zijn zadeltassen, zo zag hij, op mysterieuze wijze weer terug had, onrustig te hinniken en over zijn hele lijf te trillen. Waarbij, al even mysterieus, die zadeltassen niet langer rinkelden. Ongevraagd kreeg de Consul een verklaring voor de gebeurtenissen van de afgelopen middag. Was het geen politieman gebleken waarin al dat walgelijks dat hij een poosje daarna had waargenomen was versmolten, een politieman die een paard deze kant op leidde? Waarom zou dat paard niet zijn paard zijn? Het waren die hombres van de vigilante geweest die vanmiddag op de weg waren opgedoken en hier, in Parián, was hun hoofdkwartier, zoals hij Hugh had verteld. Wat zou Hugh daarvan genieten als hij hier zou kunnen zijn! De politie ach, die verschrikkelijke politie – of eigenlijk niet de echte politie, verbeterde hij zichzelf, maar die kerels van de Unión Militar waren verantwoordelijk, op een krankzinnig ingewikkelde manier maar toch verantwoordelijk, voor deze hele zaak. Daar was hij plotseling zeker van. Als aan een contact tussen de subnormale wereld zelf en de abnormaal achterdochtige delirante wereld in hem was de waarheid ontsproten – maar ontsproten als een schaduw, die –

'¿*Qué* hacéis aqui?'

'Nada,' zei hij en hij glimlachte tegen de op een Mexicaanse brigadier van politie lijkende man die de toom uit zijn handen had gerukt. 'Niets. Veo que la tierra anda; estoy esperando que pase mi casa por aquí para meterme en ella,' wist hij briljant te repliceren. Het koper van de gespen op het uniform van de verbaasde politieman ving het licht vanuit de deuropening van de Farolito en vervolgens, toen hij zich omdraaide, werd het gevangen door het leer van zijn sabelkoppel met schouderriem, zodat het glansde als een pisangblad, en ten slotte door zijn laarzen, die blonken als mat zilver. De Consul lachte: één blik op hem gaf je het gevoel dat de mensheid op het punt stond onmiddellijk gered te worden. Hij herhaalde de goede Mexicaanse grap niet geheel juist in het Engels en klopte de politieman, wiens mond verbijsterd was opengevallen en die hem wezenloos aanstaarde, op de arm. 'Ik merk dat de wereld draait dus wacht ik hier tot mijn huis voorbijkomt.' Hij stak zijn hand uit. 'Amigo,' zei hij.

De politieman gromde, veegde de hand van de Consul weg. Vervolgens bond hij het paard steviger vast aan het boompje en wierp onderwijl over zijn schouder vlugge argwanende blikken op hem. In die snelle blikken school beslist iets ernstigs, besefte de Consul, iets wat hem uitnodigde om te vluchten als hij durfde. Enigszins gekwetst herinnerde hij zich nu ook de blik waarmee Diosdado naar hem had gekeken. Maar de Consul voelde zich niet ernstig en had evenmin lust om te vluchten. En zijn gevoelens veranderden niet toen hij merkte dat de politieman hem voor zich uit duwde in de richting van de cantina, waarachter in de bliksem het oosten heel even oplichtte als een aanstormende, hoog optorenende donderkop. Terwijl hij hem voorging door de deur bedacht de Consul dat de brigadier in feite alleen maar beleefd probeerde te zijn. Hij deed behendig een stap opzij en verzocht de ander met een gebaar om als eerste naar binnen te gaan. 'Mi amigo,' herhaalde hij. De politieman gaf hem een zet en ze liepen naar het ene uiteinde van de toog waar niemand stond.

'Americano, eh?' zei de politieman nu beslist. 'Wacht, aquí. Comprende, señor?' Hij begaf zich achter de toog om met Diosdado te praten.

Met alle geweld maar zonder succes probeerde de Consul iets van een welwillende verklaring te vinden voor het gedrag van de Olifant, wiens grimmige blik de indruk wekte dat hij zojuist weer een van zijn vrouwen had vermoord om haar van haar neurasthenie af te helpen. Ondertussen schoof een tijdelijk niets om handen hebbende Paar Vlooien hem met verbazingwekkende barmhartigheid een mescal toe over de toog. De mensen keken weer naar hem. Toen kwam de politieman aan de andere kant van de toog tegenover hem staan. 'Ze zeggen er ies probleem met jou niet betaal,' zei hij, 'jou niet betaal voor – eh – Megicaans whisky. Jou niet betaal voor Megicaans meisje. Jou niet heb geld, hè?'

'Zicker,' zei de Consul die zijn Spaans, een kortstondige oprisping ten spijt, zo goed als verdwenen wist. 'Sí. Ja. Mucho dinero,' voegde hij eraan toe en hij legde een peso op de toog voor Een Paar Vlooien. Hij zag dat de politieman een knappe man was met een stierennek, een fiere zwarte snor, blikkerende tanden en een stoere manier van doen die er nogal dik op lag. Hij kreeg op datzelfde moment gezelschap van een lange magere man met een goedgesneden Amerikaans tweedpak, een hard en somber gezicht en lange, fraaie handen. Hij onderhield zich, af en toe naar de Consul kijkend, op gedempte toon met Diosdado en de politieman. Deze man, op het oog een rasechte Castiliaan, kwam de Consul bekend voor en hij vroeg zich af waar hij hem eerder had gezien. De politieman wendde zich van hem af en sprak, met zijn ellebogen op de toog leunend, tegen de Consul. 'Jij niet heb geld, hè, en nu jij steel mijn paard.' Hij knipoogde naar de Door God Gegevene. 'Wat voor jij eh ren weg met Megicaans caballo? om niet te betaal Megicaans geld – hè?'

De Consul staarde hem aan. 'Nee. Beslist niet. Natuurlijk wilde ik uw paard niet stelen. Ik keek er alleen maar naar, bewonderde het.'

'Wat voor jij wil kijken naar Megicaans caballo? Voor wat?' De politieman lachte opeens recht vrolijk en sloeg zich op de dijen – hij was duidelijk een beste kerel en de Consul, die voelde dat het ijs gebroken was, lachte mee. Maar evenzeer was het duidelijk dat de politieman hem flink om had, want de aard van zijn gelach viel moeilijk te peilen. Terwijl het gezicht van zowel Diosdado als de man in het tweedpak onheilspellend en strak bleef. 'Jij maak de kaart van de Spanje,' hield de politieman vol toen hij zijn gelach eindelijk de baas was. 'Jij ken eh Spanje?'

'Comment non,' zei de Consul. Dus Diosdado had hem over de kaart verteld, maar dat was beslist even onschuldig als betreurenswaardig geweest. 'Oui. Es muy asombrosa.' Nee, dit was niet Pernambuco: hij moest beslist geen Portugees spreken. 'Jawohl. Correcto, señor,' besloot hij. 'Ja, ik ken Spanje.'

'Jij maak de kaart van de Spanje? Jij bolsjebiekie klotzak? Jij lid van de Brigade Internationale en rotzooi schop?'

'Nee,' antwoordde de Consul op ferme, fatsoenlijke, zij het inmiddels wat opgewonden toon. 'Absolutamente no.'

'Ab-so-lut-a-mente hè?' Met opnieuw een knipoog naar Diosdado imiteerde de politieman de Consul. Hij kwam weer aan de goede kant van de toog staan en bracht de sombere man mee, die niets zei of dronk maar daar alleen streng stond te kijken, net als de Olifant, die nu kwaad glazen afdroogde tegenover hen. 'Heel,' teemde hij, waaraan de politieman met geweldig veel nadruk 'goed!' toevoegde terwijl hij de Consul op de rug sloeg. 'Heel goed. Vooruit mijn vriend –' nodigde hij hem uit. 'Drink. Drink zoveel eh jij maar wil. We heb jou gezocht,' vervolgde hij op luide, half plagerige, dronken toon. 'Jij heb een man vermoord en ben door zeven staten ontsnapt.

We wil over jou te weet komen. We hebben te weet gekoom
– nietwaar? – jij van jouw boot gedeserteerd in Veracruz? Jij
zeg jij heb geld. Hoeveel geld jij heb?'

De Consul haalde een verfrommeld biljet tevoorschijn en
stopte het weer in zijn zak. 'Vijftig pesos, hè. Misschien dat niet
genoeg geld. Wat ben jij voor? Inglés? Español? Americano?
Alemán? Russisj? Jij kom uit de uu-er-essie-essie? Wat voor
ben jij doen?'

'Iek niet sprikken de Engels – hé, wat is jouw namen?' vroeg
iemand anders hem luidkeels vlak bij hem en toen de Consul
zich omdraaide, zag hij een andere politieman die vrijwel hetzelfde was gekleed als de eerste maar alleen kleiner was, met
een zware dubbele kin en wrede oogjes in een asgrauw pafferig
gladgeschoren gezicht. Hoewel hij vuurwapens droeg, miste
hij zowel zijn trekkervinger als zijn rechterduim. Onder het
spreken wiegde hij obsceen met zijn heupen en knipoogde
tegen de eerste politieman en Diosdado, maar de ogen van de
man in het tweedpak meed hij. 'Progresión al culo,' voegde hij
er om voor de Consul onduidelijke redenen aan toe, nog altijd
met zijn heupen wiegend.

'Hij is de Chef van het Stadsbestuur,' legde de eerste politieman de Consul vriendelijk uit. 'Deze man wil weet eh jouw
naam. Cómo se llama?'

'Ja, wat is jouw namen,' schreeuwde de tweede politieman,
die een glas van de toog had gepakt maar de Consul niet aankeek en nog altijd met zijn heupen wiegde.

'Trotski,' spotte iemand aan de andere kant van de toog en
de Consul, die zich zijn baard bewust werd, bloosde.

'Blackstone,' antwoordde hij plechtig, en inderdaad, zo
vroeg hij zich af terwijl hij nog een mescal in ontvangst nam,
was hij niet hierheen gekomen met de uitdrukkelijke bedoeling om onder de indianen te leven? Het enige probleem was
dat je doodsbang was dat deze bewuste indianen ook mensen
met ideeën zouden blijken te zijn. 'William Blackstone.'

'Waarom eh ben jij?' schreeuwde de dikke politieman, die

zelf iets van Zuzugoitea heette. 'Wat eh ben jij voor?' En hij herhaalde de catechismus van de eerste agent, die hij in alles leek te imiteren. 'Inglés? Alemán?'

De Consul schudde zijn hoofd. 'Nee, alleen maar William Blackstone.'

'Jij ben Juden?' vroeg de eerste politieman op dringende toon.

'Nee. Alleen maar Blackstone,' herhaalde de Consul, zijn hoofd schuddend. 'William Blackstone. Joden zijn maar zelden erg borracho.'

'Jij ben – eh – een borracho, hè,' zei de eerste politieman en iedereen lachte – enkele anderen, kennelijk zijn trawanten, waren bij hen komen staan hoewel de Consul hen niet duidelijk kon onderscheiden – behalve de onbuigzame onverschillige man in het tweedpak. 'Hij is de Chef van de Plantsoenen,' legde de eerste politieman uit en hij vervolgde: 'Die man is Jefe de Jardineros.' En er klonk een zeker ontzag in zijn stem. 'Ik ben ook chef, ik ben Chef van de Podia,' voegde hij eraan toe, maar bijna peinzend, alsof hij bedoelde: 'Ik ben maar Chef van de Podia.'

'En ik –' begon de Consul.

'Ben perfecta*mente* borracho,' voltooide de eerste politieman en iedereen brulde weer behalve de Jefe de Jardineros.

'Y yo –' herhaalde de Consul, maar wat zei hij? En wie waren deze mensen eigenlijk. Chef van wat voor Podia, Chef van wat voor Stadsbestuur en vooral, Chef van wat voor Plantsoenen? Deze zwijgende man in zijn tweedpak, die even sinister was, ook al was hij kennelijk de enige ongewapende in het groepje, kon onmogelijk verantwoordelijk zijn voor al die plantsoentjes. Ofschoon de Consul werd bevangen door een schimmig voorgevoel dat hij al had betreffende degenen die op deze pretentieuze titels aanspraak maakten. Die hadden in zijn ogen te maken met de Inspecteur-generaal van de Staat en ook, zoals hij Hugh had verteld, met de Unión Militar. Hij had hen hier ongetwijfeld al eerder gezien in een van de hokjes of aan de toog, maar zeker nooit van zo dichtbij als nu. Maar hij werd door zoveel verschillende mensen overstelpt met zoveel vragen die hij niet kon beantwoorden, dat de betekenis daarvan bijna vergeten werd. Hij vermoedde echter dat de gerespecteerde Chef van de Plantsoenen, tot wie hij op dit moment een zwijgend verzoek om hulp richtte, misschien nog wel 'hoger' was dan de Inspecteur-generaal zelf. Het verzoek werd beantwoord met een nog onheilspellender blik dan ooit: op datzelfde moment wist de Consul waar hij hem eerder had gezien; de Chef van de Plantsoenen leek het evenbeeld van hemzelf toen hij, mager, gebruind, serieus, zonder baard en op de tweesprong van zijn carrière, het vice-consulaat in Granada had aanvaard. Er werden ontelbare tequila's en mescals gebracht en de Consul dronk alles op wat hij in het oog kreeg zonder zich om de eigenaars te bekommeren. 'Het is niet genoeg om te zeggen dat ze samen in de El Amor de los Amores waren,' hoorde hij zichzelf herhalen – waarschijnlijk in antwoord op een dringende vraag naar het verhaal van zijn middag, al had hij geen idee waarom dat eigenlijk verteld zou moeten worden – 'Wat van belang is, is hoe het gebeurd is. Was de peón – misschien was het niet echt een peón – dronken? Of viel hij van zijn paard? Misschien herkende de dief alleen maar een goede kameraad die hem nog een paar borrels schuldig was –'

Buiten de Farolito rommelde de donder. Hij ging zitten. Het was een bevel. Het begon allemaal heel chaotisch te worden. Het café was nu bijna vol. Sommige drinkers waren van de begraafplaatsen gekomen, indianen in wijde kledij. Er waren verlopen soldaten met hier en daar een netter geklede officier in hun midden. In de glazen hokjes zag hij trompetten en groene lasso's bewegen. Er waren enkele dansers binnengekomen, gekleed in lange zwarte mantels die met lichtgevende verf waren bestreken om ze op geraamtes te laten lijken. De Chef van het Stadsbestuur stond nu achter hem. De Chef van de Podia stond ook en was rechts van hem in gesprek met de Jefe de Jardineros, wiens naam, zo had de Consul ontdekt, Fructuoso Sanabria was. 'Hallo, qué tal?' vroeg de Consul. Er zat iemand naast hem met zijn rug half naar hem toe die hem ook bekend voorkwam. Hij zag eruit als een dichter, een vriend uit zijn studententijd. Blond haar viel over zijn fijngevormde voorhoofd. De Consul bood hem een glas aan dat deze jongeman niet alleen afsloeg, in het Spaans, hij stond bovendien op om het af te slaan en maakte met zijn hand een gebaar alsof hij de Consul wilde wegduwen om vervolgens met een boos, half afgewend gezicht naar de andere kant van de toog te lopen. De Consul was gekwetst. Opnieuw zond hij een zwijgend verzoek om hulp in de richting van de Chef van de Plantsoenen: een onverzoenlijke, haast definitieve blik was zijn deel. Voor het eerst kreeg de Consul lucht van de concreetheid van het gevaar waarin hij verkeerde. Hij wist dat Sanabria en de eerste politieman op een uiterst vijandige manier over hem spraken om te bepalen wat er met hem moest gebeuren. Toen zag hij dat ze de aandacht van de Chef van het Stadsbestuur probeerden te trekken. Ze baanden zich weer een weg, alleen zij tweeën, naar een telefoon achter de toog die hem nog niet was opgevallen en het merkwaardige aan deze telefoon was dat hij naar behoren leek te werken. De Chef van de Podia voerde het gesprek: Sanabria stond er grimmig naast en gaf zo te zien aanwijzingen. Ze namen er alle tijd voor en terwijl hij zich realiseerde dat het gesprek over hem zou gaan, wat het verder ook mocht inhouden, voelde de Consul weer met een trage brandende angstpijn hoe eenzaam hij was, dat er zich overal om hem heen, ondanks de mensenmassa, het tumult, dat na een gebaar van Sanabria ietsje verstomd was, een eenzaamheid uitstrekte als de woestenij van grijze deinende Atlantische Oceaan die hij zich een tijdje voor ogen had getoverd nadat hij bij María was geweest, alleen was er ditmaal geen zeil te zien. De ondeugende en opgeluchte stemming was volledig verdwenen. Hij wist dat hij al die tijd half had gehoopt dat Yvonne hem zou komen redden, wist nu dat het te laat was, dat ze niet zou komen. Ach, was Yvonne nu maar bij hem, al was het maar als een dochter die hem zou begrijpen en troosten! Al was het maar om hem, dronken, aan de hand naar huis te leiden door de stenige velden, de bossen – natuurlijk zonder zich te bemoeien met de slokken die hij af en toe uit de fles nam, en ach, die brandende teugen in eenzaamheid, hij zou ze missen, waar hij ook heen ging, het waren misschien wel de gelukkigste momenten die zijn leven had gekend! – zoals hij de indiaanse kinderen hun vaders op zondag naar huis had zien leiden. Onmiddellijk en doelbewust vergat hij Yvonne weer. Hij speelde met de gedachte dat hij de Farolito misschien op dit moment zou kunnen verlaten, ongemerkt en zonder problemen, want de Chef van het Stadsbestuur was nog steeds in diep gesprek, terwijl de twee andere politiemannen bij de telefoon met de rug naar hem toe stonden, maar hij maakte geen aanstalten. In plaats daarvan leunde hij met zijn ellebogen op de toog en begroef zijn gezicht in zijn handen.

Opnieuw verscheen dat bijzondere schilderij aan de muur bij Laruelle voor zijn geestesoog, Los Borrachones, alleen kreeg het nu een wat ander aanzien. Had het misschien toch niet een andere betekenis, dat schilderij, even onbedoeld als de humor ervan, die verder ging dan wat symbolisch voor de hand lag? Hij zag die mensen als geesten die vrijer, individueler leken te worden, hun karakteristieke edele gezichten karakteristieker, edeler naarmate ze hoger het licht in stegen; terwijl die blozende, als bijeenschuilende duivels ogende mensen steeds meer op elkaar begonnen te lijken, zich steeds meer aaneen leken te sluiten, tot één duivel, naarmate ze verder omlaag werden geslingerd in de duisternis. Misschien was dit alles niet zo lachwekkend. Had het, toen hij opwaarts had gestreefd, zoals in het begin met Yvonne, niet geleken alsof de 'trekken' van het leven steeds duidelijker werden, steeds bezielder, vrienden en vijanden steeds herkenbaarder, en bijzondere problemen, taferelen en daarmee het besef van zijn eigen werkelijkheid steeds meer *gescheiden* van hemzelf? En was uiteindelijk niet gebleken dat naarmate hij dieper zonk die trekken de neiging hadden om steeds huichelachtiger te worden, steeds weerzinwekkender en verwarder, om als weinig meer te eindigen dan afgrijselijke karikaturen van zijn huichelachtige innerlijke en uiterlijke zelf, of van zijn strijd, als er nog sprake was van een strijd? Ja, maar als hij dat verlangd had, zich ervoor had ingezet, had diezelfde stoffelijke wereld, hoe illusoir ook, een bondgenoot kunnen zijn die de verstandige weg wees. Dan zou er geen sprake zijn geweest van afglijden door haperende onwerkelijke stemmen en vormen van ontbinding die steeds meer één stem werden in de richting van een dood die doodser was dan de dood zelf, maar van een oneindig verruimen, een oneindig ontwikkelen en verleggen van grenzen, waarin de geest iets was wat werkelijk bestond, volmaakt en volledig: ach, wie weet waarom de mens, al wordt zijn lot nog zo door leugens belaagd, de liefde is geboden? Toch viel het niet te ontkennen dat hij steeds dieper en dieper gezonken was, steeds dieper totdat – zelfs nu was de bodem nog niet bereikt, besefte hij. Het was nog niet helemaal het einde. Het was alsof zijn val was gebroken door een smalle richel, een richel vanwaar hij omhoog noch omlaag kon klimmen maar waarop hij bloedend en half verdoofd bleef liggen, terwijl ver onder hem de afgrond gaapte, wachtend. En terwijl hij daar lag, werd hij in zijn delirium omringd door deze fantomen van hemzelf, de politiemannen, Fructuoso Sanabria, die andere man die eruitzag als een dichter, de lichtgevende skeletten, zelfs het konijn in de hoek en de as en rochels op de smerige vloer – kwamen die niet stuk voor stuk overeen, op een manier die hij niet begreep maar vagelijk herkende, met een deel van zijn eigen wezen? En ook drong het zwak tot hem door dat de komst van Yvonne, de slang in de tuin, zijn ruzie met Laruelle en later met Hugh en Yvonne, de helse machine, de ontmoeting met Señora Gregorio, het vinden van de brieven en nog veel meer, dat alle gebeurtenissen van de afgelopen dag inderdaad als onverschillige plukjes gras waren geweest waaraan hij zich halfslachtig had vastgeklampt of als stenen die waren losgeraakt tijdens zijn neerwaartse vlucht en zich nog steeds van boven af over hem uitstortten. De Consul haalde zijn blauwe pakje sigaretten tevoorschijn met de vleugels erop: Alas! Hij keek weer op; nee, hij was waar hij was, hij kon nergens heen vliegen. En het was alsof er een zwarte hond op zijn rug was komen zitten die hem op zijn kruk drukte.

De Chef van de Plantsoenen en de Chef van de Podia wachtten nog steeds bij de telefoon, misschien op het juiste nummer. Ze belden waarschijnlijk de Inspecteur-generaal: maar stel dat ze hem, de Consul, vergeten waren – stel dat ze helemaal niet over hem belden? Hij herinnerde zich zijn zonnebril die hij had afgezet om de brieven van Yvonne te lezen en zette die, bekropen door een onzinnige vermommingsgedachte, weer op. Achter hem was de Chef van het Stadsbestuur nog steeds diep in gesprek; nu zou hij opnieuw kunnen weggaan. Met behulp van zijn zonnebril, was er iets eenvoudigers denkbaar? Hij zou weg kunnen gaan – alleen had hij nog een borrel nodig; eentje voor onderweg. Bovendien besefte hij dat hij zat ingeklemd tussen een onwrikbare mensenmassa en dat, om het nog erger te maken, een man die naast hem aan de toog zat met een smerige sombrero op zijn achterhoofd en een laag over zijn broek hangende patroongordel hem vol genegenheid bij de arm had gegrepen; het was de pooier, de pottenkijker, uit de mingitorio. Bijna net zo ineengedoken als tevoren zat hij kennelijk al vijf minuten tegen hem te praten.

'Mijn vriend voor mijn,' wauwelde hij. 'Al dees kerels niks voor jou, of voor mij. Al dees kerels – niks voor jou, of voor mij! Al dees kerels – klerelijer... Tuurlijk, jij Engelsman!' Hij klemde de arm van de Consul steviger vast. 'Allemaal mijn! Mexicaans kerels: alle tijd Engelsman, mijn vriend, Mexicaan! Mij kan niet schelen klerelijer Amerikaan: niet goed voor jou, of voor mij, mijn Mexicaan alle tijd, alle tijd, alle tijd – hè? –'

De Consul trok zijn arm weg maar werd onmiddellijk bij de linker gepakt door een man van onbestemde nationaliteit die scheel keek van de drank en op een zeeman leek. 'Jij Brit,' verklaarde hij botweg en draaide zijn kruk rond. 'Ik uit de streek van Pope,' gilde deze onbekende heel langzaam terwijl hij zijn arm door die van de Consul stak. 'Wat denk je? Mozart was de man wat Bijbel skreef. Je bent hier tot het *weg* daarheen. De mens hier, op de aarde, zal gelijk zijn. En laat er rust zijn. Rust betekent vrede. Vrede op aarde, in alle mensen –'

De Consul bevrijdde zich: de pooier greep hem weer vast. Hij keek om zich heen, haast als om hulp te zoeken. De Chef van het Stadsbestuur was nog altijd bezig. Achter de toog was de Chef van de Podia weer aan het telefoneren; Sanabria stond naast hem en gaf aanwijzingen. Een andere man, die tegen de stoel van de pooier aan stond gedrukt, een Amerikaan dacht de Consul, en voortdurend steelse blikken over zijn schouder wierp alsof hij iemand verwachtte, zei tegen niemand in het bijzonder: 'Winchester! Jezus, dat is heel wat anders. Moet je mij vertellen. Precies! The Black Swan is in Winchester. Ze hebben me gevangengenomen aan de Duitse kant van het kamp en aan dezelfde kant als waar ze me gevangen hebben genomen is een meisjesschool. Een onderwijzeres. Zij heeft het me gegeven. En jij kan het krijgen. En jij mag het hebben.'

'Ach,' zei de pooier, die de Consul nog altijd vast had. Hij sprak voor hem langs, half tegen de zeeman. 'Mijn vriend – wat er aan jouw hand? Mijn zoek jou alle tijd. Mijn Engeland man, alle tijd, alle tijd, heus, heus. Excu. Deze man mij zeg mijn vriend voor jou alle tijd. Jij blij hè? – Deze man heel veel geld. Deze man – goed of kwaad, heus; Mexicaan is mijn vriend of Inglés. Amerikaan godverdamde klerelijer voor jou of voor mij, of voor alle *tijd.*'

De Consul was onlosmakelijk met deze macabere lieden aan het drinken. Toen hij ditmaal omkeek, ontmoette hij de harde wrede oogjes van de Chef van het Stadsbestuur, die hem opnamen. Hij probeerde niet langer te begrijpen waar de ongeletterde zeeman, die een nog duisterder figuur leek dan de pottenkijker, het over had. Hij raadpleegde zijn horloge: pas kwart voor zeven. Ook de tijd stroomde weer in een kringetje rond, verdoofd door mescal. Terwijl hij de oogjes van Señor

Zuzugoitea nog in zijn nek voelde priemen haalde hij opnieuw gewichtig, defensief de brieven van Yvonne tevoorschijn. Met zijn zonnebril op leken ze op de een of andere manier duidelijker.

'En het *weg* van de mens hier wat er ook zal zijn laat de heer altijd bij ons zijn,' brulde de zeeman, 'daar is mijn godsdienst gespreekt in die paar woorden. Mozart was de man wat de Bijbel skreef. Mozart schreef het oude testimonium. Hou daaran vast en er kan je niks gebeuren. Mozart was een advocaat.'

– 'Zonder jou ben ik uitgestoten, afgesneden. Ik ben een uitgestotene uit mezelf, een schaduw'-

'Weber is mijn naam. Ze hebben me gevangengenomen in Vlaanderen. Je zou min of meer aan me twijfelen! – Toen Alabama ermee wegkwam, kwamen we er in vliegende vaart mee weg. We vragen niemand niets want we lopen daar niet. Christus, als je ze hebben wil ga dan je gang en pak ze. Maar als je Alabama wil, dat stelletje.' De Consul keek op; de man, Weber, zong. *'I'm just a country b-hoy.* Ik weet geen ene moer.' Hij salueerde voor zichzelf in de spiegel. 'Soldat de la Légion Etrangère.'

– 'Daar heb ik een paar mensen ontmoet over wie ik je moet vertellen, want misschien kan de gedachte aan deze mensen die ons wordt voorgehouden als een gebed om vergiffenis ons opnieuw kracht geven om de vlam te voeden die nooit uit kan gaan, maar nu zo vreselijk laag brandt.'

– 'Jazeker. Mozart was een advocaat. En spreek me niet meer tegen. Hier tot het weg van God. Ik zou mijn onbegrijpelijke gedoe tegenspreken!'

'– de la Légion Etrangère. Vous n'avez pas de nation. La France est votre mère. Vijftig kilometer buiten Tanger en we gingen er flink tegenaan. De ordonnans van kapitein Dupont... Dat was een klootzak uit Texas. Zal nooit zeggen hoe hij heet. Het was Fort Adamant.'

'– *Mar Cantábrico!* –'

– 'Jij bent iemand die is geboren om in het licht te lopen. Als je je hoofd omlaag laat duiken uit de witte lucht strompel je in een onbekend element. Je denkt dat je verloren bent, maar dat is niet zo, want de geesten van het licht zullen je helpen en je omhoogdragen ondanks jezelf en alle weerstand die je misschien biedt. Klink ik als een gek? Soms denk ik dat ik dat ben. Grijp de reusachtige potentiële kracht aan waartegen je je verzet, die in je lichaam zit en nog oneindig veel sterker in je ziel, geef mij mijn verstand terug dat me verliet toen jij me vergat, toen jij me wegstuurde, toen jij je schreden naar een ander pad richtte, een vreemdere weg die je alleen bent gegaan...'

'Vanuit zijn geschutskoepel schoot hij die ondergrondse schuilplaats daar in puin. Vijfde eskader van het Franse Vreemdelingenlegioen. Ze binden ze met hun armen en benen wijd vast. Soldat de la Légion Etrangère.' Weber salueerde weer voor zichzelf in de spiegel en klakte met zijn hakken. 'De zon droogt de lippen uit tot ze barsten. Christus, wat een schandaal: de paarden gaan er allemaal vandoor, trappelend in het stof. Ik wou het niet hebben. Ze schoten ook op ze.'

– 'Ik ben misschien wel Gods eenzaamste sterveling. Ik heb geen gezelschap van de drank zoals jij, hoe onbevredigend ook. Mijn ellende zit in me opgesloten. Jij riep altijd of ik je wilde helpen. De smeekbede die ik tot je richt, is veel wanhopiger. Help me, ja, red me, van alles wat omsluit, bedreigt, trilt en op het punt staat zich over mijn hoofd uit te storten.'

'– man wat de Bijbel schreef. Je moet heel diep studeren om te weten dat Mozart de Bijbel schreef. Maar ik zal je wat zeggen, je kan niet met me meedenken. Ik heb een verschrikkelijk stel hersens,' zei de zeeman tegen de Consul. 'En ik hoop jij net zo. Ik hoop jij zal goed heb. Alleen naar de hel voor mij,' voegde hij eraan toe, en plotseling wanhopig stond de zeeman op en waggelde naar buiten.

'Amerikaan niet goed voor mij nee. Amerikaan niet goed voor Mexicaan. Dit ezel, dit man,' zei de pooier peinzend, terwijl hij hem nastaarde, om vervolgens naar de legionair te kijken die een pistool bestudeerde dat als een glinsterend sieraad in zijn handpalm lag. 'Allemaal mijn, Mexicaans kerel. Alle tijd Engeland man, mijn vriend Mexicaan.' Hij riep Een Paar Vlooien en wees, terwijl hij een nieuw rondje bestelde, dat de Consul zou betalen. 'Mij kan het niet schelen klerelijer Amerikaan niet goed voor jou, of voor mij. Mijn Mexicaan, alle tijd, alle tijd, alle *tijd,* hè?' verklaarde hij.

'Quiere usted la salvación de Méjico?' vroeg een radio plotseling ergens achter de toog. 'Quiere usted que Crista sea nuestro Rey?' en de Consul zag dat de Chef van de Podia was opgehouden met telefoneren maar nog steeds op dezelfde plaats stond met de Chef van de Plantsoenen.

'Nee.'

– 'Geoffrey, waarom antwoord je me niet? Ik kan alleen maar aannemen dat mijn brieven je niet hebben bereikt. Ik heb al mijn trots laten varen om jou om vergeving te vragen, om je de mijne aan te bieden. Ik kan niet, ik wil niet geloven dat je niet meer van me houdt, me vergeten bent. Of kan het zijn dat je jezelf misleidt door te denken dat ik beter af ben zonder jou, dat je je opoffert zodat ik bij iemand anders het geluk kan vinden? Schat, liefste, snap je dan niet dat dat onmogelijk is? Wij kunnen elkaar zoveel meer geven dan de meeste mensen, we kunnen weer trouwen, we kunnen bouwen aan...'

– 'Jij ben mijn vriend voor alle tijd. Mij betaal voor jou en voor mij en voor deze man. Deze man is vriend voor mij en voor deze man,' en de pooier gaf de Consul, die op dat moment een lange teug nam, een rampzalige klap op zijn rug. 'Wil hij?'

– 'En als je niet meer van me houdt en niet wilt dat ik bij je terugkom, dan zou je me dat toch wel schrijven? Het is dat zwijgen dat me kapotmaakt, de spanning die van dat zwijgen uitgaat en zich meester maakt van mijn lichamelijke en geestelijke kracht. Schrijf en zeg me dat jouw leven het leven is dat je wilt, dat je vrolijk bent, of er ellendig aan toe, of tevreden of rusteloos. Als je niets meer voor me voelt, schrijf dan over het weer, of over de mensen die we kennen, de straten waarin je loopt, de hoogte. – Waar ben je, Geoffrey? Ik weet niet eens waar je bent. O, het is allemaal te afschuwelijk. Wat is er van ons geworden, vraag ik me af? In welk ver oord lopen we nog hand in hand?' –

De stem van de pottenkijker werd nu duidelijk en rees boven het lawaai uit – het Babel, dacht hij, de verwarring der tongen, en bij het horen van de verre, terugkerende stem van de zeeman moest hij weer denken aan die reis naar Cholula: 'Jij zeg mij of ik zeg jou? Japan niet goed voor VS, voor Amerika... No bueno. Megicaan, diez y ocho. Alle tijd Megicaan in oorlog gegaan voor VS. Heus, heus, ja... Geef me sigaret voor mij. Geef me lucifer voor mij. Mijn Megicaan oorlog gegaan voor Engeland alle tijd –'

– 'Waar ben je, Geoffrey? Als ik maar wist waar je was, als ik maar wist dat je naar me verlangde, dan weet je dat ik al lang bij je was geweest. Want mijn leven is onherroepelijk en voor altijd met het jouwe verbonden. Denk nooit dat je vrij kunt worden door mij los te laten. Je zou ons alleen maar tot de ergste hel op aarde veroordelen. Je zou alleen maar iets anders bevrijden dat ons allebei kapot zal maken. Ik ben bang, Geoffrey. Waarom vertel je me niet wat er is gebeurd? Wat heb je nodig? En mijn God, waar wacht je op? Wat voor bevrijding laat zich vergelijken met de bevrijding door de liefde? Mijn dijen snakken ernaar om je te omklemmen. De leegte van mijn lichaam is de hongerige behoefte aan jou. Mijn tong ligt droog in mijn mond bij gebrek aan ónze gesprekken. Als je jezelf iets laat overkomen doe je daarmee mijn lichaam en mijn geest kwaad. Ik ben nu in jouw handen. Red –'

'Mexicaan werk, Engeland werk, Mexicaan werk, tuurlijk, Frans werk. Waarom spreek Engels? Mijn Mexicaan. Mexicaan Verenigde Staten hij ziet negros – de comprende – Detroit, Houston, Dallas...'

'Quiere usted la salvación de Méjico? Quiere usted que Cristo sea nuestro Rey?'

'Nee.'

De Consul keek op en stak zijn brieven in zijn zak. Vlak bij hem speelde iemand luid op een viool. Een patriarchale tandeloze oude Mexicaan met een dun weerbarstig baardje, van achter ironisch aangemoedigd door de Chef van het Stadsbestuur, kraste de Star Spangled Banner zowat in zijn oor. Maar hij zei ook iets tegen hem persoonlijk. 'Americano? Dit slechte plek voor jou. Dees hombres, malos. Cacos. Slechte mensen hier. Brutos. No bueno voor niemand. Comprendo. Ik ben pottenbakker,' vervolgde hij dringend, met zijn gezicht vlak bij dat van de Consul. 'Ik neem je mee naar mijn huis. Ik eh wacht buiten.' De oude man was verdwenen, woest zij het enigszins vals doorspelend, en de menigte liet hem door, maar zijn plek, op de een of andere manier tussen de Consul en de pooier, was ingenomen door een oude vrouw die zich, hoewel ze respectabel was gekleed met een fraaie rebozo over haar schouders, op jammerlijke wijze misdroeg door haar hand onafgebroken in de zak van de Consul te steken, die hem even onafgebroken weer verwijderde omdat hij dacht dat ze hem wilde beroven. Toen besefte hij dat ook zij hulp nodig had. 'Niet goed voor jou,' fluisterde ze. 'Slechte plek. Muy malo. Dees man geen vriend van Mexicaans volk.' Ze knikte naar de toog, waar de Chef van de Podia en Sanabria nog steeds achter stonden. 'Zij geen policía. Zij diablos. Moordenaars. Hij moordt tien oude mannen. Hij moordt twintig viejos.' Ze gluurde nerveus over haar schouder om te zien of de Chef van het Stadsbestuur naar haar keek en haalde toen van onder haar omslagdoek een opwindbaar skeletje tevoorschijn. Ze zette het op de toog voor Een Paar Vlooien, die aandachtig toekeek onder het kauwen op een marsepeinen doodkist. 'Vámonos,' mompelde ze tegen de Consul terwijl het skeletje, dat in gang was gezet, een horlepiep danste op de toog om na afloop slap in elkaar te zakken. Maar de Consul hief alleen zijn glas. 'Gracias, buena amiga,' zei hij met een effen gezicht. Toen was de oude vrouw verdwenen. Intussen waren de gesprekken om hem heen nog dwazer en onbeheerster geworden. De pooier zat nu aan de andere kant, waar de zeeman had gezeten, aan de Consul te veugelen. Diosdado serveerde ochas, pure alcohol in dampende kruidenthee: ook kwam vanuit de glazen hokjes de scherpe geur van marihuana. 'Al dees mannen en vrouwen vertel mij dees mannen mijn vriend voor jou. Ah me gusta gusta gusta... Jij mag mij mag? Ik betaal voor dees man alle *tijd*,' vermaande de pooier de legionair, die op het punt stond de Consul een glas aan te bieden. 'Mijn vriend van Engeland man! Mijn voor Mexicaan allemaal! Amerikaan niet goed voor mij nee. Amerikaan niet goed voor Mexicaan. Dit ezel, dit man. Dit ezel. No savee nada. Mij betaal voor al jij drinkie. Jij geen Amerikaan. Jij Engeland. Oké. Leven voor jouw pijp?'

'No gracias,' zei de Consul, die hem zelf aanstak en veelbetekenend naar Diosdado keek, uit wiens borstzak weer zijn andere pijp stak. 'Ik ben toevallig Amerikaan en uw beledigingen beginnen me nogal de keel uit te hangen.'

'Quiere usted la salvación de Méjico? Quiere usted que Cristo sea nuestro Rey?'

'Nee.'

'Dit ezel. Godverdomde klerelijer voor mijn.'

'Een, twee, drie, vier, vijf, twaalf, zessie, zeven – it's a long, longy, longy, longy – way to Tipperaire.'

'Noch ein habanero –'

'– Bolshevisten –'

'Buenas tardes, señores,' begroette de Consul de Chef van de Plantsoenen en de Chef van de Podia die terugkeerden van de telefoon.

Ze kwamen naast hem staan. Algauw werden er weer bespottelijke dingen over en weer gezegd zonder aanwijsbare reden: antwoorden, zo scheen het hem toe, die door hem werden gegeven op vragen die, al waren ze misschien niet gesteld, toch in de lucht hingen. En wat bepaalde antwoorden betreft die anderen gaven, als hij zich omdraaide, was er niemand. Het café liep schoorvoetend leeg voor la comida; maar een handjevol geheimzinnige vreemdelingen was al binnengekomen om de plaats van de anderen in te nemen. Nu kwam er geen gedachte aan een ontsnapping bij de Consul op. Zowel zijn wilskracht als de tijd, die nog geen vijf minuten was opgeschoten sinds hij zich er voor het laatst van bewust was geweest, was verlamd. De Consul zag iemand die hij herkende: de bestuurder van de bus van vanmiddag. Deze was in het stadium van dronkenschap aangeland waarin het nodig wordt om iedereen de hand te schudden. Ook de Consul schudde de chauffeur de hand. 'Dónde están vuestras palomas?' vroeg hij hem. Plotseling, na een knikje van Sanabria, stak de Chef van de Podia zijn handen in de zakken van de Consul. 'Tijd jij betaal voor – eh – Megicaan whiky,' zei hij luid, terwijl hij met een knipoog naar Diosdado de Consuls portefeuille pakte. De Chef van het Stadsbestuur maakte zijn obscene circulaire heupbeweging. 'Progresión al culo –' begon hij. De Chef van de Podia had het pakje brieven van Yvonne tevoorschijn gehaald: hij wierp er een zijdelingse blik op zonder het elastiek eraf te halen dat de Consul er weer had omgedaan. 'Chingao, cabrón.' Zijn ogen raadpleegden Sanabria die opnieuw knikte, zwijgend en streng. De Chef haalde nog een papier uit de zak van het jasje van de Consul, en een kaartje waarvan deze niet wist dat hij het bezat. De drie politiemannen staken de koppen bij elkaar boven de toog en lazen het papier. Nu las de verblufte Consul het papier zelf:

Daily... Londres Presse. Collect antisemitische campagne mexpress propetitie... textielfabrikanten einde citaat... Duitse achter... naar binnenland. Wat was dit?... *nieuws... joden... land geloof... macht doelen scrupules... einde citaat stop Firmin.*

'Nee. Blackstone,' zei de Consul.

'Cómo se llama? Jouw naam is Firmin. Het zeg hier: Firmin. Het zeg jij ben Juden.'

'Het kan me niet verdommen wat er waar dan ook wordt gezegd. Mijn naam is Blackstone en ik ben geen journalist. Inderdaad, vero, ik ben schrijver, escritor, maar alleen over economische kwesties,' besloot de Consul.

'Waar jouw papieren? Waarvoor jij heb geen papieren?'

vroeg de Chef van de Podia, terwijl hij het telegram van Hugh in zijn zak stak. 'Waar jouw pasaporte? Wat voor nodig jij jou vermom?'

De Consul zette zijn zonnebril af. Zwijgend stak de Chef van de Plantsoenen hem het kaartje toe tussen sardonische duim en wijsvinger: *Federación Anarquista Ibérica,* stond erop. *Sr. Hugo Firmin.*

'No comprendo.' De Consul pakte het kaartje aan en draaide het om. 'Mijn naam is Blackstone. Ik ben schrijver, geen anarchist.'

'Schrijber? Jij antichrista. Sí, jij antichrista klotzak.' De Chef van de Podia graaide het kaartje weer terug en stak het in zijn zak. 'En Juden,' voegde hij eraan toe. Hij schoof het elastiek van Yvonnes brieven en bladerde ze na het bevochtigen van zijn duim door, met opnieuw een zijdelingse blik op de enveloppen. 'Chingar. Waarvoor jij vertel leugens?' zei hij haast verdrietig. 'Cabrón. Waarvoor jij lieg? Het zeg hier ook: jouw naam is Firmin.' Het viel de Consul op dat de legionair Weber, die nog in het café was, zij het op een afstandje, met een afwezig peinzende blik naar hem staarde, maar hij keek de andere kant weer op. De Chef van het Stadsbestuur bekeek het horloge van de Consul, dat hij in de palm van een verminkte hand hield terwijl hij zich met de andere verwoed tussen de dijen krabde. 'Hier, oiga.' De Chef van de Podia haalde een biljet van tien peso uit de portefeuille van de Consul, liet het knisperen en gooide het op de toog. 'Chingao.' Met een knipoog naar Diosdado stopte hij de portefeuille weer in zijn eigen zak bij de andere spullen van de Consul. Toen sprak Sanabria voor het eerst tegen hem.

'Ik ben bang dat u mee moet naar de gevangenis,' zei hij eenvoudig in het Engels. Hij liep weer naar de telefoon.

De Chef van het Stadsbestuur wiegde met zijn heupen en greep de arm van de Consul. De Consul schreeuwde in het Spaans iets tegen Diosdado en schudde zich los. Hij wist zijn hand naar de andere kant van de toog uit te strekken maar

Diosdado sloeg hem weg. Een Paar Vlooien begon te kakelen. Een plotseling geluid uit de hoek deed iedereen schrikken: misschien Yvonne en Hugh, eindelijk. Hij draaide zich snel om, nog steeds los van de Chef: het was alleen maar het onbeheersbare gezicht op de vloer van de gelagkamer, het konijn dat ten prooi was aan een stuiptrekking, over zijn hele lijf trilde, zijn neus in rimpels trok en afkeurend trappelde. De Consul kreeg de oude vrouw met de rebozo in het oog: trouw als ze was, was ze niet weggegaan. Ze schudde haar hoofd tegen hem en fronste treurig, en nu besefte hij dat ze de vrouw met de dominostenen van eerder was.

'Waarvoor jij liegt?' herhaalde de Chef van de Podia op uitdagende toon. 'Jij zeg jouw naam is Black. No es Black.' Hij duwde hem achterwaarts in de richting van de deur. 'Jij zeg jij ben een schrijber.' Hij gaf hem opnieuw een duw. 'Jij ben niet een schrijber.' Hij gaf de Consul een hardere zet, maar de Consul gaf geen krimp. 'Jij ben niet een de schrijber, jij ben de espin en wij schieten de espinnen dood in Méjico.' Enkele militaire politiemannen keken bezorgd toe. De nieuwkomers braken op. Twee pariahonden renden het café rond. Een vrouw drukte doodsbang haar baby tegen zich aan. 'Jij geen schrijber.' De Chef greep hem bij de keel. 'Jij Al Capón. Jij een joodse chingao.' De Consul schudde zich weer los. 'Jij ben een spin.'

Opeens schreeuwde de radio, die Diosdado toen Sanabria was uitgetelefoneerd weer op volle kracht had aangezet, iets in het Spaans dat de Consul bliksemsnel voor zichzelf vertaalde, iets dat klonk als bij storm gebrulde bevelen, de enige bevelen die het schip zullen redden: 'Ontelbaar de voordelen die de beschaving ons heeft gebracht, onvergelijkelijk de productieve kracht van alle maten van rijkdom die zijn ontsproten aan de uitvindingen en ontdekkingen van de natuurwetenschap. Onvoorstelbaar de schitterende scheppingen van het menselijk geslacht om de mens gelukkiger, vrijer en volmaakter te maken. Ongeëvenaard de kristalheldere en vruchtbare bronnen van het nieuwe leven dat nog altijd gesloten blijft voor de dorstige lippen van de volgers die door beestachtige arbeid worden gekweld.'

Plotseling dacht de Consul voor zijn ogen een reusachtige haan te zien fladderen, klauwend en kraaiend. Hij hief zijn handen op en het beest scheet in zijn gezicht. Hij sloeg de terugkerende Jefe de Jardineros precies tussen de ogen. 'Geef me die brieven terug!' hoorde hij zichzelf tegen de Chef van de Podia schreeuwen, maar de radio overstemde hem, en nu overstemde een donderslag de radio. 'Sieflijers. Geitebreiers. Jullie hebben die indiaan vermoord. Jullie hebben geprobeerd om hem te vermoorden en het op een ongeluk te laten lijken,' brulde hij. 'Jullie zijn er allemaal bij betrokken. Toen kwamen er nog meer van jullie om zijn paard mee te nemen. Geef me mijn papieren terug.'

'Papieren. Cabrón. Jij geb geen papieren.' Terwijl hij zich oprichtte, zag de Consul in de gezichtsuitdrukking van de Chef van de Podia iets van Laruelle en hij haalde ernaar uit. Toen zag hij zelf de Chef van de Plantsoenen weer en haalde naar hem uit; toen in de Chef van het Stadsbestuur de politieman die Hugh vanmiddag uiteindelijk niet geslagen had en ook naar hem haalde hij uit. De klok buiten sloeg snel zeven keer. De haan fladderde voor zijn ogen, verblindde hem. De Chef van de Podia pakte hem bij zijn jasje. Iemand anders greep hem van achteren. Ondanks zijn tegenspartelen werd hij in de richting van de deur gesleurd. De blonde man die weer was opgedoken hielp om hem erheen te duwen; net als Diosdado, die log over de toog was gesprongen; en Een Paar Vlooien, die hem gemeen tegen de schenen schopte. De Consul greep een machete die op een tafeltje bij de ingang lag en zwaaide er wild mee. 'Geef me die brieven terug!' riep hij. Waar was die verdomde haan? Hij zou zijn kop afhakken. Hij strompelde achterwaarts de weg op. Mensen die met gaseosa overladen tafeltjes binnenhaalden tegen het onweer bleven staan kijken. De bedelaars keken sloom om. De schildwacht voor de kazerne bleef roerloos staan. De Consul wist niet wat hij zei: 'Alleen de armen, alleen door God, alleen de mensen aan wie jullie je voeten afvegen, de armen van geest, oude mensen die hun vader dragen en filosofen die wenen in het stof, misschien Amerika, Don Quichot –' hij zwaaide nog steeds met het zwaard, het was eigenlijk die sabel, dacht hij, in de kamer van María – 'als jullie je er maar eens niet mee bemoeiden, niet meer zouden slaapwandelen, niet meer met mijn vrouw naar bed zouden gaan, alleen de bedelaars en de vervloekten.' De machete viel kletterend op de grond. De Consul voelde hoe hij achteruit strompelde totdat hij over een graspol struikelde. 'Jullie hebben dat paard gestolen,' herhaalde hij.

De Chef van de Podia keek op hem neer. Sanabria stond er zwijgend naast en wreef grimmig over zijn wang. 'Norteamericano, hè,' zei de Chef. 'Inglés. Jij jood.' Hij kneep zijn ogen toe. 'Wat verdomme jij denk jij hier doe? Jij pelado, hè? Niet goed voor jouw gezondheid. Ik heb de twintig mensen doodgeschoot.' Het was half een dreigement, half een confidentie. 'We zijn erachter gekomen – met de telefoon – klopt dat? – dat jij een misdadiger ben. Jij wil een politieman zijn? Ik maak jou politieman in Mexico.'

De Consul kwam langzaam en wankel overeind. Hij kreeg het paard in het oog, dat vlak bij hem was vastgebonden. Pas nu zag hij het duidelijker en in zijn geheel, als aan de grond genageld: de gekluisterde mond, de geschaafde houten zadelknop waarachter lint hing, de zadeltassen, de matten onder de buikriem, de rauwe en glinsterende glans op het heupbeen, de zeven die in de bil was gebrand, de siernagel achter de zadelgesp die flonkerde als een topaas in het licht van de cantina. Hij strompelde ernaartoe.

'Ik schiet je helemaal open vanaf je knieën omhoog, joodse chingao,' waarschuwde de Chef van de Podia terwijl hij hem in zijn kraag greep en de Chef van de Plantsoenen, die naast hem stond, knikte ernstig. De Consul schudde zich los en rukte koortsachtig aan het hoofdstel van het paard. De Chef van de Podia deed een stap opzij met zijn hand op zijn holster. Hij trok zijn pistool. Met zijn vrije hand wuifde hij enkele aarzelende toeschouwers weg. 'Ik schiet je helemaal open vanaf je knieën omhoog, cabrón,' zei hij, 'pelado.'

'Nee, dat zou ik niet doen,' zei de Consul kalm, terwijl hij zich omdraaide. 'Dat is een Colt .17, nietwaar? Daar komen heel wat staalsplinters uit.'

De Chef van de Podia duwde de Consul weer uit het licht, deed twee stappen naar voren en schoot. Er verscheen een lichtflits als een door de lucht neerdalende spanrups en de wankelende Consul zag boven zich een ogenblik de vorm van de Popocatepetl, gepluimd met smaragden sneeuw en badend in schittering. De Chef schoot nog twee keer, met tussen de schoten een weloverwogen pauze. Donderslagen dreunden in de bergen en daarna vlakbij. Het bevrijde paard steigerde; het schudde met zijn hoofd, draaide zich vliegensvlug om en schoot hinnikend het bos in.

Aanvankelijk voelde de Consul een vreemde opluchting. Nu besefte hij dat hij getroffen was. Hij viel op een knie en vervolgens, kreunend, plat op zijn gezicht in het gras. 'Christus,' merkte hij verbijsterd op, 'dit is wel een armetierige manier om dood te gaan.'

Een klok verkondigde:

'Dolente... dolore!'

Het regende zacht. Er hielden zich gedaanten bij hem op die zijn hand vasthielden, misschien nog steeds zijn zakken probeerden te rollen, of hem wilden helpen, of alleen maar nieuwsgierig waren. Hij voelde zijn leven als lever uit hem vandaan glibberen, wegebben in de malsheid van het gras. Hij was alleen. Waar was iedereen? Of was er niemand geweest. Toen glansde er een gezicht op uit de duisternis, een masker van mededogen. Het was de oude violist, die zich over hem heen boog. 'Compañero –' begon hij. Toen was hij verdwenen.

Even later begon het woord 'pelado' zijn hele bewustzijn te vullen. Dat was Hughs woord voor de dief geweest: nu had iemand die belediging naar zijn hoofd geslingerd. En het was alsof hij heel even de pelado, de dief was geworden – ja, de kruimeldief van onzinnige verwarde ideeën waaraan zijn verwerping van het leven was ontsproten, die zijn twee of drie bolhoeden, zijn vermommingen, over deze abstracties had gedragen: nu was de reëelste daarvan vlakbij. Maar er was ook iemand die hem 'compañero' had genoemd en dat was beter, veel beter. Het maakte hem blij. Deze door zijn hoofd zwevende gedachten werden begeleid door muziek die hij alleen kon horen als hij aandachtig luisterde. Mozart, toch? De Siciliana. De finale van het kwartet in d kleine terts van Mozes. Nee, het was iets begrafenisachtigs, van Gluck misschien, uit Alceste. Toch had het ook iets Bach-achtigs. Bach? Een clavichord, gehoord vanuit de verte, in Engeland in de zeventiende eeuw. Engeland. Ook de akkoorden van een gitaar, half vervlogen, vermengd met het verre geraas van een waterval en wat als liefdeskreten klonk.

Hij was in Kasjmir, wist hij, liggend in de weiden vlak bij stromend water tussen viooltjes en klaver, met op de achtergrond de Himalaya, wat het nog eigenaardiger maakte dat hij er plotseling met Hugh en Yvonne op uit trok om de Popocatepetl te beklimmen. Ze waren hem al vooruit. 'Kun je bougainville plukken?' hoorde hij Hugh vragen en Yvonne antwoordde: 'Voorzichtig, er zitten stekels aan en je moet overal goed uitkijken voor spinnen.' 'Wij schieten de espinnen dood in Mexico,' mompelde een andere stem. En daarmee waren Hugh en Yvonne verdwenen. Hij vermoedde dat ze niet alleen de Popocatepetl hadden beklommen maar daar inmiddels al ver voorbij waren. Moeizaam sjokte hij in zijn eentje de helling van de uitlopers af in de richting van Amecameca. Met een geventileerde sneeuwbril, met een alpenstok, met wanten en een wollen muts over zijn oren, met zakken vol gedroogde pruimen en rozijnen en noten, met een pot rijst die uit zijn ene jaszak stak en de informatie van Hotel Fausto uit de andere was hij tot het uiterste beladen. Hij kon niet meer verder. Uitgeput, hulpeloos zakte hij op de grond. Niemand zou hem helpen, al zouden ze het kunnen. Nu was hij degene die langs de kant van de weg zou sterven zonder dat er een barmhartige Samaritaan stilhield. Het enige verwarrende was dat er dat geluid van gelach in zijn oren klonk, van stemmen: ah, hij werd eindelijk gered. Hij lag in een ambulance die door het oerwoud zelf gierde, omhoog racete voorbij de boomgrens naar de piek – en dit was zeker ook een manier om daar te komen! – terwijl het vriendelijke stemmen waren om hem heen, die van Jacques en Vigil, en zij zouden wel consideratie hebben, zouden Hugh en Yvonne wel over hem geruststellen. 'No se puede vivir sin amar,' zouden ze zeggen, wat alles zou verklaren, en hij herhaalde het hardop. Hoe kon hij zo slecht over de wereld hebben gedacht terwijl er te allen tijde hulp voorhanden was? En nu had hij de top bereikt. Ach, Yvonne, schat, vergeef me! Sterke handen tilden hem op. Hij deed zijn ogen open en keek omlaag, verwachtend beneden hem het schitterende oerwoud te zien, de pieken, Pico de Orizabe, Malinche, Cofre de Perote, als de toppen van zijn leven die stuk voor stuk waren bedwongen voordat deze grootste beklimming van allemaal was geslaagd, zij het op een onconventionele manier. Maar er was daar niets: geen pieken, geen leven, geen beklimming. Evenmin was deze top echt een top: hij bezat geen substantie, geen hechte basis. Ook brokkelde hij af, wat hij ook wezen mocht, stortte hij in, terwijl de Consul zelf viel, in de vulkaan viel, hij had hem kennelijk toch beklommen, hoewel nu het lawaai van steels oprukkende lava in zijn oren klonk, gruwelijk, hij barstte uit, maar nee, het was niet de vulkaan, de wereld zelf spatte uiteen, spatte uiteen in zwarte stralen van dorpen die de ruimte in werden gekatapulteerd, terwijl hijzelf dwars door dat alles heen viel, door het onvoorstelbare pandemonium van een miljoen tanks, door de verzengende gloed van tien miljoen brandende lichamen, viel, in een bos, viel-

Plotseling gilde hij en het was alsof deze gil van de ene boom naar de andere werd geslingerd terwijl de echo's ervan terugkeerden en vervolgens alsof de bomen zelf naderbij dromden, dicht opeen, zich boven hem sloten, vol medelijden...

Iemand gooide een dode hond achter hem aan in het ravijn.

¿LE GUSTA ESTE JARDÍN
QUE ES SUYO?
¡EVITE QUE SUS HIJOS LO DESTRUYAN!

Aan Jonathan Cape

Calle de Humboldt 24
Cuernavaca, Mexico
Mexico
[2 januari 1946]

Geachte heer Cape,

Heel hartelijk dank voor uw brief van 29 november, die mij echter pas op oudejaarsavond heeft bereikt en dan nog wel hier, in Cuernavaca, waar ik geheel toevallig woon in de toren die model heeft gestaan voor het huis van Laruelle, waarvan ik de buitenkant maar een keer eerder had gezien en dan nog tien jaar geleden, maar dat toevallig precies de plek was waar de Consul in de *Vulkaan* ook enige problemen had met vertraagde correspondentie.

Ik zal voorbijgaan aan mijn gevoelens van, zo zult u zich kunnen voorstellen, bijbehorende triomf, uit vrees dat die tot volledige agrafie zullen leiden, en meteen terzake komen.

Mijn eerste indruk is dat de lezer van wiens rapport u mij een kopie heeft gestuurd onmogelijk even welwillend kan zijn geweest (te oordelen naar uw eerste brief aan mij) als de lezer aan wie u het manuscript het eerst ter lezing heeft gegeven.

Hoewel ik het volstrekt eens ben met menige uiterst intelligente opmerking van deze tweede lezer, en hoewel ik in zijn plaats veelal dezelfde kritiek zou hebben geleverd, moet mij van het hart dat hij het me niet gemakkelijk maakt om een afdoende antwoord te geven op uw vragen inzake wijzigingen, om redenen die ik zal proberen uiteen te zetten en die, daar twijfel ik niet aan, in zowel uw als zijn ogen geldig zijn, in elk geval voor de auteur.

Het is waar dat de roman traag op gang komt en hoewel hij gelijk heeft wanneer hij dit als een gebrek beschouwt (en zoiets beslist als een gebrek voor elke roman mag worden beschouwd), acht ik het om diverse menselijke redenen mogelijk dat deze logheid voor hem een grotere belasting heeft gevormd dan ze zou betekenen voor de gewone lezer, voor wie al bepaalde voorzieningen zijn getroffen. Als het boek al gedrukt was en de pagina's niet behept zouden zijn met de matte smekende andersoortige en wanhopige aanblik van het ongepubliceerde manuscript, zou de belangstelling van uw lezer naar mijn mening al van meet af aan veel meer zijn gewekt, net zoals hij er geheel anders tegenover zou staan wanneer het boek bijvoorbeeld al een klassieker zou zijn: hoewel hij ook in dat geval misschien zou zeggen: *God, dit valt niet mee*, zou hij dapper voortploeteren door het duistere moeras – ja, zich zelfs schamen wanneer hij dat niet deed – vanwege de verhalen die zijn oor al hadden bereikt over de panorama's waarmee hij verderop zou worden beloond.

Wanneer we het woord lezer in meer algemene zin gebruiken, ben ik van mening dat de vraag of de *Vulkaan* in het begin een langdradige indruk maakt of niet in zekere zin afhankelijk is van de gemoedsstemming van die lezer en van zijn bereidheid om de vorm van het boek en de werkelijke bedoeling van de auteur voor lief te nemen. Aangezien hij daar in het begin niets van af kan weten, hoezeer hij ook bereid en in staat moge zijn om beide voor lief te nemen, zal een subtiele maar gedegen verheldering in een voorwoord of een flaptekst mijns inziens zeer wel in staat zijn om de door u gevreesde reactie grotendeels te ontzenuwen of te wijzigen. Dat dit uw eerste reactie was, en wellicht ook de mijne had kunnen zijn in uw plaats, verzoek ik u zo goed te zijn voorlopig even buiten beschouwing te laten. Ik bedoel hiermee dat als de lezer ook maar een heel klein beetje *genegen* zou zijn om dat trage begin als onvermijdelijk te beschouwen, gesteld dat ik u ervan kan overtuigen dat het dat is – traag, maar misschien toch niet zo langdradig – het resultaat verrassend zou kunnen zijn. Als u zegt dat goede wijn geen krans behoeft, kan ik alleen maar antwoorden dat ik het niet over goede wijn heb maar over mescal, en even afgezien van de krans, als je eenmaal in de cantina zit, heb je zout en citroen nodig om de mescal naar binnen te krijgen, en misschien zou je het helemaal niet drinken als het niet in zo'n verleidelijke fles zat. Als ook dat niet terzake lijkt te doen, mag ik u dan vragen wie zich geroepen zou hebben gevoeld om de dorheid van *The Waste Land* te betreden zonder van tevoren op de hoogte te zijn geweest van en zich verheugd te hebben op de poëtische aspecten ervan?

Nu dus enkele van deze benaderingsproblemen uit de weg zijn geruimd, kan ik stellen dat bijvoorbeeld het eerste hoofdstuk, zoals het er nu uitziet, noodzakelijk is omdat het, zonder dat de lezer het zelfs maar beseft, zowel de stemming en de toon van het boek bepaalt als het langzame weemoedige tragische ritme van Mexico zelf – de treurigheid ervan – en het bovendien het *terrein* in kaart brengt: als er uiteindelijk ook maar iets in staat dat in ieders ogen te zwak is voor woorden, zou ik het met liefde schrappen, maar hoe kun je er zeker van zijn dat wanneer je er serieus in gaat schrappen, vooral op een manier waardoor de vorm radicaal wordt veranderd, je de fundamenten van het boek niet ondermijnt, de basisstructuur, zonder welke uw lezer het misschien helemaal niet gelezen had?

Ten slotte verstout ik mij op te merken dat het boek beduidend dikker, diepzinniger, beter en veel zorgvuldiger overdacht en uitgewerkt is dan hij vermoedt, en als het uw lezer niet kwalijk mag worden genomen dat hij geen oog heeft voor sommige diepere betekenissen of dat hij die als pretentieus of irrelevant of oninteressant verwerpt wanneer ze aan de oppervlakte van het boek verschijnen, dan is dat in elk geval ten dele het gevolg van iets wat als een verdienste en niet als een fout van mijn kant kan worden aangemerkt, namelijk dat het bovenste niveau van het boek ondanks al zijn longueurs over het algemeen zo boeiend is gecomponeerd dat de lezer zich niet de tijd gunt om onder de oppervlakte te duiken. Als dit inderdaad waar is, van hoeveel boeken kunt u dat dan zeggen? En van hoeveel boeken waarvan u het kunt zeggen kunt u ook zeggen dat u de eerste keer dat u het las niet op een gegeven moment verveeld raakte omdat u 'verder' wilde? Ik wil geen kinderachtige vergelijkingen trekken, maar wat dacht u van *De idioot*, om maar eens een voor de hand liggende klassieker te noemen? Of van *Boze geesten*? Of van het begin van *Moby Dick*? Om nog maar te zwijgen van *De woeste hoogten*. Ik geloof dat het E.M. Forster is die ergens zegt dat het een grotere prestatie is om een goed einde te schrijven, en ik beweer dat mij dat in de *Vulkaan* in elk geval is gelukt; maar zonder het begin, of liever het eerste hoofdstuk, dat als het ware een antwoord is op het einde, dat ernaar terug echoot over de brug van de tussenliggende hoofdstukken, zou het einde – en daarmee het boek – veel aan betekenis inboeten.

Aangezien ik pleit voor een herlezing van *Onder de vulkaan* in het licht van bepaalde aspecten die u misschien over het hoofd heeft gezien, zonder mogelijke wijzigingen te willen uitsluiten of elk woord te verdedigen, moet ik bekennen dat ik persoonlijk het idee heb dat het grootste gebrek van *Onder de vulkaan*, waaruit de andere voortvloeien, het gevolg is van iets wat niet te verhelpen is. Ik doel op het feit dat de verstandelijke vermogens van de auteur als zodanig eerder subjectief zijn dan objectief, en derhalve beter geschikt voor een bepaald soort dichter dan een romancier. Aan de andere kant stel ik dat ik, net zoals een kleermaker zal proberen om de onvolkomenheden van zijn klant te verhullen, welbewust heb geprobeerd om in de *Vulkaan* de onvolkomenheden van mijn eigen verstand zo goed mogelijk te verhullen, waarbij ik troost putte uit het feit dat aangezien het concipiëren van het geheel in wezen een poëtische bezigheid was, deze onvolkomenheden uiteindelijk niet zo erg belangrijk zijn, zelfs niet wanneer ze aan het licht treden! Maar gedichten moeten vaak diverse malen herlezen worden voordat hun volle betekenis zich openbaart, explodeert in de geest, en het is juist deze poëtische conceptie van het geheel die naar mijn mening, hoe begrijpelijk ook, over het hoofd is gezien. Maar om wat specifieker te zijn, de bezwaren

van uw lezer tegen het boek komen op het volgende neer:
1. Het langdradige begin, waarop ik ten dele ben ingegaan maar later nog zal terugkomen.
2. De zwakte van de karaktertekening. Deze kritiek houdt steek. Maar ik heb niet echt geprobeerd om karakters op de normale manier te tekenen – al was het godbetert alleen Aristoteles die karakter het minst van belang achtte. Er is, zoals ik elders zal betogen, simpelweg geen *plaats* voor: de karakters zullen op een volgend boek moeten wachten, hoewel ik ongelooflijk veel moeite heb gedaan om mijn belangrijkste karakters geloofwaardig te doen lijken op het meest oppervlakkige niveau waarop dit boek gelezen kan worden, en ik geloof dat in de ogen van sommigen de karaktertekening het tegendeel van zwak zal zijn. (Wat dacht u van lezeressen?) In werkelijkheid is de karaktertekening niet alleen zwak maar praktisch afwezig, op enkele minder belangrijke karakters na; de vier hoofdpersonen zijn in een van de betekenissen van het boek bedoeld als aspecten van een en dezelfde mens, of van de menselijke geest, wat bij twee van hen, Hugh en de Consul, het duidelijkst tot uitdrukking komt. Ik ben van mening dat datgene wat hier en daar op een zwakke poging tot karaktertekening lijkt alleen maar de concrete basis is voor de levens van de figuur zonder welke, nogmaals, het boek volstrekt onleesbaar zou zijn. Maar zwak of niet, ik kan het op geen enkele manier veranderen zonder het boek opnieuw te concipiëren of te herschrijven, behalve door er iets uit te halen – maar in dat geval loop je de kans, zoals ik al heb gezegd, dat je alleen maar een pijler verwijdert die, hoewel hij je op het eerste gezicht misschien stoorde, iets belangrijks ondersteunt.
3. 'De auteur is te wijdlopig. Het boek is *veel te lang* en te ingewikkeld voor zijn inhoud en zou veel effectiever zijn geweest als het maar de helft of tweederde van zijn huidige lengte had. De auteur heeft zich vertild en gaat zich te buiten aan excentrieke woordenkramerij en *monologue-intérieur-gedoe*.' Dat moge waar zijn, ik denk dat het de auteur vergeven kan worden als

hij vraagt om – ik zeg het nog maar eens – die inhoud meer naar waarde te schatten, zowel in zijn geheel als hoofdstuk voor hoofdstuk en met respect voor de bedoeling van de auteur, voordat hij het ook maar met iemand eens kan zijn over wat het te ingewikkeld maakt en daarom geschrapt moet worden om dat geheel effectiever te doen zijn. Als de lezer de eerste keer geen vat krijgt op de inhoud, hoe kan hij dan bepalen wat het veel te lang maakt, vooral als je bedenkt dat zijn reacties bij een tweede lezing wel eens heel anders kunnen zijn? En niet alleen auteurs kunnen zich misschien vertillen, maar ook lezers die te snel lezen, ook al denken ze dat ze nog zo zorgvuldig te werk gaan. En waarom zou je een langdradig boek zo snel moeten lezen? Ik geloof dat er zoiets bestaat als een verslappende aandacht die noch aan de lezer, noch aan de schrijver is te wijten: maar daarover later meer. Wat die excentrieke woordenkramerij betreft, ik geloof werkelijk dat die voor een groot deel voortvloeit uit de thematiek. En voor het *'monologue-intérieur-gedoe'* zijn vele technieken gebruikt, en hoewel ik echt mijn best heb gedaan om het 'gedoe' tot een minimum te beperken, vermoed ik dat uw lezer het uiteindelijk met mij eens zou zijn, als hij met hetzelfde probleem werd geconfronteerd, dat er in de meeste gevallen geen andere oplossing was: veel van het zogenaamde 'gedoe' is naar mijn mening gewoonweg gerechtvaardigd op poëtische of dramatische gronden: en ik denk dat u verbaasd zou zijn te merken hoeveel van dit schijnbaar nodeloze 'gedoe' in wezen niets anders is dan een verkapte, onopgesmukte vorm van commentaar, waarmee de auteur heeft willen voortborduren op de uitspraak van Henry James dat wat niet levendig is niet uit de verf komt, en dat wat niet uit de verf komt geen kunst is.

Om terug te komen op de kritiek op de eerste en tweede pagina van het rapport van uw lezer:

1. 'Flashbacks van de vroegere levens en vroegere en tegenwoordige gedachten en gevoelens van het personage... (zijn) vaak langdradig en weinig overtuigend.' Voor mijn gevoel

zijn deze flashbacks echter noodzakelijk: waar ze werkelijk langdradig of weinig overtuigend zijn, ben ik uiteraard graag bereid ze te schrappen, maar het boek heeft er mijns inziens recht op dat er eerst rekening wordt gehouden met datgene wat ik later nog zal zeggen (en al gezegd heb). Dingen die op zichzelf een gekunstelde indruk maken, zullen misschien wel op hun plaats blijken binnen de churrigureske structuur die ik heb bedacht en die naar ik hoop weldra voor u uit de mist zal opdoemen zoals Borda's even gruwelijke als fraaie kathedraal in Taxco.

2. 'De Mexicaanse *couleur locale* die er met grote scheppen over is uitgestrooid... is bijzonder geslaagd en geeft een verrassend goed inzicht in het land en de sfeer.' Dank u zeer, maar neemt u me niet kwalijk dat ik het zeg, ik heb de *couleur locale,* wat dat ook moge zijn, er niet met grote scheppen over uitgestrooid. Ik ben verguld dat hij het mooi vindt maar teken toch bezwaar aan omdat wat hij zegt onzorgvuldigheid impliceert. Ik hoop u ervan te overtuigen dat, zoals ik in mijn eerste brief al heb gezegd, alles wat er staat er om een bepaalde reden staat. En hoe zit het met het gebruik van de natuur, waar hij niets over zegt?

3. 'De door mescal geïnspireerde fantasmagorie, of bibberatie, waaraan Geoffrey bezwijkt... is indrukwekkend maar mijns inziens te lang, onvoorspelbaar en ingewikkeld. Vanwege (3) doet het boek onvermijdelijk denken aan... *The Lost Weekend.*' Ik zal deze kritiek samen behandelen met de laatste en welkome opmerkingen van uw lezer inzake de verdiensten van het boek, en met de laatste zin van het rapport waarin hij zegt: 'Alles zou zich moeten concentreren op het onvermogen van de dronkaard om Yvonnes terugkeer aan te kunnen, op zijn delirerende bewustzijn (dat uiterst geslaagd is uitgebeeld) en op de *couleur locale,* die overal uitstekend tot haar recht komt.' Ik wil niet muggenziften, maar hier lijk ik toch iets tegenstrijdigs te bespeuren. Aan de ene kant is er mijn door mescal geïnspireerde fantasmagorie, die indrukwekkend is maar al te

lang, onvoorspelbaar en ingewikkeld – om nog maar te zwijgen van een teveel aan excentrieke woordenkramerij en *monologue-intérieur-gedoe* en aan de andere word ik uitgenodigd om me daar nog *meer* op te concentreren, aangezien het hier uiteindelijk om niets anders kan gaan dan het delirerende bewustzijn (dat uiterst geslaagd is uitgebeeld) – en ik zou bijzonder graag willen weten hoe ik me nog meer kan concentreren op een delirerend bewustzijn zonder het nog langer-onvoorspelbaarder-ingewikkelder te maken, want dat hoort nu eenmaal bij een delirerend bewustzijn, zonder er nog meer *monologue-intérieur-gedoe* in te stoppen: daarnaast is er mijn *couleur locale* en hoewel die er al 'met grote scheppen over is uitgestrooid' (al komt ze overal uitstekend tot haar recht), word ik uitgenodigd om me daar nog meer op te concentreren zonder daarbij gebruik te maken van een groot, enigszins hol werktuig met een lange steel dat gebruikt wordt voor het opheffen en wegwerpen van zand, kolen, graan en dergelijke; evenmin vermag ik in te zien hoe ik me nog meer zou kunnen concentreren op het onvermogen van de dronkaard om Yvonnes terugkeer aan te kunnen zonder dat ik het risico loop ervan beschuldigd te worden dat ik de door mescal geïnspireerde fantasmagorie erover uitstrooi met – op zijn minst – een sneeuwschuiver! Maar alle gekheid op een stokje, hoewel ik moet toegeven dat de kritiek in de laatste opmerkingen van uw lezer hout snijdt, is het onmogelijk zijn suggesties ter harte te nemen zonder een ander boek te schrijven, misschien wel een beter boek, maar toch een ander. Ik heb respect voor wat hij zegt, want wat hij lijkt te zeggen is (net als Yeats toen die bijna alle beroemde maar irrelevante regels uit de *Ballad of Reading Gaol* schrapte en het daardoor, helaas voor mijn stelling, een stuk beter maakte): een kunstwerk moet maar één onderwerp hebben. Misschien zal duidelijk worden dat de *Vulkaan* uiteindelijk maar één onderwerp *heeft*. Dit brengt mij op het (voor mij) ongelukkige onderwerp van *The Lost Weekend*. Mr. Jackson gehoorzaamt eveneens aan de esthetische eisen van uw lezer en kwijt zich mijns inziens uitstekend van zijn taak binnen de grenzen die hij zichzelf heeft gesteld. Uw lezer kon natuurlijk niet weten dat het andersom had moeten zijn – dat *The Lost Weekend* onvermijdelijk aan de *Vulkaan* had moeten doen denken; of dit nu op de lange termijn van belang zal blijken of niet, het heeft een bijzonder verlammende uitwerking op mij. Ik ben aan de *Vulkaan* begonnen in 1936, hetzelfde jaar waarin ik in New York een novelle van zo'n honderd pagina's schreef over een alcoholist, *The Last Address* getiteld, die zich voornamelijk afspeelt in dezelfde ziekenzaal waar ook Don Birnam een interessante middag doorbrengt. Deze novelle – ze was naar mijn mening te kort om afzonderlijk te publiceren anders had ik haar u wel toegezonden want ze was en is, vind ik, opmerkelijk goed – werd geaccepteerd en betaald door *Story Magazine,* dat destijds novelles publiceerde, maar is desondanks nooit gepubliceerd omdat ze daar intussen weer op kortere dingen waren overgestapt. Ze werd echter, ondanks Zola, als min of meer baanbrekend in dat genre beschouwd en negen jaar en twee maanden geleden, toen ik hier in deze zelfde stad in Mexico was, heb ik het plan voor de *Vulkaan* opgevat en besloten om me werkelijk te gaan uitleven op de poëtische mogelijkheden van dat onderwerp. In 1937 had ik een versie van 40.000 woorden geschreven die in de smaak viel bij Arthur Calder-Marshall, maar niet diepgaand en ongekunsteld genoeg was. In 1939 bood ik aan om naar Engeland te komen maar kreeg te horen dat ik in Canada moest blijven en in 1940, toen ik op mijn oproep wachtte, heb ik het hele boek in zes maanden herschreven, maar het was waardeloos, een complete mislukking, afgezien van de dronkemanspassages over de Consul, maar zelfs sommige daarvan leken me niet goed genoeg. In 1940 en '41 heb ik ook *The Last Address* herschreven en het omgedoopt tot *Lunar Caustic,* en het plan opgevat om voor uw uitgeverij een trilogie te schrijven onder de titel *The Voyage That Never Ends* (voor minder dan een trilogie deed ik het niet) met de *Vulkaan* als eerste, infernale deel, een sterk uitgebreid *Lunar Caustic* als tweede, 'louterings'-deel en een enorme roman waar ik ook aan werkte, *In Ballast to the White Sea* genaamd (en die ik ben kwijtgeraakt toen mijn huis afbrandde zoals ik u geloof ik geschreven heb), als derde, paradijselijke deel, waarbij het geheel betrekking moest hebben op de klappen die de menselijke geest krijgt (ongetwijfeld omdat hij zich vertilt) tijdens het opstijgen naar zijn ware doel. Eind 1941 legde ik *In Ballast* – dat inmiddels al uit duizend bladzijden excentrieke woordenkramerij bestond – ter zijde en besloot met de door mescal geïnspireerde fantasmagorie de *Vulkaan* in de clinch te gaan en er werkelijk wat mee te doen, omdat het intussen een spiritueel avontuur was geworden. Ook zei ik tegen mijn vrouw dat ik vermoedelijk mijn keel zou afsnijden als gedurende deze dronkenschap van de wereld iemand anders op hetzelfde nuchtere idee zou komen. Ik werkte nog twee jaar acht uur per dag en net toen ik op een ascetische manier alle dronkemansgedeeltes tot mijn eigen tevredenheid had voltooid en nog maar drie hoofdstukken moest herschrijven, kwam mij rond oudejaarsavond 1944 een Amerikaanse recensie van *The Lost Weekend* onder ogen. Aanvankelijk dacht ik dat het *The Last Week End* moest zijn, van mijn oude maat John *(Volunteer in Spain)* Sommerfield, een heel vreemd boek waarin een wat aftakelende figuur voorkwam die niet onderdeed voor mijzelf, en ik vraag me nog steeds af wat John hiervan vindt: maar ongetwijfeld wijt die ouwe knakker het aan het kapitalisme. *The Lost Weekend* verscheen pas in 1944 in Canada en toen ik het eenmaal gelezen had, werd het een tijdlang vreselijk moeilijk voor me om door te gaan met schrijven en nog in mijn eigen boek te geloven. Ik kon mezelf toen nog feliciteren met het feit dat ik *In Ballast* achter de hand had, maar dat ging ongeveer een maand later samen met mijn huis in rook op. Mijn vrouw redde het manuscript van de *Vulkaan*, God mag weten hoe, terwijl ik me met het bos bezighield, en het boek werd ruim een jaar geleden afgerond in Niagara-on-the-Lake in Ontario. We keerden terug naar British Columbia om ons huis weer op te bouwen en aangezien we daarbij met een aantal ernstige tegenslagen en ongelukken te kampen kregen, kostte het geruime tijd om het typoscript in orde te maken. Maar ondertussen was ik door dat gedoe met *The Lost Weekend*, dat nog boven op alle andere ellende kwam, wel een beetje in de put geraakt. Nu kan ik het alleen maar als een soort straf zien. Mijn eigen ergste fout in het verleden is nu juist een gebrek aan integriteit geweest, en het is vooral moeilijk om dat in je eigen werk te onderkennen. Jeugd plus drank plus hysterische identificaties plus ijdelheid plus zelfbedrog plus geen werk plus nog meer drank. Maar nu, terwijl deze ex-pseudo-schrijver neerdaalt van zijn kruis op zijn kleine Oberammergau waar hij al deze jaren heeft overwinterd om iets echt origineels en schitterends te kunnen bieden om zijn zonden goed te maken, blijkt dat iemand uit Brooklyn precies hetzelfde beter heeft gedaan. Of niet? En hoe vaak heeft deze schrijver niet te horen gekregen dat uitgerekend *dat* thema niet verkocht, dat er niets saaier was dan dipsomanie! Maar goed, papa Henry James zou het er ongetwijfeld mee eens zijn geweest dat dit alles de duimschroef nog een slagje aandraaide. Toch acht ik het ook niet onredelijk om te veronderstellen dat hij eraan toe zou hebben gevoegd dat de *Vulkaan* als het ware de duimschroef voor *The Last Weekend* een paar slagen aandraaide. In elk geval heb ik geprobeerd u enkele redenen te noemen waarom ik de *Vulkaan* niet zomaar in een soort *quid pro quo* van zichzelf kan veranderen, waar de suggesties van uw lezer toe neigen of, als dat uw lezer onrecht doet, waar ik in dat geval zelf toe zou neigen. Deze redenen laten zich kort samenvatten: 1. Uw lezer wil dat ik doe wat ik zelf wilde doen (en af en toe nog steeds betreur niet te hebben gedaan) maar niet gedaan heb omdat 2. *Onder de vulkaan*, zoals het is, beter is. Om na deze lange uitweiding terug te komen op de laatste bladzij van het rapport van uw lezer: ik ben het ermee eens dat:

A. Het mijn moeite loont – en ik wil niets liever – om het

boek zo effectief mogelijk te maken. Maar het lijkt me alleen maar rechtvaardig tegenover het boek dat de moeite die al is gedaan om het *op zijn eigen voorwaarden* zo effectief mogelijk te maken wordt gewaardeerd door iemand die het geheel overziet.
    B. Er mogelijk moet worden geschrapt in enkele van de aangegeven passages, maar met hetzelfde voorbehoud.
    Ik ben het er niet mee eens dat:
    A. Hughs verleden van weinig belang is
    B. of weinig relevant
om redenen die ik uiteen zal zetten. Een daarvan, die u misschien vreemd zal voorkomen, is dat er niets in het boek staat dat ik niet heb onderworpen aan Flauberts vuurproef van het hardop lezen of regelmatig voorlezen aan het soort mensen van wie men zou verwachten dat ze het afschuwelijk vonden, en bijna altijd aan mensen die hun mening niet onder stoelen of banken staken. Hoofdstuk VI, dat over Hughs vroegere leven gaat, bezorgde mensen altijd een lachstuip, zo erg zelfs dat de voorlezer vaak niet verder kon gaan. Dit nog afgezien van al het andere, en dat is niet gering – wat dacht u van de humor? Dit heeft niets te maken met de relevantie ervan, wat ik nog zal duidelijk maken: maar om terug te komen op iets wat ik eerder heb gezegd, ik waag te veronderstellen dat de werkelijke reden waarom uw lezer dit hoofdstuk van geen belang en irrelevant vond er misschien in gelegen was dat ik het voorgaande hoofdstuk beter had opgebouwd dan ik besefte en dat hij linea recta door wilde gaan met de Consul. In werkelijkheid vormt dit hoofdstuk het hart van het boek en als erin geschrapt moet worden, dient dat te gebeuren op advies van iemand die, na te hebben gezien wat de schrijver voor ogen staat, op zijn minst een ingeving moet hebben die zich kan meten met die van de auteur die het heeft gecreëerd.
    Ik had op de volgende pagina's een soort synopsis willen geven van de *Vulkaan,* hoofdstuk voor hoofdstuk, maar aangezien mijn reservekopie van het manuscript mij niet vanuit

Canada heeft bereikt, zal ik volstaan met u een zo goed mogelijk inzicht te geven in enkele van de diepere betekenissen en iets van de vorm en de opzet toe te lichten die de schrijver voor ogen stonden en waarmee naar zijn mening rekening moet worden gehouden indien veranderingen nodig zijn. De twaalf hoofdstukken dienen te worden gezien als twaalf blokken en op elk daarvan heb ik gedurende een aantal jaren hard gezwoegd; ik hoop u er dan ook van te overtuigen dat het twaalf hoofdstukken moeten blijven, wat er ook eventueel in zal worden geschrapt. Elk hoofdstuk is een eenheid op zichzelf en alle houden nauw met elkaar verband. Twaalf is een universele eenheid. Naast de twaalf werken van Hercules gaan er twaalf uren in een dag, en het boek gaat zowel over één enkele dag als, hoewel heel terloops, over de tijd: er gaan twaalf maanden in een jaar en de roman speelt zich af binnen het bestek van een jaar; terwijl de diep begraven laag van de roman of het gedicht die verband houdt met de mythe, dat ook doet met de joodse kabbala waarin het getal twaalf van het grootste symbolische belang is. De kabbala wordt voor poëtische doeleinden gebruikt omdat ze het geestelijk streven van de mens vertegenwoordigt. De boom des levens, die er het symbool van is, is een soort ingewikkelde ladder met kether, het licht, aan de top en een uitermate onplezierige afgrond ergens boven het midden. Het geestelijk domein van de Consul in dit opzicht is waarschijnlijk de Qliphoth, de wereld van omhulsels en demonen, die wordt vertegenwoordigd door de op zijn kop gezette boom des levens – dit alles is helemaal niet belangrijk om het boek te kunnen begrijpen; ik noem het alleen en passant om aan te geven dat er, om met Henry James te spreken, 'diepten zijn'. Maar ook omdat ik niet zonder mijn twaalf kan: het is alsof ik een klok langzaam middernacht hoor luiden voor Faust; als ik denk aan de trage voortgang van de hoofdstukken, voel ik dat het boek is voorbestemd om twaalf hoofdstukken te hebben en ik zal met niets meer of minder tevreden zijn. Voor de rest is het boek op talrijke niveaus geschreven en kan, zo was mijn vurige hoop, bijna elke lezer er wel iets van zijn gading in vinden, waarmee mijn benadering, in alle bescheidenheid, naar mijn smaak tegengesteld was aan die van meneer Joyce, *i.e.* een simplificering, voorzover mogelijk, van iets wat zich oorspronkelijk op een veel verbijsterender, ingewikkelder en esoterischer manier aandiende, en niet andersom. Het boek kan gewoon als een verhaal worden gelezen waarin je zoveel kunt overslaan als je wilt. Het kan als een verhaal worden gelezen waar je meer uit haalt als je niets overslaat. Het kan worden beschouwd als een soort symfonie of, op een andere manier, als een soort opera – of zelfs een western. Het is swingende muziek, een gedicht, een lied, een tragedie, een komedie, een klucht enzovoort. Het is oppervlakkig, diepzinnig, onderhoudend en saai, al naar gelang iemands smaak. Het is een profetie, een politieke waarschuwing, een cryptogram, een absurde film en een teken aan de wand. Het kan zelfs als een soort machine worden beschouwd: en een die nog werkt ook, neem dat maar van me aan, want ik heb het zelf geconstateerd. Voor het geval u mocht denken dat ik het alles wil laten zijn behalve een roman, kan ik er maar beter aan toevoegen dat het als een roman is bedoeld en, al zeg ik het zelf, een heel serieuze ook. Maar ik beweer ook dat het een wat ander kunstwerk is dan u vermoedde, en geslaagder ook, zij het volgens zijn eigen maatstaven.

Deze roman gaat dus voornamelijk over, om Edmund Wilson te citeren (naar aanleiding van Gogol), de krachten in de mens die hem doodsbang voor zichzelf maken. Hij gaat ook over het schuldgevoel van de mens, over zijn wroeging, zijn onophoudelijk ploeteren naar het licht met de last van het verleden op zijn schouders, en over zijn noodlot. De allegorie is die van de hof van Eden, de hof die voor de wereld staat, waaruit wijzelf misschien nog iets meer dreigen te worden verbannen dan toen ik het boek schreef. De dronkenschap van de Consul wordt op het ene niveau gebruikt om de universele dronkenschap te symboliseren van de mensheid tijdens de oorlog, of tijdens de periode die daar onmiddellijk aan voorafging, wat bijna hetzelfde is, en wat er aan diepzinnigheid en definitieve betekenis in zijn lot is te bespeuren moet ook worden bezien in zijn universele relatie tot het uiteindelijke lot van de mensheid.

Aangezien naar mijn mening met name Hoofdstuk 1 verantwoordelijk is voor de langdradigheid die uw lezer heeft ervaren, en aangezien, zoals ik al heb gezegd, een lezer naar mijn mening alleen maar een korte vliegende start nodig heeft om deze schijnbare langdradigheid van meet af aan in een steeds stijgende spanning om te zetten, zal ik meer ruimte reserveren voor dit eerste hoofdstuk dan voor enig ander, behalve voor het zesde, waarbij ik en passant wil opmerken dat bij een tweede lezing volgens mij duidelijk zal worden dat bijna al het materiaal in 1 noodzakelijk is en dat als men zou proberen om dit hoofdstuk in zijn geheel te schrappen, of om al het materiaal ervan in mootjes te hakken en in puntjes en blokjes her en der in het boek te stoppen – dat heb ik zelfs een keer geprobeerd – dat niet alleen uiterst tijdrovend zou zijn, maar bovendien lang niet zo effectief, terwijl het tegelijkertijd een ontwrichting zou betekenen van de vorm van het boek, die moet worden gezien als een wiel met twaalf spaken, waarvan de beweging mogelijkerwijze zoiets is als die van de tijd zelf.

Onder de vulkaan

(NB: het boek begint in het Casino de la Selva. Selva betekent bos en daarmee wordt de toon gezet voor het *Inferno* – weet u nog, de opzet van het boek was en is nog steeds een soort Inferno, gevolgd door Purgatorio en Paradiso, en in elk daarvan wordt de tragische hoofdpersoon, net als Tsjitsjikov in *Dode zielen*, een beetje beter op de helft van ons leven... in een donker bos enz., en deze toon klinkt opnieuw in vi, het midden en het hart van het boek waarin Hugh, op de helft van zijn leven,

zich aan het begin van dat hoofdstuk de woorden van Dante herinnert: de toon klinkt opnieuw vaag aan het eind van vii, wanneer de Consul een schemerige cantina binnengaat die El Bosque heet, wat ook het bos betekent (beide kroegen bestaan overigens echt, de ene hier, de andere in Oaxaca) en sterft uiteindelijk weg in xi, het hoofdstuk over de dood van Yvonne, wanneer het bos echt wordt, en donker.)

I

De plaats van handeling is Mexico, de ontmoetingsplaats, volgens sommigen, van de mensheid zelf, brandstapel van Bierce en springplank van Hart Crane, de eeuwenoude arena van allerhande raciale en politieke conflicten, waar een kleurrijke inheemse bevolking van genieën er een religie op nahoudt die we ruwweg kunnen omschrijven als een religie van de dood, zodat het een goede plek is, minstens zo goed als Lancashire of Yorkshire, om ons drama te situeren over de strijd van een man die wordt verscheurd door de krachten van duisternis en licht. Dat het geografisch zo ver van ons af ligt en dat de problemen ervan zo verwant zijn aan de onze, zal elk op zijn eigen manier bijdragen aan de tragedie. We kunnen het zien als de wereld zelf, of als de hof van Eden, of als allebei tegelijk. Of we kunnen het zien als een soort tijdloos symbool van de wereld waarop we de hof van Eden, de toren van Babel of wat we ook maar willen kunnen plaatsen. Het is paradijselijk: het is ontegenzeglijk infernaal. Het is gewoon Mexico, oord van de pulques en chinches, en het is belangrijk eraan te denken dat wanneer het verhaal begint het november 1939 is, niet november 1938, de Dag van de Doden, en precies een jaar nadat de Consul in de barranca is gegooid, het ravijn, de afgrond waar de mens nu in kijkt (om de aartsbisschop van York te citeren), de ergste in de kabbala, de nog onnoemelijk veel ergere in de Qliphoth, of gewoon in het riool is gestort, zo men wil.

Ik heb al een reden genoemd waarom dit hoofdstuk mijns inziens min of meer moet blijven zoals het is, vanwege het landschap, de sfeer, de treurigheid van Mexico enz., maar voordat ik er nog meer noem, moet ik zeggen dat ik niet inzie wat er schort aan dit begin, waar dr. Vigil en Laruelle, op de laatste dag van de laatste in het land, over de Consul praten. De uiteenzetting die volgt op hun afscheid is misschien moeilijk te volgen en u mag het een melodramatische fout noemen dat ik door het verzwijgen van de ware aard van de dood van Yvonne en de Consul oneigenlijke middelen heb gebruikt om spanning te creëren; persoonlijk geloof ik dat dit verzwijgen essentieel is, maar ook al was het dat niet, het criterium op grond waarvan de meeste critici dergelijke kunstgrepen veroordelen is mijns inziens dat van de pure rapportage, en tegen het soort roman dat zij bewonderen kom ik in opstand op een zowel revolutionaire als reactionaire manier. Ook mag u het een stoffige en sleetse truc noemen om aan het eind van het boek te beginnen: dat is het beslist: maar in dit geval lijkt het me goed en er is bovendien een belangrijk motief voor, zoals ik ten dele heb uitgelegd, en ik denk dat u dat weldra met me eens zult zijn. Tijdens de wandeling van Laruelle moeten we iets vertellen over wie hij is; dit is zo duidelijk mogelijk gedaan en als het korter of vaardiger kan, sta ik open voor advies: maar bij herlezing zal u duidelijk worden wat voor thematische problemen we en passant oplossen – om nog maar te zwijgen van de onmisbare ingrediënten die worden uitgesteld. Intussen ontwikkelt het verhaal zich terwijl de Mexicaanse avond zich tot nacht verdiept: de lezer wordt deelgenoot gemaakt van de liefde van Laruelle voor Yvonne, de tragische liefde klinkt door in het afscheidsbezoek bij zonsondergang aan het paleis van Maximiliaan, waar Hugh en Yvonne moeten staan (of hebben gestaan) rond het middaguur in Hoofdstuk IV, en terwijl Laruelle zich over het noodlottige ravijn buigt, beleven we, via zijn herinnering, de episode-Taskerson. (Taskerson duikt opnieuw op in V, in VII zingt de Consul bij zichzelf het Taskerson-lied en zelfs in XII probeert hij nog te lopen met de 'kaarsrechte, mannelijke houding' van de Taskersons.) De episode-Taskerson in dit Hoofdstuk I – die impliciet is afgekeurd door uw lezer – mag dan gebrekkig zijn wanneer ze serieus wordt bezien als een psychologische oorzaak voor het drinken of de ondergang van de Consul, toch ben ik de oprechte en niet geheel onterechte overtuiging toegedaan dat ze op zichzelf heel geestig is, en op deze plaats in muzikaal en artistiek opzicht gerechtvaardigd als een moment van opluchting, en ook nog om een andere reden: is het niet juist in deze passage dat uw lezer de noodzakelijke *sympathie* voor Geoffrey Firmin heeft opgevat die hem in staat stelde om Hoofdstuk II uit te lezen en aan III te beginnen zonder dat de langdradigheid daarvan hem parten speelde – en dat hij zodoende bij het verder lezen steeds geïnteresseerder raakte? Uw lezer heeft de mogelijkheid over het hoofd gezien dat de arme schrijver op enige plaats geestig zou kunnen zijn. Als u deze Taskersonpassage niet grappig vindt, probeer haar dan eens hardop te lezen. Ik denk dat ze bij een tweede lezing wat geestiger zal lijken: ook de dronken man op het paard, die nu Laruelles mijmering lijkt te verstoren door de Calle Nicaragua op te stormen, zou wel eens een diepere betekenis kunnen hebben: en een nog diepere bij een derde lezing. Deze dronken ruiter is impliciet de eerste verschijning van de Consul zelf als symbool van de mensheid. Ook hier klinkt, schijnbaar terloops (zelfs uw lezer beschouwde het slechts als nog een schep *couleur locale*) Yvonnes dood in XI door; dit paard is weliswaar nog niet ruiterloos, maar het kan dat spoedig worden: hier versmelten de mens en de kracht die hij zal ontketenen voorlopig. Trouwens, aangezien uit het rapport van uw lezer nergens blijkt dat hij het nogal belangrijke Hoofdstuk XI heeft gelezen, waarin zich toevallig een deel van de handeling afspeelt die hem ontgaat, kan ik er hier maar beter op wijzen dat Yvonne uiteindelijk wordt gedood door een in paniek geraakt paard in XI dat door de dronken Consul wordt bevrijd tijdens een onweer in XII (de twee hoofdstukken overlappen elkaar op dat ogenblik qua tijd) in de misplaatste, benevelde maar haast prijzenswaardige overtuiging dat hij iemand een dienst bewijst. Laruelle mijdt vervolgens het huis waar ik deze brief schrijf (en dat moet zeker worden geschrapt, wil ik mijn erfenis niet besteden aan het versturen ervan per luchtpost) en gaat somber naar de plaatselijke film. In de bioscoop en het café schuilen mensen voor het onweer zoals ze in de echte wereld in schuilkelders kruipen, en net als in de echte wereld is het licht uitgegaan. De film die draait, is *Las Manos de Orlac,* de film die precies een jaar eerder, toen de Consul werd gedood, ook al draaide, maar de man met de bloederige handen op het affiche symboliseert via de Duitse oorsprong van de film de *schuld* van de mensheid, wat hem ook weer met Laruelle en de Consul verbindt, terwijl hij bovendien meer in het bijzonder een voorbode is van de dief die het geld steelt van de stervende man langs de kant van de weg in Hoofdstuk VIII en wiens handen ook met bloed zijn bevlekt. In de cantina van de bioscoop komen we meer over de Consul te weten via de bioscoopdirecteur, Bustamente, en veel daarvan zal wellicht opnieuw onze sympathie en belangstelling voor de Consul wekken. We mogen niet vergeten dat het de Dag van de Doden is en dat in Mexico op die dag de doden worden geacht met de levenden te communiceren. Het leven is echter alomtegenwoordig: maar ondertussen hebben er op de achtergrond zowel politieke (de Duitse filmster Maria Landrock) als historische (Cortez en Moctezuma) echo's geklonken; en terwijl het verhaal zelf zich ontwikkelt, worden de thema's en contrastthema's van het boek bepaald. Ten slotte keert Bustamente terug met de bundel Elizabethaanse toneelstukken die Laruelle daar achttien maanden eerder heeft laten liggen, waarmee we bij het thema van Faust zijn beland. Laruelle was van plan geweest om een moderne film over Faust te maken maar gedurende een ogenblik lijkt de Consul zelf zijn Faust, die zijn ziel aan de duivel heeft verkocht. Nu komen we meer over de Consul te weten, over zijn moedige oorlogsverleden en een mogelijke oorlogsmisdaad die hij heeft begaan jegens een paar Duitse onderzeebootofficiers – of hij nu echt zo schuldig is als hij zichzelf voorhoudt of niet, aan het eind van het boek krijgt hij er in zekere zin met gelijke munt voor terugbetaald, en je zou kunnen zeggen dat de Consul hier alleen maar op de Griekse manier wordt neergezet als een man van een zeker kaliber om zijn val des te tragischer te doen lijken: dit zou geschrapt kunnen worden, neem ik aan, hoewel ik de Consul precies als zo iemand zie – maar kijken we daarna niet des te belangstellender naar hem? We horen ook dat de Consul ervan verdacht wordt een Engelse spion of 'Spin' te zijn en hoewel hij vreselijk wordt gekweld door achtervolgingswaan en je in alle objectiviteit inderdaad soms het idee krijgt dat hij het hele boek lang achtervolgd wordt, is het alsof de Consul zich daar zelf niet van bewust is en bang is voor iets heel anders: omdat niet duidelijk wordt waardoor die angst wordt ingegeven, mocht de schrijver redelijkerwijze hopen dat die eerste indruk van achtervolgd worden zich bij de lezer zou vestigen en hem niet meer los zou laten. Op het bewuste moment echter zou Bustamentes sympathie voor hem ook *onze* sympathie moeten wekken. Deze sympathie zou mijns inziens in zeer sterke mate moeten worden bevorderd door de brief van de Consul die Laruelle leest en die nooit gepost is, en deze brief is naar mijn mening belangrijk: zijn gekwelde kreet wordt pas beantwoord in het laatste hoofdstuk, XII, wanneer de Consul in de Farolito de brieven van Yvonne vindt die hij is kwijtgeraakt en nooit echt gelezen heeft tot dit moment, vlak voor zijn dood. Laruelle verbrandt de brief van de Consul, een handeling die poëtisch gecompenseerd wordt door de vlucht gieren ('als zwevende stukjes verbrand papier uit een vuur') aan het eind van III, en ook door het verbranden van het manuscript van de Consul in Yvonnes stervensdroom in XI: het onweer is voorbij: en –

Buiten in de donkere stormachtige nacht draaide het verlichte rad achteruit.

Dit rad is natuurlijk het reuzenrad op het plein, maar het staat, zo u wilt, ook voor een heleboel andere dingen: het is Boeddha's rad van de wet (zie VII), het is de eeuwigheid, het is het instrument van de eeuwige herhaling, de eeuwige terugkeer, en het is de vorm van het boek; en in oppervlakkige zin kan het, als in een filmcliché, worden beschouwd als het rad van de tijd dat achteruitdraait totdat we in het vorige jaar en Hoofdstuk II zijn aangeland, en op deze manier kunnen we desgewenst door de ogen van Laruelle naar de rest van het boek kijken, alsof het zijn schepping is.

(NB: In de kabbala wordt het misbruik van magische krachten vergeleken met dronkenschap of het misbruik van wijn, en aangeduid, als ik het me goed herinner, met het Hebreeuwse *sōu,* en daarmee hebben we onze parallel. Het woord *sōu* heeft ook een soort betekenis van tuin of verwaarloosde tuin, meen ik me te herinneren, want de kabbala wordt soms als de hof zelve beschouwd, en daarin is de boom des levens geplant die natuurlijk verband houdt met die boom waarvan de verboden vrucht de mens de kennis van goed en kwaad heeft gebracht, en onszelf de legende van Adam en Eva. Hoe het ook zij – en deze dingen liggen ongetwijfeld ten grondslag aan het merendeel van onze kennis, aan de wijsheid van ons religieuze denken en aan het grootste deel van ons bijgeloof omtrent de oorsprong van de mens – William Jones, zo niet Freud, zou het beslist met me eens zijn als ik zeg dat de vertwijfeling van de dronkaard haar meest accurate poëtische parallel vindt in de vertwijfeling van de mysticus die zijn krachten heeft misbruikt. De Consul heeft alles hier natuurlijk op een prachtige en dronken manier verward: Mexicaanse mescal is een gemeen goedje maar je kunt het nog steeds in elke cantina krijgen, gemakkelijker, geloof ik, dan je tegenwoordig whisky kunt krijgen in de goeie ouwe Horseshoe. Maar mescal is ook een drug die in pilvorm wordt geslikt en het uitstijgen boven de effecten ervan vormt een van de bekendste beproevingen waaraan occultisten zich moeten onderwerpen. Je zou denken dat de benevelde Consul de twee met elkaar is gaan verwarren, en hij zit er misschien niet ver naast.)

Laatste opmerking bij Hoofdstuk I: Als dit hoofdstuk moet worden bekort, kan dat dan niet op een zo verstandige manier worden gedaan dat het hoofdstuk en het boek zelf er beter van worden? Naar mijn idee vormt het hoofdstuk een prachtig geheel en moet het, als dat al nodig is, worden ingekort door iemand die tenminste oog heeft voor de mogelijkheden die het inhoudt voor het hele boek. Zelf vind ik niet dat er veel aan schort. Hoewel een ieder die deze brief heeft gelezen mij hoogstwaarschijnlijk een ontstellend aanmatigende houding zal verwijten, vind ik niet dat ik mij daaraan schuldig maak; omdat deze andere betekenissen en drassigheden en duisterheden absoluut niet benadrukt worden: pas wanneer de lezer zelf, door intuïtie of nieuwsgierigheid gedreven, die wil oproepen, zullen ze hun duivelse koppen uit de afgrond steken of van bovenaf naar hem gluren. Maar zelfs als hij nergens door gedreven wordt, zullen zich beslist nieuwe betekenissen openbaren wanneer hij dit boek opnieuw leest. Ik hoop dat u zo goed zult zijn om mij er niet aan te herinneren dat hetzelfde kan worden gezegd van *Orphan Annie* of *Jemima Puddleduck*.

II

Het is nu weer precies dezelfde dag een jaar eerder – de Dag van de Doden in 1938 – en het verhaal van de laatste dag van Yvonne en de Consul begint om zeven uur in de morgen na haar aankomst. Hier zie ik geen problemen. De mysterieuze contrapuntische dialoog in de bar van het Bella Vista die u hoort is, zoals u later zult merken wanneer u nauwkeurig kijkt en luistert, afkomstig van Weber, de smokkelaar die Hugh naar Mexico heeft gevlogen en die wordt verward met de plaatselijke boeven – zoals uw lezer ze noemt – en Sinarchistas in de Farolito in Parián, die de Consul ten slotte doodschieten. Het motto *no se puede vivir sin amar*, dat in bladgoud op het huis van Laruelle is geschreven (waar ik deze brief schrijf, met mijn rug naar de gedegenereerde machicoulis, en zelfs als u niet gelooft in mijn raderen – het rad duikt in dit hoofdstuk op in de vorm van het vliegwiel in de drukkerij – en dergelijke, zult u moeten toegeven dat dit grappig is, zoals het ook grappig is dat in de stad toevallig dezelfde film draait als negen jaar geleden, niet *Las Manos de Orlac* maar *La Tragedia de Mayerling*) klinkt ironisch door in het 'absolutamente necesario' van de barman, en de herhaalde aankondigingen van de bokswedstrijd symboliseren het conflict tussen Yvonne en de Consul. Het hoofdstuk vormt een soort brug, het is met uiterste zorg geschreven; het is ook absolutamente necesario, zoals u volgens mij na herlezing zult erkennen: het is een geheel, een eenheid op zichzelf, net als alle andere hoofdstukken; het is, durf ik te beweren, dramatisch, amusant en binnen zijn grenzen volgens mij volledig geslaagd. Ik zie geen enkele mogelijkheid voor inkortingen.

III

Zal naar mijn mening bij een tweede lezing beter worden, en nog beter bij een derde. Maar omdat ik geloof dat uw lezer ervan onder de indruk was, zal ik er niet veel woorden aan vuilmaken. Een woordenkramende flashback terwijl de Consul plat op zijn snuffert in de Calle Nicaragua ligt, vormt werkelijk een heel zorgvuldige inleiding. Dit hoofdstuk is voor het eerst geschreven in 1940 en voltooid in 1942, lang voordat Jackson aan het Lostweekenden sloeg. Bekortingen moeten met veel begrip worden aangebracht ('complimenten van de Venezolaanse regering' kan er bijvoorbeeld wel uit) door iemand – of door de auteur in samenwerking met iemand – die bereid is het boek op betrekkelijk korte termijn langzaam in de geestelijke handeling te laten bezinken en daar niet direct voor terugschrikt. De scène tussen de Consul en Yvonne waarin hij impotent is, wordt gecompenseerd door de scène tussen de Consul en María in het laatste hoofdstuk: de betekenissen van de impotentie van de Consul zijn welhaast onuitputtelijk.

De dode man met de hoed over zijn hoofd die de Consul in
de tuin ziet, is de man langs de kant van de weg in Hoofdstuk VIII. Tijdens heftige aanvallen van D.T. kan dit werkelijk
gebeuren. Paracelsus zal het bevestigen.

IV

Mijns inziens in grote lijnen noodzakelijk zoals het is, vooral
gezien mijn laatste zin inzake III over de geestelijke handeling.
Hier is sprake van een ander soort handeling. Er is beweging en
snelheid, het vormt een contrast, het verschaft de nodige *frisse
lucht*. Ook kweekt het de nodige mate van sympathie en begrip
voor Mexico en zijn problemen en volk vanuit een materieel
gezichtspunt. Als het eerste begin u enigszins lachwekkend
voorkomt, kunt u het lezen als een satire, maar ik denk dat het
geheel bij tweede lezing enorm zal verbeteren. We krijgen nu
de tegenbeweging van de Slag bij de Ebro die verloren wordt,
terwijl niemand er wat aan doet, wat een soort correlaat is van
de scène langs de kant van de weg in VIII, waarvan het slachtoffer hier voor het eerst ten tonele verschijnt voor de cantina
La Sepultura, terwijl zijn paard, waardoor Yvonne gedood zal
worden, vlakbij is vastgebonden. De politieke aspiraties van
de mens, als contrast met zijn spirituele, komen in beeld, en
Hughs schuldgevoel compenseert dat van de Consul. Als er
een deel van geschrapt moet worden, laat dat dan gebeuren
met een oog voor het geheel – en tenminste op een geniale
manier, zou ik eraan toe willen voegen – en laat het schrappen
geen verminken worden. Bijna alles is relevant, tot de paarden,
de honden, de rivier en het geklets over de plaatselijke film aan
toe. En wat niet relevant is, verschaft, zoals ik zei, de nodige
frisse lucht. Ik geloof dat voor mij persoonlijk deze tocht te
paard door het zonlicht van de Mexicaanse morgen een van
de beste passages van het boek is en als Hugh u enigszins
bespottelijk voorkomt, vergeet dan niet dat de passage over

zijn hartstochtelijke verlangen naar *goedheid* aan het eind van belang is voor het thema.

V

Vormt een contrast in tegengestelde richting, doordat de beginwoorden de laatste woorden van IV in een ironisch daglicht stellen. Het boek bezinkt nu snel in de geestelijke handeling en verwijdert zich van de normale handeling, en toch geloof ik dat uw lezer inmiddels werkelijk geïnteresseerd was, hier zelfs té geïnteresseerd in de Consul om goed met VI uit de voeten te kunnen. Hier dient zich in elk geval het belangrijkste thema van het boek aan: 'Le gusta este jardín?' op het bord. De Consul vertaalt dit bord enigszins verkeerd, maar 'Vindt u dit park mooi? Waarom is het van u? Wij verwijderen degenen die vernielen!' moet worden gehandhaafd (elders zullen we erop wijzen dat de echte vertaling in zekere zin nog veel afschuwelijker kan zijn). Het park is de hof van Eden, waarover hij het zelfs met Mr. Quincey heeft. Het is ook de wereld. Het heeft ook alle kabbalistische betekenissen van 'tuin'. (Maar dit alles is diep in het boek begraven, zodat u zich er niet om hoeft te bekommeren als u dat niet wilt. Ik zou echter willen dat Hugh l'Anson Fausset, een van uw eigen schrijvers wiens werk ik erg bewonder en die enkele dingen heeft geschreven die mijn eigen leven sterk hebben beïnvloed en gevormd, de *Vulkaan* zou kunnen lezen.) Oppervlakkig bezien leef ik me hier uit op het onderwerp van de dronkaard en ik hoop dat ik dat op een goede en amusante manier doe. Parián is opnieuw de dood. Woordenkramende fantasmagorie ergens tegen het eind van het eerste deel is onontbeerlijk. Het moet duidelijk zijn dat de Consul een black-out heeft en dat het tweede deel in de badkamer gaat over wat hij zich in zijn half delirante toestand van het ontbrekende uur herinnert. Het meeste van wat hij zich herinnert, is opnieuw een verhulde vorm van expositie en drama die het verhaal brengt bij de vraag: zullen ze naar Guanajuato (het leven) gaan of naar Tomalín, wat natuurlijk impliciet Parián (de dood) is? Verder vereenzelvigt de Consul zich op een gegeven moment met de kleine Horus, over wie of wat maar beter zo min mogelijk kan worden gezegd; sommige mystici houden hem verantwoordelijk voor deze laatste oorlog, maar ik zal vermoedelijk een andere taal nodig hebben om uit te leggen wat ik bedoel. Misschien zou Mr. Fausset het willen uitleggen, maar u hoeft er in elk geval uw hoofd niet over te breken want het is maar een korte passage die leest als een fraai staaltje van krankzinnigheid. De rest bestaat volgens mij uit perfecte onvervalste D.T.'s van het soort dat bij uw lezer in de smaak zal vallen. Dit hoofdstuk is voor het eerst geschreven in 1937. De laatste revisie dateert van maart 1943. Ook dit vormt een eenheid op zichzelf. Tegen de techniek van het tweede deel zouden bezwaren kunnen bestaan, maar volgens mij is het een subtiele manier om iets moeilijks te doen. Hier zou wel wat geschrapt kunnen worden, denk ik, maar dat zou minstens zo geïnspireerd moeten gebeuren als het hoofdstuk geschreven is.

VI

Hier belanden we bij het hart van het boek dat, in plaats van de hoge delirante versnelling van de Consul te kiezen, verrassend maar onvermijdelijk, als je er goed over nadenkt, terugkeert naar de onbehaaglijke maar gezonde systole-diastole van Hugh. Op de helft van ons leven... en het thema van het Inferno komt opnieuw aan de orde, gevolgd door de enorm lange *rechtlijnige* passage. Deze passage is volgens uw lezer van weinig of geen belang of relevantie maar ik houd vol dat hij haar heeft overgeslagen vanwege een verdienste van mijn kant, namelijk omdat hij meer geïnteresseerd was in de Consul zelf. Maar hier krijgt het thema van het schuldgevoel, en van het schuldgevoel van de mens, een andere betekenisnuance. Hugh mag dan een beetje een idioot zijn, hij is typerend voor het soort figuur dat onze toekomst kan maken en breken: hij is in zekere zin de toekomst zelf. Hij is een tikje verheven boven de doorsnee-man, want hij is net iets meer dan middelmatig. En hij is de jeugd van de doorsnee-man. Bovendien zijn zijn frustraties door zijn muziek, door de zee, zijn verlangen om goed en fatsoenlijk te zijn, zijn zelfbedrog, zijn triomfen, nederlagen en vormen van onoprechtheid (en opnieuw wijs ik erop dat hier met de zeebries de broodnodige frisse lucht het boek binnen waait) en zijn problemen met zijn gitaar ieders frustraties, triomfen, nederlagen, vormen van onoprechtheid en problemen met hun *quid pro quo* van een gitaar. En zijn verlangen om musicus of componist te zijn is ieders aangeboren verlangen om in enig opzicht een dichter van het leven te zijn, terwijl zijn verlangen om op zee geaccepteerd te worden ieders verlangen is, bewust of onbewust, om deel uit te maken van de broederschap der mensen, ook al bestaat die niet. Hij valt door de mand als een gefrustreerde figuur die door zijn frustraties net zo goed een dronkaard had kunnen worden, net als de Consul. (Die een gefrustreerde dichter is – en wie niet? – dat is inderdaad ook iets wat ons allen bindt, maar voor wiens dronkenschap nooit een bevredigende verklaring wordt gegeven, of het moest zijn in VII. 'Maar de koude wereld zal er geen weet van hebben.') Hugh heeft het gevoel dat hij zichzelf heeft verraden door zijn broer te verraden en dat hij ook de broederschap der mensen heeft verraden door op een gegeven moment een antisemiet te zijn. Maar als midden in het hoofdstuk, wat ook het midden van het boek is, zijn gedachten worden onderbroken doordat Geoffrey 'Help' roept, kunt u naar mijn mening bij herlezing *een frisson* van een heel ander kaliber krijgen dan toen u 'William Wilson' of andere verhalen over doppelgängers las. Hugh en de Consul zijn een en dezelfde, zij het in een boek dat niet aan de wetten van andere boeken gehoorzaamt, maar aan wetten die het al doende creëert. Ik heb in elk geval reden om aan te nemen dat deze lange rechtlijnige passage vaak uitermate geestig is en mensen hardop zal doen lachen. We gaan nu verder met de nog grotere onzin en tegelijkertijd nog wanhopiger ernst van de scheerscène. Hugh scheert het lijk – maar het wil er bij mij niet in dat dit desondanks niet vaak uitermate hilarisch is. Vervolgens maken we kennis met Geoffreys kamer, met zijn schilderij van zijn oude schip de *Samaritan* (en weer wordt in de verte het thema van de man langs de kant van de weg in VIII aangeroerd), het schip waarop hij, zoals al gemeld in I enz., al dan niet in zijn verbeelding een misdaad jegens een aantal Duitse onderzeebootofficieren heeft begaan – hij werd er in elk geval ten dele voor verantwoordelijk gehouden – die minstens opweegt tegen alle misdaden die wij in het verleden hebben begaan jegens Duitsland in het algemeen, dat afzichtelijke kind van Europa waarvan de boosaardige en destructieve krachten in zo sterke mate verantwoordelijk zijn voor al onze vooruitgang. Op hetzelfde moment toont hij Hugh zijn alchimistische boeken en worden we een ogenblik, als in een pseudo-klucht, geconfronteerd met het bewijs van niets minder dan de magische grondslag van de wereld. Gelooft u niet dat de wereld een magische grondslag heeft, vooral op het moment dat de Slag bij de Ebro wordt gevoerd of er, erger nog, bommen vallen op Bedford Square? Welnu, ik misschien ook niet. Maar het gaat erom dat Hitler dat wel geloofde. En Hitler was ook een pseudo-zwarte-magiër uit dezelfde la als Amfortas in de zo door hem bewonderde *Parsifal,* en tot hetzelfde onontkoombare noodlot gedoemd. En als u niet gelooft dat een Britse generaal mij werkelijk eens heeft verteld dat Hitler de Poolse joden eigenlijk heeft uitgeroeid om te voorkomen dat hun kabbalistische kennis tegen hemzelf zou worden gebruikt, kunt u mijn argument op poëtische gronden gedogen aangezien het, ik herhaal het nog maar eens, heel diep in het boek verzonken is en hier toch niet erg belangrijk. Saturnus woont op 63 en Baphomet woont ernaast, dus zeg niet dat ik u niet gewaarschuwd heb!

De rest van het hoofdstuk, en dat is waarschijnlijk allemaal te lang, voert Hugh en de Consul en Yvonne naar het huis waar ik u nu deze brief schrijf, waarbij ze onderweg een (naar ik hoop dramatische) ontmoeting hebben met Laruelle: bij de ansichtkaart die de Consul ontvangt (uit handen van de piepkleine postbode met de baard die mij ook uw vertraagde brief heeft bezorgd op oudejaarsavond) gaat het erom dat die ongeveer een jaar eerder is gepost, in 1937, niet lang nadat ze was weggegaan, of was weggestuurd door de Consul (na haar affaire met Laruelle maar waarschijnlijk vooral opdat de Consul rustig zou kunnen drinken) en dat de toon ervan de indruk wekt dat haar vertrek alleen maar definitief was in de gedachten van de Consul, terwijl ze in werkelijkheid al die tijd nog van elkaar hielden en er alleen maar sprake was van een ruzietje tussen twee geliefden, en dat de hele geschiedenis, ondanks Laruelle, volstrekt onnodig was. Het hoofdstuk eindigt met een wegstervende val, als het slot van een gitaarnummer van Ed Lang, of mogelijk van Hugh (en in dit opzicht zouden de eerder gebruikte haken voor de 'breaks' kunnen staan) – waarmee naar mijn mening op een merkwaardige maar terechte manier het thema van het pad van Dante weer opduikt en vervaagt met de verdwijnende weg.

Ik geloof dat dit hoofdstuk bij tweede lezing veel relevanter zal lijken dan eerst en de humor overtuigender. Aan de andere kant is dit ongetwijfeld het sappigste stuk voor uw scalpel. Het middelste deel van de scheerscène is geschreven in 1937, net als het allerlaatste deel, en samen vormden die paar stukken toen het hele hoofdstuk. De nieuwe versie dateert van 1943, maar ik had haar in 1944, toen mijn huis afbrandde, nog niet geheel herzien. De laatste revisies waarmee ik me later in 1944 heb beziggehouden, omvatten het eerste werk dat ik na de brand had kunnen doen, waarvan verscheidene pagina's van dit hoofdstuk en aantekeningen voor bekortingen verloren waren gegaan, en het is heel goed mogelijk dat het hier en daar rammelt of een geforceerde indruk maakt. Dit is de eerste keer in het boek dat ik er vermoedelijk van overtuigd kan worden dat de bezwaren van uw lezer alleszins terecht zijn. Een deel ervan getuigt wellicht van slechte smaak. Aan de andere kant ben ik van mening dat het een zorgvuldige herlezing verdient – in het licht, ik kan het niet genoeg herhalen, van de vorm en de intentie die ik al heb aangeduid, en met oog voor het feit dat de journalistieke stijl van het eerste deel bedoeld is om Hugh zelf weer te geven. Kortom: ik zou zelfs pijnlijke ingrepen kunnen verdragen indien uw chirurg zou zeggen: 'Dit zou op een effectievere manier zus en zo kunnen worden gedaan' en ik zou zien dat hij met alles rekening hield. Als een ingrijpende operatie door een begrijpende chirurg het leven van de patiënt zal redden, mij best, maar ook al woon ik in Mexico, ik verdom het eenvoudig om hem te helpen het hart van de patiënt weg te snijden. (Om het er vervolgens, als hij dood is, 'gewoon weer in te kwakken', zoals de verpleegster vlak na de autopsie tegen me zei.)

VII

Hier komen we bij zeven, het noodlottige, het magische, het gelukbrengende goede-slechte getal en de scène in de toren waar ik deze brief schrijf. Bij toeval ben ik op 7 januari naar de toren verhuisd – ik woonde in een ander appartement in hetzelfde huis, maar beneden, toen ik uw brief kreeg. Mijn huis is afgebrand op 7 juni; toen ik terugkwam bij de verkoolde resten, had iemand om de een of andere reden het getal 7 in een boom gebrand; waarom was ik geen filosoof? De filosofie is stervende sinds de dagen van Duns Scotus, al leeft ze onder de grond voort, zij het lichtelijk bevend. Böhme zou het met me eens zijn wanneer ik spreek over de hartstocht voor orde die zelfs in de kleinste onderdeeltjes van het universum bestaat: 7 is ook het getal op het paard dat Yvonne zal doden en het uur waarop de Consul zal sterven – volgens mij is de bedoeling van dit hoofdstuk heel duidelijk en kan het de goedkeuring van uw lezer wegdragen en ik geloof ook dat het waarschijnlijk een van de beste van het boek is. Het is voor het eerst geschreven in 1936 en herschreven in 1937, 1940, 1941, 1943 en, ten slotte, 1944. De overeenkomsten met *The Lost Weekend* zijn volgens mij in dit hoofdstuk het duidelijkst. Eén langdurige parallel die er niet meer in staat en die lang voor het L.W.E. geschreven was, heb ik er met een bezwaard hart uitgewied, maar uit competitieve overwegingen heb ik vervolgens iets anders aan mijn telefoonscène toegevoegd om hem te overtreffen. Wat mij vooral dwarszat, was het feit dat zowel mijn telefoonscène in III als deze voordat ik haar had herzien lang voor de verschijning van Jacksons boek was geschreven. Een andere overeenkomst tegen het einde, wanneer hij zijn glas voor zich heeft staan maar het niet oppakt, moet worden gehandhaafd: ze dateert bovendien van 1937. Ook heb ik mij gepermitteerd in het gesprek met Laruelle halverwege iets te laten doorschemeren van de professionele minachting van de Consul voor de overtuiging dat het D.T. het einde van alles is, en ik denk dat u het, als u het boek ooit uitgeeft, aan mij verplicht bent om te zeggen dat het begint waar Jackson is opgehouden. Als er hier opnieuw geschrapt moet worden, dan moet dat mijns inziens gebeuren door iemand die dit hoofdstuk als een eenheid waardeert, tot de passage over Samaritana mía aan toe, en die het verband met het boek als geheel onderkent. Dit hoofdstuk werd hier en daar gekenmerkt door de gebruikelijke vaagheden en verwarrende elementen, willekeurige kaarten uit het tarotspel en enkele politieke en mystieke akkoorden en dissonanten, maar daar wil ik niet op ingaan: er is echter ook, in de allereerste plaats, de voortdurende aandacht voor het *verhaal*. De ruiter, die voor het eerst verschijnt in IV en die de man langs de kant van de weg zal worden, verschijnt opnieuw terwijl hij de heuvel op rijdt, en zijn paard, met het getal 7, zal Yvonne doden. Dit hoofdstuk vormt welhaast de laatste kans voor de Consul en als u het boek zorgvuldig gelezen heeft, moet u mijns inziens inmiddels bekropen worden door een subtiel voorgevoel van een noodlottige afloop. *Es inevitable la muerte del Papa* is wellicht niet meer dan een anachronisme, maar het moet mijns inziens gehandhaafd blijven omdat ik het als een fraai einde beschouw.

(Nog even over die grote scheppen *couleur locale:* dit hoofdstuk is daarvan een goed voorbeeld en de meest pietepeuterige details zijn van wezenlijk belang. De gek die doelloos en onafgebroken een fietsband voor zich uit werpt, de man die halverwege een glibberige paal blijft steken, allemaal zijn het projecties van de Consul en van de doelloosheid van zijn leven, maar tegelijkertijd zijn ze *juist,* zijn ze *waar,* zijn het dingen die je hier ziet. Het leven is een woud van symbolen, om met Baudelaire te spreken, maar ik laat me niet zeggen dat je hier door de bomen het bos niet meer ziet!)

VIII

Hier schakelt het boek bij wijze van spreken in zijn achteruit – of, nauwkeuriger gezegd, begint het zich heuvelafwaarts te bewegen, wat absoluut niet betekent, naar ik hoop, dat het slechter wordt! Heuvelafwaarts (het eerste woord), in de richting van de afgrond. Ik vind dit een van de beste hoofdstukken; hoewel het zorgvuldig gelezen moet worden, zal de lezer volgens mij ruimschoots worden beloond. De stervende man langs de kant van de weg, met zijn met een 7 gebrandmerkte paard vlak in de buurt, is natuurlijk de man die voor de pulquería zat in IV, die zingend ten tonele verscheen in VII toen de Consul zich met hem vereenzelvigde. Hij is duidelijk de mensheid zelf, de stervende mensheid – toen, tijdens de Slag bij de Ebro, of nu, in Europa, terwijl wij niets doen, of als we wel iets deden onszelf in de positie zouden hebben gebracht waarin we niets *kunnen* doen, behalve praten, terwijl hij maar ligt te sterven – en in een ander opzicht is hij ook de Consul. Ik ben van mening dat het hoofdstuk zich op eigen kracht goed ontwikkelt en dat deze betekenissen niet op een te vergezochte manier worden onthuld. Volgens mij is de betekenis duidelijk, op een doelbewuste manier, bijna als in een stripverhaal, en wordt ze op één niveau in simplistische, journalistieke bewoordingen uit de doeken gedaan, wat eveneens doelbewust gebeurt omdat we kijken door de ogen van Hugh. Het verhaal op het bovenste niveau ontwikkelt zich echter op een normale manier en hoewel de plaatselijke politieke betekenis alleen duidelijk zal zijn voor mensen die Mexico kennen, moet de bredere politieke en religieuze betekenis vanzelfsprekend zijn voor iedereen. Het was het eerste hoofdstuk dat voor het boek geschreven is; het voorval langs de kant van de weg, dat op persoonlijke ervaring is gebaseerd, vormde de kiem van het boek. Ik heb het idee dat een grappenmaker die wel wat weg heeft van uw lezer me op dit moment zou kunnen zeggen dat ik er beter aan zou doen om het boek tot zijn oorspronkelijke kiem terug te brengen, zodat we het met een beetje geluk zouden kunnen publiceren in O'Briens *Best Short Stories of 1946*, en niet als een roman, en tegen deze vindingrijke gedachte kan ik alleen het voorbeeld inbrengen van Beethoven, die volgens mij ook enigszins tot breedvoerigheid was geneigd, ook al zijn zijn meeste thema's in feite zo eenvoudig dat ze kunnen worden gespeeld door een sinaasappel over de zwarte toetsen te laten rollen. Het hoofdstuk is nu relevanter dan toen, in 1936: toen was er nog geen hulppolitie – al heb ik die in 1941 bedacht: nu bestaat die wel; er woont zelfs een hulppolitieman in het appartement beneden. Ik geloof niet dat erin geschrapt kan worden: maar als het niet anders kan, moet het met hetzelfde voorbehoud gebeuren dat ik elders heb gemaakt. En wat de *xopilotes*, de gieren, betreft, moet ik eraan toevoegen dat dit niet alleen maar vogels uit een stripverhaal zijn: ze bestaan echt in deze contreien, er zit er terwijl ik dit schrijf zelfs een naar me te kijken, en niet bepaald vriendelijk: ze vliegen door het hele boek en worden in XI als het ware archetypische, prometheïsche vogels. Waar ze vroeger door ornithologen als de eerste vogels werden beschouwd, kan ik alleen maar zeggen dat ze hoogstwaarschijnlijk de laatste zullen zijn.

IX

Dit hoofdstuk is oorspronkelijk geschreven in 1937, maar toen gezien door de ogen van Hugh. Vervolgens is het herschreven als gezien door de ogen van de Consul. En nu – wat noodzakelijk is voor het evenwicht, als je er goed over nadenkt – kijken we door de ogen van Yvonne. We hadden misschien evengoed door de ogen van de stier kunnen kijken, maar het laat zich uitstekend hardop lezen en vormt mijns inziens een geslaagde en kleurige eenheid op zichzelf die muzikaal gesproken een uitermate goed contrast zou moeten vormen met VIII en X. Er zijn wellicht lezers die bezwaar hebben tegen de flashbacks – sommigen zullen die goed vinden, anderen zullen er een verlate en bovendien gekunstelde poging tot karaktertekening in zien – maar ik heb het idee dat ze bij veel van uw *vrouwelijke* lezers wel in de smaak zullen vallen. Die flashbacks staan er echter niet omwille van zichzelf, of omwille van de karakters, want dat was, zoals ik al heb gezegd, wel het laatste wat ik voor ogen had, net als Aristoteles – aangezien er om te beginnen geen *plaats* voor is. (Het was geloof ik een van uw eigen schrijvers, en een schitterende bovendien, Sean O'Faolain, die mij nog dieper heeft doordrongen van het ketterse idee dat karakters betrekkelijk onbelangrijk zijn. Omdat hij zelf een prachtige karaktertekenaar is, legden zijn woorden voor mij gewicht in de schaal. Waren Hamlet en Laertes, zegt hij, op het allerlaatste moment niet bijna een en dezelfde? Daarom, vervolgde hij, dient de roman zichzelf te hervormen door een beroep te doen op zijn aeschyleïsche en tragische erfenis. Er zijn wel duizend schrijvers die bevredigende karakters kunnen tekenen tot ze erbij neervallen, tegen één die je iets nieuws over het hellevuur kan vertellen. En ik vertel iets nieuws over het hellevuur. Ik zie de valkuilen – het kan een gemakkelijke uitvlucht zijn om niet hard te hoeven werken, een uitnodiging tot excentrieke woordenkramerij, en gezochte fantasmagorieën, en subjectieve inferieure meesterwerken die bij nader onderzoek zelfs geen bonafide geschriften blijken te zijn maar, net als mijn eigen *Ultramarine*, schijnbaar met behulp van een windmolen vertaald uit het niet-originele Lets, maar desondanks werd er in onze Elizabethaanse dagen tenminste nog hartstochtelijk en poëtisch geschreven over dingen die altijd iets betekenen en niet alleen maar uit stupide stijl en puntkomma-techniek bestaan: en in deze zin probeer ik een euvel te verhelpen, een klap uit te delen, als het ware een schot voor u af te vuren, ruwweg in de richting van, laten we zeggen, een nieuwe renaissance: het zal waarschijnlijk dwars door mijn eigen hersenen gaan, maar dat is een andere zaak. Ook is het mogelijk dat de renaissance al in volle gang is, maar in dat geval is dat in Canada nog niet tot mij doorgedrongen.) Nee, waar het in dit hoofdstuk werkelijk om gaat, is Hoop, met een hoofdletter H, want dat thema moet worden aangeroerd om de latere ondergang te benadrukken. Hoewel zelfs de intelligente lezer een onvoorstelbaar vermogen bezit om zijn ongeloof op te schorten, wilde ik niet dat de lezer dit gevoel van hoop op de gebruikelijke manier zou ervaren, al kan hij dat desgewenst wel. Ik wilde dat het gevoel van hoop op zichzelf op de een of andere manier zou uitstijgen boven de belangstelling voor de karakters. Aangezien deze karakters in één opzicht 'Dingen' zijn, zoals die Franse filosoof van de absurde mens beweert, en zelfs als je in ze gelooft, weet je heel goed dat ze toch ontspoord zijn en dat deze hoop eerder een transcendente, universele hoop zou moeten zijn. Ondertussen zwalkt de roman als het ware heen en weer tussen verleden en toekomst – tussen wanhoop (het verleden) en hoop – en dat verklaart deze flashbacks (waarvan sommige ongetwijfeld enigszins bekort kunnen worden, maar ik geloof niet dat ik dat kan). Zal de Consul opnieuw verdergaan en herboren worden, zoals eerder toen hij naar Guanajuato ging – bestaat er een kans dat hij, althans op het bovenste niveau, herboren zal worden? – of zal hij tot degeneratie en Parián en uitsterving vervallen? Hij is één aspect van de doorsnee-man (zoals Yvonne bij wijze van spreken de eeuwige vrouw is, naar het voorbeeld van Kundry uit *Parsifal,* wie dat ook mocht zijn, engel en vernietigster tegelijk). Het andere aspect van de doorsnee-man is natuurlijk Hugh, die al die tijd een nogal bespottelijke poging doet om de stier te temmen: kortom, hij bedwingt de dierlijke krachten van de natuur die de Consul later ontketent, zij het op een opzettelijk absurde manier – maar het hele boek kan als een soort gruwelijke en ernstige absurditeit worden gezien, net als de wereld zelf. De draden van de verschillende thema's van het boek raken met elkaar vervlochten. Het eind van het hoofdstuk, met de indiaan die zijn vader draagt, is een herhaling en veralgemenisering van het thema van de mensheid die maar voort ploetert onder het eeuwige tragische gewicht van het verleden. Maar het is ook freudiaans (de man die eeuwig de psychologische last van zijn vader torst), sophocleaans, oedipaal en wat al niet meer, wat de indiaan weer met de Consul verbindt.

Wanneer er wordt geschrapt, dient met deze dingen rekening te worden gehouden, alsook met het feit dat het, zoals gebruikelijk, een eenheid op zichzelf vormt. In zijn huidige vorm is het uiteindelijk voltooid in 1944.

X

Dit is voor het eerst geschreven in '36-'37 en tot aan 1943 diverse malen overgedaan. Deze uiteindelijke versie is geschreven na mijn brand, in de zomer en herfst van 1944, en ik durf te zeggen dat ook dit een voor de hand liggende kandidaat is voor uw scalpel. Niets van wat ik na de brand heb geschreven, op het grootste deel van xi na, kan zich qua integriteit helemaal meten met wat ik daarvoor geschreven heb, maar hoewel dit hoofdstuk op het eerste gezicht oeverloos en zelfs onverdraaglijk lijkt wanneer het hardop gelezen wordt, ben ik van mening dat er een aanzienlijke mate van inspiratie uit blijkt en dat het tot de beste van het hele stel behoort. Het treinthema aan het begin houdt verband met freudiaanse doodsdromen en ook met 'Er zal een lijk worden vervoerd met de sneltrein' uit het begin van II en het wil er bij mij niet in dat het, op zijn eigen gruwelijke manier, niet uitermate opwindend is. De passage die volgt over de 'Maagd van wie niemand hebben voor zich' sluit aan bij de eerste bladzijden van Hoofdstuk I en was al eerder geschreven, net als de humoristische menu-passage. Ik erken dat er gegronde bezwaren kunnen bestaan tegen de grote lengte van de informatie over Tlaxcala in de brochure: maar ik kon mezelf er absoluut niet van weerhouden. Ik heb er telkens opnieuw in geschrapt en zelfs twee belangrijke elementen opgeofferd, namelijk dat Tlaxcala waarschijnlijk de enige hoofdstad ter wereld is waar nog zwarte magie wordt bedreven en ook dat je nergens zo makkelijk kunt scheiden als daar, en toen kon ik niets meer schrappen: ik vond het te goed, terwijl de constante herhaling van het churrigureske, van een 'overladen stijl' erop leek te duiden dat het boek zichzelf parodieerde. Deze passage over de Tlaxcala-brochure heeft een heel ander effect wanneer ze alleen met de ogen wordt gelezen, wat het geval zal zijn (naar ik hoop) – dan gaat het natuurlijk veel sneller; en ik dacht aanvankelijk dat het misschien nog vlugger zou gaan als er werd geëxperimenteerd met de typografie, bijvoorbeeld door zo nu en dan een vette letter voor de kopjes te gebruiken en vervolgens iets dat varieerde van cursief tot diamant en andersom, al naar gelang de belangstelling van de lezer en het delirium van de Consul: een vereenvoudigde vorm van deze suggestie zou uitermate effectief kunnen zijn, maar ik kan me niet voorstellen dat u er veel voor voelt en het is misschien ook wel wat veel van het goede. Hoe dan ook, ik geloof dat hier sprake is van vreemde evocaties en explosies die op zichzelf verdienstelijk zijn, al kun je niet helemaal volgen wat er gebeurt, net zoals de klank van de woorden van

Harpo grappig kan zijn zonder dat je precies begrijpt waar hij het over heeft. Onthullingen als dat Pulquería, wat een soort Mexicaanse kroeg is, ook de naam is van de moeder van Raskolnikov, moeten ongetwijfeld niet al te serieus worden genomen, maar aan de hele Tlaxcala-geschiedenis ligt wel degelijk een diepe ernst ten grondslag. Tlaxcala staat natuurlijk, net als Parián, voor de dood: maar de Tlaxcalanen waren de verraders van Mexico – hier bezwijkt de Consul voor de krachten in hem die hemzelf verraden, die hem nu eindelijk verraden hebben, en de algehele opzet van deze fantasmagorie lijkt mij juist. In de dialoog hier komt het thema van de oorlog aan de orde, wat natuurlijk verband houdt met de zelfvernietiging van de Consul. Dit hoofdstuk werd uiteindelijk ongeveer een jaar vóór de atoombommen enz. voltooid. Maar als de mens zich momenteel in de boosaardige positie dreigt te bevinden van de zwarte magiër van weleer die plotseling ontdekte dat alle elementen van het universum zich tegen hem hadden gekeerd, dan siert het de oude Consul wellicht dat hij daarop wijst in een krankzinnige passage waarin hij zelfs de elementen uranium, plutonium enzovoort noemt; dit heeft ongetwijfeld geen profetische waarde meer, maar ik kan niet zeggen dat het dateert! Dit stukje is uiteraard thematisch, als je er goed over nadenkt. Aan het eind van dit hoofdstuk worden de vulkanen, die steeds dichterbij zijn gekomen, als symbool gebruikt voor een naderende oorlog. Ondanks de chaotische indruk die het maakt, is dit hoofdstuk heel zorgvuldig geschreven, met aandacht voor ieder woord. Het vormt eveneens een eenheid op zichzelf en als erin geschrapt moet worden, zou ik graag willen dat de schrapper het ook als een eenheid zag en oog had voor de plaats ervan in het boek. Hoewel ik het dramatisch uitermate sterk vind, ben ik in een zeker licht bezien nog eerder bereid om in dit hoofdstuk en hoofdstuk VI te laten schrappen dan in enig ander, als er dan toch geschrapt moet worden, mits dat voor dit hoofdstuk tot gevolg heeft dat het er alleen nog maar dramatischer en krachtiger op wordt.

XI

Dit is het laatste hoofdstuk dat ik geschreven heb en [het] is eind 1944 voltooid, hoewel ik er allang mee in mijn hoofd liep. Het was mijn bedoeling om hier alle natuurregisters open te trekken, om me als het ware uit te leven op de natuurlijke elementaire schoonheid van de wereld en de sterren, en om via de laatste het boek met de eeuwigheid te verbinden, zoals aan het eind van Hoofdstuk I door middel van het rad. Hier verschijnt het rad in een andere gedaante, het rad van de beweging van de sterren en sterrenbeelden door het heelal. En hier verschijnt opnieuw het donkere bos van Dante, ditmaal als een echt bos en niet alleen maar als een cantina die zo heet. En hier verschijnt ook opnieuw het thema van de Dag van de Doden, waarbij de scène op de begraafplaats de scène met de rouwenden aan het begin van het boek compenseert, maar ditmaal met onvoorstelbaar veel meer menselijke nadruk. Het hoofdstuk vormt opnieuw een dubbel contrast met de minder erge gruwelen van x en de nog ergere van xii. Oppervlakkig bezien zijn Hugh en Yvonne alleen maar op zoek naar de Consul, maar een dergelijke speurtocht zal extra betekenis hebben voor iedereen die iets van de mysteriën van Eleusis weet, en hetzelfde esoterische idee van een dergelijke speurtocht is te vinden in de *Storm* van Shakespeare. Hier dienen alle betekenissen van het boek echter op een pretentieloze en organische manier te worden versmolten in het belang van het verhaal zelf en dat was geen geringe opgave, vooral niet omdat Yvonne tijdens een onweer moest worden gedood door een paard en Hugh alleen met een gitaar moest achterblijven in een donker bos, terwijl hij dronken liedjes zong over het revolutionaire Spanje. Zou Thomas Hardy zoiets kunnen? Ik verdenk uw lezer, die niet eens melding maakt van het uiterst belangrijke feit dat Yvonne dood is, ervan dat hij dit hoofdstuk helemaal niet gelezen heeft – en ik vat het opnieuw op als een compliment dat hij te geïnteresseerd was in wat er met de Consul gebeurde om er meer dan een blik op te werpen. Hoe het ook zij, ik ben er hartstochtelijk van overtuigd dat dit hoofdstuk geslaagd is, deels omdat ik er zo onvoorwaardelijk in ben gaan geloven. Dat er tijdens een onweer iemand wordt gedood door een paard is helemaal niet zo ongebruikelijk als je zou denken in deze contreien, waar de bospaden smal zijn en de paarden als ze bang worden in een wildere paniek raken dan de voorvaders van hun berijders die dachten dat de paarden die Cortez op hen afstuurde bovennatuurlijke wezens waren. Volgens mij heeft dit hoofdstuk, net als de rest, recht op een begripvolle herlezing. Het is heel kort en ik vind dat er niets in geschrapt kan worden en dat het *absoluut noodzakelijk* is. Yvonnes stervensvisioenen grijpen terug op haar eerste gedachten aan het begin van Hoofdstuk II en ook op Hoofdstuk IX, maar het eind van het hoofdstuk gaat de grenzen van het boek welhaast volledig te buiten. Yvonne verbeeldt zich dat ze wordt opgetild en naar de sterren gevoerd: een soortgelijk idee is te vinden aan het eind van een boek van Julien Green, maar het mijne is duidelijk ontleend aan *Faust*, wanneer Marguerite met katrollen de hemel in wordt gehesen terwijl de duivel Faust omlaag sleurt naar de hel. Hier verbeeldt Yvonne zich dat ze via de sterren regelrecht naar de Plejaden reist, terwijl de Consul tegelijkertijd en bij toeval regelrecht in de afgrond wordt geworpen. Het paard is natuurlijk de boosaardige kracht die de Consul heeft ontketend. Maar de nederiger kant van dit paard is de lezer inmiddels bekend. Het is niet minder dan het paard waarvan in X voor het laatst iets vernomen werd en dat voor het eerst zijn opwachting maakte in IV, eveneens zonder berijder, tijdens de rit van Hugh en Yvonne, voor de pulqueriá La Sepultura.

(NB: Voert het te ver om te zeggen dat al deze thema's, die worden aangeroerd en opgelost zonder dat ook maar één lezer ze bij de eerste of zelfs vierde lezing bewust tot zich door kan laten dringen, desondanks een onmetelijke *onbewuste* bijdrage vormen aan het uiteindelijke gewicht van het boek?)

XII

De eerste versie van dit hoofdstuk is begin 1937 geschreven en het is mijns inziens beslist het beste van allemaal. Ik heb er na 1940 nauwelijks nog veranderingen in aangebracht – afgezien van enkele kleine toevoegingen en weglatingen in 1942 en het in 1944 vervangen van de passage 'Wat lijkt het kreunen van de liefde op het kreunen van de stervenden' enz. door een andere, minder goede. Ik geloof dat het meer verdient dan een zorgvuldige herlezing en dat het niet alleen onrechtvaardig is om te zeggen dat het slechts aan *The Lost Weekend* doet denken, maar belachelijk bovendien. Ik ben in elk geval van mening dat het zelfs op het meest oppervlakkige niveau veel dieper ingaat op het menselijk lijden en dat het, net als zijn boek, de kennis van de hel kan vergroten. Men wordt geacht aan dit hoofdstuk een bijna bijbels gevoel over te houden. Heeft die man nog niet genoeg geleden? We zullen nu wel bij het einde zijn. Maar nee. Het begint kennelijk nog maar net. Alle draden van het boek, politiek, esoterisch, tragisch, komisch, religieus en wat al niet meer, komen hier bijeen en in de Farolito in Parián staan we midden tussen de spraakverwarring die door de bijbel is voorspeld. Parián, zo heb ik al gezegd, heeft voortdurend voor de dood gestaan, maar dit, zo zou ik de lezer willen laten voelen, is nog veel erger. Dit hoofdstuk is de oostelijke toren, waar Hoofdstuk I de westelijke is, van mijn churrigureske Mexicaanse kathedraal en alle gargouilles van de laatste komen dubbel en dwars in deze terug. Terwijl de droefgeestige klokken van de ene de echo zijn van de droefgeestige klokken van de andere, net zoals de wanhopige brieven van Yvonne die de Consul hier eindelijk vindt een antwoord zijn op de wanhopige brief van de Consul die Laruelle precies een jaar later leest in Hoofdstuk I. Misschien heeft u weinig kritiek op dit hoofdstuk, maar ik denk dat het nog oneindig veel beter wordt wanneer men dit alles in aanmerking neemt. Het enigszins lachwekkende paard dat Yvonne doodt na door de Consul te zijn bevrijd, is natuurlijk de destructieve kracht waarover we in deze brief al een keer of vijftien hebben gehoord, ben ik bang, en waarop in Hoofdstuk I voor het eerst werd gedoeld, en het wordt bevrijd doordat de krachten van het kwaad zich uiteindelijk meester van de Consul maken. Er was al een half humoristische voorbode van wat hij doet in VII, in de vorm van een citaat van Goethe, toen Laruelle en hij werden ingehaald door het paard en zijn berijder, die naar hen wuifde en zingend verder reed. Resten nog de humoristische passages in dit hoofdstuk, die nodig zijn omdat we tenslotte geacht worden te geloven en niet te geloven en dan weer wel te geloven dat humor een soort brug vormt tussen het naturalistische en het transcendentale en dan weer het naturalistische, hoewel die humor naar mijn mening altijd trouw blijft aan de speciale werkelijkheid die door het hoofdstuk zelf wordt gecreëerd. Ik ben zo ongemeen trots op dit hoofdstuk dat het u zal verbazen als ik zeg dat ik het voor mogelijk houd dat ook hier het een en ander in geschrapt kan worden, hoewel het dodelijk vlakke tempo van het begin mij essentieel en belangrijk lijkt. Ik geloof niet dat het uiteindelijke effect van het hoofdstuk deprimerend moet zijn: ik ben ervan overtuigd dat het een catharsis teweegbrengt, terwijl er aan het eind zelfs wordt gezinspeeld op verlossing voor de arme oude Consul, die beseft dat hij tenslotte tot de mensheid behoort: en inderdaad, ik heb het al eerder gezegd, de diepzinnige en definitieve betekenis waardoor zijn lot wordt gekenmerkt dient ook te worden bezien in haar universele relatie met het uiteindelijke lot van de mensheid.

Vindt u dit park mooi?
Waarom is het van u?
Wij verwijderen degenen die vernielen!

Dit alles overlezende, valt mij niet alleen op dat schrijvers altijd geneigd zijn om over hun boeken te gaan fantaseren en er geleerd over te doen en er maar op los te kletsen, wat Sherwood Anderson eens in een andere context heeft opgemerkt, maar ook dat er zoveel nadruk wordt gelegd op het esoterische element. Dit maakt natuurlijk geen fluit uit wanneer er geen sprake is van een goed kunstwerk, en ik heb mij er juist voor ingespannen om dat tot stand te brengen. Die esoterische kant was overigens niet meer dan een anker op grote diepte, maar ik denk dat het mij vergeven kan worden dat ik erover begin omdat uw lezer die in het geheel niet in het boek heeft herkend. Ook dat is niet erg; het maakt mij niet uit of de lezer dat eruit haalt of niet, maar die betekenis zit er toch in en ik had net zo goed een ander element van het boek kunnen benadrukken. Want ze hebben allemaal met elkaar te maken en hun versmelting is het boek. Ik geloof dat het over het algemeen meer dan geslaagd is en om die reden vraag ik u om het te herevalueren in het licht van de manier waarop het geconcipieerd is, en op zijn eigen voorwaarden. Hoewel ik pijnlijk teleurgesteld zou zijn als u het niet zou uitgeven, heb ik nauwelijks een andere keus, omdat ik geloof dat de bezwaren die waardering ervoor in de weg staan grotendeels oppervlakkig zijn. Aan de andere kant ben ik uiterst gevoelig voor de eer die u mij bewijst door het in overweging te nemen en ik wil niet ijdel of koppig doen over inkortingen, zelfs niet over grotere, indien een doordringender en rijper oog dan het mijne daarin voordelen ziet voor het *geheel* en de wond kan worden gedicht. Ik kan slechts hopen dat ik heb aangetoond dat het de moeite loont om er nog eens naar te kijken. Of het verkoopt of niet lijkt mij in beide gevallen een risico. Maar iets in het lot van het creëren van het boek zegt me dat het best eens heel lang zou kunnen *blijven* verkopen. Het staat nog te bezien of dit in het beste geval net zo'n waanidee is als waardoor een andere auteur van u, Herman Melville, werd bevangen toen hij zulke dolzinnige teksten schreef als *Pierre*, maar zeker is dat belangrijke wijzigingen het lot van dat laatste niet hadden kunnen veranderen, niet hadden kunnen voorkomen dat de clichés ervan werden verbrand of dat de auteur ervan douane-inspecteur werd. Ik las ergens iets over dat interne en fundamentele gebruik van de tijd dat een film kan maken en breken en dat het werk is van de regisseur of de cutter. Het succes hangt af van de snelheid waarmee een bepaalde scène zich ontwikkelt en van de hoeveelheid film die aan een andere wordt besteed: en het hangt ook af van de sequenties die tussen andere scènes worden geplaatst, want de manier waarop films worden gemaakt stelt je in staat om met hele sequenties te schuiven. Ik geloof dat de lezer wiens rapport u mij heeft gestuurd tenminste in zoverre onder de indruk was dat hij het boek op een creatieve, zij het te creatieve manier gelezen heeft, alsof hij al zowel de regisseur als de cutter was van een *mogelijk* werk, zonder dat hij zich afvroeg wat er al in geregisseerd en gemonteerd was en wat voor intern fundamenteel gebruik van de tijd, enzovoort, zijn belangstelling al zo sterk had kunnen wekken.

Maar wat te denken, vraag ik u nogmaals, van de reactie van uw eerste lezer? Er is een zeker verschil in toon te bespeuren tussen uw brief van 15 oktober (in Canada ontvangen op 2 november) en die van 29 november (hier in Mexico ontvangen op 31 december): in de eerste rept u niet van enige kritiek maar zegt alleen dat uw lezer diep onder de indruk was en dat het lang geleden was dat u met zulke hoopvolle verwachtingen aan een boek begonnen was als aan *Onder de vulkaan*, iets waaruit ik, wellicht te haastig, alleen maar kan afleiden dat uw eerste lezer er oneindig veel welwillender tegenover stond??? U heeft ook gezegd: 'Ik zal u een telegram sturen als ik het uitgelezen heb dus het is mogelijk dat u een telegram krijgt voordat u deze brief ontvangt.' Nu begrijp ik natuurlijk waarom u zoiets uitermate moeilijk of zelfs onmogelijk achtte, maar destijds wachtte en wachtte ik tevergeefs op dat telegram zoals je alleen maar 's winters in de Canadese wildernis kunt wachten, behalve in Reckmondwike, Yorks. Toen ik daarom hier op oudejaarsavond uw brief van 29 november ontving, samen met het rapport van uw tweede lezer, bracht dat naast een gevoel van triomf een van die barranca-achtige dalingen van de gemoedsstemming teweeg die kenmerkend zijn voor schrijvers, en ik kan het alleen maar daaraan wijten dat ik u pas na zo lange tijd antwoord. Begin gerust over het werk van vele jaren dat een uurglas wordt – maar ik heb nog nooit gehoord dat het een mescalglas wordt, en dan nog wel zo'n kleintje! Nadat ik echter langdurig mijn hersens had gepijnigd, besloot ik dat ongeacht de vraag of uw gevoelens de weegschaal van uw reactie naar de ene of de andere kant zouden doen doorslaan, u mij volkomen terecht met de rug tegen de muur zette. U zei, kortom: 'Als dit boek wat voorstelt, dan moet hij verdomme maar uitleggen waarom!' Ik meende dat ik werd uitgenodigd om mij zo nodig te verweren. Welnu, dit is mijn verweer. Het spijt mij oprecht dat ik er zo lang over heb gedaan, maar het was een moeilijke brief om te schrijven.

Inmiddels heb ik uw tweede brief ontvangen met een kopie van het rapport, waarvoor dank. Ik feliciteer u van harte met uw vijfentwintigjarig jubileum. Ik heb de indruk dat uw uitgeverij zich met name op internationaal gebied verdienstelijker heeft gemaakt dan enige andere. Wat mijzelf betreft, mijn eerste schoolprijs was *The Hairy Ape;* wij mochten zelf uit meerdere boeken kiezen als we een prijs kregen, dus op prijsuitreikingsdag ontving ik uw bundel met toneelstukken van O'Neill, waaronder *The Hairy Ape,* compleet met Latijnse inscriptie uit handen van het hoofd der school. Die O'Neillbundels met hun omslagen hebben mij vermoedelijk doen besluiten om naar zee en al die andere plekken te gaan, maar ook voor de boeken van Melville, O'Brien en Hugh l'Anson Fausset en niet te vergeten de vreemde, minder bekende romans van Leo Steni en *About Levy* van Calder-Marshall en nog honderden boeken meer ben ik u eeuwig dankbaar. Toen ik in '28 of '29 in Engeland op zoek was naar werk van de Amerikaan Conrad Aiken, stuitte ik op het door uw uitgeverij gepubliceerde *Costumes of Eros,* wat tot een blijvende en waardevolle vriendschap heeft geleid. (Ik zie hem ontegenzeglijk als een van de negen of tien grootste nog levende schrijvers ter wereld en wil en passant even kwijt dat 2/3 van zijn werk in Engeland nooit de aandacht heeft gekregen die het verdient en waarschijnlijk ergens ligt te verstoffen. Ik geloof dat hij nu weer in zijn oude Engelse huis woont in Jeakes House, Rye, Sussex.) Dit alles terzijde.

Ik heb gezegd dat ik het boek als een soort Mexicaanse churrigureske kathedraal beschouw: maar dat schept waarschijnlijk alleen maar verwarring, temeer omdat ik Aristoteles tegenover u heb aangehaald, en het boek vertoont op zijn eigen merkwaardige manier een strak klassiek patroon – je kunt er zelfs in lezen dat de Duitse onderzeebootofficiers zich aan het eind op de Consul wreken in de vorm van de *sinarquistas* en semi-fascistische *brutos,* zoals ik al eerder heb gezegd. Nee – schrijft u dat alstublieft toe aan de plaatselijke tropenkoorts die mijn temperatuur nog maar kortgeleden te hoog heeft opgejaagd. Nee. Ik herhaal dat de vorm van het boek in wezen als een *trochus* moet worden gezien, als een rad, zodat wanneer je na zorgvuldige lezing aan het eind komt je moet willen terugkeren naar het begin, waarbij het niet onmogelijk is dat je oog opnieuw op Sophocles' *Wonderen zijn talrijk, maar geen groter wonder dan de mens* valt – alleen maar bedoeld om je op te vrolijken. Want het boek is zodanig geconstrueerd, in tegengestelde richting geconstrueerd en dooreengesmeed dat het ontelbare malen gelezen kan worden zonder dat het al zijn betekenissen of drama of poëzie prijsgeeft: en om die reden heb ik er al mijn hoop op gevestigd, en in die hoop heb ik het, ondanks al zijn fouten, en ondanks alle overbodigheden van deze brief, aan u aangeboden.

Met de meeste hoogachting,
Malcolm Lowry

NAWOORD VAN DE VERTALER

Veel dank ben ik verschuldigd aan Peter Verstegen, die mijn vertaling kritisch heeft gelezen. Met zijn vele waardevolle suggesties heeft hij zich eens te meer mijn leermeester betoond, ruim twintig jaar nadat hij mij op het 'Instituut' voor het eerst een fragment uit de *Volcano* liet vertalen.

Peter Bergsma

IN ULYSSES VERSCHENEN

Frank Martinus Arion – *Dubbelspel*
Kees van Beijnum – *Dichter op de Zeedijk*
Jorge Luis Borges – *De Aleph en andere verhalen*
Joseph Boyden – *Driedaagse reis*
Philippe Claudel – *Grijze zielen*
Hugo Claus – *Het jaar van de kreeft*
Jan Cremer – *Made in USA*
Jessica Durlacher – *De dochter*
George Hagen – *De nomaden*
Willem Frederik Hermans – *Au pair*
Willem Frederik Hermans – *Onder professoren*
Hermann Hesse – *De steppewolf*
Hermann Hesse – *Siddhartha*
Ingrid Hoogervorst – *Woede*
John Irving – *Tot ik jou vind*
James Joyce – *Ulysses*
Jack Kerouac – *On the road*
Paul Koeck – *De bloedproever*
Steven D. Levitt en Stephen J. Dubner – *Freakonomics*
Tip Marugg – *De morgen loeit weer aan*
Nicolaas Matsier – *Gesloten huis*
Jay McInerney – *Bright Lights, Big City*
Catherine Millet – *Het seksuele leven van Catherine M.*
Marga Minco – *Storing*
Erwin Mortier – *Mijn tweede huid*
Harry Mulisch – *De zaak 40/61*
Harry Mulisch – *Twee vrouwen*
Charlotte Mutsaers – *Rachels rokje*
Vladimir Nabokov – *Lolita*
Nedjma – *Wilde vijg*
Amos Oz – *De derde toestand*
Amos Oz – *Een verhaal van liefde en duisternis*
Philip Roth – *Patrimonium*

Philip Roth – *Sabbaths theater*
Philip Roth – *Het contraleven*
W.G. Sebald – *Austerlitz*
Jan Siebelink – *De herfst zal schitterend zijn*
Jan Siebelink – *Laatste schooldag*
Jan Siebelink – *Vera*
Graham Swift – *Waterland*
Donna Tartt – *De verborgen geschiedenis*
Manon Uphoff – *Koudvuur*
Tommy Wieringa – *Alles over Tristan*
Virginia Woolf – *Mrs Dalloway*

ULYSSES